INTENSIV

AF158238

TWENTYSIX – Der Self-Publishing-Verlag
Eine Kooperation zwischen der Verlagsgruppe
Random House und BoD –
Books on Demand
© 2016 Hofstadler, S.
Herstellung und Verlag:
BoD – Books on Demand, Norderstedt.
ISBN: 9783740728809

MIX
Papier aus verantwortungsvollen Quellen
Paper from responsible sources
FSC® C105338

Sabine Hofstadler

INTENSIV

Silvia

Jahr 1982 in Wien

Ich studierte die große Tafel in der Eingangshalle am Polizeiamt und suchte die Zimmernummer der Führerscheinstelle als sich ein Mann neben mich stellte.
„Kann ich dir behilflich sein?"
Lächelnd sah er mich an. Er sah unglaublich gut aus, blond, unwiderstehliche blaue Augen und ein sportlicher, muskulöser Körper.
Zögernd antwortete ich.
„Ich will meinen Führerschein abholen."
„Du bist schon achtzehn?", erstaunt sah er mich an.
„Ich bin neunzehn."
Ich blickte kurz zu Boden, dann sah ich ihn wieder an, er lächelte immer noch.
„Komm, ich zeige dir den Weg."
Wie selbstverständlich nahm er mich bei der Hand.

Im Wartezimmer vor der Führerscheinstelle war kein Sitzplatz mehr frei und ich seufzte.
„Ich muss mindestens zwei Stunden warten."
Er grinste mich an, als sich die Tür öffnete nahm er wieder meine Hand, schob mich vor sich in den Raum und sagte zu der Beamtin.
„Ich habe hier eine dringenden Fall, kannst du sie einschieben?"

Nach zehn Minuten hatte ich meinen Führerschein in der Hand. Ich bedankte mich für seine Hilfe und er bot mir charmant seinen Arm an.
„Ich glaube, durch die Zeitersparnis können wir noch Kaffee trinken, darf ich bitten?"
Ich nickte, wir gingen in die Polizeikantine und unterhielten uns. Ich erfuhr dass er Harald hieß, neunundzwanzig Jahre alt war, bei der Kriminalpolizei arbeitete und oft in der Nacht und am Wochenende Dienst hatte.

Wir trafen uns fast täglich in einem Café, am achten Tag küssten wir uns. Ich mochte ihn, er war so anders als die Männer die ich kannte, er versuchte nie mich zu bedrängen, ich sah nicht diese Gier in seinen Augen und er ließ sich Zeit mir näher zu kommen. Er war zärtlich und ich genoss seine Gesellschaft, für wie lange würde ich bestimmen.

Nach drei Wochen, als wir uns zum ersten Mal in seiner Wohnung lieben wollten bekam er keine Erektion. Ich war sehr irritiert darüber und wandte mich von ihm ab. Ich wollte mich anziehen, aber er zog mich zu sich und flüsterte heiser.
„Schlag mich!"
Ich sah ihn erstaunt an und stieß ich ihn wütend weg.
„Bist du verrückt geworden!"
Plötzlich bewegte sich etwas zwischen seinen Lenden, er sank vor mir auf die Knie und hatte den Kopf gesenkt. Ich erschauderte über seine Demut und doch gab sie mir ein nie gekanntes Gefühl: Macht! Ich hatte Macht über ihn und seinen Körper und es fühlte sich gut an. Ich sank zu ihm auf den Boden und nahm sein Gesicht in meine Hände und befahl.
„Jetzt nimm mich, sofort!"

Er liebte mich, tat alles was ich von ihm verlangte. Obwohl ich jetzt Verachtung ihm gegenüber empfand, faszinierte mich die Macht über ihn.

Als ich mit dem Auto nach Hause fuhr dachte ich an Harald und an dieses eigenartige Liebesspiel. Meine verwirrenden Gefühle und das Geschehene zogen mich langsam in eine eigenartige Ruhe und plötzlich, ich wusste nicht warum, fing ich zu weinen an. Ich dachte an meine dominanten Anweisungen und diesen unglaublich attraktiven Mann der sich von mir demütigen ließ. Es war abnorm.

Zuhause heulte ich mir die Seele aus dem Leib, ich schämte mich für meine Sexualität und hasste mein Leben. Mein Körper war angespannt und ich merkte wie unendlich müde ich war. Als ich erschöpft mein Gesicht wusch, sah ich mich lange im Spiegel an und schwor mich endlich für die Liebe zu öffnen. Ich wollte versuchen Vertrauen zu einem Mann zu fassen und mich wieder verlieben, ich wollte so sein wie die anderen, wie alle anderen.

Harald und ich waren ein schönes Paar, aber keiner wusste dass wir uns nur lieben konnten, wenn ich ihn vorher erniedrigt hatte. Wenn wir eng umschlungen auf der Straße gingen, sahen uns die Menschen nach, ihm die Frauen und mir die Männer, wir fielen auf. Er lud mich oft zum Dinner ein und kaufte mir Kleidung.
Ich liebte dieses Leben, ich hatte jemanden der zu mir gehörte, aber Harald liebte ich nicht. Ich mochte ihn, aber er war nur ein Freund und Liebhaber, nicht mein Partner.
Manchmal schenkte er mir Schmuck, ich trug selten Schmuck, aber ich nahm ihn an. Seine Großzügigkeit

war jedoch immer mit gewissen Ansprüchen an mich gebunden und ich wusste wenn ich beschenkt wurde, sollte ich die ganze Nacht bei ihm verbringen. Ich genoss die körperliche Liebe mit Harald aber das eigenartige Vorspiel kostete mich immer wieder Überwindung. Ich hatte immer Lust auf Harald, großes Verlangen nach seinem muskulösen Körper, aber um seine Lust zu entfachen musste ich ihm vorher ein perverses Vorspiel liefern. Nur dann war er fähig mich zu befriedigen.
Harald war ein guter Liebhaber und je mehr ich seiner Neigung der Erniedrigung nachkam, je besser wurde er.

Ich schloss die dichten Vorhänge in seiner Wohnung und machte gedämpftes Licht. Ich wies ihn an, mich nicht mehr anzusehen und sofort senkte er den Blick, er war fast einen Kopf größer als ich und diese Größe störte mich jetzt. Ich befahl ihm, sich zu entkleiden und nahm eine Schnur aus meiner Handtasche. Als er nackt vor mir stand, zwang ich ihn auf die Knie und fesselte seine Hände. Dann fing ich an ihn zu demütigen. Alles was ich vom ihm verlangte tat er und ich hatte das gute Gefühl der Macht über ihn. Er war mir hilflos ausgeliefert. Diese Macht, ich kostete sie aus, ich erniedrigte ihn ohne ihn zu schlagen, nur verbal mit kurzen, knappen Anweisungen. Ich hatte einen guten Lehrer, mein Vater war mir ein grausamer Lehrmeister gewesen. Ich zog meine Lederhandschuhe an, umkreiste ihn, stellte mich hinter ihm und legte eine Hand um seinen Hals. Ich verweilte kurz und fuhr langsam seinen Hals entlang bis zu seinem Kehlkopf und wieder hinauf zum Kinn. Er hob seinen Kopf und stöhnte und ich sah dass er sehr erregt war, langsam schloss ich meine Hand um seinen Hals und drückte sanft zu. Er hatte den Kopf

nach oben gestreckt und stöhnte wieder, er sah mich an und ich befahl ihm die Augen zu schließen. Immer wieder lockerte ich meinen Griff um seinen Hals und drückte wieder zu. Plötzlich zuckte sein Körper und es schoss aus ihm heraus und machte weiße kleine Flecken auf dem Parkettboden seiner Wohnung.
Er sank zu Boden. Ich ließ ihn gefesselt liegen, setzte mich auf die Couch und lehnte meinen Kopf zurück. Ich wusste, in spätestens zwanzig Minuten würde er mich lieben und befriedigen können.

Immer wieder spielten wir das gleiche Spiel und wir spielten es schon sehr lange. Wir trafen uns bereits seit fast zwei Jahren, meistens einmal in der Woche, lebten unsere Sexualität aus, obwohl sie völlig verschieden war. Aber es funktionierte. Immer in seiner Wohnung, in meine Wohnung hatte ich ihn noch nie eingeladen. Ich versuchte meine Gefühle zu unterdrücken, manchmal wurde mir alles zu viel und ich weinte weil ich es nicht schaffte eine Liebesbeziehung zu ihm aufzubauen. Er war mein Freund und Beschützer aber es war keine Liebe die uns verband. Und dann machte er mir diesen absurden Vorschlag.

„Silvia, ich habe einen Freund, er würde gerne mit dir schlafen" hastig fügte er hinzu, „und sich mit Geld erkenntlich zeigen!"
Ich sah ihn an und schrie.
„Hast du den Verstand verloren, ich bin doch keine Hure!"
Er packte mich an den Armen und ich sah in seinen Augen ein plötzliches Verlangen nach mir, ich stieß ihn weg.
„Du bist ein Zuhälter! Was verdienst du dabei?"
Traurig sah er mich an und sagte dann langsam.

„Glaubst du wirklich ich würde dafür Geld bekommen? Es verletzt mich wenn du mich so einschätzt, aber ich weiß das du immer Geld brauchst und er würde viel bezahlen!"

„Ach ja", schnaubte ich verächtlich, „wie viel?"

Er nannte mir eine Summe die mir die Sprache verschlug.

„Er würde nur mit dir schlafen, dich nicht küssen, deine Brüste nicht berühren!" sagte Harald langsam und sah mich an.

„Und warum geht er nicht zu einer Hure, warum will er mich?", fragte ich ihn neugierig.

„Er hat dich einmal gesehen und er fand dich sehr reizvoll, kannst du dich nicht mehr an Roman erinnern?"

Ich dachte nach, ich merkte mir Gesichter nicht so gut, aber der Name Roman war mir ein Begriff und dann fiel er mir ein. Harald stellte ihn mir als Freund vor, der Mann war einiges älter als Harald, ich schätzte ihn auf fünfunddreißig, er sah gewöhnlich aber sehr gepflegt aus, perfekt gekleidet, ich erinnerte mich jetzt gut an ihn, weil er irgendwie nervös schien, er drehte ständig an seinem Siegelring als er mit mir sprach und das verwirrte mich. Ich schrie Harald an.

„Bist du nicht bei Sinnen, hast du ihm etwa erzählt, was für Spiele wir treiben!" Harald versuchte mich zu besänftigen.

„Wir kennen uns schon lange, er ist absolut vertrauenswürdig!"

Ich sah ihm tief in die Augen und sagte langsam.

„Wenn du mich liebst, würdest du mich doch nicht mit einem anderen Mann teilen?"

Harald sah mich plötzlich sehr zärtlich an und seine Stimme war rau.

„Ich liebe dich sehr, aber es würde mich erregen, wenn du mir davon erzählst wie du mit ihm schläfst. Du brauchst in dieser Nacht nur einmal mit ihm zu schlafen, vielleicht noch ein zweites Mal, wenn er noch will, aber dann kannst du gehen! Es würde sich alles unter der Gürtellinie abspielen!"

Ich packte meine Sachen zusammen und lief zur Tür. Harald rief mir nach, es wäre doch nicht so schlimm und dann knallte ich mit einer Wucht die Tür zu. Ich war wütend, entsetzlich wütend auf seinen Vorschlag, ich hasste ihn!
Nach unserem Streit rief mich Harald mehrmals an, doch ich legte sofort den Hörer auf, er hatte mich tief verletzt und ich wollte ihn nie mehr sehen.
Und dann stand er vor meiner Wohnung. Er bat mich um Verzeihung und sagte, er würde mich so sehr lieben und er könnte ohne mich nicht leben. Ich sah ich ihn voller Verachtung an und schlug die Tür zu.

Doch es änderte sich alles als mein Chef im Massageinstitut begann mir nachzustellen. Er befahl mir auf die Leiter zu steigen um dort am oberen Regal Produkte zu präsentieren. Dabei hielt er mich, zu meinem Schutz, sagte er, bei den Beinen fest und sah mir dabei unter meinen Minirock was mich zuerst unsicher machte. Als seine Hände plötzlich hinaufglitten, täuschte ich Schwindel vor und stieg hastig von der Leiter. Er musste mich dabei loslassen und ich zitterte und beschloss, nie wieder einen Rock zu tragen. Von nun an begleitete mich ständig die Angst er würde es wieder versuchen.
Einmal verlangte er, dass ich ihn massieren sollte, er wollte mich testen sagte er. Es war eine Qual für mich ihn anzufassen, als er sich umdrehte berührte er meine Brüste. Mir war diese plumpe Anmache

sehr unangenehm, aber ich brauchte den Job und ich versuchte seine Annäherungen zu ignorieren. Dann erklärte ich ihm dass ich alles seiner Frau erzählen würde, aber er lachte nur und sagte, mir würde doch keiner glauben. Immer wieder gelang es ihm, mich zu betasten und ich hasste ihn dafür. Ich versuchte ihm auszuweichen und manchmal konnte ich ihn abwehren, in dem ich mich schnell umdrehte. Ich wusste dass ich keine Chance gegen ihn hatte, er war hoch angesehen und hatte Kunden mit Einfluss bei gewissen Ämtern. Ich musste mir schnellsten einen neuen Job suchen!

Als mein Auto bei der Überprüfung von der Werkstatt beanstandet wurde und dadurch eine größere Reparatur fällig war, wusste ich nicht wie ich das bezahlen sollte. Mein Verdienst reichte gerade zum Überleben und mein Konto wies einen niedrigen Stand auf.
Aus schierer Geldnot und aus Angst vor meinem Chef dachte ich über das Angebot von Harald nach. Für diese Summe die mir Haralds Freund anbot, könnte ich die Reparatur fast bezahlen und es würde vermutlich kaum länger als dreißig Minuten dauern und er würde mich nur unter der Gürtellinie berühren. Aber ich fand ihn eigenartig und nicht attraktiv, würde es mir gelingen ihn trotzdem an mich ranzulassen? Bitter dachte ich an meinen Chef der mich jede Woche trotz meiner Ablehnung berührte als wäre ich sein Eigentum. Ich hasste ihn!

Seit drei Monaten hatte ich Harald nicht mehr gesehen.
Ich zitterte, als ich ihn anrief und ihm sagte dass ich ihm verziehen hätte und ihn heute gerne treffen würde. Er freute sich meine Stimme zu hören und ich

schämte mich weil ich nur aus einen Grund diesen Schritt tat. Ich brauchte dringend Geld!

Als ich zu Harald fuhr, zweifelte ich daran ob das der richtige Weg war, aber ich zerstreute meine Gedanken. Ich wagte nicht Harald um Geld zu bitten, ich wollte nicht in seiner Schuld stehen und ich war auch zu stolz um vor ihm zu kriechen, er würde meine verzweifelte Lage ausnützen, da war ich sicher.
Harald lächelte als er mich sah und küssend zog er mich in seine Wohnung. Seine Zärtlichkeiten hatten mir gefehlt und willig ließ ich ihn gewähren als er mich auszog. Dann wehrte ich mich heftig, wieder spielte ich das Spiel damit Harald zur Liebe fähig war und dann liebten wir uns hemmungslos.

Wir lagen im Bett und ich wagte nicht ihm in die Augen zu sehen als ich ihn zögernd fragte.
„Das Angebot von deinem Freund."
„Du meinst Roman?"
Er richtete sich abrupt auf, ich flüsterte.
„Ist das noch aktuell?"
Harald sah mich merkwürdig an und dann sagte er heiser:
„Du bist gekommen weil du Geld brauchst! Du bist nicht gekommen weil du mir verziehen hast, nicht meinetwegen!"
Ich schwieg und plötzlich fing ich zu weinen an, er nahm mich tröstend in die Arme und flüsterte.
"Ich gebe dir die Summe, hör zu weinen auf."
„Ich kann es dir nicht zurückzahlen", sagte ich und meine Stimme versagte.
Harald ließ mich los und schwieg. Plötzlich ärgerte ich mich, es war ein Fehler dass ich zu ihm gekommen war, ein dummer Fehler!

Eilig stand ich auf und wollte mich anziehen doch er zog mich nochmals aufs Bett und bedächtig langsam wählte er seine Worte.
„Ich könnte da etwas arrangieren, vielleicht in einem Stundenhotel, ganz anonym wenn du willst. Du schläfst mit ihm, und dann gehst du einfach!"
Ich schwieg, weil ich nicht auf seinen Vorschlag vorbereitet war, außerdem war ich jetzt völlig verwirrt. Ich wusste nicht mehr was ich wollte und Harald bohrte nach.
„Nun, entscheide dich! Ja oder nein!"
Seufzend sagte ich ja.

Als ich in meine Wohnung fuhr quälten mich furchtbare Gedanken, was wäre wenn dieser nervöse Mann mir etwas antat oder mich brutal vergewaltigt? Was wäre, wenn er Sachen von mir verlangen würde die mir unangenehm wären oder ich nicht fähig wäre sie auszuführen, was würde er dann mit mir tun? Ich hatte Angst, furchtbare Angst! Und doch reizte mich dieser Abgrund der sich vor mir auftat, das Ungewisse und die Herausforderung diese Angst zu bezwingen, meine Gefühle fuhren Achterbahn.

Es war demütigend, als Harald mich anrief. Übermorgen sagte er, übermorgen würde sich sein Freund mit mir treffen, ich sollte mich in diesem gewissen Hotel einfinden um zwanzig Uhr, bei der Rezeption sollte ich nach Herrn Sanders fragen, dort würde mir der Schlüssel für das Zimmer ausgehändigt. Auf meine Frage ob Sanders der Name seines Freundes war, verneinte Harald. Es gab jetzt kein Zurück mehr, ich konnte nicht mehr absagen, ich musste das jetzt durchziehen, unbedingt. Ich dachte an die tägliche Busfahrt zur Arbeit und wieder zurück mit diesen stinkenden und

lärmenden Menschen. Dichtgedrängt standen wir nebeneinander, ich ertrug sie mit Abscheu, die Angst vor ihrer Nähe, ich wollte nicht, dass mir jemand zu nahe kam. Ich war ein Einzelgänger, mein ganzes Leben von den Menschen enttäuscht und gedemütigt, zog ich mich immer mehr von ihnen zurück. Ich wollte die körperliche Liebe von Männern die ich mir ausgesucht hatte aber sonst hasste ich Berührungen, diese vulgären Berührungen von meinem Chef und von den Fremden im Bus die sich an mich pressten.
Übermorgen, es war ein Sonntag, übermorgen war dieser Tag. Nur einmal würde ich es für Geld tun und am Montag würde ich den Wagen in die Werkstatt stellen.

Ich zitterte als ich mich dem Hotel näherte, es war bereits dunkel und die Fenster hell erleuchtet. Es war ein teures Hotel, kein Stundenhotel, er musste die ganze Nacht bezahlen, ich erschauderte bei den Gedanken wie lange er plante mich in Anspruch zu nehmen. Mich in Anspruch zu nehmen! Wie tief war ich gesunken! Ich holte mir den Schlüssel für das Hotelzimmer. Vierter Stock, ich entschied mich zu Fuß zu gehen, mit jeder Etage wurde ich unruhiger und dann stand ich vor der Tür und verglich nochmals die Zimmernummer. Ich atmete tief durch und klopfte. Nichts, ich hörte absolut nichts, zitternd steckte ich den Schlüssel ins Schloss öffnete die Tür und trat ein.
Ich erschrak, wich zurück, stieß unabsichtlich an die Tür die sich hinter mir schloss. Der Mann saß direkt vor mir, keine zwei Meter trennten uns, zurückgelehnt in den Couchsessel mit einer Zigarette in der Hand. Ich wusste nichts von diesem Mann, nur seinen Vornamen, Roman, keine Adresse, absolut nichts.

Er saß dort und rauchte. Genüsslich blies er den Rauch aus und starrte mich an, merkwürdig ruhig und ernst sah er mich an und schwieg. Er war gut gekleidet in einem dunkelblauen Maßanzug der teuer erschien, glänzend polierte Schuhe und ein perfekter Haarschnitt. Seine Haare waren streng zurück gekämmt, selbstsicher saß er dort und fixierte mich mit seinen Augen, wie eine Schlange seine Beute. Immer noch schwieg er und mich irritierte seine Ruhe, diese gelassene Ruhe, von diesem, in meiner Erinnerung, nervösen Mann. Ich ertrug seinen Blick mit wachsenden Unbehagen. Immer wieder senkte ich unsicher den Kopf und ununterbrochen sah er mich selbstbewusst an. Wieder zog er an seiner Zigarette, langsam und genussvoll, er blies den Rauch in meine Richtung und starrte mich unentwegt durch die Rauchwolke an. Endlose Minuten verstrichen, ich rührte mich nicht, hatte plötzlich Angst vor ihm, mein Herz pochte und ich schluckte, als seine Augen an meinen Körper hinunterwanderten und er mich mit seinen Blicken auszog. Hinter mir die rettende Tür, aber ich war wie gelähmt.
Und dann, dann wurde ich wütend über seine Arroganz und seine Überheblichkeit und meine Augen verengten sich, herausfordernd sah ich ihn an, er wollte mit mir schlafen, nicht ich mit ihm! Mit Verachtung sah ich auf ihn hinunter und plötzlich sah er mich amüsiert an und sein Blick war gierig, gierig nach mir. Er blickte mich immer noch an, als er noch einen Zug machte, seine Zigarette ausdämpfte und sagte.
„Ich habe das Zimmer die ganze Nacht, wenn Sie solange bleiben würden wäre es mir ein Vergnügen, ich denke das würde dafür reichen."

Er legte ein Bündel Geld auf den kleinen Tisch neben dem Bett und ich nickte. Ich konnte nicht erkennen wie viel es war. Abrupt stand er auf und stellte sich so nah vor mich hin dass ich genau auf seinen Hals sah und auf den Kehlkopf der vibrierte als er sprach.
„Zieh dich aus!"
verlangte er und seine Stimme war rau und erregt.
Ich ging drei Schritte von ihm weg, stellte meine Handtasche auf den Tisch und langsam begann ich meine Schuhbänder von meinen Sportschuhen zu öffnen. Ich wollte Zeit gewinnen, wollte ihn mir noch vom Leib halten. Im Augenwinkel sah ich ihn immer noch bei der Tür stehen. Nachdem ich Schuhe und Söckchen ausgezogen hatte öffnete ich langsam meine Gürtelschnalle und den Knopf meiner Jeans. In zwei Schritten stand er neben mir, hakte mit seinen Fingern an meiner Gürtelschlaufe ein und zerrte mich zum Bett. Er drückte mich mit dem Oberkörper nach unten und öffnete meinen Reißverschluss. Dann griff er meine Hose an den Füßen und mit einem Ruck zog er sie mir aus.
„Dreh dich um!" seine Stimme klang jetzt extrem tief.
Ich drehte mich auf den Bauch, meinen Kopf drehte ich zu ihm, ich wollte ihn nicht aus den Augen lassen, ich vertraute ihm nicht. Mit einer Hand zog er mir das Höschen aus, ich lag vor ihm nur noch mit meinem Shirt bekleidet und beobachtete ihn misstrauisch. Grob nahm er mich bei den Hüften und zerrte mich zu sich in die Höhe. Ich kniete in der Hundestellung vor ihm, mein Kopf nach hinten zu ihm gedreht. Er öffnete seine Hose und ließ sie nach unten gleiten, ich war noch nicht erregt, noch nicht feucht genug, noch nicht bereit für ihn. Schmerzhaft fühlte ich sein eindringen, langsam sein Rhythmus, nach Sekunden war der Schmerz verschwunden, der Erregung gewichen, langsam seine Bewegungen, ich drehte

meinen Kopf von ihm und seinen Anblick weg. Ich gab mich seinen Rhythmus hin, der jetzt immer schneller wurde. Seine Stöße fester, härter, fordernder, kraftvolle Stöße, ich konnte sie nur mit Mühe abfangen, bemühte mich, nicht nach vorne zu kippen, er stöhnte, sein Körper zuckte und als ich anfing es schön zu finden war es vorbei. Sekundenlang verharrte er passiv in mir, dann glitten seine Hände von meiner Hüfte, er zog seinen Penis aus meinem Leib und stand auf.

Ich drehte mich um und sah dass er ins Bad ging. Ich hörte lange das Wasser rauschen, lag auf dem Bett und wartete auf ihn.

Er setzte sich wieder vollständig bekleidet auf den Couchsessel, zündete sich eine Zigarette an und schwieg.

„Kann ich auch ins Bad?" fragend sah ich ihn an.

Er nickte, sagte kein Wort. Als ich aufstand spürte ich wie sein Sperma an meinen Beinen runterlief. Im Bad duschte ich es sehr langsam ab ich hatte Zeit die ganze Nacht lag vor mir.

Er saß immer noch im Sessel blies den Rauch in die Luft und starrte mich unvermindert an als ich mich aufs Bett setzte. Ich zog die nackten Beine zu meinem Körper und umschlang sie mit den Armen, das Kinn auf meine Knie abgestützt, ich wollte mich vor seinen Blicken schützen, nur mit meinen Shirt bekleidet. Minutenlang schwieg er, ich betrachtete unsicher meine Zehen und starrte auf den Boden.

„Kann ich gehen?", flüsterte ich.

„Nein!"

Ich verharrte in meiner Position, schloss die Augen und legte mein Gesicht auf meine Knie. Abwartend. Lange abwartend und schweigend. Ein Geräusch ließ mich aufblicken, er lockerte seine Krawatte, nahm sie ab und öffnete die oberen zwei Knöpfe seines

Hemdes. Erleichtert nahm ich wahr, dass er sein Hemd nicht auszog. Ich wollte seinen Körper nicht sehen und spüren! Es wäre zu intim für mich, sein völlig nackter Körper.

Er setzte sich neben mich aufs Bett, sein Gesicht nah bei meinen, ich roch den bitteren Geschmack der Zigaretten, spürte den Lufthauch seines Atems, drängend seine Hand zwischen meinen Knien, er zwang mich meine Position aufzugeben, drückte mir die Oberschenkel auseinander und den Oberkörper aufs Bett. Ich lag vor ihm, mit gespreizten Beinen und beobachtete ihn. Dann öffnete er wieder seine Hose, zog sie aus, ich sah dass er wieder bereit war, sein Körper drängte sich zwischen meine Beine. Wieder langsam seine Bewegungen, der Rhythmus gleichmäßig, ich war erregt, er fühlte sich gut an, ich schloss die Augen. Ausdauernd seine Bewegungen, er änderte die Schnelligkeit, er rammte mir sein Glied mit einer Wucht in meinen Körper dass ich laut vor Lust aufstöhnte. Er hörte nicht auf, mit unglaublicher Kraft weiter tief in mich einzudringen. Ich spürte dass ich vor dem Höhepunkt stand, mein Schoss festgenagelt am Bett, mein Oberkörper bäumte sich auf, mein Hals nach hinten durchgestreckt, unausweichlich mein Orgasmus. Langsam löste sich die Spannung, mein Oberkörper war wieder eine gerade Linie, ich spürte seine Hand unter meinem Rücken auf der nackten Haut unter meinem Shirt. Erst jetzt bemerkte ich seine Bewegungslosigkeit, passiv in mir verharrend, er gab mir Zeit mich zu beruhigen, ich öffnete die Augen, sah sein Gesicht nah vor mir, in seinen fast schwarzen Augen das Erstaunen, vermischt mit Geilheit. Dann fing er wieder an, Stoß um Stoß brachte er mich zum zweiten Höhepunkt, mein Oberkörper wie eine Brücke aufgerichtet, stöhnend spürte ich die Welle

die durch meinen Körper ging, Sekunden später sein Stöhnen, dann fiel er auf mich, schwer lag sein Körper auf meinen Brüsten nur durch sein feuchtes Hemd und mein Shirt getrennt, durchdringend die Wärme unserer Körper, sein Kopf neben meinen, schwer keuchend. Sein Atem wurde ruhiger, er löste sich von mir und setzte sich auf.
Lange sah er mich ernst an, ich wusste nicht was er dachte, dann seine tiefe Stimme.
„Du kannst gehen, wenn du willst!"
Nach einer kurzen Pause fügte er hinzu, „oder bleiben!"
Er stand auf und ging ins Bad. Er ließ mir die Wahl! Unfähig eine Entscheidung zu treffen, zögerte ich, dachte plötzlich an Harald. Harald! Ich gehörte zu ihm! Die Worte von Harald fielen mir ein. Schlaf mit ihm, einmal oder zweimal, dann gehst du einfach! Eilig zog ich mich an, stopfte das Geld in meine Handtasche und stieg über seine Kleidung die am Boden lag. Ich hörte das Rauschen des Wassers, leise fiel die Tür hinter mir zu.
Vor dem Hotel war ein Taxistand, ich ließ mich nach Hause fahren.
In der Wohnung duschte ich und fiel erschöpft ins Bett. Ich schlief sofort ein.

Nach dem Erwachen zählte ich das Geld und war völlig überrascht. Mehr als ich in einem Monat als Masseurin verdiente lagen auf dem Tisch, bezahlt für eine kurze Nacht. Der Mann war krank, dachte ich verächtlich, krank im Kopf um dafür soviel zu bezahlen. Aber ich konnte mein Auto endlich reparieren lassen, ich hatte diese Nacht überstanden und sie würde sich nicht mehr wiederholen. Lächelnd berührte ich das Geld. Es war so einfach gewesen!

Harald rief mich an und wollte alles wissen, seine Vorlieben, seine Ausdauer, ob er mich befriedigen konnte, aber ich erzählte ihm nichts, das geht dich nichts an, sagte ich abwehrend. Für mich war diese Nacht abgeschlossen, ich wollte nicht mehr daran denken. Aber Harald gab nicht auf, als ich nächsten Tag bei ihm eintraf um mit ihm zu schlafen, fragte er wieder.
„Hat es dir Spaß gemacht mit Roman?"
„Lass mich in Ruhe, diese Nacht ist Geschichte."
„Du hast die ganze Nacht mit ihm verbracht?"
Ich antwortete nicht und fing an Harald zu küssen, ich war erregt und wollte ihn, aber er schob mich weg.
„Ist er besser im Bett als ich?"
„Hör auf damit, ich will nicht darüber sprechen."
„Silvia, ich muss es wissen, wie war er?"
Harald sah mich eigenartig an, es war eine Mischung aus Zorn und Verzweiflung die sich in seinem Gesicht spiegelte, ich seufzte.
„Er ist anders als du, völlig anders, du bist devot und er ist äußerst dominant, ich kann euch nicht vergleichen!"
„Aber du hast es genossen, sonst wärst du nicht die ganze Nacht bei ihm geblieben."
„Ich werde dir nichts erzählen, hör auf mich zu fragen."
Harald wandte sich von mir ab und ging ins Schlafzimmer. Ich folgte ihm und wollte ihn küssen, wieder stieß er mich weg. Ich wurde wütend über sein Verhalten, er war die treibende Kraft dass ich mit Roman geschlafen hatte.
Ich nahm meine Handtasche und ging in den Flur. Harald machte keine Anstalten mir zu folgen, aufgewühlt warf ich die Wohnungstür hinter mir zu.

Zuhause weinte ich, ich mochte Harald, diese Nacht mit Roman hatte einen Bruch in unserer Beziehung hinterlassen, ich wusste nicht was bei mir immer schief lief, anscheinend machte ich alles falsch was mit Männern zu tun hatte.

Einige Tage später rief mich Harald an, er klang versöhnlich und lud mich ein mit ihm über das Wochenende nach Venedig zu fahren. Ich war erleichtert dass er sich meldete und ich stimmte sofort zu. Er fehlte mir zunehmend und ich sehnte mich nach seinen Berührungen.

Venedig war schön, wir gingen nach dem Abendessen Hand in Hand spazieren, keiner von uns sprach über Roman.
In der Nacht liebten wir uns leidenschaftlich, ich band Harald an einer schweren Stehlampe im Hotelzimmer fest und er musste mich im Stehen nehmen. Immer wieder unterbrach ich das Spiel, wenn er kurz vor dem Höhepunkt stand. Ich setzte mich auf das Bett und sah ihn herausfordernd an, wie er so vor mir stand mit seiner prachtvollen Erektion, an die Lampe gefesselt. Erst als er mich darum bat mich lieben zu dürfen, machte ich ihn los. Je erregter er war umso besser konnte er mich befriedigen.

Nächsten Tag fuhren wir mit der Gondel, ich fühlte mich mit ihm verbunden, fast wie ein Liebespaar, es waren Momente in denen ich sogar glücklich war. Aber immer wenn Harald mir Geschenke machte, so wie diese Urlaubseinladung, wusste ich, dass ich mit meinem Körper dafür bezahlen musste. Nicht mit normaler, lustvoller Sexualität, nein, er hatte hohe Ansprüche an mich, die ich ihm erfüllen sollte. Ich musste immer abwägen ob ich seine Einladungen

ablehnte oder ob ich die ganze Nacht seinen ausgefallenen Bedürfnissen nachkommen wollte.
In Venedig kaufte er diese venezianische Maske, ich musste sie probieren ob sie mir passte.

Zuhause musste ich diese verdammte venezianische Maske tragen. Sie war weiß und um die Augen waren schwarze Ornamente, ich hasste diese Maske. Sie war aus feinem Porzellan, je länger ich sie trug umso schwerer wurde sie. Es war unerträglich heiß unter der Maske aber ich ertrug sie, er konnte mich nachher leidenschaftlich lieben und das war es wert sie zu tragen. Ich hatte Verlangen nach Haralds Körper, aber das Vorspiel war so abartig, das ich mich überwinden musste seine Anforderungen gerecht zu werden.
Und in solchen Momente dachte ich oft, warum ich das tat, warum suchte ich mir nicht einen lieben, normalen Mann mit dem ich normalen Sex haben konnte, aber ich zog immer diese selbstbewussten und perversen Männer an, ich wusste nicht warum, aber normale Männer flirteten nie mit mir. Eigentlich hatte ich keine Ahnung wie ein normaler Mann war, ich kannte nur diese Narzissten, die am meisten in sich selbst verliebt waren und doch zog es mich immer wieder zu ihnen hin. Vielleicht wollte ich diese gewisse Distanz zu den Männern, vielleicht hatte ich Angst vor einer normalen Beziehung in der ich mich öffnen musste, und ich war nicht bereit jemanden zu vertrauen und ich hatte Angst vor Verletzungen.

Mein Chef dieser dreckige, kleine, fette Mann bedrängte mich immer öfter. Und an diesen Abend, der letzte Kunde war gegangen und ich machte gerade die Abrechnung, drängte er mich grob nach

hinten und griff auf meine Brust, ich wehrte verzweifelt seine grapschenden Hände ab.
„Komm, zeig es mir, du willst es doch auch!" flüsterte er heiser und öffnete seine Hose.
Mit letzter Kraft stieß ich ihn weg und rannte zur rettenden Tür. Hastig griff ich nach meiner Handtasche und flüchtete zu meinem Auto.

Zu Hause setzte ich mich weinend auf die Couch und vergrub mein Gesicht in meine Hände. Nein, ich würde nie wieder dieses Geschäft betreten, ich hatte panische Angst vor ihm. Ich wagte nicht ihn wegen sexueller Belästigung anzuzeigen, ich konnte mir keinen Anwalt leisten. Ich weinte wegen meiner Hilflosigkeit und über mein erbärmliches Leben. Die nächsten zwei Wochen erschien ich nicht zur Arbeit und dann bekam ich die fristlose Kündigung. Er hatte mich einfach entlassen, dieser verdammte Kerl. Trotzdem war ich erleichtert dass es endgültig zu Ende war, ich war befreit von diesem Mann.

Nach vier Wochen hatte ich wieder einen Job in einem Kosmetik- und Massagesalon. Ich hatte mich seit dem Vorfall nicht mit Harald getroffen, sagte ihm dass ich zu beschäftigt sei und jetzt hatte ich wieder Lust ihn zu sehen.

Er lächelte als ich vor seiner Wohnung stand und zog mich an sich.
„Silvia, du hast mir gefehlt, warum hattest du keine Zeit für mich?"
„Ich habe den Job gewechselt, jetzt bin ich ja wieder da!" antwortete ich.
Von dem Vorfall mit meinen ehemaligen Chef sagte ich kein Wort. Ich wollte nicht, dass Harald davon wusste, er war bei der Kripo und möglicherweise

hätte er mich zu einer Anzeige gedrängt, aber ich hatte nicht den Mut den Mann vor Gericht zu bringen. Ich musste selber damit fertig werden und wollte keine Erklärungen abgeben, mein Leben war schon so anstrengend genug.
„Ich hole dir ein Getränk!" sagte Harald und ging in die Küche.

Ich stand immer noch im Vorzimmer und bückte mich um mir die Schuhe auszuziehen. Da sah ich seine Pistole liegen! Direkt vor meinen Augen auf dem Kästchen lag sie und ich schüttelte den Kopf über seine Unachtsamkeit. Ich erhob mich und ging immer noch in Gedanken versunken ins Wohnzimmer. Vermutlich war sie sogar geladen, wie unvorsichtig von ihm die Waffe so offen liegen zu lassen. Seufzend setzte ich mich in den Couchsessel und lehnte mich zurück.

„Hallo Silvia!" Diese tiefe Stimme!
Ich richtete mich hastig auf und drehte mich um. Schräg hinter mir auf der Couch saß Roman und blickte mich ernst an. Ich hatte ihn nicht gesehen, ich war so irritiert über die Waffe dass ich ihn nicht bemerkte. Ich schluckte, wie lange war das her als wir diese Nacht in dem Hotel verbrachten, zwei Monate oder drei oder länger? Ich hatte jegliches Zeitgefühl verloren, diese Nacht war aus meinem Gedächtnis gestrichen. Roman zündete sich eine Zigarette an und starrte mich unentwegt an, wieder mit dieser mir bekannten, gelassenen Ruhe, ich schwieg. Und plötzlich erregte mich dieser Mann, dieser ruhige, ernste Mann, er war so anders als Harald, so erwachsen. Die Lust, die mich zu Harald kommen ließ, gehörte jetzt Roman!

Harald stand vor mir und reicht mir das Getränk. Er betrachtete mich merkwürdig als ich zu ihm aufsah und mich bedankte. Roman erhob sich.
„Ich will euch nicht länger stören, es hat mich gefreut sie wieder zu sehen", sagte er zu mir und reichte mir die Hand. Zögernd griff ich danach, nickte ihm zu und schwieg immer noch.
Es war eigenartig, er siezte mich wenn er mit mir sprach, aber im Hotel als wir Sex hatten wurde ich von ihm geduzt. Dann wandte er sich zu Harald.
„Ich melde mich telefonisch!"
Die Tür schloss sich hinter ihm.
Ich saß immer noch aufrecht im Sessel als Harald sich vor mich stellte und auf mich herabsah.
„Wag es nicht dich mit Roman zu treffen, hörst du, ich verbiete es dir!" Wütend sah ich zu ihm auf.
„Was, du verbietest es mir? Du wagst es mir Vorschriften zu machen? Ich hätte mich nicht mit ihm getroffen, was bildest du dir ein?"
„Du würdest dich sofort mit ihm verabreden, ich habe es in deinen Augen gesehen, dein Blick, dieses Verlangen nach ihm, ich kenne dich Silvia, immer wenn du mich so ansiehst hast du Lust mit mir zu schlafen! Ich erlaube dir nicht ihn zu treffen, du würdest es bereuen, er ist gefährlich!"
Ich reagierte wütend über seine Unverschämtheit.
„Du hast wolltest doch dass ich mich mit ihm einlasse, du hast es arrangiert, weißt du das nicht mehr?" schrie ich und Harald sah mich zornig an.
„Aber ich habe es mir anders vorgestellt, du solltest mir alles über ihn erzählen, von seinen Vorlieben, alles, warum hast du es nicht getan obwohl ich es von dir verlangt habe?" Abrupt stand ich auf.
„Du hast nichts zu verlangen, du bist nicht befugt mir vorzuschreiben mit wem ich meine Zeit verbringe!"

Wütend schnappte ich meine Handtasche und wollte zur Tür aber Harald packte mich so fest am Arm dass es schmerzte, ich wollte mich losreißen, aber er hielt mich fest und ich konnte mich gegen seine Kraft nicht wehren. Er packte mich beim anderen Arm und zwang mich zu Boden und seine Drohung machte mir plötzlich Angst.
„Du gehörst mir, nur mir, verstehst du, ich will nicht, dass du einen anderen begehrst!"
Ich sah ihn überrascht an, noch nie hatte ich ihn so aggressiv erlebt und ängstlich dachte ich an seine Pistole im Flur.
„Du bist eifersüchtig!", entfuhr es mir, wir knieten beide am Boden im Wohnzimmer und er hielt mich immer noch fest umklammert.
„Ich will dich nicht bevormunden, ich liebe dich. Versprich mir dass du ihn nicht sehen wirst!"
Ich nickte wieder, mit der Pistole im Rücken die hinter mir auf den Kästchen lag hätte ich ihm alles versprochen.

Verwirrt fuhr ich nach Hause, ich wollte Harald nicht mehr sehen, er hatte mir Angst gemacht und fieberhaft überlegt ich wie ich unsere Beziehung lösen könnte. Eigentlich war es keine Beziehung, es war eher ein Verhältnis. Ich hatte Harald gemocht, er war mein Freund, mein Kumpel, ein guter Liebhaber mit einem perversen Vorspiel das mich abschreckte und davon abhielt mich in ihn zu verlieben. Mehr nicht!

Zwei Tage später rief mich Roman an meiner Arbeitsstelle an, ich hatte keine Ahnung woher er wusste wo ich arbeitete.
„Ich habe zwei Opernkarten für Samstag und würde sie gerne einladen mich zu begleiten!"

Wieder siezte er mich. Ich schwieg und dachte an Harald, er warnte mich vor Roman, doch ich nahm seine Einladung an.
„Ja, gerne würde ich in die Oper gehen."
„Ich werde sie abholen, wo wohnen sie?"
Nein, treffen wir uns vor der Oper."
„Nehmen sie ein Taxi, Samstag um neunzehn Uhr."
„Ja, bis Samstag", flüsterte ich.
Harald durfte nie erfahren dass ich mich mit Roman traf!

Ich war noch nie in der Oper und zu diesem Anlass kaufte ich mir ein rotes, hochgeschlossenes, enganliegendes Kleid und eine dazu passende rote Stola. Die Ausgaben belasteten mein Konto, das Geld reichte gerade noch für die Taxifahrt zum Opernhaus. Als der Wagen vor der Oper hielt, sah ich Roman bei einer Säule stehen, lässig daran gelehnt mit einer Zigarette in der Hand. Er blickte in meine Richtung und als er mich erkannte kam er zum Wagen. Ich saß hinten und galant öffnete er mir die Tür und als ich ausstieg, sah er mich anerkennend an. Er bot mir seinen Arm an und diese Nähe zu ihm irritierte mich. Ich konnte kaum die Treppen steigen weil das Kleid so eng war.

Er hatte Logenplätze reserviert nur für uns beide, eine Loge für uns allein. Die nächste besetzte Loge war mindestens zehn Meter von uns entfernt. Ich war beindruckt von seiner Großzügigkeit.
Als die Oper begann, drückte er mir ein Opernglas in die Hand und ich sah damit begeistert auf die Bühne. Ich hörte der Musik zu, aber ich bemerkte auch dass er kaum auf die Bühne sah, er fixierte mich ständig mit seinen Augen. In der Pause erzählte er mir alles über die Handlung der Oper, ich hörte interessiert zu,

er war ein so reifer Mann, so aufmerksam und sein Allgemeinwissen imponierte mir und doch dachte ich darüber nach was der Preis für diesen Opernbesuch war, ich war sicher er stellte Bedingungen für seine Großzügigkeit. Um besser zu sehen, saß ich aufrecht im Sessel und war ganz nach vorne an die Kante des Sessels gerutscht meine Beine hatte ich überkreuzt. Die Musik war laut und wunderschön, die Darsteller fantastisch und als ich seine Hand auf meinem Knie spürte bewegte ich mich nicht. Drängend fuhr er mit der Hand zwischen meine Beine, bis ich gezwungen war die Überkreuzung zu lösen und meine Beine nebeneinander stellte. Langsam glitt seine Hand zwischen meinen Schenkeln hinauf und gleichzeitig schob er mein Kleid nach oben, soweit nach oben dass mein rotes Höschen zu sehen war. Er ließ seine Hand auf meinem Oberschenkel liegen und dort verharrte er lange. Ich war erregt, die Musik war betörend schön und niemand sah, dass dieser Mann sein Hand unter meinem Kleid hatte und ich fühlte ein Verlangen nach Roman.
Harald existierte nicht mehr.
Er glitt mit seiner Hand unter mein Höschen und streichelte mich. Ich sah ihn an und dann beugte er sich vor und flüsterte mir ins Ohr.
„Ich will, dass du auf die Bühne siehst, beachte mich nicht!"
Ich war so erregt dass ich spürte wie mein Höschen feucht wurde. Als er mit seinen Finger in mich eindrang, biss ich mir auf die Lippen um nicht aufzustöhnen. Ich atmete schwer und wagte nicht ihn anzusehen. Ich starrte auf die Bühne, konnte mich kaum noch auf die Musik konzentrieren, er stieß seinen Finger in meine Scheide, minutenlang, in einer Loge der Oper, mitten unter den vielen, fremden Leuten. Keiner ahnte dass ich in dieser

Minute von diesem Mann befriedigt wurde. Ich schmeckte das Blut auf meinen Lippen und dann spürte ich dass ich kurz vor dem Höhepunkt stand. Ich presste meine Hand auf meinen Mund um nicht laut aufzustöhnen und fiel keuchend zurück in meinen Sessel. Ich sah ihn an und in seinem Blick lag ein wildes Verlangen nach mir. Er beugte sich vor und flüsterte mir ins Ohr.
„Braves Mädchen!"
Ich wusste in der Oper hatte nur das Vorspiel sattgefunden und wir beide wussten, dass ich mit ihm die Nacht verbringen würde. Der Mann war völlig verrückt oder extrem pervers, oder beides. Ich würde mit ihm gehen, ich war auch verrückt, oder ...

Die Oper war zu Ende, ich stand auf und applaudierte, Roman blieb sitzen, er hatte immer noch seine Hand unter meinem Kleid. Wie selbstverständlich fuhren wir nach der Oper mit dem Taxi in seine Wohnung, während der Fahrt, sprach er kein einziges Wort mit mir. Bereits im Vorzimmer lockerte er seine Krawatte und drängte mich hastig ins Wohnzimmer. Er zog sein Sakko aus, ich stand dort und wartete auf seine Anweisungen, ich musste ihm seine Wünsche, was immer es auch sein mochte erfüllen, dessen war ich mir sicher.
„Zieh dein Höschen aus", verlangte er von mir und im Augenwinkel sah ich dass er sich seine Hose öffnete.
Als ich mir den Reißverschluss meines Kleides öffnen wollte, schüttelte er den Kopf.
„Lass es an", flüsterte er mir zu.
Ich stand vor ihm mit meinen roten Kleid, den halterlosen Strümpfen und den roten Schuhen.
Er saß auf der Couch und befahl.
„Setz dich auf mich!"

Ich musste das enge Kleid bis über meine Hüften hochschieben und dann ließ ich seinen Penis in mich gleiten. Seine Hände griffen nach meinen Hüften und hielten mich mit eisernem Griff fest. Ich konnte mich nicht bewegen, ich saß auf ihn, seinen Penis tief in mir. Er bog meine Arme hinter meinen Rücken, fasste mich mit einer Hand um meine Handgelenke und ließ mich nicht mehr los. Dann lehnte er sich auf der Couch entspannt zurück und wies mich an mich nicht zu rühren. Regungslos saß ich auf ihn und es tat weh wie er die Finger seiner anderen Hand in meine Hüfte krallte. Langsam hob er mein Becken hoch und bewegte es auf und ab und immer wenn ich stöhnte, unterbrach er die Bewegungen. Er rammte mir mit wuchtigen Stößen sein Glied in den Leib. Meine Arme waren immer noch am Rücken durch seine Hand fixiert und ich konnte mich nicht abstützen. Es strengte mich an, in dieser erzwungenen Position zu verharren, aber sein Blick war so beherrschend das ich es ertrug. Ich senkte den Blick und er flüsterte.
„Sieh mich an!"
Ich musste mich völlig unterwerfen, ich sah es in seinen kompromisslosen Augen, er duldete keinen Widerstand ich sah sein Verlangen nach mir und das erregte mich. Der Rhythmus seiner Bewegungen wurde immer schneller. Ich keuchte und fast gleichzeitig erreichten wir den Höhepunkt und endlich lockerte er seinen Griff und ich sank erschöpft auf ihn. Er schob mich weg, stand auf, zog sich die Hose an und ging hinaus, ich keuchte immer noch vor Anstrengung. Er kam mit einen Glas Wasser zurück, das er mir reichte und ich trank gierig. Dann befahl er mir aufzustehen. Er stellte sich hinter mich und öffnete mir am Rücken den Reißverschluss meines Kleides.
„Trägst du keinen BH?"

„Nein."
„Warum nicht?"
„Ich mag es nicht, es engt mich ein."
Überrascht drehte er mich um und streifte mir das Kleid von den Schultern bis zur Hüfte. Ich stand vor ihm und er starrte auf meine Brüste.
„Sie sind schön, weißt du dass? Sie sind wunderschön."
Ich schwieg und sah zu Boden als er seine Hände auf meine Brüste legte und anfing sie zu streicheln, zuerst sanft, dann immer fester, er tat weh, aber ich erduldete es, plötzlich ließ er von mir ab.
„Ich will dass du die Nacht bei mir bleibst, du kannst jetzt duschen und dann geh ins Bett!"
„Ich möchte lieber zu Hause schlafen."
„Ich wünsche, dass du bei mir schläfst!"
Er sprach bestimmend und dann plötzlich zärtlich.
„Würdest du das für mich tun?"
Ich nickte unsicher. Ich ging in den Flur und zog mir die Schuhe aus, dann sah ich mich um. Der Flur war lang, sehr lang und es waren mindestens acht Türen zu irgendwelchen Zimmern. Die Wohnung war sehr groß, meine ganze Wohnung würde in dieses Wohnzimmer passen. Unschlüssig blieb ich stehen, ich hatte keine Ahnung wo das Bad war.
„Was suchst du?"
Roman stand hinter mir und sah mich fragend an, ich hatte sein Kommen nicht bemerkt.
„Das Badezimmer."
Roman deutet zu einer Tür. Das Bad war ebenfalls groß und hatte weiße Fliesen, ein weißes Waschbecken, eine große Badewanne, die Handtücher, die Spiegel, alles war weiß. Die Dusche war riesig und völlig aus Glas und sie hatte mehrere Düsen aus denen das Wasser kam.

Ich zog mein Kleid und die Strümpfe aus, mein Höschen musste noch im Wohnzimmer liegen. Ich hasste es, dass ich geblieben war, ich hatte kein frisches Höschen mit und keine Zahnbürste. Ich schlief fast nie bei Männern, ich verbrachte die Nacht bei ihnen zum Sex und dann ging ich einfach. Aber bei ihm schlafen und dann neben ihm aufwachen, das wollte ich nicht, es war mir zu intim.
Ich steckte meine Haare hoch und stieg seufzend in die Dusche. Das warme Wasser lief mir über Gesicht und Körper, es war angenehm, ich wünschte ich wäre jetzt zu Hause und könnte mich in mein Bett legen und nur schlafen. Ich war sicher, er würde morgen früh noch einen Wunsch haben den ich ihn erfüllen sollte. Ich hatte teuer für die Opernkarten bezahlt!
Ich trocknete mich ab und gab Zahnpaste auf meinen Finger um mir die Zähne zu putzen.
Dann nahm ich mein Kleid und die Strümpfe und sah auf die Uhr. Es war drei Uhr früh.
Ich ging in den Flur und wusste nicht wo das Schlafzimmer war, aus dem Wohnzimmer kamen Stimmen. Die Tür war halb offen und ich sah Roman auf der Couch sitzen, der Fernseher lief.
Ich klopfte und er drehte sich zu mir. Völlig nackt stand ich vor ihm und erst jetzt wurde mir bewusst dass er mich noch nie ganz nackt gesehen hatte. Er sah mich so neugierig an, dass ich mich schämte und hastig mein Kleid vor mich hielt.
„Ich suche mein Höschen, es muss noch irgendwo im Wohnzimmer liegen."
Ich betrat das Zimmer und suchte danach, seine Augen folgten jeder meiner Bewegungen, seine Blicke waren mir unangenehm. Ich fand es schnell, es war rot und auch in diesem Zimmer war alles weiß! Der Teppich, die Couch, die Sessel, die Möbel,

alles war weiß, nur der Tisch war aus Glas. Ich spürte dass mein Höschen immer noch feucht war. Unschlüssig blieb ich stehen und sah auf den Boden. Er sah mich noch immer an und sagte kein Wort, ich sprach leise.
„Ich weiß nicht wo ich schlafen soll."
Er stand auf und führte mich zu einer der vielen Türen im Flur. Das Schlafzimmer war noch größer als das Wohnzimmer und es war auch weiß, alles war weiß, sogar der weiche, dicke Teppichboden. Mitten im Raum stand ein rundes, weißes Lederbett mit Kopfstützen, ein Ledersessel und ein großer Fernseher. Dann bemerkte ich die großen Spiegel. An zwei gegenüberliegenden Wänden Spiegeln bis an die Decke. Darum sah das Zimmer so groß aus, es war eine optische Täuschung. Nur die Bettwäsche war dunkelgrau.
Ich legte meine Kleider auf einen Sessel und legte mich ins Bett. Er stand immer noch im Türrahmen und blickte mich an. Lange stand er dort und sah mich intensiv an. Ich schloss die Augen, ich konnte seinen Blick nicht mehr ertragen. Ich bemerkte dass er das Licht abdrehte und die Tür hinter sich schloss. Ich war alleine.

Als ich aufwachte war ich alleine, ich wusste nicht ob er in der Nacht neben mir lag, ich schlief so tief. Das Bett sah nicht benützt aus. Dann sah ich den Bademantel auf dem Bett liegen, er musste irgendwann im Zimmer gewesen sein. Plötzlich bemerkte ich ihn, er stand in der Tür mit einer Kaffeetasse in der Hand und trug einen Bademantel.
„Möchtest du Frühstück?"
„Nur Kaffee bitte. Kann ich vorher ins Bad?" Er nickte.
„Willst du Milch und Zucker?"
„Nur Milch bitte, ist der Bademantel für mich?"

Er nickte wieder.
Ich zog den Mantel an und ging zur Tür und er wich keinen Schritt zur Seite. Ich musste mich bei ihm vorbeidrängen, berührte ihn dabei. Ich hasste diese Frühstückszeremonie, ich wollte nicht mit einem fast Fremden meinen Kaffee trinken, ich wollte am Morgen meine Ruhe haben.
Als ich im Bad fertig war ging ich wieder ins Schlafzimmer und setzte mich auf das Bett. Er kam mit einer Tasse und reichte sie mir. Ich zog die Beine an mich und nippte am heißen Kaffee. Roman setzte sich in den Sessel und sah mich interessiert an.
„Silvia, weißt du eigentlich wie du aussiehst?"
„Wie meinst du das?"
„Sieh dich im Spiegel an und sag mir wie du aussiehst!"
„Das siehst du doch!"
„Sag es mir!"
Ich seufzte:
„Ich glaube dass ich hübsch bin."
„Du glaubst es? Du weißt es nicht?"
„Nein."
„Hat dir niemand gesagt dass du schön bist?"
„Nein."
„Nein?"
Ich schüttelte den Kopf.
„Beschreibe dich!"
„Ich habe sehr lange, schwarze Haare und dunkelgrüne Augen."
„Was siehst du noch?"
„Meine Nase und mein Mund sind klein, meine Backenknochen treten etwas hervor."
„Was siehst du noch?"
„Ich weiß nicht!"
„Sieh dich an, was fällt dir noch auf!"
„Ich bin nicht geschminkt!"

Er sah mich so überrascht an, dass ich glaubte es war die falsche Antwort.
„Wie alt bist du?"
„Einundzwanzig."
Er sah mich wieder erstaunt an.
„Weißt du dass du aussiehst wie fünfzehn?"
Ich schwieg.
„Silvia, du hast das Gesicht eines unschuldigen Kindes, weißt du das?"
„Nein."
„Was siehst du noch!"
„Ich weiß nicht."
„Zieh dich aus!"
Ich zögerte.
„Zieh dich aus!" Er sprang aus seinen Sessel auf und riss mir den Bademantel hinunter.
„Sieh dich an! Ich will das du mir genau sagst was du siehst."
„Ich sehe mich!"
„Ja, natürlich, beschreibe dich!", er klang verärgert.
„Ich bin nackt! Ich habe schmale Schultern und eine schmale Taille. Meine Hüften sind schmal aber viel breiter als meine Taille. Und sie sind voller blauer Flecken!"
Er sah mich überrascht an. Er hatte mich gestern so fest gehalten dass meine Hüften blau unterlaufen waren.
„Was noch?"
„Ich weiß es nicht!", sagte ich verzweifelt und seine Fragen fingen an mich zu nerven.
„Sieh hin!"
„Ich habe keine langen Beine weil ich klein bin."
„Was noch, verdammt sag es mir, sieh dich an!"
Ich wusste nicht was er meinte und was er von mir hören wollte.
„Ich habe Kurven."

„Beschreib mir deine Brust!"
„Aber du siehst sie doch!"
„Ich will es von dir wissen!"
Ich seufzte wieder.
„Sie sind rund, voll und nicht zu groß!"
„Gefallen sie dir? Findest du sie schön?" fragte er heiser.
„Ja, ich glaube schon."
„Du glaubst es? Hat dir noch nie jemand gesagt dass sie schön sind?"
„Nein!" sagte ich gereizt, „nein, noch nie! Doch, du sagtest gestern das sie schön sind."
Er sah mich an und sagte ganz langsam.
„Geh nach vor zum Spiegel!"
„Warum?"
„Geh einfach, tu was ich dir sage!"

Ich sah mich in den Spiegel und ging fünf Meter auf den Spiegel zu. Ich erstarrte! Meine Hüften wogen sich, meine Kurven wurden durch die Bewegung größer, meine Brüste wippten ganz leicht, der ganze Körper sah anmutig und weiblich aus. Ich erschrak. Ich sah sexy aus! Ich hatte das Gesicht eines Kindes und den Körper einer sehr weiblichen Frau. Ich setzte mich auf das Bett und blickte nach unten.
„Was denkst du?" er klang ärgerlich.
„Es ist mir peinlich!"
„Peinlich? Warum?"
„Ich will nicht dass ich so aussehe!"
„Deine Sinnlichkeit! Du wusstest nicht dass du sinnlich bist? Das du eine so unglaublich erotische Ausstrahlung hast? Dass du die Männer verrückt machst? Dass jeder der dich sieht ein Verlangen nach dir hat? Ein gieriges Verlangen nach deinen Körper und diesem unschuldigen Gesicht? Jeder

Mann würde dich sofort ins Bett zerren! Jeder Mann begehrt dich! Hast du das nicht gewusst?"
„Nein", ich schüttelte heftig den Kopf.
„Die Männer wollen immer Sex, es hat nichts mit meinem Aussehen zu tun!"
„Oh, doch, es ist deine unglaubliche Sinnlichkeit und das unschuldiges Gesicht einer Kindfrau!"
„Ich will das nicht, es macht mir Angst, ich mag nicht wenn man mich so ansieht, sie starren mir auf die Brüste, das ist mir unangenehm!" ich redete wie ein kleines, trotziges Kind.
Plötzlich fing ich zu weinen an. Roman sah mich fassungslos an und dann nahm er mich in die Arme. Ich legte meinen Kopf auf seine Brust und er hielt mich lange an sich gepresst.
„Du hast es wirklich nicht gewusst wie du auf Männer wirkst!" Ich schluchzte immer noch.
Roman zog mir den Bademantel an und langsam beruhigte ich mich, er setzte sich wieder auf den Sessel und sah mich sehr merkwürdig an.
„Diese Nacht im Hotel warum bist du zu mir gekommen?"
„Du wolltest mit mir schlafen."
„Ich meine, warum hast du das gemacht?"
„Du hast mich dafür bezahlt!"
„Du hast es nur wegen dem Geld gemacht?"
„Ja."
„Warum?"
„Ich brauchte das Geld!"
„Für was?"
„Mein Auto war kaputt."
„Du bist nicht wegen mir gekommen?"
„Warum sollte ich?"
„Du hättest auch mit einem anderen Mann geschlafen, wenn er dich bezahlt hätte?"
„Ja!"

„Du bist eine Hure, weißt du das?"
Ich sah ihn wütend an und meine Augen verengten sich.
„Eine Hure? Eine Hure mit einem einzigen Kunden? Ein Kunde der mich nicht geküsst hat, der mich nicht über der Gürtellinie berührt hat?"
Ich stand auf und langsam ging ich auf ihn zu. Ich blieb genau vor ihm stehen und stützte meine Hände auf der Lehne seines Sessels ab und dann beugte ich mich ganz nah zu ihm und flüsterte.
„Ist nicht jede Frau eine Hure wenn sie sich zum Essen einladen lässt? Ist nicht jede Frau eine Hure wenn sie sich Schmuck schenken lässt? Ist nicht jede Ehefrau eine Hure wenn sie sich von ihren Mann aushalten lässt?"
Er sah mich verblüfft an und dann lachte er laut auf, zum ersten Mal sah ich seine weißen schönen Zähne blitzen.
„Du bist bemerkenswert, weißt du das? Ich liebe nicht nur deinen Körper sondern auch deinen Verstand."
Ich richtete mich auf und sah ihn erstaunt an, dann kicherte ich plötzlich.
„Du warst so nervös, wie ich dich kennen gelernt habe, damals als mich Harald dir vorstellte."
Roman sah mich überrascht an.
„Ich bin nie nervös!"
„Doch", ich beharrte darauf, „du hast immer an deinen Ring gedreht."
Roman schüttelte den Kopf, dann lachte er wieder.
„Ja, stimmt, da war ich auf Entzug!"
„Auf Entzug?"
„Ja, ich war dabei mir das Rauchen abzugewöhnen."
Roman schien nachzudenken, fuhr fort.
„Weißt du warum ich mich mit dir in diesem Hotel getroffen habe?"
„Ja!" sagte ich leise.

„Nein, du weißt es nicht! Als ich dich das erste Mal sah, war mein Verlangen nach dir so groß dass ich Harald bat, ein Treffen zu arrangieren. Ich hoffte es ist nur dein Aussehen das dich so sinnlich macht, ich hoffte du bist gehemmt in deiner Sexualität und unerfahren in deiner Jugend. Mein Verlangen nach dir wäre erloschen, verstehst du, ich wollte dich nicht mehr begehren! Wie du siehst ist es dir nicht gelungen! Du bist noch offener und vulgärer im Bett als es dein Aussehen verspricht als ich es mir je vorstellen konnte. Ich begehre dich immer mehr! Ich will dich! Ich will dich jede Woche!"
Ich schüttelte heftig den Kopf.
„Es geht nicht, Harald darf nie erfahren dass ich bei dir war, bitte erzähle es ihm nicht! Er hat mir verboten dich zu treffen, bitte sag es ihm nicht!"
Flehend sah ich ihn an.
„Er hat es verboten? Wann?"
„Damals als ich dich bei Harald wieder sah."
„Würdest du mich wieder sehen wollen?"
„Ich weiß es nicht, Harald würde es nicht erlauben."
„Ich habe das bereits mit Harald geregelt!"
Er klang wütend.
„Geregelt? Was hast du geregelt?"
Ich sah ihn erstaunt an.
„Er ist einverstanden dass ich mich mit dir treffe!" sagte er.
„Er weiß, dass ich hier bin?"
„Ja."
„Er hat es einfach so akzeptiert dass ich hier bin?"
„Roman nickte, ich schüttelte den Kopf.
„Ich glaube dir nicht!"
Er seufzte.
„Harald war mir noch einen Gefallen schuldig und ich habe diesen jetzt eingefordert, er hat jetzt seine Schuld bei mir eingelöst, wir hatten einen Deal. Und

er weiß das ich dich will, jede Woche von Samstag neunzehn Uhr bis Sonntag neunzehn Uhr, vierundzwanzig Stunden lang, die übrigen Tage kannst du ja mit ihm verbringen!"

Ich war fassungslos und flüsterte.

„Ihr habt mich aufgeteilt? Wie eine Ware? Wie ein Spielzeug?"

Ich wurde wütend über diese Unverschämtheit und schrie ihn an.

„Ohne mich zu fragen? Wer glaubst du eigentlich wer du bist?"

„Du weißt es nicht?"

„Nein."

„Willst du es wissen?"

„Nein!"

„Du weißt gar nichts von mir, oder?"

„Nein, es ist mir egal wer du bist, es interessiert mich nicht!", sagte ich erbost, er antwortete leise.

„Du würdest es gut bei mir haben, ich könnte dir Wünsche erfüllen, jeden Wunsch, finanzielle Wünsche, verstehst du? Für vierundzwanzig Stunden in der Woche, könntest du dir das vorstellen?"

Ich sah auf meine Hände, spielte unsicher mit meinen Fingern und dachte nach was er von mir verlangen würde, zögerte mit der Antwort.

„Was muss ich dafür tun?"

„Du müsstest mir meine Wünsche erfüllen, sexuelle Wünsche."

Ich schwieg, er bohrte nach.

„Würdest du das für mich tun?"

„Ich muss darüber nachdenken! Ich will jetzt nach Hause!"

Ich zog mich an und ging langsam zur Tür.

Roman begleitet mich in den Flur, ich sah ihm in die Augen und dann sagte ich.

„Gut, ich komme jeden Samstag um neunzehn Uhr zu dir und ich werde dich am Sonntag um neunzehn Uhr wieder verlassen. Die übrige Zeit will ich dich nicht sehen, du sollst mich auch nicht anrufen. Du wirst mich dafür bezahlen, nicht nur mit Geld, du wirst mich in diesen vierundzwanzig Stunden zum Essen einladen, du wirst mit mir Kulturveranstaltungen besuchen, du wirst mich finanziell verwöhnen zu den Preis den ich dir wert bin! Und ich hoffe dass ich dir viel wert bin! Dafür werde ich dir zur Verfügung stehen und dir alle sexuellen Wünsche erfüllen, wirklich alle! Aber sobald du anfängst mich zu langweilen oder sobald du mir einen Grund gibst warum ich diese Spiel nicht mehr mitspielen will, werde ich dich verlassen und du wirst mich gehen lassen! Vielleicht in drei Wochen, vielleicht in einem Jahr. Hast du das verstanden!"
Er nickte und dann lächelte er.

Zu Hause fand ich ein weißes Kuvert in meiner Handtasche, beschriftet mit seiner gestochen, schönen Handschrift, Geld lag in dem Kuvert, viel Geld und ein kleiner weißer Zettel:

Erfüll dir einen Wunsch! Roman.

Ich war fasziniert von diesem Mann und das machte mir Angst und ich zitterte als ich den Zettel nochmals las.

Als ich am nächsten Tag zu Harald kam stieß ich ihn weg als er mich in die Arme nehmen wollte.
„Warum hast du das zugelassen? Ihr habt mich aufgeteilt wie ein Spielzeug! Bin ich dir denn gar nichts wert? Warum schuldest du ihm einen Gefallen, ich will es wissen! Sofort!"

Ich wurde laut und Harald sah mich verlegen an.

„Ich stand in seiner Schuld, ich hatte keine Wahl, ich musste meine Schuld endlich begleichen und er hat dich dafür gewollt!"

„Ich will alles wissen, erzähl es mir, wenn du es nicht tust, werde ich Roman fragen, willst du das?"

Er senkte den Kopf und seufzte.

„Ich war jung, frisch von der Polizeischule, ich machte einen großen Fehler und er hat das für mich ausgebügelt. Er hat mir geholfen dass ich bei der Polizei bleiben konnte! "

„Was für ein Fehler?"

„Ich habe bei einer Streife einen Dieb in den Rücken geschossen, einfach so, er hat mich nicht einmal gesehen oder bedroht, er war fast noch ein Kind, sechzehn Jahre alt. Ich wäre vermutlich im Gefängnis gelandet und mein Leben wäre gelaufen gewesen. Er sagte zu mir, irgendwann würde er mich um einen Gefallen bitten und ich müsste dann meine Schuld begleichen und wenn ich das nicht mache, würde ich die Konsequenzen tragen müssen, Mord verjährt nie, sagte er. Ich hatte keine Wahl!"

„Er ist auch bei der Polizei?"

„Nein! Du weißt nicht was er macht? Du weißt gar nichts von ihm, oder?"

„Nein!"

„Er ist Richter! Er hat Macht, er hat Freunde, einflussreiche Freunde, der Mann ist gefährlich, er kann mich vernichten, wenn er will. Ich hatte keine Chance, ich musste ihm diesen Gefallen erweisen. Aber du, du kannst sein Angebot ablehnen, du stehst nicht in seiner Schuld, du hast es in der Hand, bitte verlass ihn bevor es zu spät ist, er ist gefährlich!"

Ich war fassungslos über sein Geständnis, fassungslos dass ich Roman soviel wert bin. Diese

große Schuld die Harald bei ihm hatte, er wollte mich dafür, er erließ Harald seine Schuld obwohl er nicht gewusst hatte ob ich sein Angebot annehmen würde.
„Du hast zugestimmt?" Haralds Stimme klang kraftlos.
„Ja!"

Roman öffnete mir die Tür und zog mich sofort in die Wohnung.
„Zieh dich aus!"
Ich war so verblüfft, dass er mich nicht einmal begrüßte und ich sah in unverständlich an, stand einfach nur da.
„Hast du nicht gehört? Zieh dich aus und geh unter die Dusche!"
„Nein, ich komme von zu Hause, ich habe gerade geduscht, es ist nicht nötig nochmals zu duschen!" protestierte ich.
„Wir haben eine Abmachung, und du wirst diese Abmachung einhalten!"
Ich seufzte, ging ins Bad und steckte mir die Haare hoch. Dann stellte ich mich unter die Dusche, schloss die Augen und ließ mir das Wasser über Gesicht und Körper laufen.
Ich bemerkte nicht dass Roman zu mir unter die Dusche kam, ich bemerkte ihn erst als er mir die Klammern aus meinem Haar löste. Ich wollte ihn abwehren, aber er hielt meine Arme fest und sah mich ernst an. Er drehte alle Wasserdüsen der Dusche auf und das Wasser kam von allen Seiten, rann über unserer Körper, seine Haare waren nass und er sah völlig anders aus, so wild, sein Anblick erregte mich. Dann zwang er mich zu Boden, ich musste mich niederknien, er kniete sich hinter mich und drückte meinen Oberkörper nach vor. Ich stütze mich mit den Händen am Boden ab und das Wasser

lief warm über unsere Körper dann drang er in mich ein. Er war so wild und kraftvoll in seinen Bewegungen das ich mit meinen Knien ständig hin und her rutschte. Ich versuchte mit meinen Händen an den Bodenfliesen Halt zu finden, er bemerkte es und hielt mich an den Hüften fest. Es tat weh, meine Hüfte war immer noch empfindlich und blau. Er rammte mir sein Glied fest hinein, ich hörte ihn keuchen und dann krallte er seine Finger in meiner Schulter fest. Ich stöhnte, ich hatte das Gefühl das Wasser wurde immer heißer, dann schlang er seinen Arm um meine Taille, ich hatte keine Bewegungsfreiheit mehr und als er einen Orgasmus hatte, verharrte er noch Minuten in mir und hielt mich fest umklammert. Ich hielt diese Stellung kaum noch aus, meine Knie und meine Hände schmerzten. Endlich ließ er mich los.

Ich kippte zur Seite und fiel kraftlos um. Er drehte die Wasserdüsen ab und stieg aus der Dusche, das Glas war beschlagen und ich richtete mich langsam auf. Ich versuchte mit der Hand den Dampf am Glas wegzuwischen und sah wie er sich abtrocknete. Er war schlank, hatte einen sehnigen Körper und die Figur eines Ausdauersportlers. Ich hatte keine Ahnung wie alt er war, ich schätzte ihn auf fünfunddreißig, höchstens vierzig, ich beobachtete ihn und sah wie er sich frisierte. Dann trug er Rasierschaum auf und rasierte sich. Er drehte sich plötzlich um, sah dass ich ihn anstarrte und öffnete die Tür der Dusche.

„Mach dich fertig, wir gehen essen, ich gebe dir dreißig Minuten!"

„Ich will nicht, ich habe keinen Hunger, außerdem schaffe ich das nicht in der kurzen Zeit.

„Gut, dann gehen wir in einen Club, hörst du, du hast dreißig Minuten."

Er ging aus dem Bad, ich war wütend, er hatte mir nicht zugehört, ich würde das nicht in der Zeit schaffen. Bewusst langsam trocknete ich mich ab und föhnte meine Haare. Als ich mir gerade die Wimpern tuschte, kam er ins Bad.
„Bist du endlich fertig?"
„Ich kann nicht in einen Club, ich hab nur Jeans mit!"
„Dann ziehst du Jeans an!"
„Welcher Club ist das?"
„Ein Club, man trifft Freunde, trinkt und redet. Zieh dich endlich an!"

Der Club war zehn Fußminuten von seiner Wohnung entfernt, es war warm und wir spazierten die Straße hinunter.
Der Club war gut besucht, Roman steuert sofort einen Tisch an, der einzige der noch frei war und ich lief hinter ihm her. Wir setzten uns und Roman bestellte Getränke.
„Was willst du trinken?"
„Orangensaft!"
„Du trinkst einen Cocktail!"
„Ich mag keinen Alkohol!" Ich wurde wütend weil er mich bevormundete.
Er bestellte beim Kellner eine Flasche Champagner. Er ignorierte einfach meine Wünsche, dann stand er auf.
„Ich komme gleich wieder."
Er ging weg und redete mit einem Mann. Roman stand so dass er mich immer im Blickwinkel hatte. Ich nippte an meinem Glas und sah mich um. Es waren wesentlich mehr Männer als Frauen in diesem Club, die meisten redeten, einige sahen zu mir herüber. Ich bemerkte dass Roman nicht mehr mit diesen Mann sprach, er war weitergegangen und blieb bei einer Gruppe stehen, sie unterhielten sich und Roman ließ

mich nicht aus den Augen. Ich seufzte, sah auf meine Uhr und fing an, mit meinen Fingern gegen die Tischplatte zu trommeln. Meine Augen wanderten zur Bar und da bemerkte ich einen jungen Mann der mich intensiv ansah. Unglaublich attraktiv, ich schätzte ihn auf fünfundzwanzig Jahre, er lächelte mir zu und ich lächelte zurück. Ich saß immer noch alleine am Tisch und blickte suchend nach Roman. Er stand jetzt an der Bar, rauchte eine Zigarette, wieder mit einem anderen Mann und ständig sah er in meine Richtung und beobachtete mich. Ich nippte wieder an meinem Getränk, ich war wütend weil er mich schon fast eine Stunde alleine am Tisch sitzen ließ.

Wieder blickte ich zu dem jungen Mann und lächelte ihn an und dann kam er von der Bar zielstrebig an meinen Tisch. Als er vor mir stand, bemerkte ich Roman hinter ihm.

„Sie ist in meiner Begleitung hier!" sagte Roman scharf und der junge Mann stammelte.

„Entschuldigen Sie bitte, ich wusste nicht, entschuldigen Sie bitte."

Ich war so erstaunt wie Roman plötzlich aufgetaucht war und noch erstaunter war ich wie schnell sich der junge Mann kampflos zurückzog.

„Komm, wir gehen!" Roman packte mich an Arm.

„Ich will nicht, ich habe noch nicht ausgetrunken!", protestierte ich.

Roman beugte sich über mich und sah mir in die Augen.

„Reiz mich nicht noch mehr!"

Er sagte es so langsam und betonte jedes Wort und dann sah ich eine unermessliche Wut in seinen Augen, schnell erhob ich mich.

„Du hast noch nicht bezahlt!", sagte ich heftig.

„Ich weiß!"

Er zerrte mich auf die Straße, mit eisernem Griff hielt er mich am Oberarm fest und ging schnell die Straße entlang. Ich konnte ihm kaum folgen, ich musste fast laufen um mit ihm Schritt halten zu können.

„Lass mich los, du tust mir weh!"

„Du hast keinen Anderen anzusehen wenn du mit mir unterwegs bist!"

„Ich kann tun was ich will!", schrie ich.

„Was wollte er von dir?"

„Das weiß ich nicht, du bist ja plötzlich da gewesen, vielleicht wollte er mir Gesellschaft leisten."

„Die Wahl seiner Gesellschaft zeigt mir deinen schlechten Geschmack!", sagte er.

„Jede Gesellschaft ist besser als keine!", erwiderte ich.

Er blieb plötzlich stehen und ich erschrak über seine wachsende Wut in seinen dunkelbraunen Augen, ich wusste er würde mich dafür bestrafen.

„Du hast mich fast eine Stunde alleine gelassen, lass mich endlich los, du tust mir weh."

„Hat er dir gefallen der junge Mann?"

„Ja, er hat mir gefallen, wolltest du das hören? Bist du jetzt zufrieden?"

Roman hielt mich immer noch fest als er die Wohnung aufsperrte und dann zerrte er mich in die Wohnung, zwang mich im Flur auf einen Sessel. Ich wehrte mich heftig, wollte aufstehen aber er hielt mich mit unglaublicher Kraft mit einer Hand fest und mit der anderen Hand drehte er mir die Hände auf den Rücken und band mir Kabelbinder um die Handgelenke. Er zog so fest zu das ich meine Hände nicht mehr bewegen konnte. Wieder wollte ich aufstehen, aber er zwang mich zurück in den Sessel.

„Mach das ab, du tust mir weh", verzweifelt sah ich ihn an und bekam plötzlich Angst.

Er stelle sich vor mich und zog seinen Gürtel aus der Hose. Der Gürtel! Panik stieg in mir hoch und angstvoll sah ich ihn an. Er warf den Gürtel auf den Boden und dann öffnete er seine Hose. Er hielt mich an Nacken fest, so fest dass ich meinen Kopf nicht mehr bewegen konnte. Dann holt er seinen erigierten Penis aus der Hose und hielt ihn vor mein Gesicht.
„Mach den Mund auf!" herrschte er mich an.
Ich blickte verzweifelt zu ihm auf, seine Wut schien grenzenlos. Er packte mich bei den Haaren, ich schrie auf und öffnete dabei den Mund. Er rammte mir sein Glied so heftig in den Mund dass ich einen Brechreiz spürte. Mit einer Hand hielt er mich am Nacken fest mit der anderen Hand bei den Haaren. Seine Stöße waren wuchtig, ich würgte, bekam kaum Luft, immer wieder stieß er mir seinen Penis in den Mund. Meine Augen füllten sich mit Tränen, ich sah zu ihm auf, er sah meine Tränen und meine Angst in meinen Augen. Aber er hörte nicht auf. Immer wieder rammte er mir mit solcher Wucht seinen Penis in den Mund dass ich kaum Luft bekam. Ich spürte das Salz meiner Tränen auf den Lippen und je mehr ich weinte, je weniger Luft bekam ich. Ich schloss die Augen, resignierte und ertrug es einfach, endlose Minuten lang, meine Nase war völlig verschlossen und ich keuchte, ich glaubte zu ersticken und dann schmeckte ich sein Sperma in meinem Mund, ich musste schlucken um wieder Luft zu bekommen, immer noch ließ er sein Glied in meinem Mund, ständig schluckte ich das Sperma hinunter und schnappte nach Luft. Endlich ließ er mich los, drehte sich um und ging ins Bad. Keuchend saß ich auf den Sessel, ich hatte kaum die Kraft mich aufrecht zu halten, ich atmete schwer. Er stand wieder vor mir, er hob mein Kinn hoch und zwang mich ihn anzusehen.

„Mach das nie wieder, hörst du, mach das nie wieder! Ich warne dich, wenn du noch einmal in meiner Gegenwart mit einem Anderen flirtest werde ich dich vernichten! Hast du mich verstanden?" wütend sah er mich an.
Ich nickte, ich hätte ihm alles versprochen.

Ich hörte wie er mit einer Zange die Kabelbinder öffnete und dann rutschte ich vom Sessel. Völlig erschöpft lag ich am Boden und weinte. Er zerrte mich am Arm in die Höhe.
„Sieh dich doch nur an wie du aussiehst, wasch dich und geh zu Bett!"
Mühsam stand ich auf, schleppte mich ins Bad und zitterte am ganzen Körper. Mein Gesicht war rot und geschwollen, meine Augenlider fast verschlossen, das Sperma klebte mir an den Lippen. Ich wusch mein Gesicht mit kaltem Wasser, immer und immer wieder. Minutenlang putzte ich mir die Zähne, würgte und spuckte, ich empfand solchen Abscheu gegen den Geschmack seines Spermas. Ich hatte schon viele Männer mit dem Mund befriedigt, aber immer hatte ich die Oberhand, ich bestimmte wann ich es tat und wie ich es tat und dabei hatte ich die Männer unter Kontrolle! Er hatte mich gedemütigt, gefesselt, zur Unbeweglichkeit gezwungen. Ich hasste ihn dafür, ich hasste ihn unendlich.

Ich zog den Bademantel an und schlich mich leise aus dem Bad. Ich sah Licht im Wohnzimmer und der Fernseher lief.
Zögernd ging ich ins Schlafzimmer. Erschöpft legte ich mich nieder und dann fing ich wieder zu weinen an. Ich weinte über meine Hilflosigkeit, über seine brutale Gewalt wie er mich gefesselt hatte, seine Aggressivität, ich war ihm völlig ausgeliefert und ich

hasste ihn, nie wieder würde ich zu ihm kommen, nie wieder! Ich hatte Angst vor ihm, bis morgen neunzehn Uhr würde ich ihn nicht wieder verärgern, ich würde mich benehmen wie ein braves Kind, alles tun was er von mir verlangte. Ich schloss die Augen, ich fühlte mich wieder als wäre ich zehn Jahre alt.

Ich war noch wach als er zu mir ins Bett kam. Er drehte das Licht nicht auf und ich stellte mich schlafend. Ich hoffte dass er mich nicht anfassen würde, ich würde es nicht ertragen, ich spürte seine Nähe und dachte ich würde ersticken, er nahm mir mit seiner Nähe die Luft zum atmen. Ich spürte wie er die Decke von meinen Körper zog, nackt lag ich vor ihm, immer noch stellte ich mich schlafend und dann legte er sich neben mich, ich spürte seine Hand auf meiner Brust, ich ertrug es kaum das er mich berührte. Ich drehte mich zur Seite, er musste meine Brust loslassen, mit dem Rücken lag ich zu ihm, immer noch die Augen geschlossen. Dann legte er seinen Arm um meine Taille und zog mich ganz nah zu sich, zu seinem nackten, warmen Körper, ganz eng lag ich bewegungslos neben ihm und ertrug es mit ohnmächtiger Angst.

Als ich erwachte, war das Bett neben mir leer, erleichtert atmete ich auf.
Langsam erhob ich mich, zog den Bademantel an und ging leise ins Bad. Ich wollte ihn nicht sehen, ich hasste ihn unendlich, vorsichtig versperrte ich das Badezimmer. Ich zog mich aus, mein ganzer Körper schmerzte, ich sah mich an und war schockiert. Um meine Handgelenke dunkelrote Striemen, blau unterlaufen, die Knie blutverkrustet von seinen gestrigen Spiel mit mir unter der Dusche, das Kiefer schmerzte, als ich mir die Zähne putzte. Ich lehnte

mich an die kalten Fliesen an der Wand und weinte wieder.

Unter der Dusche war das Wasser angenehm warm und ich ließ es lange laufen, bis das Duschglas wieder beschlagen war.

Ich stieg aus der Dusche und erschrak. Roman stand im Bad und musterte mich intensiv. Ich hatte doch die Tür versperrt, ich war mir jetzt nicht mehr sicher, doch ich hatte die Tür versperrt, aber trotzdem stand er vor mir. Bewegungslos und nackt stand ich vor ihm und blickte zu Boden und wartete was kommen würde.

„Zieh dich an, ich mache uns Frühstück", sagte er und sah mich so ernst an, dass ich wieder Angst bekam.

Hastig schlüpfte ich in den Bademantel und ging aus dem Bad.

Unschlüssig blieb ich stehen, ich wusste nicht wo sich die Küche befand, ich hörte Geschirr scheppern und ging dem Lärm nach. Je näher ich zu ihm kam, je langsamer und bleierner wurden meine Schritte. Er stand in der Küche, mit dem Rücken zur Tür, in einer weißen Küche, wieder war alles weiß, die weiße Marmorplatte wo er stand, weißer, kalter Steinboden, die Möbel, die Kästen der Tisch, sogar das Geschirr war weiß. Der Boden war eiskalt, ich stieg von einen Fuß auf den anderen um der Kälte zu entgehen und ich zitterte plötzlich. Langsam um nicht seine Aufmerksamkeit zu erregen schlich ich mich in den Flur und zog meine Schuhe an.

„Du willst schon gehen! Im Bademantel?"

Ich erschrak als er vor mir stand, wieder hatte ich ihn nicht kommen hören und ich antwortete zitternd.

„Der Boden in der Küche, er ist kalt."

Ich senkte unsicher den Kopf, ich durfte ihn auf keinen Fall reizen. Seufzend warf er mir weiche Hausschuhe zu. Weiße, viel zu große Hausschuhe. Ohne Widerrede zog ich sie an und folgte ihm in die Küche. Verwundert sah ich auf den gedeckten Tisch, der Kaffee roch so gut, das Gebäck dampfte, es war noch warm, Butter, Wurst, Käse, alles stand auf dem Tisch.
Schweigend setzte ich mich und griff zu einer Tasse Kaffee, ich hatte keinen Appetit.
„Isst du nichts?" fragend sah er mich an.
Um ihn nicht zu reizen nahm ich Gebäck und würgte es mühsam hinunter. Endlich stand er auf und ging hinaus. Ich wusste nicht ob ich das Geschirr wegräumen sollte, ich wusste nicht was ich überhaupt tun sollte, was würde er von mir erwarten.
Ich ging in den Flur und roch Rauch.
Eine der vielen Türen war einen Spalt offen, und ich sah wie er beim Fenster stand und rauchte, erst jetzt fiel mir ein, dass er noch nie in der Wohnung geraucht hatte. Ich sah kaum etwas von diesem Zimmer, nur ihn, leise drehte ich mich um und ging ins Schlafzimmer.
Ich setzte mich mit angezogenen Beinen aufs Bett und wartete auf ihn und seine Forderungen. Ich weiß nicht wie lange ich dort saß, ich wollte nur dass die Zeit verging, ich sah auf die Uhr. Noch neun Stunden musste ich bei ihm bleiben, ich wagte nicht zu gehen, ich hatte zu viel Angst vor ihm.
„Spielst du Schach?"
Erschrocken blickte ich auf, er stand bei der Tür und ich sah ihn unverständlich an.
„Ach, vergiss es!", ärgerlich drehte er sich um.
„Ja", flüsterte ich.
„Du spielst Schach?" Verwundert sah er mich an.

Plötzlich wurde ich wütend, weil er mir nicht zutraute dass ich Schach spielte.
„Nur weil ich kein Akademiker bin, bin ich nicht dumm!", schleuderte ich ihm entgegen und bereute sofort mein Aufbegehren.
„Spielst du gut?"
Neugierig kam er näher und ich wunderte mich, dass er mich, aufgrund meiner Antwort, nicht sofort zu recht gewiesen hatte.
„Ich weiß nicht, ich habe schon lange nicht mehr gespielt."
„Komm, wir spielen eine Partie, wir sind sicher in zehn Minuten fertig."
Er ging hinaus und holte das Schachbrett. Ich hasste Schach! Mit acht Jahren musste ich es lernen, mein Vater hatte mir die Regeln eingeprügelt, ich musste Bücher lesen über das Schachspiel, er prüfte und testete mich, immer wieder musste ich mit ihm spielen, mindesten dreimal in der Woche, stundenlang. Während andere Kinder draußen spielten, musste ich mit ihm Schach spielen, wenn er gewann prügelte er mich für mein schlechtes Spiel, wenn ich gewann, prügelte er mich weil er es nicht ertragen konnte dass ich ihn besiegt hatte. Ich wurde so gut dass er kein einziges Spiel mehr gegen mich gewann, als ich vierzehn Jahre alt war gab er auf. Nie wieder hatte ich eine Schachfigur angerührt.

Vier Stunden! Roman und ich spielten vier Stunden lang ohne ein einziges Wort zu sprechen, fünf Partien, zwei davon gewann ich.
„Du spielst gut", sagte er, als er das Spiel wegräumte und ich sah die Anerkennung in seinen Augen.
Ich saß wieder mit angezogenen Knien und immer noch im Bademantel am Bett, er setzte sich zu mir und legte seine Hand auf mein Knie. Schmerzhaft

zuckte ich zusammen, er schob den Bademantel von meinem Knie und sah meine Schürfwunden und das verkrustete Blut.
Schweigend holte er Pflaster und verband meine Knie, sanft und zärtlich. Ich hielt still, wagte nicht mich zu rühren und schluckte ständig.
„Hast du Durst?"
Ich nickte und er brachte mir Orangensaft den er mir wortlos reichte und ich bemerkte dass er nicht mehr wütend war. Anklagend hob ich meine Hände in die Höhe, die Ärmel meines Mantels rutschten hinauf.
„Warum hast du mir das angetan?"
Er sah die dunkelroten Striemen und bitter sah er mich an.
„Du hast mich herausgefordert!", sagte er bedächtig langsam und ich flüsterte.
„Es war doch nur ein harmloser Flirt, nur ein Lächeln, mehr nicht."
Er stand auf, ging zum Fenster und wandte mir den Rücken zu.
„Wenn du willst kannst du jetzt gehen!"
Ich zögerte, ich wollte ihn nicht mehr reizen, ich blieb einfach sitzen, unfähig eine Entscheidung zu treffen.
„Du weißt wer ich bin?" fragte er mich plötzlich und drehte sich zu mir, erstaunt sah ich ihn an.
„Warum?"
„Du sagtest zu mir, nur weil du kein Akademiker bist, bist du nicht dumm!"
„Ich weiß nur dass du Richter bist, mehr nicht."
„Von wem?", seine Stimme klang drohend.
„Harald hat es mir erzählt."
„Harald redet zu viel!" Zornig sah er mich an.
„Roman, ich habe ihn gefragt warum er dir einen Gefallen schuldig war, welcher Mann überlässt freiwillig seine Freundin? Oder hättest du mir die Wahrheit gesagt?"

Er sah zu Boden.
„Was denkst du darüber?", fragte er leise.
„Es steht mir nicht zu über dich zu richten, du musst das mit deinen Gewissen vereinbaren können. Und Harald auch! Es ist eure Angelegenheit, es geht mich nichts an!"
„Harald und du, wie lange seid ihr zusammen?"
„Drei Jahre."
„Liebst du ihn?"
„Nein."
„Du liebst ihn nicht? Warum bist du dann mit ihm zusammen?"
„Ich mag ihn."
„Aber du liebst ihn nicht", fragte er hartnäckig, „warum?"
„Es gibt Dinge die mich an ihn stören."
„Welche Dinge?" Romans Fragen nervten mich.
„Dinge eben, das geht dich nichts an!" Wütend sah ich ihn an, sein Gesichtsausdruck war prüfend. Ich stand auf und sprach sehr leise.
„Ich werde jetzt gehen."
Er nickte, ich zog mich an und packte meine Sachen. Roman beobachtete mich wie ich alles in meine Tasche stopfte, dann ging ich an ihm vorbei. Er nahm mich beim Arm und hielt mich zurück, ich hatte das Gefühl er wollte er mich küssen, aber dann ließ er mich los, fast hilflos sah er mich an und flüsterte.
„Bis Samstag."
Ich sagte nichts, ich ging bei ihm vorbei ohne mich umzudrehen.

Nächsten Tag bandagierte ich mir die Handgelenke. In der Arbeit erzählte von einem Sturz direkt auf die Hände. Alle haben mir die Geschichte geglaubt, es war so einfach die Striemen zu verbergen.

Am Abend fuhr ich zu Harald und flog ihm förmlich in die Arme und er freute sich mich zu sehen. Er zog mich ins Wohnzimmer und küsste mich dann bemerkte er die roten Striemen an meinen Handgelenken. Fassungslos starrte er darauf und schrie.
„Dieses verdammte Schwein, dieses verdammte, perverse Schwein, was hat er dir nur angetan, ich wusste dass es schieflaufen würde, ich wusste es!"
Zitternd nahm er meine Hände und hielt sie zärtlich.
„Ich bringe ihn um! Du hast ihm doch nichts getan!"
Verlegen blickte ich zu Boden.
„Was ist passiert?" fragte Harald.
Ich flüstere. „Ich glaube, ich habe ihn provoziert."
Ungläubig sah er mich an und ließ meine Hände los.
„Du hast diesen Mann provoziert? Du hast es gewagt ihn zu provozieren, verstehst du, er ist gefährlich, er verlangt Respekt, bedingungslosen Respekt von jeden, Silvia was hast du nur getan?" er wurde plötzlich laut.
„Es war doch nur ein Flirt."
„Du hast mit einem andern geflirtet, in seiner Gegenwart? Bist du wahnsinnig?"
„Du stellst dich auf seine Seite?", fragte ich entrüstet.
„Mit Roman macht man keine solchen Spielchen, verstehst du, du bist sein Eigentum, sein Besitz, er verlangt absoluten Gehorsam. Was hast du nur getan? Ich will alles wissen, erzähl es mir!"
„Wir waren in einem Club", fing ich mühsam an.
„Was für ein Club?"
„Ich weiß es nicht, ein Club eben, er hat dort Freunde getroffen!"
„Weiter, erzähl weiter!"
„Dort war ein junger Mann, er hat mich angelächelt und ich habe zurück gelächelt, ich habe mit ihm geflirtet, mehr nicht."

Trotzig sah ich Harald an und in seinem Blick sah ich diese unglaubliche Fassungslosigkeit.
„Hast du den Verstand verloren, wie konntest du das nur tun, in seiner Gegenwart und vor seinen Freunden!"
„Mein Gott, es war doch nur ein Flirt, nichts besonderes, ich verstehe nicht dass du so durchdrehst!"
Sein Gesicht war rot angelaufen und dann holt er tief Luft und sagte langsam und jedes Wort betonend.
„Du hast ihn vor den Augen seiner Freunde zum Gespött gemacht! Du hast ihn vor seinen Freunden bloß gestellt und lächerlich gemacht! Ihn! Jeder, wirklich jeder hat Respekt vor ihm, verstehst du, Respekt! Wie konntest du nur!"
Wie zerschmettert saß ich auf der Couch und endlich begriff ich! Es war nicht der junge Mann, es war nicht seine Eifersucht, es war weil ich sein Ansehen in den Schmutz gezogen hatte! Ich war so naiv, endlich begriff ich warum er mich bestraft hatte, ich fühlte mich elend. Harald keuchte fast:
„Du musst das wieder in Ordnung bringen!"
„Wie soll ich denn das tun?" verzweifelt sah ich ihn an.
„Geh mit ihm in den Club, zeige allen dass du nur ihn liebst, ihn begehrst, nur ihn alleine!"
„Ich liebe ihn aber nicht!"
„Verdammt, dann spiel es ihm vor!"
Niedergeschlagen saß ich dort, zog Harald zu mir.
„Komm streichle mich bitte, du hast mir so gefehlt! Ich gehe nicht mehr zu Roman, ich mag nicht mehr, er hat mich verletzt!"
Harald wehrte mich ab.
„Du musst, du gehörst jetzt ihm!"

„Aber, seine Freunde werden mich mit dir sehen, er wird es nicht verhindern können, dass sie mich irgendwann einmal mit dir treffen werden!"
Er schüttelte traurig den Kopf.
„Ich darf mit dir nicht mehr an die Öffentlichkeit, ich kann dich nur noch in meiner Wohnung treffen."
Ich sah ihn fassungslos an, schockiert über seinen Gehorsam gegenüber Roman und entrüstet über die Unverschämtheit von Roman.
„Du kapitulierst vor ihm? Du lässt dir das gefallen?"
„Ich habe keine Wahl, er würde meine Karriere behindern, er hat die Macht dazu mit seinen Freunden, verstehst du, er könnte mich vernichten."
„Aber mich nicht, mich wird er nicht klein kriegen, wer glaubt er eigentlich wer er ist? Wir sind doch nicht sein Eigentum, seine Sklaven, wir leben nicht im Mittelalter! Ich habe keinen Respekt vor ihm!"
„Silvia, du musst dich ihm unterwerfen, wenn du dich unterwirfst wird er sich bald langweilen und dann wird er dich verlassen, erst dann gibt er dich frei!"
„Niemals wird er Macht über mich haben, niemals, ich lasse das nicht zu, ich hasse ihn!"
Ich war so wütend über Roman, dass mir heiß geworden war, ich zog meine Jacke aus und dann sah ich in Haralds hilflose Augen.
„Silvia, er will dich immer noch obwohl du ihn gedemütigt hast, er ist verrückt nach dir, du hast ihn um den Verstand gebracht, verstehst du, er wird dich nicht freiwillig ziehen lassen."
„Ich muss zu ihm zurück?" flüsterte ich.
„Ich fürchte ja."
Bestürzt sah ich dass er im Sessel zusammen gesunken war.

Als ich am Samstag von der Arbeit nach Hause kam blätterte ich noch schnell die Tageszeitung durch. Ich

erschrak als ich die große Pate sah, die Todesanzeige mit dem Namen meines Vaters. Die Anzeige war von der Behörde inseriert, in der er als Beamter tätig war. Dreimal las ich diese Anzeige durch und dann als ich endlich begriffen hatte, dass er tot war, fing ich zu lachen an. Ich lachte über seinen Tod und empfand eine unendliche Erleichterung, nie wieder würde er mir irgendwo über den Weg laufen, ich war befreit von ihm, endgültig befreit. Ich dachte nach, wann hatte ich zuletzt gelacht? Ich konnte mich nicht daran erinnern. Ja, ich lächelte, aber ich lachte nicht, ich hatte in meinen kurzen Leben einfach nichts zu lachen und jetzt lachte ich über den Tod meines Vaters! Er hatte mich gebrochen, er hatte mein Leben zerstört, seinetwegen war ich ständig in Beziehungen mit völlig verrückten Männern, ich war nicht fähig mit einem Mann ein normales Verhältnis zu haben, konnte kein Vertrauen aufbauen, ich war ziemlich exzentrisch und gestört!
Ich wusste dass ich anders war als die anderen und er hatte Schuld und musste nicht mehr dafür büßen! Mein Lachen erstickte in den Tränen die mir übers Gesicht liefen, wie gerne wollte ich ihm noch sagen was für ein perverser Kerl er war, es war vorbei und ich konnte nicht mehr an ihm Rache nehmen. Nach kurzer, schwerer Krankheit verstorben, stand da, er war sechsundvierzig Jahre geworden.

Völlig verweint stellte ich mich unter die Dusche und ließ das Wasser sehr lange über mein Gesicht laufen. Mühsam zog ich mich an, ich musste zu Roman fahren.

Mein Herz klopfte als ich vor Romans Tür stand. Er öffnete mir, sah mich ernst an, drehte mir den

Rücken zu und ging ins Wohnzimmer. Er trug Jeans, ein Hemd und war barfuß. Er sah gut aus in Jeans, ich betrachtete ihn mit wachsendem Interesse, er trug entweder einen Anzug oder diesen weißen Bademantel.
Ich zog mir die Schuhe aus und ging zu ihm ins Wohnzimmer.
Unschlüssig blieb ich stehen, ich durfte ihn unter keinen Umständen provozieren, ich musste unbedingt heute mit ihm in den Club gehen, ich hatte es Harald versprochen dass ich das wieder in Ordnung bringen würde. Roman stand auf ging vor mir ins Schlafzimmer und sagte kein Wort aber ich wusste dass er mich dort erwartete. Willig folgte ich ihm und stand unsicher vor dem Bett.
„Ich will dass du mich auszieht und mit dem Mund befriedigst!"
Erschrocken dachte ich daran dass er mir nicht verziehen hatte. Als er merkte dass ich nicht reagierte, sagte er wütend.
„Willst du unsere Vereinbarung nicht einhalten?"
Heftig schüttelte ich den Kopf, nur alles tun was er will, mich unterwerfen, hatte Harald gesagt, dann würde er sich bald mit mir langweilen, kurzfristig würde ich es vielleicht schaffen, dachte ich verzweifelt. Er setzte sich aufs Bett und langsam begann ich sein Hemd aufzuknöpfen und seine Brust zu streicheln. Sanft glitt meine Hand hinunter bis zu seiner Hose, ich bemerkte seine Erregung und meine Hand verließ wieder seine untere Region. Ich zog ihm das Hemd aus und küsste seinen Hals, seinen Oberkörper, seinen Nabel. Ich rieb mit meiner Hand leicht an seiner Jeans, dort wo sich sein Penis befand, er stöhnte auf und ich spürte dass sein Penis hart geworden war. Langsam öffnete ich seine Gürtelschnalle und seinen Reißverschluss, er hatte

nichts darunter an. Roman war so erregt dass er sich hastig seiner Hose entledigte. Ich drückte ihn aufs Bett und fuhr mit der Zunge seinen Kehlkopf entlang er hatte den Kopf zurückgelegt und atmete schwer. Ich küsste seine Brust, umkreiste mit meiner Zunge seine Brustwarze, behutsam und zärtlich. Seinen Bauch, seine Hüften, die Innenseiten seiner Oberschenkel, alles wurde intensiv von meinen Lippen und meiner Zunge erforscht, alles bis auf seinen Penis. Ich bemerkte sein erregtes Zittern, als ich vorsichtig seine Handgelenke umschloss, ganz sanft hielt ich ihn, er konnte sich jederzeit befreien. Völlig passiv lag er vor mir und dann nahm ich seinen Penis in den Mund. Bewegungslos behielt ich ihn im Mund ohne etwas zu tun. Dann saugte ich zärtlich daran und als ich bemerkte das er vor dem Höhepunkt stand, ließ ich seinen Penis aus dem Mund gleiten und streichelte mit der Hand seine Hoden. Wieder nahm ich seinen Penis in den Mund, vorsichtig um ihn nicht gleich wieder zum bevorstehenden Höhepunkt zu treiben. Er stöhnte und atmete schnell, ich bewegte meinen Kopf auf und ab, sanft dann wieder fester, vor dem Orgasmus ließ ich ihn wieder aus dem Mund gleiten. Mit der Hand führte ich die Bewegungen fort, ganz leicht, er konnte sich wieder beruhigen und ich konnte mein Spiel mit dem Mund fortsetzen. Immer schneller ließ ich ihn rauf und runter gleiten, ich hörte ihn keuchen, spürte wie er zuckte und schmeckte sein Sperma. Ich behielt ihn noch sekundenlang im Mund bis er erschlaffte dann ließ ich ihn los. Ich schluckte es nicht, ich wischte es mit meinen Handrücken weg und ging ins Bad um meinen Mund auszuspülen. Er stand plötzlich nackt hinter mir, sein Ausdruck im Gesicht spiegelte Erstaunen und eine Begierde nach

einer Wiederholung. Ich drehte mich zu ihm, lächelte ihn an und fragte vorsichtig.
„Würdest du heute noch mit mir in den Club gehen?"
Ich sah seine Überraschung und dann sein Zögern, aber er stimmte schließlich zu, ich wusste in diesen Moment hätte er sogar einer Heirat zugestimmt. Sein Blut war immer noch unten, oben war der Verstand noch nicht zurückgekehrt, und das nütze ich aus, um meinen Ziel näher zu kommen.

Im Club war wieder viel los und Roman steuerte den letzten leeren Tisch an derselbe wie die Woche davor. Immer wieder begrüßten ihn Freunde mit Handschlag oder sie klopften ihm auf die Schulter, mir nickten sie nur ernst zu. Roman bestellte mir einen Cocktail ohne mich zu fragen. Ich benahm mich vorbildlich, ich nippte an meinem Cocktail, sah mich im Club um und dann sah ich den jungen Mann wieder an der Bar stehen. Er hatte mir den Rücken zugewandt, aber ich erkannte ihn sofort wieder. Ich schweifte mit meinen Blick weiter, blieb nirgends lange haften und Roman bemerkte mein Desinteresse.
Roman verließ wieder unseren Tisch, immer wieder suchte ich Blickkontakt zu Roman der mich ständig beobachtete, während er mit seinen Freunden sprach. Ich lächelte nur ihn an, sobald jemand Blickkontakt mit mir aufnahm, senkte ich sofort den Kopf und starrte auf die Tischplatte. Dann sah ich ihn mit einen Mann reden, der gleiche Mann mit dem er beim letzten Besuch in diesen Club gesprochen hatte, genau in den Augenblick als der junge Mann damals zu meinen Tisch kam und Roman mit mir fluchtartig den Club verließ. Sie redeten und plötzlich kam Roman mit diesen Mann an meinen Tisch.

„Silvia, ich möchte dir einen Kollegen vorstellen, Gernot ein guter Freund von mir!"
„Ich freue mich Sie kennen zu lernen."
Gernot war höflich aber arrogant, ich mochte ihn nicht. Dann ignoriert er mich völlig, redete über irgendwelche juristische Fehlentscheidungen und Roman hörte interessiert zu. Ich lehnte mich im Sessel zurück und nippte wieder an meinen Cocktail ich nahm nur noch Gesprächsfetzen wahr und dann hörte ich wie dieser Kollege von seiner letzten Urlaubsreise berichtete. Eine völlig unberührte Insel, kein Tourismus, aber er war einer der ersten der dort war, prahlte Gernot und ich hörte jetzt intensiv zu. Er sprach von den Osterinseln und seine Überheblichkeit ging mir auf die Nerven. Aus Höflichkeit wandte er sich zu mir.
„Wissen sie Silvia, es war unbeschreiblich, aber sie können sich das sicher nicht vorstellen."
Ich sah ihn bewundernd an, schmeichelte seinem Ego und langsam sagte ich.
„Ja, es ist wirklich unbeschreiblich dort, ich liebe diese Insel."
Er sah mich ungläubig an.
„Sie kennen die Insel?"
Ich beugte mich zu ihm und sagte leise.
„Ich muss zugeben es ist schon eine Weile her, ich war fast noch ein Kind als ich dort war."
Roman sah mich erstaunt an und sein Freund betrachtete mich misstrauisch.
„Würden sie mir von ihrer Reise erzählen, ich würde gern wissen wie sie die Insel erlebt haben."
Ich wusste er wollte mich auf die Probe stellen, dieser impertinente Mensch der mich nur als Aufputz von Roman betrachtet und mich nur seinetwegen freundlich behandelte. Ich spürte die Überheblichkeit und die Ablehnung mit der er mir begegnete.

„Gerne, nun ich war noch sehr jung, aber ich kann mich noch ein wenig daran erinnern."

Gernot lehnte sich zurück, er hatte mich ins offene Messer laufen lassen.

Und ich erzählte, beschrieb die Landschaft der Insel, ausschweifend und facettenreich, die berühmten Steinskulpturen, alles was mir einfiel. Gernot unterbrach mich immer wieder, fragte mich winzige Details, immer und immer wieder bohrte er nach, er konnte nicht glauben dass ich, ausgerechnet ich, vor ihm schon auf dieser Insel war. Ich war sattelfest in meinen Beschreibungen und Roman sah mich anerkennend an.

„Reisen sie viel?" fragte er und sein Interesse schien ehrlich.

„Leider in letzter Zeit weniger, meine Zeit ist sehr begrenzt und Roman ist auch so beschäftigt, nicht wahr mein Liebling."

Ich legte Roman meine perfekt manikürte Hand auf seinen Arm und sah ihn lange und zärtlich an, Gernot schluckte.

Plötzlich bemerkte ich dass der junge Mann von der Bar auf den Ausgang zustrebte. Ich richtete mich im Sessel auf und sah ihm so intensiv nach dass es Roman und Gernot sofort auffiel.

„Der junge Mann von voriger Woche, jetzt ist er weg!" ich seufzte und sah wie Romans Zorn wuchs.

Gernot sah betreten auf die Tischplatte, mein Benehmen war ihm peinlich vor Roman aber ich redete unbeirrt weiter.

„Roman ich wollte ihn dir so gerne vorstellen, diesen jungen Mann, er war vorige Woche schon da, erinnerst du dich nicht, ich sagte dir doch beim Nachhauseweg dass ich ihn dir unbedingt vorstellen möchte, aber du hattest es so eilig."

Ich sah Roman begehrlich an und sagte zu Gernot.

„Wir hatten noch eine Verabredung, wenn sie verstehen was ich meine?" sagte ich leise und sah in Gernots Augen wie er sich gerade vorstellte, wie Roman mit mir Sex hatte. Roman sah mich irritiert an. Dann wandte ich mich wieder seinen Freund zu und redete weiter.

„Wissen sie, wir hatten ständig Blickkontakt und lächelten uns zu, der junge Mann und ich, wir wussten beide dass wir uns kannten."

Gernot war blass geworden, es war ihm unangenehm dass ich ihm die Geschichte vor Roman erzählte, ich fuhr fort.

„Und als er endlich an meinen Tisch kam, erinnerte ich mich an ihm, sie verstehen, es sind mindestens vier Jahre her als ich ihn zuletzt gesehen hatte!"

Ich machte eine kurze Pause, sah Romans unglaubliche Wut, seine guten Manieren verboten ihm mich zu unterbrechen oder mit mir in diesem Moment den Club zu verlassen und ich bemerkte Gernots betretenes Schweigen. Dann beugte ich mich zu Romans Freund vor, leise und langsam betonte ich jedes Wort.

„Aber, das ist immer so in der Verwandtschaft, man sieht sich ja so selten, nur zu Hochzeiten und Begräbnisse."

Ich lehnte mich wieder zurück, sah wie die Wut aus Romans Gesicht wich und Gernots offenen Mund. Ich legte meine Hand auf Romans Arm und sagte zärtlich.

„Er ist mein Cousin, Roman ich sagte es dir doch, wo warst du nur mit deinen Gedanken?"

Roman fasste sich schnell und spielte mit.

„Ja, ich erinnere mich jetzt, es tut mir leid, ich war wirklich mit meinen Gedanken woanders!"

Wir blickten uns lange an und wussten beide, ich hatte seinen guten Ruf wiederhergestellt, sobald wir

diesen Club verlassen würden, würde es sich wie ein Lauffeuer verbreiten. Die Kleine vom Richter, nein sie betrügt ihn nicht. Es war einfach nur ein Familienmitglied, nur ein Cousin den sie nicht gleich erkannte! Ich lehnte mich im Sessel zurück und war zufrieden mit meiner Vorstellung, ich war gut, ich war wirklich gut!
„Roman können wir gehen ich bin schon müde."
Gernot sah in meinen Blick mein Verlangen nach Roman und fuhr aus seinem Sessel in die Höhe.
„Ich will sie nicht länger mit meiner Gesellschaft aufhalten, die Unterhaltung mit ihnen war sehr kurzweilig."

Wir verließen den Club und gingen die Straße hinauf und Roman sah mich bedrückt an.
„Es tut mir leid, ich wusste nicht dass er dein Cousin ist."
„Er ist nicht mein Cousin!"
„Aber du sagtest es doch!"
„Ich habe es erfunden, ich wollte deine Ehre wieder herstellen!"
Zärtlich, fast dankbar sah er mich an.
„Aber du warst so überzeugend!"
„Ich musste überzeugend sein, dein Freund sollte mir doch glauben."
„Das ist dir gelungen, es ist dir wirklich gelungen! Aber wenn wir ihm wieder begegnen deinen jungen Freund, deine Lüge würde wie ein Kartenhaus zusammenbrechen!"
"Dann hab ich mich eben geirrt. Er sieht meinem Cousin wirklich frappierend ähnlich!"
Roman lächelte und plötzlich legte er mir den Arm um meine Schultern, zögernd umschlang ich seine Hüften und wie ein Liebespaar gingen wir nach

Hause. Ich hasste ihn nicht mehr und meine Angst war verschwunden.

In der Wohnung im Flur küsste er mich. Nie zuvor hatte er mich geküsst! Ein Kuss war so etwas intimes, es gab nichts, dass nur annähernd so intim war. Ich hatte Sex mit Männern die ich nicht küsste, ich wollte mein körperliches Verlangen befriedigen aber ich wollte keine Intimität. Ein Kuss ist etwas ganz besonderes. Er hielt mein Gesicht in seinen Händen und küsste mich sanft. Noch nie hatte mich ein Mann so zärtlich geküsst, es fühlte sich an als wollte er sich für seinen aggressiven Ausrutscher entschuldigen. Er zog mich ins Schlafzimmer und hastig zogen wir uns gegenseitig aus. Er küsste mich immer wieder und seine Augen baten um Verzeihung. Wir liebten uns, ohne Vorspiel, wir hatten leidenschaftlichen Sex, und dann schlief ich in seinen Armen ein.

Beim Frühstück fing er wieder mit seinen quälenden Fragen an. Ich stellte mir vor, wie er mit einer schwarzen Robe im Gericht saß, vor ihm die armen Sünder, gut es waren Kriminelle sonst würden sie nicht vor ihm stehen, trotzdem hatte ich Mitleid mit ihnen, sie mussten seine bohrenden Fragen beantworten, sahen seine ernsten, unnachgiebigen Augen, er hatte es in der Hand ihnen die Freiheit zu nehmen. Ich hatte keine Ahnung wie er als Richter war, ob er gerecht war, milde oder streng, ich hatte mir nie darüber Gedanken gemacht. Es interessierte mich einfach nicht, was er außerhalb unserer vierundzwanzig Stunden tat.
„Die Reise auf diese Osterinsel, wie alt warst du damals?" fragte er mich neugierig.
„Ich war noch nie dort."

„Aber du hast doch behauptet, dass du als Kind dort warst?"
„Ich habe gelogen."
„Aber du wusstest alles darüber, deine Erzählungen, als ob du jeden Stein umgedreht hättest, du hast alle Fragen von Gernot beantwortet, jedes Detail war dir bekannt!"
„Dein Freund hat damit geprahlt, er ist nervte mich damit, ich wollte ihm den Triumph nicht gönnen dass er einer der Ersten auf dieser Insel war."
„Aber du wusstest soviel darüber, woher hast du solche Kenntnisse?"
Roman sah mich ungläubig an.
„Es gibt Bücher, ich lese viel."
„Du hast alles aus Büchern? Solche genauen Beschreibungen wie wenn du ein Puzzle zusammengefügt hättest, nur aus Büchern?"
„Ich habe ein gutes Gedächtnis."
Roman lehnte sich im Sessel zurück und beobachtete mich wie ich Marmelade auf meine Semmel strich.
„Ich weiß so wenig von dir, erzähl mir von deinen Eltern! Deine Mutter, siehst du ihr ähnlich, hast du von ihr diese Schönheit?"
„Ich weiß es nicht."
Ich biss in die Semmel, um diesen unangenehmen Fragen auszuweichen, ich konnte schlecht mit vollem Mund sprechen.
„Du musst es doch wissen, das sieht man doch!"
„Ich habe keinen Kontakt mit ihr." Roman sah mich ernst an.
„Ich verstehe, du bist bei deinem Vater aufgewachsen."
Ich schwieg und nippte an meinen Kaffee.
„Was macht er?"
„Er macht gar nichts." Roman seufzte ungeduldig.

„Ich meine was macht er beruflich?"
„Ich sagte doch, er macht nichts, er ist tot!" Ich sah auf mein Essen, der Appetit war mir vergangen.
Roman schob seinen Sessel ruckartig zurück und stand auf, er dreht sich von mir weg, sah beim Fenster hinaus und flüsterte.
„Es tut mir leid, ich wusste es nicht."
„Es braucht dir nicht leid zu tun!"
Abrupt drehte er sich zu mir, Tränen stiegen mir in die Augen, verzweifelt sah ich ihn an, er stammelte.
„Seit wann, es ist noch nicht lange her seit er ..."
„Vor einigen Tagen."
Ich hatte mich wieder unter Kontrolle und redete weiter.
„Es ist nicht die Trauer über seinen Tod, es ist der Hass der wieder hochkommt! Und jetzt lass mich in Ruhe, die Unterhaltung ist beendet."
Ich flüchtete ins Wohnzimmer, Roman folgte mir.
„Es tut mir leid, ich hatte keine Ahnung."
Wütend sah ich ihn an und schwieg.
Roman hatte genug Anstand mich alleine zu lassen und ich beruhigte mich schnell als er das Zimmer verließ.
Neugierig sah ich mich um in diesen weißen Raum. Es war alles sauber, jedes Zimmer war ordentlich aufgeräumt, es schien als würde die Wohnung kaum benützt. Eine Wand war vollkommen mit Regalen verkleidet bis zur hohen Decke und das Regal war vollgestopft mit Bücher! Hunderte Bücher! Zärtlich fuhr ich mit meinen Finger über die Buchrücken, nahm eines heraus, stellte es wieder zurück, ich war fasziniert über diese Menge, ich liebte Bücher über alles. Ich las die Buchtitel, langsam ging ich an der Bücherwand entlang und war so vertieft dass ich Roman nicht bemerkte als er hinter mir stand.

„Geht es dir wieder gut?" Roman klang so fürsorglich das ich mich erschrocken umdrehte.
„Natürlich geht es mir gut, warum sollte es mir schlecht gehen?" Ich war erstaunt über seine Frage, ich hatte bereits alles wieder verdrängt.
„Ich spiele heute mit Freunden Tennis!" sagte er ernst.
„Ich kann nach Hause gehen?", freudig sah ich ihn an.
„Du möchtest schon nach Hause?", seine Stimme klang vorwurfsvoll.
„Ich möchte nicht alleine in deiner Wohnung bleiben." Unsicher blickte ich ihn an.
„Ich will dass du mich begleitest!"
„Auf den Tennisplatz?"
„Ja!"
„Wie lange spielst du?"
„Zwei Stunden!"
„Zwei Stunden? Und ich? Ich sehe dir nur zu, zwei Stunden lang?"
Roman sah mich ärgerlich an.
„Denk an unsere Abmachung! Vierundzwanzig Stunden gehörst du mir!"
„Aber ich werde mich langweilen, darf ich lesen?"
Erstaunt sah er mich an, ich fuhr fort.
„Deine Bücher, darf ich mir ein Buch ausleihen, bitte Roman, kann ich in dieser Zeit lesen?"
Ich blickte ihn so zärtlich an, dass er zögernd zustimmte. Natürlich konnte ich mich nicht entscheiden welches Buch ich mitnehmen würde, es waren so viele und Roman wurde ungeduldig.
„Welches würdest du mir empfehlen?"
„Ich weiß nicht, nimm dir endlich eines!"
„Aber du musst sie doch gelesen haben! Du hast sie doch auch gekauft!"

„Die meisten sind geschenkt, ich kaufe selten Bücher!"
„Geschenkt, von wem?"
„Von Freunden, Kollegen, Geschäftspartner, was weiß ich!"
„Sie schenken dir so viele Bücher?"
„Es sind Verlegenheitskäufe, zu verschiedenen Anlässen, statt Wein oder sonst irgendwas, hier nimm dieses Buch, das ist ziemlich neu."
Er drückte mir das Buch in die Hand und ich las: Der Name der Rose von Umberto Eco, erschienen 1980.

Auf der Fahrt zum Tennisplatz fragte ich neugierig.
„Was sind das für Freunde?"
„Freunde, alte Freunde."
„Spielst du öfter mit ihnen?"
„Ja, jeden Montag!"
„Heute ist aber Sonntag!"
„Ich habe morgen keine Zeit!", sagte Roman, dann sah er mich an.
„Silvia, hast du noch Geschwister?"
„Nein."
„Andere Verwandte, Tanten, Onkeln, Großeltern?"
„Nein, keine Familie, ich habe niemanden, nur Harald."
Roman sagte kein Wort mehr.

Roman stellte mich seinen drei Freunden vor, zwei waren ungefähr um die fünfzig Jahre alt, einer war etwas jünger als Roman. Der Tennisplatz war groß, man konnte an vier Plätzen nebeneinander spielen. Ich setzte mich am Ende des Platzes auf einen Sessel in den Schatten und begann zu lesen. Manchmal sah ich auf, Roman spielte gut, ich hatte auch nichts anderes erwartet, der jüngere Mann war sein Gegner in diesem Match. Ich war so vertieft in

mein Buch dass ich nicht bemerkte dass sie das Spiel beendet hatten, erst als Roman mich beim Namen rief sah ich auf. Mit einer Handbewegung winkte er mich zu sich.
Ich klappte das Buch zu, musste den ganzen Platz überqueren, er und seine Freunde saßen am äußersten Rand der Tennisfelder, redeten und tranken etwas, immer wieder sahen sie zu mir als ich mich ihnen näherte. Ich hielt das Buch in der Hand und stellte mich vor Roman.
„Komm, küss mich!" befahl er und ich beugte mich zu ihm hinunter.
Seine Hand umschloss mit festem Griff meinen Nacken, unnachgiebig zog er mich zu sich hinunter, zwang mich dabei brutal in die Knie, fordernd seine Zunge in meinen Mund. Dann grinste er, triumphierend kostete er seinen Sieg über mich aus. Ich war seine Trophäe und jeder sollte es sehen. Erst dann ließ er mich los. Ich stand auf wischte den roten Sand von meiner Hose, meine Knie schmerzten immer noch, unsicher blieb ich vor ihm stehen.
„Wir spielen noch ein Doppel, dann gehen wir noch zusammen auf einen Drink!"
Mit einer Handbewegung schickte er mich wieder zu meinem Platz am andere Ende und ich spürte die Blicke hinter meinen Rücken, für heute war ich bereit mich zu unterwerfen, nur für heute!

Nachdem die Männer geduscht hatten, begaben wir uns in das am Tennisplatz angrenzende Lokal. Ich war von dem Buch gefesselt, gerne hätte ich weitergelesen, es lag vor mir zusammengeklappt auf dem Tisch. Der ältere Mann beugte sich zu mir und fragte höflich aber herablassend.
„Sie lesen gerne?"
Ich nickte.

„Was lesen sie sonst noch?"
„Alles mögliche."
„Welche Schriftsteller mögen sie besonders?"
Ich sah ihn irritiert an, blickte zu Roman, sah seinen wachsenden Zorn über die Fragen seines Freundes. Dann erst begriff ich, sein Freund wollte mich prüfen und mich blamieren über meine vermeintlich unzureichenden Kenntnisse der Literatur.
Natürlich nahmen sie mich nicht ernst, ich war ein Opfer wie ich vor Roman im Sand kniete.
„Zum Beispiel Bukowski, Fitzgerald, Kafka, Rilke, Schiller", ich sprach leise.
„Schiller? Sie lesen Schiller?"
„Manchmal."
„Dann kennen sie sicher sein berühmtes Gedicht!"
„Die Glocke?"
„Ja, die Glocke!"
„Ja." wieder sprach ich sehr leise.
„Nun, würden sie mir daraus zitieren?"
Seine Überheblichkeit war grenzenlos, ich hasste ihn dafür. Romans Blick war plötzlich wachsam, er bot mir mit den Augen seine Hilfe an. Ich schüttelte fast unbemerkt den Kopf und fing an zu reden.

„Fest gemauert in der Erden Steht die Form aus Lehm gebrannt. Heute muss die Glocke werden! Frisch, Gesellen, seid zur Hand! Von der Stirne heiß Rinnen muss der Schweiß, Soll das Werk den Meister loben! Doch der Segen kommt von oben."
Sein Freund fiel mir ins Wort.
„Weiße Blasen seh' ich springen; Wohl! die Massen sind im Fluss."
Wie geht es weiter, Silvia?
"Lasst's mit Aschensalz durchdringen, Das befördert schnell den Guss. Auch vom Schaume rein Muss die

Mischung sein, Dass vom reinlichen Metalle Rein und voll die stimme schalle."
Wieder griff er einen weiteren Vers mitten aus dem Gedicht heraus.
„Der Meister kann die Form zerbrechen Mit weiser Hand, zur rechten Zeit,"
fragend sah er mich an, ich sprach weiter.
„Doch wehe, wenn in Flammenbächen Das glüh'nde Erz sich selbst befreit! Blindwütend mit des Donners Krachen Zersprengt es das geborstne Haus, Und wie aus offnem Höllenrachen Speit es Verderben zündend aus. Wo rohe Kräfte sinnlos walten, Da kann sich kein Gebild gestalten; Wenn sich die Völker selbst befrein, Da kann die Wohlfahrt nicht gedeihn."

Er gab endlich auf, die Überraschung war in ihren Gesichtern geschrieben. In allen vier Gesichtern.
„Silvia ich bin beeindruckt, was machen ihre Eltern beruflich?"
Verzweifelt blickte ich zu Roman, ich wollte nicht auf diese Frage antworten.
„Gerhard, das ist indiskret!" Die Stimme von Roman klang drohend.
„Es tut mir leid, ich wollte ihr nicht zu nahe treten."
Er hatte sich bei Roman entschuldigt, nicht bei mir! Ich war fassungslos darüber.

Kurz vor achtzehn Uhr verabschiedeten sich seine Freunde von uns und Roman rief mir ein Taxi. Als ich ins Taxi einstieg flüsterte Roman mir zu.
„Vergiss nicht, ich habe noch ein Zeitguthaben!"
Dann drückte er mir ein weißes Kuvert in die Hand, beschriftet mit seiner schönen Handschrift.

Zu Hause riss ich es auf, nur ein Zettel befand sich darin.
Bring mir das Buch zurück! Mittwoch, acht Uhr in meinem Büro, an diesen Tag bekommst du auch deine Belohnung!
Darunter war eine Adresse angegeben. Ich war wütend, er hielt sich nicht an unsere Abmachung und doch war ich neugierig.

Am Mittwoch früh, bevor ich zu ihm ins Büro fuhr, band ich mir die Haare zu einen Zopf, ich trug die Haare nie offen wenn ich zur Arbeit ging, sie störten mich bei meiner Tätigkeit als Masseurin. Endlich fand ich sein Büro in diesem riesigen Gebäude, sein Name stand auf dem Türschild. Ich klopfte und hörte eine Frauenstimme.
„Ja, bitte?"
Ich trat ein, sie sah mich kühl an.
„Ich möchte zu Herrn Mender."
Die Frau war um die vierzig, sie musterte mich abfällig.
„Haben sie einen Termin?"
„Ja, ich denke schon", ich ärgerte mich über ihr Gehabe.
„Ich habe keinen Termin im Kalender vom Herrn Doktor stehen, ich muss sie bitten wieder zu gehen."
Sie stand auf und zeigte mit der Hand zum Ausgang, ich seufzte.
„Roman erwartet mich!"
Sie war blass geworden.
„Sie kennen sich privat?"
„Ja, würden sie ihm bitte sagen dass ich hier bin?"
„Wenn darf ich melden?"
„Silvia." Ich seufzte, warum war ich nur in sein Büro gekommen.

Zögernd sah ich sie klopfen, dann hörte ich seine Stimme.
„Ja?"
„Entschuldigen sie Herr Doktor, ein Fräulein Silvia ist hier, angeblich hat ..."
Er unterbrach sie heftig.
„Auf was warten sie noch, sie soll hereinkommen!"
„Ja, Herr Doktor."
Sie machte mir Platz und sah mich eigenartig an. Ich schloss die Tür hinter mir und blieb stehen. Roman saß mindestens zehn Meter weg hinter seinem riesigen Schreibtisch und lächelte mich an. Das Büro war groß, dunkler Eichenparkett, dunkler Schreibtisch, die Möbel waren wuchtig, alte Gemälde hingen an der Wandvertäfelung, ich war beeindruckt von diesem Raum. Roman betätigte die Telefonanlage.
„Bringen sie uns Kaffee!"
„Ja, Herr Doktor, für ihren Besuch auch?"
„Haben sie mich nicht verstanden, ich sagte uns!" seine Stimme war scharf.
„Ja, Herr Doktor."
Sein Gesicht war ärgerlich und als er sich zu mir wandte, lächelte er wieder.
„Komm zu mir! Du trägst deine Haare anders?"
Ich nickte und langsam schritt ich auf ihn zu, der Parkett knarrte unter meinen Füßen, ich legte das Buch auf seinen Schreibtisch.
"Komm rüber zu mir."
Ich umkreiste den riesigen Schreibtisch und Roman zog mich zu sich auf seinen Schoß und küsste mich zärtlich. Es klopfte und ich sprang sofort auf, stand seitlich neben ihm und er legte seinen Arm um meine Hüfte. Seine Sekretärin brachte Kaffee, verlegen sah sie zu Boden, wagte nicht aufzusehen.
„Ich will die nächste Stunde nicht gestört werden!"

„Ja, Herr Doktor."
Die Tür schloss sich und wieder zog er mich auf seinen Schoß, ich wehrte mich.
„Roman ich habe dir nur das Buch zurückgebracht, ich kann nicht lange bleiben, ich muss zur Arbeit."
„Ich habe Verlangen nach dir, zieh dich aus."
Seine Stimme klang sanft.
„Bist du verrückt, wenn jemand reinkommt!"
„Es kommt niemand, ich sagte doch ich will nicht gestört werden!"
Ich schüttelte den Kopf.
„Vergiss es, ich werde hier nicht deiner Lust nachgeben!"
„Doch, das wirst du, vorher lasse ich dich nicht gehen!"
Er ging zur Tür und versperrte sie und kam er wieder zu mir. Ich stand immer noch bei seinen Schreibtisch. Grob schob er mein Shirt hoch, ich stieß ihn weg, zog das Shirt wieder nach unten.
„Hör auf, ich kann es mir nicht erlauben zu spät zur Arbeit zu kommen!"
„Das ist nicht mein Problem, wenn du dich weigerst dauert es noch länger!"
Ich resignierte, ich konnte in seinem Büro keinen Aufstand machen und das wusste er.
Er knöpfte mir die Jeans auf und streifte sie hinunter, dann schob er mir das Shirt wieder hoch. Dann öffnete er seine Hose und hob mich auf seinen Schreibtisch, zog mich zu sich und drang in mich ein. Bei jedem seiner kräftigen Stöße hörte man das laute Knarren des Schreibtisches unter meiner Last, das Geräusch war mir unangenehm, ich war sicher das man es draußen hören konnte. Roman stöhnte, er war plötzlich so wild, dass er mich über den Schreibtisch schob. Er zerrte mich an den Hüften wieder zu sich, hielt mich fest, die letzten Stöße vor

seinen Höhepunkt waren so wuchtig, dass mir der Rücken vom harten Holz schmerzte. Er zog sich wieder an, richtet seine Krawatte gerade, hastig zog ich meine Kleider an. Er setzte sich wieder in den Ledersessel hinter seinen Schreibtisch, zündete sich eine Zigarette an und sah mich prüfend an.
„Liebst du mich?" Abwartend sah er mich an.
„Nein."
„Warum bist du dann gekommen?"
„Du hast es mir befohlen, ich musste das Buch zurück bringen, der weiße Zettel im Kuvert! Du weißt es nicht mehr?", fragte ich ungeduldig.
„Du unterwirfst dich meinen Befehlen?"
Nein, ich habe dein Zeitguthaben vom Sonntag eingelöst, ich schulde dir daher nichts mehr."
Er zog an seiner Zigarette und starrte mich intensiv an, sein Anblick erinnerte mich an unsere erste Begegnung im Hotel, er sprach.
„Schläfst du gerne mit mir?"
Ich beugte mich über seinen Schreibtisch, nahe zu seinem Gesicht und sagte laut.
„Du hast bei mir noch eine Rechnung offen! Wann gedenkst du sie zu begleichen?"
Er blies den Rauch aus, schwieg lange und sah mich ernst an.
„Heute noch!"
„Gut", ich nahm meine Handtasche, „sonst würden wir uns am Samstag sicher nicht sehen!"
Er schwieg, ich drehte mich um und ging.

Natürlich kam ich zu spät zur Arbeit. Ich bekam eine Verwarnung und war wütend darüber dass ich Roman aufgesucht hatte. In meiner Handtasche fand ich kein weißes Kuvert, nichts! Heute noch sagte er, ich fiel darauf rein, ich war so naiv! Als ich abends von der Arbeit nach Hause kam stand ein Paket vor meiner Wohnungstür. Verwundert wollte ich es hineintragen, aber es war so schwer dass ich es nicht heben konnte, ich schob es mit Händen und Füßen über die Türschwelle. Noch im Flur riss ich den Karton auf, oben lag ein weißes Kuvert mit seiner Handschrift, aufgeregt öffnete ich es.

Viel Vergnügen beim lesen, bis Samstag 19 Uhr! Roman

Dann erst sah ich die Bücher! Ich nahm eines heraus, strich über den dunkelroten Einband, über die goldene Schrift, jedes einzelne Buch wurde zärtlich von mir betrachtet. Bertelsmann Lexikon! Ich war fasziniert von der Vielfalt. Ein Lexikon in zehn Bänden, ein Atlas, Weltgeschichte, Völker, Kontinente, Spektrum der Literatur, Kunst, Naturwissenschaften, Welt der Tier, Pflanzen, Wissen, Bildung, Technik und schließlich Mensch und Gesundheit. Es waren insgesamt 26 Bände, teure, kostbare Bücher, Ausgabe 1983, gerade auf den Markt gekommen.
Ich verbrachte Stunden damit die Bücher in mein Regal zu stellen, anzusehen, aufzuschlagen und zu lesen. Roman ahnte nicht welche Freude er mir damit gemacht hatte. Ich lächelte, ich würde mich dankbar zeigen. Doch auch ein unangenehmes Gefühl beschlich mich, er kannte meine Adresse!

„Du kommst zu spät!" Roman herrschte mich an als er mir Samstag die Tür öffnete.
„Es sind doch nur zehn Minuten!"
„Ich will dass du pünktlich bist, ich warte nicht gerne!"
„Gut, ich werde morgen etwas später gehen."
Ich seufzte, seine Aggressivität ging mir auf die Nerven.

„Komm her, du hast mir gefehlt."
Zärtlich nahm er mich bei der Hand und zog mich ins Wohnzimmer.
Dann liebten wir uns auf den weichen, flauschigen Teppich. Er war wie ein junger Hengst, so ungestüm, er verhakte sich mit seinen Finger in meinen Bauchkettchen und riss es mir ab. Er schien es nicht zu bemerken. Als wir keuchend nebeneinander lagen, glitt ich mit den Fingern durch den dichten Teppich.
"Was tust du?", fragend richtete er sich auf.
„Ich suche mein Bauchkettchen, du hast es mir abgerissen."
„Es tut mir leid, ich bemerkte es nicht, ich werde es natürlich ersetzen, du kannst dir ein neues kaufen."
„Nein, ich werde es mir löten lassen, du brauchst es nicht zu ersetzen."
Endlich spürte ich das dünne, zarte Goldkettchen unter meinen Rücken.
Roman sah mich prüfend an.
„Es ist ein Geschenk, oder?"
„Ja."
„Von Harald?"
„Ja."
Bitter sah er mich an. Immer öfter fiel mir sein Widerwillen gegen Harald auf, immer wieder fragte er nach ihm, er schien eifersüchtig auf Harald zu sein, ich sagte.
„Harald war schon vor dir da, er wird auch noch nach dir da sein!"
„Nach mir? Wie meinst du das?", seine Stimme klang zornig.
„Wir werden uns nicht ewig am Wochenende treffen irgendwann wird einer von uns beiden genug haben von den Spielchen."
„Spielchen? Du meinst unsere Beziehung?"

„Nein Roman. Es ist keine Beziehung."
„Nein? Was ist es dann? Definier es mir! Was ist es für dich?" Seine tiefe Stimme klang fast drohend.
„Es ist, es ist", ich stockte, dachte nach.
„Es ist eine Geschäftsverbindung. Ein Vertrag."
Er verlor fast die Fassung, seine Worte klangen mühsam.
„Es ist nur ein Vertrag für dich? Mehr nicht?"
„Komm, lass uns nicht darüber reden, es ist okay wie es jetzt ist, ich will nicht an die Zukunft denken."
Zärtlich zog ich ihn an mich, er schob mich weg, stand auf und ging aus dem Zimmer. Ich lag immer noch am Boden und dachte nach. Harald und Roman!
Welch ein Kontrast! Welch ein Unterschied! Ich mochte beide, irgendwie.

Harald! Zweiunddreißig Jahre alt, blond, blauäugig, als Ermittler bei der Polizei, unglaublich attraktiv, charmant, makelloser, muskulöser Körperbau, mein Freund und Kumpel, mir wurde nie langweilig mit ihm, ein guter Liebhaber, aber dieses perverse Vorspiel dass mich abschreckte, meine Verachtung als er vor Roman in die Knie gegangen ist und mich ihm überlassen hatte.

Roman! Alter unbekannt, dunkelbraune Haare, dunkelbraune Augen, schlank, größer als Harald, Richter, ernst, gelassen, wurde schnell wütend, er hatte Einfluss, Macht, eine Respektsperson, auch ein guter Liebhaber, nur anders als Harald, fordernder, wilder, verwöhnte mich, erfüllte mir Wünsche, die Bücher! Aber ich fand ihn nicht attraktiv, seine ständigen, bohrenden Fragen, seine arroganten, präpotenten Freunde, seine immer stärker werdende

Kontrolle über mich, seine Herrschsucht, er demütigte mich, das störte mich an ihm.

Und ich? Fast zweiundzwanzig Jahre alt, Masseurin, lese gern, keine Familie, keine Freunde, Freunde können verletzten, Einzelgänger, Verhältnis mit zwei Männern! Und doch liebte ich keinen der beiden. Es war nur mein ausgeprägter Sexualtrieb, mein Verlangen nach körperlicher Liebe, der mich immer wieder zu ihnen zog, ohne jedoch die alles umfassende Liebe zu fühlen. Ein Gefühl der Leere, wenn ich wieder in meine Wohnung fuhr und alleine war. Ich war gestört, abnormal und gestört.

Ich stand auf, sammelte meine Kleider vom Boden auf und wollte sie ins Schlafzimmer bringen.
Ich sah Roman wieder in dem Zimmer stehen, indem er immer rauchte. Es war ein Arbeitszimmer! Alles dunkle Möbel, es sah fast so aus wie in seinem Büro, ein großer Schreibtisch, Drehsessel, jede Menge Akten, Papierkram, Literatur, Computer, Drucker, Fax, Kopierer. Eine riesige Stehlampe. Er stand am Fenster sah hinaus und rauchte eine Zigarette. Ich legte die Kleider auf einen Sessel im Flur.
„Roman?"
„Ja?" Er drehte sich nicht um, ich ging zu ihm und schlang meine Arme um ihn und sagte.
„Es tut mir leid, sei bitte nicht böse auf mich, ich bin gerne bei dir."
Roman drehte sich um.
„Aber du liebst mich nicht?" fragt er heiser.
Ich zögerte mit der Antwort, ich liebte ihn nicht, aber ich wollte ihn nicht verletzten.
„Ich weiß es nicht."
Nackt stand ich vor ihm, er sah mich intensiv an, ich wurde unsicher weil ich nicht wusste was er dachte.

Er hatte ein Pokerface und das machte mich nervös.
„Ich bin sehr müde, kann ich schon ins Bett?"
Ich war erschöpft, die Arbeit, die zwei Männer, mein Haushalt, Erledigungen.
„Es ist doch erst acht!" Roman schüttelte den Kopf.
„Wenn du willst."
Ich ging und schlief auf der Stelle ein.

Mitten in der Nacht wachte ich auf, ich spürte wie Roman mich berührte. Es war völlig dunkel im Zimmer, ich hatte keine Ahnung wie spät es war, ich fühlte seine Hand auf meinem Arm und bewegte mich nicht, zärtlich streichelte er über meine Schultern, Brust und Nabel. Ich spürte seinen Atem als er sich zwischen meine Beine drängte, sich auf mich legte. Ich zog ihn zu mir, ganz nah, küsste ihn, wir liebten uns, ich sah nichts von ihm, ich roch, schmeckte und fühlte ihn, es war schön.

Roman goss mir Kaffee in meine Tasse, lehnte sich im Sessel zurück und verschränkte die Arme, dann sagte er mit seiner tiefen Stimme.
„Du gibst mir Rätsel auf!"
Ich ignorierte ihn, rührte meinen Kaffee um, sah auf meinen Teller, ich ärgerte mich über sein ständiges Gerede beim Frühstück.
„Hast du mich nicht verstanden? Antworte auf meine Frage!", er hörte sich drohend an.
„Was willst du wissen?" Ich seufzte und sah ihn nicht an.
„Ich sagte, du gibst mir Rätsel auf."
„Das ist keine Frage, das ist eine Feststellung!" Herausfordernd sah ich ihn an.
„Reiz mich nicht!" Er beugte sich zu mir.
„Bist du ein Gedächnisgenie?"
„Nein."

„Das Gedicht, die Glocke, wie ist das möglich dass du es so flüssig und fehlerfrei vortragen konntest?"
„Dein Freund konnte es doch auch."
„Gerhard ist Literatur und Deutsch Professor an der Uni, es ist sein Job, aber warum konntest du es?"
„Ich habe es in der Schule gelernt."
„Das habe ich auch, aber man vergisst es doch wieder!"
„Ich sagte doch, ich habe ein gutes Gedächtnis."
Ich fing an mit meinen Messer ununterbrochen in die Serviette zu stechen, immer und immer wieder.
„Isst du nichts?", fragte er.
„Du stellst mir ständig Fragen, du erwartest Antworten, es ist unhöflich mit vollem Mund zu sprechen."
„Hör endlich auf mit dem Messer reinzustechen!" er sagte es so laut, das ich erschrak.
„Iss endlich!"
Langsam nahm ich ein Croissant und fing an es aufzuschneiden, ganz langsam um Zeit zu gewinnen.
„Wenn du dir so Zeit lässt, kann ich noch meine Fragen stellen!" sagte er gereizt.
„Ich will wissen, warum du dieses Gedicht fehlerfrei konntest?"
Ich spürte wie mir die Tränen in die Augen stiegen, um mich vor seinen Blick zu schützen senkte ich den Kopf soweit wie möglich hinunter.

Das Bild war wieder da.
Ich stand vor ihm. Ich musste zu ihm aufblicken, ich war so klein, in der rechten Hand hielt er den Gürtel der locker hinunterbaumelte, in der linken Hand das Gedicht, drei Seiten lang. Es war eines seiner grausamen Spielchen die er sich für mich ausgedacht hatte. Viele dieser Prüfungen, wie er sie nannte, konnte ich kaum bewältigen, für mein

Versagen schlug er mich. Er gab mir drei Tage um es zu lernen, der Text, viel zu schwierig für ein neunjähriges Mädchen. Ich trug es vor, fehlerfrei, ohne einmal ins Stocken zu geraten. Er las mit, jedes Wort, jede Zeile, alle einunddreißig Strophen. Die Glocke! Eingebrannt in mein Gedächtnis! Unwiderruflich und unauslöschlich eingebrannt! Für immer!

Ich war gut im verdrängen! Das Bild war weg, ich wischte mit meinen Handrücken die Tränen weg, richtete mich auf und lächelte Roman an.
„Was machen wir heute?"
Er sah mich schockiert und gleichzeitig erstaunt an, suchte nach Worten.
„Ich, ich habe einen Tisch reserviert, für heute Abend."
„Heute Abend? Gut, dann kann ich nachher nach Hause fahren."
„Du könntest noch die Nacht bei mir bleiben!"
Fragend sah er mich an.
„Nein, es ist gegen unsere Abmachung!"
„Ich dachte du bist gern bei mir?"
Ich zuckte zusammen, ich musste besser aufpassen was ich zu ihm sagte, er merkte sich immer meine Antworten, ich musste alles abwägen bevor ich etwas sagte.
„Es geht nicht, es ist unmöglich, ich kann nicht bei dir bleiben."
„Du hast eine Verabredung?"
Ich nickte.
„Mit Harald?"
„Ja."
„Du schläfst mit ihm?"
Ich zuckte mit den Schultern, fing an mein Croissant mit Honig zu bestreichen.

„Antworte mir!"
„Ja."
Er hörte nicht auf, immer wieder von Harald zu sprechen, er ging mir damit auf die Nerven.
„Mit wie vielen Männern hast du schon geschlafen?"
Ich biss in mein Croissant, konnte nicht gleich antworten, drohend nochmals seine Frage.
„Wie viele!"
„Ich weiß es nicht", ich seufzte.
„Du weißt es nicht? Es waren so viele dass du es nicht mehr weißt?"
Ich würde plötzlich wütend über seine indiskreten Fragen und schrie ihn an.
„Lass mich in Ruhe, ich stehe hier nicht vor deinen Richtertisch!"
Verblüfft sah er mich an, ich stand auf und wollte die Küche verlassen.
„Setz dich! Du bist noch nicht mit dem Essen fertig!"
Langsam setzte ich mich wieder, er schwieg bis ich mit dem Essen fertig war. Ich wagte nicht aufzustehen und fing an, meine Serviette in kleine Stückchen zu reißen.
„Wann hast du deine Unschuld verloren?"
„Was?" Ich verstand ihn nicht.
„Seit wann bist du keine Jungfrau mehr? Wie alt warst du?"
„Fünfzehn", ich redete leise.
„Ich will wissen wie es war, erzähl mir alles darüber."
„Es ist gegen unsere Abmachung, ich erfülle dir deine sexuellen Wünsche, mehr nicht, ich will nicht darüber reden, ich kann mich nicht mehr daran erinnern, ich weiß es nicht mehr!"
Wütend sah ich ihn an und bemerkte, dass er mich mit einer Gier ansah, erst dann begriff ich. Er wollte sich erregen an meinen Erzählungen! Ich senkte den

Kopf damit er mein Lächeln nicht sah, es amüsierte mich dass er so sein Verlangen steigern wollte.
„Ich will wissen wie es war, wie du zum ersten Mal mit einen Mann geschlafen hast, hörst du, es ist genauso ein sexueller Wunsch den du mir gefälligst zu erfüllen hast und ich bin sicher dass du dich erinnern kannst, du hast ein gutes Gedächtnis!"
Ich sah auf meine Hände.
„Ich habe nicht mit ihm geschlafen!"
„Du hast nicht mit ihm geschlafen? Ich dachte er hat dich entjungfert?"
„Hat er auch, aber ich habe nicht mit ihm geschlafen!" sagte ich trotzig.
Roman schüttelte verwirrt den Kopf.
„Gut, erzähl einfach, von Anfang an, jedes Detail, jedes kleinste Detail, alles bis zum Ende!"
Ich fing an mit den kleinen gerissenen Serviettenstückchen auf dem Tisch einen Kreis zu legen. Ich wusste dass ihm das auf die Nerven ging und ich wollte ihn provozieren. Ich liebte es wenn er wütend wurde, nur ganz wenig, nicht zu viel von dieser Wut, er sah dabei so wild aus und das gefiel mir.
„Es war einen Tag vor der Zeugnisverteilung, kurz nach meinen Geburtstag ..."
Roman unterbrach mich heftig.
„Du bist gerade fünfzehn geworden, kurz vorher?"
„Ja."
"Weiter, sprich weiter!"
„Wir hatten ein Schulfest für die Schulabgänger, es lief Musik, wir konnten tanzen, ein Bekannter von einem Lehrer legte Platten auf, es war lustig. Die Lehrer ließen uns unbeaufsichtigt. Peter legte langsame Musik auf und ..." Roman unterbrach mich.
„Wer ist Peter?"

„Der Bekannte von einem Lehrer, das sagte ich doch!"
Ich fing an mit den Serviettenstückchen eine Dreieck zu legen, hörte dabei zu reden auf.
„Weiter, erzähl weiter!"
Er forderte mich zum Tanz auf und wir tanzten ganz eng. Ich schmiegt mich an ihn, er gefiel mir und er roch so gut!"
„Er roch gut?"
„Ja, er roch gut nach Rasierwasser, so wie du!" ich grinste ihn an.
„Wie alt war er, war er älter als ich?"
„Ich weiß nicht wie alt du bist."
Roman atmete tief ein.
„Ich bin fünfunddreißig!"
„Ich glaube er war älter, vielleicht vierzig, ich weiß es nicht mehr so genau."
Ich schwieg, wollte ein anderes Muster mit den Serviettenstückchen legen.
„Hör endlich auf damit!"
Roman stand auf, nahm mir die Serviettenstückchen weg und warf sie in den Müll.
„Weiter!"
„Du unterbrichst mich doch ständig!" rief ich.
„Silvia, meine Geduld ist nicht grenzenlos!"
Ich sah zu Boden und sprach weiter.
„Wir tanzten und dann machte er eine Pause mit der Musik. Er sagte zu mir, er möchte mir etwas zeigen. Er ging mit mir in ein leeres Klassenzimmer und versperrte die Tür. Dann fing er an mich zu küssen, er war zärtlich, es gefiel mir, er schob mein Shirt in die Höhe und streichelte meine Brüste. Dann war dieses Gefühl da, ein schönes Gefühl da unten, ich merkte dass ich feucht wurde. Dann hob er mich hoch, wie wenn er mich über die Schwelle tragen

wollte, er ging zu dem Lehrersessel und setzte sich, und mich setzte er auf seine Oberschenkel."
Roman sah mich gespannt an, unterbrach mich aber nicht, ich nahm ein Stück Brot und schob mir einen Bissen in den Mund. Mit dem anderen Brot fing ich an, kleine Kügelchen zu drehen. Es war mir peinlich ihm davon zu erzählen, fuhr jedoch fort.
„Er fragte mich, ob ich noch Jungfrau bin und ich nickte verlegen, ich schämte mich, weil ich noch keine Erfahrung hatte. Ich hatte einen langen Rock an, er schob meinen Rock hinauf und streichelte mich am Knie. Dann am Oberschenkel und dann glitt er hinauf zu meinen Höschen."
Ich legte wieder ein Brotkügelchen auf meinen Teller.
„Ich spürte wie er mit seinen Finger unter mein Höschen griff, genau so wie du es damals gemacht hast, weißt du noch, in der Oper!"
Roman schluckte und schwieg.
Ich machte eine Pause und drückte die Kügelchen mit meinen Zeigefinger flach.
„Dann streichelte er über meinen Scham, ich war erregt, es war ein schönes, aufregendes Gefühl, ich schloss die Augen und dann fuhr er mit dem Finger hinein, in meine Scheide. Ich rührte mich nicht, er küsste mich immer wieder und bewegte seinen Finger langsam hin und her."
Ich wollte mir noch ein Brot nehmen, aber Roman griff meine Hand und sagte laut.
„Hör auf mit dem Essen zu spielen!"
Er nahm mir das Brot und den Teller mit meinen flachgedrückten Kügelchen weg und stellte sie auf die Anrichte.
„Weiter, er bewegte seinen Finger langsam hin und her, und?"
Es war mir unangenehm darüber zu sprechen, aber ich wusste, Roman würde nicht aufhören seine

Fragen zu stellen, solange bis er alle Antworten hatte.

„Er nahm noch einen zweiten Finger dazu, es war viel zu eng da unten, viel zu eng für zwei Fingern, es fing an weh zu tun, er stieß mir die Finger so tief hinein. Ich zuckte plötzlich zusammen, es war als wäre er mir mit einer scharfen Spitze hineingefahren, es war ein Schmerz, es tat weh. Er hörte auf mich zu küssen und dann flüsterte er. Du bist jetzt keine Jungfrau mehr! Er grinste mich an, ich glaube er war stolz darauf, dann glitten seinen Finger aus meinen Scheide."

Roman keuchte fast.

„Er hat dich nur mit den Fingern entjungfert?"

„Ja."

Ich fuhr mit dem Kaffeelöffel am Tisch entlang immer wieder von rechts nach links, es war mir so peinlich darüber zu sprechen.

„Und dann?" Roman atmete schnell.

„Ich fragte ihn ob er jetzt mit mir schlafen würde und dann sagte er, er könne das nicht tun, er würde mit dem Gesetz in Konflikt kommen weil ich noch nicht sechzehn wäre."

„Du wolltest mit ihm schlafen? Warum?"

„Ich wollte wissen wie das ist, mit einen Mann zu schlafen."

Roman nahm mir entnervt den Löffel aus der Hand.

„Und dann?"

„Er zeigte mir seine Finger, sie waren blutig, mein Blut, es war mir unangenehm das Blut zu sehen. Er küsste mich noch einmal und dann schob er mich von sich runter. Ich stand auf und zog mir das Höschen hoch, ich spürte etwas Nasses. Er ging zur Tür und drehte sich nochmals um und dann sagte er zu mir.

„Du wirst zu keinen ein Wort darüber verlieren, versprich es!"
„Ich nickte und dann ging er wieder Platten auflegen und ich ging raus auf die Toilette, mein Höschen war voller Blut. Ich bin dann gleich nach Hause gegangen."
Roman sah mich erstaunt an.
„Du bist einfach nach Hause gegangen?"
„Ja, er wollte nicht mit mir schlafen, darum wollte ich ihn nicht mehr sehen."
Roman lehnte sich zurück und sah mich merkwürdig an.
„Ich will dass du ins Schlafzimmer gehst! Ich komme gleich nach."

Ich ging hinüber und hörte ihn lange im Arbeitszimmer telefonieren aber ich verstand kein Wort.
Dann kam er zu mir. Er küsste mich, schob meinen Bademantel auseinander und streichelte meine Brust. Dann hob er mich hoch und setzte sich auf den Sessel, mich auf seine Oberschenkel. Roman spielte es nach, er spielte alles nach was ich ihm erzählt hatte. Und dann tat er das was Peter nicht gewagt hatte zu tun. Er vögelte mich, er vollendete es, in dem er mit mir schlief.

Roman hatte in einem der besten Restaurants in Wien einen Tisch bestellt. Der Kellner begrüßte ihn mit dem Vornamen, einige Gäste nickten ihm zu, ohne Zweifel war Roman öfter in diesem Lokal. Ich trug wie immer Jeans und Shirt, ich fühlte mich in dieser Umgebung nicht wohl darin. Ohne mich zu fragen bestellte er Aperitif, dann studierte er die Weinkarte. Ich flüsterte ihm zu.

„Warum hast du mir nicht gesagt dass wir in ein Nobelrestaurant gehen? Ich bin unpassend gekleidet!"
Roman sah nicht von der Weinkarte auf.
„Du siehst gut aus!"
Geduldig erklärte er mir die Weinkarte, welcher Wein zu welchen Gericht passen würde.
„Ich mag keinen Wein, ich will Orangensaft!" sagte ich widerspenstig.
„Du trinkst Wein!" Seine tiefe Stimme ließ keinen Widerspruch zu.
Ich hatte Durst, ich konnte unmöglich Wein trinken ohne nicht betrunken zu werden, ich sprach weiter.
„Wer hat das eigentlich erfunden, welcher Wein zu welchen Essen passt, wer erfindet so etwas?"
Roman seufzte.
„Der Geschmack des Weines und der Geschmack des Gerichtes harmonieren miteinander!"
„Es funktioniert nicht bei mir, verstehst du, mir schmeckt kein Wein, ich will Fisch, er würde nicht mit meinen Fisch harmonieren, Orangensaft würde passen, es würde sicher harmonieren!"
Roman sah mich amüsiert an und dann gab er zu meiner Überraschung nach.
„Gut, du bekommst deinen Saft, aber wenn wir in Gesellschaft essen, trinkst du Wein!"
Ich nickte und lehnte mich erleichtert zurück. Ich sah nochmals die Karte durch und fand die Preise unverschämt hoch, völlig überzogen, ich wählte den Lachs aus.
Das Essen war hervorragend, Roman bestellte Kaffee zum Dessert dann beugte er sich zu mir.
„Gib mir deine Hand!"
Überrascht reichte ich ihm meine Hand, er legte mir etwas kleines, hartes, hinein.
Schockiert starrte ich auf den schmalen, golden Ring.

„Du schenkst mir einen Verlobungsring?"
Roman grinste mich an.
„Nein, sieh dir die Gravur an."
Ich suchte in dem schmalen Ring die Gravur, ein Datum war eingraviert, mehr nicht.
„Was ist das für ein Datum?"
„Es kommt dir nicht bekannt vor?"
„Nein." Ich hatte keine Ahnung.
„Es ist das Datum an dem wir das erste Mal im Hotel miteinander geschlafen haben, du merkst dir doch sonst alles!"
Natürlich wusste ich es nicht mehr, ich hatte damit abgeschlossen, es existierte nicht mehr, dieses Datum. Ich schwieg, er sprach weiter.
„Ich will dass du ihn trägst, der Ring soll dich an mich erinnern, jeden Tag!".
„Nein, das ist unmöglich, ich trage nie Ringe, es würde die Kunden beim massieren stören. Ich kann ihn nicht tragen!"
Fast verzweifelt sah ich ihn an, ich wusste nicht wie er es aufnehmen würde.
„Dann legst du ihn eben ab, in deiner Dienstzeit, aber sonst will ich dass du ihn trägst, auch bei Harald! Hast du mich verstanden?"
„Ja."
Unschlüssig überlegte ich an welcher Hand ich ihn tragen sollte. An der rechten Hand würde es aussehen als ob ich verheiratet wäre, links als wäre ich verlobt. Ich mochte den Ring nicht! Ich hoffte dass er nicht passen würde und streifte ihn über meinen linken Ringfinger. Er passte perfekt! Wie wusste er nur meine Ringgröße?
Ich sah auf meine Uhr, es war bereits nach neun Uhr, zwei Stunden über unserer Abmachung! Unglücklich sah ich den Ring an meinem Finger an, er hatte so etwas bindendes, wie eine Fessel umschloss er den

Finger. Es war die erste Fessel die Roman mir anlegte.

Roman starrte mich an.
„Würdest du heute Nacht noch bei mir bleiben?" er sagte es so zärtlich dass ich zögerte.
„Nein, ich will nach Hause, nein, heute nicht mehr."
Ich sah seine Enttäuschung über meine Entscheidung, ich würde sicher nicht länger als nötig bei ihm bleiben, nicht mit diesem Ring!

Ich fuhr nicht nach Hause, ich wollte zu Harald und hoffte dass er zu Hause war, ich brauchte ihn jetzt. An der ersten roten Ampel nahm ich den Ring ab und legte ihn in das Handschuhfach, ich fühlte mich wieder frei, frei von Roman. Ich war erschöpft und müde, fast ausgebrannt von den Wochenenden mit Roman, er forderte so viel von mir. Ich musste ihm rund um die Uhr zur Verfügung stehen und hatte keine Rückzugsmöglichkeiten. Seine Fragen, seine ständigen Fragen! Er nahm nicht nur meinen Körper in seinen Besitz, er drang auch immer tiefer in mein Privatleben ein, es störte mich dass er alles wissen wollte. Und immer wieder war Harald ein Thema, er hörte nicht auf damit! Ich spürte ein Unbehagen, einen Widerwillen gegen seine Umklammerung und seine Kontrolle, er wollte mich beherrschen. Warum hatte ich mich nur mit ihm eingelassen, Harald hatte mich gewarnt vor ihm, aber ich wollte ihm nicht glauben. Bei Harald wollte ich Abstand gewinnen, mit ihm war alles so einfach, ich war die Dominante in unserer Beziehung, beim Sex sowieso, er war so einfach gestrickt in allem, so unbeschwert, so kindisch, obwohl er zehn Jahre älter war als ich. Nie fragte er mich nach Roman, er akzeptierte es einfach so wie es war.

Obwohl er mich erst für morgen erwartete, freute sich Harald über meinen Besuch. Ich sah seine Lust in seinen Augen, im Wohnzimmer lief ein Pornofilm, er riss mir fast die Kleider vom Leib.
Ich stieß ihn weg, ich hatte eine schwarze Augenbinde gekauft, ich verband ihm die Augen, mehr musste ich nicht tun, der Pornofilm hatte ihn erregt.
Ich lag vor ihm, führte seine Hände zu meinem Körper, er tastete nach mir, vorsichtig um mir nicht weh zu tun. Ich betrachtete seinen muskulösen Körperbau, er sah fantastisch aus, er war viel kräftiger gebaut als Roman, seine Arme viel muskulöser, seine Brust war breit und glatt, völlig haarlos, sein Bauch ein Sixpack, er trainierte viel bei der Polizei.
Harald war immer zärtlich, nie wurde er grob. Ich hatte immer die Oberhand, bestimmte was er tun sollte, ich griff an seinen Nacken, behutsam führte ich ihn zwischen meine Beine, Harald war gut mit der Zunge, ich ließ mich oft vom ihm mit dem Mund befriedigen, er war so sanft, langsam glitt seine Zunge über meinen Scham, ich spürte wie er mit seine Zähnen leicht in meine Schenkel biss, liebkoste sie mit seinen Lippen und dann wendete er sich wieder meinen Schoss zu, die Zunge tief in mir. Ich war so erregt, zog ihn zu mir und nahm ihm die Augenbinde ab. Ich drehte mich um, kniete vor ihm, er führte seinen Penis in mich ein, kraftvoll und langsam seine Stöße, er hielt mich nicht fest, ich stemmte mich gegen ihn, er hörte sofort auf, war völlig passiv, mit meinen Becken bewegte ich mich vor und zurück, sanft und dann wieder fest, ich bestimmte den Rhythmus, ich konnte es steuern wann ich bereit zum Höhepunkt war. Ich hörte ihn

stöhnen und brachte uns beide fast gleichzeitig zum Orgasmus, er keuchte hinter mir, mein Körper bebte, mein Rücken bog sich und dann schrie ich vor Lust. Harald schlang seinen Arm um meine Taille, zog mich hoch und ganz nah zu sich, ich zuckte, der Orgasmus war heftig, ich krallte meine Finger in sein Gesäß, kratzte ihn mit den Fingernägel, spürte wie es nass wurde in meiner Scheide von mir und dann von ihm. Harald hielt mich fest, kippte mich seitlich neben sich. Schwer atmend lag ich vor ihm, er immer noch in mir, er streichelte mich zärtlich, es war heiß in der Wohnung, unsere Körper waren vor Anstrengung feucht. Es war schön mit ihm, es war alles so einfach, keine Verpflichtungen, keine Abmachung, keine Vereinbarung eines Zeitplanes.
Er nahm mich an der Hand und wir gingen ins Bad.
„Ich muss dich waschen, du bist ganz feucht!"
Harald lächelte, seifte mich in seiner kleinen Dusche ein, wir hatten kaum Platz zu zweit, die Enge und seine Nähe in dieser kleinen Kabine störten mich nicht, überall sonst hätte ich Platzangst bekommen, ich seifte ihn ein, rutsche aus, er fing mich auf, wir lachten, es war so unkompliziert mit ihm.
Ich blieb über Nacht, kuschelte mich an ihn, so schliefen wir ein.
Harald war ein richtiger Junggeselle, er hatte oft einen leeren Kühlschrank, er aß immer in der Polizeikantine, morgens und mittags, seine Mutter wusch für ihn die Wäsche. Seine Eltern hatte ich nie kennen gelernt, ich wollte nicht dass er sie mir vorstellte und Harald akzeptierte diese Entscheidung. Wir tranken löslichen Kaffee, mehr hatte er nicht anzubieten.
„Wann fängt dein Dienst heute an?" fragend sah ich ihn an.
„Um achtzehn Uhr!"

„Es ist erst Mittag, wir könnten noch spazieren gehen", schlug ich begeistert vor, Harald schüttelte den Kopf.
„Du weißt, dass ich mich mit dir nicht sehen lassen darf!"
„Das ist mir egal, Roman hat das nicht zu bestimmen, ich will mit dir spazieren gehen, bitte!"
„Hör auf, mach es mir nicht so schwer, ich will keine Probleme bekommen."
Er sah traurig aus, senkte den Kopf.
„Ich wünschte ich hätte nie zugestimmt als er mit dir schlafen wollte, ich hätte es nicht zulassen dürfen, ich habe dich an ihn verloren, er wird dich nie freigeben!"
Ich war so überrascht über sein Geständnis dass ich ihn in die Arme nahm, abrupt wendet er sich von mir ab, ich sprach leise.
„Ich kann Roman verlassen, zu jeder Zeit, verstehst du, ich kann gehen wann ich will!"
„Du kennst ihn nicht, er würde es verhindern. Er ist verliebt in dich, weißt du das?"
Harald schleuderte mir den Satz entgegen.
„Hör auf, das ist doch nicht wahr, er liebt mich nicht, es ist nur sein Begehren, dass ihn an mich bindet, mehr nicht, wenn es nachlässt, und es wird nachlassen, dann wird er das Interesse an mir verlieren."
„Bei Gericht reden sie über dich!" Harald sprach leise und langsam.
„Was?"
„Sie reden über deinen Besuch bei ihm im Büro."
„Und die Polizei ist darüber informiert?"
Ich war entsetzt.
„Mein Chef ist einer der besten Freunde von Roman, sie kennen sich seit der Schulzeit, er fragte mich ob

ich dich kenne. Ich sagte das du mich wegen Roman verlassen hast."
„Aber das ist nicht wahr!"
Ich war aufgebracht, Harald schüttelte den Kopf.
„Ich muss das sagen, Roman verlangt das! Er weiß alles über mich, einfach alles, er kennt meinen Dienstplan und die freien Tage an denen du bei mir sein kannst, welche Fälle ich gerade bearbeite, einfach alles, er kontrolliert mich."
„Was sagen sie über mich?" fragte ich neugierig.
„Sie erzählen dass er jetzt eine Freundin hat, noch nie war eine Frau privat bei ihm im Büro und du verbrachtest eine Stunde bei ihm. Mein Chef wollte ihn telefonisch erreichen, Romans Sekretärin hat ihn vertröstet, weil er nicht gestört werden wollte."
„Warum weißt du das?"
„Mein Chef hat es mir erzählt, er wollte mehr über dich erfahren, ich habe abgeblockt, ich sagte das du jetzt Romans Freundin bist, er hat dann akzeptiert dass er keinen Informationen von mir bekommt. Roman liebt dich!"
Ich erstarrte plötzlich, sah Harald an.
„Du liebst mich nicht mehr."
Er nickte.
„Ist es wegen Roman?"
„Ja, als du sein Angebot annahmst hast du mich verletzt, ich war enttäuscht von dir."
„Du schläfst mit anderen Frauen?"
„Gelegentlich!"
„Es funktioniert?", ich schnaufte, „es funktioniert bei anderen Frauen?"
Harald schüttelte den Kopf.
„Manchmal funktioniert es, ich muss dabei an dich denken und an die venezianische Maske. Ich schlafe mit ganz jungen, unerfahrenen Mädchen, ich gebe ihnen die Schuld wenn es nicht funktioniert. Ich will

mich nicht mehr so schnell verlieben. Und du kommst nur einmal in der Woche, das ist mir zu wenig, ich brauche öfter Sex!"
Ich fühlte mich schuldig, Harald tat mir leid, es war ein Fehler mit Roman etwas anzufangen, ein großer Fehler!
„Harald ich komme öfter zu dir und bleibe über Nacht!"
Dann lächelte ich ihn an.
„Du warst gut heute im Bett und ich hoffe ich verliebe mich nicht in dich!"
Wir mussten beide lachen und doch blieb ein schlechter Geschmack zurück, Roman beherrschte alles, er beherrschte uns, wir wussten es beide.

Je näher der Samstag kam, je unruhiger wurde ich, die Gedanken an Roman machten mich zunehmend nervös. Ich war ständig müde, ich musste etwas ändern an unserer Abmachung, ich brauchte Zeit, Zeit zum nachdenken. Ich konnte mich nicht mehr konzentrieren, in der Arbeit fiel mir das stundenlange Stehen schwer.

Samstag, kurz vor achtzehn Uhr rief ich Roman an.
„Ich kann heute nicht kommen, ich bin krank!"
„Was heißt das, was hast du?"
Romans Stimme klang aggressiv.
„Ich bin müde, ich will nur schlafen, ich glaube ich werde richtig krank, vielleicht eine Infektion?"
Ich schöpfte Hoffnung dass er mir glauben würde.
„Hast du Fieber?"
„Nein, ich glaube nicht!"
Er wurde plötzlich laut.
„Komm sofort hierher, ich warte auf dich, du kannst auch bei mir schlafen, ich bestehe auf unserer

Vereinbarung, du wirst sie nicht brechen nur weil du müde bist!"
Ich resignierte, ich wollte mich nicht auf eine Diskussion einlassen.
„Ja, ich komme", flüsterte ich, mühsam zog ich mich an und fuhr zu ihm.

Roman schob mich ins Wohnzimmer.
„Du bist blass, was ist los mit dir?"
„Ich bin ständig müde, ich habe keine Energie mehr", verzweifelt sah ich ihn an.
Wir können uns nur noch jedes zweite Wochenende treffen, ich schaffe dass nicht mehr jedes Wochenende."
Roman verlor die Fassung.
„Du glaubst ich lasse das zu? Du willst einfach unsere Abmachung ändern? Ich will nicht auf dich verzichten! Auf keinen Fall!"
Ich wurde zornig über die Selbstverständlichkeit, wie er über mich bestimmte.
„Nun, Herr Richter, hast du dein Urteilsvermögen verloren?"
Wütend schrie er mich an.
„Was fällt dir ein mit mir so zu reden? Lass gefälligst meinen Beruf aus dem Spiel!"
Ich sah ihn zornig an.
„Du hast unsere Vereinbarung gebrochen, du hast mich am Mittwoch zu dir ins Büro beordert! An einen Mittwoch! Ich bin am Sonntag drei Stunden länger in deiner Gesellschaft gewesen! Hast du das vergessen!", rief ich zornig.
„Na und! Ich breche manchmal Vereinbarungen, ich weiß es ist eine schlechte Angewohnheit!"
Er grinste mich unverschämt an, ich erwiderte wütend.

„Du erlaubst dir unsere Abmachung zu ändern, aber gestehst es mir nicht zu? Du misst mit zweierlei Maß!"
Roman sah mich ernst an.
„Reiz mich nicht, du gehst zu weit!"
Ich versuchte ihn zu besänftigen, ich hatte keine Kraft mehr ihm Paroli zu bieten.
„Bei unserer Vereinbarung sagte ich zu dir, wenn ich dich verlassen will, wirst du mich gehen lassen und du hast es akzeptiert!"
„Nein, du sagtest ob ich es verstanden hätte, ich habe dir nicht versprochen dass ich dich gehen lasse!"
Roman grinste wieder.
„Du hast genickt und gelächelt, ich habe es als Versprechen aufgefasst!" sagte ich.
„Dann hast du dich eben geirrt!" Immer noch grinste er.
Ich fühlte mich hilflos, ich war so erschöpft, ich versuchte es ihm zu erklären.
„Roman, ich arbeite täglich von neun bis achtzehn oder neunzehn Uhr, Samstag bis zwölf, dann bin ich bei dir, Montag ist mein einziger freier Tag. Ich habe einen Haushalt, Erledigungen, ich muss Lebensmittel einkaufen, ich habe kaum noch etwas anzuziehen weil ich keine Zeit zum bügeln habe! Ich schaffe das nicht mehr, du lässt mich nicht durchschlafen, du nimmst mich zu viel in Anspruch!"
Er sah mich wieder so merkwürdig an, ich hasste es wenn ich nicht wusste was er dachte.
„Aber mit Harald triffst du dich auch noch?"
„Manchmal", seufzte ich.
„Dann muss er auf dich verzichten, ich brauche dich, ich will dich bei mir haben, jedes Wochenende!"
Er drehte mir den Rücken zu und sah aus dem Fenster.

„Wie viel verdienst du?"
„Was?"
„Dein Gehalt, wie viel verdienst du?"
„5.000 Schilling"
Er drehte sich wieder zu mir.
„In der Woche?"
Er hatte keine Ahnung was man als Masseurin verdiente.
„Es ist mein Monatslohn!"
„Gut, du kannst jetzt ins Bett gehen, ich werde dich nicht anfassen in der Nacht, ich lasse mir etwas einfallen, wir reden morgen darüber, aber du bleibst bis Montagmittag hier!"
Ich protestierte schwach.
„Du triffst dich Montag mit Harald?"
Ich nickte.
Plötzlich starrte er mich so intensiv an dass ich Angst bekam.
„Warum trägst du den Ring nicht?"
„Was?"
„Der Ring, er ist nicht an deinem Finger!"
Ich sah auf meine Hand, dieser verdammte Ring! Ich hatte vergessen ihn an den Finger zu stecken, ich überlegte fieberhaft welche Antwort plausibel klingen würde.
„Ich habe mir zu Hause die Hände gewaschen, es war noch Seife unter dem Ring, ich habe es bemerkt als ich die Hände am Lenkrad hatte, bei einer Kreuzung habe ich den Ring abgestreift, ich wollte die Seife wegwischen, er muss noch auf dem Beifahrersitz liegen."
Ich sah ihn gespannt an ob er mir glauben würde, sein Blick machte mich unsicher.
„Hol ihn!"
„Was?"

„Hast du nicht gehört? Du sollst ihn holen, wenn du nicht gelogen hast, liegt er noch im Auto!"
„Jetzt?"
„Ja, jetzt sofort!"
Ich ging zum Auto kramte den Ring aus meinem Handschuhfach und steckte ihn an. Verzweifelt sah ich den Ring an, er störte mich, ich spürte ihn und ich mochte ihn nicht.
Roman war zufrieden. Ich putzte mir nicht einmal mehr die Zähne und schlief sofort ein.

Roman hielt sein Wort, als ich gegen elf Uhr vormittags am Sonntag aufwachte war sein Bett unbenützt.
Ich stand auf und hörte seine Stimme im Arbeitszimmer, er telefonierte wieder, ich lehnte mich an die Mauer vor seiner Tür, die angelehnt war.
„Ich will nicht auf sie verzichten, sie bleibt hier!"
Er machte eine Pause.
„Harald, fordere mich nicht heraus!" seine tiefe Stimme klang drohend.
Ich schluckte, er sprach mit Harald!
„Gut, ich wusste dass du vernünftig bist, sie kommt am Dienstag zu dir."
Roman legte den Hörer auf, ich hörte das Klicken seines Feuerzeuges, dann roch ich den Rauch.
Ich schlich wieder ins Schlafzimmer.
Harald tat mir leid, Roman bestimmte jetzt auch an welchen Tag er mich treffen durfte, ich hasste ihn dafür!
Kurz darauf kam er zu mir ins Schlafzimmer.
„Bist du ausgeschlafen? Er sah mich zärtlich an.
„Ja."
„Willst du Kaffee?"
„Ich würde vorher gerne duschen."

Ich brauchte lange für meine Morgentoilette, Roman war ihm Wohnzimmer und ich stellte mich zur Wohnzimmertür.
„Setz dich, ich will mit dir reden." Er wies mit der Hand auf die Couch, stand auf und holte mir eine Tasse Kaffee.
„Hast du Hunger?"
„Nein", mir war der Appetit vergangen.
„Ich mache dir einen Vorschlag, wenn du ihn ablehnst, bleibt alles bei unserer jetzigen Abmachung! Ich werde dir ein Konto einrichten, jeden Monat überweise ich dir fünftausend. Du suchst dir einen neuen Job, für zwei oder drei Tage in der Woche, damit du versichert bist. Du hast also mehr Geld im Monat zur Verfügung wenn du mein Angebot annimmst. Dafür bleibst du immer bis Montag, zwölf Uhr Mittag bei mir. Natürlich werde ich dir noch finanzielle Wünsche erfüllen, wie oft ich das mache, liegt ganz bei dir. Ich will heute um siebzehn Uhr deine Antwort!"
Ich war verblüfft über sein Angebot, fasste mich aber schnell.
„Montag? Aber was mache ich alleine in deiner Wohnung wenn du in der Arbeit bist?"
„Ich bin Montag fast immer zu Hause, ich arbeite hier in meinem Büro. Ich will das du in meiner Nähe bist."
Ich schluckte, er wollte mich noch länger in Anspruch nehmen, ich dachte nach und verspürte plötzlich Hunger.
„Kann ich etwas essen?"
„Du brauchst mich nicht zu fragen, fühl dich wie zu Hause, du kannst dir alles nehmen was du willst."

Ich ging in die Küche, der Tisch war noch gedeckt, ich nahm mir ein Stück Brot, es war nach zwölf Uhr, die Zeitung vom Samstag lag auf dem Tisch. Ich blätterte sie durch und erschrak als ich das Foto sah. Ein Bild von Roman in der Richterrobe! Er sah gut aus damit, so wichtig, sein ernstes Gesicht, seine kompromisslosen Augen, ich war beindruckt, lange sah ich mir das Bild an und las. Spektakulärer Mord in der Rotlichtszene, Vorsitzender ist der bekannte Richter Dr. Roman Mender. Ich ließ die Zeitung sinken, der Bericht löste eigenartige Gefühle in mir aus. Faszination, Anerkennung, Respekt und Angst, fast Panik. Harald hatte recht, Roman hatte Macht, wenn er wollte, könnte er mir mein Leben zur Hölle machen ich war mir jetzt ganz sicher!

Roman stand hinter mir, er sah dass ich den Artikel von ihm aufgeschlagen hatte, er sagte nichts und ich sagte auch nichts. Ich biss in mein Brot, es war mir unangenehm dass er sah, dass mich der Bericht interessierte.
Er setzte sich mir gegenüber.
„Nachdem ich dich letzte Nacht nicht angefasst habe, wäre es Zeit dass du mich verwöhnst!"
Er ließ mich nicht einmal fertig essen, er setzte mich wieder unter Druck, ich schwieg und er fuhr fort.
„Lass dir etwas einfallen, ich bin sicher du hast noch einiges zu bieten!"
Das Verlangen nach dem Unbekannten in seinen Augen! Mir wurde fast übel, ich spürte die Erschöpfung die in mir hochkroch, sein ständiges Fordern nach einer Befriedigung. Er dachte nur an sich, niemals an mich.
„Hast du ein großes Badetuch und ein Handtuch?"
„Ja!" überrascht sah er mich an.
„Ich werde dich massieren!" In seinem Blick lag Enttäuschung.
„Vorerst, als Vorspiel", sagte ich und er lächelte.

Ich hatte immer ein kleines Fläschchen Massageöl in meiner Handtasche, meine Hände waren immer trocken, sie waren ständig eingeölt durch das massieren der Kunden, sie trockneten aus ohne Öl. Ich breitete das große Badetuch auf dem weichen Bett aus, sagte zu ihm er solle sich auf den Bauch legen, das Handtuch legte ich über sein Gesäß. Ich streifte den Ring vom Finger kniete mich neben ihn und begann ihn zu massieren. Er hatte die Augen geschlossen und sagte kein Wort. Ich wies ihn an sich umzudrehen.
„Zieh dich aus!" seine Stimme war rau.
„Ich bin noch nicht fertig."
„Ich will dass du nackt bist wenn du mich massierst."
Ich zog den Bademantel aus und massierte weiter. Er beobachtete mich, sah mir auf die Brüste, die Schultern, die Arme.
„Massierst du mehr Männer oder Frauen?"
„Meistens Männer."
„Was denkst du von ihnen wenn du sie massierst?"
„Nichts, es ist ein Job, sie kommen, ich massiere sie und dann gehen sie wieder. Sie reden kaum, sie genießen es einfach, ich rede nur wenn sie mich was fragen, ich kann meinen Gedanken nachhängen, wenn ich nicht reden muss."
Er sah mich nicht mehr an, blickte hinunter zu seinen Füßen. Vorsichtig krabbelte ich über ihn, auf die andere Seite, um dort weiter zu machen, er fragte.
„Deine Gedanken, was denkst du dabei?"
Ich zögerte mit der Antwort.
„Manchmal denke ich an dich."
„An mich? Du denkst in der Arbeit an mich?"
„Ja."
Er lächelte.
„Denkst du an unsere sexuellen Spielchen?"

„An alles, an das Wochenende, was wir gemacht haben, auch an den Sex."
Er schwieg, ich war erleichtert dass er schwieg, ich hasste reden wenn ich jemanden massierte.
„Du machst das gut, du musst mich öfter massieren, du kannst das wirklich gut."
„Du hast dich noch nie massieren lassen?"
„Doch nach der Sauna, aber es war noch nie so angenehm wie bei dir. Die Männer, werden sie erregt wenn du sie massierst?"
„Ich glaube nicht, wenn sie es tun, würde ich es ignorieren, mir ist es noch nie aufgefallen, ich sehe nicht hin, ich kann mich besser auf meine Gedanken konzentrieren wenn ich nicht auf ihre Körper sehe, ich sehe meistens aus dem Fenster, auf die Bäume."

Immer noch sah er hinunter, fixierte starr einen Punkt an seinen Füßen, ich folgte seinen Blick mit den Augen. Die Spiegel, diese verdammten Spiegel! Er hatte mich ständig im Spiegel beobachtet, ich war wie auf einen Präsentierteller! Er sah mich von allen Seiten, wie ich mich vorgebeugt hatte, wie ich über ihn gekrabbelt bin, ich vermied es das er mir zwischen die Beine sah, im Spiegel hatte er alles gesehen.
„Du hast mich im Spiegel beobachtete du bist pervers!" Ich lächelte und er grinste.
„Ich weiß! Du siehst gut aus, von allen Seiten!"
„So wir sind fast fertig."
Roman richtete sich auf und wollte mich zu sich ziehen.
„Ich sagte fast!"
Sanft drückte ich ihn wieder in die Rückenlage, er gab willig nach.

Ich nahm seinen Penis in die Hand, langsam fuhr ich mit meiner Hand auf und ab, er wurde schnell hart. Roman sah im Spiegel zu, er kam schnell.

Als er vom Bad zurück kam legte ich meinen Kopf auf seine Brust und den Arm um seine Hüften. Roman legte seinen Arm um meinen Schultern drückt mich eng an sich. Lange lagen wir so nebeneinander, ich fand es schön.
„Deine sexuellen Praktiken, wer hat dir das gelernt?"
Er fing wieder mit seinen nervenden Fragen an.
„Niemand."
„Aber du weiß genau, was du tun musst, du agierst so professionell!
Du bringst mich immer zum Höhepunkt auch mit dem Mund, wo hast du nur diese Fertigkeiten her? In deinem Alter, du bist so erfahren. Wo hast du das gelernt?"
„Es hat mir niemand gelernt."
„Ich glaube dir nicht! Gib mir eine Antwort, ich will wissen wer dir das beigebracht hat!"
Ich atmete tief ein.
„Ich mache es einfach gerne, es gefällt mir was ich mache, alles was mit Sex zu tun hat, gefällt mir."
„Mit dem Mund, das gefällt dir wenn mein Penis in deinem Mund ist?"
„Ja."
„Warum?"
„Ich finde es schön, die Haut ist so weich, es fühlt sich gut an im Mund fast wie eine Zunge, nur anders, größer, härter und glatter. Und er bewegt sich!"
Ich grinste und merkte plötzlich dass ich errötete.
„Er bewegt sich?" Roman sah mich erstaunt an.
„Ja, wenn er wächst und steif wird, dann bewegt er sich und das gefällt mir, es ist wie ein Spielzeug."

Roman drückte mich fester an sich und dann küsste er mich, ganz sanft.
„Weißt du dass ich dich sehr mag?", er flüsterte.

Ich fühlte mich nicht mehr wohl in seinen Armen, ich wollte nicht dass Gefühle ins Spiel kamen, Harald hatte wieder recht, Roman hatte sich in mich verliebt, Gefühle bedeuteten auch Eifersucht, ich wollte mir nicht ausmalen wie er mit seiner Eifersucht umgehen würde. Ich liebte ihn nicht, er war mir zu dominant, zu herrisch, ich mochte den Sex aber ich konnte mir nicht vorstellen mit ihm eine Beziehung zu führen. Er engte mich ein und ich verbot mir, ihm zu vertrauen. Ich müsste mich unterwerfen wenn die Beziehung gut gehen sollte, aber ich würde es nicht zulassen, dass er die Oberhand hatte und Macht über mich ausübte. Ich wehrte mich dagegen ihn zu lieben!
„Ich mag dich auch", flüsterte ich und Roman presste mich eng an sich.
Wie zur Bestätigung streifte ich mir wieder den Ring über.
Ich dachte über sein Angebot nach. Er ermöglichte mir mehr Freiraum, wenn ich drei Tage arbeiten würde und von Samstagabend bis Montagmittag bei ihm sein würde, hätte ich mehr als zwei Tage nur für mich. Und ich könnte Harald öfter sehen. Ich war schwer gestört, nicht normal, ich lag in den Armen von Roman und dachte an Harald, ich war wirklich nicht normal.
„An was denkst du?" prüfend sah er mich an.
„Dein Angebot, ich nehme es an."
Roman setzte sich auf und grinste.

Ich hatte plötzlich meine Zweifel, ich wäre finanziell völlig von ihm abhängig, mit zwei oder drei Tagen Arbeit konnte ich gerade meine Fixkosten abdecken,

Miete, Heizung, Strom, der Rest kam von Roman. Ich war so naiv, ich lieferte mich ihm aus. Ich hatte das Angebot bereits angenommen, es war zu spät es noch rückgängig zu machen, mein Herz klopfte, ich wusste nicht ob es die richtige Entscheidung war, ich war jetzt sicher dass ich einen Fehler begannen hatte.
Es war die zweite Fessel die Roman mir anlegte.

Die Nacht von Sonntag auf Montag war kurz. Wir gingen zu Bett, Roman schlief sofort ein, mitten in der Nacht weckte er mich auf und vögelte mich, ich konnte nachher nicht mehr einschlafen, im Gegensatz zu ihm.

Frühmorgens riss er mir die Decke weg.
„Steh auf, du musst einkaufen!"
Ich sah benommen auf meine Uhr.
„Einkaufen? Warum machst du das nicht selber, es ist doch erst sieben."
„Ich habe dir eine Liste geschrieben", er reichte sie mir.
Ich las sie durch, schüttelte den Kopf.
„Ich soll in einen Sexshop gehen? Nein, das mache ich nicht!"
„Doch das wirst du tun! Ich will dass du dir vorher Kleidung kaufst, etwas schönes, etwas auffallendes, falls wir in Gesellschaft essen gehen. Du kannst dir noch einen Wunsch erfüllen, irgendetwas, was du willst, du kannst das ganze Geld verwenden und dann wirst du in einen Sexshop gehen und die Sachen kaufen, hast du mich verstanden?"
Roman bestimmte! Fast jeder seiner Sätze fing gleich an. Ich will! Ich möchte! Du tust!
Seufzend stand ich auf und zog mich an.

„Ich habe heute keine Zeit um Frühstück zu machen, ich habe zu tun, kauf dir irgendwo einen Kaffee."
Er drückte mir Geld in die Hand, ich stopfte es in meine Hosentasche, er ging in sein Büro, ich folgte ihm.
„Was machst du?"
„Ich muss Akten einlesen, für die Verhandlung morgen, geh einkaufen, lass dir Zeit und nimm den Wohnungsschlüssel mit, er liegt im Flur!"
„Aber ich kann doch läuten."
„Ich muss kurz aus dem Haus, es kann sein dass ich nicht da bin, wenn du wieder kommst."
„Soll ich dann hier auf dich warten?"
„Ja!"
Er schob mich aus seinem Büro, schloss hinter mir die Tür.

Ich fuhr mit der U Bahn in die Stadt und steuerte gleich eine Boutique an, eine exquisite Boutique, noch nie hatte ich dort eingekauft, viel zu teuer für mich, aber sie hatten tolle Sachen, ich sah mir oft die Auslagen an. Suchend sah ich mich im Geschäft um, eine Verkäuferin kam auf mich zu.
„Ich suche etwas schönes, für ein Geschäftsessen, es sollte auffallend sein."
Die Verkäuferin sah mich lächelnd an.
„Sie können alles tragen mit ihrer Figur, ich zeige ihnen etwas."
Ich kaufte einen vanillefarbenen Hosenanzug, eng geschnitten, ich sah umwerfend darin aus, zumindest sagte das die Verkäuferin und ich fühlte mich wohl darin.
„Brauchen sie noch etwas darunter?"
„Ja, es sollte auffallend sein!" sagte ich verlegen.

Als sie mir diesen Hauch von Spitze brachte, blieb mir fast die Luft weg. Auch vanillefarben, sternenförmige durchsichtige Blumen, lange Ärmel, ein Rundausschnitt beim Hals einfach aber raffiniert geschnitten. Völlig dursichtig. Ich zog es an, es war enganliegend, über der Brust von der rechten Seite anfangend, ein Stück Stoff unter der Spitze, wie ein Dreieck verlaufend bis zu zur linken Brust, Rechts bedeckte es die ganze Brust, links sah man oben und unten die Konturen meiner Brust, nicht viel Konturen, aber soviel dass man den Verlauf meiner Brust ahnte, runde volle Kurven. Der Stoff unter der Spitze verdeckte alles was es verdecken musste, mehr nicht, nicht einmal nackt würde ich soviel Aufsehen erregen wie mit diesem Hauch aus Spitze. Ich erschrak als ich den Preis sah, in der Kabine zählte ich das Geld von Roman. Ich musste mich setzen, noch nie hatte ich soviel Geld in der Hand, nicht einmal mein Auto kostete soviel! Er war großzügig, unglaublich großzügig und ich durfte alles ausgeben! Ich brauchte lange bis ich passende vanillefarbene Schuhe fand und eine kleine Handtasche in Herzform. Dann kaufte ich mir noch ein Buch, der Gang in den Sexshop war eine Qual für mich.

Ich sperrte die Wohnungstür auf, ich trug vier Einkaufstüten und meine Handtasche in beiden Händen, mühsam schloss ich die Tür.
„Roman? Roman ich bin wieder da!"
Ich hörte ihn in der Küche hantieren, die Tür der Küche stand offen.
„Roman?"

Schockiert wich ich zurück. Eine Frau! Eine fremde Frau in Romans Küche! Ich sah sie an, sie musterte mich, plötzlich lächelte sie, kam auf mich zu und

wollte mir die Hand reichen, ich hatte meine Hände nicht frei wegen der Einkaufstüten.
„Sie sind sicher die Freundin vom Herrn Doktor? Ich habe nicht erwartet sie einmal zu treffen, es freut mich dass er endlich eine feste Beziehung hat, der Herr Doktor."
Ich sagte nichts, sie redete einfach weiter.
„Ich mache den Haushalt für ihn, komme zweimal die Woche, immer Montag und Donnerstag, ich habe gewusst dass es was Ernstes ist, das Geschirr und das benützte Bett. Es wird auch Zeit, in seinem Alter sollte man an eine Familie denken."
Sie hörte zu reden auf und sah mich interessiert an.
„Sie sind so jung! Gehen sie noch zur Schule?"
„Nein, ich arbeite."
Sie drehte mir den Rücken zu, räumte das Geschirr vom gestrigen Frühstück in den Geschirrspüler und redete unbeirrt weiter.
„Ich kann mich nicht erinnern, dass jemals eine Frau hier in der Wohnung war, zumindest nicht über Nacht."

Ich spürte Roman hinter mir, sie sah ihn nicht, sprach weiter.
„Hat ja nur seine Arbeit, der Herr Doktor, man braucht ja auch etwas fürs Herz."
„Ich bezahle sie nicht fürs reden!"
Diese Aggression in seiner tiefen Stimme, die Frau zuckte zusammen.
„Ich, natürlich, ich..." sie verstummte.
„Komm", seine Stimme klang wieder sanft, er zog mich ins Schlafzimmer.
„Hast du alles bekommen?"
„Ja", ich fiel in einen Redefluss.
„Ich werde nie wieder in einen Sexshop gehen, du musst dort selber hinfahren wenn du etwas benötigst,

es war schrecklich, dort sind nur Männer, sie beobachteten mich! Hast du gewusst wie viele Sorten von Vibratoren es gibt? Einen Menge, sage ich dir, ich konnte mich nicht entscheiden, ich konnte sie ja schlecht ausprobieren, testen auf ihre Tauglichkeit, alleine dafür habe ich fast zehn Minuten gebraucht."
Roman grinste mich an, ich wollte mich nicht unterbrechen lassen und fuhr fort.
„Als ich alles hatte, ging ich zur Kassa und legte die Sachen auf den Tisch. Dann sah ich mir nochmals die Liste durch. Sie haben mich angestarrt, jeder sah was ich gekauft hatte, ich schämte mich so. Ich bemerkte dass ich die Pornofilme vergessen hatte, ich musste nochmals durch den ganzen Raum gehen, in den nächsten Raum, dort wo die Filme waren. So viele Filme! Meterlange Regale, wer kauft sich so viel Filme? Ich nahm wahllos drei heraus, ich hatte nicht die Nerven dazu mir einen auszusuchen, und dann erst!"

Romans Grinsen wurde breiter.
„Als ich bezahlen wollte fragte mich die Verkäuferin ob ich schon achtzehn bin, ich bejahte, sie glaubte mir nicht, ich musste ihr meinen Ausweis zeigen! Es war schrecklich, jeder sah wie ich in meiner Handtasche meinen Führerschein suchte, ich wollte sterben!"
Roman sah aus als würde ihn das alles amüsieren, ich sprach weiter.
„Dann fragte sie mich ob sie eine Rechnung ausstellen sollte, mit Mehrwertsteuer, ich sagte der Kassenbon würde reichen. Nie wieder gehe ich dort hin, ich war zwanzig Minuten in diesem Laden, ich weigere mich dort nochmals hinzugehen, du musst das in Zukunft selber erledigen, du darfst es nicht

mehr von mir verlangen! Sie glaubten ich bin einen Hure und kaufe für meine Kunden ein!"
Roman hörte zu grinsen auf, sah mich an. Dann begriff ich.
Ich war nichts anderes, ich ging zu ihm, befriedigte ihn und er bezahlte mich dafür. Niedergeschlagen ließ ich mich aufs Bett fallen. Roman zog mich zu sich, dann küsste er mich. Er zeigt mir seine Zuneigung, erleichtert nahm ich wahr dass er mich mochte. Eine Hure benützt man und bezahlt sie, aber man hat sie nicht gern, ich war froh über diesen gravierenden Unterschied.
Roman leerte die Tüten aus und stand auf, zog die Peitsche von oben nach unten schnell durch, man hörte das Pfeifen des Luftwiderstandes.
„Du wirst sie doch nicht gegen mich anwenden?" angstvoll sah ich ihn an.
„Nein, wenn du es nicht willst, werde ich es nicht tun."
Er legte die Peitsche auf das Bett, wendete sich den Handschellen zu, zwei verschieden Größen.
Ich versuchte es nochmals.
„Ich mag nicht wenn du mich fesselst, es tut weh, ich fühle mich hilflos!"
„Es gefällt mir wenn du wehrlos bist, ich werde sie verwenden und du wirst dich daran gewöhnen, ich will dass du dich unterwerfen musst."
Ich biss mir auf die Lippen.
„Gut, wenn es dir weh tut werde ich die Handschellen öffnen", er machte ein Pause, „ich verspreche es dir."
Ich war sicher dass ich ihm nicht glauben konnte, er betrachtete interessiert den Vibrator.
„Er ist groß, willst du damit spielen, wenn ich im Arbeitszimmer bin?"
Er nahm die Batterien aus der Verpackung, legte sie in das Innere des Vibrators und schaltete ihn ein. Er grinste mich an, stellte ihn wieder ab, ich konnte mir

denken was er sich gerade vorstellte und ich flüsterte.

„Willst du mir nicht dabei zusehen?"

Roman schluckte, sah mich erstaunt an, sagte nichts und griff in die nächste Tüte.

„Ein Buch? Du hast dir ein Buch gekauft?"

„Du sagtest, ich darf mir noch einen Wunsch erfüllen."

„Hast du die Bücher nicht bekommen?"

Das Lexikon! Ich hatte mich nicht für das Lexikon bedankt!

„Ja, ich habe sie bekommen, ich habe mich noch nicht einmal bedankt, du hast mir eine große Freude damit bereitet! Ich werde mich revanchieren für die schönen Bücher."

Er sah sich den Titel an.

„Du interessiert dich für Innenarchitektur?"

„Ja", ich kramte in meiner Hosentasche, „hier ist dein Restgeld."

Ich wollte ihm das Geld zurückgeben, mehr als die Hälfte war noch übrig geblieben.

„Du kannst es behalten."

„Aber es ist noch soviel!"

„Behalt es!"

„Hast du dir Kleidung gekauft?"

„Ja."

„Gut, zieh sie an, ich muss noch ein paar Takte mit der Dame da draußen reden."

Er deutete Richtung Küche.

„Du wirst sie doch nicht kündigen?"

„Nein, aber sie muss an einem anderen Tag kommen, wenn du Montag bei mir bist, will ich keine Störung!"

Er ging hinaus, ich zog den Hosenanzug an, knöpfte ihn bis oben zu, man sah nur wenig von der Spitze darunter, die Schuhe, das Täschchen, ich drehte mich vor dem Spiegel, band mir die Haare zusammen, damit man mehr vom Anzug sah.

Roman kam wieder ins Zimmer.
„Du hast dir einen Hosenanzug gekauft?"
„Ja, gefällt er dir?"
Er schien enttäuscht zu sein.
„Er passt dir gut, aber ich dachte mehr an etwas auffälliges, so wie dein rotes Kleid, das du in der Oper getragen hast!"
„Es tut mir leid, dass ich deinen Geschmack nicht getroffen habe."
Ich drehte ihm den Rücken zu, zog den Blazer aus, mein Zopf fiel nach vor, gab den Blick auf meine nackten Rücken frei, nur verhüllt mit dieser durchsichtigen feinen Spitze.
„Dreh dich um!" er sprach heiser.
Ich drehte mich zu ihm, hielt den Blazer vor meine Brust, langsam senkte ich den Arm, ließ den Blazer fallen, Roman starrte mich an.
„Es ist perfekt, man sieht alles und doch sieht man nichts, du hast eine gute Wahl getroffen!"
Zufrieden sah er mich an, kam näher und legte seine Hände auf meine Brüste.
„Du gehörst mir, nur mir!", er fing an mich zu streicheln, lange und zärtlich.
Die Lust kroch in mir hoch, abrupt wendete er sich ab.
„Ich habe zu tun, du kannst jetzt nach Hause fahren."

Er ging aus dem Zimmer und ließ mich mit meinem Verlangen zurück. Ich wollte jetzt unbedingt mit ihm schlafen und musste seine Lust entfachen. Ich zog den Hosenanzug aus, wählte eines von den Dessous die ich im Sexshop kaufte und entschied mich für die weiße Spitze. Dann zog ich den Bademantel an und

steckte den Vibrator in die Manteltasche. Er saß im Büro auf dem Drehsessel und hatte den Kopf mit der Hand abgestützt und las sich die Akten durch. Er blickt kurz auf als ich reinkam.
„Was willst du?"
„Ich will noch bei dir sein, beachte mich nicht, ich setzte mich auf die Couch, lass dich nicht stören."
Er wendete sich wieder seinen Unterlagen zu, die Couch stand genau hinter ihm, er konnte mich nicht sehen. Ich zog den Bademantel aus, legte mich auf die Couch und dann schaltete ich den Vibrator ein. Man hörte das Summen des Vibrators, Roman drehte sich mit dem Stuhl um.
„Hör auf damit!"
„Aber du sagtest, ob ich damit spielen will, wenn du im Arbeitszimmer bist!"
„Aber doch nicht hier!"
Ich zog einen Schmollmund, agierte wie ein kleines Kind, Roman drehte mir wieder den Rücken zu. Ich schob mein Höschen ein wenig zur Seite, führte mir den Vibrator ein, das Summen veränderte sich, wurde leiser in mir, ich zog ihn wieder heraus, nicht ganz, ich bewegte ihn wie einen Penis. Es tat gut. Ständig beobachtete ich Roman, er rutsche im Sessel nach vor und blätterte die Seite wieder zurück und konnte sich kaum noch konzentrieren. Ich fing zu stöhnen an.
Er stand so schnell auf, dass der Sessel zurückrollte. Er kam zu mir, knöpfte sich seine Hose auf, nahm mir den Vibrator aus der Hand, mit Gewalt schob er mir das Höschen zur Seite und ich hörte wie der Stoff riss. Dann liebte er mich, wild und stürmisch, bis ich kam, das Vorspiel mit dem Vibrator hatte mich unglaublich aufgegeilt. Kurz darauf kam er.

Er stand auf, zog sich die Hose hoch, stelle sich zum Fenster und drehte mir den Rücken zu, ich sah dass er zitterte als er sich eine Zigarette anzündete.
„Du hast mir das Höschen zerrissen", sagte ich.
„Dann kauf dir ein Neues."
Ich hatte mein Ziel erreicht, er hatte die Beherrschung verloren, er wollte nicht mit mir schlafen, nicht im Dienst, er verlor die Kontrolle über seinen Körper, es war mein Sieg!
Ich stand auf, ging zu ihm, legte ihm die Arme um seine Hüften.
„Du warst so wild, es gefällt mir wenn du wild bist."
„Geh jetzt, ich muss arbeiten, ich brauche mindestens noch acht Stunden zum einlesen. Du machst mich verrückt mit deiner ausschweifenden Sexualität, geh jetzt, bitte!"
Er sah mich an, er sah müde aus.

Ich packte meine Sachen in meine Sporttasche, dann stelle ich mich in den Türrahmen seines Arbeitszimmers und sagte.
„Ich fahre jetzt, gibt es noch einen Abschiedskuss?"
Er lächelte und küsste mich unglaublich lange und zärtlich, dann ging ich.

Harald rief mich am Nachmittag an und erklärte mir dass er noch heute auf eine Dienstreise nach Tirol fahren musste.
„Aber du bist noch nie auf einer Dienstreise gewesen!" wendete ich ein.
„Mein Chef sagte, wenn ich Karriere machen will, muss ich flexibel sein.
„Wann kommst du zurück?"
„Am Samstag!"

„Am Samstag? Aber da bin ich wieder bei Roman!"
Ich war enttäuscht dass ich Harald diese Woche nicht sehen konnte.
„Ich weiß!" Harald klang traurig.
„Ruf mich von Tirol an, bitte."
„Ja, mein Chef fängt an, meine Karriere zu fördern."
„Das ist doch gut, ich freue mich für dich."
Enttäuscht legte ich auf und dann hatte ich das dumpfe Gefühl dass Roman dahinter steckte, er wollte nicht, dass ich mich mit Harald traf. Ich war sicher, er hatte dabei seine Hand im Spiel.
Ich bemerkte den Ring an meinen Finger, sofort streifte ich ihn ab und legte ihn in meine Geldbörse.

Nächsten Tag fragte ich meine Chefin ob ich meine Arbeitszeit reduzieren durfte. Sie sah mich erstaunt an.
„Sie können doch nicht von zwanzig Wochenstunden leben."
„Ich habe einen Freund, er unterstützt mich, er ist vermögend."
„Ich muss mir das überlegen!" Sie sah ärgerlich aus.
„Hören sie, wenn ich nicht auf zwanzig Stunden reduzieren darf, muss ich mir einen anderen Job suchen und ich werde meine Stammkunden mitnehmen!"
Ich wusste dass sie an mir gut verdiente, ich hatte fast nur Stammkunden, die regelmäßig kamen, ich war beliebt bei den Männern. Sie willigte schließlich ein, probeweise für drei Monate. Wer weiß wie lange sie diesen Freund haben, sagte sie. Ich musste an den arbeitsreichsten Tagen arbeiten, Donnerstag und Freitag den ganzen Tag, Samstag bis Mittag. Ich wusste, dass ich dann kaum Pausen hatte, ich musste die Termine meiner Kunden in diesen drei Tagen unterbringen, aber ich nahm ihr Angebot an.

Roman rief mich Freitagabend zu Hause an, ich war verwundert und dann wütend.
„Woher hast du meine Telefonnummer?", ich ärgerte mich über die Störung, ich wollte nicht dass er mich zu Hause anrief.
„Ich habe sie aus dem Telefonbuch."
„Ich stehe nicht im Telefonbuch."
„Gut, ich habe die Auskunft angerufen."
„Die Auskunft hat dir meine Nummer gegeben?"
„Ja!"
„Roman das stimmt nicht, ich habe eine Geheimnummer, sie dürfen dir die Telefonnummer nicht geben, es ist gegen den Datenschutz!" ich war aufgebracht.
Ich hörte ihn tief atmen.
„Ich habe sie rausgefunden, ich habe meine Kontakte."
„Ich will deine Kontakte wissen, es ist illegal meine Nummer weiterzugeben, sag mir den Namen, ich werde mich beschweren!"
Er schwieg.
„Warum hast du mich angerufen?"
Ich hatte mich wieder beruhigt, Roman würde mir den Namen nie preisgeben.
„Ich wollte deine Stimme hören, du fehlst mir."
„Du hast sie gehört, wir sehen uns am Samstag."
„Wenn du morgen kommst, werde ich gleich mit dir schlafen, lass dir etwas einfallen was meine Lust noch steigert." Roman keuchte fast.
„Du bist völlig verrückt!" sagte ich und legte den Hörer auf, ich musste lächeln, er schaffte es immer wieder dass er mich erregte und ich war ihm nicht mehr böse.

Nächsten Tag massierte ich einen Stammkunden, er kam jede Woche, seit einem Jahr, ich mochte ihn, er war pflegeleicht. Er legte sich hin und schloss die Augen und redete nicht, er war so um die fünfzig Jahre alt und er gab viel Trinkgeld. Ich sah aus dem Fenster, dachte an Roman, an den Vibrator, an den Hosenanzug, an den Sexshop, an heute Abend wann ich wieder bei ihm sein würde, ich musste mir noch was einfallen lassen, was seine Lust steigern sollte. Ich wandte mich wieder dem Kunden zu. Er hatte die Augen geöffnet und sah mich merkwürdig an.
„Bekomme ich heute eine extra Behandlung?"
Ich blickte ihn entsetzt an, im Spiegel sah ich dass ich errötete.
„Was sagten sie?"
„Silvia, sie haben mich auf dieser Seite bereits zweimal massiert."
„Entschuldigen sie, ich war wohl mit meinen Gedanken woanders."
Ich ging auf die andere Seite der Massageliege und machte weiter, ich spürte immer noch mein heißes Gesicht, es war mir so peinlich.
„Es stört mich nicht, im Gegenteil sie massieren so gut aber ich weiß das sie eine Zeitvorgabe haben."
Dankbar sah ich ihn an, er schloss wieder die Augen und lächelte. Ich musste aufhören ständig an Sex zu denken, es lenkte mich von meiner Arbeit ab, ich war froh über das Verständnis des Kunden.

Ich hatte dann noch eine Kundin. Sie legte sich auf die Liege, im Augenwinkel sah ich sie an. Ich sah mir nur Frauen an, verglich mich mit ihnen, sie war rassig, sie hatte Haare unter den Achseln, an den Beinen, überall. Als ich meine Lehre begann massierte ich einmal eine sehr elegante Frau, sie war unter den Achseln und an den Beinen rasiert, es sah gepflegt aus, es gefiel mir so sehr, dass ich mich ab diesen Zeitpunkt auch rasierte. Damals war kaum jemand unter den Achseln oder an den Beinen rasiert, ich war einer der Ersten die das tat. Und dann musste ich lächeln. Ich würde mir die Schambehaarung rasieren, für Roman, um seine Lust zu steigern. Ich kannte niemanden der das machte, ich sah viele nackte Körper durch meinen Beruf, aber ich hatte noch nie jemanden da unten rasiert gesehen.

Ich hatte es eilig nach Hause zu kommen, ich duschte und rasierte mich immer bevor ich zu Roman fuhr, und diesmal machte ich es wirklich gründlich. Ich sah mich im Spiegel an, ich sah aus wie ein Kind, völlig haarlos, nur meine Brüste störten das Bild. Ich strich über meine Scham, zuckte zusammen über dieses intensive Gefühl, die Haut war zart, glatt und sehr empfindlich, so ganz ohne Schutz. Ich strich nochmals darüber, es erregte mich, es war ein gutes Gefühl. Mein Körper sah aus wie vor der Pubertät, kindlich, zart, doch mit den Brüsten wirkte es vulgär. Ich war mir jetzt nicht mehr sicher, ob es Roman gefallen würde, aber es war zu spät, ich war glattrasiert. Dann fuhr ich zu ihm.

Roman zog mich an sich, küsste mich und zog mich ins Schlafzimmer. Wir glitten zu Boden, hastig schob er mein Shirt nach oben, ich zog meine Jeans und mein Höschen aus, drehte mich so, dass er es nicht sehen konnte, ich schämte mich. Ich küsste ihn fordernd, wir knieten nebeneinander, er tastete sich mit den Händen nach unten und griff zwischen meine Beine. Ich bemerkte sein kurzes Zögern, dann schob er mich heftig weg.

Er starrte so intensiv auf meinen glatten Schambereich, dass ich die Rasur bereute. Er drückte meinen Oberkörper nach unten, ich lag vor ihm, mit angewinkelten Beinen. Seine Hände spreizten meine Beine und wieder betrachtete er mich intensiv, ich wusste nicht wie lange er mich dort ansah, es kam mir ewig vor, ich wurde verlegen, sah zur Seite. Roman verschwand mit seinen Kopf zwischen meinen Beinen, noch nie hatte er mich mit seinen Mund dort berührt. Ich spürte seine Lippen, seine Zunge, viel intensiver als bei Harald, sogar seine Zunge war fordernd, stürmisch und fest.
Ich wusste nicht ob es die empfindliche, glatte Haut war oder ob es an Roman lag, dass es so unbeschreiblich gut tat. Ich mochte es gerne mit dem Mund, aber nie hätte ich Roman darum gebeten, nie hätte ich Anspruch darauf erhoben.
Ich richtete mich auf, drehte mich zu ihm, mein Kopf zwischen seinen Beinen, ich nahm seinen Penis in den Mund, aber ich konnte mich kaum konzentrieren auf seinen Penis, so schön war das Gefühl das ich spürte, von seiner Zunge.
Er hörte auf, drehte mich auf den Bauch, drang in mich ein, er fasste mich am Kopf, zog mich an den Haaren langsam zu sich hoch, ich gab sofort nach, damit es nicht schmerzte. Ich kniete aufrecht vor ihm, mein Rücken eng an seinen Oberkörper gedrückt, mein Hals durchgestreckt, mein Kopf weit nach hinten gebogen. Ich konnte nur die Decke sehen und die Lampe an der Decke. Ewig lange hielt er mich so, bewegungslos musste ich in dieser Stellung verharren, es strengte mich an, ich legte meine Arme zurück, hielt mich an seinen Hüften fest. Ich spürte wie er mich unten streichelte, fast vorsichtig, das Gefühl auf der glatten Haut war so intensiv. Endlich öffnete er seinen Faust, mit der er sich in meinen

Haaren festgekrallt hatte, ich konnte den Kopf nach vorne senken.
Der Spiegel! Er sah mich im Spiegel an! Meine Brüste traten unnatürlich groß hervor durch meine zurückgelegten Arme. Man sah genau wie sein Glied in mir steckte, man sah es ganz genau, es sah so pervers aus, dass ich richtig erregt wurde. Ich wollte ihn spüren, hielt es kaum mehr aus, diese bewegungslose Position.
„Jetzt vögle mich endlich!"
Mir versagte fast die Stimme.
Er ließ mich los, ich stützte mich mit den Händen am Boden ab und blickte in den Spiegel. Ich sah ihn hinter mir, seinen Körper, seinen Bewegungen, das Gesicht verändert vor Wollust. Im Spiegel trafen sich unsere Blicke, unsere nackten, feuchten Körper, es war fantastisch, ich wartete auf sein Kommen, passte mich seinen Zeitpunkt an, ich konnte es steuern, gleichzeitig unser Orgasmus, im Spiegel sah ich wie sich mein Körper aufbäumte, sein Körper sackte zusammen, es sah unglaublich pervers aus.

Wir lagen nebeneinander auf dem weichen Teppich, er betrachtete mich und sprach.
„Ich will nicht das du mir sagst was ich zu tun habe!"
„Was meinst du damit?
Ich sah erstaunt zu ihm auf.
„Du sagtest zu mir, ich solle dich endlich vögeln, es klingt ordinär, eine anständige Frau sagt so etwas nicht!"
„Ich bin keine anständige Frau."
„Nein, was bist du dann, definiere es mir!"
„Eine anständige Frau wäre nie auf diese Abmachung eingegangen."
Ich sprach leise, er blickte auf meine Brüste.

„Ich will auch nicht dass du die Initiative ergreifst, du hattest mit mir oralen Sex, du hast das nur zu tun wenn ich es verlange."
„Aber, du hast es doch auch bei mir gemacht, wo ist da der Unterschied?"
„Ich bestimme was du zu tun hast, du sollst dich unterwerfen und mir gehorchen!"
„Ich wollte dir doch nur Gutes tun", verzweifelt sah ich ihn an.
„Hast du mich nicht verstanden? Ich bestimme den Ablauf, nicht du!"
Ich wollte mich nicht auf eine Diskussion einlassen, ich dachte an das morgige Frühstück, seine unausweichlichen, bohrenden Fragen.
„Gut, wenn du es wünschst, werde ich mich in Zukunft zurückhalten", sagte ich leise.

Wie er sich nur ausdrückte! Oraler Sex, wer sagt den so etwas, und dann das Wort anständig! Welcher Mann schickt seine anständige Freundin in einen Sexshop um Pornofilme und Sexspielzeug zu kaufen! Als ich seinen neuen Angebot zustimmte war mir nicht bewusst dass ich statt den vierundzwanzig Stunden, jetzt einundvierzig Stunden mit ihm verbringen sollte, und noch schlimmer, zweimal das Frühstück mit ihm einnehmen musste, ich dachte einfach nicht daran.

Beim Frühstück las Roman immer die Zeitung, er legte sie weg wenn ich in die Küche kam. Mir wäre es lieber gewesen, er hätte weitergelesen, so würde er wenigsten keine Fragen stellen.
Ich setzte mich, er schenkte mir Kaffee ein, als ich zum Gebäck griff lehnte er sich zurück und verschränkte die Arme, sah mich kurz prüfend an,

dann überreichte er mir einige Unterlagen, neugierig sah ich ihn an.
„Ich habe dir ein Konto eingerichtet, dein erstes Geld ist schon überwiesen."
„Es ist auch auf deinen Namen ausgestellt", sagte ich überrascht.
„Hast du ein Problem damit?", seine tiefe Stimme klang drohend.
„Nein, aber du hast Zugriff auf das Konto, ich dachte es ist mein Konto."
Ich sprach sanft zu ihm, wollte ihn nicht reizen.
„Ist es auch, aber ich will nicht dass du das Konto überziehst, verstehst du? Ich habe einen großen Überziehungsrahmen, ich will das kontrollieren können."
Wieder eine Fessel die Roman mir anlegte, die dritte Fessel.

Ich strich Butter auf meine Semmel, als er wieder anfing zu reden.
„Würde es dich stören wenn ich auch mit anderen Frauen schlafe?"
„Nein."
„Es würde dir egal sein, du hättest nichts dagegen?" er klang erstaunt.
„Nein, ich schlafe doch auch mit Harald."
In dem Moment als ich es ausgesprochen hatte, wusste ich das es ein Fehler war. Harald war wie ein rotes Tuch für ihn. Ich biss mir auf die Lippen, aber es war zu spät, ich sah die Wut in seinen Augen.
„Ich will nicht dass du mit ihm schläfst, hörst du! Ich will es nicht mehr!"
„Aber er nimmt dir doch nichts weg, wenn er mit mir schläft", sagte ich sanft.
„Ich will nicht dass er dich anfasst!"

Er klang wieder drohend und ich wurde ungehalten, ich versuchte zu frühstücken, es war unmöglich mit seinen Fragen.

„Ich bin eine Frau, ich kann immer, zu jeder Zeit, wenn ich mit Harald geschlafen habe und Sekunden später mit dir schlafen würde, du würdest es nicht einmal bemerken dass ich von einen anderen Mann käme, es wäre kein Unterschied zu erkennen ob ich abstinent wäre oder Sex hätte. Verstehst du, ich brauche keine Pausen so wie ihr Männer, ich muss nicht warten bis ich wieder einen hoch kriege! Ich kann immer!"

„Es ist obszön wie du redest!" herrschte Roman mich an, ich wurde laut.

„Obszön? Du findest das obszön? Sind wir schon wieder beim gleichen Thema?

Und als ich dir erzählen musste wie ich meine ...", ich konnte das Wort nicht aussprechen, "du weißt was ich meine, du hast dich daran aufgegeilt, es war dir nicht obszön genug alles zu erfahren wie ich meine Unschuld verloren habe, du spieltest es sogar nach! Harald nimmt dir doch nichts weg wenn wir miteinander schlafen."

Ich senkte den Kopf, sah mein Frühstück an, ich war nervös geworden, immer wenn ich nervös wurde, musste ich mich mit meinen Händen beschäftigen. Ich rührte heftig im Kaffee um und schlug ständig mit dem Löffel gegen die Tasse. Roman hielt meine Hand fest, ich nahm den Löffel in die andere Hand, fing wieder an umzurühren. Er nahm mir den Löffel weg.

„Hör auf damit!"

Wir schwiegen lange.

„Du bist die einzige Frau mit der ich schlafe, sogar vor dir hat es monatelang keine gegeben, für mich war Sex nicht vorrangig, mein Beruf, meine Freunde, meine Hobbys, das war mir alles wichtiger. Erst als ich dich traf wurde meine Lust so groß, ich kannte noch nie jemanden so wie dich, du bringst mich um den Verstand mit deinem exzentrischen Wesen."

Ich hauchte.
„Ja und es wird immer ärger werden, dein Verlangen nach mir, dein Begehren, du willst nur noch deine sexuelle Gier an mir befriedigen. Du wirst nicht genug davon kriegen können. Ich werde dich mit meinem Körper in Höhen treiben die dir unbekannt sind, du wirst mir hörig werden, wir werden sexuelle Grenzen überschreiten, deine Lust wird unendliche Ausmaße erreichen."
Roman sah mich mit offenem Mund an, ich redete weiter.
„Ich darf nicht daran denken, es war furchtbar, dieser Mann den ich verlassen habe, der genauso war wie du, er konnte nicht mehr von mir lassen! Als ich mit ihm Schluss machte, brachte er sich um, es war schrecklich wie er von der Decke baumelte, er hatte sich aufgehängt!"

Roman sah mich schockiert an, ich grinste und sagte.
„Kann ich jetzt in Ruhe frühstücken, können wir uns nachher unterhalten?"
„Du hast die Geschichte erfunden! Oder?"
In seinen Blick erkannte ich Unsicherheit.
„Ja, ich habe Hunger, lass mich jetzt essen, bitte."
„Du bist verrückt, ich mag deine Gesellschaft, du bist so anders, so völlig anders als die anderen Frauen."

Er wendete sich der Zeitung zu und ich sah wie er lächelte. Ich nippte an meinen Kaffee und dann fragte ich ihn.
„Wenn man jemanden verprügelt, wie hoch ist der Strafrahmen?"
„Du meinst bei Körperverletzung?"
Er machte mich unsicher.
„Ich meine, wenn man ein Kind schlägt."
„Wenn man ein Kind schlägt könnte es auch eine Erziehungsmaßnahme sein, es würde nicht unbedingt unter Körperverletzung fallen."
„Es ist ein Unterschied?"
„Ja, die Prügelstrafe für Kinder wurde erst 1977 abgeschafft und das ist noch schwammig, Kinder werden immer noch geschlagen, es ist normal, eine Erziehungsmaßnahme der Eltern, völlig legal."
„Das heißt, wenn jemand so etwas tut würde ihm nichts passieren? Er würde keine Strafe bekommen?"
„Nein, wenn keine Anzeige vorliegt. Kinder zeigen ihre Eltern ja nicht an."
Ich gab nicht auf.
„Und wenn jemand versuchen würde ein Kind zu vergewaltigen, es vielleicht nicht durchführen könnte, weil er gestört wurde, wie hoch ist da der Strafrahmen?"
„Wenn nichts passiert ist, kann man keine Strafe verhängen! Warum fragst du nur solche Sachen?"
Ich war empört.
„Man kann also alles machen mit Kindern? In was für einen Land leben wir eigentlich? Was haben wir nur für einen verlogenen Rechtsstaat? Und die Spätfolgen, wer denkt an die Spätfolgen?"
„Was meinst du damit?" Roman schüttelte den Kopf.
„Die psychischen Folgen, was ist mit denen?"

„Übertreibst du nicht ein wenig? Eine Ohrfeige hat noch nie jemandem geschadet, es ist normal, verstehst du!" Roman klang aufgebracht.

Ich senkte den Kopf und sprach leise.
„Weißt du, ich fürchte den Tod nicht, wenn er heute kommen würde, der Tod, und mich holen würde, ich würde mit ihm gehen, wenn ich heute sterben müsste, es wäre mir egal!"
Roman sah mich eigenartig an.
„Was redest du nur für einen Unsinn!" Ich erwiderte.
„Bist du nicht neugierig wie es dort drüben aussieht? Es wäre sich einfacher dort drüben als dieses irdische Leben, man wird nicht einmal bestraft für ein Vergehen, wenn es sich um Kinder handelt. Das jüngste Gericht da drüben, es wäre sicher gerechter als unser Rechtssystem. Der Tod ist gnädig, ich bin sicher es würde mir gefallen dort drüben zu sein."
Roman starrte mich entsetzt an, er dachte sicher ich würde den Verstand verlieren, dann hatte er sich wieder unter Kontrolle.
„Du bist noch zu jung um zu sterben."
„Ja, vielleicht."

Ich richtete mich in meinen Sessel auf, in dem ich zusammengesunken war.
„Und, was machen wir heute?"
Er räuspert sich, die Unterhaltung hatte ihn offensichtlich verwirrt, es dauerte eine Weile bis er mir antwortete.
„Wir gehen essen, dann könnten wir noch in den Club gehen."
„In den Club? Könnte ich nicht hierbleiben? Du redest nur mit deinen Freunden, bitte, kann ich hierbleiben?"
„Nein, du gehst mit, ich will dass du den Hosenanzug anziehst."

Ich seufzte, sah in seinen Augen dass er wieder mit seinen Fragen anfangen wollte. Er lehnte sich zurück und betrachtete mich neugierig.
„Warum hast du dich da unten rasiert?"
„Gefällt es dir nicht?"
„Doch, aber es ist so neu, ich habe so etwas noch nie bei einer Frau gesehen."
„Du sagtest ich soll deine Lust steigern, ich musste mir etwas einfallen lassen", verlegen sah ich nach unten.
„Komm, ich will es nochmal sehen."

Er grinste und zog mich ins Bad unter die große Dusche. Dann fing er an mich zu waschen, besonders bei meinem glattrasierten Scham hielt er sich lange auf. Sonst war er immer auf meine Brüste fixiert, jetzt hatte er ein neues Spielzeug gefunden.
Er ließ Wasser über mich laufen und ich musste ihn waschen, dann duschten wir uns gegenseitig den Schaum von unseren Körper, wir waren sehr erregt. Roman drehte das Wasser in der Dusche nicht ab als er mich hochhob.
Er stieg aus der Dusche und setzte mich in das große Waschbecken. Mein Oberkörper lag im Becken und mein Kopf bei der Armatur, es war unbequem, aber aufregend, er zog mich zu sich, noch nie hatte mich jemand auf einen Waschtisch gevögelt. Er liebte mich in stehen, wir waren beide triefend nass, es gefiel mir, was er mit mir tat.

Am Abend dinierten wir in einem noblen Restaurant und ich war diesmal passend gekleidet.
Dann fuhren wir in den Club.

Es war wieder der gleiche Ablauf, derselbe Tisch, er bestellte Getränke, sah sich um und gesellte sich zu seinen Freunden.
Ich saß dort und wagte nicht jemanden anzusehen, der junge Mann war nicht da, ich beschäftigte mich mit meinen Händen. Immer wieder schob ich den Ring rauf und runter, solange bis er mir entglitt und auf den Boden unter den Tisch fiel. Es waren kleine runde Tische, das weiße Tischtuch ging fast bis zum Boden aber ich wagte nicht unter den Tisch zu kriechen. Ich schlüpfte aus dem Schuh, tastete mit den Zehen vorsichtig nach dem Ring am Boden bis ich ihn erleichtert spürte. Dann bückte ich mich schnell hinunter um ihn aufzuheben. Mir war heiß geworden, Roman sah ständig zu mir, ich wollte nicht daran denken wie er reagiert hätte, wenn ich den Ring verloren hätte, noch dazu in diesem Club.
Mir war so heiß, dass ich den Blazer meines Hosenanzuges auszog. Ich stand dazu auf, er war enganliegend, es war leichter ihn stehend auszuziehen. Die Männer bei denen Roman stand, blickten herüber, ich fühlte mich nicht wohl dabei so angestarrt zu werden.

Roman redete noch einige Worte, dann kam er zu unseren Tisch. Ich war unsicher, wusste nicht ob ich ihn damit gereizt hatte, diese Spitze die so viel Aufsehen erregte.
Er lächelte und setzte sich, es war eigenartig, er wich mir nicht mehr von der Seite. Er erzählte mir von seinen Anfangsjahren als Richter, ich fand es interessant, er brachte mich zum lachen mit seinen lustigen Anekdoten und wir führten eine richtig gute Unterhaltung. Ich spürte wie die Schmetterlinge in meinen Bauch zu fliegen anfingen, ich war nahe daran mich in ihn zu verlieben.

Mit einem scharfen Stich in meinen Händen wurde ich nächsten Tag wach. Irgendwie hing ich mit meinen Händen fest. Fassungslos sah ich an mir hinunter, meine Hände waren mit Handschellen gefesselt! Suchend sah ich nach Roman, er saß im Sessel und grinste mich an.
„Mach das ab!" Ich war wütend auf ihn.
„Nein."
„Roman, ich muss auf die Toilette, bitte mach mich los."
„Du verdirbst mir den ganzen Spaß."
„Ich finde das nicht lustig, es tut weh, bitte, mach die Handschellen auf, ich mag es nicht wenn du mich fesselst, es ist demütigend."
„Stell dich nicht so an, du wirst dich daran gewöhnen müssen, es gefällt mir, wenn ich dich so sehe."
Er grinste und dann holte er den Schlüssel aus seiner Hosentasche und öffnete mir die Fesseln.
Er hatte alles zunichte gemacht!
Meine Verliebtheit war völlig erloschen, er hatte mir meine Eigenständigkeit genommen und mich meiner Freiheit beraubt. Seine Herrschsucht ging mir zunehmend gegen den Strich.

Harald rief mich erst Dienstagabend an und ich freute mich seine Stimme zu hören.
„Silvia, wir können uns nicht mehr treffen, es hat keinen Sinn mehr mit uns beiden."
„Was? Wie meinst du das, ich komme sofort zu dir."
Ich legte den Hörer auf, ich wollte keinen Widerspruch und dass er mich abhalten konnte, zu ihm zu fahren. Harald war mein Freund, meine einzige zwischenmenschliche Beziehung die ich hatte, ich würde seinen Verlust nicht ertragen können.

Er öffnet mir die Tür, er trug Jeans, sein Oberkörper war nackt, ich bekam sofort Lust auf ihn, sein muskulöser Oberkörper erregte mich, ich wollte unbedingt mit ihm schlafen. Seine Haare waren noch feucht, er hatte sich vermutlich gerade geduscht und wollte sich anziehen, ich umarmte ihn stürmisch.
„Was ist los, warum willst du mich nicht mehr sehen?"
„Es ist besser, wir werden auch nicht mehr miteinander schlafen, vergiss mich einfach."
Ich sah ihn entsetzt an und schrie.
„Roman hat dich angerufen! Ist es nicht so! Roman hat das von dir verlangt!"
„Ja, er war gestern hier!"
„Was wollte er?"
Ich spürte die Tränen in meinen Augen.
„Er sagte, er will nicht mehr dass ich mit dir schlafe, ich soll dich nicht mehr anfassen, er würde dafür meine Karriere pushen, mich fördern, seine Kontakte spielen lassen, es wäre ein faires Angebot, fand er. Ich soll mir jemand anderen suchen, ich hätte sicher kein Problem einen Ersatz für dich zu finden, bei meiner Attraktivität, meinte er. Er würde dich nicht aufgeben, du gehörst zu ihm, er klang so aggressiv. Ich versprach ihm dass ich dich gehen lasse."

Harald sah mich resignierend an.
Ich konnte es nicht fassen, Roman gab einfach nicht auf, er versuchte bei Harald seinen Willen durchzusetzen, ich hasste ihn dafür! Harald würde sich nicht mehr umstimmen lassen, er hatte zu viel Respekt vor Roman und wollte Karriere machen. Er opferte mich dafür, was hätte ich erwartet, ich konnte nicht ständig zweigleisig fahren, es war alles so kompliziert geworden! Aber ich gab nicht auf. Ich

wendete mich gegen Romans Willen, ich war stärker als er!

„Gut, gib mir wenigstens einen Abschiedskuss."
Harald küsste mich zärtlich, ich bemerkte dass er zitterte, ich biss ihn in die Oberlippe. Er schob mich hastig weg, griff sich an die blutende Lippe, herausfordernd sah ich ihn an.
„Ich setzte die Maske für dich auf, wenn du willst."

Er dreht sich um, holte die Maske, hastig zogen wir uns aus, ich schob seinen Kopf zwischen meine Beine, er war überrascht, über meinen glattrasierten Schambereich.
Wir trieben es am Boden im Wohnzimmer und ich spürte ihn so intensiv, es war nicht an Roman gelegen, es war die zarte, empfindliche Haut dass es so gut tat. Wir liebten uns heftig, es war schön, die Maske unerträglich heiß, ich trug sie nur für ihn, ich wollte ihn nicht verlieren, meinen einzigen Freund. Wir wussten beide dass wir nicht voneinander lassen konnten, und es würde nicht das letzte Mal sein dass wir uns hingaben. Er streichelte mich sanft und sprach.
„Kein Wort zu Roman, es muss unter uns bleiben, hörst du?"
Er beschwor mich, ich lächelte und antwortete.
„Roman unterstützt mich finanziell, ich arbeite nur noch drei Tage in der Woche, ich komme mehrmals im Monat zu dir. Sag ihm, du hast mich verlassen, ich habe geweint aber dann habe ich es akzeptiert, wir sind nur noch Freunde, wenn ich dich besuche, reden wir, du erzählst ihm dass du mit anderen Frauen schläfst. Ich werde Roman erklären, dass du mich nicht mehr wolltest, weil ich jetzt zu ihm gehöre, es hat keinen Sinn doppelgleisig zu fahren."

Ich kicherte wie ein kleines Kind.
„Harald du bist jetzt mein heimlicher Geliebter und Roman wird es nie erfahren dass wir noch miteinander schlafen."
Harald grinste mich an.
„Roman hat es nicht anders verdient, er nimmt sich was er will, ohne Rücksicht auf die Gefühle der anderen, er geht über Leichen. Ich hasste ihn als er mich darum bat, mit dir zu schlafen, nein, er bat mich nicht, er forderte es! Er hat keine Skrupel andere zu verletzen, jetzt soll er dafür bezahlen!"
Harald nahm mich hoch, trug mich ins Schlafzimmer ich blieb die ganze Nacht und wir liebten uns leidenschaftlich, unsere eigenartige Beziehung lebte wieder auf.

Als ich am Samstag bei Roman eintraf öffnete er mir die Tür ohne dass ich geläutet hatte. Ich sah die Handschellen in seiner Hand, schüttelte darüber den Kopf, er schob mich grob ins Schlafzimmer.
„Keine Begrüßung, was ist los mit dir, Roman?"
„Ich warte schon so lange auf dich!"
"Aber ich bin doch pünktlich", erwiderte ich, wir standen vor dem Bett.
Roman sah mich ernst an und dann ging alles so schnell. Er drehte mir die Hände auf den Rücken, ich hörte die Handschellen klicken, er hatte mich wieder gefesselt.
„Mach das ab, ich mag es nicht, du hast es zu eng gemacht, es tut weh."
Verzweifelt sah ich zu ihm hoch, sah diese Begierde in seinen dunklen Augen und wusste sofort dass er mir die Handschellen nicht abnehmen würde. Er zwang mich aufs Bett und schob mir das Shirt über die Brust, dann zog er mir Hose und Schuhe aus. Es schmerzte auf den Rücken zu liegen mit den

gefesselten Händen, Roman fing an meine Brust zu liebkosen, zuerst mit den Händen, dann mit seiner Zunge, es tat gut, aber die Demütigung der Fesseln überwog. Ich schloss die Augen, dachte daran wie er zu mir sagte, dass ich mich daran gewöhnen müsse, ich resignierte. Er drehte mich auf den Bauch, zog mein Höschen hinunter, dann schob er mir ein Polster unter meinen Bauch, ich lag völlig hilflos vor ihm, mein Gesäß nach oben gestreckt, meine Haare kitzelten mich an der Wange, ich konnte sie nicht aus dem Gesicht streichen. Ich drehte den Kopf, um das Kitzeln los zu werden, als er mich an den Haaren nach oben zog. Mein Hals war durchgestreckt, es war unangenehm, immer noch hatte ich die Augen geschlossen, ich wehrte mich nicht, ich erduldete es einfach, ich war sicher wenn ich mich dagegen wehren würde, würde sein Spielchen noch länger dauern. Er drang in mich ein, er war so wild dass er mich vom Polster schob, er musste meine Haare loslassen um mich wieder in Position zu bringen. Er hielt mich fest an meiner Taille, ich konnte mich keinen Millimeter bewegen, ständig rammte er mir seinen Penis fast gewaltsam hinein. Dann packte er mich an den Handschellen, zog sie zu sich, die Handschellen schnürten in meine Gelenke, er stöhnte, war kurz vor dem Höhepunkt als er plötzlich aufhörte mit seinen Stößen. Er wollte es rauszögern, meine Handgelenke schmerzten, er lag schwer auf mir, dann ließ er die Fesseln los, nahm mich bei den Hüften und fing wieder an mich zu vögeln. Immer wieder unterbrach er, immer wieder!
Endlich kam er, ich kam nicht es war unmöglich mit diesen Fesseln zum Höhepunkt zu kommen, ich wollte es nicht, ich ließ es einfach nicht zu! Sein Körper lag auf mir, ich hörte ihn keuchen, spürte

seinen Atem, ich weigerte mich die Augen zu öffnen, wollte ihn nicht sehen, es war so erniedrigend!
Dann löste er sich von mir, ging hinaus, immer noch lag ich gefesselt auf dem Bauch. Ich rührte mich nicht, wartete bis er zurückkam, er drehte mich auf den Rücken.
„Mach die Augen auf!", diese tiefe Stimme von ihm.
„Nein, mach mich los, ich will sie nicht sehen, diese Fesseln!", sagte ich leise.
„Ich öffne die Handschellen erst, wenn du die Augen aufmachst!"
Langsam schlug ich die Augen auf, sah sein Grinsen, seine Befriedigung in seinem Gesicht, ich hob die Hände zu ihm, damit er mir die Fesseln öffnete, er schüttelte den Kopf.
„Du musst mir noch einige Fragen beantworten."
„Das kann ich doch auch ohne Fesseln, bitte, Roman, mach sie auf, es tut weh."
Ich flehte ihn an, sein Blick war ernst.
„Wann triffst du Harald wieder?"
Ich seufzte, ich durfte jetzt nichts Falsches sagen, sonst würde ich die Fesseln nicht so schnell loswerden.
„Ich weiß nicht, wir werden telefonieren."
„Ich sagte zu dir, ich will nicht dass du mit ihm schläfst!"
„Hör zu, Roman, du hast dein Ziel erreicht, Harald hat mit mir Schluss gemacht, er schläft mit anderen Frauen. Ich habe es akzeptieren müssen, obwohl es mich verletzt hat. Bist du jetzt zufrieden?"
„Aber warum hast du noch Kontakt zu ihm?"
„Harald ist mein Freund! Bitte lass mir diesen einzigen Freund den ich habe, er liebt mich nicht mehr, wir sind nur noch Freunde."
Lauernd sah mich Roman an.

„Was macht ihr, wenn du nicht mehr mit ihm schläfst?"
„Ich weiß nicht, reden, fernsehen, vielleicht kochen wir miteinander."
„Ihr bleibt in seiner Wohnung? Ihr geht nicht ins Kino oder auf einen Kaffee?"
Ich sah ihn erstaunt an.
„Du hast es verboten, dass wir uns öffentlich zeigen, weißt du das nicht mehr? Kannst du dich nicht daran erinnern? Du hast Harald nicht erlaubt sich mit mir irgendwo blicken zu lassen, ich muss ihn in seiner Wohnung treffen!"
Roman stand auf, drehte mir den Rücken zu, dann ging er zum Fenster und schwieg.
„Warum ist dir Harald so wichtig, hast du keine Freundin mit der du reden kannst?"
„Nein, ich kann nicht so gut mit Frauen und sie nicht mit mir. Bitte, ich treffe mich nur zweimal im Monat mit ihm zum fernsehen oder zum reden."
Er drehte sich wieder um.
„Fernsehen? Das kannst du doch auch zu Hause!"
Er gab nicht auf, er wollte nicht, dass ich Harald wieder sah, setzte sich wieder zu mir aufs Bett.
„Ich habe keinen Fernseher, ich habe mir immer bei Harald Filme angesehen."
„Das glaube ich nicht, jeder Mensch hat einen Fernseher."
Immer noch lag ich gefesselt vor ihm, es war mühsam, meine Argumente wurden stets von ihm hinterfragt.
„Ich hatte nie einen Fernseher, nie! Meinen Eltern hatten einen im Wohnzimmer aber ich durfte nie fernsehen nur zu Weihnachten!"
„Und warum kaufst du keinen?"
„Ich lese lieber oder höre Musik."
„Aber du könntest bei mir fernsehen!"

Ich suchte nach den richtigen Worten.
„Roman, du bist der einzige Mann mit dem ich ins Bett gehe und du kannst mich befriedigen. Diese Liebesspiele mit dir, sie reichen für die ganze Woche. Mein Verlangen und meine Lust gehören nur dir, wenn ich von dir weg gehe, spüre ich dich noch in mir, es ist alles noch so empfindlich da unten, ich brauche keinen anderen Mann. Bitte, lass mich Harald treffen, wir sind nur Freunde."
„Würdest du auch mit mir schlafen, ohne unsere Abmachung?" Er sah mich prüfend an.
„Ja, ich glaube schon, ich müsste wieder Vollzeit arbeiten, hätte weniger Zeit, ja, ich könnte mir vorstellen zweimal im Monat mit dir zu schlafen. Aber ich würde mich nicht fesseln lassen, das würde ich ohne Abmachung nicht dulden."
„Und mit Harald?"
„Nein, mit ihm würde ich nicht mehr schlafen, er hat doch andere Frauen, es würde nicht mehr funktionieren, er ist nur noch ein Freund, ein guter Freund."

Ich senkte den Blick, ich konnte mir wirklich vorstellen ohne Abmachung mit Roman zu schlafen, er war ein guter Liebhaber, aber das mit Harald war eine glatte Lüge.
Roman nahm mein Gesicht in seine Hände und küsste mich, dann öffnete er mir endlich die Handschellen. Offensichtlich glaubte er mir dass ich mit Harald sexuell abgeschlossen hatte. Ich rieb mir die Gelenke, sie taten weh, rote Striemen zeichneten sich ab, Roman sah mir zu wie ich meine Gelenke massierte.
„Es tut mir leid, dass es unangenehm war, aber es ist ein sexueller Wunsch, ich werde dich öfter fesseln, du musst dich unterwerfen, das gefällt mir."

Ich war aufgebracht und wütend.
„Ich will nicht dass du mich fesselst! Es ist demütigend! Ich will das nicht!"
Roman sah mich zornig an.
„Denk an unsere Abmachung, du sagtest Wort für Wort, ich werde dir zur Verfügung stehen, ich werde dir alle sexuellen Wünsche erfüllen, wirklich alle! Also halte dich an dein Versprechen!"
Ich war fassungslos, er gab den genauen Wortlaut unserer Abmachung wieder, ich sprach leise.
„Ja, aber bitte mach mich los wenn es zu schmerzvoll wird, bitte."
Roman schwieg, es war Antwort genug, er würde bestimmen wie lange er die Fesseln anwendete.

In der Nacht vögelte er mich wieder, die Nacht darauf wieder, zumindest fesselte er mich nicht mehr an diesem Wochenende. Es war eigenartig, obwohl ich ihm zu verstehen gab, dass ich ohne seine finanzielle Unterstützung mit ihm schlafen würde, änderte er unsere Abmachung nicht. Er bezahlte lieber, um mich jede Woche bei sich zu haben, damit ich seine Wünsche erfüllte und er mich fesseln konnte. Ich hatte keine Ahnung was er als Richter verdiente, wie vermögend er wirklich war, aber anscheinend war es für ihn kein Problem mir monatlich Geld auf mein Konto zu überweisen.

Plötzlich begann unsere Vereinbarung zu funktionieren. Fast ein Jahr lang lief unsere Abmachung richtig gut. Er unterdrückte mich nicht mehr, nur vor seinen Freunden verlangte er von mir totale Unterwerfung. Roman machte in dieser Zeit eine Fortbildung, ich wusste nicht genau was, irgendeine berufliche Zusatzausbildung, ich fragte nicht, es interessierte mich auch nicht. Er war sehr beschäftigt, ich konnte mich ins Schlafzimmer zurückziehen, las viel von seinen Büchern oder ich schlief. Ich fühlte mich wohl bei ihm. Roman brauchte nicht viel Schlaf, oft saß er noch spät in der Nacht in seinem Arbeitszimmer, er ging nach mir zu Bett und stand vor mir auf. Er schlief kaum mehr als fünf Stunden, sie reichten ihm diese fünf Stunden, ich brauchte wesentlich mehr Schlaf.

Wenn ich nicht bei ihm war, ging ich manchmal ins Kaffeehaus oder ins Schwimmbad. Immer wieder lernte ich Männer kennen, Männer in meinem Alter, attraktive Männer die zu mir passen würden. Nie ließ ich mich mit ihnen ein, Roman befriedigte mich, verwöhnte mich und dann war da noch Harald. Mehrmals im Monat liebten wir uns und meistens blieb ich die Nacht bei ihm, es war unkompliziert mit Harald. Wenn einer von uns Lust hatte riefen wir uns an, wenn wir beide Zeit hatten, trafen wir uns.

Dieses eine Jahr war unspektakulär, Roman ließ mir, außerhalb unserer Zeit einen gewissen Freiraum, er fragte nicht was ich tat und er erwähnte Harald nicht mehr. Unsere Sexualität war normal, er fesselte mich nicht mehr und seine Wünsche waren nicht pervers. Unsere gemeinsame Zeit war geprägt von Unternehmungen.
Roman lud mich in die Oper ein, wir hatten wieder einen Logenplatz, seine Hand war ständig auf meinem Knie, nie weiter, er wusste dass er zu Hause seine Lust an mir stillen konnte. Wir gingen ins Kabarett und ins Museum, ins Kino oder spazieren. Roman sah älter aus als er war und ich sah bedeutend jünger aus. Man konnte uns für Vater und Tochter halten, aber Roman hatte ständig den Arm um mich gelegt, wir gingen immer engumschlungen,

selten war mir seine Nähe zuwider und jeder sah dass wir ein Paar waren. Oft verlangte er, dass ich ihn in der Öffentlichkeit küsste, ich tat es und er genoss die Blicke wenn ich ihn lange und leidenschaftlich umarmte. Ich mochte seine Gesellschaft in den einundvierzig Stunden die er bezahlte und er war finanziell sehr großzügig.

An einen Montag, er saß im Arbeitszimmer, ich stand wieder vor seinem Bücherregal im Wohnzimmer und nahm ein Buch nach den anderen heraus, als ich das gleiche Buch über Innenarchitektur entdeckte das ich mir damals kaufte, bevor ich in den Sexshop musste. Ich betrachtete lange das Bild von einem Sessel in einer Eiform. Er sah toll aus! Auf einen verchromten Fuß saß ein gläsernes Ei dass vorne offen war und in dem man sitzen konnte. Es war ein Designerstück, es sah schick aus.

Roman stand plötzlich hinter mir.
„Gefällt er dir?" fragte er mich.
„Er ist wunderschön, ich habe das gleiche Buch, ich sehe mir den Sessel zu Hause immer wieder an."
„Warum kaufst du ihn dir nicht, wenn er dir so gefällt?"
Roman sah mich prüfend an, ich schüttelte traurig den Kopf.
„Nein, viel zu teuer, ich kann ihn mir nicht leisten, es ist mir unmöglich ihn zu bezahlen."
Ich klappte das Buch wieder zu und stellte es ins Regal.

Wenige Wochen später, an einen Sonntag hatte ich meinen dreiundzwanzigsten Geburtstag, ich hatte Roman nie erzählt an welchem Tag ich geboren wurde. Als ich zum Frühstück in die Küche kam lächelte er mich an und dann küsste er mich so zärtlich dass ich von seiner Zuneigung völlig überrascht war.

„Komm ich habe eine Überraschung für dich, sie steht im Salon!"

Roman nahm mich bei der Hand, ich wehrte ihn verblüfft ab.

„Du hast einen Salon?" Er sah mich irritiert an.

„Du weißt nicht dass ich einen Salon habe?"

„Nein, ich habe die anderen Zimmer noch nie gesehen", gestand ich.

„Du bist seit über einen Jahr jedes Wochenende bei mir und hast dir nie die ganze Wohnung angesehen?"

„Nein, du hast mich nie dazu eingeladen sie anzusehen, du kennst meine Wohnung auch nicht."

Bitter sah er mich an.

„Das stimmt allerdings, ich habe deine Wohnung noch nie betreten!

War Harald schon in deiner Wohnung?"

„Nein! Es war noch nie jemand bei mir."

„Komm ich zeige dir die Wohnung."

Roman öffnete die erste Tür, neben dem Wohnzimmer, das Zimmer war groß und leer, das zweite Zimmer war ebenfalls leer.

„Aber warum hast du keine Möbel in den Zimmern?", rief ich aus.

„Ich brauche sie nicht, es sind eigentlich Kinderzimmer, ich benötige sie ja nicht.

„Willst du einmal Kinder haben?" er fragte mich so plötzlich dass ich über diese Frage zusammenzuckte.

„Nein, ich möchte keine Kinder."

„Das ist gut", sagte er und öffnete die nächste Tür, wieder war ich überrascht.

„Du hast ein Gästezimmer! Wohin geht diese Türe?"

„Bad und Toilette."

„Du hast oft Gäste?"
„Nein, nie."
Ich war so begeistert über das Gästezimmer mit eigenem Bad, dass ich Roman um den Hals fiel.
„Darf ich das Zimmer benutzen, ich könnte meine Sachen hier unterbringen, die Kleidung, meine Toilettenartikel, bitte Roman!" Ich bettelte förmlich um seine Zustimmung.
„Warum sind deine Sachen nicht in meinem Bad, es ist doch genug Platz, räumst du sie immer weg, wenn du im Bad fertig bist?"
„Ich will dich nicht stören und dir keine Unordnung machen."
Ich sah zu Boden, ich konnte ihm unmöglich gestehen dass ich es nicht wollte, meine Zahnbürste neben seiner, meine Haarbürste neben seinen Kamm, meine Creme neben seinen Rasierwasser, es war mir zu intim, viel zu intim, es wäre als hätten wir eine richtige Beziehung!
„Gut, wenn du willst kannst du das Zimmer benützen, aber duschen wirst du in meinem Bad, ich will dir dabei zusehen!"
Er grinste und zog mich weiter ins nächste Zimmer.
Ein Fitnessraum in einer Wohnung! Ein Fahrrad, ein Laufband, einige Hanteln lagen am Boden. Eine Kraftbank und eine Sprossenwand, ich war erstaunt.
„Du benützt sie?" fragte ich.
„Ja, fast täglich, als Ausgleich, ich sitze viel."
Darum hatte er die Figur eines Ausdauersportlers, er lief und fuhr Rad, alles in seiner Wohnung. Die Wohnung hatte ungefähr zweihundert Quadratmeter.
„Was bezahlt man für so eine Wohnung?"
„Nichts, es ist eine Dienstwohnung."
„Jeder Richter bekommt so eine Wohnung?"
Ich konnte es nicht glauben.

„Nein, die Wohnung ist Teil meines Dienstvertrages, ich habe es mir so ausgehandelt, wie den Dienstwagen."
„Du hast ein Auto?" Erstaunt sah ich zu ihm auf, wir fuhren meist mit dem Taxi oder gingen zu Fuß, die Wohnung lag auch so zentral.
„Selbstverständlich habe ich ein Auto!"

Das letzte Zimmer war der Salon, ein Billardtisch, ein großer runder Tisch mit Sesseln, eine große Couch, ein kleiner Tisch. Und dann sah ich den Eisessel, genau der gleiche wie in dem Buch, er faszinierte mich in seiner vollen Größe, er sah toll aus, ich war begeistert.
„Du hast so einen Sessel? Darf ich mich reinsetzen?"
Er nickte, zog mich zu sich und küsste mich wieder zärtlich, dann lächelte er.
„Er gehört dir, alles Gute zum Geburtstag!"

Ich war den Tränen nahe, er wusste dass ich Geburtstag hatte und er schenkte mir etwas zum Geburtstag, ich war so gerührt über dieses teure, wunderschöne Geschenk das ich zu weinen anfing.
„Gefällt er dir nicht?"
Roman war schockiert über meine Tränen.
„Doch, ich bin nur so überwältigt von deinem Geschenk, und weil du an meinen Geburtstag gedacht hast. Er gehört wirklich mir?"
Ich umarmte Roman, hielt ihn lange fest, merkte das die Schmetterlinge wieder in meinen Bauch zu fliegen anfingen.
„Ich lasse ihn dir nach Hause liefern", sagte er.
Ich nickte dankbar und setzte mich in dieses Designerstück, ich war glücklich. In diesen Momenten liebte ich ihn.

Aber sobald wir mit seinen Freunden unterwegs waren, behandelte er mich herablassend, er demütigte mich, in dem er mich zwang ihn zu küssen, seine Hand fest um meinen Nacken, verdammt zur Bewegungslosigkeit. Ich küsste ihn und schämte mich meiner Unterwürfigkeit und über seine zur Schau gestellten Macht über mich. Bei einem Essen mit Kollegen vom Gericht, wollte ich meine Jacke anziehen, jeder sah dass mich fror, meine Brustwarzen waren aufgerichtet und für jeden seiner Kollegen sichtbar, es war mir peinlich wie sie meine Brust anstarrten, Roman verbot mir die Jacke anzuziehen.
„Lass die Jacke liegen, wir wollen etwas sehen von dir!"
Er grinste, seine Freunde amüsierten sich über meine Verlegenheit. In diesen Momenten hasste ich ihn.

Und dann nach diesem Jahr, als Roman seine Fortbildung beendet hatte, begann er mich auch in seiner Wohnung zu demütigen.
Als ich Samstag bei ihm eintraf, eröffnete er mir sofort seinen Wunsch.
„Ich möchte dass du das ganze Wochenende Dessous trägst, Tag und Nacht, zieh dir sofort welche an."

Ich hatte damals im Sexshop diese Dessous gekauft verschiedene Modelle und Farben, einige Garnituren bestehend aus Höschen und Oberteil. Ich entschied mich für hellblaue Dessous.
Roman schien mit der Wahl zufrieden, zumindest starrte er mich an und dann vögelte er mich. Ich musste sie die ganze Nacht tragen.

Am Morgen lagen die dunkelvioletten Dessous auf meinem Bett. Ich sah sie mir genauer an, dann schlüpfte ich hinein, sie sahen pervers aus. Es war ein String Tanga, der BH hatte nur eine halbe Schale, die unter den Brustwarzen aufhörte, meine halbe Brust und die Knospen waren zu sehen.

Ich schlüpfte in den Bademantel und ging in die Küche um zu frühstücken.
Roman legte sofort die Zeitung nieder und sah mich ernst an.
„Zieh den Mantel aus, hast du mich nicht verstanden, ich sagte du sollst nur Dessous tragen."
„Aber", ich stammelte, er unterbrach mich heftig, „zieh ihn aus!"
Ich schlüpfte aus dem Bademantel, legte ihn über den Sessel und setzte mich.
Roman starrte auf meine Brüste.
„Kann ich bitte Kaffee haben?"
Ich reichte ihm meine Tasse, er schenkte mir sonst immer ein, aber er griff nicht danach.
„Hol ihn dir selber!"
Er wendete den Blick nicht von mir ab.

Ich stand auf, drehte ihm den Rücken zu, ging zur Anrichte und goss mir Kaffee ein. Ich bemerkte dass ich mit nacktem Gesäß dastand, nur mit einem Schnürchen zwischen meinen Pobacken. Ich setzte mich wieder, Romans Blick an mir haftend. Mit beiden Händen hielt ich meine Tasse schützend vor meine Brüste.
„Stell die Tasse auf den Tisch, ich will dich ansehen."

Ich stellte sie auf den Tisch, rutschte tiefer in meinen Sessel um seinen Blick auszuweichen, ich fand es entwürdigend so bei Tisch zu sitzen.

Roman sah mich neugierig an.
„Ist dir kalt?"
„Nein."
Ich biss mir auf die Lippen, warum hatte ich nicht ja gesagt, vielleicht hätte ich mir meinen Bademantel anziehen können.
„Bist du scharf?" Er grinste.
„Nein."
„Und warum sind deine Brustwarzen so steif?"

Er machte mich wütend, es reichte ihm nicht, dass ich völlig schutzlos seinen gierigen Blicken ausgeliefert war, er fragte mich auch noch solche perversen Sachen. Normalerweise hatte ich kein Problem mit solchen Fragen, aber beim Frühstück fand ich es unpassend, ich seufzte.
„Das weiß ich nicht, frag sie doch!"
„Pass auf was du sagst, treib es nicht an die Spitze, ich warne dich", er drohte mir.
„Es ist weil sie am Stoff reiben, nur ein Reflex, weiter nichts."
Ich senkte den Blick, ich aß nichts, nicht in diesem Aufzug, dann errötete ich und er fragte.
„Schämst du dich vor mir?"
„Ja."
„Warum? Ich sehe dich doch ständig nackt."
„Aber nicht beim Frühstück diese Dessous sind nicht passend zum Essen."
„Nein? Für was sind sie dann passend?"
Ich sah zu ihm auf, er grinste mich an, ich antwortete.
„Für den Sex, aber nicht bei Tisch."
„Gut, wenn du das willst, komm her, stell dich vor mich."

Ich stand auf, ging zu seinem Sessel, stellte mich vor ihn, er betrachtete meinen Körper und legte eine

Hand auf meine Brust, ich sah nach unten, sein Bademantel war verrutscht, sein Penis fing plötzlich zu wachsen an.
Ich konnte meine Augen nicht von ihm abwenden, es fasziniert mich wie er steif wurde, ich starrte darauf, erst jetzt schien er es zu bemerken, wie ich seinen Penis fixierte.
Mit einer Handbewegung schob er meine Tasse rückwärts zu dem anderen Geschirr am Ende des Tisches. Dann stand er auf, setzte mich auf den Tisch, schob das Schnürchen meines Tangas zur Seite und führte sein Glied in mich ein. Er zog mein Becken einige Zentimeter über den Tischrand zu sich, mein Oberkörper lag auf den weißlackierten Holztisch, dann vögelte er mich. Das Geschirr klirrte, mein Kopf lag neben den Tassen, das klirren war so laut, dass ich den Kopf seitlich danach drehte, ich war so abgelenkt von den schrillen Geräusch, sah die halbvolle Kaffeetasse auf und ab hüpfen und ich konzentrierte mich nur auf die Tasse, überlegte, wann sie umfiel. Romans Gesicht war jetzt nah bei mir.
„Sieh mich an!"

Ich drehte mein Gesicht zu ihm, er war so nah bei mir das sich unsere Lippen unabsichtlich berührten. Dann hielt er inne, verharrte einen Moment, sah meine Erregung in den Augen, dann machte er weiter und brachte mich zum Höhepunkt.
Kurz darauf kam er, schob mich dabei so heftig von sich weg, dass die Tasse klirrend kippte, ich spürte den warmen Kaffee an meinem Gesicht, er floss über meine Haare. Roman reagierte nicht, er lag auf mir, den Kopf auf meinen Brüsten in diesem perversen BH. Ich dachte nach wie viel DNA Spuren man wohl von mir auf diesen Küchentisch finden würde, wenn

man danach suchte. Meine Gedanken waren völlig absurd in dieser absurden Situation auf den Küchentisch, der Kaffee in meinen Haaren, mein nacktes Gesäß dort, wo normalerweise Teller und Tassen standen.
Er hob mich runter vom Tisch, dann bemerkte er meine nassen Haare.
„Was hast du getan?" Er schien überrascht.
„Du warst so wild, du hast mich mitten ins Geschirr geschoben und die Tasse fiel um."
Vorwurfsvoll sah ich ihn an, dann mussten wir beide lachen.
Nächsten Tag wiederholte sich das Spiel auf dem Küchentisch, in anderen Dessous, diesmal ohne Pannen.

Zwei Wochen später musste ich mit ihm im Schlafzimmer einen Pornofilm ansehen.
„Sieh genau zu, jedes Detail, hörst du, sieh dir den Film genau an."
Ich fand diese Filme ziemlich nervend.
Die Schauspieler waren schlecht, die Frauen spielten die Lust vor, man sah, dass es unecht war, sie agierten und spielten unprofessionell. Die Frau saß nackt auf einen Sessel, streichelte ihre Brust, nahm den Finger in den Mund, fuhr sich mit dem nassen Finger über die Brustwarzen, dann stöhnte sie, ich fand es blöd, kein Mensch stöhnt so wenn er erregt ist. Dann glitt ihre Hand nach unten, sie streichelte sich, dann sah man, dass sie sich mit der Zunge über die Lippen fuhr, in Großaufnahme. Der Film turnte mich ab, statt an, keine Frau befeuchtet sich ihre Lippen wenn sie Lust hat. Dann steckte sie ihre Finger in sich hinein, bewegte sie hin und her und stöhnte wieder, als sie kam stöhnte sie mehr, damit man wusste dass sie jetzt einen Orgasmus hatte. Es

widerte mich an, es war alles nur gespielt. Im Augenwinkel nahm ich wahr, das Roman es gefiel was diese Frau tat, ich sah es in seinen Augen als ich ihn anschaute, dann drehte er den Film ab.

„Spiel es nach!"
Seine Stimme war tief und rau. Er saß erwartungsvoll am Bett und sah mich gierig an.
Ich fand es pervers, aber es war ein Wunsch von ihm. Ich zog den Bademantel aus, setzte mich auf den Sessel, streichelte meine Brust, nahm den Finger in den Mund, fuhr mir mit dem nassen Finger über die Brustwarzen. Ich stöhnte nicht, fing an meine Brüste zu massieren, wich völlig vom Film ab, ich holte mir die Lust an meiner eigenen Regie. Dann beugte ich meinen Kopf nach unten, nahm meine Brustwarze in den Mund, spielte mit der Zunge damit, saugte daran, blickte zu Roman, er schluckte und starrte mich an. Mit der anderen Hand glitt ich zum Schambereich, rutschte vom Sessel auf den Boden, kniete mich vor Roman und spreizte meine Beine weit auseinander. Ich legte meinen Oberkörper in einen Bogen weit zurück, der Hals durchgestreckt, mit dem Kopf abstützend auf den Boden. Er sah im Spiegel meine Brüste, sie traten groß hervor durch diese Stellung, er sah wie ich einen Finger in meinen glatt rasierten Scham steckte, ich stöhnte vor Lust, ich war so empfindlich da unten, ich fuhr wieder heraus, zu meinen Brüsten hoch, wieder hinunter. Zwei Finger verschwanden in meinem Körper, tief hinein soweit es ging, abrupt stand Roman auf, nahm meine Finger aus mir, ich ließ meine Oberkörper nach unten fallen, keine Sekunde länger hätte ich diese anstrengende Position halten können.
Er wartete nicht bis ich mich selber zum Orgasmus brachte, er rammte mir seinen Penis hinein, wild und

leidenschaftlich. Die Realität war besser als der Film, viel besser und echt! Ich hatte solche Lust dass ich sofort kam, Roman kurz darauf.
Er grinste mich an, ich hatte seinen Wunsch erfüllt, nur mit Änderungen, sie gefielen ihm, die Änderungen.

Am Samstag traf ich wie immer bei Roman ein. Er fesselte mich mit den Handschellen, ich schloss die Augen, er vögelte mich, dann ließ er mich liegen mit den Fesseln, erst nach Minuten öffnete er sie. Ich kam nie wenn er mich fesselte, ich ließ es nicht zu dass er mich zum Höhepunkt trieb, ich verbot es mir Lust zu empfinden, nicht mit diesen Fesseln, ich hasste es wenn er es tat, sie taten weh diese Fesseln.

Wochenlang, jedes Wochenende fesselte er mich, immer Samstag, manchmal auch Sonntag. Meistens mit den Handschellen, mit einen dünnen Seil oder einer Krawatte.

Und dann sah ich dieses Packband am Bett liegen. Es war ein breites, reißfestes, drei Meter langes Band mit einem Verschluss, ein Zurrgurt den Möbelpacker zum verzurren von Möbel nahmen.
Ich musste mich nackt auf das Bett legen, wie immer wenn er mich fesselte, ich schloss die Augen, meine Arme seitlich dicht an meinem Körper. Roman legte mir den Gurt um meine Taille, zog ihn fest über meinen Bauch, die Handgelenke eng an meinen Hüften. Dann führte er den Gurt über meine Brust und meine Oberarme und dann zog er zu, so fest das es schmerzte, er verzurrte das Band mit dem Verschluss, ich hörte es einrasten. Ich war eingeschnürt wie ein Paket, konnte mich kaum

rühren, meine Haare eingeklemmt, ich konnte den Kopf nicht bewegen, reglos lag ich da, diese Enge, ich bekam Panik und dann kam das Bild.

Ich war in völliger Dunkelheit, diese Enge, nur wenige Zentimeter ober mir, vorne, hinten, seitlich, überall enger Raum, die Angst in der Finsternis, die Panik nahm mir die Luft weg, ich atmete schwer, diese Hitze! Unerträgliche Hitze in diesem Gefängnis. Eingekerkert in dem winzigen Kofferraum im kleinen Auto meines Vaters. Es kam mir wie eine Ewigkeit vor in diesen kleinen Raum zu sein, quälender Durst, entsetzliche Angst vor der Dunkelheit, der wenige Platz der mir zur Verfügung stand, hilflos und angstvoll wartete ich auf meine Befreiung. Irgendwann einmal, wenn er wollte, würde er mich rauszulassen aus den Kofferraum in den ich mich hineinlegen musste, unter Androhungen von Schlägen, es bereitete ihm Vergnügen mich zu demütigen und zu ängstigen.
Ich war acht Jahre alt!

Das Bild verschwand, ich spürte Roman zwischen meinen Beinen, kaum wahrnehmbar, seine Stöße, weit weg von mir, ich war wie in Trance, erstarrt in Angst und Panik, ausgelöst durch diesen Gurt. Irgendwann fühlte ich nichts mehr, keine Berührungen, keinen Geruch von ihm, nichts, nur diese Platzangst erfüllte mich.
Ich hörte das Geräusch des Verschlusses, die Verschnürung lockerte sich, dann Romans Stimme.
„Mach endlich die Augen auf!"
Er rüttelte an meinen Schultern, zog das Band weg.

Langsam schlug ich die Augen auf, sah Roman vor mir, ich blickte nach unten, ich lag da mit

angewinkelten weit gespreizten Beinen, dicke, rote Striemen über meinem Bauch, den Handgelenken, die Brustwarzen schmerzten, wundgescheuert von dem Band.
Schockiert sah er mich an.
„Bist du okay?"
Ich nickte, Tränen standen in meinen Augen.
„Bitte, mach das nicht mehr, ich mag es nicht, wenn du mich fesselst."
Roman schwieg, ärgerlich sah er mich an.
„Stell dich nicht so an, es ist ein sexueller Wunsch, den du mir wieder erfüllen wirst, wenn ich danach Lust habe! Hast du mich verstanden?"
Ich nickte. Nächsten Tag war Roman liebevoll und sanft, sein ständiger Wechsel von Zuckerbrot und Peitsche zerrte an meinen Nerven.

Als ich nach diesem Wochenende wieder in meiner Wohnung war, dachte ich abermals über diese abnormale Beziehung zu Roman nach. Ich spürte eine Leere in meiner Seele und immer wieder kamen diese Gedanken ihn zu verlassen. Seine immer brutaler werdenden Fesselspiele ängstigten mich und ich bekam Magenschmerzen wenn er die Handschellen holte. Mein Widerwille gegen die Fesseln wurde immer stärker. Ich hasste es!
Ich weinte weil ich diese Wochenenden kaum mehr ertragen konnte. Es war erniedrigend und demütigend und ich fühlte mich hilflos. Ich schaffte es nicht einen Schlussstrich zu ziehen, denn irgendetwas veranlasste mich immer wieder dazu diese Wochenenden mit ihm zu verbringen. Wenn wir keinen Sex hatten war er nett zu mir, er verwöhnte mich mit Geschenken und streichelte mich am Abend oder hielt mich liebevoll im Arm bis ich einschlief. Ich respektierte ihn und manchmal bewunderte ich ihn

für sein selbstbewusstes Auftreten. Ich fühlte mich verpflichtet unsere Vereinbarung einzuhalten obwohl es mir immer schwerer fiel.

Über mehrere Wochen wandte er diese Fesselspiele noch an, einmal noch mit dem Zurrgurt, es war schlimm, meine Panikattacken heftig in meinen Inneren, er bemerkte es nicht, obwohl mein Körper nass vor Angstschweiß war und ich heftig keuchte.

Plötzlich hörte er auf mit diesen Fesselspielchen.
Ich hatte keine Ahnung warum, aber ich war erleichtert darüber und hoffte dass es endgültig vorbei wäre, ich hatte Ängste dabei, es tat weh und ich hasste es.
Stattdessen fing er an mich täglich zu Hause anzurufen, er wollte immer wissen was ich gerade tat, er kontrollierte mich ständig ob ich zu Hause war. Wenn er mich nicht erreichte, musste ich am Wochenende seine Fragen beantworten wo und mit wem ich meine Zeit verbrachte, es war mühsam mit ihm. Ich entwickelte immer mehr Widerwillen gegen seine Herrschsucht, seine rasch aufkeimende Eifersucht, seine wütenden Aggressionen wenn ich aufbegehrte, ich erstickte fast in der Enge, die er mir schuf.

Seine Telefonate fingen immer gleich an.
„Was machst du?", fragte er mich.
„Ich telefoniere mit dir, außerhalb unserer Zeit, ich will nicht dass du mich anrufst."
„Warum nicht?"
„Ich wollte gerade weggehen."
„Wohin?", er klang aufgebracht.
„Ich gehe tanzen, ich gehe jeden Freitag tanzen."
Er ging mir auf die Nerven.

„Ich will nicht dass du dich herumtreibst!"
„Ich kann tun und lassen was ich will, du hast mich einundvierzig Stunden bei dir, ich brauche meinen Freiraum und ich gehe gerne tanzen, lass mich in Ruhe!"
Ich legte den Hörer auf und dachte daran, wie er morgen auf meinen Ungehorsam reagieren würde, ich hatte kein gutes Gefühl dabei.

Roman zog mich sofort an sich, als ich nächsten Tag vor seiner Tür stand.
Er küsste mich, schien nicht auf mich wütend zu sein, obwohl ich ihn gestern einfach aus der Leitung warf. Er war unheimlich zärtlich, sein Benehmen war eigenartig. Wir liebten uns zweimal in dieser Nacht, er befriedigte mich sogar mit dem Mund, das tat er erst einmal.

Nächsten Tag gingen wir im Wald spazieren, es war Winter geworden, der Schnee knirschte unter unseren Schuhen, ich fand es romantisch, die schneebedeckten Bäume und die schöne Winterlandschaft. Mich fror, ich hatte nur eine dünne Jacke an, er bemerkte es, legte den Arm fester um mich und drückte mich zu sich.

In seiner Wohnung war es warm, ich zog mich aus und zitterte immer noch von der Kälte.
„Willst du dich in die Badewanne legen?"
„Das wäre schön."
Ich war begeistert, ich hatte in meiner Wohnung nur eine Dusche.
Er nickte, ließ mir Wasser in die Wanne laufen, ich setzte mich hinein obwohl die Wanne noch nicht voll war, lehnte mich zurück und schloss die Augen.

Als ich sie wieder öffnete, stand er immer noch vor mir, sah meine Brüste an, die noch nicht unter Wasser waren, die Wanne war groß, es dauerte lange bis sie voll war. Das Schaumbad roch gut nach Zitronen, ich schloss wieder die Augen.
Ich spürte seine Hand als er mich im Gesicht streichelte und ich öffnete die Augen.
„Willst du mir Gesellschaft leisten? Wir haben genug Platz, komm rein."
Er lächelte, dann stieg er zu mir in die Badewanne, ich legte mich zwischen seine Beine, den Kopf auf seiner Brust. Es war angenehm, das warme Wasser, sein Arm um mich geschlungen, wir lagen schweigend da, mit geschlossenen Augen, ich fand es schön nur so dazuliegen mit ihm.
Wir trockneten uns gegenseitig ab, gingen ins Schlafzimmer und liebten uns.

In der Nacht wachte ich auf, er war nicht im Bett und ich stand auf, zog den Bademantel an und ging in den Flur um ihn zu suchen.
Roman stand im Arbeitszimmer am Fenster, die Tür stand weit offen, er sah in die Dunkelheit hinaus, er sah gut aus von hinten. Er trug enge Jeans und eine Poloshirt, die Arme hatte er vorne verschränkt.
Ich wollte ihn nicht erschrecken und flüsterte.
„Roman?"
Abrupt drehte er sich um und fragte.
„Du schläfst nicht?"
„Nein, kommst du nicht ins Bett?"
„Willst du dass ich komme?"
„Ja."
„Komm zu mir."

Ich ging zu ihm, schmiegte mich an ihn.

Dann hob er mich plötzlich hoch, setzte sich auf die Couch, mich auf seine Oberschenkel, küsste mich zärtlich, und dann flüsterte er mir ins Ohr.
„Ich liebe dich!"

Ich zuckte zusammen, schockiert sah ich zu Boden, sein Geständnis irritierte mich, ich wusste dass er mich möchte, aber dass er mich liebte, nein, ich weigerte mich das zu glauben. Er nahm mein Gesicht in seine Hände, sah mir fest in die Augen.
„Hast du mich verstanden? Ich liebe dich!"
Ich ahnte dass er eine Antwort wollte, es war einen Hass-Liebe die mich mit ihm verband, ich war sprachlos.
„Ich mag dich auch."
„Aber du liebst mich nicht?"
„Ich weiß nicht, ich weiß es nicht."
Ich schüttelte den Kopf, unfähig ihm die Wahrheit zu sagen, er sprach weiter.
„Ich will dass du bei mir wohnst, ich will endlich eine richtige Beziehung mit dir haben, ich möchte dich jeden Tag sehen, dich jeden Tag spüren, ich bin siebenunddreißig, ich denke an meine Zukunft, du wirst es gut bei mir haben! Könntest du dir vorstellen mit mir zu leben?"
Er sah mich zärtlich an.
Ich war so schockiert über seine Zukunftspläne, dass ich schwieg. Ich wusste nicht einmal sein Geburtsdatum, ich wusste sehr wenig von ihm und er wollte mit mir sein Leben teilen!
„Gib mir eine Antwort!"
Seine tiefe Stimme riss mich aus meinen Gedanken.
„Ich weiß nicht, ich habe noch nie darüber nachgedacht, ich muss mir das überlegen, gib mir bitte etwas Zeit."

„Zwei Wochen! Dann will ich eine Entscheidung von dir."
Roman macht immer Nägel mit Köpfe, ich nickte. Zwei Wochen! In zwei kurzen Wochen sollte ich eine solche tiefgreifende Entscheidung treffen!
„Wenn ich es nicht will", ich stammelte, suchte nach den richtigen Worten, „wenn es noch zu bald wäre für mich, mit dir zusammen zu ziehen?"
„Ich kann dich nicht dazu zwingen, aber ich kann dir dein Leben angenehm machen, überlege es dir, du kannst alles von mir haben, ich kann dir jeden Wunsch erfüllen, das weißt du."
„Ja, ich überlege es mir", sagte ich leise.

Dann dachte ich über mein Leben nach.
Ich musste anfangen meine Weichen zu stellen, musste an meine Zukunft denken, mit oder ohne Roman. In mehr als einen halben Jahr würde ich vierundzwanzig sein, andere in meinen Alter hatten bereits Kinder, waren verheiratet oder zumindest in einer festen Beziehung. Ich hatte ein eigenartiges Verhältnis mit einem wesentlich älteren, beruflich erfolgreichen Mann, einen Machtmenschen, jeder hatte Respekt vor ihm, er war anerkannt bei seinen Freunden, er war oft in den Medien, er konnte mir etwas bieten dass mir ein gleichaltriger Mann nicht ermöglichen konnte. Meine Sexualität hatte einen sehr hohen Stellenwert in meinem Leben, er entsprach meinen Bedürfnissen im Bett und er verwöhnte mich finanziell. Er war sehr gepflegt, er war groß, hatte einen schlanken Körper und sehr gute Manieren, wenn er wollte. Das alles mochte ich an ihm.
Aber ich fand ihn nicht besonders attraktiv, er sah gewöhnlich aus, er fiel nicht auf wenn man bei ihm vorbeiging und wenn man ihn nicht kannte. Ich

mochte seine Freunde nicht, sie waren arrogant und egoistisch, sie waren genauso wie Roman. Seine Herrschsucht und seine Kontrolle über mich engten mich ein, und diese verdammten Fesselspiele widerten mich an. Das alles hasste ich an ihm.

Und dann dachte ich an Harald.
Ein besonders attraktiver Mann, sein Gesicht wie aus einen Modekatalog, ein muskulöser Körper, ein Freund, völlig unkompliziert im Umgang und ich mochte ihn. Auch zehn Jahre älter als ich, seine Karriere war ihm wichtiger als alles andere, schlief mit anderen Frauen, ich konnte ihm keinen Vorwurf deswegen machen, ich schlief auch mit einem anderen Mann. Seine devote Ader, seine sexuellen Neigungen, unterwürfig gegenüber Roman. Ich konnte mir keine ernsthafte Beziehung mit ihm vorstellen.

Ich musste endlich einen Entscheidung treffen, ich wusste nur nicht welche. Ich war nicht fähig richtige Entscheidungen zu treffen.
Mein Vater machte mich willenlos, ich durfte keine eigene Meinung haben, zumindest durfte ich sie nicht vertreten, drei Jahre später bestimmte Roman mein Leben. Ich war gestört, eigenartig und exzentrisch. Mein ganzes Leben hatte einen abnormalen Verlauf genommen.

Ich saß immer noch mit Roman auf der Couch im Arbeitszimmer und war so in Gedanken versunken dass ich erst jetzt bemerkte wie ich engumschlungen in seinen Armen lag und er mich streichelte. Hastig richtete ich mich auf.
„Komm, lass uns ins Bett gehen."

Ich nahm ihn bei der Hand, Roman folgte mir ins Schlafzimmer. Wir liebten uns wieder, als er einschlief weinte ich über mein Leben und über meine Unfähigkeit für ihn Liebe zu empfinden weil mich so viel an ihm störte.

In meiner Wohnung nahm ich den Ring wieder ab, sah mir das Datum an, über zwei Jahre verbrachte ich meine Wochenenden mit Roman, fast fünf Jahre hatte ich mit Harald ein Verhältnis. Roman ahnte nicht dass wir immer noch miteinander schliefen. Wenn ich mich entschließen konnte mit Roman zu leben, müsste ich Harald endgültig aufgeben. Unsicher drehte ich den Ring zwischen meinen Fingern. In zwei Wochen musste ich mich entscheiden, ich war verzweifelt und unsicher.

Roman war am nächsten Wochenende unglaublich zärtlich und sanft. Wir verbrachten die Tage in seiner Wohnung, er erzählte mir von seiner Arbeit und wir gingen Hand in Hand spazieren. In einem Schaufenster sah ich eine teure Uhr, Roman kaufte sie mir sofort. Sofort fühlte ich mich wieder verpflichtet ihm zur Verfügung zu stehen für was auch immer und bis dato wusste ich immer noch nicht ob ich in Zukunft mit ihm das Leben teilen wollte.

Einen Tag vor der Entscheidung, an einen Freitag, fuhr ich zu Harald. Ich hatte mich telefonisch angemeldet, Harald erwartete mich, ich läutete, er öffnete mir die Tür und ich umarmte ihn stürmisch.

Harald wehrte mich heftig ab, sah mir verzweifelt in die Augen, schüttelte den Kopf, hielt mich am Arm fest, wollte mir mit seinen Augen etwas mitteilen, ich

begriff es nicht! Ich schlang meine Arme um ihn und flüsterte.
„Komm, ich brauche unbedingt wieder Abwechslung, ich will dich, sofort, ich will deinen Körper!"
Harald bewegte sich nicht, senkte den Kopf, ich ließ ihn los, wollte ins Wohnzimmer drehte mich um und dann blieb ich fassungslos stehen.

Ich wich zurück, stieß an Harald, Roman sah mich wütend an und sagte.
„Du brauchst also Abwechslung!"
Er stand im Türrahmen des Wohnzimmers! Mit zwei Schritten war er bei mir, packte mich am Oberarm und zerrte mich bei Harald vorbei.
„Hör auf, lass mich los, bitte Harald, hilf mir", flehend sah ich Harald an.
„Das hat ein Nachspiel!"
Roman drohte Harald, Harald tat nichts.

Roman zerrte mich einige Meter auf die Straße, stieß mich in sein Auto und fuhr mit quietschenden Reifen los. Ich saß wie gelähmt neben ihm auf den Beifahrersitz, er sagte kein Wort, ich sah ihn an, er blickte herüber, diese Wut in seinen Augen wie damals im Club, als ich ihn vor seinen Freunden lächerlich gemacht hatte. Ich bekam plötzlich Angst.
Morgen hätte ich ihm meine Entscheidung mitteilen müssen, ich wollte vorher mit Harald schlafen und mit ihm sprechen, er sollte mich bei meinem Entschluss beraten.

Wir kamen in seiner Wohnung an, ich überlegte ob ich flüchten sollte oder konnte, vielleicht wenn er die Autotür zusperrte, er müsste abgelenkt sein. Ich verwarf den Fluchtgedanken wieder, ich musste mich seiner Wut stellen, ich würde es überleben, was immer er auch mit mir tat.

Ich resignierte, er warf mich auf das Bett, fesselte mich mit den Handschellen, dann zog er mich aus, er konnte mein Shirt nicht über die Fesseln ziehen, er zerriss es mir mit einen Ruck, riss es in Fetzen von meinen Leib. Er war so gewalttätig dass meine Angst wuchs. Immer noch schwieg er, dann fesselte er meine Fußgelenke mit den anderen Handschellen. Es tat weh, sie waren zu eng, Roman drückte sie mit Gewalt zu. Ich lag da, nackt, meine Hände lagen gefesselt auf meinem Bauch, die Beine fest geschlossen durch die Fußfesseln. Er setzt sich neben mich, lange sah er mich an, ich wurde unsicher.
„Was mache ich jetzt mit dir?"
Drohend seine tiefe Stimme. Ich sagte nichts, wollte ihn nicht noch mehr reizen.
Er hob mich hoch, trug mich in den Salon und legte mich auf den Billardtisch, ganz an den Rand. Er nahm die Billardstange und schoss eine Kugel auf mich. Die Kugel traf mich am Bauch ich zuckte zusammen.
„Verzeihung", Roman grinste mich an, „tut es weh?"
Ich schluckte und schwieg.
Die nächste Kugel traf mich auf der Brust, die nächste am Oberschenkel, er schoss sie von zwei Metern Abstand schräg auf mich, sie kamen schnell und schmerzhaft, er konnte gut umgehen mit der Stange, wieder auf die Brust, eine am Hals, ich konnte nicht ausweichen, die letzte auf meinen Scham. Ich schrie vor Schmerz, angstvoll sah ich in seine Augen.

Er sah mich ernst an, mit einer unermesslichen Wut in seinen Augen, ich wusste es war noch lange nicht zu Ende.
Plötzlich wurde ich wütend, was würde er noch mit mir tun, wie würde er mich weiter quälen. Er hatte Macht über mich, ich wollte sie nicht zulassen diese Macht, meine Wille war plötzlich stark und ich fing zu reden an.
„Harald ist besser im Bett als du! Ich habe dich mit ihm betrogen, immer wieder, du erträgst es nicht das zu hören, du erträgst es einfach nicht wenn ich dir überlegen bin, du wirst meinen Willen nicht brechen können!"
Herausfordernd sah ich ihn an und redete mich in Rage.
„Du erträgst es nicht wenn man dir widerspricht, ich habe keinen Respekt vor dir, ich werde nie mit dir eine Beziehung eingehen, deine Kontrolle, deine Herrschsucht, es widert mich an, du musst mich fesseln weil ich mich sonst nie unterwerfen würde, nur so kannst du mich wehrlos machen, nur so bin ich dir untertan. Du erträgst es nicht dass du keine Macht über mich hast, mein Wille ist stärker als deiner, ich hasse dich!"

Roman sah mich bitter an, dann kam die Wut wieder zurück in seinen fast schwarzen Augen, er hob mich hoch, trug mich ins Schlafzimmer, legte mich aufs Bett und dann öffnete er mir die Fußfesseln.
Grinsend sah ich ihn an.
„Ich wusste dass du aufgibst!"
Sekunden später klickten die Fesseln die an meinen Füßen waren an meine Handschellen ein, brutal bog er mir die Arme hinauf und kettet mich an der Chromstange der Kopfstütze fest. Ich lag da, meine Arme über meinen Kopf die Handgelenke in

Handschellen, die zweiten Handschellen fixiert an der Stange, ich war angekettet wie ein Tier.
Er warf die Decke über mich, zog sie wieder ein wenig hinunter, unter meine Brust, setzte sich zu mir ans Bett und fing an meine Brüste zu streicheln. Ich schloss die Augen, er fasste mich grob an, seine Hände schmerzhaft auf meinen Brüsten.
Ich spürte nichts mehr, öffnete die Augen, er war nicht mehr im Zimmer. Ich sah auf die Wanduhr, es war Mitternacht. Ich versuchte eine andere Position einzunehmen, rutsche ein wenig nach oben, ich hatte kaum Bewegungsfreiheit, ich drehte mich seitlich und wartete.

Nach einer endlosen Stunde kam er wieder, drehte das Licht auf, stellte sich vor mich, sagte kein Wort. Ich sagte leise zu ihm.
„Bring es endlich zu Ende, tu was du tun willst, ich bin wehrlos, tu es damit ich es hinter mir habe!"
Er zog mir die Decke weg, warf sie auf den Boden, dann setzte er sich aufs Bett, legte seinen Zeigefinger auf meinen Mund, langsam glitt sein Finger über meinen Hals, verweilte auf meinen Kehlkopf, dann fuhr er weiter in meine Halsgrube, verharrte kurz, ich schluckte, bekam wieder Angst. Er bewegte den Zeigefinger über meine Brust, spielte mit meinen Brustwarzen, lange, bis es schmerzte, dann fuhr er runter über meinen Bauch bis zu meinem Scham. Dort legte er mir die ganze Hand darauf, nur kurz, er glitt hinunter, steckte mir seinen Finger in meine Scheide, nur einmal, dann glitt er wieder heraus, erhob sich, ging aus den Zimmer und drehte das Licht ab.

Ich war schockiert über sein Tun, er würde mit mir seine Spielchen machen, wie lange wusste ich nicht, er war völlig ruhig und sprach nicht, es war grausam. Mich fror, ich konnte die Decke nicht erreichen, versuchte mit den Füßen ran zu kommen, es war unmöglich.

Eine Stunde später kam er wieder, ich sah es an der Wanduhr, er machte Licht, setzte sich wieder zu mir ans Bett.
„Bitte, gib mir die Decke, mir ist kalt, und mach mich los, bitte!", ich flüsterte.
„Bitte mich um Verzeihung!"
Romans Stimme klang rau.
Ich schloss die Augen, er konnte mich nicht ewig angekettet lassen, ich würde nicht nachgeben. Er ging wieder, die Decke lag immer noch am Boden.
Ich fror, die Hände taten mir weh, die Schultern schmerzten, ich war zur Bewegungslosigkeit verdammt.
Dann hörte ich ihn wieder kommen, es war dunkel, ich lag seitlich und schloss die Augen, wollte ihn nicht sehen.
Er legte sich neben mich, zog mich sanft zu sich, den Arm um meine Taille, ich musste die Arme durchstrecken, ich hing förmlich in den Handschellen, der Schmerz war unbeschreiblich, Tränen rannen mir über das Gesicht, ich wagte nicht mich zu rühren. Mit seiner Decke zugedeckt, spürte ich die Wärme seines Körpers, es war unangenehm ihn zu fühlen, ich zitterte vor Angst. Dann bemerkte ich dass seine Hand erschlaffte, er war eingeschlafen.
Vorsichtig bewegte ich mich weg von ihm, konnte die Arme wieder abwinkeln, es brachte mir Erleichterung von diesem Schmerz, ich lag wieder da ohne Decke, aber weg von seinem Körper.
Ich versuchte zu schlafen, es war nicht möglich, die Schmerzen in meinen Schultern wurden unerträglich.

Plötzlich wurde es hell, Roman hatte die Nachttischlampe aufgedreht. Ich sah auf die Wanduhr, es war vier Uhr früh. Vier Stunden! Seit vier Stunden lag ich gefesselt und angekettet im Bett.
„Bitte mach mich los, es tut mir so leid was ich zu dir gesagt habe, verzeih mir, bitte, ich habe Schmerzen, Roman, bitte."
Ich weinte.
Er stand auf, ging aus dem Zimmer, ließ mich einfach so liegen, das Licht brannte noch. Ich versuchte meine Hände anzusehen, ich sah nur die Handgelenke und die Schürfwunden, es brannte.

Um fünf Uhr früh kam er wieder und setzte sich zu mir aufs Bett.
„Hast du mir etwas zu sagen?", fragend blickte er auf mich runter.
„Ich habe dich schon um Verzeihung gebeten. Was willst du noch von mir hören? Sag es mir, bitte, mach die Handschellen auf, bitte!"
Roman sah sich meine Hände an, er biss sich auf die Lippen, dann wandte er sich zu mir.
„Ich werde dich zähmen, du wirst lernen mich zu lieben, hör mir gut zu, ich werde deinen Willen brechen, noch nie habe ich eine Niederlage hingenommen, von keinem, ich habe einen stärkeren Willen als du! Hast du mich verstanden?"
Ich nickte unter Tränen, natürlich hatte er einen stärkeren Willen, er lag auch nicht angekettet in Handschellen.
Er verließ wieder den Raum, ich schluchzte laut, die Schmerzen wurden immer schlimmer, verzweifelt versuchte ich durch die Fesseln zu schlüpfen, ich riss daran, es tat so weh, es war unmöglich mich selbst zu befreien.

Ich ging durch die Hölle!
Ich spürte den größer werdenden Druck auf meiner Blase, hatte Durst, ich hielt die Schmerzen in meiner Schultern kaum noch aus, meine Fingern waren gefühllos, fast taub, die Handgelenke scheuerten bei jeder Bewegung an den Fesseln, ich drehte mich ständig, um mir die Schmerzen irgendwie zu erleichtern, aber es gelang mir nicht. Ich konnte meine Hände nicht sehen, wenn ich nach oben blickte, ich sah nur die Handschellen, er hatte mich so knapp angekettet das ich mich nicht danach drehen konnte. Ich hörte seine Stimme, vielleicht telefonierte er, dann hörte ich Geschirr klirren, schöpfte Hoffnung, zum Frühstück würde er mich vielleicht befreien von meinen Fesseln, oder auch nicht.

Mein Wille wurde immer schwächer, bis er erstarb. Er hatte mich gebrochen! Ich hörte ihn kommen, ich war erleichtert ihn zu sehen, er setzte sich wieder zu mir aufs Bett.
„Bitte, mach mich los, ich muss auf die Toilette", unter Tränen flehte ich ihn an.
Er reagierte nicht.
„Bitte, es ist dringend."
Ich hörte das Klicken der ersten Handschellen als er sie öffnete, spürte wie er sie von der Chromstange löste, mühsam richtete ich mich auf, hielt ihm meine Hände entgegen, mit den zweiten Fesseln.
„Die Hände bleiben gefesselt, du wirst es auch so schaffen."
Er klang immer noch wütend.
Ich wankte auf die Toilette und sah meine Hände an.
Es waren nicht meine Hände!

Die Finger waren verdickt, der Handrücken geschwollen, sie waren weiß, gefühllos, dann sah ich das verkrustete Blut an meinen Handgelenken, vermischt mit frischem Blut. Es rann hinunter, tropfte auf den weißen Boden.
Als ich von der Toilette zurückkam, setzte ich mich neben Roman aufs Bett und er herrschte mich an.
„Ich warte!"
Ich schluchzte, legte mich wieder hin, willenlos und unter Schmerzen hob ich die Arme über meinen Kopf, hörte das klicken wie er mich wieder ankettete. Ich flüsterte.
„Du hast mich gezähmt, du hast dein Ziel erreicht, bitte lass mich frei."

Er stand auf und ging aus dem Zimmer. Ich war völlig erschöpft, die Tränen, die Schmerzen, die Erniedrigung, ich schloss die Augen und wartete. Ich hatte nicht den Mut ihn zu rufen, ich nahm es einfach hin, mein Los.

Um sieben Uhr kam er wieder, er stellte sich vor mich, sah sich meine Hände an, dann ging er wieder zur Tür. Sieben Stunden! Ich war seit sieben Stunden gefesselt! Ich rief im leise nach.
„Roman, bitte, warte! Geh nicht weg, bitte!"
Er drehte sich um, meinen Tränen trübten den Blick, ich sah ihn nur verschwommen bei der Tür stehen.
„Ich liebe dich! Bitte, komm zu mir!"
Ich weinte. Roman setzte sich wieder zu mir und sah mich prüfend an.
„Warum?"
„Die Fesseln, bitte!"
Er öffnete nur die Fesseln von der Stange, unter unerträglichen Schmerzen nahm ich die Arme hinunter, setzt mich auf und schluckte.

„Hast du Durst?"
Ich nickte.
Roman brachte mir ein Glas Wasser, hielt es zu meinen Lippen, gierig trank ich. Ich sah meine Hände an, hörte ihn fragen.
„Warum liebst du mich?"
Ich musste mich konzentrieren, durfte nichts Falsches sagen, immer noch waren meine Hände in Handschellen gelegt, mühsam und leise sprach ich.
„Ich liebe deinen Körper, deine Hände wenn sie mich streicheln, ich liebe es wenn du mit mir schläfst und du bringst mich zum Höhepunkt."
Ich schluckte und sprach weiter.
„Ich liebe deine Gesellschaft, deine berufliche Stellung und deinen Status. Ich vermisse dich wenn du nicht bei mir bist, ich liebe dich weil du ein erfahrener, reifer Mann bist."
Roman sah mich prüfend an, ich musste meinen letzten Trumpf ausspielen.

„Ich wollte noch einmal mit Harald schlafen, ich wollte ihn verlassen und meine Freundschaft mit ihm aufkündigen. Ich will nur noch bei dir sein, mit dir leben in einer richtigen Beziehung."
Ich sah ihn verzweifelt an.
Roman nahm mein Gesicht in seine Hände.
„Hast du jetzt verstanden, dass du zu mir gehörst?"
Ich nickte, mir wurde plötzlich übel, ich hörte ein Rauschen in meinen Ohren, atmete heftig, mir wurde heiß, ich fing zu schwitzen an, es dreht sich alles, ich war wie in Watte gepackt, alles weit weg von mir.
Und dann schwarz, alles schwarz!

Als ich wieder zu mir kam, lag ich immer noch im Bett, die Decke bis über meine Brust hoch gezogen, meine Arme lagen auf der Decke, ich roch das Jod,

Roman saß neben mir. Ich sah an mir hinunter, die Handgelenke waren einbandagiert, er hielt mir ein Glas Wasser an meinen Mund, ich trank, dankbar sah ich ihn an. Ich hasste ihn nicht, es war schlimmer was ich für ihn empfand, er war mir gleichgültig, vollkommen gleichgültig. Dann sank ich erschöpft in die Kissen zurück und schlief ein.

Ich erwachte, das Licht brannte, Roman war nicht im Zimmer, ich sah auf die Wanduhr, es war acht Uhr früh, ich musste mich orientieren, welcher Tag heute war. Langsam setzte ich mich auf, ich wollte mich mit den Händen aufstützen, ein furchtbarer Stich in den Gelenken, die Schmerzen waren wieder da, schlimmer als je zuvor, mein ganzer Körper war angespannt.
Plötzlich stand Roman vor mir.
„Bist du ausgeschlafen?"
Ich zuckte mit den Schulten, der Schmerz war unerträglich, ich verzog das Gesicht, die Augen füllten sich mit Tränen. Er nahm mich behutsam in seine Arme, streichelte mich mit den Händen die mich sieben Stunden lang grausam gequält hatten. Ich hielt still, ließ es geschehen, er hatte mir meine Würde genommen, er hatte Macht über mich gewonnen und meinen Willen gebrochen. Ich war ein seelisches Wrack in diesen Moment seiner entsetzlichen Nähe.
„Ich helfe dir beim anziehen und fahre dich nach Hause, wir brauchen jetzt Abstand voneinander."
Roman sprach zärtlich zu mir als wäre nichts passiert.
„Hier, nimm das mit, für die Wunden."
Er drückte mir die Wundsalbe in die Hand.
„Ist schon Montag?" Ich war verwirrt.
„Nein, es ist Sonntag."

Ich erschrak, gestern war ich nicht in der Arbeit, unentschuldigt ferngeblieben, meine Kunden hatten sicher auf mich gewartet.

Roman bestellte ein Taxi zu meiner Adresse, fuhr mich mit meinem Auto nach Hause, er fand sofort den kürzesten Weg, ich war sicher dass er schon vor meiner Wohnung gestanden hatte. Das Taxi stand schon da, er parkte mein Auto, begleitete mich bis zur Tür, ich sperrte die Wohnungstür auf, hinter mir Roman, ich hoffte dass er gehen würde, ich wollte nicht dass er meine Wohnung betrat. In der Tür drehte ich mich zu ihm um, er nickte und sagte zu mir.
„Wir werden nächstes Wochenende über deinen Einzug in meine Wohnung sprechen."
„Ja, nächste Woche." Ich schloss die Tür hinter ihm.

Ich fiel auf mein Bett und weinte, schlief wieder ein. Nach Mittag wachte ich auf, ich hatte Hunger, ich hatte seit zwei Tagen nichts gegessen. Ich stärkte mich, dann löste ich die Bandagen von meinen Handgelenken. Ich erschrak über die tiefen Wunden, es tat weh, ich würde die nächsten Wochen nicht massieren können, nicht mit diesen Schmerzen. Ich duschte mich lange, wusch mir die Haare unter unglaublichen Schmerzen, putzte mir die Zähne, ich wollte sauber sein, kein Geruch, kein Geschmack, keine Spuren von ihm an mir, ich ertrug es nicht, das vom ihm noch etwas an mir haftete. Ich trug Salbe auf, bandagierte mich wieder und fuhr zu Harald, ich hatte unerträgliche Schmerzen beim schalten und lenken meines Autos.

Harald öffnete mir schockiert die Tür.

„Du kommst wieder zu mir, bist du wahnsinnig! Was willst du?"
Ich erschrak über seinen Empfang und fing zu weinen an, er nahm mich in die Arme.
„Wir müssen aufhören damit, du hast gesehen wie er reagiert hat, es hat keinen Sinn mehr mit uns. Verstehst du das?" Er sah mich traurig an.
Ich fasste mich schnell.
„Harald, ich brauche deine Hilfe, ich werde Roman verlassen, er ist zu weit gegangen, ich gehe weg, ich will ein neues Leben anfangen."
„Was hat er getan?"
„Er hat mich gefesselt."
„Das macht er doch ständig. Und darum willst du ihn verlassen, weil er dich wieder gefesselt hat?
Fällt dir kein besserer Grund ein?" Harald schien verärgert.
„Lass mich aus dem Spiel, du musst das selber hinkriegen, ich kann dir nicht helfen, du hast gehört was Roman sagte, es wird für mich auch noch ein Nachspiel geben."
Ich löste die Bandagen herunter, hielt ihm meine Hände hin, er starrte darauf.
„Mein Gott, du musst zu einem Arzt, es sind so tiefe Wunden, wenn sich das entzündet!
Wie hat er das nur gemacht?"
„Sieben Stunden, Harald! Sieben endlose Stunden hat er mich gefesselt und angekettet wie ein Tier! Verstehst du jetzt warum ich ihn verlassen will? Er ließ mich erst frei als ich ihn sagte dass ich ihn liebe! Harald bitte hilf mir, ich kann nicht zu einem Arzt gehen, was soll ich dem sagen? Die Wahrheit? Wie erkläre ich ihm solche Wunden? Das passierte beim Liebesspiel die Fesselspiele sind plötzlich aus dem Ruder gelaufen. Der Arzt müsste eine Anzeige

machen, Roman würde sie abschmettern, ich hätte keine Chance gegen ihn!"
Harald nickte.
„Ich habe dich gewarnt, ich sagte dir dass er gefährlich ist, du hast nicht auf mich gehört! Also gut, wie kann ich dir helfen?"
„Ich brauche Geld, ich ziehe weg von Wien und nehme einen Kredit auf, dafür benötige ich einen Bürgen. Ich werde alles zurückzahlen, du bist für meine Schulden nicht haftbar, bitte Harald, hilf mir!"
Harald schwieg lange, dann sagte er langsam.
„Es gäbe noch eine andere Alternative, ein Freund von mir will aus seinem Sohn einen guten Liebhaber machen, er sucht nach Möglichkeiten, er will nicht dass der Junge zu einer Hure geht, du könntest ihm etwas beibringen, er würde bezahlen, gut bezahlen."
Harald sah mich abwartend an, meine Augen verengten sich wütend.
„Ich soll wieder meinen Körper verkaufen?
Hatten wir das nicht schon einmal und hat es nicht gut geklappt mit Roman? Hast du noch so eine geniale Idee? Was hast du nur für eigenartige Freunde?"
Ich war schockiert über seine Vorstellungen.
„Er ist mein Chef, ein Freund von Roman, sein Junge ist nett und du würdest viel Geld dabei verdienen."
„Wie sieht er aus, der Junge?" Ich gab mich geschlagen, wie sollte ich den Kredit je zurückzahlen, ich hatte noch keinen Plan wohin ich gehen sollte und von was ich leben würde.
Harald kramte ein Foto von einem Betriebsausflug hervor, zeigte mir seinen Chef, ich kannte ihn vom Club und ich mochte ihn nicht als Roman ihn mir vorstellte. Der Junge sah hübsch aus, ein zarter, junger Mann.
„Ist er auch bei der Polizei?"

„Nein, er geht noch zur Schule."
„Wie alt ist er?"
„Auf den Foto ist er siebzehn, heute ist er neunzehn, er sieht jetzt besser aus, er hat einen schönen Körper, ich boxe manchmal im Training mit ihm, im Polizeisportverein.
„Er boxt?"
„Ja, sein Vater will aus ihm einen ganzen Mann machen, er muss bei uns trainieren. Oliver hat noch nie mit einer Frau geschlafen, er ist total verklemmt und schüchtern, völlig gehemmt gegenüber Frauen. Du musst behutsam mit ihm umgehen, ich bin mir sicher dass du aus ihm einen guten Liebhaber machen kannst."
„Er heißt Oliver?", fragte ich.
Harald nickte.
Ich überlegte lange, Harald brachte mir Orangensaft, wir saßen im Wohnzimmer und ich betrachtete das Foto.
„Gut, ich mache es, aber ich stelle Bedingungen! Es muss in einem Hotel sein, auf keinen Fall bei seinem Vater zu Hause, er darf mich nie sehen, er kennt mich und weiß das ich Romans Freundin bin, ich werde mich zehn Wochen mit dem Jungen treffen, jede Woche für drei Stunden, Dienstagabend wäre perfekt, ich will 5o.ooo,-- die Hälfte beim ersten Treffen, die zweite Hälfte nach fünf Wochen. Wenn er nicht zufrieden ist, entfällt die zweite Zahlung, aber er wird zufrieden sein."
Harald schüttelte den Kopf.
„Du verlangst zu viel, er wird den Preis nie bezahlen."
„Frag ihn, was ihm sein Sohn wert ist, ich weiß dass es ein hoher Stundenlohn ist, aber ich verhandle nicht über die Summe, sag ihm ich studiere und will schnell Geld verdienen und ich komme aus einem

gutbürgerlichen Haus. Nenn ihm keinen Namen, ich will anonym bleiben."
Harald nickte.
„Ab wann bist du bereit, falls er bezahlt?"
„Sofort, ich will weg von Roman, so schnell wie möglich."
Ich fixierte Harald mit den Augen.
„Wir werden uns die nächsten Wochen nicht sehen, es ist zu gefährlich, ich habe Roman versprochen zu ihm zu ziehen, ich muss Zeit gewinnen, er will mit mir eine richtige Beziehung, ich soll bei ihm leben! Verstehst du mich jetzt? Wir werden nur telefonieren, falls Roman dich fragt, ich habe dir unsere Freundschaft aufgekündigt, wir haben den Kontakt abgebrochen."
Harald war mit allen einverstanden, er versprach mich anzurufen und ich fuhr nach Hause.

Nächsten Tag ging ich zum Arzt und ließ mich krank schreiben, Übelkeit log ich den Arzt vor, als er neugierig meine bandagierten Handgelenke betrachtete, lächelte ich, nur Überanstrengung, ich bin Masseurin, sagte ich, der Arzt lächelte auch. Ich rief im Massageinstitut an und meldete mich krank, ich flüchtete in Ausreden weil ich Samstag nicht erschienen war.

Zwei Tage später rief Harald mich an.
„Silvia, er bezahlt was du verlangst, er wollte mich mit dem Preis runterhandeln und er wollte einen schriftlichen Vertrag, ich lehnte mit deinen Bedingungen ab."
„Gut, wann und wo?" Ich wurde unruhig.
„Er hat für drei Monate ein Apartment gemietet, er will nicht dass sein Sohn in einem Hotel gesehen wird, ich seid völlig ungestört, jeden Dienstag von

sechzehn bis neunzehn Uhr, zehn Wochen lang, wie du vorgeschlagen hast! Er sagte, wenn du seinen Ansprüchen nicht gerecht wirst, wird er die zweite Tranche nicht bezahlen! Ich beruhigte ihn und sagte du bist ein Profi auf dem Gebiet."
„Harald ich werde mich verkleiden, mit Perücke, ich habe zu viel Angst vor einer Entdeckung."
Harald widersprach mir.
„Deine Augen! Man würde dich an deinen Augen erkennen! Jeden Menschen erkennt man an seinen Augen! Kauf dir färbige Kontaktlinsen, am besten dunkle Farben die deine Augenfarbe abdecken."
„Ja, danke für deine Hilfe."
Ich sprach leise, mir wurde plötzlich übel.

Harald gab mir die Adresse des Apartment, es war mitten in Wien, wie hatte sein Chef nur so schnell einen Wohnung mieten können? Es war fast unmöglich in Wien so schnell eine Wohnung zu finden. Natürlich hatte er Kontakte, ich spürte eine Unruhe, was wäre wenn alles auffliegen würde? Was würde Roman mit mir tun?
Ich hatte Angst, aber der Reiz des Unbekannten, das Geld und die Aussicht zur endgültigen Trennung von Roman überwog.
Ich kaufte mir eine Perücke, lange rote Locken, sie sahen wie echte Haare aus. Nach langen Suchen fand ich dunkelbraune Kontaktlinsen, sie waren ganz neu auf den Markt.
Zu Hause setzte ich mir die Perücke auf, ich fand sie toll die langen, roten Locken, mit Mühe brachte ich die Linsen in die Augen, ich sah völlig verändert aus, ich war zufrieden mit dem Ergebnis und fühlte mich jetzt viel sicherer.

Am Abend rief mich Roman an.

„Wie geht es dir?" Er klang beunruhigt.
„Ich bin im Krankenstand!"
„Du bist krank? Was hast du?"
„Ich habe furchtbare Schmerzen in den Händen, bei jeder Bewegung, die Wunden von den Fesseln", ich vermied es, zu sagen dass er sie mir zugefügt hatte, ich wollte mich nicht mit ihm anlegen, „meine Hände sind mein Werkzeug, ich kann ohne sie nicht arbeiten, meine Schultern tun auch weh."
Ich seufzte anklagend.
„Du hast dem Arzt die Wunden gezeigt?"
Ich hörte Romans aufkeimende Wut in seiner Stimme sprach sanft um ihn zu beruhigen.
„Nein, ich sagte mir ist übel."
„Wie lange bist du krank geschrieben?"
„Diese Woche."
„Gut, aber wir sehen uns am Samstag!"
„Ja, natürlich", sagte ich.
Der Telefonhörer fiel in die Gabel, ich spürte wie die Wut in mir aufstieg, er hatte sich nicht entschuldigt, für das was er mir angetan hatte, er dachte nur an sich! Meine Schmerzen waren ihm gleichgültig, er bestärkte mich unwissentlich in meinem Plan ihn zu verlassen! Oliver und das Geld seines Vaters würden mir die Freiheit von ihm ermöglichen. Ich fing an, mich auf Oliver zu freuen, obwohl ich keine Ahnung hatte, was mich erwarten würde.
Er war nur fünf Jahre jünger als ich, aber uns trennten Welten in unserer Sexualität! Ich hoffte dass er nicht so arrogant war wie sein Vater!

Meine Wunden verkrusteten, die Wundsalbe beschleunigte den Heilungsprozess, die Schmerzen waren erträglich wenn ich meine Hände nicht bewegte und darum bandagierte ich sie immer noch als ich am Samstag zu Roman fuhr.

Mein Herz klopfte, als ich läutete verkrampfte sich mein Magen und ich hatte Angst.

Roman nahm mich in die Arme, hielt mich lange und küsste mich zärtlich.
„Ich habe dich vermisst", sagte er und sah mich so liebevoll an, dass es mich berührte, unangenehm berührte, seine Zuneigung war mir zuwider. Zehn Wochen! Ich musste ihn noch zehn Wochen erdulden, dann war ich frei!
„Hast du Schmerzen?"
Ich schwieg, er sah sich meine bandagierten Handgelenke an und wickelte die Verbände ab. Sein Ausdruck im Gesicht war ernst, er drehte vorsichtig meine Hände um, sah sich die Wunden genau an, dicke, rote Krusten, durch das Jod war die Haut bräunlich verfärbt und an wenigen Stellen sah man schon die gesunde hellrosa Haut durchscheinen.
„Das wird wieder!"
Roman nickte, ich war fassungslos über seine Worte. Kein Ausdruck des Bedauerns, keine Entschuldigung, nur diese Feststellung, dass es wieder wird, kein Mitgefühl, diese Rücksichtslosigkeit, dieser Egoismus! Ich hasste ihn!

Er vögelte mich in der Nacht und am Morgen vor dem Frühstück. Ich lag passiv da und ließ es geschehen, ich war noch nie so lustlos, ich empfand Abscheu gegen seinen Körper und seine Liebkosungen.

Beim Frühstück seine unvermeidlichen Fragen.
„Wann hast du vor bei mir einzuziehen?"
Ich hatte mir schon eine Antwort überlegt mit der er zufrieden sein würde.
„Es ist Anfang Dezember, ich kann meine Wohnung erst mit Ende des Monats kündigen, dann muss ich

noch die Kündigungsfrist einhalten, spätestens im März werde ich zu dir ziehen."
„So spät? Du kannst schon früher bei mir wohnen, ich will dich bei mir haben!"
„Roman, bitte lass mir noch Zeit, ich muss mich erst daran gewöhnen, es ist ein neuer Lebensabschnitt, bitte dräng mich nicht, ich habe noch nie mit einem Mann zusammengelebt, aber ich werde jetzt öfter während der Woche bei dir schlafen."
Ich setzte mich auf seine Oberschenkel, küsste ihn leidenschaftlich, es kostete mich eine große Überwindung, er grinste mich an.
„Also gut, aber du bleibst bei mir, bis Dienstag früh."
Mühsam rang ich mir ein Lächeln ab. Dienstag früh! Ich traf mich am Dienstag erstmalig mit Oliver und der Gedanke daran machte mir Angst.

Roman war liebevoll und zärtlich und wir gingen nicht aus. Er schlief noch einmal mit mir.
Ich war erleichtert als endlich der ersehnte Dienstagmorgen kam und ich nach Hause fahren konnte.

In meiner Wohnung duschte ich ausgiebig, ich überlegte was ich anziehen sollte, ich machte mir keine Gedanken darüber, was ich mit Oliver tun würde, es wäre sinnlos einen Plan zu entwerfen. Es würde sich ergeben, sicher würde ich mit ihm schlafen, vorsichtig und behutsam wie Harald vorschlug.
Mit Perücke und den dunklen Kontaktlinsen fuhr ich zu dem Apartment, erleichtert sah ich dass es ein Hochhaus war, vierzig Wohnungen, sehr anonym, ich brauchte lange bis ich das Namensschild fand. Ich war nervös, atmete tief durch, es war das gleiche

Gefühl wie damals als ich mich mit Roman im Hotel traf.

Oliver öffnete mir, ich war überrascht über sein gutes Aussehen. Groß, blond, braune Augen, ein hübscher junger Mann, er lächelte verlegen, gab mir die Hand und stellte sich vor.
„Bitte kommen sie doch rein, ich heiße Oliver."
Neugierig sah er mich an und blieb unsicher im Flur stehen dann fragte er zögernd.
„Wie heißen sie?"
Ich schluckte, ich hatte nicht daran gedacht, mir einen Namen auszudenken.
„Du kannst mich nennen wie du willst, und sag du zu mir", ich sah ihn aufmerksam an.
„Darf ich sie Silvia nennen?"
Ich zuckte erschrocken zusammen, hatte Harald meinen Namen erwähnt?
„Warum Silvia?"
„Ich war einmal in eine Silvia verliebt, sie hatte auch rote Haare."
Erleichtert nickte ich und fragte ihn.
„Wo ist das Schlafzimmer?"
Oliver war schockiert über meine Initiative.
„Sollten wir uns nicht vorher kennenlernen?"
Ich sah ihn ernst an.
„Lass mich einiges klarstellen! Dein Vater bezahlt eine Menge Geld damit ich aus dir einen guten Liebhaber mache und wir haben nur dreißig Stunden dafür, er wird mich nicht fürs Kennenlernen bezahlen! Ich soll dir was beibringen, ich bin sicher dein Vater will über deine Fortschritte informiert werden!"
„Ja, ich glaube das wird so sein."
Oliver schien enttäuscht zu sein, er hatte sich unsere erste Begegnung anders vorgestellt, vermutlich romantisch.

Ich strich sanft über sein Gesicht, wir standen immer noch im Flur und ich fing an sein Gesicht mit meinen Lippen zu berühren. Unbeholfen schob er mir seine Zunge in den Mund. Ich stieß ihn sofort weg.
„Hör auf damit, mich mit der Zunge zu küssen, ich will es nicht! Ich schlafe mit dir aber du darfst mich nicht küssen!"
Böse sah ich ihn an, er fiel förmlich in sich zusammen.
„Verzeihen sie, ich wollte ihnen nicht zu Nahe kommen, ich dachte es gehört dazu. Entschuldigen sie meinen Fehler."
Ich war perplex über seine perfekten Manieren! Er tat mir leid, ich war zu aufgebracht über den Kuss, ich hatte meine Contenance verloren.
„Ich muss mich entschuldigen, natürlich gehört ein Kuss dazu, ich will es nur nicht, ich hätte es dir sagen müssen!"
Ich schwieg kurz und dann fragte ich ihn.
„Du bist noch Jungfrau?"
„Ja!"
Er errötete und wendete den Blick von mir ab.
„Zeig mir das Schlafzimmer."
Oliver ging vor, ich sah mir seinen schlanken Körper an, seine breiten Schultern, sein Gang war federnd, ich setzte mich.
„Komm setzt dich zu mir aufs Bett."
Er setzt sich neben mich, blickte nach unten, er schien verstört, es war meine Schuld dass er verstört war.
„Oliver, sieh mich bitte an."
Langsam hob er den Kopf, in seinen Augen lag Unsicherheit. Ich nahm vorsichtig seine Hände, legte sie auf meine Brüste, dazwischen mein Shirt, natürlich trug ich keinen BH. Er ließ seine Hände

liegen, tat nichts, blickte wieder nach unten, es war ihm peinlich, seine Hände auf meinen Brüsten.
„Hast du schon einmal die Brust einer Frau berührt?"
Er schüttelte den Kopf.
Auf was hatte ich mich nur eingelassen, er hatte keine Ahnung vom Sex, wie sollte ich das nur schaffen in dieser kurzen Zeit, er wusste nichts von der körperlichen Liebe, er war unschuldig wie ein Kind. Ich nahm seine Hände, legte sie auf meine Oberschenkel, dann zog ich mein Shirt über den Kopf, ganz vorsichtig, damit meine Perücke nicht verrutschte.

„Sieh dir meine Brüste an."
Er hob zaghaft den Kopf, dann starrte er ungläubig auf meine Brust, lange fixierte er sie.
„Hast du noch nie eine nackte Brust gesehen?"
„Doch im Freibad, aber noch nie so nah."
„Oliver, ich will dass du sie berührst."
Zögernd legte er seine Hände auf die Brust, sie waren kalt und feucht, es war unangenehm. Lange betrachtete er seine Hände und das was sich unter seinen Händen befand. Ich musste es langsam angehen, er war so scheu, ich durfte mir keinen Fehler mehr erlauben, so wie vorhin mit dem Kuss, er würde sich sofort zurückziehen aus Angst etwas Falsches zu tun.
„Ich zeige dir wie man die Brüste einer Frau massiert, sieh mir einfach zu, ich werde die Augen dabei schließen", ich sprach leise und sah seine Zustimmung.
Ich legte mich auf das Bett, wies ihn an, sich neben mich zu legen. Dann schloss ich die Augen, ich wollte ihn nicht in Verlegenheit bringen wenn er mir dabei zusah.

Ich begann meine Brüste zu streicheln, ich nahm eine Brustwarze zwischen meinen Zeigefinger und meinen Mittelfinger, schloss und öffnete die Finger immer wieder, bewegte sie hin und her, dann rieb ich mit meinem Daumen die Brustwarze, sie stellte sich steif auf. Ich umkreiste mit dem Zeigefinger meine Brust, fing wieder an sie zu massieren als würde ich sie eincremen. Dann krallte ich meine Finger in sie hinein, immer wieder, ließ wieder los, beschäftigte mich mit der anderen Brustwarze bis sie steif wurde. Ich öffnete die Augen, Oliver sah nur meine Brüste an, fasziniert starrte er darauf und bemerkte nicht dass ich ihn ansah. Ich griff nach seiner Hand, er erschrak, ich sprach ganz sanft mit ihm.
„Fass sie an, fühl sie, du kannst damit tun was du willst."
Er war vorsichtig, seine Hände ganz leicht auf mir, dann machte er nach was er gesehen hatte, langsam und gefühlvoll. Lange streichelte er mich und plötzlich wurde er grob. Er lag fast auf mir, rieb seine Hose an meinen Oberschenkel, stöhnte kurz auf, krallte seine Hände schmerzhaft in meine Brust. Er hatte einen Orgasmus gehabt! Ich merkte es sofort an seinem verblüfften Gesichtsausdruck. Er wollte meinem Blick ausweichen, starrte nach unten und rührte sich nicht, ich flüsterte.
„Es ist okay, es ist normal dass du einen Orgasmus hattest, du warst erregt, es ist in Ordnung."
Er schwieg, ich bewegte mich nicht, dann sah ich auf die Uhr, eine Stunde war vergangen. Ich schob ihn behutsam von mir runter.
„Ich werde jetzt gehen, ich komme in einer Stunde wieder, dann werde ich mit dir schlafen, du kannst dich in der Zwischenzeit duschen."
Er nickte ohne mich anzusehen, ich ging.

Ich setzte mich in ein Café, es war dunkel geworden. Oliver war ein lieber Junge, so unschuldig, so unberührt, sehr gutes Benehmen, ich mochte ihn. Aber was haben seine Eltern nur falsch gemacht bei seiner Erziehung, mit neunzehn noch Jungfrau und nicht die geringste Ahnung vom Sex das war fast unmöglich in den achtziger Jahren. Ich schüttelte den Kopf und konnte nicht glauben dass er noch nie eine Brust berührt hatte, aber er war ein aufmerksamer Schüler, er machte es gut als er sich mit meinen Brüsten beschäftigte. Mit neunzehn Jahren hatte ich schon jede Menge sexuelle Erfahrungen gesammelt mit ständig wechselten Männern. Mein Liebesleben war abnormal, pervers, ich war gestört und Oliver war genau so gestört, nur in die andere Richtung.
Ich dachte an Roman. Er war genau das Gegenteil von Oliver, dominant, ein reifer, überheblicher, selbstbewusster, erfahrener Mann, doppelt so alt wie Oliver.

Ich bezahlte meinen Kaffee und ging wieder zu Oliver.
Er lächelte, als ich in seine Wohnung trat, dann drückte er mir verlegen ein Kuvert in die Hand.
„Das Geld, ich hätte es fast vergessen, ich war aufgeregt."
Ich bedankte mich, steckte es in meine Handtasche, ich nahm ihn bei der Hand und zog ihn ins Schlafzimmer.
„Ich werde mich jetzt ausziehen und du ziehst dich auch aus, dann schlafe ich mit dir."
Er nickte.
Ich musste schnell handeln, durfte ihn nicht meinen Körper betrachten oder anfassen lassen, er würde es sonst nicht schaffen in mich einzudringen sondern gleich wieder losschießen. Ich zog mich hastig aus,

legte mich auf das Bett, Oliver war ungeschickt als er sich auszog, er war nervös und es war ihm peinlich dass er einen steifen Penis hatte.
„Komm zu mir, leg dich zwischen meine Beine."
Er lag auf mir, sein Penis auf meinem Bauch sein Gesicht nah bei meinem Kopf, ich war schon feucht, es erregte mich mit einen Mann zu schlafen der noch nie vorher eine Frau gevögelt hatte.
Ich rutsche nach oben, griff seinen Penis und führte ihn vorsichtig ein.
„Ich führe dich, sei passiv, lass mich machen."
Ich packte ihn an seinen Hüften, schob ihn ein wenig aus mir hinaus, ganz langsam, ich hielt inne, schob ihn wieder rein, er atmete schnell, seine Hand auf meiner Schulter zitterte, es würde nicht lange dauern bis er kommen würde, langsam raus und rein, zehn, zwölf mal.
„Mach deinen Rhythmus, wie es dir gut tut."
Ich sprach leise in sein Ohr, lockerte meine Hände an seiner Hüfte. Er rammte seinen Penis in mich, viel zu schnell, er kam sofort, stöhnte leise auf und dann lag er schwer auf mir. Ich grinste, er konnte es nicht sehen, ich hatte Roman wieder betrogen, es bereitete mir Genugtuung.
Oliver konnte mich nicht befriedigen aber das war mir in diesem Moment egal und auch nicht der Zweck warum ich bei ihm war.
Sanft schob ich ihn von mir runter, unsere Augen trafen sich, ich drückte seinen Oberkörper aufs Bett, legte meinen Kopf auf seine breite, haarlose Brust, legte seinen Arm um meine Taille und schmiegte mich an ihn. Wir lagen nur so da und schwiegen. Nach einiger Zeit fing ich an ihn zu streicheln, sein Penis wurde hart, er war wieder bereit. Ich nahm sein steifes Glied in die Hand, Oliver zwängte sich

zwischen meine Beine, ich führte seinen Penis in mich ein und flüsterte.
„Mach langsam, dann kannst du länger."
Oliver tat was ich verlangte. Langsam bewegte er seine Hüften auf und ab, ich schloss die Augen, ich wollte ihm die Chance geben mich beim Liebesakt anzusehen ohne dass er verlegen wurde. Er machte es gut, ich spürte die Lust die er bei mir erzeugte, kurze Zeit hielt er den langsamen Rhythmus durch, dann wurde er wieder schneller, keuchend kam er bald zum Höhepunkt, ich kam nicht, es ging mir viel zu schnell.
Er lag auf mir, ich streichelte seinen Rücken, er war immer noch in mir, er wollte sich nicht von mir lösen, ich spürte den warmen, festen Körper, er war trainiert, ich sah seine Muskeln die angespannt waren, dann legte er sein Hand auf meine Brust. Ich lächelte über seinen Mut, weil er es wagte mich anzugreifen ohne von mir aufgefordert zu werden. Olivers Gewicht wurde mir zu schwer, ich schob ihn runter von mir.
Sofort richtete er sich auf.
„Du hast es gut gemacht Oliver, wirklich gut."
Ich lächelte ihn an, er schien erleichtert und senkte den Kopf.
„Es war schön, aber ich habe es mir anders vorgestellt, ich dachte es tut weh, aber es war aufregend und schön."
Oliver grinste.
„Und dich habe ich mir auch anders vorgestellt."
„Mich? Wie denn?"
„Ich dachte du bist älter, nicht schön, vielleicht auch dick und ordinär. Aber du bist sehr hübsch, dein Körper ist so schön und du bist sehr jung, ich bin froh dass du mir gefällst."

Er machte mir Komplimente, ich fühlte mich geschmeichelt, Roman und Harald machten mir nie Komplimente, zumindest schon lange nicht mehr.
„Danke für das Lob, ich freue mich schon auf nächsten Dienstag."
„Ich auch."
Oliver war jetzt völlig entspannt und ich war es auch, es war fast acht Uhr, ich nahm es nicht so genau mit der Zeit, ich fühlte mich wohl bei ihm.
„Du kannst meinen Körper ansehen und angreifen, ich gebe dir zehn Minuten meiner kostbaren Zeit", ich lachte.
Oliver lachte auch und dann wandte er sich meinen Körper mit einer unglaublichen Hingabe zu. Ich schloss die Augen und spürte wie er mich vorsichtig überall streichelte, ununterbrochen, besonders meinem Schoß widmete er seiner Aufmerksamkeit. Ich bekam Lust, weil er mich solange dort berührte. Es gefiel ihm, er hörte nicht mehr auf mich anzufassen.
„Es ist genug, ich muss jetzt leider nach Hause."
Ich schob seine Hand weg und er schien enttäuscht, dass es zu Ende war.

Ich zog mich an, im Flur stand er hinter mir und ich drehte mich zu ihm um.
„Ich möchte dass du mir einen Gefallen tust! Denk an mich, und wenn du Lust verspürst, befriedige dich mit der Hand, so oft du willst, auch mehrmals am Tag! Würdest du das für mich tun?"
Er zögerte mit der Antwort und dann sagte er.
„Ich weiß nicht ob es sinnvoll ist wenn ich masturbiere."
„Aber es tut dir doch gut!"
Ich war erstaunt über seine eigenartige Antwort, verzweifelt antwortete er.

„Aber wäre es nicht Verschwendung? Werde ich es nicht bereuen? Es würde mir vielleicht fehlen wenn ich älter bin!"
Ich war verwirrt.
„Verschwendung? Ich verstehe dich nicht! Was meinst du damit, du würdest es bereuen?"
Er sah mich verzweifelt an.
„Aber ich habe doch nur tausend Schuss, sie könnten mir fehlen wenn ich älter bin."
Überrascht über seine Theorie war ich zuerst sprachlos, dann fing ich zu lachen an.
„Das ist der größte Unsinn, denn ich je gehört habe, du kannst so oft du willst, das ist eine Lüge mit den tausend Schuss, wie kommst du nur auf solche Gedanken?"
Erleichtert sah er mich an.
„Ich darf so oft ich will?
„Ja, du kannst mir glauben, es ist ein Märchen, lass deinen Trieb freien Lauf und genieße es wenn du masturbierst."
Beschämt sagte er leise.
„Meine Mutter sagte, ich solle sparsam damit umgehen."
Ich war empört über diese Dummheit, darum war Oliver so verklemmt, er musste seinen Trieb ständig unterdrücken, seine tausend Schuss aufsparen.
„Sie weiß nicht von was sie spricht, wenn du Verlangen danach hast, befriedige dich, es wird dir gefallen!" Ich küsste ihn auf die Lippen, er erwiderte.
„Ich bin froh dass du mir alles zeigst." Sein Blick war so zärtlich.
Hastig kramte ich in meiner Handtasche.
„Ich gebe dir meine Telefonnummer, falls du eines unserer Treffen absagen musst. Und wie kann ich dich erreichen?"
Er schrieb mir seine Nummer auf und ich sagte.

„Nur für Notfälle, ruf mich sonst nicht an! Also dann bis Dienstag."

Ich schloss die Tür hinter mir und fuhr nach Hause, aufgewühlt von seinem lieben, netten Wesen. Oliver war ein Glücksstreffer, er und das Geld. Zu Hause versteckte ich das Geld in einem großen Buch, es wäre zu gefährlich es auf mein Gehaltskonto einzuzahlen, ich war mir nicht sicher ob Roman nicht auch auf dieses Konto Einsicht hatte.

Donnerstag ging ich wieder zur Arbeit. Wegen der sichtbaren und sehr langsam verheilenden Wunden waren meine Hände immer noch bandagiert.
Es war eine Tortur zu massieren, ich hätte heulen können vor Schmerzen, ich hasste Roman dass er mir das angetan hatte.

Am Samstag zog mich Roman sofort ins Wohnzimmer und verlangte oralen Sex. Er saß auf der Couch, ich kniete am Boden zwischen seinen Beinen, hingebungsvoll und zärtlich spielte ich mit meiner Zunge an seinen Penis, saugte daran, ließ ihn los um ihn gleich darauf wieder aufzunehmen. Ich war Roman untertan, er hielt mich fest bei den Haaren, bog meinen Kopf zurück, es tat weh, er hielt mich im Nacken fest und stieß mir seinen Penis wieder hinein, bis er endlich kam.
„Das hast du gut gemacht, braves Mädchen!"
Er demütigte mich, es war mir gleichgültig, in neun Wochen war er Geschichte, für immer.
Am Sonntag demütigte er mich wieder. Er führte mir den Vibrator ein und ich musste ihn in mir lassen, zehn Minuten lang, das Summen und die Vibrationen waren mir diesmal zuwider, es wurde unangenehm.
Er sah dabei fern, hielt seine Hand fest vor meiner

Scheide, als ich den Vibrator mit meinen Scheidenmuskeln rausschob, schob er ihn wieder rein, noch tiefer als vorher. Ich ließ es ohne Widerrede zu. Er nahm ihn raus und vögelte mich brutal. Ich wehrte mich nicht.
Am Montag musste ich wieder diese perversen Dessous beim Frühstück tragen er betrachtete mich lange dann grinste er.
„Zieh dich aus."
Ohne Widerrede zog ich mich aus und saß nackt beim Frühstück aber ich ließ mich nicht aus der Ruhe bringen, ich aß und trank, als wäre ich angezogen.
„Du hast dich verändert!" sagte er plötzlich, sein Blick war eigenartig und prüfend.
„Natürlich habe ich mich verändert, ich liebe dich jetzt und habe Respekt vor dir.
Ich bin so wie du mich willst."
Er sah mich bitter an, und ich wurde das Gefühl nicht los, das ihn meine devote, unterwürfige Haltung störte. Ich durfte Montagnachmittag gehen, aber er verlangte dass ich ihn am Mittwoch in seinem Büro aufzusuchen hatte und ich musste Weihnachten mit ihm verbringen, fünf lange Tage vier endlose Nächte! Mein Widerwille war grenzenlos, doch ich zeigte es nicht.

Dienstag, traf ich wieder bei Oliver ein.
Er freute sich mich zu sehen, lächelte und tat nichts, wartete ab. Ich ging einfach bei ihm vorbei, ich fasste ihn nicht an und küsste ihn nicht. Ich setzte mich aufs Bett und klopfte mit der Hand neben mich, wies ihn ohne Worte an, sich zu setzen. Verstört befolgte er meinen Befehl.
„Hast du masturbiert?" Ich kam gleich zur Sache.
Er nickte und sah zu Boden, es war ihm sichtlich peinlich.

„Wie oft?"
„Jeden Tag."
„Hat es dir gefallen?"
Wieder nickte er.
„Ich habe mich auch selbst befriedigt, sieh mir zu wenn ich mich ausziehe, aber du darfst mich nicht berühren."
Oliver war verwirrt.
Ich zog mich aus, streichelte mich, er sah mir zu, ich bemerkte seine Erregung, dann beugte ich mich vor, flüsterte ihn sein Ohr.
„Was würdest du jetzt am liebsten mit mir tun?"
Er keuchte.
„Mit dir schlafen."
„Du willst mich vögeln?"
„Ja!"
Ich sah in seine Augen und endlich war sie da, diese Gier! Letzten Dienstag hatte sie gefehlt, diese Gier! Ich hatte seine Lust entfacht! Diese Gier mit der mich Männer ansehen wenn sie mich mit den Augen auszogen, sich vorstellten mit mir zu schlafen, dieses Verlangen nach meinem Körper! Es würde viel einfacher werden, mit diesem Verlangen, die Hemmungen waren gefallen, der Lust gewichen.
„Dann tu es!" flüsterte ich.
Oliver verlor die Beherrschung, er warf mich aufs Bett und knöpfte sich seine Hose auf. Unbeholfen streifte er sie hinunter, drängte sich zwischen meine Beine und drang hastig in mich ein. Er war ungestüm und kam sofort. Wir liebten uns noch einmal, wieder ermutigte ich ihn es zu tun, danach lagen wir nebeneinander im Bett.
„Hat dein Vater nach mir gefragt?"
„Ja, er wollte wissen ob du dein Geld wert bist."
Oliver sah betreten weg, er schämte sich für seinen Vater.

„Was hat du ihm gesagt?"
„Ich sagte, Silvia ist das Doppelte wert!"
Er schien stolz auf seine Antwort, ich war fassungslos.
„Du hast ihm meinen Namen genannt, bist du verrückt!"
„Nein, ich weiß ja nicht wie du wirklich heißt", er stockte, „es ist dein echter Name?"
Er begriff schnell, ich nickte müde.
„Es tut mir leid, ich hatte keine Ahnung."
Ich schwieg kurz und rang nach Worten.
„Es gibt mehrere die Silvia heißen."

Ich zog mich an und dachte sein Vater wird mich hoffentlich nicht zuordnen können, dann grinste ich.
„Oliver, ich werde dich nächsten Dienstag mit dem Mund befriedigen, es wird dir gefallen, und wenn du einen Wunsch hast, werde ich ihn dir erfüllen, aber bis dahin musst du mit deiner Hand vorlieb nehmen."
Er lächelte dankbar, die Lust in seinem Blick über die bevorstehenden Spielchen war unübersehbar.

Mittwoch erschien ich, wie von Roman gefordert, in seinem Büro. Er sperrte sofort die Bürotür zu und wünschte nicht gestört zu werden.
„Ich werde dich vögeln, zieh dich aus!"
Ich entledigte mich meiner Kleidung, stand nackt vor ihm, er bog meine Hände auf den Rücken und versuchte mich mit seiner Krawatte zu fesseln. Es war zu viel für mich, er ging zu weit, ich verlor meine devote Haltung, meine Schmerzen waren noch zu groß, ich wehrte mich heftig.
„Nein, wenn du das tust, werde ich nicht zu dir ziehen, ich will es nicht, ich werde das nicht zulassen!"

Ich wurde laut, es war mir egal ob es draußen zu hören war, ich fürchtete auch nicht die Konsequenzen für mein Aufbegehren. Erstaunt sah ich, dass er amüsiert grinste.
„Da ist sie ja wieder, meine Wildkatze, wie habe ich sie vermisst."
Ich war sprachlos! Darum hatte er mich ständig gedemütigt, er wollte mich aus der Reserve locken! Er liebte den Kampf mit mir! Ich würde sein Spiel mitspielen, ich würde ihn reizen, er konnte mich dafür bestrafen, mich nach meiner Gegenwehr unterdrücken, seinen Sieg auskosten, er würde immer gewinnen dabei, das war es, was er wollte! Ich sah ihn herausfordernd an, stieß ihn weg, er hatte wieder einen Grund mich zu demütigen. Roman hob mich auf seinen Schreibtisch, er küsste mich und dann drang er mit zwei Fingern in mich ein.
Er zog sich nicht aus, vögelte mich nicht, er wollte mir nur zeigen dass er die Oberhand hatte, wenn ich mich widersetzte.

Weihnachten, es war ein Donnerstag, traf ich bei Roman ein und ich musste bis Montag bei ihm bleiben. Roman ging mit mir in ein exklusives Restaurant essen.
Als wir wieder in seiner Wohnung waren, gab er mir ein Päckchen, darin befand sich ein Ring mit zehn grünen Steinen, er sah teuer aus, er sagte.
„Die Smaragde passen zu deinen dunkelgrünen Augen."
Ich überreichte ihm eine kleine Schachtel, darin befand sich ein sehr schmales, silbernes Feuerzeug mit der Gravur seiner Anfangsbuchsstaben. Er freute sich, es gefiel ihm. Ich schob den Ring auf meinen rechten Finger, betrachtete den schmalen Ring an meiner anderen Hand, nie wieder hatte ich vergessen

ihn anzustecken bevor ich zu Roman fuhr. Er störte mich immer noch dieser Ring von ihm.
Wir sahen noch fern, dann ging er zeitgleich mit mir ins Bett was er sonst nie tat. Er war unheimlich zärtlich, ich fing an es zu genießen, aber ich wollte nicht zum Höhepunkt kommen nicht mit ihm. Er schlief mit mir und wollte mich unbedingt zum Orgasmus bringen denn er unterbrach ständig seinen Rhythmus. Ich stöhnte und keuchte, fing an mich vor Lust aufzubäumen und dann kam ich zum Höhepunkt. Zumindest glaubte es Roman, ich hatte es ihm vorgespielt, es war so einfach, ich wollte seine Bemühungen schnell zu Ende bringen.

Am nächsten Tag gingen wir spazieren und er drückte mich eng an sich. Wir kehrten in ein Café ein, es war kalt draußen und ich trank heiße Schokolade um mich aufzuwärmen. Roman erzählte mir von seiner Arbeit, es war interessant und ich hörte aufmerksam zu. Ich mochte es wenn er sich mit mir unterhielt, solange es nicht um unsere Beziehung ging. Er konnte gut erzählen, seine Ausdrucksweise imponierte mir und ich stellte mir vor wie er als Richter seine Fragen und Antworten formulierte. In solchen Momenten zweifelte ich an meinem Entschluss ihn zu verlassen, aber er würde sich nicht ändern oder seine Herrschsucht ablegen, diese Machtspiele würden mich zermürben. Ich wollte mir nicht ausmalen wie unser Zusammenleben verlaufen würde, seine Eifersucht, sein Besitzdenken, der Alltag wäre ein Kraftakt, jeden Tag.

Wir gingen in die Wohnung zurück, Roman ließ Wasser in die Badewanne, er wollte mit mir baden. Wir lagen in der Wanne, er streichelte mich sanft und sein Verhalten war atypisch. Die Tage vergingen unaufgeregt, er war immer liebevoll, es war verwirrend, sogar wenn er mit mir schlief war er zärtlich.

Am Montag sah ich aus dem Fenster Roman wohnte im obersten Stock, ich lehnte mich aufs Fensterbrett und beobachtete die Leute auf der Straße. Es war kalt und ich wollte das Fenster schließen als Roman plötzlich hinter mir stand und nach meiner Hand griff.
„Lass es offen, sieh hinunter."
Ich wehrte mich.
„Nein, mir ist kalt, lass mich los."
Er drängte mich nah ans Fensterbrett und trieb mich mit seinem Körper in die Enge, ich war eingeklemmt zwischen der Wand und ihm, dann zog er mir die Hose hastig hinunter.
„Halt still!"
Ich bewegte mich nicht, er drang im Stehen von hinten in mich ein, ich war nicht feucht, er rammte mir seinen Penis mit solcher Wucht hinein, dass es weh tat, ich sah hinunter, auf die Straße und stieß einen Schrei aus, Leute sahen herauf. Roman vögelte mich so kraftvoll dass er mich über die Fensterbank schob. Ich hielt mich fest um nicht das Gleichgewicht zu verlieren, keiner sah dass ich gerade gevögelt wurde, Roman stand nicht im Blickfeld der Menschen. Mein Oberkörper lag am Fensterbrett und ich biss mir in die Arme um nicht laut aufzuschreien vor Schmerzen in meinen Händen die sich am Fensterrahmen verkrallten. Ich stöhnte leise, gerade laut genug dass es Roman hörte, dann griff ich nach hinten, erwischt ihn an den Hüften, kratzte ihn mit meinen Nägeln, ich spielte ihm den Orgasmus vor, kurz darauf spürte ich sein Kommen.
Es war demütigend das Spiel am Fenster.

Ich zog mich an, es war Mittag und ich durfte endlich gehen.

In meiner Wohnung legte ich mich aufs Bett starrte an die Wand und fing zu weinen an. Ich war erschöpft, meine Nerven lagen blank, ich erschauderte bei den Gedanken daran mich Roman immer noch hingeben zu müssen, immer wieder, bis zum bitteren Ende. Noch sechs Wochen, sechs lange Wochen musste ich ihn noch ertragen, ohne zu wissen was noch auf mich zukam. Diese verdammten Wochenenden, nie sagte er mir wie wir sie verbringen würden, er bestimmte den gesamten Ablauf dieser Stunden. Wie oft würde er mich noch benützen, mich fesseln, mich erniedrigen. Ich wusste es nicht und das machte mir Angst. Große Angst.

Oliver erwartet mich zum dritten Treffen. Liebevoll nahm er mich in die Arme ich war überrascht über seine Initiative. Dann sah er mich zärtlich an, plötzlich wurde sein Blick ernst, ich wurde nervös.
„Oliver, was hast du, warum siehst du mich so an?"
Er stammelte.
„Deine Augen! Sie sind plötzlich grün!"
Ich schlug entsetzt die Hände vor meine Augen, es war zu spät, ich hatte vergessen die braunen Linsen zu nehmen. Ich seufzte.
„Ach was soll das."
Ich griff nach meiner Perücke, löste die Klammern und nahm sie ab.
Ich stand vor ihm, die Perücke in meinen Händen, meine langen schwarzen Haare fielen mir ins Gesicht, ich war seinen Blick ausgeliefert, sein Gesichtsausdruck wechselte von Erstaunen zu einem Lächeln.

„Jetzt weißt du wie ich wirklich aussehe, bitte Oliver behalt es für dich, ich bitte dich, dein Vater darf nie erfahren wie ich aussehe, versprich es mir!"
Ich flehte ihn an und Oliver reagierte gefasst.
„Natürlich, du kannst dich auf mich verlassen, du bist rothaarig, mit braunen Augen, es ist unser Geheimnis."
Er grinste.
„Du gefällst mir noch besser ohne die Verkleidung, ich finde dich süß."
Ich musste lächeln, er war so ehrlich, so lieb.

Er legte sich aufs Bett, ich kniete mich neben ihn, langsam zog ich ihm seinen Pullover aus, streichelte seine Brust, strich sanft über seine Schultern und seinen Hals dann bewegte ich mich nach unten, knöpfte seine Hose auf und streifte sie ab. Oliver wollte nach mir greifen, ich nahm seine Handgelenke und drückte sie sanft weg, sagte leise.
„Mach nichts, genieße es und lass es kommen, lass es einfach zu, wenn du kommst."
Oliver schloss die Augen, ich zog ihm seine Unterwäsche aus, kniete mich zwischen seine Beine und griff nach seinem harten Penis. Ich nahm ihn behutsam in den Mund und machte alles, was man mit dem Mund, der Zunge und den Händen anstellen konnte. Langsam, vorsichtig und sanft, ich zögerte es hinaus und er atmete schnell, fing an zu stöhnen und dann spritzte er mir zuckend in den Mund. Ich ließ den Mund geschlossen, umfing ihn fest mit den Lippen, erst als sein Penis erschlaffte, öffnete ich den Mund, das Sperma floss heraus, ich wischte mir den Rest mit dem Handrücken weg. Er sah mich an, gierte nach einer Wiederholung, ich legte meinen Kopf auf seinen Bauch. Er streichelte meine Haare, seine Hände zitterten, ich drehte mich zu ihm, er sah

mich liebevoll an. Ich rutschte zu ihm hinauf, umarmte ihn, er drückte mich zu sich, wir lagen nur da und schwiegen lange.
„Oliver welchen Wunsch soll ich dir heute noch erfüllen?"
Seine Begierde war unübersehbar.
„Ich möchte dich vögeln", flüsterte er verlegen, „aber von hinten!"

Eine normale Stellung für mich, neues, aufregendes für ihn, er war so unerfahren und so kindlich. Ich liebte seine Unschuld, seine Jugend und sein Vertrauen in mich. Ich liebte es mit ihm zu schlafen, es war so ungefährlich mit ihm, eine völlig neue Erfahrung für mich, mit einem sexuell unreifen, jungen Mann. Ich kniete mich vor ihn, er versuchte sein Glied in mich einzuführen, aber er fand den Eingang nicht, ich griff zwischen meine Beine nach hinten und führte ihn zur richtigen Stelle. Dann überließ ich ihm alles weitere. Er sollte sich austoben, seine Bewegungen waren unregelmäßig, er fand den Takt nicht, er musste ihn erst lernen den für ihn angenehmen Rhythmus.
„Halt mich fest", wies ich ihn an, legte seine Hände auf meine Hüfte, er konnte sich anhalten, ich stemmte mich gegen seine Stöße, dann fand er den gleichmäßigen, aber viel zu schnellen Rhythmus. Nach nur wenigen Sekunden war es vorbei. Seine Hände hielten mich immer noch fest, ich schob mein Becken langsam nach vor, er musste aus mir raus, dann legte er sich neben mich.
„Oliver du musst mit deinen Stößen langsamer werden, eine Frau braucht länger bis sie kommt, oder du machst ein langes Vorspiel mit ihr, du kannst sie nur zum Orgasmus bringen wenn du es so lange wie möglich hinauszögerst.

Unsicher sah er mich an.

„Wie soll ich das machen mit dem Vorspiel?"

„Willst du versuchen mich mit den Fingern und den Mund zu verwöhnen?"

Ich wollte ihn nicht drängen, wusste nicht ob er nicht Abscheu empfand wenn er mit seiner Zunge an meiner Scheide war, mit seinen Fingern in mir, ich hatte keine Ahnung wie verklemmt er noch war, wie weit er sich trauen würde, außergewöhnliches, für ihn perverses zu wagen. Er nickte verlegen.

„Sieh mir zu, ich zeige es dir, ich muss aber noch dein Sperma abwaschen."

Ich verschwand im Bad, es war eigenartig, bei Roman ging ich sofort nach den Sex duschen, bei Oliver war es mir gleichgültig, wie lange sein Saft in mir war.

Ich legte mich aufs Bett und schloss die Augen damit er ohne Verlegenheit zusehen konnte, ich fing an mich zu streicheln, mich selbst zu befriedigen, fuhr mit meinen Finger hinein, achtete darauf dass er alles genau sehen konnte, meine Finger waren nass, ich war sehr erregt, dann fingerte ich mich bis zum Orgasmus, langsam, dann immer schneller, bis ich kam. Ich war nur mehr für mich und kostete dieses Gefühl aus. Ich stöhnte vor Lust, die Finger immer noch in mir. Erst später glitten meine Finger heraus, die Innenseiten meiner Oberschenkel waren nass vom Orgasmus.

Ich öffnete die Augen, sah Olivers ungläubiges Staunen, vermischt mit Geilheit. Hastig drängte er sich zwischen meine Beine, seine zwei Finger in mir, er fing an mich mit den Fingern zu stimulieren, schnell, kräftig und ein wenig ungeschickt. Ich war noch so erregt dass ich kurz darauf wieder kam, sein Erstaunen war grenzenlos, er wusste dass er mich

zum Höhepunkt gebracht hatte, sein Stolz war unübersehbar.
Ich sah ihn mit halb geschlossen Augen an und lobte ihn.
„Das hast du gut gemacht, es hat mir gefallen, dein Spiel mit den Fingern. Wenn du so weiter machst, werde ich dich behalten, als meinen Liebhaber."
„Ich liebe dich!"
Oliver stammelte diese Worte, ich richtete mich entsetzt auf, meine Stimme klang hysterisch.
„Nein, du liebst mich nicht, es ist nur dein Begehren nach mir, aber es ist keine Liebe, hast du mich verstanden! Du liebst mich nicht, es ist ein Unterschied zwischen Lust und Liebe! Wir haben nur Spaß miteinander, aber Liebe ist das nicht!"
Er nickte enttäuscht.
„Ja, wahrscheinlich ist es nur die Lust, ich bin mir nicht sicher, aber wenn du es sagst ist es vielleicht so."
Es würde schwierig werden wenn er sich in mich verlieben würde, bei Roman ist es auch schiefgelaufen, als er anfing mich zu lieben. Oliver sollte mir den Weg in ein neues Leben ebnen und nicht die nächste Fessel anlegen. Ich musste ihn ablenken von seinen verwirrenden Gefühlen die er für mich empfang, sein Geilheit noch ausnützen.
„Würdest du mich noch mit deiner Zunge verwöhnen?"
Er glitt sofort mit seinen Kopf nach unten, ich fühlte seine Zunge ganz leicht an mir, er war lerneifrig und bemühte sich, ich wurde wieder erregt von diesen Blondschopf da unten, ich fasste ihn an seine Haaren, führte ihn dorthin wo es besonders angenehm war.
„Du kannst es fester machen", flüsterte ich.
Oliver war lernbegierig!

Er nahm sich Zeit, lange verweilte er da unten, seine Lippen saugten an mir, er tat das was ich mit seinen Penis gemacht hatte, lange und ausdauernd. Es war unglaublich, vor drei Wochen war er noch ein verklemmter junge Mann jetzt war er ungehemmt, mutig ergriff er die Initiative, verschaffte mir nochmals einen leichten Orgasmus. Ich war stolz auf ihn und auf mich für diese Fortschritte! Oliver legte sich eng an mich, immer hatte er seine Hand irgendwo an meinen Körper, er war so liebesbedürftig, so anhänglich, ich fragte ihn.
„Warum hast du noch nie mit einem Mädchen geschlafen?"
„Ich weiß nicht wie ich es anstellen soll, wie ich sie behandeln soll."
„Wie behandelt dein Vater deine Mutter?"
Ich wollte ihm vor Augen führen wie zwei Menschen miteinander umgehen sollten.
„Er schlägt sie!"
„Was? Er schlägt sie?" Ich war außer mir vor Wut, setzte mich auf.
„Du weißt dass das falsch ist! Körperliche Gewalt zeugt von einem schwachen, unreifen Charakter! Andere zu züchtigen ist ein Ausdruck seiner eigenen Unzulänglichkeit, seines geringen Selbstvertrauen!"
Oliver nickte.
„Ja, ich weiß, ich mag es nicht wenn er sie schlägt, sie weint immer."
Ich war sprachlos!
Romans Freund, ein Schläger! Darum mochte ich ihn von Anfang an nicht, mein Instinkt hatte mich vor ihm gewarnt, ich hasste diesen Mann! Er schlug seine Frau, unterdrückte und behinderte Oliver in seiner Entwicklung und dann wollte er aus Oliver einen ganzen Mann machen, er schickte ihn zum boxen und bezahlte für Liebesdienste. Er hatte ein

schlechtes Gewissen, dieser verdammte Kerl hatte endlich kapiert dass sein Sohn ein gestörtes Verhältnis zu Frauen aufgebaut hatte. Ich konnte es Oliver nachfühlen, diese Ohnmacht, wenn sein Vater seine Mutter demütigte. Ich kannte das Gefühl nur zu gut, viel zu gut, alles verspürt am eigenen Leib.

Mühsam zog ich mich an, ich war müde und wollte nur noch nach Hause.

In meiner Wohnung schrieb ich die Kündigung meines Mietvertrages, fing an meine Sachen auszusortieren, ich musste mich von vielen trennen, konnte nur das mitnehmen was in mein Auto passte. Meine Gefühle schwankten zwischen Freude und Angst. Freude, weil ich ein neues Leben beginnen würde, Angst vor einer neuen Herausforderung, den Unbekannten. Wie schnell würde ich einen Job finden, eine Wohnung, wo würde ich in Zukunft leben, ich wollte weit weg von Wien, ich hasste diese lärmende Stadt und seine Menschen.
Ich war bereits stark geprägt von den abnormen Männern mit denen ich mein Leben teilte oder teilen musste, wusste nicht ob ich jemals fähig wäre eine richtige Beziehung zu führen mit nur einen einzigen, normalen Mann, eine feste Beziehung wie sie Roman anstrebte. Aber ich wollte nicht mehr gedemütigt werden, ich wollte nicht mehr nackt beim Frühstück sitzen, ich wollte eine Nacht neben einen Mann durchschlafen ohne vom ihm bedrängt zu werden und vor allem wollte ich nie wieder gefesselt werden. Ich würde in meinem neuen Leben auf Distanz gehen zu den Männern, falls mich mein starker Trieb überwältigte, würde ich selbst Hand anlegen. Ich würde es nicht mehr zulassen dass ich wieder in den Sog von perversen Spielen oder Erniedrigungen

gezogen würde, ich wollte eine gleichberechtigte Partnerschaft mit einem Mann der mir nicht seinen Willen aufzwingen wollte und der mich lieben würde wie ich bin.

Ich wollte Silvester zu Hause bleiben. Das kommende Jahr sollte für mich der baldige Auftakt für ein neues Leben werden, anonym und ohne Roman. Aber Roman drängte mich Silvester mit ihm zu verbringen.

Wir stießen mit Sekt auf das neue Jahr an und auf unsere Zukunft, wieder fragte er mich wann ich endlich zu ihm ziehen würde. Ich zeigte ihm die Kündigung meines Mietvertrages, Roman grinste, ich hatte den Zeitpunkt gut gewählt zum Ende des Jahres! Er sollte sich sicher sein, in drei Monaten würde ich meine Wohnung in der ich die letzten sechs Jahre verbracht hatte, nicht mehr besitzen, es gab kein Zurück mehr, mein Entschluss war gefestigt und endgültig. Unsere Beziehung würde bald Geschichte sein und auch Oliver würde in Kürze nicht mehr für mich existieren.

Ich traf mich nicht mehr mit Harald, ich hatte Angst dass Roman es erfahren würde, aber wir telefonierten oft und lange und ich erzählte ihm von den Fortschritten mit Oliver, Roman erwähnte ich nie. Harald sagt mir dass er sich nach mir sehnte, ich war fast den Tränen nah, er war mein einziger Freund den ich je hatte und ich durfte ihn nicht mehr sehen. Ich hatte ihn gern, aber auch ihn würde ich bald aus meinen Leben streichen, diese drei Männer die jetzt noch so präsent waren, hatten in meinen neuen Leben keinen Platz mehr.

Ich traf mich zum vierten Mal mit Oliver. Ich musste mein Vorhaben ihn nicht zu küssen revidieren, ich musste ihm lernen, wie man Mädchen richtig gut küsst, erst dann würden sie bereit sein mit Oliver zu schlafen.
Oliver umarmte mich stürmisch und zog mich fest an sich, aber er wagte nicht mich zu küssen.
„Oliver hast du schon einmal eine Frau geküsst?"
„Ja, aber ich glaube sie wollte es nicht, vielleicht kann ich es auch nicht." Er sah beschämt zu Boden.
„Aber du hast es doch wieder versucht, mit Mädchen rumgeschmust, im Schulhof oder in der Disco."
„Nein, du wolltest es doch auch nicht!"
Trotzig sah er mich an.
„Heute will ich es", sagte ich und lächelte, dann nahm ich sein Gesicht in meine Hände zog ihn zu mir und fing an zärtlich seine Lippen zu küssen. Vorsichtige, langsame Küsse, ich verschloss seinen Mund mit meinen Lippen, fuhr mit der Zunge hinein, spürte seine unsicheren Bewegungen mit seiner Zunge.
„Ich zeige es dir."
Wieder nahm ich seine Lippen auf, bewegte meine Zunge tastend zu seiner Zunge, umkreiste sie zärtlich und langsam, stupste sie an, umkreiste sie wieder. Meine Zunge glitt über seine Lippen, fordernd in seinen Mund, er begann es nachzumachen, sanft und unaufdringlich. Ich fand es schön wie er es machte.
Plötzlich wurde er stürmisch, seine Küsse leidenschaftlicher, und dann griff er auf meine Brust, schob mein Shirt nach oben, drängte mich vom Flur ins Schlafzimmer, hob mich aufs Bett und griff mir hastig zwischen die Beine. Er war so erregt das ich verwundert seinen Angriffen nachgab, ich war feucht und bereit für ihn, es gefiel mir dass er seine Hemmungen abgelegt hatte. Er zerrte mir die Hose

hinunter, drehte mich um, er kniete hinter mir und versuchte in mich einzudringen. Ich half ihm dabei, lotste ihn zur richtigen Stelle. Er vögelte mich, schnell und leidenschaftlich.
Ich sah auf meine Armbanduhr, bei seinem Tempo würde es in einer Minute vorbei sein.
Aber es war nicht vorbei, er brachte mich zum Orgasmus, ich keuchte und drehte den Kopf nach hinten, vergewisserte mich dass es wirklich Oliver war, mit dieser unerwarteten Ausdauer. Er war es! Er hatte die Augen geschlossen, sein Gesicht vor Lust verzerrt, er hörte nicht auf und er kam immer noch nicht, dafür kam ich nochmals, ich stöhnte, mein Körper bebte von diesen schnellen Stößen. Meine Hände krallten sich in die Decke, es war fantastisch, er konnte mich befriedigen. Dann kam er laut stöhnend und fiel auf meinen Körper, ich gab unter seiner Last nach, wir atmeten beide schnell, verstohlen blickte ich auf meine Uhr, zwölf Minuten, ununterbrochener Sex mit ihm, es war unglaublich, aber ich konnte es mir nicht erklären! Ermattet lagen wir aufeinander, Olivers Arm um meinen Körper, seine Beine um meine geschlungen. Dieser lange Liebesakt war anstrengend für uns beide. Ich keuchte.
„Wie ist das möglich, diese Ausdauer! Wie hast du das geschafft?"
Oliver sah mir grinsend in die Augen.
„Ich habe dich zum Höhepunkt gebracht."
„Ja, das hast du!" Ich sah ihn anerkennend an.
„Wie hast du das gemacht?"
Er grinste immer noch, ich begriff endlich und sagte.
„Du hast etwas genommen! Bist du verrückt!"
Ich wurde richtig laut.

„Weißt du nicht dass solche Tabletten das Herz schädigen? Wie kommst du nur auf eine solche Idee, woher hast du sie? Ich will eine Antwort, sofort!"
Ich hörte mich an wie Roman, Oliver schien bedrückt und sprach sehr leise.
„Von Vater."
„Du hast sie von deinem Vater?"
„Ja, er sagte wenn ich die nehme, würde ich länger können, ich würde dich damit in die Knie zwingen."
Ich wurde richtig wütend.
„Mich in die Knie zwingen? Ich kann die ganze Nacht wenn es nötig ist, noch nie hat es ein Mann geschafft mich so lange zu vögeln das es mir zu viel geworden wäre, ich halte viel aus, keiner würde es schaffen mich in die Knie zu zwingen, keiner würde es schaffen mit mir Schritt zu halten, nicht beim Sex!"
Oliver sah mich verblüfft an, ich fuhr fort.
„Nimm sie nie wieder diese Pillen, hier geht es nicht um mich, es geht um deine Bedürfnisse, nicht um meine, wenn du ein Mädchen beeindrucken willst, bitte, nimm sie, aber nicht bei mir!
Ich werde dein Ausdauer auch so steigern."
Oliver war tief bewegt von meinen Erzählungen, er schluckte, leise sagte er.
„Ich hatte keine Ahnung dass sie gefährlich sind, mein Vater nimmt sie wenn er zu seiner Freundin fährt."
Ich sah ihn ungläubig an. Dieses verdammte Schwein hatte auch noch eine Freundin! Er schlug seine Frau und schlief mit einer anderen.

Ich sah Oliver an, sein steifes Glied, das Verlangen in seinen Augen. Vorsichtig fasste er mich wieder an, wartete auf meine Reaktion. Er hatte keine Ahnung wie diese Tabletten wirkten, er wusste nicht was mit ihm geschah. Seine Gier steigerte sich ins

Unermessliche, er war plötzlich so wild, er fiel regelrecht über mich her, ich ließ ihn machen, es gefiel mir, dieser Junge würde heute meine Bedürfnisse erfüllen. Die sexuellen Praktiken die ich ihm heute beibringen wollte, mussten warten bis zum nächsten Treffen.

Zuhause legte ich mich auf mein Bett und starrte an die Decke. Wieder wurde mir mein verkorkstes Leben bewusst, ich sehnte mich unendlich nach Liebe und Vertrauen. Ich fing zu weinen an, konnte mich kaum mehr beruhigen, ich musste alles ändern in meinem neuen Leben. Ich schwor meine Zukunft anders zu gestalten, mit normalen, liebenswerten Männern. Erschöpft schlief ich ein.

Samstag zog ich nicht meine geliebten Jeans an, Roman befahl mir am Telefon ich sollte etwas Besonderes anziehen denn wir würden am Abend in den Club gehen.

Roman war schon angezogen, er trug eine schwarze Hose, ein hellblaues Hemd mit einer seiner unzähligen gestreiften Krawatten.
Ich liebte es wenn er so angezogen war, er sah so männlich und unnahbar aus, die Krawatte erinnerte mich an unsere erste Begegnung im Hotel, er trug sie damals auch, diese Krawatte. Roman musterte mich eingehend als ich bei ihm eintraf, dann nickte er zufrieden. Ich trug eine sehr enge schwarze Hose und einen hautengen weißen Pullover. Die Kleidung brachte meine Figur und vor allem meine Brüste zur Geltung.
„Gefällt es dir?"
Fragte ich und dreht ihm den Rücken zu.

Ich hörte ihn Luft holen. Der Pullover bedeckte meine Schultern nur sehr vage, hinten hatte er einen langen Ausschnitt der mir fast bis zum Hosenbund reichte. Ich hatte mir die langen Haare zu einen Zopf gebunden, man sah meinen nackten Rücken und dass ich keinen BH trug. Ich drehte mich zu ihm, er fuhr mir mit der Hand unter den Pullover, zog mich an sich.
„Wenn wir vom Club zurückkommen werde ich von dir ein perverses Spiel verlangen und du wirst mir gehorchen! Hast du mich verstanden?"
Ich nickte, was blieb mir anderes übrig.

Ich trug keine Bandagen mehr, im Massageinstitut verklebte ich meine Wunden an den Handgelenken mit Pflaster, ich benötigte viel davon, durch das Öl löste sich das Pflaster schnell von der Haut. Sobald meine Arbeitszeit beendet war, nahm ich die Pflaster ab. Links verdeckte dann meine Uhr den roten breiten Striemen, rechts sah man die bleibenden Narben. Als ich meine Ärmel nach oben schob, fielen sie Roman sofort auf. Schweigend verließ er das Zimmer, kam kurz darauf wieder und warf mir ein fünfreihiges Perlenarmband zu. Ich war verwundert über den Schmuck, das Armband sah neu und teuer aus und es verdeckte die Striemen an meiner rechten Hand perfekt.

Im Club entfernte sich Roman wie immer von unserem Tisch. Er begrüßte und redete mit seinen Freunden.
Ein Widerwille breitete sich in mir aus, als Roman mit seinem Freund an den Tisch kam.
„Silvia, du kennst Andreas bereits, ich will dass du ihn nett begrüßt."

Es war Olivers Vater und Haralds Chef, er war mir so unsympathisch dieser Mann, der seinen Sohn potenzsteigernde Pillen gab um mich in die Knie zu zwingen. Ich stand auf, reichte ihm die Hand, er zog mich zu sich, küsste mich links und rechts auf die Wange. Mir ekelte vor ihm und Roman grinste. Andreas setzte sich, die beiden begannen eine Unterhaltung, ich hasste diesen Mann, es störte mich dass er bei uns saß. Sie redeten über ihre Arbeit und über den Schiurlaub von Andreas, dann wechselte er das Thema, er redete sehr leise und zu Roman gewandt, aber ich verstand jedes Wort.
„Mein Sohn hat jetzt eine Freundin, eine Rothaarige, sie heißt auch Silvia, ein richtiges Luder!"
Roman sah mich an, ich blieb ruhig.
„Sie ist eine echte Rothaarige, aber unten ist sie dunkel."
Ich tat als würde ich nichts verstehen, sah gelangweilt weg und dann sagte Roman diesen Satz der mich zutiefst verletzte.
„Meine Silvia ist glatt rasiert, ich bestehe darauf dass sie rasiert ist, es sieht so pervers aus, es ist ein geiles Gefühl wenn ich sie vögle."
Roman grinste, Andreas grinste auch, sie sahen mich beide an.
Ich schämte mich weil Roman beschrieben hatte wie ich unten aussah, ich fand es unpassend für ein Tischgespräch, es war verletzend und demütigend diese Intimität preis zu geben. Ich sah zur Seite und musste plötzlich lächeln. Sie hatten keine Ahnung dass sie beide von mir sprachen, es war eine Genugtuung, Andreas Sohn schlief mit der Freundin seines besten Freundes. Ich liebte Oliver für seine Verschwiegenheit.

Roman war gut gelaunt als wir nach dem Club in seiner Wohnung eintrafen.
„Geh ins Wohnzimmer, ich komme sofort."

Ich stellte mich vor das Bücherregal im Wohnzimmer und wartete auf ihn. Roman setzte sich auf die Couch.
„Komm, setz dich auf mich."
Ich ging zu ihm, setzte mich immer noch angezogen auf ihn, das Gesicht ihm zugewandt und dann sah ich diese verdammten Handschellen in seiner Hand, ich sah ihn verzweifelt an.
„Nein, bitte nicht, bitte nicht!"
„Ich sagte zu dir, wenn wir vom Club zurückkommen, werde ich von dir ein perverses Spiel verlangen und du wirst mir gehorchen! Du hast mir deine Zustimmung mit einen Nicken gezeigt!"
Ich sagt nichts mehr, spürte die Tränen in mir aufsteigen und zögernd streckte ich ihm meine Hände entgegen. Er drückte mir die Handschellen in die Hand, ich flüsterte.
„Ich kann sie mir nicht selber anlegen."
Ich reichte die Fesseln an ihn zurück, er schob meine Hand weg, sagte zu mir.
„Du wirst sie mir anlegen, ich will wissen wie sich das anfühlt wenn man gefesselt ist!"
Seine tiefe Stimme klang noch eine Nuance tiefer.
„Obwohl ich gefesselt bin, wirst du mir gehorchen!"

Erst jetzt bemerkte ich, dass er die großen Handschellen genommen hat, vorsichtig umschloss ich seine Gelenke mit den Fesseln, wartete auf das Klicken bis es einrastete.
Ich musste ihm gehorchen!
Wie würde er je wissen wie man sich fühlt wenn man hilflos ausgeliefert war? Er begab sich freiwillig in

diese Situation und verlangte dass ich ihn fesselte, ich hatte jedoch nie die Wahl! Sein Gesicht war nah bei mir.
„Küss mich!"
Er lehnte sich zurück, schloss die Augen, ich sah ihn an, sah die gefesselten Hände, es war eigenartig ihn so zu sehen. Langsam küsste ich ihn, lange und sanft. Immer wenn ich mich bewegte, hörte ich das Klirren meiner Gürtelschnalle an den Handschellen wenn sie aneinander schlugen. Das schrille Geräusch irritierte mich so sehr das ich die Küsse unterbrach. Roman herrschte mich an.
„Ich habe nicht gesagt dass du aufhören sollst!"
Wieder küsste ich ihn. Es erregte mich, mein Körper rieb an seinen und dann verhakte sich meine Gürtelschnalle in den Fesseln, riss daran. Roman spürte den Schmerz, schrie kurz auf.
„Zieh dich aus!"
Ich stand auf, entledigte mich meiner Kleidung, setzte mich wieder auf ihn und tat nichts.
„Jetzt zieh mich aus, und küss mich dabei!"
Er legte seinen Kopf zurück, schloss die Augen, langsam öffnete ich sein Hemd und konnte ihn dabei genau betrachten. Seine schwarzen, streng zurück gekämmten Haare, das markante, etwas asymmetrische Gesicht, der Kehlkopf. Ich küsste ihn und gleichzeitig knöpfte ihm die Hose auf und streifte sie von seinen Beinen. Ich sah seinen steifen Penis. Es erregte mich, wie er so vor mir saß mit gefesselten Händen und geschlossenen Augen. Erst jetzt verstand ich ihn, dieser Anblick erzeugte eine unbeschreibliche Lust, ein wehrloses Sexobjekt direkt vor meinen Augen! Die Gewissheit ihn zu benützen, mit ihm zu tun was ich wollte, es war ein gutes Gefühl diese Macht über ihn.

Bei Harald löste es nie so ein Gefühl der Macht aus. Harald war extrem männlich und trotzdem devot, seine Unterwürfigkeit passte nicht zu seinem Körper. Unsere Rollen waren klar, ich war der Herr, Harald mein Diener. Ich musste mich immer überwinden dieses Muskelpaket von Mann zu demütigen. Bei Roman und mir waren die Rollen plötzlich vertauscht, dieser selbstbewusste, dominante Mann saß in Fesseln vor mir, unfähig sich zu wehren und trotzdem sollte ich ihm gehorchen.

Ich küsste ihn weiter, näherte mich mit meinem Mund seinen Penis.
Roman stöhnte, meine Küsse erregten ihn.
„Setz dich auf mich, ich will dass du mich vögelst!"
Roman befahl mir ihn zu vögeln!
Ich fing an ihn langsam zu reiten. Immer wieder unterbrach ich, zögerte es raus, ließ ihn nicht zum Höhepunkt kommen. Ich merkte dass er nach mir greifen wollte, die Handschellen hinderten ihn daran mich festzuhalten, er hatte keinen Einfluss auf den Rhythmus, ich alleine bestimmte das Tempo.
„Mach mich los!" Er befahl es mir.
„Nein!"
Ich ließ mir die Zügel nicht aus der Hand nehmen.
Er öffnete die Augen, mein Ungehorsam überraschte ihn, dann sah ich die Wut in seinen Augen. Ich hielt ihn fest am Nacken, bog seinen Kopf weit zurück, er musste seine Hals durchstrecken, er wehrte sich, aber ich ließ nicht locker, sah ihn herausfordernd an.
Ich tat genau das was er immer mit mir machte, wenn er mich erniedrigen wollte, ich griff in seine Haare, zog ihn noch weiter nach hinten. Mein Becken war passiv, wenn er sich weiter wehren würde, würde ich ihn nicht zum Orgasmus bringen und ihm nicht die Fesseln öffnen. Roman erkannte seine

Aussichtslosigkeit, plötzlich entspannte er sich, gab sich einfach hin, ließ es zu dass ich die Herrschaft übernommen hatte.
Er schloss die Augen, ich lockerte den festen Griff, fing wieder an, ihn zu vögeln im Rhythmus der mir gut tat. Roman kam schnell und heftig stöhnend! Seit wir uns kannten war immer er der Herrscher über mich und er bestimmte welche Spiele wir trieben. Aber heute stand ich über ihn!
Ich nahm den Schlüssel vom Tisch und schloss die Fesseln auf. Das Gefühl der Macht war sofort erloschen, ich erwartete seinen Zorn. Roman küsste mich zärtlich.
„Es hat mir gefallen, was du mit mir getan hast!"
Seine Augen glänzten, ich erfüllte seine Bedürfnisse obwohl ich mich seinen Anweisungen widersetzte.

Und wieder waren sie da, diese Zweifel!
Sollte ich doch eine Beziehung mit Roman versuchen oder alles hinter mir lassen? Er würde mir ein gutes Leben bieten, ohne finanzielle Sorgen. War mein Entschluss richtig ihn zu verlassen? Vielleicht würde er die Demütigungen aufgeben und sich ändern, vielleicht wäre ich endlich als seine Partnerin angesehen, auch bei seinen Freunden. Ich hasste mich weil ich meine Entscheidung wieder in Frage stellte! Ich hasste mich für meine Unfähigkeit meinen Plan durchzuziehen! Ich hasste meine Inkonsequenz!
Roman war das gesamte Wochenende liebevoll zu mir und er schenkte mir das Perlenarmband.

Oliver zog mich leidenschaftlich an sich als ich bei ihm eintraf.
Gierig nach meinem Körper zerrte er mir die Kleider vom Leib. Er konnte es kaum erwarten mit mir zu schlafen, gleich im am Boden. Ich war noch nicht

feucht als er in mich eindrang, aber ich wollte ihn nicht zurückweisen. Ich wusste dass es bald vorbei sein würde, wenn er seinem Trieb freien Lauf ließ und wieder in dieses schnelle Tempo verfiel.
Kurz darauf kam er, ich fing erst an es erregend zu finden. Wir lagen am Boden und ich begann vorsichtig abwägend, zu reden.
„Oliver, weißt du was einen guten Liebhaber ausmacht?"
Ohne seine Antwort abzuwarten fuhr ich fort.
„Ein richtig guter Liebhaber wird immer vorher die Bedürfnisse einer Frau befriedigen, nicht seine eigenen! Eine Frau braucht länger zum Höhepunkt als eine Mann, viel länger, wenn sie nie zum Orgasmus kommt wird sie bald die Lust verlieren und sich einen Anderen suchen oder dich ablehnen. Wenn du immer bei deinen schnellen Rhythmus bleibst, wird die Frau kein Verlangen mehr nach Sex haben. Du musst langsamer machen, wenn du merkst du kommst, musst du unterbrechen und versuchen es rauszögern, erst wenn du es nicht mehr zurückhalten kannst, bring es zu Ende. Und falls du Probleme hast mit deiner Ausdauer dann musst du ein langes Vorspiel betreiben, dass sie bereits dabei zum Höhepunkt kommt. Wenn du dann mit ihr schläfst, wird sie schneller kommen. Männer benötigen nach dem Orgasmus Zeit um sich wieder zu erregen und einen steifen Penis zu bekommen. Bei einer Frau ist es genau umgekehrt, wenn sie erregt ist kann sie in kurzer Zeit mehrere Orgasmen hintereinander haben."
Oliver hatte mir aufmerksam zugehört, er nickte und dann spürte ich wieder seine Hand auf meinen Brüsten, er war wieder bereit, ich hauchte.
„Küss mich, lange und sanft und dann leidenschaftlich, damit hast du schon viel gewonnen

bei Frauen, erst wenn sie erregt sind, kannst du mit ihnen schlafen."
Er war bemüht, tat was ich von ihm verlangte, küsste mich, ich nahm seine Hand, flüsterte.
„Ich führe dich."
Oliver küsste mich, ich legte seine Hand genau dorthin wo es mir gut tat und zeigte ihn was er damit machen sollte. Oliver war sehr erregt, er wollte sich zwischen meine Beine drängen, ich schob ihn immer wieder von mir weg.
„Warte, warte noch!"
Ich ließ mich mit seinen Finger befriedigen, führte sein Handgelenk um das Tempo zu bestimmen und dann brachte er mich zum stöhnen. Ich ließ ihn los, er sollte es zu Ende bringen, er hörte plötzlich auf, zögerte es raus, er keuchte als er mich zum Orgasmus brachte, seine Finger weichten seinen Penis, er drang in mich ein, kurz darauf kam ich, zeitgleich mit ihm. Er hatte es begriffen, Oliver wurde immer besser, ich hatte heute schon meinen Liebesdienst erfüllt, jetzt konnte ich mich den Details zuwenden, andere Stellungen versuchen, ihm zeigen wie er eine Frau mit dem Mund befriedigen konnte, jetzt war es ein Leichtes für mich ihm noch etwas beizubringen. Es machte mir Spaß mit ihm, er war attraktiv, sehr jung, hatte hervorragende Manieren, war gepflegt und er roch gut.

Wir lagen immer noch im Wohnzimmer am Boden als Oliver mich leise fragte.
"Hast du eine Freund?"
„Warum willst du das wissen?"
Ich war erstaunt über seine Frage.
„Ich glaube dass es dir zu wenig ist, nur mit mir zu schlafen, gibt es noch jemanden mit dem du es treibst?"

Ich wunderte mich über seinen vulgären Ausdruck.
„Ja." Ich wollte ehrlich mit ihm sein.
„Ist er dein Freund oder bezahlt er dich auch?"
Seine Frage verwirrte mich, ich musste darüber nachdenken.
Roman erfüllte mir alle Wünsche, unterstütze mich finanziell und überwies mir jedes Monat Geld, aber er sah unsere Vereinbarung als Beziehung, wollte auch mit mir zusammen leben, die Antwort fiel mir schwer.
„Er ist mein Freund."
„Aber dann betrügst du ihn mit mir!"
Oliver war hartnäckig und ich wurde wütend.
„Es ist aber nur für zehn Wochen!"
„Werden wir uns dann nie wiedersehen? Ich würde dich vermissen!"
„Hör auf damit, es war von Anfang an klar, dass es nur zehn Wochen dauern wird, akzeptiere es!"
Oliver schwieg, er war enttäuscht über meine Antwort. Wie konnte ich nur glauben dass es gut laufen würde? Bei Roman war es genau so, je länger unsere Beziehung dauerte, je weniger konnte er von mir lassen. Ich hatte keine Wahl mehr, ich musste meinen Plan durchziehen, ich musste mir ein neues Leben aufbauen, weit weg von Wien.

Und dann gab es auch noch Harald, er glaubte mir nicht, dass ich endgültig fortgehen würde, versuchte immer wieder, mich in seine Wohnung zu locken um endlich wieder mit mir zu schlafen, aber ich konnte nicht dreigleisig fahren, es würde nicht funktionieren, es wäre zu gefährlich, mich mit drei Männern gleichzeitig zu treffen.

Ich zog mich an, Oliver begleitet mich zur Tür.
„Hier, dein Geld, ich habe meine Schuld vollständig beglichen, ich hoffe du wirst es auch tun!"

Verwundert sah ich ihn an, er klang aggressiv.
„Sicher, du kannst dich darauf verlassen, ich komme noch fünfmal, wie vereinbart."
Ich küsste ihn, als ich ging lächelte er wieder.

Roman fing wieder an mich täglich anzurufen.
Ständig wollte er wissen was ich tat, wenn ich nicht sofort ans Telefon ging wurde er misstrauisch. Immer wieder musste ich Rechenschaft ablegen wo ich war. Ich machte Roman den Vorschlag einige meiner Sachen, unter anderem den Eisessel, zu ihm zu transportieren. Es waren Dinge die ich nicht mitnehmen konnte oder wollte. Ich hatte sie bereits aussortiert und wollte sie schon entsorgen. Es war eine gute Gelegenheit ihm Sicherheit zu geben und sein Vertrauen zu gewinnen.
Ich konnte mir nicht vorstellen wie unser Zusammenleben je funktionieren sollte, mit seiner Herrschsucht und seiner immer stärker werdenden Eifersucht. Und immer noch duldete er keine Gleichberechtigung zwischen uns, er bestimmte, ich gehorchte, mein Aufbegehren wurde kompromisslos niedergeschlagen, er liebte die Siege über mich. Ich war zerrissen zwischen meinen Gefühlen für ihn. Manchmal war er liebevoll, manchmal demütigte er mich. Mit jedem Wechsel seines Tuns wuchs meine Gleichgültigkeit.
Seine Erniedrigungen prallten an mir ab, wenn er mit mir schlief dachte ich an Oliver, selten an Harald, immer war ein zweiter Mann beteiligt, auch wenn er nur in meinen Gedanken dabei war. Seine Anrufe und seine bohrenden Fragen nahmen mir die Luft zum atmen immer öfter hatte ich das Gefühl in seiner Nähe zu ersticken. Mein Entschluss war endlich gefestigt, je mehr Roman mich als sein Eigentum

betrachtete, je weniger wurden die Zweifel ihn endgültig zu verlassen.
Ich sehnte mich immer mehr nach einer normalen Partnerschaft mit einem normalen Mann. Meine Beziehungen waren nur auf Lust, Verlangen und der Gier nach körperlicher Liebe aufgebaut, ich liebte den Sex mit den Männern, aber zunehmend fehlte mir die Liebe.
Ich würde in Zukunft keinen Mann so schnell an mich heranlassen und ihn wochenlang prüfen, ich war sicher, wenn er mich liebte, würde er warten können bis ich Vertrauen zu ihm aufgebaut hatte. Nie wieder wollte ich eine Beziehung mit Sex beginnen sondern mit dem Herz, ich hoffte dass mir dies gelingen würde. Ich wurde älter, dachte über die Zukunft nach und über das Leben das ich führen wollte. Jetzt entsprach mein Leben nicht mehr meinen Vorstellungen, vorher hatte ich mir kaum Gedanken darüber gemacht, ich lebte von einen Tag zum nächsten Tag, was in Monaten oder Jahren sein würde, war für mich nie von Bedeutung.
Jeder Anruf und jedes Wochenende mit Roman, jedes Treffen mit Oliver, jedes Telefonat mit Harald bestärkte mich in meinen Vorhaben. Die Zeit war reif für eine gravierende Veränderung. Ich kündigte meinen Job und brach damit die letzte Brücke in Wien ab.

Ich fuhr zum letzten Treffen mit Oliver.
Ich hatte meine Schuld ihn zu einem guten Liebhaber zu machen erfüllt, er würde meine Liebesdienste nicht mehr benötigen. Oliver hatte sich verändert, er war selbstbewusst geworden, seine Leidenschaft und seine Lust waren geweckt, er wusste was er wollte und es würde ihm gelingen jede Frau zum Höhepunkt

zu bringen. Heute wollte ich ihm noch einen sexuellen Wunsch erfüllen.

Er sah mich ernst an als er mir die Tür öffnete, ich lächelte.
„Hallo Oliver, was willst du zum Abschluss tun?"
Er zögerte mit der Antwort und ging mit mir ins Schlafzimmer.
„Ich will dich fesseln!"
„Nein, ich erfülle dir jeden Wunsch, aber ich lasse mich nicht fesseln, du kannst mich vögeln, ich werde passiv und bewegungslos bleiben, aber ich lasse mich sicher nicht fesseln!"
Oliver sah mich herablassend an.
„Ich weiß wer du bist!"
„Was?"
„Du bist Romans Freundin."
Ich war fassungslos über seine Worte, atmete tief durch.
„Woher weißt du das?"
„Deine Narben an den Handgelenken, mein Vater hat dich genau beschrieben, deine schwarzen Haare, deine dunkelgrünen Augen, deine Figur und diese Narben an deinen Handgelenken. Ich wusste dass du es bist."
„Ihr redet über mich? Du hast versprochen mich nicht zu beschreiben!"
Ich war wütend.
„Nein, er kennt dich nicht, du bist immer noch die Rothaarige mit den braunen Augen. Mein Vater erzählte mir, dass Roman eine Freundin hat, sie heißt auch Silvia, sagte er, die Geilheit steht ihr in den Augen geschrieben. Noch nie hat er eine Frau gesehen mit einer solch sinnlichen Ausstrahlung. Aber Roman hat sie eisern im Griff und sie darf keinen anderen Mann ansehen und er fesselt sie

ständig damit sie ihm gehorcht. Die Narben sind unübersehbar, trotz der Uhr und des Armbandes, sagte Vater und wenn Roman nicht sein Freund wäre, würde er sofort versuchen dich rumzukriegen. Ich will dich auch fesseln!"
Oliver sagte es mit einem Nachdruck der mir Angst machte, ich schwieg, er redete weiter.
„Wenn du dich nicht fesseln lässt, dann will ich dich weiterhin treffen! Ich möchte weiter mit dir schlafen, ich will nicht dass es heute zu Ende ist!"
Dann fügte er drohend hinzu.
„Ich weiß zu viel von dir!"
Ich schluckte mühsam.
„Also gut, wir werden uns wiedersehen, aber erst in zwei Wochen, vorher geht es nicht."
Ich log ihn an, ich musste Zeit gewinnen, in zwei Wochen waren meine drei Verhältnisse endgültig Vergangenheit.
Ich schlief mit Oliver und war völlig passiv und bewegungslos, er war mir gleichgültig geworden, er war wie jeder Mann der mit mir schlief, immer wollten sie nur ihr Verlangen an mir stillen. Ich versprach, ihn anzurufen, als ich die Tür hinter mir schloss, war Oliver aus meinem Gedächtnis verschwunden, er existierte nicht mehr.

Ich traf mich wieder mit Roman, ich wusste es würde das letzte Mal sein! Ich hatte alles vorbereitet, die Umzugskartons waren gepackt, ich würde sie nur noch in mein Auto laden müssen. Ich ließ viel zurück, die vielen Pflanzen hatte ich entsorgt, mein Vermieter war erfreut dass ich die Wohnung möbliert zurückließ. Ein Teil war bei Roman, ich nahm nur das mit was ich selber transportieren konnte. Kleidung, Schuhe, Bücher und Dokumente, Schmuck und das Geld. Ich hatte meine Versicherungen gekündigt und mich arbeitslos gemeldet. Ich hatte keine Vorstellung und kein Ziel wie weit ich wegziehen würde. Ich ließ mich treiben, irgendwo würde ich mich wohlfühlen und dort niederlassen.

Roman war zärtlich, das ganze Wochenende, aber immer wenn ich die Narben an meinen Handgelenken sah wusste ich dass es die richtige Entscheidung war.
Als ich ging küsste er mich, ich war den Tränen nahe, obwohl er mich unterdrückte war er mir zur Gewohnheit geworden. Es tat weh, die gewohnten Pfade zu verlassen und zu unbekannten Ufern aufzubrechen, es machte mir Angst.

Zuhause nahm ich sein Foto aus meiner Geldbörse, zerriss es und warf es in den Müll. Ich spürte plötzlich Erleichterung und Freude, ich war frei!

Ich traf mich nochmals mit Harald und schlief mit ihm, ich wollte nicht das Roman der letzte Mann war mit dem ich das Bett teilte, Harald sollte mein letzter, sexueller Kontakt in Wien sein.
Der Abschied fiel mir schwer, ich weinte, Haralds Augen waren auch feucht, als er mich küsste. Wieder drehte ich mich nicht um, als sich die Tür hinter mir schloss.

Noch in der Nacht verstaute ich meine Sachen im Auto und verließ endgültig mein altes Leben.

In den Morgenstunden erreichte ich München, der Tank war fast leer und ich suchte mir ein Hotel am Stadtrand.
Ich schlief bis am Nachmittag und dann erkundigte ich die Umgebung.

Ich sah mein Gesicht in der Auslage eines Friseurgeschäftes spiegeln, mein Aussehen passte nicht mehr zu meinen neuen Leben.
Ich ließ mir die Haare bis zur Schulter schneiden und blond färben. Es sollte die erste Veränderung sein.
Ich bummelte durch die Stadt, immer wieder betrachtete ich mich in den Schaufenstern und je öfter ich mich ansah je besser gefiel ich mir. Ich beschloss zumindest für eine Weile in dieser Stadt zu bleiben.

In meinen Leben war bis jetzt alles schiefgelaufen, meine Kindheit, meine eigenartigen, abnormalen Männerbekanntschaften, mein Leben war völlig absurd und ich war psychisch gestört und traumatisiert. Ich wollte abschließen und neu anfangen! Ich räumte nur das Nötigste von meinem Auto ins Hotelzimmer.

Aus dem Handschuhfach fiel mir der Ring von Roman vor die Füße. Lange betrachte ich ihn, überlegte ob ich ihn verkaufen sollte, dann entschied ich, den Ring an Roman zurückzusenden, es war ein befreiendes Gefühl den Ring in ein Kuvert zu stecken und an Romans Adresse zu senden. Es war ein symbolischer Abschied, ein endgültiger Abschied von Roman.

Eine Woche später wollte ich Geld von meinem Konto abheben, das Konto von Roman war gesperrt. Ich hatte nur noch mein Gehaltskonto und das Geld von Oliver. Roman hatte vermutlich den Ring bekommen, jetzt wusste er Bescheid über das Ende der Vereinbarung.
Ich konnte mir gut vorstellen wie wütend er darüber war.

Alexander

Jahr 1987 in München

Der Pfarrer, es war der Pfarrer mit dem ich meinen ersten sexuellen Kontakt hatte.
Nach der Messe fragte er mich ob ich ihm helfen würde ein neues Kreuz in der Sakristei aufzuhängen. Ich stimmte zu und er drückte mir das große Holzkreuz in die Hände. Ich war ein wenig größer als er, stand mit dem Gesicht zur Mauer und bewegte das Kreuz nach seinen Anweisungen an der Wand über mir hin und her. Ich hielt das schwere Kreuz mit beiden Händen über dem Kopf und endlich hatte der Pfarrer den passenden Platz gefunden. Er sagte, er würde schnell einen Nagel holen. Ich nickte und versuchte das Kreuz über mir nicht zu verrücken. Doch er ging nicht, er stand nah hinter mir und legte seine Hand auf meine Schulter, sanft und vorsichtig und dann fing er langsam an mich an der Wange zu streicheln. Ich rührte mich nicht, diese Berührung von einem Mann erregten mich plötzlich und ich stand immer noch an der Mauer die Hände hoch über meinem Kopf mit dem Kreuz dass immer schwerer wurde. Ich zitterte, aber ich wusste nicht warum, war es meine Erregung oder war es das Gewicht des Kreuzes. Ich schloss die Augen und lehnte meine Stirn an die kalte Mauer. Seine Hand erforschte meinen Hals und glitt hinunter zu meinen Hüften. Ich drehte mich um und dabei fiel das Kreuz krachend neben uns zu Boden. Er ignorierte den Lärm, er

schien es nicht zu bemerken und dann stand er so nah vor mir dass sich unsere Lippen berührten. Er küsste mich sanft und ich erwiderte seinen Kuss. Lange standen wir so und sahen uns zärtlich in die Augen.

Jahre zuvor im Pfadfinderlager beim duschen mit den anderen Jungen hatte ich zum ersten Mal diese Erregung. Ich war zwölf, ich seifte mich ein und sah den anderen zu wie sie sich auch einseiften, ich sah die Genitalien der Jungen, ein mir unbekanntes Gefühl ergriff mich. Ich bekam plötzlich einen steifen Penis, ich schämte mich, drückte mich an die kalten Fliesen der Wand und hoffte dass es niemand gesehen hatte. Hastig drehte ich das kalte Wasser auf, eiskalt rieselte es an mir hinunter, die Erregung ließ nach, sehr langsam duschte ich mich fertig, ich nahm mir alle Zeit der Welt, um nicht wieder in diese Situation zu kommen.
Erst als die anderen fertig angezogen waren, ging ich in die Garderobe, mein Penis war immer noch nicht ganz schlaff, ich bemerkte den Pfarrer nicht, der an der Tür stand und mich beobachtete. Erst als ich versuchte meine Hose mühsam zu schließen, sah ich seinen Schatten und erschrak. Er sah mir lange in die Augen, ich starrte ihn an und errötete, erst dann wendete er sich ab und ging. Ich schämte mich und konnte mir die Erregung damals nicht erklären.

Erst mit vierzehn Jahren wusste ich dass ich schwul bin. Ich war attraktiv, die Mädchen waren hinter mir her, versuchten ständig mit mir zu flirten und körperlichen Kontakt herzustellen, ich wehrte immer ab, ich hatte nur Augen für Männerkörper, es war schrecklich diese Andersartigkeit!

Mit keinen Menschen konnte ich darüber reden, ich litt an meiner Homosexualität.

Der Pfarrer führte mich in die Liebe ein, ich war sechzehn Jahre alt. Ich wusste wie es zwischen Mann und Frau ablief, nicht aus eigener Erfahrung, ich wurde von meinem Vater aufgeklärt, in der Schule redeten sie darüber, aber ich hatte keine Ahnung was zwei Männer miteinander taten. Er zeigte mir alles, Sachen die ich nicht wusste und kannte. Diese Liebe verwirrte mich, dieser starke Männerkörper zog mich an wie ein Magnet, alles war verwirrend und doch unendlich schön. Mehrere Monate ging unsere Beziehung, eine Beziehung voller Leidenschaft, aber eine Beziehung die nie jemand erfahren durfte und das erfüllte mich mit Bitterkeit. Wir schrieben die achtziger Jahre, in der freie Liebe propagiert wurde, die Liebe zwischen Mann und Frau, nicht die gleichgeschlechtliche Liebe, die war immer noch ein Tabuthema. Ich hasste diese verlogene Gesellschaft.

Der Pfarrer wurde plötzlich in eine andere Gemeinde versetzt, ich lebte in einem Dorf, die Leute tuschelten, aber keiner wusste mit wem der Pfarrer ein Verhältnis hatte, von der Köchin war die Rede oder von der Aushilfe im Sekretariat, aber niemals wurde ein Mann erwähnt, sie hatten keine Ahnung dass ich seine heimliche Liebe war.
Ich war siebzehn als unsere Beziehung durch sein Ausscheiden aus der Gemeinde endete.

Kurz darauf brach ich die Schule ab, ich gestand meinen Eltern meine Homosexualität, mein Vater wollte sie aus mir heraus prügeln.

Ich bekam eine Lehrstelle als Friseur, weit weg von zu Hause, ich wohnte im Lehrlingsheim und auch dort musste ich meine schwule Neigung verstecken.

Als ich achtzehn war, floh ich von diesen engstirnigen Menschen mit ihren kurzsichtigen Moralvorstellungen ich glaubte zu ersticken in dieser Umgebung und brach den Kontakt zu meinen Eltern ab.
Ich fand eine kleine Wohnung und ging am Abend noch kellnern um meine Finanzen aufzubessern. Es war eine harte und entbehrungsreiche Zeit, aber ich war niemanden Rechenschaft schuldig und ich erhielt von keinen Menschen Unterstützung.

Als ich meine Lehre abgeschlossen hatte zog ich in die nächste Großstadt, nach München, suchte mir eine Stelle in einem Friseur- und Massagesalon. Das Geschäft lag im Erdgeschoss eines einstöckigen Hauses. Im ersten Stock waren zwei Dienstwohnungen und meine Vorgängerin musste die Wohnung räumen als ich ihre Stelle übernahm. Meine Chefin war ein sehr moderner, offener Mensch, ich gestand ihr nach einigen Monaten meine Homosexualität. Sie reagierte wie ich es erhoffte. Alexander, sagte sie, das ist deine Sache, du bist ein sehr guter Friseur und bei den Kunden beliebt, ich sehe keinen Grund warum sich unser Dienstverhältnis ändern sollte. Ich bin froh dass du für mich arbeitest.

Mit der Zeit wurde es auch bei den Kunden bekannt dass ich schwul war, einige wenige Kunden ließen sich nicht mehr von mir bedienen. Meine Chefin hielt zu mir, auf solche rückständigen Moralaposteln könne sie verzichten, sagte sie, ich war ihr unendlich dankbar dafür.

Ich hatte immer wieder kleine sexuelle Abenteuer, nur für eine Nacht. In München war es einfacher als am Land einen Schwulen kennenzulernen.

Manchmal ging ich in Klappen, dort fand man immer jemanden mit dem man Sex haben konnte. Es war nicht unbedingt die körperliche Liebe nach der ich suchte, aber es war zumindest eine Befriedigung meines Triebes. Einen Darkroom lehnte ich ab. Es war mir zu anonym, die Vorgehensweise der Männer zu extrem und aufgrund der mangelnden Hygiene zu gefährlich. Ich hatte es einmal versucht und holte mir sofort eine Geschlechtskrankheit.

Die meisten Schwulen waren schräge Vögel und wollten keine Beziehung eingehen, ich sehnte mich jedoch immer mehr nach einer Partnerschaft. Ein Mann, nur für mich alleine, einen lieben, aktiven und dominanten Mann, das wünschte ich mir innig. Obwohl ich den passiven Teil übernahm, war es schwierig einen Freund zu finden. Homosexuelle kennt man ja nicht auf den ersten Blick und meine Annäherungsversuche liefen oft schief, weil ich einen Heterosexuellen anbaggerte. Wenn ich einen aufregenden Schwulen fand, war es nach mehreren sexuellen Kontakten wieder vorbei. Monogamie ist bei Schwulen nicht beliebt und sie sind immer auf der Suche nach Abwechslung. Mein Leben verlief bei weitem nicht so wie ich es mir in meinen Träumen vorstellte.

Seit sechs Jahren war ich schon im Salon tätig, ich fühlte mich wohl, meine Kunden, die meisten waren Frauen erzählte mir ihre intimsten Geschichten, sie vertrauten mir blind, ich war schließlich homosexuell, sie konnten mir alles erzählen.

Meine einzige Kollegin, unsere Masseurin wurde schwanger, meine Chefin suchte Ersatz für sie, schleppend kamen Leute vorstellen.
Ich föhnte gerade einer Stammkundin die Haare, als eine hübsche junge Frau ins Geschäft kam.
Meine Chefin sprach mit ihr, ich konnte kein Wort verstehen. Die junge Frau nickte und sah zu mir. Sie sah traurig aus, ich beobachtete sie aus dem Augenwinkel. Ich sah die beiden im Hintereingang verschwinden und wusste dass meine Chefin der jungen Frau die Dienstwohnung zeigte.
Als ich bei meiner Kundin kassierte kamen sie wieder zurück, meine Chefin stellte sie mir vor.
„Das ist Silvia, sie wird Anfang des Monats anfangen."
„Hallo, ich bin Alexander, willkommen im Team."
„Danke", antwortete Silvia.
Sie sprach so leise, dass ich sie kaum verstand, dann gab mir sie zögernd die Hand.
Ich musste schlucken, als ich die Narben an ihren Handgelenken sah. Ich blickte in ihre Augen, sie waren dunkelgrün, es waren die schönsten Augen die ich je gesehen hatte, aber sie waren leblos. Ich drehte mich zur Seite und tat beschäftigt aber betrachtete sie immer noch. Sie trug einen hellblonden Pagenkopf, exakt geschnitten, sie war sicher erst beim Friseur.
Sie verabschiedete sich und lächelte zaghaft, ihre Augen lächelten nicht. Ein Kunde im Geschäft starrte ihr nach ihr Gang war anmutig und geschmeidig, ihre Figur umwerfend, dann sah ich das Begehren in den Augen des Kunden, die Frau hatte etwas was Männer betörte. Ich konnte es nicht wahrnehmen, es war kein Männerkörper.
So lernte ich Silvia kennen.

Kurz darauf zog sie in die möblierte Dienstwohnung neben mir ein. Wir redeten kaum miteinander, sie war distanziert, jedoch sehr höflich, entweder flüchtete sie sofort nach Arbeitsende in ihre Wohnung oder sie ging spazieren. Es kam mir vor als würde sie mich meiden, sie wollte keinen Kontakt, sie wich mir immer aus wenn ich auf sie zukam. Ich kannte sie schon vier Wochen, hatte kaum mit ihr gesprochen, sie gab mir nicht die Möglichkeit dazu.

Als ich in der Mittagspause einkaufen ging, sah ich sie in einen Café sitzen, ich ging hinein, setzte mich einfach zu ihr an den Tisch. Sie sah mich so abwehrend an, dass ich Abstand zu ihr hielt, aber sie wagte nicht, mich des Tisches zu verweisen.
„Silvia, wir arbeiten zusammen, wir wohnen nebeneinander, sollten wir nicht versuchen Freunde zu werden?"
Zur Bestätigung legte ich meine Hand auf ihre Hand. Sie zog sie so abrupt zurück, dass meine Hand laut auf dem Tisch aufschlug. Ich gab nicht auf, legte meine Hand nochmals auf ihre, sie zitterte, sie kämpfte mit den Tränen, sah zu Boden, ich war verwundert über ihr eigenartiges Benehmen.
Der Mann am Nebentisch starrte Silvia an, sie schien es zu bemerken, sie war gefangen zwischen den Blick vom Nebentisch und meiner Hand, es schien ihr unangenehm zu sein, zwischen zwei Männern zu sitzen. Ich beugte mich zu ihr vor und sagte leise.
„Silvia, ich bin schwul, ich will nichts von dir!"
Sie riss die Augen auf, sah mich erstaunt an und dann lächelte sie.
„Du bist schwul? Richtig schwul?"
Ich zog meine Hand weg, ich war so überrascht über ihre Reaktion dass ich sie mit offenem Mund ansah, sie sagte freundlich.

„Ja, wir sollten Freunde werden, es ist schön, dass du schwul bist!"
Sie lächelte mich an, sogar ihre Augen lächelten.
Ich war perplex über ihre Antwort, sie wollte mit mir Freundschaft schließen weil ich schwul war, ich war sicher sie hatte mit Männern schlechte Erfahrungen gemacht.
Nachdenklich senkte ich den Kopf, verstohlen sah ich mir ihre Narben an. Merkwürdige Narben, an beiden Handgelenken, dünne weiße Narben, ohne Unterbrechung rund um das Handgelenk zogen sich diese Narben, es sah aus, als wäre sie längere Zeit gefesselt gewesen. Plötzlich zog sie beide Hände weg und versteckte sie unter dem Tisch, sie errötete. Ein Unfall, vielleicht stammten sie von einen Unfall! Oder sie war eine gefesselte Geisel gewesen, ich hatte keine andere Erklärung dafür.
Ich bezahlte unsere Getränke und auf der Straße nahm sie meine Hand, sie fasste plötzlich Vertrauen als würden wir uns schon ewig kennen. Es waren keine Anzeichen mehr vorhanden die an ihre Distanz und ihre Abwehr erinnerten. Sie war mir ein Rätsel, und der erste Mensch dem ich mit meiner Homosexualität eine Freude bereitete.

Silvia war völlig verändert, seit sie wusste dass ich schwul war. Schon am Morgen lachte sie und erzählte Anekdoten von Kunden. Ich mochte sie, sie war so anders, genau so anders wie ich. Immer öfter verbrachten wir den Abend zusammen, gingen spazieren, ins Kino oder in ein Café.
Ständig bemerkte ich die Blicke der Männer, wenn sie Silvia sahen, sie aber hatte nur Augen für mich, sie genoss es regelrecht, dass alle glaubten wir wären ein Paar. Immer wieder hakte sie sich bei mir ein, wir fingen an engumschlungen zu gehen, sie

suchte den Körperkontakt zu mir, lehnte den Kopf an meine Schulter, jeder sollte sehen dass sie zu mir gehörte. Ich hatte das Gefühl als würde sie bei mir Schutz suchen. Ich war groß, durchtrainiert, ich achtete sehr auf meinen Körper, es gefiel ihr sich an meinen breiten Schultern anzulehnen und ich mochte es wenn sie das tat. Ich konnte mich nicht erinnern, je mit so vielen Berührungen und Liebkosungen überschüttet worden zu sein, obwohl uns nur eine platonische Liebe verband.

Es wurde Herbst und damit finster und kalt draußen, ich lud sie nach der Arbeit immer öfter zu mir in die Wohnung ein. Wir kochten zusammen, aßen zusammen oder wir sahen uns einen Film im Fernsehen an. Noch nie hatte ich Silvias Wohnung betreten, sie lud nie jemanden zu sich ein, nicht einmal mich.

Kurz vor Weihnachten, wir tranken in meiner Wohnung Kaffee, sah sie mich lächelnd an und sagte feierlich.
„Alexander, du bist der erste Mensch in meinen Leben den ich ab heute in meine Wohnung einlade, du bist jederzeit willkommen!"
„Du bist neu in München, hast noch keine Freunde, darum hast du noch nie jemanden eingeladen", erwiderte ich.
„Nein, du verstehst mich nicht!
Niemals hat ein Mensch je meine Wohnung betreten, es war mein alleiniges Refugium, ich dulde keine Menschen in meiner Wohnung, sie ist mein Rückzugsort, nur für mich alleine!"
Sie sagte es mit solchen Nachdruck und sah mich ernst an, ich schüttelte den Kopf.

„Du duldest niemanden in deiner Wohnung? Warum nicht?"
„Ich mag Menschen nicht so besonders, sie haben mich oft enttäuscht."
Irritiert sah ich ihr in die Augen.
„Hattest du nie eine Beziehung? Magst du keine Männer?"
Es war für mich die logische Erklärung, dass sie keine Kerle mochte, ihre ständige Abwehr in ihrer Körperhaltung, ihre kühle Zurückhaltung.
„Doch, ich mag Männer, aber sie wollen mich nur körperlich, sie lieben mich nicht, sie wollen immer nur ihre sexuellen Bedürfnisse befriedigen und dafür tun sie mir weh."
„Sie tun dir weh?"
„Sie wollen keine Partnerschaft, ich musste mich immer unterordnen, auch in meiner letzten Beziehung, er hat mich verletzt, und der andere wollte beherrscht werden!"
Sie sah mich ernst an, ich hatte keine Ahnung was sie mir sagen wollte.
Sie schmiegte sich plötzlich in meine Arme und fing zu weinen an. Sanft strich ich ihr über die Haare, sie drehte den Kopf zu mir und fing an mich zu küssen, ganz vorsichtig, nur mit den Lippen küsste sie meinen Mund. Ich ließ es geschehen, es waren liebevolle Küsse, keine leidenschaftlichen, keine zwischen Mann und Frau, sondern zwischen Freunden. Es waren Küsse der Zuneigung, der Freundschaft, zumindest empfand ich es so, sie erregten mich nicht, ihre Küsse.
Abrupt hörte sie auf mich zu küssen.
„Entschuldige bitte, ich wollte dir nicht zu nahe treten, ich vergaß dass du schwul bist."
„Nein, ich fand es angenehm, dein Mund ist so weich, es hat mich nicht gestört was du getan hast."

Prüfend sah sie mich an.
„Aber es hat dich nicht erregt?"
„Nein."
Sie fing wie ein kleines Kind zu kichern an.
„Alexander, was muss ich tun um dich umzupolen? Damit du mich liebst?"
„Aber ich liebe dich doch, du bist meine Freundin, aber um dich zu begehren, müsstest du dir einen Penis wachsen lassen, und deine Brüste sind auch etwas störend."
Ich grinste sie an, sie seufzte.
„Warum bist du nur schwul, du wärst mein Traummann! Du bist klug, siehst gut aus, nur drei Jahre älter als ich, wir verstehen uns bestens, es ist verrückt, ich suche mir immer die falschen Männer aus."
Silvia verdrehte die Augen.
„Komm ich zeige dir meine Wohnung."

Sie nahm mich an der Hand und wir gingen in ihre Wohnung.
Erstaunt sah ich mich um. Die zwei Zimmer waren so liebevoll und gemütlich eingerichtet, dass ich mich sofort wohlfühlte. Sie hatte sich ein richtiges Nest gebaut. Überall waren Pflanzen, Bücher, Polster, Decken, es war warm in der Wohnung, nicht nur von der Temperatur, sondern auch von der Umgebung und der Atmosphäre die diese Zimmer ausstrahlten. Es war als käme man zu Hause an. Ich hatte ein Gefühl der Geborgenheit in diesen Räumen, ich wollte nicht mehr zurück in meine Wohnung so heimelig war es bei ihr.
Sie bot mir Platz auf der Couch im Wohnzimmer an und ich setzte mich und sah mich weiter um. An einer Wand war ein Regal, voll mit Büchern.
„Wo hast du nur die vielen Bücher her?" fragte ich.

„Von Flohmärkten, viele habe ich mitgebracht, leider habe ich sehr viele zurück gelassen."
Sie senkte den Kopf und schwieg.
„Zurück? Wo zurück?"
„In meinem früheren Leben, in Wien."
Ich bemerkte dass es ihr unangenehm war darüber zu sprechen, ich wollte sie nicht drängen und warten bis die Zeit gekommen war und sie es mir erzählen würde. In Wien, sagte sie, ihr Dialekt entsprach aber meinem Münchner Dialekt, es war eigenartig, manchmal sprach sie Hochdeutsch.
Oft kam sie mir vor als lebten zwei verschieden Persönlichkeiten ihn ihr, sie war mir immer noch ein Rätsel, genauso wie ihre Narben um die Handgelenke.

Wir verbrachten die meiste Zeit bei ihr in der Wohnung, selten bei mir, bei ihr war es gemütlicher und ordentlicher. Ihre Wohnung war immer sauber und aufgeräumt, ich hingegen war chaotisch, meine Kleider lagen überall verstreut. Silvia spülte oft mein Geschirr, dafür bügelte ich ihre Wäsche. Wir waren ein perfektes Team, wir verstanden uns bestens, wir diskutierten über Gott und die Welt, jeder vertrat seine Meinung, wir akzeptierten uns so wie wir waren.

Nach sechs Monaten unserer Bekanntschaft, sah Silvia mir ernst in die Augen.
„Alexander, ich hatte seit langer Zeit keinen Mann mehr, ich werde heute ausgehen und mit einem schlafen, ich werde vielleicht erst in den Morgenstunden heimkehren. Ich kann meinen Trieb kaum noch unterdrücken, ich brauche unbedingt einen Mann, sonst werde ich verrückt!"
Überrascht sah ich sie an.

„Natürlich, aber warum erzählst du mir das?"
„Du bist mein Freund, falls ich morgen früh nicht zur Arbeit erscheine, ist mir etwas zugestoßen, ich will dass du die Polizei informierst, ich weiß nicht welchen Kerl ich abschleppe."
Wieder überraschte mich ihr intimes Geständnis, ich dachte sie mochte keinen Sex, ihre ständige Distanz zu den Männern war für mich ein eindeutiges Zeichen dafür.

Silvia erschien nächsten Tag pünktlich zur Arbeit. Ihre Augen glänzten und sie lächelte, offensichtlich hatte sie einen Mann gefunden.

Als wir am Abend in ihrer Wohnung saßen erzählte sie mir aufgeregt. „Alexander, es war fantastisch, genau das was ich gesucht hatte, gutes Aussehen, charmant, wir flirteten, er bezahlte mein Getränk und wir gingen zum Auto. Er fuhr mit mir in ein Waldstück und dann schliefen wir miteinander, eigentlich war es eine leidenschaftliche, rohe Wollust, wir hörten nicht auf zu vögeln. Und das Beste an ihm, er ist verheiratet!"
„Warum ist das gut dass er verheiratet ist?"
Ich verstand sie nicht.
„Unsere Beziehung! Er wird sich nicht zwischen uns drängen, er stellt keine Ansprüche an mich, ich kann mit dir so weiter leben wie bisher! Wenn einer das nicht akzeptiert, hat er keine Chance bei mir."
Ich lächelte, Silvia würde bei mir bleiben, sie sprach weiter.
„Ich sehe ihn wieder, nächste Woche im gleichen Lokal, er bucht ein Hotelzimmer, wir werden unsere Spielchen machen, es wird schön mit ihm, ich weiß es."
Sie lächelte wieder, lehnte sich an mich und schwieg.

Wir aßen und sahen fern, dann ging ich wieder in meine Wohnung.

Silvia und ich sahen uns jeden Abend, außer Donnerstag. Jeden Donnerstag, immer nach der Arbeit, spielte sich der gleiche Ablauf ab. Silvia duschte, zog sich an und ging. Ich hatte einen leichten Schlaf, ich hörte sie fast immer nach Hause kommen, mitten in der Nacht, manchmal auch in den Morgenstunden.
Und immer wusste ich wann sie Sex hatte.
Ihre Augen glänzten und sie grinste wenn wir uns am Morgen sahen. Eigentlich hatte sie immer Erfolg bei ihren nächtlichen Touren.
Und sie erzählte mir ihre Sexabenteuer jedes Mal, bis ins kleinste Detail. Es erregte mich, wenn sie erzählte wie die Männer sie angefasst haben, was sie mit ihr taten, ich stellte mir vor dass diese Männer das bei mir machten. Sie beschrieb die Körper der Männer, je männlicher ein Kerl war, je mehr bekam ich Lust. Nach ihren Erzählungen ging ich auch aus, suchte nach einem Kerl. Nicht so erfolgreich wie Silvia, aber immerhin fand ich manchmal einen Liebhaber den ich mit nach Hause nahm. Schrille Typen, nichts Ernstes, nur um das Verlangen zu stillen.

Meistens dauerte es einige Wochen, selten länger mit ihren jeweiligen Liebhaber.
„Alexander, es ist wieder Zeit auf die Jagd zu gehen."
Sie sagte immer auf die „Jagd gehen."
Ich wusste dass sie wieder einen anderen Mann suchte, es war mir unerklärlich warum sie nach einiger Zeit das Interesse an den jeweiligen Männern verlor und fragte sie nach den Gründen.
„Warum suchst du dir immer wieder einen neuen Mann, warum bleibst du nicht bei einen."

Sie zögerte mit der Antwort, aber dann sagte sie bestimmend.
„Es wird schwieriger je länger ich mit den Männern zusammen bin, sie wollen mich öfter sehen, sie reden von Trennung von ihren Frauen oder Freundinnen, sie fangen an zu klammern und eifersüchtig zu werden. Ich will das nicht! Sobald Gefühle ins Spiel kommen, wird es kompliziert, ich will unabhängig bleiben, es geht nicht gut aus, mit Gefühlen, verstehst du!"
Sie sah mich fragend an, ich verstand nicht, bohrte nach.
„Aber ist es nicht schön eine richtige Beziehung zu haben? Eine Partnerschaft, so wie mit uns beiden, nur mit körperlicher Liebe."
„Nein!" Sie schüttelte heftig den Kopf.
„Nein! Man wird verletzt, es tut weh, eine Partnerschaft gibt es nicht, einer ist immer oben, einer unten, ich glaube nicht an die allumfassende Liebe! Es gibt sie nicht, diese romantische Beziehung!"
Sie drehte den Kopf von mir weg und wollte keine Unterhaltung mehr zu diesem Thema.

Wir verbrachten die Abende meistens in ihrer Wohnung.
Selten kam sie in meine Wohnung, doch diesmal hatte ich gekocht und sie kam zu mir. Sie hatte geduscht und trug nur einen langen Bademantel und dicke Wollsocken. Wir saßen auf der Couch, aßen und sahen uns einen Film an, Silvia hatte den Kopf an meiner Schulter angelehnt und als der Film zu Ende war, bemerkte ich dass sie eingeschlafen war. Ich wollte sie nicht wecken, hob sie hoch und legte sie in mein Doppelbett. Vorsichtig zog ich ihr den Bademantel und ihre Wollsocken aus.

Sie lag nackt vor mir, behutsam deckte ich sie zu und legte mich neben sie.

Als ich am Morgen erwachte bemerkte ich dass meine Hand auf ihrer nackten Brust lag. Ich musste sie im Schlaf zu mir gezogen und umarmt haben. Nie zuvor hatte ich eine Frauenbrust angefasst, ich hatte noch nie eine Frau angefasst! Ich spürte die Brust in meiner Hand, sie passte genau in meine Handfläche, sie war rund, fest und doch weich, wie ein Gummiball. Ein Gummiball mit Brustwarzen, die sich bei meiner Berührung plötzlich aufstellten. Ich tastete zur anderen Brust, richtete mich im Bett auf, sah sie mir an, sie fühlten sich gut an die Brüste von Silvia, aber es erregte mich nicht. Ich sah ihr ins Gesicht und erschrak. Silvia sah mich grinsend an, hastig zog ich meine Hände weg.
„Gefallen sie dir?"
Fragte sie, ich fing zu stottern an.
„Es tut mir leid, ich wollte dich nicht wecken, ich habe dich in mein Bett gelegt weil du eingeschlafen bist, ich muss dich im Schlaf angefasst haben."
Silvia nahm meine Hand und legte sie wieder auf ihre Brust.
„Das macht doch nichts, es stört mich nicht wenn du sie angreifst."
Sie schlang ihre Arme um meinen Nacken, ihre Brüste eng an meiner Brust, ihre Beine um meine Beine, ihr Körper war warm, ihre Haut samtweich. Ich empfand eine wohlige Wärme, ein Gefühl der Geborgenheit in ihren Armen, es war wie wenn sich zwei Kinder gegenseitig trösteten, ohne eine sexuelle Spannung.
Sie löste sich plötzlich von mir, sah mir in die Augen und lächelte.
„Du bist richtig schwul, schwuler geht es nicht mehr.

Jeder andere Mann hätte mich sofort überwältigt und gevögelt! Du bist nicht erregt, ich merke nichts, es bewegt sich nichts bei dir."
Ich errötete, sie hatte mich in Verlegenheit gebracht, sie war immer sehr direkt mit ihren Worten, aber diesmal war es mir peinlich, diese Intimität mit ihr. Ich deckte mich zu, warf eine Decke über ihren Körper.
„Alexander, ich habe dich unheimlich gern, ich erlaube mir dich zu mögen weil du schwul bist, du kannst mich nicht verletzten, du bist mein Freund. Ich bin so froh dass ich dich habe."
Sie streichelte mir so zärtlich über mein Gesicht, dass ich vor Rührung zu weinen anfing. Sie war meine Freundin, meine Partnerin, ich liebte sie, doch ich begehrte sie nicht, mein Verlangen war nur den Männerkörpern vorbehalten. Sie küsste meine Tränen von den Wangen, wir hielten uns in den Armen, klammerten uns aneinander wie kleine Kinder, freundschaftlich und liebevoll. Wir akzeptierten unsere Andersartigkeit.
Ich war schwul und sie war nicht bindungsfähig.
Ich war geprägt von meiner Umwelt. Ich litt unter dem erzwungenen Geheimnis meiner ersten Liebe mit dem Pfarrer, dem Unverständnis meiner Eltern, der Ablehnung der Mitmenschen, wenn sie erfuhren, dass ich homosexuell war.
Und die Heimlichkeit der sexuellen Befriedigung mit einem gleicheichgeschlechtlichen Partner. Wie gerne würde ich engumschlungen mit einen Mann auf der Straße gehen und ihn öffentlich küssen, aber es war unmoralisch in den Augen der anderen, der normalen Menschen. Und was hatte Silvia so geprägt?
Ich wollte wissen was los war mit ihr und fragte sie.
„Deine Narben, woher hast du diese Narben?"
Ich sah ihr in die Augen, sie begann plötzlich zu weinen, schluckte mehrmals.

„Ich war gefesselt, mein Freund hat mich gefesselt, er hat meinen Willen gebrochen."
Ich war schockiert.
„Dein Freund hat dich gefesselt?"
„Ja, ich wollte mit einem anderen schlafen, er hat mich dafür bestraft, er fesselte mich und dann bin ich geflohen."
Sie erzählte es stockend, die Tränen liefen ihr über das Gesicht, sie sah mich verzweifelt an. Ich wagte nicht sie nach Einzelheiten zu fragen.
Nach langem Schweigen richtete sie sich plötzlich auf und dann begann sie, mir die unglaubliche Geschichte ihres Lebens zu erzählen.

„Ich kann mich noch genau an diesen Tag erinnern als wäre es gestern gewesen und doch liegt es bereits über vierzehn Jahre zurück.
Es war frühmorgens an meinem zehnten Geburtstag, ich wünschte mir, dass ich nie auf diese Welt gekommen wäre. Ich war alleine, keiner beschimpfte mich, keiner schlug mich. Papa und Mama waren zu dieser Zeit schon in der Arbeit.
Als meine Eltern nach Hause kamen, gratulierte mir keiner zum Geburtstag. Es war nicht das erste Mal dass sie darauf vergaßen. Ich ließ mir meine Enttäuschung darüber nicht ansehen und wendete ich mich wieder meinen Schulaufgaben zu.
Und dann stand Papa plötzlich in der Tür.
Ich zuckte zusammen vor seiner gedrungenen Gestalt die den ganzen Türrahmen in der Breite einnahm, er war ein kleiner, sehr dicker Mann. Er versteckte seine Hände am Rücken und ich fürchtete diese Haltung denn dahinter verbarg sich meist schreckliches. Ein Gürtel, ein Stock, eine Peitsche oder einfach nur seine Hände die erbärmlich fest zuschlagen konnten. Die Peitsche und der Gürtel mit

dieser Metallschnalle, ich fürchtete sie am meisten. Es tat so weh!
Ich überlegte ob ich etwas getan hatte was seine Wut entfachen konnte, aber mir war keine Verfehlung bewusst. Er starrte mich triumphierend lächelnd an, er lächelte immer wenn er mich schlug. Er kam auf mich zu und ich hob instinktiv meine Hand über den Kopf, dort wo es am meisten weh tat aber er gratulierte mir zum Geburtstag. Fassungslos und ungläubig über sein Tun sah ich ihn an und zuckte zusammen als er die zweite Hand hinter seinen Rücken hervor nahm und mir ein verpacktes Geschenk überreichte. Ich zögerte es anzunehmen, ich hatte von ihm noch nie ein Geschenk erhalten! Er befahl mir, es auszupacken. Zitternd bedankte ich mich, in einem schönen hochdeutsch, ohne Akzent, der entsetzliche Wiener Dialekt wurde bei uns nie gesprochen, mein Vater sprach nur sein Beamtendeutsch, in der Schule sprach ich Salzburger Dialekt. Ich war dort aufgewachsen, bis zu meinem siebten Lebensjahr wohnten wir dort, der berufliche Aufstieg meines Vaters war mit einem Umzug nach Wien verbunden. Meine Gedanken und Gefühle waren außer Kontrolle, es fühlte sich an wie ein Buch und ich konnte es nicht glauben als ich den orangefarbenen Einband sah, es war tatsächlich ein Buch und mich durchströmte ein Glücksgefühl. Der Teufel hatte mir ein Buch geschenkt, er konnte also gar nicht so böse sein.
Ich drehte das Buch um und las den Titel:
Mein Körper und ich! Darunter stand klein gedruckt: Für Kinder von 12 bis 14 Jahre. Ich war doch erst zehn!
Ich bedankte mich nochmals und lächelte und Papa sagte, dass es jetzt Zeit wäre mich endlich aufzuklären, er sah mich dabei sehr merkwürdig an.

Ich verstand seine Worte nicht, doch als ich das Buch in der Mitte aufschlug zeigte sich zu meinem Entsetzen ein männliches großes Glied. Er hatte mir ein Aufklärungsbuch geschenkt. Ich schämte mich zutiefst als ich das Bild anstarrte, noch mehr schämte ich mich, als er mir grinsend dabei zusah."

Ich starrte Silvia an, sie blickte zu Boden, die Tränen liefen über ihr Gesicht. Dann sah sie mich so traurig und verzweifelt an, dass ich sie in die Arme nahm. Ich spürte wie sich Tränen in meinen Augen sammelten, sie tat mir unendlich leid. Nach kurzer Zeit richtete sich wieder auf, ihr Körper spannte sich, sie seufzte und erzählte weiter.

„Mit elf Jahren bemerkte ich eine Veränderung an meinem Körper, ich kam sehr früh in die Pubertät, ich war aufgeklärt, ich wusste was mit mir los war. Als ich mich beim duschen einseifte fühlte ich ein angenehmes unbekanntes Gefühl. Es war so stark dass ich mich abends im Bett wieder anfasste. Ich streichelte meine winzigen Brüste, ich griff mir zwischen die Beine, das Gefühl war unbeschreiblich schön. Ich streichelte mich jeden Tag vorm einschlafen es tat so gut Hände die streicheln meine Hände die mir Gutes taten, ich streichelte mich überall. Es war unartig was ich tat, ich hatte ein schlechtes Gewissen und manchmal wenn ich nicht aufhören konnte mich zu streicheln, schämte ich mich meiner Berührungen. Aber dieses Gefühl der Erregung war stärker als das Gefühl der Unanständigkeit. Ich genoss es täglich.
Ich war zwölf Jahre alt, als Papa es tat.
Ich las ein Buch und hörte ihn nicht ins Zimmer kommen. Plötzlich stand er vor mir, dieser kleine dicke Mann mit diesen furchtbaren Händen die so

schrecklich zuschlagen konnten. Ich erschrak, denn er lächelte und ich wusste was er tun würde, ich duckte mich, aber es war sinnlos ihm zu entkommen. Er fragte mich ob ich Angst habe und ich nickte. Dann sagte er mit merkwürdig heiserer Stimme, er würde mir doch nichts antun. Er setzte sich zu mir ans Bett und fing an mein Gesicht zu streicheln. Ich wagte nicht ihn anzusehen, ich hatte panische Angst aber ich konnte nicht davonlaufen. Sein Streicheln war mir unangenehm, ein Streicheln von Händen die sonst nur zuschlugen. Plötzlich läutete das Telefon, er ignorierte das Läuten und schob seine Hände grob unter mein Shirt wo er meine Brüste betastete. Das Telefon im Wohnzimmer läutete immer noch hastig stand er auf und ging ins Wohnzimmer. Panisch sprang ich auf und verriegelte meine Tür. Ich setzte mich aufs Bett und starrte auf die verschlossene Tür. Ich wusste nicht, vor was ich mehr Angst hatte, vor dem was er mir gerade antun wollte oder vor seinen Schlägen die ich angstvoll erwartete. Ich hörte ihn sprechen und war wie gelähmt, ich erschrak als sich die Türschnalle bewegte, ich hielt den Atem an als er an der Tür rüttelte und schrie, ich solle diese verdammte Tür aufmachen, er würde mich umbringen! Ich fühlte mich völlig hilflos, er hatte bereits meine Seele zerstört, er wollte auch noch meinen Körper zerstören. Ab diesen Tag hörte ich zu beten auf, es gab keinen Gott der so etwas zuließ, in mir stieg eine starke Wut auf, ein Hass den ich noch nie zuvor gekannt hatte, während er immer noch an der Tür rüttelte. Es kam mir wie eine Ewigkeit vor, als er endlich aufgab, und plötzlich war es still, bedrückend und doch beruhigend still. Kurz darauf hörte ich eine Tür laut ins Schloss fallen und erleichtert atmete ich auf und gleichzeitig fürchtete ich mich ob er nicht doch noch in der Wohnung war um mich aus meinem Zimmer zu locken. Ich wagte nicht mein Zimmer zu verlassen, ich hatte Angst, schreckliche Angst und ich fing zu weinen an. Ich weinte über mein erbärmliches, hoffnungsloses Leben, über das letzte Fünkchen Vertrauen zu Papa dass er nun endgültig zerstört hatte. Ich wollte sterben, nichts wünschte ich mir mehr als zu sterben, endlich dieses Leben in ständiger Angst hinter mir zu lassen.

Silvia sah mich ernst an und sagte heiser:
„Ich hatte solche Angst, ich hatte Todesangst."
Sie stand auf und holte sich etwas zu trinken, dann setzte sie sich wieder neben mich und erzählte weiter.

„Nach langer Zeit hörte ich jemanden die Wohnungstür öffnen. Ich hörte die Stimme von Mama und schloss die Tür auf, sie fragte ob ich geweint hatte. Ich bejahte schluchzend und erzählte ihr dass mich Papa vergewaltigen wollte und ich furchtbare Angst hatte. Aber sie nahm mich bei den Armen und rüttelte mich dass ich erschrak. Was redest du nur für einen Blödsinn, schrie sie mich an, holte aus und schlug mir ins Gesicht. Ich riss mich von ihr los und flüchtete weinend in mein Zimmer. Warum hatte ich mich ihr anvertraut? Warum? Irgendwann schlief ich erschöpft ein.
In der Nacht wachte ich auf, meine Eltern stritten lautstark und immer wieder fragte Mama ihn, warum er das tat. Er stritt alles ab, er nannte mich verrückt und ich wolle ihm schaden. Als sie dann beide in mein Zimmer kamen, schlugen sie auf mich ein, Papa nannte mich eine Lügnerin und Mama nannte mich eine Schlampe. Ich ließ es über mich ergehen, weinte nicht mehr, sah sie nur an, ich verachtete

meine Eltern zutiefst, ich hatte keine Angst mehr nur noch Hass der immer größer wurde je mehr sie auf mich einschlugen. Ich schrie, schlagt mich doch endlich tot, es wäre besser für uns alle, lasst mich doch einfach sterben, ich hasse euch und plötzlich hörten sie auf, auf mich einzuprügeln. Ich lag am Boden und hielt meine Arme über den Kopf und starrte sie an. Sie verließen mein Zimmer und ich dachte an ihre Worte: Lügnerin und Schlampe! Ich war sicher keine Lügnerin und keine Schlampe, wie mich meine Mutter nannte. Aber hätte ich es nicht mit ihrem Mann getrieben, wenn das Telefon nicht geläutet hätte?
Und dafür würde sie mir auch die Schuld geben."

Silvia sah mich regungslos an und flüsterte.
„Ich war doch erst elf Jahre alt und hatte niemanden den ich vertrauen konnte, niemanden!"
Ich nickte und weinte mit ihr, wie zwei kleine Kinder hielten wir uns in den Armen, plötzlich schob sie mich weg und erzählte weiter.

„Tage später hörte ich meine Eltern wieder streiten und ich sah durchs Schlüsselloch an der Tür. Papa schlug meine Mutter und sie tat nichts, absolut nichts, sie ertrug es einfach. Papa ging und sie saß dort und weinte, ich ging zu ihr und fragte, warum sie sich nicht von ihm trennen würde, sie sah mich völlig erstaunt an und erwiderte, was würden die Leute von uns denken und außerdem würde sie ihn lieben! Ich war schockiert über ihre Antwort und schwor, nie würde ich so wie meine Mutter werden! Nie würde mich ein Mann jemals schlagen dürfen und ich hasste sie wegen ihrer Hilflosigkeit. Als Papa mich wieder schlug, weinte ich nicht, was ihn völlig aus der

Fassung brachte, er schlug mich noch heftiger, aber ich weinte nicht. Ich starrte ihn an und hasste ihn.

Ich war im Himmel, ein Schutzengel legte seine weißen, großen Flügel über mich, beschützte mich vor seinen Schlägen, ich war geschützt vor seiner Gewalt, ich war weit weg, ganz weit weg. Immer wenn er Gewalt anwendete, dachte ich an meinen Schutzengel, spürte seine weichen Flügel um mich, eingehüllt wie in weiße Watte, ich fühlte keine Peitsche die auf mich herab sauste, ich weinte nicht und mit der Zeit wurden seine Schläge seltener, offensichtlich bereitete es ihm kein Vergnügen, weil ich nicht mehr weinte. Der Schutzengel den ich mir in meiner Fantasie erschuf, rettete mich vor dem verrückt werden."

Silvia sah mich traurig an, schluckte und fuhr fort.

„Ich war dreizehn Jahre alt als ich gerade duschte, als Papa plötzlich vor mir stand. Er starrte mich mit so einer Gier an und wieder hatte ich panische Angst vor ihm. Ich hatte mich seit der Zeit, als er mich vergewaltigen wollte zur Frau entwickelt und er starrte lange auf meine Brüste. Er wandte sich ab, schloss die Tür und ging. Ich griff erleichtert zum Bademantel und rannte in mein Zimmer versperrte es und zog mich zitternd an. Ich wusste nicht warum er es nicht tat, aber vielleicht fürchtete er, mich zu schwängern. Ich hatte Angst und ich hasste ihn und ich wusste nicht welches Gefühl stärker war."

Silvia blickte nach unten und sprach weiter.

„Kurze Zeit später verliebte ich mich zum ersten Mal. Er hieß Michael und war in meiner Klasse. Michael *war immer nett zu mir und er wusste nicht, dass ich ihn liebte und ich wagte nicht, es ihm zu gestehen. Als der Schulfotograf kam und wir ein Foto unserer Klasse erhielten war ich glücklich, weil Michael auch auf diesem Foto war und ich konnte ihn mir immer ansehen, so oft ich wollte. Und noch etwas bemerkte ich auf diesem Foto, ich hatte mich vom Kind zur Frau entwickelt. Ich stach richtig heraus zwischen den anderen Mädchen, mit einem Körper der Proportionen hatte, für die ich mich schämte. Nach zermürbenden Wochen der wachsenden Verliebtheit beschloss ich, Michael meine Liebe zu gestehen und bot ihm demonstrativ meinen Körper an, ich wusste, dass Männer das mochten. Aber er sah mich mit so einer Abwehr an, dass ich seinen Blick kaum ertragen konnte. Schämst du dich nicht! sagte er voller Verachtung.*

Die letzten Wochen bis zu den Schulferien quälte ich mich täglich in die Schule, ich hatte durch meinen Auftritt vor Michael einen schlechten Ruf erworben, aber ich konnte es nicht mehr ändern. Meine Selbstachtung war zerstört, aber ich wusste nicht was ich falsch gemacht hatte, ich wollte ihm meine Liebe zeigen, indem ich meinen Körper anbot was hätte ich ihm sonst anbieten können? Ich wusste es nicht!

Mehr als ein Jahr verging, ich zog mich immer mehr von meinen Mitschülern zurück und wurde zum Einzelgänger ich vertraute niemanden.

Mein Vater schlug mich nicht mehr, er hatte ein neues Spiel erfunden, er nahm mir meine Freiheit. Ständig verordnete er mir Hausarrest, ich durfte ab neunzehn Uhr die Wohnung nicht mehr verlassen. Solange du unter meinem Dach wohnst, sagte er drohend, gelten meine Regeln!

Silvia sah mich an, dann sprach sie weiter, ich wagte nicht sie zu unterbrechen.

„Mein Leben war geprägt von Angst, Selbstmordgedanken und den Gedanken an Flucht aus dem Elternhaus. Doch ich war wie ferngesteuert, wie ein Roboter, unfähig ein selbstbestimmtes Leben zu führen, ich funktionierte einfach und ließ sämtliche Demütigungen von Schulkameraden, Lehrer und meinen Eltern über mich ergehen.
Mit fünfzehn wurde ich von einem Bekannten meines Lehrers entjungfert. Es war erniedrigend und gleichzeitig aufregend. Ich hatte das Gefühl dass er mich mochte, darum ließ ich alles was er mit mir tat ohne Widerrede oder Gegenwehr zu. Obwohl ich wusste das es falsch war, was er mit mir tat.
Nach der Schule begann ich eine Lehre als Masseurin. Ich fühlte mich wohl in der Arbeit, war beliebt bei den Kunden und mein Job machte mir Freude.
Auf den Weg zur Arbeit lernte ich Jürgen kennen.
Er sprach mich an und lud mich zu einem Eiskaffee ein. Ich erfuhr, dass er sechsundzwanzig war und als Zimmermann arbeitete. Er erzählte mir von seiner Arbeit, er befand sich auf Montage in Wien, sagte er und rückte dabei immer näher an mich heran. Als er mich küsste war ich völlig gefangen über diese mir unbekannte Zuneigung. Jürgen war sanft als er mich an sich zog, küsste mich wieder, lange und zärtlich, ich ließ es geschehen und genoss es. Er war so erwachsen, so einfühlsam, ich kannte das Gefühl nicht, ich fand es schön mit ihm.
Nach drei Tagen lud er mich in sein Zimmer ein und ich wusste, dass es geschehen würde und ich wollte es. Ich schloss die Augen als mich seine Hände berührten. Ich ließ ihn gewähren und er fragte mich

ob ich noch Jungfrau sei. Ich verneinte, und er schien überrascht zu sein, dass ich bereits Erfahrung hatte und dann drang er in mich ein. Schmerzhaft spürte ich ihn, aber dann wich der Schmerz einer unbekannten Lust. Ich hatte mich in Jürgen verliebt. Meine Eltern hatten keine Ahnung dass ich einen Freund hatte.

An den Wochenenden konnten ich Jürgen nicht treffen, mein Vater verbot mir jegliche Aktivitäten außer Haus und ich fügte mich dieser Vorschrift aus Angst. Nur einmal in der Woche, an meinen freien Tag konnte ich Jürgen sehen. Die meiste Zeit verbrachten wir im Bett in dem er mir sexuelle Praktiken lehrte. Ich wusste nichts von der körperlichen Liebe, und er zeigte mir viel. Ich war so verliebt dass ich auch alles was er von mir verlangte tat und er lernte mir oralen Sex. Es war verrückt, aber ich war stolz darauf es mit dem Mund gemacht zu haben, es erregte mich und ich fühlte mich sehr erwachsen und ich konnte seine Lust steuern. Es gefiel mir einen Mann zu beherrschen, ich hatte die Kontrolle und ich lernte schnell was ihm gefiel und was ihm Unbehagen bereitete, ich bemerkte es sofort an seine Reaktionen. Entweder wurde er wilder oder er zog sich von mir zurück, es war so einfach sein Verlangen zu steigern.

Ich wünschte die Zeit mit ihm würde ewig andauern und war sicher dass wir füreinander bestimmt waren. Nach vier Monaten unseren Kennenlernens, ging ich nach einer Firmenfeier zu Jürgen, ich blieb die ganze Nacht bei ihm, wir liebten uns lange und leidenschaftlich, als ich morgens um vier Uhr früh nach Hause kam, erwartete mich mein Vater bereits. Er schlug mich, weil ich es gewagt hatte, so spät nach Hause zu kommen. Er schrie mich an, nur eine Hure ist um diese Zeit noch unterwegs. Ich grinste *ihn an, er schlug auf mich ein, bis ich zusammenbrach."*

Silvia schluckte und brach plötzlich in Tränen aus, sie stand auf und holte sich Taschentücher, dann setzte sie sich wieder neben mich und schwieg. Ich schwieg auch, sie tat mir so leid. Nach langer Zeit fing sie wieder zu sprechen an.

„Jürgen war verheiratet und hatte eine Tochter, er wollte einfach ein wenig Abwechslung fern der Familie. Sein Arbeitseinsatz war zu Ende und er fuhr wieder nach Hause zu seiner Familie, ich war schockiert als er es mir erzählte. Mein schönes Leben hatte wieder einen Riss bekommen. Ich schämte mich meiner Naivität und weil ich ihm vertraute. Ich hasste ihn unendlich und dann schwor ich, nie wieder würde ich mir gestatten, mich in einen Mann zu verlieben! Nie wieder würde ich einem Mann mein Vertrauen schenken!
Neben Hass und Misstrauen hatte Jürgen noch etwas bei mir hinterlassen. Ein unerklärliches, starkes sexuelles Verlangen nach körperlicher Liebe, ein Trieb den ich nicht mehr unterdrücken konnte. Ich schlief mit vielen Männern, sie kamen wann ich sie wollte und sie mussten gehen, wenn ich sie satt hatte. Ich spielte mir ihnen und ihren Gefühlen, benutzte sie, belog sie, ich holte mir die körperliche Liebe die ich brauchte, die Zärtlichkeiten, das Streicheln, aber immer wenn ich anfing mich in sie zu verlieben, verließ ich sie wieder. Ich schüttelte sie ab wie ein lästiges Insekt, unfähig ihnen Vertrauen zu schenken.
Die längste Affäre die ich hatte dauerte fünf Monate. Als er sich von seiner Freundin trennte, um für mich frei zu sein und unsere Beziehung zu vertiefen, wie

*er sagte, verließ ich ihn. Kein Mann würde je wieder Macht über mich haben. Nie wieder!
Ich führte ein perfektes Doppelleben! Zu Hause war ich war ich wie immer unterwürfig meinem Vater gegenüber. Eisern hielt ich mich an seine Regeln, die er mir immer wieder auferlegte. In der Arbeit war ich schüchtern, freundlich und zurückhaltend, hatte kaum Kontakt zu meinen Kollegen, meine Mittagspause verbrachte ich alleine, ich zog mich vor den Menschen zurück und wurde immer mehr zum Sonderling."*

Silvia sah mich an, lächelte und redete weiter.

„Von da an ging es bergauf! Nach der Lehre mit achtzehn Jahren nahm ich mir eine kleine Wohnung in der Nähe meiner Arbeitsstelle. Ich hatte mein eigenes Reich, ich konnte kommen und gehen wann ich wollte, war meinem Vater nicht mehr ausgeliefert und freute mich über meine endlich erlangte Freiheit. Ich beantragte eine Geheimnummer für mein Telefon, ich stand daher nicht im Telefonbuch. Ich besaß das Telefon nur für Notfälle. Keiner hatte meine Nummer und ich rief nie jemanden an. Wenn auch? Ich hatte keine Freunde, ich hatte niemanden den ich vertraute. Den Kontakt zu meinen Eltern brach ich völlig ab. Ich war mit meinen Leben zufrieden und ich färbte mir meine braunen, langen Haare schwarz und fing endlich an zu leben. Ich ging fast jeden Tag aus, meistens lernte ich jemanden kennen, ich war neugierig auf das richtige Leben in Freiheit, ohne Bevormundung und ohne Angst, ich wollte alles nachholen, in mir aufnehmen, aufsaugen was mir solange verwehrt geblieben war, die Jugendzeit endlich erleben! Noch mehr sehnte ich mich nach einem Menschen der zu mir gehörte,

einen Freund und Vertrauten, jemanden der mich liebte und den ich lieben konnte. Aber ich ertrug die Nähe nicht, ich hatte das Gefühl zu ersticken wenn ich zu lange mit dem gleichen Mann ein Verhältnis hatte. Die Männer wünschten sich eine innigere Beziehung, aber ich reduzierte unser Beisammensein immer nur auf die Sexualität.
Und dann war noch Harald, Roman und Oliver ..."

Silvia erzählte und redete und dann nickte sie.
„Jetzt weißt du alles, noch nie habe ich jemanden meine Lebensgeschichte erzählt!"

Ich starrte sie an und war fassungslos als sie mit ihrer Geschichte fertig war. Darum waren ihre Augen so leblos, sie hatte das Vertrauen in die Menschheit verloren, genau wie ich. Ich liebte sie noch mehr, ich verstand sie, wir waren beide traumatisiert, durch die Dummheit und Rohheit der Menschen.

Wir gingen ins Bett und Silvia schlief erschöpft in meinen Armen ein. Ich lag noch lange wach und dachte an ihre Vergangenheit. Sie war geprägt von ihren Vater, der ihr das Leben zur Hölle machten. Achtzehn Jahre lang! Ihre Assoziation von Männern war unweigerlich in ihrem Gedächtnis mit den Worten Männer, Macht, Unterdrückung und Sex eingebrannt.
Aber sie wehrte sich dagegen nicht mehr verletzt zu werden, lehnte sich auf und tat es den Männern gleich. Sie benützte sie und gebrauchte sie für ihren Trieb. Wenn ihre Gefühle für einen Mann zu stark wurden oder wenn einer zu viel Nähe zu ihr suchte, verließ sie ihn wieder. Sie schützte sich, indem sie keine Liebe zuließ!
Sie war ein so sensibler Mensch, sie wurde gebrochen, aber immer wieder stand sie auf, wie

Phönix aus der Asche, sie war eine unglaublich feinfühlige Frau und keiner dieser Männer hatte dies erkannt. Sie sahen nur ihre Sinnlichkeit und ihren starken sexuellen Trieb. Nie hatte ein Mann bemerkt wie sie sich nach Zuneigung und Zärtlichkeit sehnte. Sie holte sich diese Bedürfnisse indem sie ihren Körper einsetzte um ein wenig von dem zu bekommen nach dem sie sich wirklich sehnte und verzehrte. Liebe und Geborgenheit! Erst bei Harald war sie fähig eine längere Beziehung einzugehen, durch seine Neigung hatte sie Macht über ihn.

Und dann diese Geschichte von Roman. Dieser Mann faszinierte mich! Silvia beschrieb ihn mir wage, ich hörte aufmerksam zu als sie von seinen perversen Spielchen erzählte und wie er sie wieder verwöhnte, finanziell und mit Zuneigung, Zuckerbrot und Peitsche, immer abwechselnd. Sie fiel wieder in ihr altes Muster zurück, überließ ihm die Macht, er war zärtlich zu ihr und dann demütigte er sie wieder. Er bestrafte sie und sie duldete es, nur weil sie sich nach Zuneigung sehnte. Ich verzehrte mich nach so einen dominanten Mann wie Roman, einen beherrschenden Mann, ich war immer das Weibchen, wenn ich mit einem Mann schlief und ich liebte Fesselspiele.

Am nächsten Abend redeten wir weiter und ich erklärte ihr.
„Roman hat dich geliebt, sehr geliebt, er hatte Angst dich zu verlieren und er konnte nicht damit umgehen. Ich glaube er wurde auch geprägt in seiner Kindheit und war nicht fähig seine Liebe auszudrücken."
Silvia starrte mich verwundert an.
„Glaubst du? Er hat mich bezahlt für diese Stunden die ich bei ihm verbrachte."

„Ja, er glaubte dass man Liebe kaufen kann, ich denke er hat nie Liebe erfahren und er wollte die Liebe erzwingen, er fesselte dich, um dich an ihn zu binden."
Silvia sah zu Boden.
„Ich weiß nicht, er hat mir wehgetan, er wusste dass ich es nicht mochte, trotzdem hat er mir diese Fesseln angelegt, er hat es immer wieder getan."
„Aber du bist bei ihm geblieben, er hat sein Tun von dir bestätigt bekommen!"
Sie nickte.
„Vielleicht, aber ich hatte Angst vor ihm, er war so schnell wütend."
„Ja, weil er mit seinen Gefühlen nicht umgehen konnte! Wie ist er aufgewachsen, wie haben ihn sein Eltern behandelt?"
„Ich weiß es nicht, ich habe ihn nie gefragt, ich weiß fast nichts von ihm."
Silvia legte den Kopf auf meine Schulter, wir schwiegen, wir hatten genug gesagt für heute und es gab zu dieser Sache nichts mehr zu sagen.

Ab diesem Zeitpunkt schlief sie entweder bei mir oder ich bei ihr. Es war ein stilles Abkommen, wir schliefen nebeneinander im Bett und manchmal unter der gleichen Decke. Ich liebte sie über alles, nur nicht körperlich. Und sie liebte mich auch und akzeptierte meine Schwulheit, sie berührte mich freundschaftlich, wir waren Seelenverwandte, wie ein altes Ehepaar, nur ohne ein körperliches Verlangen.

Ich bekam Roman nicht mehr aus meinen Kopf, immer wenn ich an ihn dachte, bekam ich eine Erektion. Ich wusste nicht einmal wie er aussah, Silvia besaß kein Foto von ihm, aber ihre Erzählungen über seine Spiele mit ihr erregten mich.

Ich stellte mir vor wie er das mit mir machen würde. Einmal bemerkte Silvia meine Erregung als wir zusammen auf der Couch lagen und einen Film ansahen. Es war mir peinlich, ich wollte mich ins Schlafzimmer zurückziehen aber sie ging mir nach und grinste.
„Soll ich Hand anlegen, soll ich dir behilflich sein?"
„Nein, ich", ich fing zu stottern an, „lass mich bitte allein!"
Ich schloss die Tür und sperrte sie aus. Ich legte mich aufs Bett und masturbierte, das selbst erdachte Bild von Roman im Kopf.
Nach einiger Zeit ging ich wieder ins Wohnzimmer, sie saß noch vor den Fernseher.
„Silvia, es tut mir leid, aber wenn ich an deinen Exfreund denke, werde ich erregt."
„An Harald?"
„Nein, nein, an Roman!"
Sie sah mich erstaunt an.
„Soll ich dir mehr von ihm erzählen? Wenn du dadurch Lust bekommst."
Sie lächelte mich an, natürlich wollte ich!

Jeden Tag, bevor wir ins Bett gingen, erzählte sie mir von den Spielchen mit Roman, aber sie redete so als würde er es mit mir tun.
„Alexander, Roman wird dir jetzt den Vibrator einführen, du wirst ihn drinnen lassen, solange er will. Du spürst das Vibrieren und bevor du kommst, wird er ihn rausnehmen und dann wird er dich vögeln. Nachher wird er dich dazu nötigen dass du selbst an dich Hand anlegst, dabei wird er dir zusehen."
Silvia war so vulgär in ihren Geschichten, dass ich oft daran zweifelte ob sie das auch in der Realität erlebt hatte. Ich würde es Roman zutrauen, aber Silvia? Wenn ich sie sah, wie freundlich und höflich sie mit

ihren Kunden umging, konnte ich mir beim besten Willen nicht vorstellen dass sie solche Spielchen getrieben hatte.
Aber sobald sie anfing mir Einzelheiten zu beschreiben, wusste ich, sie hatte alle diese perversen Handlungen erlebt. Wenn ich ihre Geschichten vor lauter Geilheit nicht mehr aushielt, sie bemerkte es immer wenn ich ein Verlangen nach Befriedigung hatte, zog sie sich diskret ins Schlafzimmer zurück und ließ mich alleine im Wohnzimmer, damit ich meine Bedürfnisse stillen konnte. Beim masturbieren dachte ich an Roman und stellte mir vor dass seine Hand gerade meine ersetzte. In meiner Fantasie war er immer dabei.
Wenn ich mich befriedigt zu Silvia ins Bett legte und sie noch wach war kuschelte sie sich an mich und schlief in meinen Armen ein. Wir spürten unsere warmen Körper und ein Gefühl der Vertrautheit.

Silvia schlief einmal in der Woche mit ihren derzeitigen Liebhaber, sie erzählte mir immer was sie getan hatten, sie tat es für mich, weil ich Lust bekam und es gefiel ihr wenn sie mich erregt sah. Unsere Beziehung war eigenartig, abnormal und ungewöhnlich, aber wir waren glücklich weil wir uns gegenseitig hatten, uns unterstützen und uns vertrauen konnten.

Nach einem Jahr lernte Silvia einen Mann kennen.
„Alexander, er ist gut aussehend, sehr charmant und er hat noch keinen Versuch unternommen mit mir zu schlafen. Wir küssen uns wenn wir uns sehen und ich glaube ich habe mich verliebt!"
Ich freute mich mit ihr, vielleicht fand sie in ihm endlich den Mann, den sie sich so sehr wünschte. Aber durch ihren neuen Freund musste ich sie

entbehren. Silvia traf sich täglich mit ihm, oft kam sie spät in der Nacht nach Hause, ich hörte wenn sie ihre Wohnung aufsperrte. Ihre Gesellschaft ging mir zunehmend ab, nur in der Mittagspause konnten wir reden.

Nach zwei Wochen klopfte sie spät in der Nacht an meine Tür.
„Alexander, ich habe mit ihm geschlafen, er ist toll im Bett und so zärtlich und ich liebe ihn!"
Sie sah mich glücklich an, noch nie hatte ich sie so strahlend gesehen. Ich hoffte dass er sie nicht enttäuschen würde, so wie die anderen Männer, Silvia war verliebt und daher verletzbar.

Wochen sah ich sie nur mittags, nur an den Wochenenden kam sie kurz in meine Wohnung, sie verbrachte ihre gesamte Freizeit mit ihm. Wenn sie von ihm sprach strahlte sie, jeder Satz fing mit Markus an und hörte mit Markus auf, er war allgegenwärtig, dieser Markus. Ich vergönnte ihr das Glück mit ihm, bis ich Markus nach fünf Monaten kennen lernte. Silvia holte mich in ihre Wohnung und stellte ihn mir vor.
Markus war überheblich und herrschsüchtig, ich kannte Silvia nicht mehr. Er befahl, sie gehorchte, sie sah zu ihm auf, erfüllte ihm bedingungslos seine Wünsche, sie war zurückgefallen in ihr altes Rollenspiel. Als er gegangen war, fragte sie mich nach meinen Eindruck von Markus. Ich zögerte ihr die Wahrheit zu sagen, ich wollte sie nicht kränken, sie war blind vor Liebe.
„Silvia, ich glaube du bist ihm hörig!"
Sie sah mich überrascht an.
„Nein, ich liebe ihn, warum soll ich ihm nicht seine Wünsche erfüllen?"

Ich gab nicht auf, ich wusste es war eine Frage der Zeit, bis er sie verletzen würde.
„Seid ihr gleichberechtigt? Macht er das auch für dich?"
Sie zögerte kurz, dann sah sie mich herausfordernd an.
„Gut, ich werde es dir beweisen, wir sind gleichgestellt in unserer Beziehung, ich werde ihn testen."
Silvia fing an so zu agieren wie er es tat. Er flirtet mit anderen Frauen, sie tat es ihm gleich, er tanzte mit anderen, sie machte ihn eifersüchtig. Sie unterstrich ihre erotische Ausstrahlung in dem sie sich sexy anzog, er verbot es ihr. Es war ein Machtkampf zwischen den beiden, jetzt da sie Gleichberechtigung verlangte.

Zwei Monate später klopfte es nach Mitternacht laut an meiner Tür. Silvia stand weinend vor mir, sie warf sich in meine Arme.
„Es ist aus zwischen Markus und mir! Ich habe ihn verlassen!"
Ich setzte mich mit ihr auf die Couch, sie zitterte, nur von ihren rhythmisches Schluchzen unterbrochen, fing sie zu reden an.
„Weißt du was er zu mir gesagt hat?"
Ohne meine Antwort abzuwarten und nach einen weiteren Schluchzen fuhr sie fort.
„Ich sagte zu ihm, ob wir nicht zusammen ziehen um unsere Beziehung zu vertiefen. Wie dumm von mir! Ich war so naiv zu glauben, er wäre anders als die anderen Männer! Ich habe genug von ihnen, ich hasse sie!"
Sie weinte, wischte sich mit dem Ärmel die Tränen von ihren Wangen, ich nahm sie tröstend in die Arme bis sie sich beruhigte und weitersprach.

„Markus sagte zu mir, ich bin keine Frau zum heiraten weil er müsste ständig Angst haben, mich mit anderen Männern zu teilen. Und ich bin zu geil für eine Ehefrau! Er sagte, ich bin die perfekte Geliebte, sexuell aufgeschlossen, tabulos und sehr schön anzusehen. Aber so eine Frau heiratet man nicht! Man hat Spaß mit ihr! Und ich bin dazu geboren Männern Freude zu bereiten!"
Sie schmiegte sich an mich, weinte still vor sich hin, ich reichte ihr ein Taschentuch, sie tat mir unendlich leid, ich hatte es kommen sehen, er war ein Typ Mann den sie magisch anzog. Das Muster ihrer Prägung hatte sich wiederholt. Erst als sie Gleichberechtigung verlangte und einforderte, bekam er Angst vor ihr und ihren Sexualtrieb, er war zu schwach für sie, wie alle Männer die sie hatte.

Zwei Monate später fuhren wir eine Woche auf Urlaub nach Italien. Silvia war kaum widerzuerkennen, sie lebte regelrecht auf. Sie genoss die Sonne, das Meer, das Wasser, nur den Männern begegnete sie mit einer abwehrenden Haltung. Sobald einer versuchte mit ihr zu flirten, drängte sie sich an mich, legte ihre Arme um meine Taille, sie suchte Schutz bei mir.

Ich bemerkte vom ersten Tag an einen typischen Italiener. Klein, dunkelhaarig, rassig und ein enormes Machogehabe. Silvia sah ihn verachtend an und schmiegte sich an mich wenn er in unserer Nähe kam. Täglich legte er sich am Strand neben uns und immer wieder sah er in unsere Richtung. Am letzten Tag unseres Urlaubes, als Silvia im Meer schwamm, sprach er mich an.
„Ich bin Carlo."
Er beugte sich nah zu mir.

„Du gefällst mir!"
Ich sah ihn ungläubig an, er war nicht auf Silvia scharf, sondern auf mich. Ich lächelte verlegen, er nahm es als Aufforderung wahr und küsste mich plötzlich auf den Mund, nur kurz, um kein Aufsehen zu erregen.
„Können wir uns heute Abend treffen?"
Er war erregt, ich sah eine Bewegung in seiner Badehose.
„Ja, gern." Ich errötete.
„Hier am Strand, um neun Uhr?" Er sprach perfekt deutsch und seine Augen versanken tief in meinen Augen, ich war gefangen von ihm und seinen Charme.
„Ja!"
Er lächelte und entfernte sich als Silvia aus dem Wasser kam, sie war wütend.
„Was wollte er, dieser Kerl soll mich in Ruhe lassen!"
Ich musste grinsen.
„Er will mich!"
Sie sah mich erstaunt an.
„Er ist schwul?"
Sie warf sich begeistert in meine Arme.
„Ich freue mich so für dich, du wirst diese Nacht Spaß haben!"

Es stimmte! Ich hatte Spaß, die ganze Nacht!
Wir trieben es in seiner Wohnung, er war dominant, ich war sein Weibchen, er mein männliches Pedant, ich liebte seine Spielchen und den leidenschaftlichen Sex zwischen uns. Wir befriedigten uns gegenseitig mit den Händen, küssten uns stürmisch, fast brutal. Er forderte, er verlangte, er saugte mich aus, schon lange hatte ich seit der Beziehung mit dem Pfarrer keinen so erfüllenden Sex genossen. Ich war groß, blond und blauäugig, das Gegenstück zu Carlos

Aussehen. Wir fanden uns beide enorm anziehend, wir konnten kaum von einander lassen. Es war als kannten wir uns schon ewig, so abgestimmt war die körperliche Liebe zwischen uns. Es war schön mit Carlo.
Erst am Morgen kehrte ich erschöpft ins Hotel zurück.

Ich schlief lange, die Nacht war anstrengend gewesen, Silvia packte unsere Koffer als ich erwachte. Im Spiegel sah ich wie meine Augen glänzten und ich ständig grinste. Erst jetzt verstand ich, wie sich Silvia fühlte wenn sie von ihren jeweiligen Liebhaber kam. Es war ein Gefühl der absoluten Befriedigung und der sexuellen Befreiung. Es war Carlo der mir diesen Weg zeigte. In vier Wochen würde ich ihn wiedersehen, er versprach mich zu besuchen.

Zuhause litt ich unter der Trennung von ihm, ich sehnte mich nach seinen Körper und seinen Berührungen, ich konnte kaum essen und schlief wenig. Ich war verliebt und spürte die Schmetterlinge im Bauch flattern.

Silvia hatte sich seit der Trennung von Markus verändert, sie ging kaum aus, wollte Abstand gewinnen von den Männern. Sie zog sich zurück, las viel und ging spazieren, selten kam sie zu mir um bei mir zu schlafen, nur die Mittagspause verbrachten wir gemeinsam.
An den wenigen Abenden die sie bei mir war, redete sie nur von ihren Pech mit den Männern und weinte oft. Erstmalig seit wir uns kannten waren wir nicht auf einer Wellenlänge. Ich war voller Energie, in meinen Träumen schmiedete ich Zukunftspläne mit Carlo. Silvia hingegen versank in depressive Stimmungen,

es ging ihr elend und ich konnte sie nicht trösten. Sie war unglücklich und ich war glücklich.

Carlo hielt sein Wort, er besuchte mich und ich nahm mir Urlaub um ständig bei ihm zu sein.
Wir verbrachten eine Woche zusammen in meiner Wohnung, Tag und Nacht machte er mit mir Spielchen, er war leidenschaftlich, dann wieder zärtlich, ich liebte ihn, seinen Körper und das was er mit mir tat. Seine Forderungen erfüllte ich mit devoter Aufmerksamkeit, mit jedem seiner Wünsche trieb er mich weiter in ein Karussell der Gefühle und Lust. Mein Verlangen nach ihm war unerklärlich groß. Wir verließen nie die Wohnung, wir durften unsere Liebe nicht in der Öffentlichkeit zeigen, so gerne wäre ich mit ihm engumschlungen spazieren gegangen. Die Gesellschaft hatte immer noch kein Verständnis für gleichgeschlechtliche Paare. Also verschlossen wir uns vor der Außenwelt, sie hatte aufgehört zu existieren, die Welt da draußen, wir waren nur für uns in meiner sicheren Wohnung.
Der Tag seiner Abreise war gekommen, wir verabschiedeten uns innig, in vier Wochen würde ich ihn in Italien besuchen, als er fuhr sehnte ich mich bereits nach den nächsten Treffen.

Ich hatte die Lust wieder entdeckt, mein Begehren nach Männern wuchs seit Carlo nicht mehr da war, ich trieb mich in einschlägigen Lokalen herum, nahm oft einen Mann mit nach Hause, ich hielt die Enthaltsamkeit nicht mehr aus. Wenn ich Sex hatte, war Carlo in meinen Gedanken dabei, alle Liebkosungen von anderen Männern verspürte ich mit geschlossenen Augen so als ob Carlo mich streichelte.

Carlo und ich pendelten zwischen Italien und Deutschland, alle vier Wochen sahen wir uns für einige Tage, ich lebte nur noch für diese Treffen mit ihm, litt danach heftig unter der Trennung. Meine jahrelangen Fantasien konnte ich mit ihm ausleben, wilder und emotionaler als ich es mir je erträumte. Er war wie geschaffen für mich, ein liebevoller, jedoch beherrschender Partner. Ich liebte ihn unendlich. Carlo zeigte mir seine Zuneigung und seine Schwächen, wir vertrauten uns.

Silvia fing wieder an bei mir zu schlafen, wir pflegten wieder unsere alte Beziehung wie in früheren Zeiten. Doch wenn ich von Carlo Besuch hatte, musste sie das Schlafzimmer räumen. Er war mir das wichtigste im Leben geworden und Silvia musste weichen. Sie tat es ohne Bedauern, sie freute sich weil ich glücklich war und endlich meine große Liebe gefunden hatte. Sie war meine Freundin und füllte die Lücke wenn Carlo nicht bei mir war.

Silvia hatte wieder sexuelle Abenteuer, aber sie war nicht bereit eine enge Beziehung einzugehen, der Schmerz den ihr Markus zugefügt hatte, saß noch zu tief. Wenn ich ihr von meinen Glücksgefühlen mit Carlo erzählte, hörte sie mir zu und versuchte meine Euphorie zu teilen. Ich bemerkte ihre Traurigkeit. Sie sehnte sich auch nach einem liebenden Mann den sie vertrauen konnte, sie tat mir unendlich leid.

Nach über einen Jahr der Beziehung mit Carlo traf ich eine Entscheidung. Ich lud Silvia abends in meine Wohnung ein, es fiel mir schwer sie vor vollendeten Tatsachen zu stellen.
„Silvia, ich werde zu Carlo nach Italien ziehen, aber wir werden immer Freunde bleiben."

Sie sah mich überrascht an, dann weinte sie und wünschte mir das Allerbeste, sie freute sich mit mir, aber gleichzeitig spürte ich ihre Angst vor der Trennung.
„Alexander, ich werde dich vermissen, aber ich wünsche dir viel Glück mit Carlo, du bist ein so wertvoller Mensch, ich werde dich immer lieben."
Wir weinten beide, klammerten uns aneinander, es tat weh Silvia hier zurückzulassen, aber sie hatte in meinen neuen Leben keinen Platz mehr. Carlo war meine Zukunft, mein Lebenspartner, meine Beziehung.

Der Abschied von Silvia war unausweichlich, wir konnten nicht ewig eine so absurde, jedoch sehr schöne und freundschaftliche Beziehung führen.
Sie würde ewig in meinen Herzen bleiben, meine einzige Freundin. Silvia hatte drei Jahren mein Leben beeinflusst, bereichert und geprägt. Jetzt war sie endgültig Geschichte. Mein Leben wie ich es mir immer wünschte, fing mit Carlo in Italien an. Wir versprachen uns in Kontakt zu bleiben.

Zwei Monate später bekam ich von Silvia den ersten, sehr langen und ausführlichen Brief:

Lieber Alexander,
du fehlst mir jeden Tag!
Du hast mich verlassen, für eine Partnerschaft mit Carlo. Ich wusste nicht welches Gefühl stärker war, die Freude über dein Glück oder der Schmerz über deinen Verlust. Ich vermisse dich unendlich. Wieder floh ich vor meiner Vergangenheit, du kennst mich Alexander, vor dem Schmerz der Trennung von dir, unfähig klare Entscheidungen zu treffen, ich tat das was ich immer tat, ich flüchtete vor meinen Leben.

Ich wollte mich verändern, in jeder Hinsicht. In der Zeitung las ich ein Inserat, es war bestens geeignet um nur schnell von hier weg zu kommen: Ältere Dame in Salzburg sucht Untermieterin, als Miete würden wöchentlich fünf Stunden Gesellschaft erwünscht.

Salzburg! Meine Heimatstadt, ich würde dorthin zurückkehren, wo ich geboren wurde. Ich beschloss dieses Angebot anzunehmen, hatte jedoch keinesfalls vor, mich in der Gesellschaft dieser vermutlich schrulligen Dame lange aufzuhalten aber es ermöglichte mir eine schnelle Übersiedlung von München nach Salzburg. Ich hatte noch ein beträchtliches Budget zur Verfügung, das Geld von Oliver, ich hatte es kaum angetastet.

Alexander, aus meinen glatten, blonden Haaren wurde ein roter Lockenkopf, ich habe auch mein Aussehen verändert. Ich werde dir bei Gelegenheit ein Foto senden.

Eine Woche später sah ich mir meine zukünftige Arbeitsstelle und die Wohnung in Salzburg an. Das Haus war sehr groß und stand mitten in einem etwas verwilderten, parkähnlichen Garten. Welcher Kontrast zu der Großstadt München, wie du dir sicher vorstellen kannst, Alexander.

Die Dame, sie schien nett zu sein, bat mich in ihr Wohnzimmer. Das Zimmer war sehr groß und vollgestopft mit alten, antiken Möbeln und Bücher. Sie sagte mir, dass ihr Sohn gerne liest. Ich erschrak und befürchtete sie würde nicht alleine in diesen Haus leben, du weißt Alexander ich habe genug von den Männern. Aber dann erfuhr ich dass er seit seinem Studium ausgezogen war.

Meine zukünftige Wohnung waren zwei unmöblierte Zimmer. Die Räume gefielen mir auf Anhieb. Sie hatten große Fenster und einen kleinen Balkon.

Sie zeigte mir das Badezimmer. Alexander, ich liebe dieses Bad! Es hat ein großes Fenster ich konnte die Bäume im Garten sehen.
Sie erzählte mir dass sie, seit ihr Sohn auszog, alleine lebe und darum vermietet sie immer wieder einen Teil der oberen Etage um nicht ganz einsam zu sein. Sie zeigte mir ein Foto ihres Sohnes, ich schätzte ihn auf Ende dreißig, ein unscheinbarer, nicht besonders gutaussehender Mann, ein ernstes Porträtfoto, er trug Anzug und Krawatte.
Ich erfuhr dass ihr Mann wesentlich älter war als sie und vor Jahren an Krebs verstarb, sie hatte nie wieder geheiratet und zog ihren Sohn alleine auf. Sie sie bezog eine passable Witwenpension und eine eigene Rente die ihr den Unterhalt des Hauses leicht ermöglichten. Bis jetzt mussten die Untermieter für die Wohnung bezahlen, aber sie würde sich nun eine Gesellschafterin wünschen und sie würde jemanden zum vorlesen der Tageszeitung brauchen. Am Wochenende würde sie mich nicht benötigen weil ihr Sohn sie besuche. Ich überlegte nicht lange ihr Angebot anzunehmen, ich wollte nur fort aus München und dies war wirklich eine günstige Gelegenheit meinen alten Leben ohne dich Alexander, zu entkommen. Wir wurden uns einig, wenig später zog ich in den ersten Stock der Villa ein.

Vier Wochen später machte ich die Bekanntschaft ihres Sohnes, als er an einen anderen Tag als gewöhnlich zu seiner Mutter kam. Ich las ihr gerade ein Buch vor, als es klingelte. Sie stand auf und lächelte. In diesen Moment wusste ich dass sie unser Zusammentreffen arrangiert hatte, du kannst dir vorstellen, wie wütend ich war. Er kam herein, sah mich und zuckte plötzlich zusammen, offensichtlich hatte der arme Mann auch nicht mit meiner

Anwesenheit gerechnet. Er stellte sich als Christian vor, seine Stimme klang rau und ich erwiderte seinen Gruß, gleichzeitig sah ich ihn abwehrend an. Alexander, ich wollte sofort eine Distanz zu dem Mann herstellen.

Das erste was mir auffiel war seine Größe, er ist mindestens einen Meter neunzig groß und er hat eine sportliche Figur. Er sah jünger aus als auf dem Foto, hatte schöne dunkle, ganz kurze Haare. Er goss sich Kaffee ein und hatte immer noch den Kopf geneigt. Aber seine Bewegungen als er den Kaffee zu seinen Mund führte, waren bedächtig und geradezu sinnlich was mich sehr faszinierte, irgend etwas war anders und da bemerkte ich, dass er Linkshänder war, genau wie du! Alexander, es war sonderbar, irgendwie war ich beeindruckt von Christian, falls du es vergessen hast bei meinem langen Brief, sein Name ist Christian. Er fragte er mich, ob der Dienst bei seiner Mutter zu meiner Zufriedenheit war. Erstaunt über den melodischen Klang seiner Stimme, sah ich überrascht auf und dann sah ich ihm direkt ins Gesicht. Da bemerkte ich seine strahlend blauen Augen, auf dem Foto sahen sie grau und leblos aus. Alexander, es war eine groteske Situation. Er erzählte von seiner letzten Dienstreise und ich hörte aufmerksam zu. Er sprach so erwachsen. Als er zu sprechen aufhörte, sah er mich an. In seinen Blick lag jedoch keine sexuelle Gier, wie bei den anderen Männern, sondern tiefe Traurigkeit die mich überraschte, es war so merkwürdig, Alexander. Ich stand auf, seine gute Erziehung ließ ihn aus seinen Sessel hochfahren, stell dir vor, ein Mann mit guten Manieren! Ich verabschiedete mich, er reichte mir die Hand und hielt sie länger als es normal üblich ist. Alexander, irgendetwas stimmt nicht mit ihm! Ich überlegte was ich bereits über ihn erfahren hatte,

zugegeben von seiner Mutter, aber was wusste eine Mutter schon über ihren Sohn. Er war beruflich sehr erfolgreich, aber sein Privatleben lag völlig im Dunkeln. In seiner Position würde er sicher keine Probleme haben eine Partnerin zu finden, die sich nur durch seine Stellung blenden ließ. Ja, Männer im Anzug strahlen Macht aus! Aber er war so gar nicht der Typ der seine Macht ausnützen würde, nicht bei Frauen. Je länger ich über ihn nachdachte, je mehr faszinierte mich dieser Mann. Er war so anders, völlig anders als die Männer die ich kannte. Sein Auftreten beeindruckte mich, er war sehr gepflegt, aber leider nicht besonders attraktiv.
Er ist dir im Wesen ähnlich Alexander und ich glaube er ist schwul, nein ich bin sicher, das er schwul ist. Seine ernster, trauriger Blick, diese Verschlossenheit, ein Mann, ein richtiger Mann sah mich immer mit dieser Gier an, aber er hielt eine gewisse Distanz zu mir! Ich bin sicher, nie würde er es wagen sich zu outen, auf keinen Fall mit diesen beruflichen Status und natürlich wäre es unmöglich seiner Mutter seine Homosexualität zu gestehen. Du weißt es aus eigener Erfahrung wie schwierig das ist! Ich war erleichtert über dieses Erkenntnis, ich muss in mir nicht vom Leib halten und er würde mir ein Freund werden, so wie du Alexander! Ich vermisse dich so sehr! Ich hoffe, dass er mein Freund wird, als Ersatz für dich, lieber Alexander. Ich wünsche dir alles Gute! In Liebe und Freundschaft, deine Silvia.

Ich musste weinen, als ich den Brief fertig gelesen hatte, sie fehlte mir, trotz der Liebe und Zuneigung von Carlo, ihre einzigartige Empfindsamkeit hat sie in diesen Brief wieder ausgedrückt, meine Silvia! Ich hoffte, Christian würde ihr eine guter Freund werden.

Christian

Jahr 1990 in Salzburg

Als meine Mutter die Tür öffnete und sie mich anlächelte, wusste ich, dass sie nicht alleine war. Sie wollte mir schon lange ihre neue Untermieterin vorstellen und ich hatte mich immer gesträubt, diese Bekanntschaft zu machen. Sie hatte bereits mehrere Untermieter und diesmal war es eine Masseurin die von München nach Salzburg übersiedelt war. Ich wusste von ihr dass sie siebenundzwanzig war, ledig und kinderlos. Meine Mutter hatte sie mir als hübsches, nettes Mädchen beschrieben, aber ich vergaß die anderen Informationen, es interessierte mich einfach nicht.
Ich hatte mein eigenes Leben, meinen Beruf und meinen Sport. Die sonntäglichen Pflichtbesuche bei ihr strengten mich zunehmend an und ich war froh dass sie jetzt eine Gesellschafterin hatte, somit konnte ich manchmal einen Besuch absagen und schuf mir damit einen Freiraum und vor allem Zeit. Ich war erst gestern von einer Auslandreise zurückgekehrt, ich war müde und der Nachmittag mit einer Unbekannten, machte mich gereizt. Doch ich ließ mir nichts anmerken, meine Erziehung verbot mir jegliche Gefühle. Seufzend fügte ich mich meinem Schicksal und beschloss den Nachmittag so schnell wie möglich hinter mich zu bringen.

Ich bin der einzige Sohn meiner Mutter und sie bekam mich sehr spät. Nach meinen zwölften Geburtstag starb mein Vater. Meine Mutter heiratete nie wieder und ich konnte mich auch nicht erinnern dass sie je Männerbekanntschaften hatte. Mein Vater war Direktor im Gymnasium dort lernte er meine Mutter, die als Lehrerin unterrichtete, kennen. Selbstverständlich war ihr Plan dass auch ich die Lehrerlaufbahn einschlagen würde. Ein sicherer und gut bezahlter Job mit viel Freizeit. Meine Eltern waren gutbürgerlich, konservativ und gläubig. Sie lebten in gezwungener Harmonie, nie gab es Streit, meine Mutter unterwarf sich in allem meinen Vater. Gefühle wurden unterdrückt, ich bekam keine Zuneigung, nie hatte ich meine Eltern in zärtlicher Umarmung gesehen, nie küssten sie sich, nie hatte ich meine Eltern nackt gesehen. Gefühle wurden beherrscht und nicht gewünscht, Emotionen waren tabu, Gefühle existierten einfach nicht. Ich lernte von meinen Eltern eiserne Disziplin und Perfektionismus. Mittelmaß gab es nicht und natürlich war ich einer der Besten im Gymnasium. Seit drei Generationen waren alle Lehrer geworden und genau solange war die Villa in der ich aufwuchs, in unseren Besitz.

Nach der Matura entschloss ich mich, gegen den Willen meiner Mutter, Informatik zu studieren. Ein ziemlich neuer Studienzweig denn die elektronische Datenverarbeitung steckte noch in den Kinderschuhen. Zum Studium übersiedelte ich nach Wien die nötige finanzielle Unterstützung für meine Wohnung erhielt ich von ihr. Aber alles hatte seinen Preis und meistens musste ich am Wochenende nach Salzburg pendeln um sie zu besuchen. Das Lernen fiel mir leicht und das Studium machte mir Freude und bald gab ich anderen Studenten Nachhilfe. Ich erzählte meiner Mutter nichts von meiner zusätzlichen Geldquelle und konnte mir damit Wünsche erfüllen die man als junger Mann hat. Kino, Lokalbesuche, Partys. Bei meinen Lokalbesuchen lernte ich Petra kennen. Ich war damals zwanzig Jahre alt und immer noch Jungfrau, genauso wie Petra. Wir hatten beide keine Ahnung von der körperlichen Liebe und so war auch unser Sexualleben. Wir taten es ohne Leidenschaft weil es eben dazu gehörte. Nun, ich würde sagen der Sex diente zur Befriedigung. Mehr nicht. Er war nett, so wie unsere Beziehung. Nach zwei Jahren verließ ich sie, ich begehrte sie nicht, ich hatte sie noch nie begehrt und ich wollte frei sein für eine Beziehung die ich mir leidenschaftlich vorstellte. Ich gab mich nie mit dem Mittelmaß zufrieden und obwohl ich meine Gefühle ständig unter Kontrolle hatte, loderte in mir ein sexueller Trieb den ich immer schwerer unterdrücken konnte.

Ich stürzte mich verbissen in mein Studium machte meinen Diplomingenieur und bereits nach zwei Jahren hatte ich meinen Doktortitel. Ich hatte sehr wenige Affären mit anderen Studentinnen, bei den Studentenpartys waren sie meistens betrunken wenn sie sich mit mir einließen. Auch beim Nachhilfeunterricht passierte es manchmal. Keine sexuelle Affäre mündete in eine Partnerschaft, die Frauen verließen mich nach kurzer Zeit, keine wollte sich öfter mit mir treffen. Und eine nannte mich spießig und verklemmt! Ich war kein Mann auf den Frauen flogen. Ich war nicht besonders gutaussehend, mein Gesicht entsprach nicht dem Schönheitsideal, aber ich war intelligent, sportlich und sehr groß. Ich lief mehrere Halbmarathon und trainierte im Fitnessraum der Mensa. Mein Körper war das Schönste an mir und durch das harte

Training dass ich mir auferlegte gelang es mir auch, das Verlangen nach Sex zu beherrschen.
Nach meinem Studium fand ich schnell Arbeit, Programmierer waren sehr gefragt. Mit achtundzwanzig Jahren bekam ich ein verlockendes Angebot in einem jungen, aufstrebenden Unternehmen in der Getränkeherstellung in der Nähe von Salzburg und ich nahm das Angebot an. Meine Mutter war enttäuscht dass ich nicht wieder zu ihr in die Villa zog, das oberste Geschoß stand leer und war für mich vorgesehen. Aber ich nahm mir eine Wohnung in der Nähe der Firma und ab diesen Zeitpunkt zogen Untermieter in die Villa ein.
Mein Chef, Rudolf, war genau wie ich: Ehrgeizig und süchtig nach Erfolg! Ich entwickelte Programme für die Abfüllung der Getränke und für die Logistik. Das Unternehmen wuchs zunehmend und meine Arbeit wurde finanziell anerkannt. Rudolf hatte gute Kontakte in der ganzen Welt und wollte die von mir entwickelten Programme vermarkten. Wir waren viel unterwegs bis er mein Verhandlungsgeschick erkannte und mich zunehmend alleine auf Dienstreisen schickte. Meine Taktik und mein Pokerface brachten dem Unternehmen ein Vermögen ein und ich hatte volle Entscheidungsfreiheit über die Geschäftsabschlüsse, nie wurden meine Verträge in Frage gestellt. Inzwischen hatte ich meine eigene Abteilung aufgebaut mit mehreren Mitarbeiten und so lernte ich Karin kennen. Ich brauchte dringend jemanden der mir die administrative Arbeit abnahm die mir viel Zeit kostete, Flüge und Hotels buchte, Termine koordinierte und der viele Schreibkram.
Karin war fünf Jahre älter als ich und attraktiv. Mehrere Monate hatten wir ein sexuelles Verhältnis, sie war erfahrener als ich, was keine Kunst war, sie zeigte mir Dinge die ich nicht kannte und ich war ein

williger Schüler. Ich wusste nicht was sie an mir fand, aber ich vermutete dass es meine berufliche Position und die damit verbundene Macht war. Als sie sich in einen Kollegen verliebte und es mir gestand, beendeten wir die Affäre freundschaftlich, bis heute arbeitet sie immer noch für mich.
Ich saß oft zehn Stunden täglich, sechs Tage in der Woche im Büro oder war auf Dienstreisen und meine Arbeit war kräfteraubend. Die geschäftlichen Besprechungen zogen sich oft in die Länge und die damit verbunden Abendessen auch, meistens fiel ich abends müde ins Bett. Ich hatte keine Zeit das Geld meines rasch wachsenden Kapitals auszugeben und ein Privatleben gab es nicht. Mehr und mehr sehnte ich mich nach einer Frau die meine Bedürfnisse erfüllen würde. Ich wollte nicht unbedingt eine Beziehung, die Zeit dazu würde mir fehlen, sondern ein sexuelles Verhältnis indem ich den Ausgleich zu meinen Job finden könnte. Diese romantischen Vorstellungen von der allumfassenden Liebe hatte ich schon lange ad acta gelegt. Ich wollte keine Enttäuschungen mehr in meinen Leben und keine verletzenden Worte von einer Frau.

Ich ging ins Wohnzimmer und zuckte zusammen als ich sie dort sitzen sah. Ich starrte sie an. Das Gesicht eines Kindes, so jung und unschuldig. Ich hätte sie auf Anfang zwanzig geschätzt und konnte nicht glauben dass sie wesentlich älter war. Sie hatte wunderschöne große, dunkelgrüne Augen, aber diese Augen schienen leblos.
Sie stand auf, ich gab ihr die Hand und brachte heiser einige Wörter heraus, die sie höflich erwiderte und dann sah sie mich mit eisiger Kälte an, sie gab mir mit ihren Blick zu verstehen dass sie keine Nähe wünschte! Ich musste mich von ihr abwenden, ich

konnte die Abwehr in ihren Augen nicht ertragen. Als sie sich setzte musterte ich ihre Figur.

Dieser Widerspruch! Diese Sinnlichkeit! Ihr Körper war eine einzige erotische Ausstrahlung, er signalisierte jeden Mann eine mir unbekannte Aufforderung. Nimm mich!

Ihr Gesicht und ihr Körper passten einfach nicht zusammen, jeder Teil sagte etwas völlig anderes aus und doch war sie perfekt für einen Mann. Sie hatte eine animalische Anmut, die meine Triebe völlig außer Kontrolle geraten ließen. Ich versuchte mir nichts anmerken zu lassen was ich jetzt empfand. Ich verzehrte mich nach ihr!

Verzweifelt versuchte ich eine Unterhaltung in Gang zu bringen, was mir unter normalen Umständen im Geschäftsleben immer gelang. Ich erzählte von meiner letzten Dienstreise und endlich beruhigte ich mich. Ich wollte ihre Augen noch einmal sehen und als sie zu mir aufsah, hielt sie meinem Blick unsicher stand. Ich sprach und sie hörte mir still zu, sah mich immer wieder an. Während ich redete fixierte ich sie mit meinen Augen, ich konnte den Blick nicht von ihr abwenden, sie lächelt mich kurz an, ich erzählte immer noch von meiner Arbeit als sie plötzlich aufstand und sich verabschiedete, ich reichte ihr die Hand, sie ging ohne sich umzudrehen. Nein, sie ging nicht, sie bewegte sich geschmeidig wie eine Katze. Diese Sinnlichkeit, verursacht durch ihre langsamen Bewegungen, machte mich fast verrückt nach ihrem Körper. Ich ertrug es kaum, dieses Verzehren nach einer Frau die ich nie erobern konnte.

Immer wieder musste ich an sie denken, was verbarg sich hinter diesem Gesicht, was machte ihre Augen so traurig? Ich wollte wissen welches Leben sie geführt hat, ich war besessen darauf alles, wirklich alles von ihr zu erfahren.

Mein Leben hatte sich durch diese Begegnung mit ihr völlig verändert, ich spürte eine Leidenschaft in mir lodern die mir bis dato unbekannt war. Aber ich hatte jetzt ein Ziel und nichts und niemand würde mich davon abbringen. Ich wollte sie näher kennenlernen, mit ihr zusammen sein und ich würde ihr meine Freundschaft anbieten. Nur meine Freundschaft, ich begehrte sie und ich liebte sie, obwohl ich sie kaum kannte. Aber sie würde mich nie lieben und auf keinen Fall anziehend finden. Dessen war ich mir voll bewusst. Und dieses Bewusstsein schmerzte unerträglich.

Knapp eine Woche später sah ich sie wieder, sie stand am Balkon als ich aus dem Auto stieg und instinktiv nach oben blickte. Ich erschrak als ich merkte dass sie mich anscheinend bei meiner Ankunft beobachtet hatte, ich nickte ihr zu um dann schnell in die Wohnung zu gelangen. Es war warm, der erste schöne Frühlingstag, und meine Mutter hatte auf der Terrasse den Kaffeetisch gedeckt. Wir saßen genau unter dem Balkon wo Silvia gerade gestanden hatte. Was gäbe ich darum, nochmals einen Blick von ihr zu erhaschen, ich wünschte nichts sehnsüchtiger als wäre sie jetzt bei mir, nur damit ich sie ansehen konnte. Kurz darauf hörte ich ein Auto wegfahren.
Ich kam mir vor wie ein verliebter Jüngling doch ich war ein Mann mit achtunddreißig Jahren und beruflich erfolgreich. Meine Mitarbeiter und Geschäftspartner begegneten mir mit aufrichtigem Respekt. Durch mein selbstbewusstes Auftreten und mein Können, hatte ich noch nie Probleme wenn ich Anweisungen gab oder Vorschläge einbrachte.

Ich hatte eine große Autorität die niemand in Frage stellte. Aber in der Liebe war ich immer noch ein Anfänger.

Der Besuch strengte mich an, ich konnte mich kaum konzentrieren, ich dachte ständig an Silvia.
Nach einer Stunde verabschiedete ich mich und als ich zu meinen Wagen ging, kam Silvia zurück und ich bereute meinen schnellen Aufbruch zutiefst. Sie lächelte als sie ausstieg und auch bei unserer zweiten Begegnung war ihre Anziehungskraft ungebrochen.

Seit Monaten traf ich sie in der Folge meiner Besuche immer wieder kurz und jedes Mal schmerzte es mehr wenn ich sie sah. Immer noch hatte ich den besessenen Wunsch ihr Leben zu ergründen und geradezu verbissen versuchte ich ständig meine Mutter über sie auszufragen. Doch sie wusste mir nie etwas über ihr Privatleben zu berichten.
„Du magst das Mädchen, nicht wahr?", fragte sie mich.
Ich ärgerte mich weil sie es bemerkte und ich erklärte ihr, nur aus reiner Höflichkeit zu fragen, insgeheim beschloss ich nie wieder dieses Thema anzusprechen.

Beruflich musste ich für sechs Wochen nach Hamburg verreisen und ich war erleichtert darüber Silvia nicht zu sehen. Die Gedanken an sie und vor allem das Begehren ihres Körpers beherrschten mich zunehmend, mit der Reise konnte ich vielleicht Abstand gewinnen und sie vielleicht sogar vergessen. Ich hatte mir mein Bestreben ihre Freundschaft zu gewinnen, wesentlich einfacher vorgestellt.

Die lange Dienstreise zerrte an mir, die Arbeit erforderte meine volle Konzentration und am Abend war ich so müde dass ich im Hotelzimmer sofort einschlief. Die wenige Freizeit die mir blieb, nutzte ich zur Vorbereitung für die Arbeit am nächsten Tag. Ich hatte keine Zeit an Silvia zu denken. Erst beim Flug nach Hause begannen meine Gedanken wieder um sie zu kreisen. Es gelang mir nicht sie zu vergessen.

Als ich mit dem Auto zum Haus meiner Mutter in die Auffahrt einbog sah ich zum Fenster von Silvia hoch. Die Vorhänge waren zugezogen und nichts deutete auf eine Veränderung hin. Es war Herbst geworden und doch war es angenehm warm als ich mich auf der Terrasse im Sessel niederließ.
Ich erzählte Mutter von Hamburg und als ich mich verabschiedete, sagte sie mir dass Silvia ausgezogen war, sie hatte eine Stelle als Masseurin bekommen und die Arbeit lag in der Innenstadt. Da sie nicht täglich pendeln wollte, zog sie in eine Wohnung in der Nähe ihrer Arbeitsstelle.
Und ich sollte Silvia anrufen, sie gab mir die Telefonnummer.
„Warum sollte ich das tun, hast du sie da nicht missverstanden!", sagte ich zweifelnd, aber insgeheim hoffend.
„Sie würde gerne mit dir auf einen Kaffee gehen."
Mutter sah mich aufmunternd an und versicherte mir, dass Silvia auf meinen Anruf warten würde.
Ich steckte den Zettel ein und dachte, was sie wohl mit dieser Geste bezwecken wollte. Merkwürdige Gefühle beherrschen mich, Unsicherheit, Angst und doch waren die Gefühle der Freude sie wieder zu sehen, größer.
Ich fuhr nach Hause um mich umzuziehen und dann ging ich spazieren um nachzudenken.

Ich marschierte schnell, als ich jemanden meinen Namen rufen hörte. Abrupt blieb ich stehen und drehte mich um.
Silvia stand völlig außer Atem vor mir, ihre Haare klebten an ihrem heißen, feuchten Gesicht, wie unglaublich sinnlich sie aussah! Sie stieß keuchend heraus.
"Ich hatte sie gar nicht erkannt in den Jeans, aber dann war ich mir sicher und lief ihnen nach. Warum haben sie mich nicht angerufen?"
Fragend und unsicher sah sie mich an. Ich war so über ihr Erscheinen überrascht dass ich sie nur anstarrte und kein Wort herausbrachte, schnell fügte sie immer noch atemlos hinzu.
„Ich wollte mich nicht aufdrängen, entschuldigen sie bitte!"
Sie sah mich so traurig an dass ich schnell meine Fassung wiederfand und ich erzählte ihr von meinen Auslandsaufenthalt und dass ich ihre Telefonnummer gerade erst erhalten hatte. Sie schien erleichtert darüber, aber ich war wieder völlig in ihren Bann gefangen, schmerzlich gefangen.
Nebeneinander gehend ohne uns zu berühren erzählte sie von ihrem neuen Job und ihrer Wohnung und wir stellten fest dass sie in unmittelbarer Nähe meines Wohnsitzes lag.

Wir trafen uns einige Tage später wieder und spazierten im Park mit gebührendem Abstand zwischen uns. Sie erzählte mir von einer neuen Bekanntschaft die sie gestern machte.
„Er sieht gut aus, ich bemerkte ihn sofort im Geschäft als ich Jeans probierte und mich im Spiegel ansah und wissen sie, was er tat?"
„Nein."
Ich hatte keine Ahnung warum sie mir das erzählte.

„Er pfiff anerkennend und sagte ich sehe toll aus in den Jeans und ohne sehe ich sicher auch gut aus! Verstehen sie, es erregte mich, was er sagte."
Sie sah mich grinsend an. Ich war so perplex über ihre Worte, sie erzählte mir, wie ein anderer Mann sie erregte. Ich sagte nichts, spürte ein Unbehagen und dann setzte sie nach.
„Ich werde ihn wiedersehen und dann wird es passieren."
Wieder grinste sie, ich wusste sie würde mit ihm schlafen. Warum quälte sie mich so?

Wir trafen uns immer wieder, alle paar Tage, es war kälter geworden, meisten gingen wir in ein Café.
Und ständig erzählte sie mir von ihren Männerbekanntschaften, sie hatte das Bedürfnis mich an ihrem Leben teilnehmen zu lassen indem sie mir alles mitteilte, obwohl sie mich kaum kannte.

An eine Sonntag, wir spazierten wieder im Park, begann sie abermals mit ihren Erzählungen.
„Christian, ich habe wieder jemanden kennen gelernt, er ist attraktiv, wir begegneten uns als wir beide aus dem Supermarkt kamen und zu unseren Autos gingen, er lud mich spontan für nächste Woche ..."

Ich hörte ihr nicht mehr zu, ich verschloss meinen Ohren vor einer weiteren schmerzvollen Erfahrung, ich konnte ihre Liebesgeschichten und Affären nicht mehr ertragen, natürlich sah er gut aus, alle Männer mit denen sie sich traf, waren attraktiv. Außer ich, aber mich wollte sie auch nicht. Ich ging schneller, sie konnte mir kaum folgen als sie plötzlich stehen blieb und sich auf eine Bank setzte und seufzte.
„Christian, sie laufen immer so schnell."

Sie bot mir mit der Hand den Platz neben sich an.
Ich ließ mich auf der Bank nieder und sie erzählte weiter.
„Wissen sie, ich kann jeden Mann haben den ich will, wirklich jeden!"
Ich nickte, Bitterkeit stieg in mir hoch und dann wandte ich den Kopf zur Seite und starrte auf die Bäume. Sie lachte, und dann tat sie etwas was sie besser nicht hätte tun sollen. Sie schwang ihre Füße auf die Bank, legte ihren Kopf auf meine Oberschenkel und schloss die Augen vor der Sonne. Ihre Berührung war unerträglich intim, ich legte meinen Arm auf die Lehne der Bank und ballte meine Hand zu einer Faust. Als sie wieder zu sprechen begann, rutschte sie mit ihren Kopf auf meinen Oberschenkel hin und her und ich wurde immer erregter. Als sie nahe an meine Lenden kam, hielt ich ihre Nähe kaum noch aus und dann sagte sie etwas was mich zusammenzucken ließ.
„Wissen sie Christian, ich brauche die körperliche Liebe, die braucht doch jeder!"
Fragend sah sie mich an und ich murmelte leise.
„Ja, natürlich."
Sie schloss die Augen, sie meinte jeden anderen Mann, nicht mich, ich brauchte in ihren Augen keine körperliche Liebe. Ich nicht! Die Sehnsucht nach Liebkosungen ihres Körpers stiegen in mir hoch und dann sah ich sie lange an, das Gesicht, ihre vollen Brüste die sich langsam mit jedem Atemzug hoben und senkten, ihre Hände die sie in ihren Schoß gelegt hatte. Ich begehrte sie, ich wollte sie, aber ich wagte nicht, sie anzurühren. Ich hatte zu große Angst vor ihrer Zurückweisung. Sie rutschte wieder auf der Bank hin und her und drehte sich seitlich zu mir. Ihr Kopf lag nahe bei meinen Genitalien, ja sie berührte fast mit ihren Mund meine Jeans. Ich fürchtete sie

könnte meine Erregung in meinen Schoß spüren und hastig schob ich sie weg.
„Gehen wir!"
Keuchend stand ich auf, was hatte sie nur aus mir gemacht, ich sehnte mich nach ihren Körper, ich drehte mich weg von ihr, wollte nicht dass sie mein Verlangen sah. Ich ging schnell voraus, sie lief mir nach und holte mich erst beim Auto ein.

Ich lud sie noch ins Café ein ich schaffte es nicht sie jetzt nach Hause zu fahren. Ich brauchte ihre Nähe obwohl ich darunter litt.
Sie bestellte sich Orangensaft und lächelte mich an.
„Wollen wir nicht du zueinander sagen?"
Ich nickte und Silvia stieß mit ihren Orangensaft an meine Kaffeetasse, dann beugte sie sich zu mir und küsste mich auf den Mund. Bei ihrer Berührung schloss ich die Augen, wollte diese Zärtlichkeit auskosten, sie wendete sich sofort wieder von mir ab, ich öffnete die Augen, sie lehnte sich zurück und sah mich schweigend an. Langsam kam sie wieder näher, sie legte ihre Hand in meinen Nacken und zog mich zu sich. Sie küsste mich, wieder auf den Mund, sehr lange. Ihre weichen Lippen an meinen, es erregte mich, dieser Kuss.
„Du bist mein Alexander!" sagte sie und lächelte.
„Alexander? Wer ist Alexander?"
„Ich hatte einen Freund, er war auch schwul."
Ich sah sie fassungslos an.
„Was, schwul? Nein, ich bin nicht schwul!"
Silvia sah mich schockiert an.
„Nein?"
„Nein, wie kommst du auf eine solche Vermutung?"
Ich zweifelte an ihren Verstand, ich hatte doch keine Anzeichen eines Schwulen.

„Aber ich habe dir alles von meinen Bekanntschaften erzählt, es hat dich nicht gestört, wenn du ein normaler Mann wärst, dann."
Sie hörte abrupt zu reden auf, sah mich verzweifelt an.
„Ich war noch nie schwul!"
Ich schleuderte es ihr ins Gesicht und ärgerte mich über ihre Dummheit und ihren Glauben ich sei homosexuell. Ich bezahlte sofort unsere Getränke und drängte sie zum Aufbruch. Ich konnte diese Anschuldigung nicht ertragen. Warum hatte sie mich nochmals geküsst, lange geküsst! Einen Schwulen!

Schweigend stiegen wir in mein Auto und ich fuhr sie nach Hause.
Ich musste ihr endlich sagen dass ich sie begehrte und liebte und damit alles aufs Spiel setzen, ihre Freundschaft, ihr Vertrauen, ihre Nähe, einfach alles, aber ich konnte so nicht weiterleben, es war erbärmlich wie schlecht es mir ging, und ich wollte dass diese Farce endlich ein Ende nahm.

Wir trafen uns wieder, keiner erwähnte diese homosexuelle Geschichte. Es war peinlich, dieses seltsame Gespräch damals im Café. Sie sprach nicht mehr von ihren Liebhabern und sie war jetzt distanziert und berührte mich nicht mehr. Ich erwähnte meine dreitägige Geschäftsreise nach Paris, sie war begeistert, sie war noch nie in Paris, ich musste ihr alles von dieser Stadt erzählen. Ich wusste nicht was ich mir dabei dachte, als ich ihr anbot mich zu begleiten.
„Ich würde zwei Tage beschäftigt sein, aber wir könnten uns dann noch einen Tag Paris ansehen."
Sie stimmte sofort freudig zu und sah mich plötzlich merkwürdig an.

„Ich würde selbstverständlich zwei Einzelzimmer buchen!", meinte ich und bitter nahm ich ihre Erleichterung wahr.

Sie war begeistert von dem Flug, sie gestand mir noch nie geflogen zu sein und plötzlich nahm sie meine Hand, ich wusste nicht ob es freundschaftlich war oder ob sie mich mochte, jetzt wo sie wusste dass ich nicht schwul war.

Wir gingen am Abend essen und ihre Kultiviertheit überraschte mich. Sie bestellte sich einen Aperitif und wusste welcher Wein zu welchem Gericht passte. Ich hatte keine Zweifel daran dass sie schon oft in einen Nobelrestaurant essen war. Aber mit wem? Ich wusste kaum etwas von ihr.
Nach dem Essen begleitete ich sie zu ihrem Zimmer und sie bat mich in einer Stunde um Besuch. Sie wollte mehr über die Sehenswürdigkeiten erfahren die sie sich morgen ansehen würde.

Als ich sie kurz darauf aufsuchte, war sie geduscht, ihre Haare waren noch feucht und sie trug einen Bademantel.
Sie setzte sich aufs Bett und ich ging auf den Balkon. Ich kehrte ihr den Rücken zu und meine Stimme versagte fast.
„Ich liebe dich Silvia!"
Die Stille darauf war unerträglich lang, sie antwortete nicht und ich wagte nicht, mich umzudrehen und ihr in die Augen zu sehen.
Aber ich dann spürte ich ihre Hand auf meinen Rücken und als sie mich mit beiden Armen umschlang, drehte ich mich um, sie schien überrascht über mein Liebesgeständnis und dann legte sie ihren Kopf auf meine Brust. Vorsichtig legte

ich meine Arme um sie und als sie ihren Kopf hob, sah sie mir ernst in die Augen. Sie nahm mein Gesicht in ihre Hände und zog mich zu sich. Ich ließ sie gewähren und sie küsste mich so zaghaft und vorsichtig dass ich mir nicht sicher war, ob sie das auch wirklich wollte.
Aber ihre Berührungen hatten mich erregt, mein Trieb war nicht mehr zu unterdrücken.

Ich packte sie mit meinen Händen an den Schultern und drängte sie rückwärts zum Bett. Sie stolpert als sie ans Bett stieß und ich fing sie auf indem ich meine Hände um ihre Handgelenke legte.
Mit festem Griff hielt ich sie fest, sie wehrte sich nicht. Hastig drückte ich ihren Körper aufs Bett, sie lag vor mir und sah mich an. Ich wendete den Blick von ihr ab, um eine mögliche Abwehr in ihren Augen nicht zu sehen, denn ich wollte sie, jetzt sofort, ich hatte mich nicht mehr unter Kontrolle. Ihr Bademantel hatte sich ein wenig geöffnet und ich sah ihre nackte Brust, mit einer Hand hielt ich sie immer noch fest, mit der anderen Hand löste ich die Kordel des Mantels und gleichzeitig riss ich ihr den Mantel auseinander. Sie lag völlig nackt vor mir, dieser Körper würde bald mir gehören, ich wollte mich mit ihr vereinen, in ihr sein, sie besitzen!
Ich ließ sie kurz los und immer noch lag sie passiv und völlig ruhig vor mir, ich sah ihr nicht ins Gesicht als ich mir meine Hose zitternd vor Lust aufknöpfte und auszog. Und dann erst sah ich dass sie unten rasiert war, es sah pervers aus, man sah alles sehr genau. Der Anblick erregte mich noch mehr. Ich hielt sie an den Handgelenken fest und drängend schob ich meinen Körper zwischen ihre Beine. Sie leistete keinen Widerstand und das bestärkte mich auch noch in meiner Begierde. Ich hatte die Beherrschung

völlig verloren als ich mich auf sie legte und in sie eindrang um mich Stoß um Stoß zum Höhepunkt zu treiben. Es dauerte nicht lange bis ich das Gefühl der Befriedigung in meine Lenden spürte und keuchend sah ich zu ihr hinunter. Sie hatte die Augen geschlossen und atmete schnell, ihre Brüste hoben und senkten sich, ihr Mund war leicht geöffnet und dann stöhnte sie, ich war gefangen von ihrer Sinnlichkeit die ich noch nie bei einer Frau so intensiv erlebt und gesehen hatte. Ich sackte über ihren Körper zusammen, mein Gesicht drehte ich von ihr weg. Keuchend lag ich da und spürte durch mein dünnes Hemd ihren warmen Körper und ihre festen Brüste unter mir. Ich schloss die Augen, dachte, ich würde so lange liegen bleiben, solange sie es zuließ. Nach langer Zeit bewegte sie ihre Hände und ich bemerkte entsetzt dass ich immer noch ihre Handgelenke fest umklammert hielt. Sofort ließ ich sie los und wartet darauf dass sie mich wegstoßen würde, sie schob meinen Körper sanft von ihren runter und hastig stand ich auf und zog meine Hose an. Ich wagte nicht sie anzusehen, murmelte eine Entschuldigung und floh aus dem Hotelzimmer.

In meinem Zimmer beherrschten mich die Gedanken an sie, was hatte ich ihr nur angetan! Aber das Begehren und die Gier nach ihrem Körper war größer, als die Liebe, die ich für sie empfand. Ich konnte nicht schlafen und schämte mich für meine Unbeherrschtheit.

Am Morgen beeilte ich mich um vor ihr beim Frühstück zu sein. Ich wollte sie nicht so bald sehen und doch wusste ich dass dies unweigerlich geschehen würde. Ich musste mich ihrer unvermeidlichen Ablehnung stellen, aber ich war jetzt bereit dazu, sie hatte mir gehört in dieser kurzen Zeit als ich sie genommen hatte.

Ich kam gerade nackt aus der Dusche und zuckte zusammen, als es an meiner Tür klopfte. Mein Herz raste, schnell zog ich mir den Bademantel an. Immer lauter und energischer wurde das Klopfen und erstarb als ich die Tür öffnete.
Silvia stand vor mir! Ich sah ihre verweinten Augen als sie sich bei mir vorbei in mein Zimmer drängte. Ich schloss die Tür und hatte ihr immer noch den Rücken zugewandt, ich hatte Angst sie anzusehen.
„Verzeih mir",
stammelte ich stockend und dann spürte ich, wie sie mich zögernd umarmte und flüsterte.
„Bitte verzeih mir!"
Ich drehte mich um, starrte sie ungläubig an und sah in ihren Augen einen zärtlichen Ausdruck, sie sprach leise, fast verzweifelt.
„Es tut mir so leid, was ich dir angetan habe, ich wusste nicht dass du mich liebst, ich habe dich grausam gequält mit meinen Erzählungen über mein Liebesleben, und du hast mir schweigend zugehört wie ein guter Freund. Wie dumm war ich in meiner Vermutung dass du schwul bist. Ich war so naiv, ich habe dich geküsst und berührt, ich bemerkte nicht dass du mich begehrst."
Sie senkte den Blick, plötzlich streifte sie den Bademantel ab, er fiel auf den Boden, sie stand nackt vor mir, und dann zog sie mich zum Bett und flüsterte.
„Ich will es wieder gutmachen, komm!"
Sie nahm mich bei den Hüften, schob mich zwischen ihre Beine. Sie schloss die Augen und überließ mir die Oberhand.

Wir hatten Sex, leidenschaftlichen, wollüstigen Sex, der mit Liebe kaum etwas zu tun hatte, ich befasste mich hemmungslos nur mit ihren Schoss bis zum Orgasmus. Als ich auf ihr lag, fing sie an, mich zärtlich am Rücken zu streicheln. Ich hatte die Augen geschlossen und meine verwirrenden Gefühle waren so stark das sich meine Augen mit Tränen füllten. Sie sah meine Tränen und blickte mich unendlich zärtlich an, küsste mich vorsichtig und dann leidenschaftlich, fast fordernd. Ich dachte wie viele Männer sie schon so geküsst hatte und voller Schmerz schob ich sie von mir weg. Erstaunt sah sie mich an und trotzig zog sie mich wieder zu sich, küsste mich, streichelte mich. Ihr Körper bog sich förmlich, sie streckte mir ihre Brüste entgegen, ihre Augen waren geschlossen, der Kopf zurückgelegt, sie drängte sich an mich, rieb ihre Brüste an mir, stöhnte leise.

Und dann überwand ich alle Schranken der Zweifel, die Angst der Zurückweisung war gewichen, fordernd meine Hände an ihren Körper, nahm ich mir was ich begehrte und sie mir anbot. Ich berührte ihre Brüste und liebkoste sie mit meinen Händen und meinen Lippen, ich überwältigte sie mit einer mir bis dahin unbekannten Leidenschaft. Wir konnten beide nicht mehr voneinander lassen, umschlangen uns mit Händen und Beinen, küssten und berührten uns immer wieder, bis wir erschöpft nebeneinander lagen.

Ich hatte keine Zeit mehr zu frühstücken, ich schaffte es gerade noch rechtzeitig zu meinem Geschäftstermin. Ununterbrochen dachte ich an Silvia, konnte mich kaum auf meine Verhandlungen konzentrieren, alleine der Gedanke an sie erregte mich.

Als ich am späten Nachmittag ins Hotel zurückkehrte klopfte ich an ihre Tür. Sie öffnete mir, schmiegte sich in meine Arme, küsste mich, ich war so berührt von ihren Liebkosungen, ich kannte dieses schöne Gefühl nicht. Ich ging in mein Zimmer, duschte und zog mich zum Abendessen um. Dann holte ich sie ab.

Sie trug einen vanillefarbenen Hosenanzug, er passte ihr perfekt. Sie sah umwerfend aus, der helle Hosenanzug, ihre roten, langen Locken, ihre dunkelgrünen Augen. Ich sah sie immer nur in Jeans, der Hosenanzug war elegant und sie sah verändert aus, wie eine Lady, sie passte zu mir, ich trug Anzug und Krawatte. Wir bestellten unser Essen, es war heiß im Restaurant. Nach der Hauptspeise sagte sie zu mir.
„Christian, ich sterbe vor Hitze, stört es dich wenn ich meine Jacke ausziehe?"
Ich lächelte, ihr Gesicht war gerötet.
„Natürlich nicht."
Sie knöpfte die Jacke auf und zog sie aus. Mir blieb fast die Luft weg, bei diesem Anblick. Durchsichtig, ein Hauch aus durchsichtiger Spitze, nur die Brüste waren bedeckt.
Am Nebentisch fiel eine Gabel zu Boden, ein Mann starrte sie an. Sie erregte Aufsehen und sie erregte mich.
Ich lehnte das Dessert ab, konnte es kaum erwarten mit ihr ins Bett zu gehen. Ich genoss die Blicke der anderen Männer, es war ein Businneshotel, ausgerichtet auf Geschäftsreisen, fast nur Männer waren im Hotel.
Silvia aß das Dessert, sie lächelte mich an, ich konnte mein Glück kaum fassen sie bei mir zu haben, mit ihr zu schlafen, ich hatte es mir vorgestellt, in

meiner Fantasie, aber ich wusste das es nie in Erfüllung gehen würde!
Sex mit ihr, unmöglich! Und jetzt! Ich hatte sie fast vergewaltigt gestern Abend und sie gestand mir ihre Liebe. Warum wagte ich nicht ihr früher die Wahrheit zu gestehen! Das ich sie liebte und begehrte. Aber ich fürchtete ihre Zurückweisung, ich wollte sie nicht verlieren, ich begnügte mich mit ihrer Freundschaft obwohl es grausam war ihre Liebesgeschichten zu hören, es war verletzend und demütigend. Ein Mann mit achtunddreißig Jahren, konnte nicht hoffen, eine junge, überaus erotische Frau zu erobern. Eine Frau die immer wieder gutaussehenden, jungen Männern den Vorzug gab. Aber jetzt gehörte sie mir, zumindest für eine Weile, ich wollte nicht daran denken wann sie sich wieder von mir abwenden würde, es ging immer schnell bei ihr, sie hatte mir ständig von ihren wechselnden Liebhabern erzählt.

Wir gingen hinauf zu unseren Zimmern, Silvia nahm meine Hand, ließ mich nicht los, als ich sie zu ihrem Zimmer brachte. Ich wagte nicht sie zu fragen ob sie zu mir kommen würde, ich hatte Verlangen nach ihr, aber ich wollte sie nicht bedrängen, nicht so wie gestern. Sie sah mich unsicher an, ich schwieg, sie stellte sich auf die Zehenspitzen um mir nahe zu sein und flüsterte.
„Kann ich bei dir schlafen?"
Sie ergriff die Initiative, mir fehlte der Mut dazu, ich lächelte sie an.
„Ja, gerne", sagte ich, mehr fiel mir in meiner Aufregung nicht ein.
Sie grinste, ihre Augen glänzten und dann sah ich dieses Verlangen in ihrem Blick, es war eine Aufforderung an mich, ihr Körper signalisierte Lust.

Noch nie war ich von einer Frau so offensichtlich zum Sex aufgefordert worden.

Ich sperrte die Tür meines Hotelzimmers auf, sie drängte sich hastig hinein, mit einen Ruck lockerte sie mir die Krawatte, knöpfte mein Hemd auf, sie machte das so schnell und routiniert das ich daran dachte wie oft sie Männer so ausgezogen hatte. In einigen Schritten war sie beim Bett, während des Gehens entledigte sie sich ihres Oberteils. Sie drehte sich zu mir, ihre Hände an meiner Hose, ich konnte mich nicht mehr zurückhalten, knöpfte ihre Hose auf, riss sie ihr hinunter.
Leidenschaftlich und wild liebten wir uns.
Mein Sexualleben lief immer auf Sparflamme. Silvia entfachte das Feuer in mir, es flammte auf, es loderte, es wurde zu einen Feuerwerk. Noch nie war ich so erregt!
Sie stöhnte laut und dann kam sie zum Orgasmus. Sie bäumte sich auf, krallte ihre Finger in mein Gesäß, sie glitt mit ihren Schoss weg, sie war so wild, ich musste sie festhalten, sonst würde mein Penis aus ihren Leib rutschen. Ich drückte sie aufs Bett sie richtete ihren Oberkörper auf und stemmte sich gegen mich. Ihr Kopf war weit nach hinten gebogen, die Brüste standen aufrecht mir entgegen. Alleine dieser Anblick brachte mich um den Verstand. Ich stieß wieder zu, fest und schnell, bis zum Orgasmus. Diese offene Sexualität, es war pervers diese Lust die sie mir zeigte, ich konnte es nicht glauben, dass es eine solche Frau gibt. Ein Mann war leidenschaftlich, wild, vulgär, aber nicht eine Frau. Wie viele Männer hatte sie schon glücklich gemacht, mit ihren Körper und ihrer Hemmungslosigkeit.

Die ganze Nacht lag sie dicht neben mir, am Morgen fasste ich ihr an die Brust, ich konnte mich nicht beherrschen, dieser schöne, warme, nackte Körper an meinen Körper. Ich musste sie angreifen! Sie schlug die Augen auf und lächelte und wieder dieser Glanz in ihren Augen! Sie schlang ihre Arme um mich, wieder liebten wir uns, was hatte ich nur alles versäumt in meinen Leben! Ohne körperlicher Liebe! Ohne sie!

Wir bummelten durch Paris, sie suchte meine Nähe, hielt meine Hand, legte ihren Arm um meine Hüften, ich genoss ihr Anlehnungsbedürfnis und die bewunderten Blicke der anderen Männer.
Sie blieb vor einen Schaufenster stehen, betrachtete eine sündhaft teure Jacke, ich kaufte sie ihr. Ich wollte sie verwöhnen für diese zwei Nächte die sie mit mir verbrachte, ich würde ihr alles kaufen nur um ihr eine Freude zu bereiten. Ich wusste nicht warum ich mich von ihr so angezogen fühlte, sie war hübsch, klein und hatte eine zarte Statur. Es gab viele hübsche Frauen die so aussahen wie sie.
Aber sie hatte eine Ausstrahlung was jeden Mann sofort an Sex denken ließ, an Sex mit ihr. Ich wusste nicht was es genau war, sie war eine Kindfrau mit einen betörenden weiblichen Körper. Es war das Gesamtbild von ihr, ihre Bewegungen, dieser wissende Blick, ihr unverschämtes Lächeln und diese glänzenden Augen, die zu Sex aufforderten. Dies alles löste in mir Lustgefühle aus.

Der Flug von Paris nach Salzburg verging viel zu schnell, wir fuhren mit dem Taxi zu ihrer Wohnung. Wir saßen am Rücksitz, ich schwieg und dachte schmerzlich daran wie es mit uns weitergehen würde. Wollte sie diese Liebschaft mit mir fortsetzen, oder

würde sie mich fallen lassen, so wie die anderen Männer. Ich hatte keine Ahnung wie sie wirklich war. Das Taxi hielt, sie beugte sich zu mir.
„Kommst du noch mit in die Wohnung?"
Ich war erstaunt über ihre Aufforderung, sie hatte mir oft erzählt, dass sie nie Männer zu sich einlud, niemals.
Ich bezahlte das Taxi, schleppte die Koffer in den zweiten Stock ihrer Wohnung. Sie öffnete die Tür, ich konnte die Koffer noch im Flur abstellen als sie mich heftig zu sich zog.
„Komm, ich will dich."
Sie sah mir in die Augen, sie war unersättlich. Sie brach alle Tabus die ich von Frauen kannte, sie ergriff die Initiative, wie es sonst nur ein Mann tat, sie wusste genau was sie wollte! Diese erste Nacht in Paris als ich sie mir nahm, sie hätte es verhindern können, aber sie tat es nicht, sie hat es zugelassen, ohne Gegenwehr. Sie wollte es!
Wir landeten im Wohnzimmer auf der Couch, liebten uns, spielten weiter auf den Boden, sie konnte nicht genug kriegen, ihre Hände waren immer an mir, ich konnte nicht glauben wie unglaublich erregt sie war, sie stöhnte laut auf, atmete schnell, bewegte ihren Oberkörper und ihre Brüste so lustvoll vor mir, dass ich mich zurückhalten musste nicht gleich zu kommen. Sie schob mich plötzlich weg, ich hatte das Gefühl sie wollte es rauszögern, sie küsste mich sanft, dann stürmisch, sie setzte sich auf mich, ritt mich mit geschlossenen Augen, ich starrte sie an, ihre Brüste wippten im Takt, dann kam sie, lustvoll schreiend. Ich kam sofort als ich ihre Schreie hörte, stöhnende, tiefe Schreie. Sie brachte mich um den Verstand mit ihrer rohen Wollust.
Ich war erschöpft, es war anstrengend mit ihr, ich hatte wenig geschlafen, die letzten zwei Nächte. Sie

legte sich neben mich auf die Couch, den Kopf an meiner Schulter.
„Christian, ich mag dich", sie schmiegte sich noch näher in meine Arme, „und du bist gut im Bett."
Wieder überraschte sie mich mit ihrer direkten Art. Ich überlegte was mich gut im Bett machte, sie hatte mich verführt, mich fast genötigt mit ihr zu schlafen, sie alleine bestimmte wie wir es taten.
„Du bist ausdauernd, das gefällt mir, und du bist wild."
Hatte sie meine Gedanken gelesen? Natürlich war ich wild, ich war auch noch nie so erregt.

Ich stand auf, zog mich an, sie sah zu mir hoch.
„Du willst schon gehen, hat es dir nicht gefallen?"
„Doch", ich suchte nach Worten, „es war schön, aber ich muss morgen arbeiten, ich habe Termine."
„Ich muss auch arbeiten, du könntest bei mir schlafen, ich will nicht, dass du schon gehst."
Fast traurig blickte sie mich an.
Ich war gefangen in ihren dunkelgrünen Augen, sie glänzten wieder, aber diesmal waren es Tränen. Ich setzte mich wieder zu ihr auf die Couch.
„Warum weinst du, weil ich gehen wollte?"
Sie schüttelte den Kopf.
„Ich glaube, ich habe mich in dich verliebt."
Ich konnte es nicht glauben, sie liebte mich. Mich! Aber ich verstand sie nicht, sie weinte weil sie mich liebte, diese Reaktion von ihr ergab keinen Sinn.
„Das ist doch schön, ich liebe dich auch, vom ersten Augenblick an habe ich dich geliebt."
„Es ist nicht gut Gefühle zu haben, du könntest mich verletzen."
Sie sprach leise und schluchzend.
„Warum sollte ich dich verletzen?"
Sie verwirrte mich.

„Wenn du genug von mir hast, wenn ich anfange dich zu langweilen wirst du mich verlassen, es ist nicht Liebe was du für mich empfindest, es ist nur die Lust an mir."

Ich war sprachlos! Diese erotische Frau hatte Angst vor dem Verlassen werden! Von einem Mann wie mir, einen älteren, nicht besonders attraktiven Mann, ich müsste verrückt sein sie zu verlassen, nie wieder würde ich eine solch attraktive Frau wie Silvia bekommen. Ich nahm sie in die Arme, flüsterte ihr zärtlich ins Ohr.

„Ich habe dich sehr gern, ich werde dich nicht mehr hergeben, nie mehr!"

Sie sah mich zweifelnd an, ich küsste sie, um ihre Bedenken zu zerstreuen, sie gab mir Rätsel auf, sie überraschte mich immer wieder mit ihren eigenartigen, unberechenbaren Reaktionen. Ich blieb die Nacht bis zum Morgengrauen bei ihr.

Wir sahen uns fast täglich, falls ich nicht auf Dienstreisen war, immer in ihrer Wohnung und wenn ich sie besuchte schliefen wir miteinander. Sie wollte immer und ich auch, nachher war sie liebesbedürftig, sie schmiegte sich an mich, drückte ihren Körper fest an meinen.

„Christian du bist ausgehungert, wenn du dich ausgetobt hast, dann werden wir noch richtig Spaß haben."

Sie überraschte mich wieder mit ihren direkten Worten.

„Haben wir jetzt keinen Spaß?"

„Doch, aber ich will dir noch so viele schöne Dinge zeigen und dich verwöhnen, ich will dir Gutes tun, du wirst dich verzehren nach mir!"

Ich schluckte, sie war erfahren in der Liebe, ich brannte darauf zu wissen woher sie diese Praktiken die sie mir noch zeigen wollte, gelernt hatte. Und ich spürte Eifersucht auf die Männer, mit denen sie schon Spaß hatte.

Ich fuhr nach dem Liebesakt immer nach Hause, meist nach Mitternacht, blieb nie die ganze Nacht bei ihr, ich wollte nicht dass sie meiner überdrüssig wurde. Silvia weckte in mir einen unbekannten Beschützerinstinkt. Ich war groß, ich maß einen Meter und vierundneunzig Zentimeter und war schlank aber kräftig gebaut, sie war klein, mindestens dreißig Zentimeter kleiner als ich und sehr zart. Immer wenn sie sich an mich anlehnte, legte ich ihr meinen Arm um die Schultern, zog sie eng an mich, ich genoss es sie so nahe bei mir zu haben, sie zu spüren.

Wochen später lud ich sie in meine Wohnung ein.
Ich besaß ein Penthouse im obersten Stock eines Bürogebäudes, es war ein Loft, ein riesiger offener Raum, nur das Schlafzimmer, Bad und Toilette waren eigene Räume. Rund um die Wohnung war die Terrasse, man konnte aus jedem Zimmer ins Freie gelangen. Als sie das Gebäude bauten, war ich begeistert von der zentralen Lage mitten in der Stadt. Ich hatte Beziehungen und kannte den Erbauer des Bürokomplexes.
Ich entwarf mit einem befreundeten Architekt das Penthouse, ließ es mir genau nach meinen Vorstellungen bauen, investierte viel Geld in diesen Traum aus Glas und dann endlich war es in meinen Besitz. Niemand konnte mir in die Wohnung im fünften Stockwerk sehen und es war sehr ruhig weil die Büros spätestens um achtzehn Uhr schlossen. Ich hatte direkt von der Tiefgarage einen eigenen Lift zu meiner Wohnung. Ich wollte es so, obwohl es

kostspielig war. Das Loft hatte fast zweihundert Quadratmeter, mit der Terrasse fast das doppelte, ich liebte diese Großzügigkeit.

Silvia war begeistert von meiner Wohnung.
„Christian, es ist ein Traum, es ist unglaublich schön, so hell und großzügig, ich liebe diese Wohnung."
„Du könntest bei mir schlafen, wir hätten mehr Platz als bei dir", schlug ich vor, sofort bereute ich meine Offensive und fürchtete ihre Ablehnung.
Sie reagierte wieder anders als ich erwartet hatte.
„Du lässt mich bei dir schlafen? Zeig mir bitte das Schlafzimmer."
Ich öffnete die Tür, sie trat ein und sah die Glaskuppel über dem Bett und dann strahlte sie mich an.
„Man kann die Sterne vom Bett sehen und ich würde jeden Tag bei dir schlafen, wenn du es erlaubst."
„Wenn du willst", sagte ich.
Ich war gerührt von ihrer kindlichen Begeisterung die Sterne zu sehen. Ich hatte mich für das Glasdach entschieden weil es architektonisch zur Wohnung passte und nicht weil ich die Sterne sehen wollte. Noch mehr berührte mich ihr Wunsch täglich mit mir die Nacht zu verbringen. Sie küsste mich, sie konnte gut küssen, ich liebte es wenn sie mich küsste, diese weichen, warmen Lippen, ihre sanfte, dann wieder fordernde Zunge, ich konnte nicht genug kriegen von ihren Küssen.
„Christian, ich werde meine Sachen für die Nacht holen, ich komme gleich wieder."
Ich musste mich setzen, sie wollte bei mir übernachten, jeden Tag.

Sie kam lange nicht, ich wurde unruhig und hatte plötzlich Zweifel ob sie noch erscheinen würde, endlich läutete es. Silvia stand mit einem Koffer vor der Tür.

„Es hat länger gedauert, ich habe mehr gepackt, gleich für einige Tage."

Ich war sprachlos, wieder tat sie etwas dass mich überraschte und sie bemerkte mein zögern.

„Willst du nicht dass ich länger bleibe?" ihre Stimme klang traurig.

„Nein, selbstverständlich will ich, das du bleibst, ich zweifelte nur daran, ob du es auch willst!"

„Aber, ich liebe dich doch!" Sie sagte es so bestimmt, dass ich ihr glaubte.

Aber ich wollte Gewissheit, ich wollte nicht verletzt werden, ich musste es wissen, jetzt sofort, bevor ich ihr ganz verfallen würde.

„Warum liebst du mich?"

Plötzlich standen Tränen in ihren Augen, sie sprach leise.

„Du hast mir das gegeben, wonach ich mich immer sehnte, Vertrauen und Geborgenheit! Darum liebe ich dich. Darum will ich bei dir sein. Kein einziger Mann hat mir je dieses Gefühl gegeben.

Es ist schön, diese Geborgenheit und das Vertrauen."

Sie schluchzte, stand mit hängenden Schultern und gesenkten Kopf vor mir. Ich war so gerührt, ich konnte nichts sagen, nahm sie nur in die Arme und hielt sie fest, sie klammerte sich an mich, ich liebte sie abgöttisch.

Seit drei Monaten schlief Silvia jeden Tag bei mir, wir betrachteten die Sterne und den Mond, wir sahen beim aufwachen die Sonne, wir frühstückten vor der Arbeit und am Abend liebten wir uns zärtlich. Niemals war ich so glücklich und nie zuvor war ich ständig erregt. Ich dachte immer an sie und wenn ich sie sah wollte ich am liebsten sofort mit ihr schlafen aber ich besaß nicht den Mut ihr näher zu kommen. Ich wollte sie nicht bedrängen, sie gab sich mir jeden Abend hin, eigentlich ging die Initiative für den nächtlichen Sex immer von ihr aus. Und ich war froh darüber, ich konnte es mit meinen Gewissen nicht vereinbaren, wenn ich sie zum Sex auffordern würde. Ich durfte doch nicht verlangen dass sie mir auch noch morgens oder mittags zur Verfügung stand, neben mir wirkte sie so zerbrechlich, ich konnte unmöglich öfter als einmal täglich mit ihr den Beischlaf betreiben, sie würde es vermutlich nicht aushalten mit ihrem zarten Körper.

An einen Samstagnachmittag fuhren wir zum See. Sie trug einen atemberaubenden Bikini, ich musste mich auf den Bauch legen weil ich eine Erektion bekam. Als ich endlich wieder aufstehen konnte ging ich gleich ins Wasser um mich abzukühlen. Meine Gedanken waren pervers und nicht aus dem Kopf zu kriegen.
Ich schwamm zu Silvia, sie legte ihre Hände auf meine Schultern und mit kräftigen Zügen zog ich sie hinter mir her. Dann legte sie ihre Arme um meinen Hals und ihr Gesicht in meinen Nacken, ich spürte ihre Brüste am Rücken und fühlte die Brustwarzen an meinen Schulterblättern, es erregte mich wieder. Sie schwamm ans Ufer aber ich hatte keine Chance meinen steifen Penis zu beruhigen. Mir blieb nichts anderes übrig als im Wasser zu verweilen jeder würde meine Ausbuchtung in der Badehose sehen. Ich durchschwamm den ganzen See und wieder zurück, bis mein Penis erschlaffte.

Ich verzehre mich nach ihr in den unmöglichsten Momenten, aber ich wagte nicht ihr mein Verlangen zu gestehen, meine Erziehung verbot mir, eine Frau zum Sex zu drängen, ich wartete willig bis es Abend wurde und sie mich aktiv dazu aufforderte.

Es lief immer nach dem gleichen Schema ab, sie kam zu mir unter die Decke, schmiegte sich an mich und küsste mich. Ich streichelte sie lange und zärtlich, dann fuhr ich langsam im Zuge der Berührungen zwischen ihre Schenkel, ich tastete mich vorsichtig zu ihrem Scham, fingerte sie bis ich mir sicher war dass sie feucht genug war um mich aufzunehmen ohne dass ich ihr weh tat. Dann legte ich mich auf sie, drang in sie ein und stützte mich mit den Händen ab, ich hatte Angst mich mit meinem Körper auf sie zu legen, ich fürchtete ihr schmaler Oberkörper und ihre Brüste würden mein Gewicht nicht tragen können. Und ich konnte sie beobachten, sie hatte immer die Augen geschlossen, ich sah sie ständig an während wir Sex hatten, ihre Brüste und ihr Gesicht, man sah wenn sie vor dem Höhepunkt stand.
Wir schliefen immer in dieser Stellung miteinander, ich versuchte nicht eine andere Stellung einzunehmen, obwohl ich es mir wünschte. Und ich sehnte mich danach sie mit dem Mund zu befriedigen, aber ich hatte Hemmungen es zu tun, ich wusste nicht ob sie es auch wollte. Ich hatte es noch nie bei einer Frau gemacht, aber bei Silvia war alles anders, bei ihr fand ich es nicht vulgär oder abstoßend, ich wollte das Streicheln damit ergänzen, es musste ihr gut tun mit dem Mund.

Eines Tages, um sechs Uhr früh, die Sonne schien schon durch die Glaskuppel, kroch Silvia plötzlich unter meine Decke, kuschelte sich eng an mich und spürte meine Erektion.

Es war mir äußerst peinlich dass sie es bemerkte, aber sie griff grinsend danach.
„Christian, hast du etwa Lust auf mich?"
Ich schwieg und errötete, sie brachte mich in Verlegenheit mit ihrer Direktheit. Sie umschlang mit ihren Beinen meine Hüften und führte sich den Penis behutsam ein, ich brauchte nicht lange bis ich kam, ich fand es aufregend Sex bereits am Morgen zu vollziehen.
„Christian, du musst es mir sagen wenn du Sex willst, ich sehe deine Erregung nicht unter der Decke. Du zeigst mir nie dein Verlangen."
„Aber ich kann doch nicht von dir verlangen dass du mir mehr als einmal am Tag beiliegst."
Sie fing plötzlich zu lachen an.
„Warum den nicht? Und wie du redest, deine Wortwahl entspricht die eines vornehmen älteren Herren und nicht meinen Freund."
„Wie soll ich es sonst benennen?"
„Du könntest sagen dass du mich vögeln willst."
Sie sah mich ernst an, ich fand es ordinär, wie das klang, sie zu vögeln!
Ich war ein wenig schockiert über ihr Benehmen. Ich sagte nichts, ich schaffte es einfach nicht ihr meine Lust mitzuteilen, meine Erziehung ließ eine solch sprachliche Entgleisung einfach nicht zu, ich konnte sie nicht einfach zum Sex auffordern, so etwas tut man nicht. Körperliche Liebe muss sich ergeben oder ich schlief mit ihr wenn sie wollte, ich fand es schön, dass sie mir jeden Tag die Gelegenheit bot.

Einige Tage später, an einen Sonntagvormittag saß ich vor meinen Computer, sie las ein Buch, ich war wieder erregt, als sie plötzlich aufstand und sich auf meine Oberschenkel setzte, wieder bemerkte sie meinen steifen Penis, grinsend sagte sie.

„Chris, ich werde mich jetzt mit dir beschäftigen."
Ich hasste es wenn mich jemand Chris nannte, mein Name war Christian, und das sagt ich ihr auch unmissverständlich.
„Nenn mich nicht Chris, ich heiße Christian, ich will nicht dass du mich so anredest."
Sie flüsterte fast, grinste mich unverschämt an.
„Ich meine nicht dich, ich rede mit dem kleinen Mann da unten."
„Was?"
„Sein Name ist Chris und er will mich haben."
Ich wusste nicht was ich antworten sollte, sie streichelte meinen Penis durch meine Jeans, ich spürte ihre festen massierenden Hände und ließ sie gewähren. Wir küssten uns leidenschaftlich, sie entledigte sich ihre Hose und legte sich auf meinen Schreibtisch, zog mich zu sich, ich vögelte sie auf dem Schreibtisch, ja ich vögelte sie, in meinen Gedanken benutzte ich diese schmutzigen Worte aber sie auszusprechen gelang mir nicht, ich war zu gehemmt. Es geilte mich auf sie an diesen Ort zu nehmen, es war schöner als im Bett dieser gute unanständige Sex gefiel mir.
Der Gedanke daran dass sie meinen Penis einen Namen gab, erleichterte plötzlich vieles. Ich konnte in der dritten Person reden, es würde sich nicht mehr vulgär anhören. Ich schaffte es nicht zu sagen, „ich will mit dir schlafen" oder „ich habe Lust auf dich", nein ich konnte jetzt Chris benutzen. Es fiel mir leicht in seinen Namen zu sprechen. „Chris sehnt sich nach dir" oder „ich glaube Chris ist erregt."
Sie hatte mich spielerisch dazu gebracht, meinem Verlangen nachzugeben ohne dabei mein Gesicht zu verlieren, ich liebte sie unendlich dafür. Sie half mir so, meine Verklemmtheit ein wenig abzulegen und meinen Bedürfnissen nachzukommen.

Silvias Lust mit mir zu schlafen ließ nicht nach, im Gegenteil. Sie wollte und konnte immer. Meine Befürchtungen dass sie mich gelegentlich ablehnen würde, bewahrheiteten sich nicht, sie war immer bereit meine sexuellen Begierden zu befriedigen.

Wir betrieben unser nächtliches Ritual täglich, aber als ich mich eines Tages zwischen ihre Beine legen wollte, drehte sie sich plötzlich um und kniete sich vor mich hin.
Ich starrte auf ihre Pobacken, sie griff zwischen ihr Beine nach hinten und führte sich meinen Penis ein. Langsam bewegte sie ihr Becken vor und zurück, forderte mich auf sie zu vögeln, ich war so erregt dass ich sie regelrecht rammte in meiner ungestümen Leidenschaft. Sie kippte fast nach vor weil ich mich nicht mehr unter Kontrolle hatte. Das Gefühl in ihr war so intensiv, ich konnte tief in sie eindringen und ich hielt sie fest an ihren Hüften, damit ich sie nicht wegschob. Sie kam gewaltig, sie fiel in Ektase, warf den Kopf zurück, schrie laut stöhnend auf, dann rutschte sie von mir weg, mein Penis glitt heraus und aus ihr spritzte es plötzlich heraus. Ich war so perplex dass ich nichts tat, absolut nichts, ich starrte auf ihre Schenkel wo es runterfloss, ich wusste nicht was passiert war. Sie wandte sich um und sah mich mit einer solchen Lust an, ich reagierte endlich und schob ihn wieder hinein, machte weiter wo ich aufgehört hatte, sie kam nochmals, ich kurz darauf, und als ich meinen Penis rauszog, kam ein Schwall dieser Flüssigkeit nach. Es war eigenartig, ich wusste immer wann sie einen Orgasmus hatte, sie stöhnte, ihr Gesicht verzerrte sich fast schmerzhaft, ihr Mund war leicht geöffnet und ich fühlte wie in ihr drinnen mein Penis umklammert wurde. Dann krallte sie sich irgendwo

fest und bäumte sich auf, bis sie sich nach kurzer Zeit wieder beruhigte. Sie explodierte fast wenn sie kam, manchmal zitterte sie nachher, es war schön ihre Lust zu sehen. Dieses gewaltige spritzen aus ihrer Scheide beschäftigte mich noch Stunden nachher, als ich sie wieder von hinten nahm, wiederholte es sich. Ich wusste nicht ob es an der Stellung lag oder ob ich es vorher nie bemerkte, aber ich traute mich nicht sie zu fragen.

Einige Tage später, ich streichelte sie gerade für unsere Liebesnacht, drückte sie mich sanft aufs Bett und legte sich ausgestreckt auf mich. Mein Penis lag hart zwischen unseren Bäuchen und sie küsste mich fordernd, dann rutschte sie nach oben und langsam nach unten, ohne Hilfe der Hände schob sie meinen Penis in ihre Scheide. Sie streckte die Arme aus, umschlang meinen Nacken und rutschte sanft auf mir rauf und runter. Es fühlte sich erschreckend intensiv an, das Gefühl war kaum auszuhalten so gut tat es. Immer wieder unterbrach sie ihre Bewegungen, ich atmete bereits heftig weil mein Penis so überreizt war, doch bevor ich kommen konnte, stoppte sie wieder ihre Bewegung. Ich fasste sie an der Taille, mit schnellem Rhythmus schob ich sie tief auf meinen Penis bis ich endlich kommen durfte.

Ab diesen Zeitpunkt zeigte sie mir jeden Tag eine andere Stellung, sie war einfallsreich und ich war dankbar für ihre Fantasie.
Mit den Frauen vor Silvia betrieb ich immer nur eine Stellung, ich oben, sie unten, mit Petra meiner längsten Beziehung durfte ich es nur im Dunkeln machen, es dauerte lange bis ich sie zufällig einmal nackt sah, sie war noch gehemmter als ich. Und die anderen waren zu kurze Affären, um eine tiefe, innige

Sexualität aufzubauen. Außer Karin hatte ich nie eine leidenschaftliche Partnerin bis ich Silvia kennen lernte und sie übertraf alle meine Erwartungen von einem erfüllten Sexleben.
Aber war auch sie damit zufrieden? Konnte ich sie befriedigen? Ich hatte meine Zweifel, sie war so erfahren, so lustvoll, ich konnte meine Geschlechtspartner an meinen Fingern abzählen es waren acht, mit Silvia waren es neun. Wie viele Männer hatte sie?

Einige Tage später nachdem wir uns liebten, nahm ich meinen ganzen Mut zusammen und wollte sie fragen was mich schon lange belastete, aber ich stammelte nur.
„Silvia, ich, ich wollte", ich hörte zu reden auf, ich schaffte es nicht, sie sah mich mit geneigten Kopf an.
„Ja?"
„Ich wollte dich fragen", wieder unterbrach ich, es fiel mir unglaublich schwer darüber zu reden.
„Christian, was willst du mich fragen?"
„Ich habe erst mit wenigen Frauen geschlafen, ich weiß nicht", wieder stockte ich, sie sah mich zärtlich an.
„Ich bin deine Freundin, ich bin für dich da. Was ist los?"
„Ich weiß nicht ob ich ein guter Liebhaber bin!"
Ich senkte den Blick, es kostete mich eine enorme Überwindung diese Frage zu stellen, ich spürte wie mir heiß wurde, als ich errötete. Sie küsste mich sanft auf den Mund.
„Ja, du bist ein guter Liebhaber, ich schlafe sehr gerne mit dir!"
Ich glaubte ihr nicht, sie war die treibende Kraft, sie war es die unser Liebesspiel einleitete und dirigierte.

„Aber ich mache doch nicht viel, wie kannst du damit zufrieden sein?"
„Unser Sex ist schön, anregend und aufregend, du bist zärtlich, deine Berührungen erregen mich und du bist ausdauernd, aber das Beste ist Chris, du bist gut bestückt mit ihm."
„Was?"
Erstaunt sah ich sie an, sie lächelte.
„Dein Penis ist überdurchschnittlich groß, er fühlt sich fantastisch an in mir, ich liebe es mit dir zu vögeln."
Ich schluckte vor Verlegenheit, ich fand mein Glied völlig normal, ich musste zugeben dass ich keinen Vergleich anstellen konnte, wann sieht man als Mann schon einen anderen Mann mit einer Erektion. Ich fand sie übertrieb ein wenig und sie erriet offensichtlich meine Gedanken.
„Du kannst mir glauben, ich habe schon viele gesehen, aber deiner ist eine rühmliche Ausnahme, in der Länge und im Umfang. Chris ist mein absoluter Favorit."
Ich schwieg, mich störte dass sie schon viele gesehen hatte und dass sie meinen Penis als Favorit bezeichnete, als würden noch andere mit mir im Wettkampf stehen, es störte mich gewaltig, wie sie das sagte, ja es verletzte mich. Immer wieder dachte ich an diese Worte, ich liebte sie unendlich, aber sie machte mir auch Angst. Ich fürchtete ihren Forderungen nicht gerecht zu werden und sie irgendwann einmal an einen anderen Mann zu verlieren. Möglicherweise würde sie mich für einen noch besser bestückten Mann verlassen. Sie machte mich zunehmend nervös mit ihrer brachialen Sexualität.

An einen Samstag, beim Frühstück, sah ich wieder diesen Glanz in ihren Augen.

„Christian, findest du es pervers, wenn ich dich mit dem Mund befriedige?"

Mir verschlug es die Sprache, wir schliefen fast täglich miteinander, es war schön und erfüllend, nie hätte ich das von ihr verlangt, ich hatte zu viel Achtung vor ihr, ich hatte es mir vorgestellt wie sie das bei mir machen würde, wollte es auch, wagte jedoch nicht diesen Wunsch zu äußern. Ich zögerte mit der Antwort, sie flüsterte.

„Ich mache das gerne, du wirst es mögen."

Ich nickte, gegen sie war ich prüde. Ich begegnete jeder Frau mit Wertschätzung und Respekt, nie würde ich das fordern oder eine Frau dazu drängen. Es wäre mir zuwider gewesen einer Frau dieser Demütigung auszusetzten. Ja, ich fand es pervers, einen Penis in den Mund zu nehmen, nur Karin hatte es manchmal gemacht, freiwillig, ohne meinen ausdrücklichen Wunsch. Aber eigenartigerweise, war es bei Silvia anders, alles was sie machte fand sie normal, sie gab mir das Gefühl es einfach nur schön zu finden. Die körperliche Liebe mit ihr war wie ein Spiel, ein Erforschen, eine Neugier etwas Neues zu entdecken, mit ihr fand ich es nie obszön und schon gar nicht seit Chris mit im Spiel war.

Silvia stand auf und kam zu mir, setzte sich auf meine Oberschenkel, küsste mich, glitt zwischen meine Beine und dann kniete sie auf den Fußboden, den Kopf nahe an meinem Penis. Ich war erregt, unglaublich erregt, ihre Haare fielen nach vor, sie strich sie aus dem Gesicht, sah mich an und senkte den Kopf. Mit einer Hand schob sie meinen Bademantel auseinander, mit der anderen griff sie nach meinem Glied. Ich lehnte mich zurück, schloss die Augen, spürte ihre Lippen an meinen Penis. Als sie ihn in den Mund nahm stöhnte ich laut auf. Dieses

Empfinden das sie mir verschaffte, war bisher unerreichbar, sie brachte mich in Dimensionen die mir unbekannt waren. Es war einzigartig, ihre Technik mit dem Mund. Ich hatte nur einen Vergleich, aber es konnte nicht mehr schöner und aufregender sein, was sie mit mir tat. Ich spürte dass ich kam, wollte sie wegschieben, sie zog mich wieder zu sich, ich verlor die Kontrolle, spritzte ihr in den Mund, es schien ihr gleichgültig zu sein, mein Sperma in ihren Mund. Langsam ließ sie mich los, mein Penis glitt heraus und dann lächelte sie. Das Sperma klebte an ihren Mund, sie wischte es mit der Hand weg, ich zog sie zu mir hoch.
„Ich mag es was du getan hast, es war gut."
Ich sprach leise und war immer noch erregt, und ich genoss ihre sexuelle Freizügigkeit.

In meinen erregendsten Träumen hatte ich mir das vorgestellt, ich sah mir Pornofilme an, wollte das auch alles tun, mir fehlte immer die Frau dazu. In Silvia hatte ich sie gefunden, sie war so vulgär und gleichzeitig so unschuldig wie ich es mir immer wünschte.

Silvia fing an meine Wohnung umzugestalten und ich ließ ihr freie Hand. Das Ambiente in ihrer kleinen Wohnung war geschmackvoll und ich hatte volles Vertrauen zu ihr.
Wenn sie wieder eine Lampe oder ein Accessoire fand, das ihr gefiel, gab ich ihr das nötige Geld dazu. Meine Wohnung war steril eingerichtet, überall Marmorböden mit Fußbodenheizung, viel Glas, wenig Farbe und keine einzige Pflanze. Ich mochte Blumen, aber wegen meiner ständigen Dienstreisen war es unmöglich sie am Leben zu erhalten. Silvia besaß einen Schlüssel zu meiner Wohnung, oft kam ich

spät von einem Geschäftstermin nach Hause, manchmal schlief sie schon. Immer wieder schleppte sie Pflanzen nach Hause.

Als ich die Wohnungstür aufsperrte fiel mir gleich die riesige Palme auf die im Wohnzimmer stand. Ich musste lächeln, es sah schon aus wie in einer Gärtnerei. Sie saß auf der Couch, sprang sofort auf und warf sich in meine Arme, küsste mich und lächelte. Ich liebte diese Begrüßungsrituale, es war ein Ankommen und ich wusste zu wem ich gehörte.

Wir gingen immer zur gleichen Zeit ins Bett, ich gewöhnte mich daran, sehr zeitig das Schlafzimmer aufzusuchen, unser tägliches Vorspiel dauerte lange, ich streichelte sie an jeder Körperstelle, sie lag still da und schloss die Augen, sie mochte es wenn ich sie lange sanft berührte.
„Weißt du Christian, deine Hände sind so zärtlich und deine Arme sind wie die Flügel eines Engels, sie umarmen mich und beschützen mich, ich fühle mich so geborgen bei dir."
Sie sah mich liebevoll an und redete weiter.
„Ich liebe es wenn du mich umarmst, es ist schön und ich spüre deine Nähe so intensiv.
Ich bin sehr glücklich mit dir und hoffe es wird ewig dauern mit uns."
Ich küsste sie zärtlich.
„Es wird ewig dauern, ich gebe dich nie mehr her."
Oft streichelte ich sie eine Stunde, es gefiel mir ihre weiche Haut zu fühlen und zu küssen, erst wenn sie anfing meinen Penis anzufassen, erst dann gaben wir unseren sexuellen Gelüsten nach. Es war immer ein herantasten, wie kleine Kinder erforschten wir unsere Körper, obwohl wir fast jeden Tag miteinander verkehrten.

Mir war nicht bewusst dass ich mich veränderte, aber meinen Kollegen fiel es auf, einer sprach mich darauf an.
„Du hast deine Ernsthaftigkeit verloren, bist du verliebt?"
Ich war schockiert über seine Direktheit und wich mit der Antwort aus.
„Warum?"
„Du hast es immer so eilig von der Firma wegzukommen und du bist viel gelöster, nicht mehr so ernst, ich dachte es steckt vielleicht einen Frau dahinter. Er schwieg kurz und fuhr fort.
„Entschuldige bitte meine Indiskretion."
Es war ihm unangenehm das er mich fragte, aber es stimmte, ich fühlte mich wohl und ich war glücklich.
„Ja, ich habe eine Freundin."
Ich lächelte ihn an und nickte, er sah mich erleichtert an, weil ich ihm nicht böse war.
Unser Sexleben veränderte sich langsam aber stetig. Ich war kräftig gebaut, sie ein Fliegengewicht, meine äußere Erscheinung war sehr männlich, meine Größe, meine kantigen Gesichtszüge, mein ernster Ausdruck und meine kurzgeschorenen Haare ließen mich dominant erscheinen. Silvia wurde immer passiver im Bett und forderte mich zu mehr Eigeninitiative auf, nicht verbal, sondern mit kleinen Gesten. Wenn ich sie mit den Fingern stimulierte, lag sie ruhig vor mir, ihre Arme waren unter ihren Rücken verschränkt, es war eine stille Aufforderung sich an ihr auszutoben. Und das tat ich auch! Ich war zärtlich, aber sobald ich richtig erregt war, wollte ich sie dominieren, ich fasste sie manchmal grob an in meiner Geilheit.

Einmal setzte sie sich auf mich, ich richtete mich auf und erhob mich vom Bett. Ich wollte sie auf meinen

Schreibtisch legen um dort mit ihr Liebe zu machen, aber auf den Weg dorthin überlegte ich es mir anders, ich wollte etwas ausprobieren. Ich stand mitten im Zimmer und hielt sie mit einer Hand unter ihrem Gesäß. Mit der zweiten Hand presste ich ihren Oberkörper an mich.
Es war pervers, sie saß wie aufgespießt auf meinen Penis, wie ein Eislutscher am Stiel.
Sie umschlang mit ihren Armen meinen Nacken, umklammerte meine Hüften mit ihren Beinen, ich konnte ihren Oberkörper loslassen und drückte sie an die Wand. Sie war eingeklemmt zwischen mir und der Mauer, ich fasste sie mit beiden Händen am Gesäß und begann sie mit langsamen Bewegungen auf und ab zu schieben. Ich hatte genug Kraft sie für mehrere Minuten zu halten. Wie ein Äffchen klammerte sie sich an mich, erleichterte mir so meine Kräfte besser einzuteilen. Sie stöhnte mir ins Ohr während ich sie in dieser Stellung zum Höhepunkt vögelte. Es war erregend und erschöpfend und mit meiner Ausdauer brauchte ich länger als vorhatte. Ausgelaugt kam ich zum Orgasmus und als ich sie zum Bett trug bemerkte ich wie ich zitterte und unsere Körper vor Anstrengung feucht waren.

Eines Tages holte sie mich von der Arbeit ab, sie stand plötzlich in meinem Büro, Rudolf war gerade bei mir und sah Silvia neugierig an. Fast schüchtern kam sie zu uns und sah verlegen zu Rudolf. Ich stellte sie Rudolf als meine Freundin vor, sie begrüßte ihn leise. Er reichte ihr die Hand, verabschiedete sich sofort und ließ uns alleine. Sie war so zurückhaltend vor Fremden, manchmal konnte ich nicht glauben dass sie im Bett das genaue Gegenteil war. Ich nahm sie in die Arme und küsste sie, ich liebte und begehrte sie und konnte mir nicht vorstellen ohne sie zu leben. Jeden Tag dachte ich daran wie glücklich sie mich machte. Es war ihr Lachen, ihr satirischer Humor, ihre Klugheit, ihre Liebesbedürftigkeit und natürlich ihr Aussehen. Mein Leben hatte sich seit ich sie kannte verändert und unglaublich verschönert. Meine Träume hatten sich erfüllt. Wir fuhren nach Hause, ich war besessen von ihr.

Als ich vorschlug zwei Wochen Urlaub zu nehmen, stimmte sie begeistert zu. Wir gingen in ein Restaurant essen und planten unseren Urlaub. Silvias Euphorie über die bevorstehende Reise ließen mich meinen Arbeitsstress vergessen. Ich lebte nur noch für unsere Zweisamkeit.

Nächsten Tag ersuchte ich Rudolf um Urlaub.
„Du fährst mit deiner Freundin weg?"
„Ja, wir werden nach Italien fahren."
„Sie ist sehr attraktiv, deine Silvia."
Er nickte anerkennend, klopfte mir auf die Schultern.
„Genieße den Urlaub mit ihr, Christian."
Ich freute mich dass sie Rudolf gefiel, ich war stolz darauf dass Silvia zu mir gehörte.

Wir fuhren mit meinen Dienstwagen an die Rivera, es war heiß und ich öffnete das Schiebedach. Das große Verkehrsaufkommen auf der Autobahn zwang mich zur Konzentration. Ich setzte gerade zum Überholmanöver an, als Silvia ihre Hand auf meinen Oberschenkel legte, sie machte das immer wenn ich mit dem Auto fuhr. Langsam wanderte ihre Hand nach oben, bis sie auf meinem Penis lag. Es erregte mich, wir fuhren schnell, ich sah sie an, sie hatte diesen Glanz in ihren Augen und flüsterte.
„Beachte mich nicht, sieh auf die Straße."

Ich konzentrierte mich wieder aufs Autofahren so gut es mir möglich war mit einem steifen Penis. Sie fing an mir die Hose aufzuknöpfen, dann rutschte sie näher zu mir, nahm meinen Penis in die Hand, beugte sie sich nach vor, ich spürte wie sie mein Glied zärtlich in ihren Mund aufnahm. Mitten auf der Autobahn! Ich konnte kaum mehr schalten, sie war mir im Weg mit ihrem Körper, ich wollte bei der nächsten Ausfahrt abfahren, mir einen geeigneten Platz suchen, ich hatte solche Lust mit ihr zu schlafen und versuchte mich in die langsamere, rechte Fahrspur einzureihen. Der Verkehr stockte plötzlich, wir fuhren nur noch Schritttempo, sie ließ sich nicht ablenken, befasste sich hemmungslos mit meinem Penis. Es war pervers und lustvoll zugleich was sie mit mir tat. Ich schaffte es nicht ihr zu sagen dass sie aufhören sollte, es war viel zu gut, ich sah immer wieder nach unten, der Anblick geilte mich auf.

Als ich nach oben griff, um das Schiebedach zu schließen, kam ein LKW neben uns zu stehen, ich sah durch das offene Dach nach oben, der Fahrer starrte herunter, dann grinste er mich an, ich schob das Schiebedach hastig zu. Ich stöhnte, gleichzeitig schaltete ich den Gang nach oben, ich war abgelenkt und verschaltete mich, dann hatte ich einen Orgasmus. Auf der Autobahn, zwischen den vielen, langsam fahrenden Autos, keiner bemerkte dass eine Frau mich gerade befriedigte, außer der LKW Fahrer hatte es auch keiner gesehen. Ich keuchte, es war heiß im Auto, Silvia richtete sich wieder auf und wischte sich grinsend das Sperma vom Mund. Sie öffnete das Fenster, der Fahrer des LKWS fuhr hupend an uns vorbei.

Der Verkehr hatte sich aufgelöst, ich konnte wieder schneller fahren, ich war sprachlos über ihr Tun, sie überraschte mich immer wieder mit ihren

einfallsreichen Sexspielchen. Sie lehnte ihren Kopf an meine Schulter.
„Hat es dir gefallen?"
Ich nickte, der Urlaub fing vielversprechend an.

Die erste Woche kamen wir kaum aus unserem Apartment. Nur zum Frühstück und zum Abendessen verließen wir das Zimmer. Wir verbrachten die meiste Zeit im Bett. Wir trieben es unter der Dusche, am Boden auf dem Schreibtisch überall wo es nur irgendwie möglich war. In der Nacht sogar am Balkon sie lehnte sich an die Balkonbrüstung und ich vögelte sie von hinten, es war aufregend mit ihr. Silvia kannte Stellungen die ich noch nie ausprobiert hatte und ich konnte mir nicht mehr vorstellen wie eintönig und monoton mein Leben ohne diese körperlichen Liebe und ohne Lust abgelaufen war. Ich war unsterblich in sie verliebt.

Erst in der zweiten Woche gingen wir an den Strand. Sie trug einen einfach geschnittenen dunkelbraunen Bikini, der Anblick erregte mich, dieser Stoff bedeckte ihre Brüste nur notdürftig, ich hatte ein ständiges Verlangen nach ihr und konnte es kaum erwarten wieder mit ihr im Hotelzimmer zu sein.
Am Abend spazierten wir durch die Märkte und ich kaufte ihr einen kanariengelben Bikini. Sie probierte ihn erst im Hotel an und er passte ihr perfekt, sie würde auch in einem Jutesack gut aussehen. Ich kaufte ihr was sie begehrte, als sie eine schöne venezianische Maske betrachtete, wollte ich sie gleich erwerben, sie lehnte hastig ab. Sie hatte einen ängstlichen Gesichtsausdruck als wir das Geschäft verließen, ich wusste nicht warum und wagte nicht sie danach zu fragen. Ich verwöhnte sie, überhäufte sie mit Geschenken, ich tat alles für sie.

Der Urlaub ging zu Ende, wir spazierten am letzten Abend eng umschlugen in der Altstadt, sie blieb plötzlich stehen und sah mir ernst in die Augen.
„Christian, ich habe noch nie einen Menschen so geliebt wie dich, ich wünschte es würde nie aufhören mit uns beiden."
Sie schmiegte sich an mich, ich war gerührt über ihre Worte und schwieg.
„Liebst du mich?", fragte sie zaghaft.
„Ja, ich liebe dich über alles, du bist der wichtigste Mensch in meinem Leben."
Wir küssten uns und waren glücklich.

Tage später wieder zu Hause, fragte sie mich in ihrer direkten Art ob ich sie in einen Sexshop begleiten würde. Ich stimmte zu, ich war noch nie in einen solchen Laden, meiner Meinung nach gingen dort nur Perverse hin, aber ich wollte ihr den Wunsch nicht abschlagen, also fuhr ich hin und fragte sie während der Autofahrt.
„Was willst du dort kaufen?"
„Nur einige Sachen."
Ich sagte nichts, ich vermutete dass sie konkrete Vorstellungen hatte was sie erwerben wollte, ich würde mich dezent im Hintergrund halten.

Als wir den Laden betraten fühlte ich mich nicht wohl, es waren ausschließlich Männer da, nicht auszudenken wenn mich jemand erkennen würde, es wäre mir peinlich gewesen. Silvia dagegen ging so zielstrebig an den Regalen entlang als hätte sie das schon öfter gemacht. Immer wieder blieb sie stehen, grinste, nahm einen Vibrator in die Hand, befühlte ihn, fuhr mit der Hand rauf und runter als ob sie seine Größe testen würde. Ich stand hinter ihr, mit einen beklemmenden Gefühl der Unsicherheit. Sie drückte

mir eine Schachtel in die Hand und eilte weiter. Dann blieb sie unschlüssig stehen, wieder dieser Griff an einen Gummiphallus, sie drückte, streichelte und betastete ihn. Dann gab sie mir drei völlig idente Schachteln in die Hände, ich nahm sie und sagte nichts, ich wunderte mich nur, warum sie drei gleiche Artikel kaufen wollte, aber ich schwieg. Dann wanderte noch ein Pornofilm in meine Hände. Ich stand neben ihr, vollbepackt mit Sexspielzeug, sie rief plötzlich laut aus.
„Christian, kaufst du mir diese Dessous?"
Sie hielt sie hoch, ein Hauch aus roter Spitze, die anderen Männer sahen sie neugierig an, ich nickte nur. Bei der Kassa bezahlte ich ohne zu fragen ich wollte nur schnell raus aus diesen Laden.

Zuhause packte sie die Sachen aus, legte die drei gleichen Vibratoren nebeneinander und betrachtete sie mit wachsendem Interesse, es war mir unangenehm solche Dinge im Haus zu haben.
„Silvia, warum brauchst du drei völlig gleiche Vibratoren?"
„Aber sie sind doch nicht gleich!", erwiderte sie entrüstet, ich schüttelte den Kopf.
„Doch sie sind völlig ident."
„Aber sie haben verschieden Farben!"
„Ja, das ist aber der einzige Unterschied, also warum drei gleiche von einer Sorte?"
„Ich konnte mich nicht entscheiden, die Farben sind alle so schön."
Ich sah sie verblüfft an, sie überraschte mich immer wieder mit ihren kindlichen Wesen, ich musste lächeln, ich liebte ihre Entscheidungsschwäche, ich fand ihre Kinderseele einfach rührend.
Ich nahm sie zärtlich in meine Arme.
„Ja, die Farben sind schön."

Es war eigenartig, sie kaufte unanständige Dinge, aber sie empfand sie nicht so. Der Sex war für sie ein Spiel, ein herrliches Spiel, man sollte es so oft wie möglich tun, erklärte sie mir sehr ernst, es tut gut und ich fühle mich nachher sehr wohl.
„Wir werden Spaß damit haben, aber Chris wird immer mein Favorit bleiben", flüsterte sie.
Ich fand dieses Wort plötzlich nicht mehr verletzend, ich würde immer die erste Wahl bleiben, primär bevorzugte sie meinen Penis. Unser Liebesleben wurde durch diese Ergänzung bereichert, sie zeigte mir Dinge die mich aufgeilten, aber es war nie obszön, es machte Spaß damit zu hantieren und zu spielen, unser Sex war ein Vergnügen.

Silvia begann immer mehr persönliche Dinge in meine Wohnung zu bringen. Ich ermutigte sie dazu, empfand es als Liebesbeweis, dieser langsame Umzug zu mir.

Wir kannten uns schon über zwei Jahre, ich wollte sie nicht mehr verlieren und strebte eine tiefgreifende Entscheidung an.
Ich schenkte ihr oft Blumen, einfach so und immer freute sie sich sehr darüber. Ich kam mit roten Rosen nach Hause, sie war gerührt und hatte Tränen in den Augen, wieder war ich überrascht über ihre Reaktion.
„Freust du dich nicht?"
„Doch, aber ich habe noch nie rote Rosen bekommen."
Sie schluchzte und ich fragte mich welche Männer sie hatte, die ihr nie Blumen der Liebe kauften.
„Silvia, ich möchte mit dir reden, setz dich bitte."
Ich sah sie ernst an, wir setzten uns auf die Couch und sie blickte unsicher zu mir.

„Ich möchte mich mit dir verloben, ich will dass du meine Frau wirst."
Ich öffnete die Schachtel mit dem Ring, reichte ihn ihr, ihr Zögern verwirrte mich, sie reagierte nicht auf meinen Heiratsantrag. Plötzlich fing sie zu weinen an und schüttelte heftig den Kopf. Dann richtete sie sich auf, fixierte mich und sagte ernst.
„Du kennst mich nicht, du weißt nichts von meinem Vorleben, ich will dass du alles erfährst, alles!"

Und dann begann sie zu erzählen.
Mir wurde heiß bei ihrer Geschichte, sie war so unglaubwürdig, so grotesk, ich wollte es nicht wahrhaben dass sie das alles erlebt und durchgemacht hatte. Ihr Vater, der sie schlug, quälte und fast vergewaltigte, die Männer die ihr Vertrauen mit Füßen traten, ihre Rache an ihnen, die unzähligen Männerbekanntschaften. Und dann Harald, abnorm veranlagt, liebte die Erniedrigung, dann Roman, der schlimmste von allen, mit seinem Geld machte er sie untertan.
Und diese Fesselspiele!

Silvia zeigte mir die Narben an ihren Handgelenken. Schon oft waren sie mir aufgefallen, aber ich maß ihnen keine Bedeutung zu. Diese Narben, entstanden durch Handschellen!
Und dann Oliver!
Mit seinem Geld gelang ihr die Flucht vor Roman. Und dann eine Lebensgemeinschaft mit einem Schwulen! Ich war fassungslos als sie aufhörte zu reden, ich zweifelte an ihrer Geschichte, sie überstieg meine Vorstellungskraft. Wie konnte ein Mensch das ertragen? Und immer wieder war sie auf der Suche nach Liebe, nach Vertrauen, nach Geborgenheit. Bei mir hatte sie das alles gefunden, sagte sie, aber

trotzdem bekam ich keine Antwort auf meinen Verlobungswunsch.
Sie gab mir den Ring zurück, blickte mir fest in die Augen.
„Jetzt weißt du alles von mir, überlege es dir gut ob du mich noch heiraten möchtest, eine solche Frau, eine unehrbare und unanständige Frau, eine Frau die sich für die körperliche Liebe bezahlen ließ. Und du würdest weit unter deinen Stand heiraten! Christian, denk darüber nach ob du mich immer noch willst, ich möchte dass du dir deine Antwort lange überlegst! Wenn du mir dann immer noch dein Eheversprechen gibst, werde ich dich nicht mehr davon entbinden! Du wirst mich dann heiraten müssen! Überlege es dir, lass dir Zeit, soviel Zeit wie du benötigst für diese Entscheidung."

Sie zog sich an und verließ meine Wohnung, ich schwieg, es war alles zu viel für mich. Ihre ehrliche, direkte Art, die Worte die ihr Leben beschrieben haben und mich völlig aus der Bahn warfen, noch nie hatte ich einen Menschen wie sie gekannt. Sie stellte mich vor vollendete Tatsachen, so war sie, so musste ich es akzeptieren und damit umgehen lernen, oder auch nicht. Sie ließ mir die Wahl, sie würde mich heiraten, jetzt lag es an meiner Entscheidung.
Ihre leblosen Augen, ihre Abwehr gegen mich bei unserer ersten Begegnung, jetzt wusste ich warum sie mich abgelehnt hatte. Sie wollte sich die nächste Enttäuschung ersparen, erst als sie glaubte ich sei schwul, fasste sie Vertrauen. Sie hatte mir ihr Geheimnis offenbart, mir ihr erbärmliches Leben an den Kopf geworfen. Ich schämte mich plötzlich dass ich sie nicht zurückhielt, sie einfach gehen ließ mit dieser Ungewissheit.

Ich zog mich an und fuhr zu ihrer Wohnung. Als sie mir öffnete weinte sie, ich drückte sie an mich, streichelte sie und flüsterte.
„Ich will dass du meine Frau wirst, ich habe mich entschieden, ich habe dich unglaublich lieb! "
Sie schluchzte.
„Nimm dir Bedenkzeit, bitte, du musst dich nicht gleich entscheiden."
„Ich habe mich entschieden!"
Ich steckte ihr den Ring an ihren Finger, sie schlang die Arme um mich, wir klammerten uns aneinander. Sie gehörte zu mir, für immer und ewig.

Kurz darauf kündigte sie ihre Wohnung und zog bei mir ein. Ich konnte es kaum fassen dass sie meine Frau werden würde, wir ließen uns Zeit mit der Hochzeit, uns drängte nichts, wir waren verlobt, die Hochzeit war nur noch eine gesetzliche Sache, mehr nicht.

Wir genossen das Leben, gingen viel aus, ich verwöhnte sie, erfüllte ihr finanzielle Wünsche. Und sie verwöhnte mich! Ihre sexuellen Praktiken, ihre ungehemmte Lust, es war immer schön mit ihr und immer unterschiedlich, manchmal sanft und zärtlich, dann wieder stürmisch und wild. Sie richtete sich ganz nach meinen Stimmungen.
Wenn ich müde von der Arbeit kam, war sie zärtlich, wenn ich gierig nach ihren Körper griff, war sie leidenschaftlich.
Und sie war die perfekte Hausfrau. Die Wohnung war immer sauber und ordentlich, wenn ich heimkam. Ich genoss ihre Kochkünste, man glaubte kaum dass sie so gut kochen konnte.

Wenn wir ausgingen, bemerkte ich die Blicke der Männer, wie sie Silvia anstarrten, ich war stolz eine so eine auffallende Frau zu haben.

Als ich eines Tages früher als üblich nach Hause kam nahm ich die Post mit nach oben, sonst erledigte das Silvia, sie legte mir die Briefe immer auf meinen Schreibtisch. Im Aufzug fiel mir sofort das rosa Kuvert auf dass an Silvia adressiert war. Der Absender war ein Alexander und eine italienische Adresse. Ich spürte die wachsenden Eifersucht und die Wut auf Silvia. Als ich die Wohnung betrat, begrüßte mich Silvia liebevoll, ich schob sie wütend weg, hielt ihr den Brief entgegen und herrschte sie an.
„Von wem ist der Brief?"
„Von Alexander."
Sie wollte danach greifen, ich behielt ihn bei mir.
„Du bekommst Post von einem anderen Mann?"
„Ja, warum nicht?"
Ich war schockiert über ihre Gleichgültigkeit.
„Seit wann hast du mit diesem Alexander Briefverkehr?"
Sie sah mich so erstaunt an, dass ich sie anschrie.
„Ich verbiete dir, mit einen anderen Mann schriftlich zu verkehren!"
Sie sah mich verzweifelt an, hatte plötzlich Tränen in den Augen.
„Aber er ist mein Freund."
„Ich dulde es nicht dass du ihm schreibst! Gibt es mehr von diesen Briefen?"
Sie nickte weinend.
„Zeig sie mir!"
Ich war rasend vor Eifersucht, noch nie hatte ich sie angeschrien, ich war unglaublich zornig über diesen Vertrauensbruch. Sie brachte mir einen ganzen

Stapel von diesen rosa Briefen, ich war fassungslos über diese Menge.
„Wie lange schreibt ihr euch schon."
„Seit mehr als zwei Jahren."
Ich nahm sie ihr aus der Hand, wollte einen öffnen, in diesen Moment hasste ich sie. Silvia hatte mich maßlos enttäuscht, ich fühlte mich von ihr hintergangen, eine heimliche Liebschaft hinter meinen Rücken! Sie schluchzte, leise hörte ich ihre Worte.
„Bitte Christian, verletzte das Briefgeheimnis nicht, ich möchte nicht dass du sie liest."
„Hast du etwas zu verbergen? Wenn du darauf bestehst, dass ich sie nicht lesen soll, werde ich unserer Verlobung lösen, hast du mich verstanden!"
Sie nickte wieder, weinend antwortete sie mir.
„Ich will nicht dass du unsere Verlobung löst."

Ich zog mich ins Schlafzimmer zurück nahm wahllos einen Brief heraus und begann zu lesen:

Liebe Silvia,
auch ich vermisse dich sehr, immer wenn wieder ein Brief von dir kommt, würde ich dich am liebsten in die Arme nehmen, dein warmer weicher Körper an mich geschmiegt, wie damals als du in meinen Bett geschlafen hast. Deine Liebkosungen fehlen mir immer noch...

Schockiert legte ich den Brief weg, meine heftigen Gefühle schwankten zwischen Hass, Eifersucht und den baldigen schmerzlichen Verlust wenn ich die Verlobung lösen würde. Ein innerer Drang zwang mich weiterzulesen:

...aber deine Zärtlichkeiten sind jetzt Christian vorbehalten. Ich freue mich dass du in ihm einen Mann gefunden hast, der dich aufrichtig liebt und den du lieben kannst. Es ist schön wenn man endlich den richtigen Partner findet, wenn man weiß zu wem man gehört und wo unser Platz im Leben ist. Ich bin immer noch sehr verliebt in Carlo, wenn ich ihn nicht getroffen hätte, würden wir vielleicht immer noch zusammenleben, aber so sind wir beide doch sehr viel glücklicher mit unseren Männern...

Meine Hände zitterten und ich legte den Brief zur Seite. Alexander! Erst jetzt fiel mir ihr schwuler Freund ein, ich hatte seinen Namen vergessen! Ich hatte ihr verboten ihren schwulen Freund zu schreiben, ich fühlte mich erbärmlich, ich hatte ihr nicht vertraut und glaubte sie würde mich betrügen! Ich war eifersüchtig auf einen Schwulen!

Ich ging ins Wohnzimmer, sie saß weinend dort und sah mich hilflos an.
„Christian, ich werde ihm nicht mehr schreiben, es tut mir leid, ich wusste nicht dass es dich stört, ich will dich nicht verlieren."
Ich nahm sie in die Arme, meine Stimme klang heiser.
„Es ist unverzeihlich dass ich das von dir verlangt habe, aber ich war so eifersüchtig auf ihn, es tut mir so leid dass ich meine Fassung verloren habe. Ich wusste nicht das Alexander deiner schwuler Freund ist."
„Aber ich habe dir doch von ihm erzählt", sagte sie, ich erwiderte.
„Ich habe seinen Namen vergessen, ich habe überreagiert, ich war so eifersüchtig auf ihn."
„Du wirst unsere Verlobung nicht lösen?"

„Nein, ich habe dich sehr lieb, verzeih mir bitte was ich zu dir gesagt habe."
„Ich hatte solche Angst dass du mich verlässt, ich liebe dich Christian, ich würde mein Leben nicht ertragen ohne dich."
Lange hielten wir uns in den Armen, ich war wütend über mich, über meine Dummheit und meine unbegründete Eifersucht.

Silvia zeigte mir Fotos von Alexander, ein blonder sehr attraktiver junger Mann, auf einen Bild war er mit einem dunkelhaarigen Mann zu sehen, das ist Carlo, Alexanders Freund, erzählte sie mir. Ich drängte sie, ihm sofort zu schreiben, machte ihr sogar den Vorschlag ein Foto von ihm aufzustellen. Silvia sah mich dankbar an, ich schämte mich weil ich ihr den Kontakt mit ihren einzigen Freund verboten hätte. Noch am selben Tag stellte sie ein Foto von Alexander zu unseren Urlaubsfotos auf den Kamin.

Wir fingen an unsere Hochzeit zu planen und waren damit sehr beschäftigt. Mitten unter den Vorbereitungen verstarb meine Mutter unerwartet, ihr Herz versagte. Silvia war mir eine große Stütze in meiner Trauer. Sie ermunterte mich den Tränen nachzugeben und ich weinte. Erstmalig erlaubte ich mir Schwäche und Gefühle der Hilflosigkeit zu zeigen, ich war Silvia so dankbar für ihr Verständnis. Sie war immer an meiner Seite, organisierte das Begräbnis, tröstete mich.

Wir beschlossen die Villa vorerst zu behalten.
Durch den Tod meiner Mutter und den damit verbundenen zeitlichen Aufwand, musste ich einen großen Rückstand in der Firma aufarbeiten. Bei meinem derzeitigen Projekt konnte ich die Termine

kaum einhalten, mein Chef würde durch die Verzögerungen viel Geld verlieren, wir mussten die Hochzeit verschieben.

Als ich kurz danach für acht Wochen auf Dienstreise nach Wien fahren musste, bat ich Silvia ihren Job zu kündigen um mich zu begleiten. Ich brauchte sie in dieser für mich schwierigen Zeit und wollte sie bei mir haben, ich würde sie zu sehr vermissen. Sie willigte sofort ein. Ich gab Silvia uneingeschränkte Vollmacht auf mein Konto, für ihre persönlichen Wünsche setzte ich ihr jedoch ein Limit. Alles was eine bestimmte Geldsumme überschritt, sollte sie in Zukunft mit mir abstimmen. Sie hatte meinetwegen ihre Arbeitsstelle gekündigt, ich war verpflichtet sie finanziell zu unterstützen.

Wir wohnten in einer Suite in einem zentral gelegenen Hotel. Silvia vertrieb sich die Zeit mit lesen, spazieren gehen, machte Erledigungen, besorgte Karten fürs Theater oder bestellte einen Tisch im Restaurant. Ich liebte es sie jeden Abend um mich zu haben, wenn es möglich war, nahm ich sie zu Geschäftsessen mit. Sie hatte perfekte Manieren, konnte sich unaufdringlich unterhalten, traf immer den richtigen Ton, war zurückhaltend wenn es erforderlich war oder gesprächig wenn das Tischgespräch stockte. Es war eine Freude mit ihr unterwegs zu sein.
Von Geschäftspartnern bekam ich Opernkarten geschenkt, ich mochte keine Opern, aber Silvia war begeistert als ich ihr die Karten zeigte. Ihr zuliebe würde ich in die Oper gehen.

Sie kaufte sich ein rotes Kleid, bewundernd sah ich sie an. Ihre aufreizende Figur kam zur Geltung in diesem engen Kleid und sie sah sehr elegant aus. Wieder wurde mir bewusst, wie unglaublich sinnlich sie war.

Wir fuhren mit dem Taxi zur Oper. Als wir ausstiegen sah ich einen Bekannten vor der Oper stehen. Ich konnte es nicht glauben dass er es wirklich war, ich hatte vor langer Zeit mit ihm zu tun. Fast zwei Jahre hatten wir damals periodisch an einen Projekt gearbeitet. Ich entwickelte Programme für das Gericht, er stand mir beratend bei der Umsetzung zur Seite. Leider verloren wir uns aus den Augen und ich freute mich ihn wiederzusehen.
„Komm ich will dir einen alten Freund vorstellen."

Ich zog Silvia die Stufen empor, widerwillig ging sie knapp hinter mir, ich begrüßte ihn.
„Roman, schön dich zu sehen!"
Ich schüttelte ihm die Hand. Silvia stand hinter mir, ihr Benehmen ärgerte mich.
„Hallo Christian, es ist lange her seit unserer Zusammenarbeit!"
Roman lächelte und dann starrte er Silvia an.
„Darf ich dir meine Verlobte Silvia vorstellen?", sagte ich.
Sie kam hinter meinem Rücken hervor. Er reichte ihr die Hand, sah ihr in die Augen, sie senkte den Blick, drängte sich an mich, wandte den Kopf von ihm weg, griff nach meiner Hand, hielt sich an mir fest. Zögernd reichte sie ihm die linke Hand und sah ihn dabei nicht an. Ihr eigenartiges Verhalten irritierte mich, es war unhöflich diese abwehrende Haltung mit der sie meinen Freund begegnete. Sie schlang beide Arme um mich als ob sie Schutz suchen würde. Ich schob sie sanft weg, es war mir peinlich dass sie ihre Abneigung gegen ihn so offen zeigte. Er war ihr

unsympathisch, dessen war ich mir sicher. Wir redeten einige Minuten und dann verabschiedete ich mich höflich, Silvia verabschiedete sich kaum hörbar und ohne ihn anzusehen. Ihr Verhalten nervte mich, ihre Manieren waren unentschuldbar.

Wir nahmen in der Oper unsere Plätze ein, sie griff ständig nach meiner Hand, ich entzog sie ihr, mein Ärger war noch nicht verflogen. Dann sah ich, dass sie immer wieder zu einer bestimmten Loge hinaufblickte, ich sah die Angst in ihren Augen, sie war nervös, sehr nervös, sie konnte ihre Hände nicht ruhig halten. Irgendetwas stimmte nicht mit ihr. Die Oper begann, ich nahm ihre Hand, langsam entspannte sie sich. In der Pause wollte sie unsere Plätze nicht verlassen. Wieder bemerkte ich ihren Blick zu der Loge, sie war unbesetzt diese Loge. Sie musste ihn gekannt haben, ich war sicher dass sie ihn kannte, aus ihrer Zeit in Wien.

Wir fuhren mit dem Taxi ins Hotel und schwiegen. Silvia war merkwürdig unruhig und beschäftigte sich ständig mit ihren Händen. Als wir in der Suite waren, fragte ich sie.
„Du hast ihn gekannt!"
Sie nickte, sah mich nicht an.
Ich überlegte und hatte plötzlich eine Vermutung, nein, unmöglich, mir wurde fast übel bei dem Gedanken.
„Silvia", ich hob ihr Kinn hoch, sah ihr in die Augen, „sag mir bitte, dass es nicht dieser Roman war, bitte nicht er!"
Langsam hob sie mir ihre Hände entgegen ich sah die Narben an ihren Handgelenken, die Tränen liefen über ihr Gesicht, anklagend ihr verzweifelter Gesichtsausdruck. Ich drehte mich weg von ihr, mein

Körper bebte vor Wut, ich konnte es nicht glauben. Roman! Ein Richter! Hatte sie gefesselt, sieben Stunden lang!
Ich hatte nicht den Mut ihr in die Augen zu sehen, ihre Angst kam wieder hoch in der Oper, die Vergangenheit hatte sie eingeholt und es war meine Schuld, ich ignorierte ihren Widerwillen, zog sie zu ihm, zu ihren Peiniger. Sein Blick sagte alles, jetzt erst verstand ich es. Er begehrte sie immer noch, dieses Verlangen in seinen Augen, sie war sein Besitz, zwei lange Jahre bis sie vor ihm flüchtete. Und als sie bei mir Schutz suchte schob ich sie weg, und sie stand dort mit gesenktem Kopf seinen Blicken ausgeliefert, ich bereute es zutiefst dass ich ihre Nähe nicht zugelassen hatte. Jetzt erst begriff ich ihre Körperhaltung, alleine seine Anwesenheit löste in ihr Unterwerfung aus.

Silvia saß zusammengesunken auf der Couch, weinte immer noch. Ich setzte mich zu ihr, sie rutschte zu mir, legte den Kopf an meine Brust, krallte ihre Finger schmerzhaft in meinen Rücken, ich löste ihre Hände von mir und hielt sie fest in meinen Armen, ewig lange bis sie sich beruhigt hatte.
„Er kann dir nichts mehr tun, du gehörst zu mir, er wird dich in Ruhe lassen, er wird nicht versuchen mir in die Quere zu kommen."
Silvia nickte schluchzend, sie tat mir unendlich leid. Ich tröstete sie, ich wusste dass er sich nicht mit mir anlegen würde, er kannte mich und hatte vor mir Respekt. Ich würde es nicht zulassen dass er sie nochmals verletzte.

Ich dachte an Roman. Ich kannte ihn bereits vor unserer Zusammenarbeit flüchtig von der Universität als er Jus studierte. Jeder kannte Roman! Er war

einer der wenigen die ein Auto besaßen und der einzige mit einem Sportwagen. Er warf mit dem Geld nur so um sich, er war in jeder Studentenverbindung, hatte immer Freunde um sich geschart und er hatte ein leichtes Spiel mit den Mädchen. Roman war bekannt wie ein bunter Hund.
Seine Eltern waren beide Ärzte im größten Krankenhaus der Stadt Wien. Sein Vater leitete die Kardiologie, seine Mutter war Unfallchirurgin. Gleich nach Romans Geburt ging sie wieder arbeiten. Ein Kindermädchen kümmerte sich um ihn. Dann englischsprachiger Privatkindergarten, Volksschule und Gymnasium in einer Eliteschule mit Internat. Nur wenige Wochenenden durfte er zu Hause mit seinen Eltern verbringen. Sie fuhren lieber golfen oder unternahmen Kreuzfahrtreisen ohne ihren Sohn. Seine Liebe kauften sie sich mit Geld und Geschenken, zur Matura bekam er den Sportwagen. Seine Freunde waren seine Familie, mit ihnen verbrachte er seine Zeit im Internat und spannte sich ein gigantisches Netzwerk. Sein beruflicher Aufstieg war vorprogrammiert und nicht mehr aufzuhalten, sie kannten sich alle untereinander aus der Schulzeit und waren sich gegenseitig behilflich.
Seine Eltern starben bei einer Safarireise in Kenia, die kleine Propellermaschine mit der sie flogen, stürzte ab, Roman war vierundzwanzig als er Vollwaise wurde und ein Vermögen erbte. Roman war ehrgeizig, er schaffte sein Studium in der Mindestzeit, bewarb sich für das Richteramt, er war der jüngste Richter in Wien.
Und dann kreuzten sich unsere Wege durch die berufliche Zusammenarbeit wieder, Roman mochte mich und ich mochte ihn, er zählte mich zu seinen Freundeskreis und führte mich in den berühmten Club der Elite ein. Sein Auftreten im Club war

legendär jeder kannte ihn und jeder begrüßte ihn, er hatte seinen eigenen Tisch der immer für ihn freigehalten wurde. Durch sein Imponiergehabe und seine Selbstherrlichkeit stand er immer im Mittelpunkt. Er genoss Ansehen und Respekt bei seinen Freunden. Ich konnte mir gut vorstellen dass Silvia in sein Beuteschema passte. Sie erregte auch Aufsehen, er wollte sie und er bekam sie auch. Er bekam alles was er begehrte und was ihm verweigert wurde kaufte er sich, so wie er Silvia kaufte.
Wenn ich bei ihm im Büro war fiel mir oft seine Aggressivität gegenüber seinen Mitarbeitern auf. Alle die unter seiner Würde waren, behandelte er abwertend.

Silvia hatte zu weinen aufgehört, ich wollte mehr wissen von ihm.
„Silvia, du hast mir nie erzählt dass er Richter ist!"
Seufzend antwortete sie mir.
„Das spielt doch keine Rolle, wer er ist und was er macht."
„Aber ich hatte ihn mehr der Arbeiterklasse zugeordnet, ein Mann ohne Bildung!"
Entrüstet stieß sie mich weg.
„Du verurteilst die Arbeiterklasse? Christian du enttäuscht mich! Ich bin auch Arbeiter, hast du das gewusst? Als Masseurin ist man kein Angestellter!"
Ihre Empörung war grenzenlos, sie fuhr wütend fort.
„Bin ich deswegen ungebildet?"
Wieder hatte ich nicht mit dieser Reaktion gerechnet, für sie waren alle Menschen gleich, egal welchen Stand sie angehörten, ich bemühte mich sie zu besänftigen.
„Es tut mir leid dass ich dir zu nahe getreten bin, es war dumm von mir so etwas zu sagen."
Sie rückte wieder zu mir.

„Was hat Bildung mit dem Charakter zu tun? Es ist ein Vorurteil das Arbeiter die schlechteren Menschen sind, es stimmt einfach nicht, verstehst du?"
Ich nickte, sie hatte recht, ich war geprägt von einer Lehrerdynastie die diese Meinung vertraten. Silvia öffnete mir die Augen, sie beschämte mich in meinen Ansichten. Noch eine Frage brannte in mir.
„Warum bist du solange bei ihm geblieben, wenn er dir Angst gemacht hat?"
„Ich weiß es nicht", sagte sie leise, ich bohrte nach
„Aber er hat dich schlecht behandelt!" Sie klang plötzlich aggressiv.
„Ich weiß es nicht! Manchmal war er auch nett zu mir und zärtlich. Und er war gut im Bett, ich habe gerne mit ihm geschlafen, seine Wildheit und seine Spielchen haben mir gefallen."
Ich schluckte, ihre ehrlichen Worte verletzten mich, sie hätte mir gleich ein Messer ins Herz stoßen können.
Ich sagte nichts mehr, sie schwieg auch, ich nahm mir vor unsere Hochzeitsplanung voranzutreiben, jetzt wo mir Roman begegnet war, war ich mir nicht mehr sicher ob sie nicht doch noch einen Rückzieher machte. Ich dachte an ihre suchenden Augen in der Oper und ihre Unterwürfigkeit vor ihm. Ich wusste nicht ob er sie nicht noch einmal rumkriegen konnte. Und sie hatte noch eine Rechnung mit ihm offen. Ich war überzeugt sie würde von ihm fordern diese endlich zu begleichen. Sie erzählte mir einmal, sie wollte eine Entschuldigung von ihm, sie wollte ihre Würde die er ihr genommen hatte wieder zurück. Jetzt wo er sie wieder gesehen hatte, war sein Verlangen nach ihr wieder vorhanden, aber ich war sicher dass er nichts unternehmen würde solange ich ihm im Weg stand. Unsere Heirat würde ihn endgültig davon abhalten, einen Versuch zu unternehmen, sie

zurück zu gewinnen. Erst im Morgengrauen gingen wir zu Bett, die Begegnung mit Roman hatte uns beide aufgewühlt.

Als ich erwachte schlief Silvia noch. Ich betrachtete ihr Gesicht, ihre langen, roten Haare auf den weißen Kissen, ich zog vorsichtig die Decke von ihren Körper. Sie lag nackt vor mir, ihre Brüste ragten wie zwei Halbkugeln empor, sie atmete tief. Ich berührte sie und bekam Lust, drängte mich zwischen ihre Beine, ich wollte sie, es war pervers sie im Schlaf zu vögeln. Erst nach meinen Eindringen wachte sie auf, sie schloss gleich wieder die Augen, ihr Mund öffnete sich leicht, sie stöhnte, sie gab sich mir hin, ich liebte sie über alles. Ich sah sie unter mir liegen, bei jedem Stoß schob ich ihren schmalen Körper nach oben, ich sah ihr lustvoll verzerrtes Gesicht und dann dachte ich wieder an Roman. Ich spürte eine Eifersucht in mir, wie oft hatte er ihren Körper benutzt, ihrer Sinnlichkeit gesehen, wie oft hat er sie angefasst!
Ich wurde plötzlich wütend über ihn, zwei Jahre hatte sie ihm gehört! Ich rammte ihr meinen Penis wuchtig hinein, immer und immer wieder, bis sie kam. Ihr Aufbäumen, ihr Stöhnen, wie oft durfte er es sehen. Ich hielt sie an der Taille fest, drückte sie nach unten, vögelte sie härter bis zu meinem Höhepunkt.
Sie kuschelte sich an mich, küsste mich.
„Du bist wild, das war gut! Ich liebe dich, Christian und ich werde bald deinen Namen tragen!"
Ich war gerührt, sie hatte mir wiederholt das Eheversprechen gegeben, meine Bedenken waren verflogen.

Als wir wieder nach Salzburg zurückkehrten fing Silvia an unsere Hochzeit zu organisieren und sie veränderte sich. Sie hatte ihre roten Haare braun färben lassen. Es ist ihre Naturfarbe, gestand sie mir, sie gefiel mir mit den braunen Haaren, sie sah natürlicher aus. Seit der Kündigung ihres letzten Jobs war sie zu Hause, ich schlug ihr vor, sich nicht mehr um eine neue Arbeitsstelle umzusehen, sie stimmte nach langen Überlegungen zu. Ich verdiente gut, sie würde nie wieder arbeiten müssen und ich wollte sie bei meinen Reisen bei mir haben, aber falls sie wollte konnte sie jederzeit wieder berufstätig werden. Sie verbrachte viel Zeit in Geschäften um ein Brautkleid auszusuchen, sie erzählte mir immer wie sie den Tag verbrachte.

Wir heirateten im kleinsten Kreis. Ich hatte wenige, weit entfernte Verwandte, sie hatte niemanden mehr, zumindest hatte sie keinen Kontakt zu ihrer Mutter. Nur Rudolf mein Chef und seine Frau waren als Trauzeugen anwesend. Sie sah bezaubernd aus in ihrem engen weißen Brautkleid, wir ließen uns nur standesamtlich trauen und flogen noch in der Hochzeitsnacht für eine Woche nach Spanien in die Flitterwochen.

Bereits im Flugzeug erregte sie mich mit ihren flüsternden Fragen.
„Was wünscht du dir in unserer Hochzeitsnacht? Ich werde dir alles erfüllen was du willst. Sag es mir, Christian, ich will dass du dir von mir etwas Außergewöhnliches erwartest, etwas was wir noch nie taten."
Sie lächelte, ihre Augen glänzten wieder, man sah ihre Vorfreude auf unsere besondere Nacht. Natürlich hatte ich einen besonderen Wunsch, seit sie mir erzählt hatte wie Roman sie immer fesselte, seitdem brannte ich darauf, das auch zu tun. Nie wagte ich sie zu fragen ob ich sie fesseln durfte, ich wollte mich

auch nicht auf das tiefe Niveau von Roman herablassen und ich wusste sie verabscheute diese Fesselspiele. Roman hatte das Vergnügen sie oft so zu sehen, in meinen Vorstellungen sah ich sie vor mir liegen, gefesselt und wehrlos, mir ausgeliefert. Ich fand diese Gedanken pervers, trotzdem entfachte sie eine Lust in mir, immer wieder dachte ich daran. Roman hatte etwas von ihr, was mir bisher immer verwehrt wurde, obwohl Silvia immer die treibende Kraft für obszöne Spielchen war, schlug sie mir nie vor ihr Handschellen anzulegen. Und ich war nicht mutig genug sie um Erlaubnis zu bitten.
Ich schwieg auf ihre Frage, sie umklammerte meine Hand bis das Flugzeug landete.

Erst nach Mitternacht kamen wir im Hotel an immer noch beschäftigte mich ihre Frage. Ich würde es nicht schaffen ihr meinen geheimen Wunsch zu äußern, sie war so empfindsam und ich wollte sie nicht verletzen.
Als sie nackt aus der Dusche kam und sich im Bett an mich kuschelte, fragte sie wieder.
„Christian, was willst du von mir?"
Sie flüsterte und ich schwieg, sie redete weiter.
„Wir sind jetzt verheiratet, du kannst mir alles sagen, ich bin deine Ehefrau, wenn es mir zu pervers ist, werde ich ablehnen, ich habe auch meine Grenzen, es gibt gewisse Dinge die ich dir nicht erfüllen werde."
Sie ermunterte mich die Schranken fallen zu lassen.
„Ich glaube nicht dass dir mein Wunsch gefallen wird."
Sie richtete sich mit einem Ruck auf, sah mich überrascht an.
„Du willst mich fesseln?"

Ich nickte verlegen, wie konnte sie nur meine Gedanken so schnell erraten. Sie stand auf, ich bereute meinen Vorstoß, sie ging zum Bademantel, zog den Gürtel heraus und reichte ihn mir.
„Hier, fessle mich." Sie grinste mich an, ich war verwirrt über ihr Lächeln.
„Du hast nichts dagegen?
„Nein, ich mag es wenn du mich fesselst, es ist erregend."
„Aber...", ich brach den Satz ab, wieder verblüffte sie mich mit ihrer Reaktion, sie fuhr fort.
„Roman machte mir Angst, zu dir habe ich Vertrauen. Ich will es!"

Ich hatte solche Achtung vor ihr dass es mir schwer fiel, ihr die Hände am Rücken zusammenzubinden aber ich tat es. Dann stand sie vor mir, sie hatte den Kopf gesenkt, ihre Schultern waren durch die zurückgebogenen Arme nach hinten gedrückt, ich hatte sie sehr fest geschnürt, ihre Brüste ragten vulgär empor, ihr wehrloser Körper geilte mich unheimlich stark auf. Ich wollte sie nicht gleich vögeln, ich erstrebte ein langes Vorspiel, unsere Hochzeitsnacht sollte etwas Einmaliges werden.
Ich saß auf der Bettkante, zog sie zu mir, ließ sie immer noch vor mir stehen, sanft streichelte ich ihre Brüste, dann nahm ich ihre Brustwarze in den Mund, saugte daran, wendete mich der anderen Brust zu, biss sie mit den Zähnen, sie zuckte schmerzhaft zusammen, wich mir aber nicht aus. Ich küsste ihren Hals, ihre erzwungene Bewegungslosigkeit erregte mich.
Ich hob sie auf das Bett und kniete mich zwischen ihre Beine. Ich fing an ihren glatten Venushügel mit meiner Zunge zu liebkosen, sie stöhnte leise, ich führte ihr meinen Finger ein, sie atmete heftig, ich

drang mit meiner Zunge fest in ihre Scheide, zusammen mit den Fingern wollte ich sie zum Orgasmus bringen. Ich hielt sie am Gesäß fest und hob sie auf meine Oberschenkel und brachte sie in eine für mich bequeme Stellung. Meine Zunge glitt sanft über ihren Scham jeder Zentimeter ihrer unteren Region wurde von mir befeuchtet. Sie stöhnte lauter und dann sagte sie diese zwei Worte die mich schockierten.
„Nimm mich!"
Ich konnte und wollte diese verbale Entgleisung nicht dulden. Ich stand auf, sah zu ihr hinunter, wütend herrschte ich sie an.
„Sprich nicht so mit mir!"
Sie sah mich mit geneigtem Kopf herausfordernd an.
„Wirst du mich jetzt dafür bestrafen?"
Ich sah sie fassungslos an, sie forderte mich auf sie zu bestrafen, sie wollte es! In ihren Augen spiegelte sich eine extreme Erregung, man sah sie, diese Erregung. Die Augen glänzten und sie grinste unverschämt. Es war nicht mehr meine Silvia, nicht diese die ich geheiratet hatte, in diesen Moment war sie ein geiles Luder dass ich beliebig benutzen konnte, ihre Verwandlung erregte mich.
Ich zwang sie auf einen Sessel und stellte mich vor sie, schob ihr meinen Penis in den Mund, noch bevor ich ihren Kopf fixieren konnte, fing sie an meinen Penis mit der Zunge zu bearbeiten. Ich befahl ihr damit aufzuhören, hielt ihren Kopf mit beiden Händen fest, mein steifes Glied schob ich so weit wie möglich in ihren Mund. Ich befahl ihr sich nicht zu bewegen, streichelte ihre Haare, sie rührte sich nicht. Dann zog ich langsam mein Glied heraus um es wieder hinein zustoßen, mit langsamen Bewegungen, immer wieder, dann begann ich das Tempo zu beschleunigen, sah zu ihr hinunter, sie blickte mich

unterwürfig an, es war dieser unterwürfige Blick mit dem sie Roman bei der Oper angesehen hatte. Wie oft hatte ich mir gewünscht sie würde mich so ansehen. Unsere Rollen waren jetzt klar verteilt, ich war der Herr, sie meine Sklavin, sie akzeptierte ihre Rolle demütig. Ich brauchte nicht lange bis ich einen Orgasmus hatte. Ich ergötzte mich an dem perversen Anblick den sie mir bot. Ihr Oberkörper an mich gepresst, die gefesselten Hände hinter ihren Rücken, mein erschlaffter Penis steckte zur Gänze in ihren Mund. Ich spürte ihren warmen Atem an meiner Haut. Ich konnte mir gut vorstellen dass Roman sie immer wieder fesseln wollte, die Lust nach ihr wurde dadurch enorm erhöht.

Ich stand auf, hob sie hoch, trug sie ins Badezimmer und stellte sie unter die Dusche. Ich richtete den Wasserstrahl auf ihr Gesicht und wusch ihr das Sperma ab. Ich trug sie noch nass ins Schlafzimmer und legte sie auf den Bauch ins Bett. Ich zog ihre Arme an den Fesseln nach oben, ich war sicher es tat ihr weh, diese unnatürliche Stellung, aber sie stöhnte noch mehr, es war ein wollüstiges, tiefes Stöhnen aus ihrer Kehle. Ich betrachtete sie, ihre nassen Haare klebten an ihrem Gesicht und an ihren Brüsten, sie sah schön aus. Ich streichelte sie am ganzen Körper dann knotete ich die Fessel auf. Ich schob mich zwischen ihre Beine, sie gab willig nach, ich fing sofort an sie zu vögeln, hob ihre Taille hoch, das Becken drückte ich mit einer Hand nach unten. Ihr Rücken bog sich zurück, sie hing förmlich in meinen Armen. Völlig willenlos ließ sie alles mit sich machen, ich kam zu meinen zweiten Höhepunkt. Erschöpft lagen wir nebeneinander. Sie drehte sich zu mir, dann küsste sie mich zärtlich.

„Ich liebe dich Christian, du kannst mich fesseln so oft du willst, es war erregend was du mit mir getan hast."
Ich hatte einen Sieg errungen, einen Sieg über Roman, ich durfte sie nach Belieben fesseln, mit ihrer Erlaubnis, bei ihm wollte sie es nie.

Als ich erwachte quälte mich mein schlechtes Gewissen. Meine Lust war gewichen, ich konnte wieder klar denken. Ich hatte sie erniedrigt in dieser Nacht, ich war beschämt über mein Tun, meine Hemmschwelle war wieder sehr hoch, meine Erziehung verbot mir eine ordinäre Sexualität. Silvia war meine Frau, sie war mir gleichgestellt, ich brachte ihr Achtung und Wertschätzung entgegen, es widerstrebte mir wie ich sie in der Nacht behandelt hatte und es war abnorm was ich von ihr verlangte. Ich betrachtete sie neben mir, sie sah so kindlich aus, die großen Augen, der kleine Mund, ihr zarter Körper der sich unter der Decke abzeichnete. Ich würde es ihr nicht übelnehmen wenn sie mir für meine gestrige Entgleisung böse war. Ich liebte sie und wollte sie nicht mehr fesseln, ich war sicher dass ich ihre Würde mit meinen perversen Wünschen verletzte.

Sie schlug die Augen auf, lächelte mich an, streckte mir ihre Arme entgegen.
„Komm zu mir, mein Ehemann, ich hab dich lieb."
Erleichtert über ihre Worte umarmte ich sie, sie drängte ihren nackten Körper fest an mich, es erregte mich, ich verbot mir sie wieder zu vögeln und schob sie behutsam weg. Ich durfte mich nicht mehr hinreißen lassen, wir befanden uns in einer Ehe und nicht in einen drittklassigen Pornofilm.
„Silvia, es war nicht richtig was ich gestern von dir verlangte, ich hatte mich nicht mehr unter Kontrolle,

es war ein einmaliger Ausrutscher, es tut mir leid was geschehen ist."
Sie sah mich überrascht an.
„Hat es dir nicht gefallen?"
„Doch, aber werde dich nicht mehr fesseln, ich weiß dass du es verabscheust."
Sie war hartnäckig.
„Aber wenn du es schön findest, mache ich das gerne für dich."
Ich gab ihr keine Antwort, zweifelte an ihrer Aussage, natürlich hatte es mir gefallen, aber ich konnte ihr diese Erniedrigungen nicht nochmals zumuten. Wir verbrachten unseren Urlaub untertags am Strand, am Abend nach dem Essen machten wir lange Strandspaziergänge, in der Nacht schliefen wir miteinander, ohne irgendwelche ausgefallenen Spielchen, Silvia war sanft, zärtlich und liebevoll, es waren romantisch Flitterwochen, wie es sich für Eheleute gehörte.

Nach unserem Urlaub als ich von der Arbeit nach Hause kam, bemerkte ich eine Veränderung an ihr. Sie war unterwürfig, ihr Kopf war gesenkt, sie schien unsicher, bettelte nach Liebkosungen und wollte mich in jeder Hinsicht zufriedenstellen. Normalerweise unterhielten wir uns immer wenn ich von der Arbeit kam, aber sie schien an einem Gespräch nicht interessiert zu sein. Sie setzte sich beim Essen auf meine Oberschenkel und fing an mich zu küssen, ich schob sie weg. Ich sah wieder diesen Glanz in ihren Augen, sie wollte mit mir schlafen, aber sie traute sich nicht es mir zu sagen, sie schlich mit gesenkten Kopf ins Schlafzimmer.

Als ich nach ihr zu Bett ging, lagen auf meinen Kissen schwarze Lederfesseln, sie sah mich hilflos

an als ich sie bemerkte. Sie musste die Fesseln heute gekauft haben! Ich nahm sie vom Kissen und legte sie in den Schrank mühsam sagte ich zu ihr.
„Ich werde diese Fesseln nicht benützen, ich fessle meine Frau nicht!"
Sie nickte verlegen, ich konnte und wollte sie nicht unterdrücken, obwohl es mich erregte wenn ich an die Hochzeitsnacht dachte. Aber ich schaffte es einfach nicht meinen abnormen Wünschen nachzugeben. Ich hatte gewisse Wertvorstellungen von einer Ehe. Ich zweifelte daran dass es auch Silvias Wunsch war gefesselt zu werden. Sie verließ Roman aus diesem Grund, warum sollte sie es bei mir wollen? Obwohl ich wusste dass sie Verlangen nach mir hatte, fasste ich sie in dieser Nacht nicht an. Ich hatte Angst dass ich mich nicht beherrschen konnte und sie nicht doch noch fesselte, alleine der Gedanke dass diese Lederfesseln in meinem Schrank lagen, erregte mich.

Einige Wochen vergingen, sie sprach nie wieder von den Fesseln und für mich war das Thema schon damals erledigt. Wie schliefen regelmäßig miteinander, außer ich befand mich auf Dienstreisen, selten nahm ich sie mit. Ich kam oft spät in mein Hotelzimmer und war müde, ich wollte meine Ruhe, sie hätte mich nur von meiner Arbeit abgelenkt.

Nachdem ich wieder von einer dreitägigen Geschäftsreise zurückkehrte, empfing mich Silvia mit einer stürmischen Umarmung und zärtlichen Küssen.
„Ich habe dich so vermisst, musst du immer wegfahren?", sie sah mich fast verzweifelt an.
„Ich muss doch Geld verdienen, es geht nicht anders", sagte ich väterlich zu ihr und befreite mich aus ihrer Umarmung.

Erst jetzt fielen mir diese neuen, kostbaren Diamantenstecker in ihren Ohren auf.

„Du sollst mich doch vorher fragen wenn du dir so teuren Schmuck kaufst. Wir haben eine Abmachung, warum hast du sie gebrochen? Zeig mir die Rechnung!"

Ich war wütend über sie, noch nie hatte ich ihr einen noch so teuren Wunsch abgeschlagen, sie brauchte mich nur um meine Zustimmung bitten, dann konnte sie sich alles kaufen. Sie hatte es gut bei mir, ich verwöhnte sie, ich verstand ihre Beweggründe nicht. Sie schlich ins Schlafzimmer und ohne ihre Rückkehr abzuwarten ging ich duschen. Als ich zurückkam wartete sie bereits auf mich und reichte mir wortlos die Rechnung. Natürlich hatte sie bei einem Nobeljuwelier in Salzburg eingekauft, natürlich war der Schmuck kostspielig. Sie hatte das von mir vorgegebene Betragslimit um das doppelte überzogen. Ärgerlich gab ich ihr die Rechnung wieder zurück.

„Wenn du das noch einmal machst, werde ich dir den Kontorahmen kürzen."

Wütend sah ich sie an, meine Stimme war laut geworden, sie schien verzweifelt, ich bereute meine Unbeherrschtheit.

Sie war jung, sie war den ganzen Tag alleine, sie wollte sich einfach etwas Schönes kaufen, ich sprach wieder leiser.

„Oder ich werde dich übers Knie legen und dir den Hintern versohlen."

Ich wollte sie mit diesen Worten aufheitern und lächelte.

„Du kannst mich auch fesseln", flüsterte sie, zog die Fesseln aus ihrer Hosentasche und reichte sie mir.

Ich war so perplex, dass es mir die Sprache verschlug, sie bot mir eine Bestrafung an, ich wusste

nicht wie ich reagieren sollte, in meiner Verklemmtheit.
Silvia rückte näher zu mir und flüsterte.
„Du kannst mir auch den Hintern versohlen."
Sie sah mich unsicher an, ich schwieg, sie rückte näher zu mir und fing an mich vorsichtig zu küssen, erst als ich ihren Kuss erwiderte wurde sie leidenschaftlicher. Sie drehte sich um, legte sich bäuchlings auf meine Oberschenkel und zog sich die Jeans bis zur Kniekehle hinunter. Ich tat und sagte nichts, starrte nur auf ihr Gesäß, ihr hellblaues Höschen war verrutscht, die Pobacken nur zur Hälfte bedeckt. Langsam, ganz langsam schob sie mit ihren Händen das Höschen hinunter bis ihr Gesäß nackt vor mir lag. Ich konnte sie nicht schlagen, ich konnte es einfach nicht, ich wusste nicht was ich tun sollte.
Seit ich sie kannte hatte sie in mir einen Beschützerinstinkt ausgelöst, sie wog gerade einmal fünfzig Kilo, nicht ganz die Hälfte von mir, ihr Figur wirkte neben mir so zerbrechlich und durch meine Größe und meiner kräftigen Statur sah sie noch zarter aus. Ich hatte den Drang sie zu beschützen und nicht zu züchtigen. Es war mir zuwider dies zu tun.
Sie bewegte sich nicht, ihre Hände lagen neben ihren Hüften, hielten immer noch ihr Höschen fest. Ihr Gesicht war in der Couch vergraben, hilflos starrte ich ihr Gesäß an. Sie hob ihr Becken hoch, es sah pervers aus, was sie tat. Nie hatte ich ihrem Gesäß solche Beachtung geschenkt, natürlich sah sie von hinten gut aus in ihren engen Jeans, aber ihr nackter Hinterteil so nah vor mir das war neu für mich. Ich konnte den Blick nicht von ihr abwenden, es erregte mich was ich sah. Ich verlor meine Beherrschung, nahm die Lederfesseln und verschloss ihre Handgelenke.

Sie war zur Untätigkeit verbannt! Hastig zog ich meinen Bademantel aus legte mich auf sie und küsste sie auf den Hals. Dann drang ich von hinten in sie ein. Ich kam schnell und befreite sie sofort von den Fesseln. Ich richtete mich auf, sie lag immer noch auf den Bauch, ich drehte sie um und sie sah mich lächelnd an.
Ich hasste mich dafür dass ich es wieder tat.
„Silvia, ich kann das nicht, du bist meine Frau, ich kann dich nicht auf dein Gesäß schlagen und ich kann dich nicht mehr fesseln. Es war ein Fehler was ich tat. Es widerstrebt mir, du bist mir zu wertvoll und ich verliere meine Gesicht wenn ich dich so behandle."
Sie sah mich ernst an.
„Du must anfangen unsere Ehe von unseren Sexspielen zu trennen, ich mag es wenn du dominant bist, es erregt mich, verstehst du?"
„Aber bei Roman hast du es verabscheut, du hast ihn deswegen verlassen!"
Ich war wütend, sie verwirrte mich und änderte ständig ihre Meinung.
„Aber das war doch etwas anderes mit Roman, er hat mich ständig unterdrückt und seine Macht ausgespielt, auch wenn wir nicht Sex hatten! Ich hatte Angst vor ihm, ich habe ihn gehasst und außerdem benützte er Stahlhandschellen die schmerzten.
Sie sah mich zornig an, ihre Augen verengten sich, dann sprach sie leise.
„Ich habe ihn nie geliebt, mir fehlte das Vertrauen zu ihm und ich fühlte mich nicht geborgen."
Sie fing plötzlich zu weinen an, hilflos drückte sie sich an mich, ich sagte mühsam.
„Ich will nicht dass du dich fesseln lässt, nur um mir einen Gefallen zu tun."

Sie schüttelte den Kopf, „ich will dass du es tust, ich fühle mich bei dir sicher und ich weiß das du mich nie verletzen wirst, sie erregen mich diese Fesselspiele, mir fehlte nur der richtige Mann dazu. Ein Mann den ich vertrauen kann, so wie dir! Und den ich liebe, so wie dich!"
„Ich habe Hemmungen das zu tun", widersprach ich.
Sie flüsterte wieder.
„Warum glaubst du, habe ich mir die teuren Ohrstecker gekauft? Ich wollte dich herausfordern, ich liebe deine dominante Ader du wagst es nur nicht, sie auszuleben."
Sie brachte mich aus der Fassung, sie kannte mich besser als ich dachte, es stimmte, ich hatte abnorme Wünsche, sie brachte es genau auf den Punkt und sie scheute sich nicht es auszusprechen.
„Ohne Grund werde ich dich nicht fesseln", sagte ich, sie lächelte und erwiderte.
„Natürlich nicht."

Es war ein stilles Abkommen zwischen uns, meist am Samstag fing sie an mich wütend zu machen. Ich verlangte von ihr, Kaffee aufzubrühen, sie reagierte frech.
„Mach es dir selber, ich will noch schlafen."
Es waren kleine, unbedeutende Vergehen, ich konnte sie fesseln und dabei mein Gesicht wahren. Ich liebte diese Samstage mit diesem Ritual, und Silvia liebte sie auch, ich sah immer diesen Glanz der Lust in ihren Augen und ihr unverschämtes Lächeln. Sie wusste genau was sie tun musste um mich soweit zu bringen das ich es für angemessen hielt sie zu fesseln. Mit der Zeit legte ich meine prüde Einstellung ab, es war schwer eine jahrelange, konservative Erziehung abzuwerfen, aber es gelang mir mit ihrer

Hilfe. Sie war mir weit voraus mit ihrer Erfahrung und ihren sexuellen Einfällen.

Eines Tages, an einen Samstagmorgen ging ich ins Bad, sie lag in der Badewanne und die Lederfesseln lagen am Waschbecken.
Sie gab mir wieder die Möglichkeit sie zu fesseln.
Ernst sah ich sie an und spielte unser Spiel.
„Was hast du wieder angestellt?"
„Ich glaube ich habe deinen neuen Laptop ruiniert, ich wollte es nicht, es tut mir so leid."
Ich war richtig wütend über sie, ich hatte keine Lust mehr sie zu fesseln, sie war zu weit gegangen.
„Ich habe dir verboten ihn anzufassen, weißt du eigentlich was ein neuer Laptop kostet? Kannst du dir nichts anderes einfallen lassen, für unsere Spielchen?"
„Er ist mir runtergefallen, als ich sauber machte, ich sagte doch es tut mir leid, es war nicht meine Absicht, nie würde ich deinen Computer für unsere Spielchen missbrauchen, es war ein Missgeschick."
Sie weinte plötzlich und ich sagte.
„Warum hast du dann die Fesseln vorbereitet?"
„Ich weiß nicht, ich wollte es wieder gut machen, ich habe keine andere Lösung gefunden um dich zu besänftigen, es tut mir so leid."
Sie schluchzte und sah mich hilflos an.

Ich ging sofort ins Wohnzimmer. Ohne Laptop war ich ein halber Mensch ich benötigte ihn dringend am Montag für meine Arbeit und ich würde nicht so schnell einen Ersatz bekommen. Es gab sie erst kurz auf den Markt, sie waren teuer, aber Rudolf kaufte mir sofort einen um mir die Arbeit zu erleichtern und damit ich die gewonnene Zeit bei den Kunden nutzen konnte. Das Gehäuse war nicht beschädigt, ich

schaltete ihn ein, ließ ihn hochfahren. Silvia hatte keine Ahnung von Computer, sie glaubte er wäre nicht mehr zu gebrauchen. Ich teste schnell alle Programme durch, er hatte keinen Schaden genommen.
Ich war erleichtert und ging wieder ins Bad, sie lag in der Wanne und hatte die Augen geschlossen, sie hörte mein Kommen nicht, ihre Brüste ragten aus dem Wasser, ihre Brustwarzen waren aufgestellt, sie erregte mich. Ich wollte ihr nicht sagen dass der Laptop in Ordnung war, ich brauchte einen Grund sie zu fesseln, ich hatte Lust und sie sollte meine Bedürfnisse erfüllen. Ich hatte auf meinen Dienstreisen genug Zeit meiner Fantasie freien Lauf zu lassen, meine Gedanken erregten mich und ich beeilte mich so schnell wie möglich nach Hause zu kommen um mit ihr zu schlafen. Es waren perverse Gedanken, ich wollte ihr die Augen verbinden, das heutige Vergehen musste bestraft werden. Ich setzte mich an den Badewannenrand.
„Silvia, ich hoffe ich kann ihn wieder reparieren, aber es wird eine Weile dauern, ich denke dass ich dich fesseln muss."
Sie nickte und lächelte, ich lächelte auch, wir spielten unser Spiel ohne die gegenseitige Achtung zu verlieren, es war verrückt was wir taten.

Ich band ihr die Hände am Rücken zusammen und stieg zu ihr in die Wanne. Ich verband ihr mit einem Seidentuch die Augen, hob sie auf den Marmorsockel am Kopfende der Badewanne und zwang sie ihren Rücken an die Wand zu lehnen. Mir fiel ihre Haarbürste auf. Ich könnte ..., ich verwarf den Gedanken wieder, es wäre zu obszön, sanft strich ich mit den Fingern über ihren glatten Venushügel, meine Gedanken kamen zurück, ich griff nach der

Haarbürste. Der hölzerne Griff war lang und rund, vorsichtig führte ich ihn soweit wie möglich in ihre Scheide ein. Sie zuckte zusammen, entspannte sich aber gleich wieder. Es sah so pervers aus, dass ich sofort eine Erektion bekam. Ich starrte sie an, Ihre verbundenen Augen, die gefesselten Hände und der Bürstenkopf der aus ihrer Scheide ragte. Es sah unglaublich aus! Ich konnte den Blick nicht von ihr abwenden. Langsam und vorsichtig um sie nicht zu verletzen fing ich an die Bürste herauszuziehen, führte sie wieder ein, ich hielt den Bürstenkopf fest in meiner Hand, damit ich ihr die Bürste in meiner Erregung nicht unabsichtlich zu weit hineinschob. Sie stöhnte auf, es gefiel ihr, was ich tat. Ich vögelte sie mit dem Griff ihrer Haarbürste bis sie einen Orgasmus hatte. Ich nahm ihr die Augenbinde ab und setzte mich auf den Badewannenrand. Dann flüsterte ich.

„Der Laptop war sehr teuer!"

Sie nickte, ich löste ihre Fessel, hob sie hoch und setzte sie auf mein aufgerichtetes Glied. Ich hielt sie mit meinen Händen bewegungslos in dieser Position, dann fasste ich mit dem Arm unter ihr Gesäß, mit dem anderen Arm drückte ich ihren Oberkörper an mich. Ich stand auf, mein Penis steckte in ihr, ich überlegt wo ich sie hinlegen sollte. Ich entschied mich für den Metallschrank im Wohnzimmer in dem ich meine Arbeitsunterlagen aufbewahrte. Ich legte sie darauf, der Schrank hatte die perfekte Höhe, um sie im Stehen vögeln zu können. Sie kam vor mir zum Orgasmus. Ich hob sie vom Schrank und trug sie ins Schlafzimmer, sie schmiegte sich eng an mich, ich liebte es wenn sie das tat, ich legte meinen Kopf auf ihre Brust. Wir schwiegen, ich war glücklich mit ihr.

„Christian, was war das im Badezimmer?"

Ich grinste, meine Geilheit war noch immer da.
„Deine Haarbürste."
Sie lächelte, drückte ihren nackten Körper fest an mich.
„Ich mag es wenn du so pervers bist."
Meine Zweifel darüber dass sie diese Fesselungen und Demütigungen nur duldete um mir zu gefallen waren verflogen. In Zukunft hatte ich keine Bedenken mehr, mir sexuelle Handlungen von ihr erfüllen zu lassen, immer mehr verspürte ich den Drang meine perversen Vorstellungen auszuleben, meine immer stärker werdende Dominanz zu befriedigen.

Unsere Ehe war geprägt von einer innigen, tiefen Liebe, Vertrauen und einer besonderen Sexualität. Silvia war der Mittelpunkt meines Lebens, sie war alles für mich. Meine Frau, Freundin, Vertraute und meine Geliebte. Sie war mein Leben!
Unser Alltag verlief meistens reibungslos, wir waren absolut gleichberechtigt, aber jeder hatte seine Rolle in unserer Partnerschaft. Ich verdiente das Geld und sie kümmerte sich um den Haushalt und vor allem um mich. Die wenige Freizeit die ich hatte verbrachten wir gemeinsam. Wir liefen unsere Runden im Park oder gingen spazieren. Wir redeten über Gott und die Welt, Silvia las sehr viel und beeindruckte mich mit ihrem aktuellen Wissen über Politik. Trotz ihres Alters hatte sie eine Reife und Zielstrebigkeit die ich bewunderte.
Und sie fing an sich für Computer zu interessieren und bat mich um Hilfe. Wann immer es meine Zeit erlaubte, lehrte ich ihr die Benützung der Programme. Mein Beruf war auch mein Hobby und das Lernen mit ihr beglückte mich. Sie bewunderte mein Können und ich hatte eine äußerst attraktive Schülerin. Gerade zu verbissen bewältigte sie die

Aufgaben die ich ihr gab, sie war lernwillig und begriff schnell. Die Arbeit mit dem Computer machte ihr Spaß und ich lobte sie anerkennend.
Natürlich hatten wir auch unsere Kämpfe. Sie konnte sehr stur sein wenn sie etwas unbedingt wollte.
Immer fanden wir eine Kompromisslösung die uns beide zufrieden stellte.

Die Zeit verging und wir hatten unseren ersten Hochzeitstag. Silvia sollte mich von der Arbeit abholen, wir würden zum Italiener essen gehen und feiern. Ich befand mich in einer Besprechung mit Rudolf und allen meinen Mitarbeitern die mir unterstellt waren, meine ausschließlich männliche Abteilung umfasste bereits dreißig Personen, ich erläuterte das neue Projekt, verteilte die Aufgaben, die Besprechung neigte sich den Ende zu, als es an der Tür klopfte. Meine Sekretärin sagte mir, dass meine Frau auf mich wartete. Ich sah auf die Uhr und bat sie, Silvia herein zu bringen. Ich beendete die Besprechung, meine Mitarbeiter standen auf, redeten noch, ich sortierte meine Unterlagen. Der Lärmpegel verstummte plötzlich, alle starrten zur Tür. Ich drehte mich um und sah Silvia verlegen im Türrahmen stehen.
Wie sie aussah! Sie trug diese verdammt engen Jeans, und ein weißes, hautenges, Shirt, die Konturen ihre Brüste zeichneten sich deutlich ab, der Stoff war so dünn, dass man ihre Brustwarzen durchscheinen sah, natürlich trug sie keinen BH, sie trug nie einen, ihre Haare waren offen, fielen ihr weich ins Gesicht, sie sah unglaublich sexy aus, es gefiel mir wenn sie so aussah. Als sie mich erblickte, ging sie langsam auf mich zu, ihre Augen auf mich gerichtet, ihre Bewegungen waren geschmeidig und aufreizend.

Ich stellte sie meinem Team vor, sie lächelte unsicher, vor Fremden war sie immer sehr zurückhaltend. Dann wandte ich mich wieder meinen Unterlagen zu, Silvia stellte sich nah neben mich, ich nahm meine Papiere und ging mit ihr in mein Büro. Etliche Augenpaare verfolgten uns, ich war stolz darauf eine so auffallende Frau zu haben.
In meinem Büro küsste ich sie fordernd, ihr Anblick erregte mich schon jetzt, unseren ersten Hochzeitstag würden wir auch in der Nacht gebührend feiern.

Die Nacht war lang und berauschend, müde kam ich am nächsten Tag ins Büro. Die erste Dienstbesprechung hatte ich mit Rudolf, als wir fertig waren, redeten wir noch über private Dinge. Ich erzählte ihm dass wir gestern unseren Hochzeitstag feierten, er war damals mein Trauzeuge.
„Wieder ein Jahr vergangen und wir werden immer älter", sagte ich, er sah mich ernst an.
„Christian, lass deine Frau nicht so lange alleine, pass auf sie auf."
„Was meinst du damit?"
„Nimm sie auf Dienstreisen mit, lass dir ein Doppelzimmer buchen, auf Firmenrechnung."
„Silvia betrügt mich nicht, wenn du das glaubst."
„Nein, du missverstehst mich, aber sie gefällt auch anderen Männern, ich sage dir das als Freund."
Rudolf klopfte mir auf die Schulter und ging. Seine Worte hatten mich nachdenklich gemacht, ich war einundvierzig, sie war dreißig und in der Blüte ihres Lebens.

Zu Hause betrachtete ich mich im Spiegel und fand wieder einige graue Haare, ich sah älter aus als ich war.

„Warum hast du mich geheiratet?", fragte ich sie beim Abendessen, sie sah mich überrascht an.
„Weil ich dich mag."
„Ich meine was findest du an mir? Ich bin wesentlich älter als du, optisch passen wir nicht zusammen. Warum liebst du mich?" Sie sah mich zärtlich an.
„Ich liebe alles an dir, einfach alles."
„Was magst du an mir, gib mir Beispiele", ich war gespannt auf ihre Antwort, Rudolfs Worte gingen mir nicht mehr aus den Kopf.
„Da gibt es vieles, was mir an dir gefällt", sagte sie ohne zu zögern, „du bist groß, hast einen kräftigen, schlanken Körper, du bist gepflegt, hast schöne blauen Augen und einen Mund der gut küssen kann." Sie grinste und fuhr fort, „du bist lieb zu mir, du gibst mir Geborgenheit und ich kann mich auf dich verlassen. Du bist klug, beruflich erfolgreich und besonders im Anzug wirkst du seriös und wichtig und du verwöhnst mich. Du wirst im Bett immer wilder und ich mag es wenn du mich hochhebst und trägst, du passt einfach zu mir und ich habe noch nie einen Mann so geliebt wie dich!"
Ich spürte Erleichterung über ihre Worte und eine Eifersucht auf andere Männer denen sie gefiel.
„Silvia möchtest du mich auf meine Dienstreisen begleiten?"
„Du nimmst mich mit? Es wäre schön wenn ich immer bei dir sein könnte."
„Aber du wärst den ganzen Tag im Hotel und du würdest es zu Hause angenehmer haben."
„Aber ich werde dich jeden Abend sehen, könnte jede Nacht neben dir schlafen. Bitte kann ich dich begleiten, ich vermisse dich immer wenn du nicht da bist."
„Aber wäre es nicht bequemer für dich zu Hause?"
Ich wollte sicher sein dass sie auch wirklich die Tage

im Hotel verbringen wollte. Lange sah sie mich an, dann sagt sie.
„Weißt du dass ich oft weine, wenn du nicht da bist. Die Tage sind noch erträglich, ich habe zu tun, lese viel, beschäftige mich mit dem Computer, die abendlichen Telefonate mit dir sind meine einziger Lichtblick, aber die Nächte ohne dich sind leer, ich sehne mich nach dir und möchte mich zu dir kuscheln, aber ich bin alleine in der großen Wohnung, in diesen riesigen Bett, du fehlst mir so."
„Aber du hast mir nie gesagt dass du weinst, wenn ich nicht da bin, ich hatte keine Ahnung davon."
„Ich wollte dich nicht damit belasten, dein Job ist eben mit Dienstreisen verbunden."
Ich war berührt, sie war so sensibel und sie vermisste mich. Sie hatte mir eine Liebeserklärung gemacht die mehr wog als alles andere, es war unwichtig was sie an mir fand, sie liebte mich, meine Zweifel waren zerstreut. Gleich morgen würde ich meine Sekretärin anweisen in Zukunft ein Doppelzimmer zu buchen.

Ich liebte es, sie ständig bei mir zu haben. Jeden Tag freute ich mich wenn ich von Kunden ins Hotel zurückkehrte und sie mich stürmisch begrüßte. Ihre Anwesenheit gab mir Auftrieb, die Arbeit fiel mir leichter, ich fing sehr früh zu arbeiten an, um so bald wie möglich wieder bei ihr zu sein. Silvia frühstückte immer im Zimmer und las viel. Ich bewunderte ihre Wissbegier, sie las alles, sämtliche Zeitungen die im Hotel auflagen, Bücher über verschiedene Themen, fast jede Woche kaufte sie sich ein neues Buch.

Am Wochenende fuhren oder flogen wir nach Hause, sie wusch die Wäsche und packte unsere Koffer für die nächste Geschäftsreise. Silvia hatte eine

Bewässerungsanlage für unsere Pflanzen gekauft, es war kein Problem länger unterwegs zu sein.

Obwohl ich sie jede Nacht in meinem Bett hatte, war der Samstag immer noch unser spezieller Tag für unsere ausgefallenen Spielchen. Ich hatte meine Hemmungen endgültig abgeworfen, ich war im Bett, und nur im Bett, extrem dominant geworden. Ich verlangte von ihr dass sie mir gehorchte, es erregte mich sie zu unterwerfen und ich achtete stets darauf auch sie zu befriedigen. Wir lebten unsere Rituale gnadenlos aus, trennten strikt unser ordentliches, anständiges Eheleben von unseren Sexleben. Wir waren andere Menschen im Bett und benahmen uns wie hemmungslose triebgesteuerte Tiere. Silvia hatte mich verändert, in jeder Hinsicht und sie gefiel mir, diese Veränderung an mir.

An einem Samstag stand ich sehr früh auf, Silvia schlief noch als ich ging. Ich fuhr in die Firma, ich hatte eine neue Software entwickelt und startete das Programm im Testlauf. Als das Programm durchlief, rief ich Silvia an. Wir vereinbarten, uns zum Frühstück in einem Café zu treffen und dann unsere Erledigungen zu tätigen.

Ich verspätete mich um einige Minuten und als ich endlich im Café ankam sah ich Silvia an einem Tisch sitzen und wieder war ich überrascht über ihre erotische Erscheinung. Ich stand bei der Garderobe und beobachtete sie. Mit dem Löffel schöpfte sie Milchschaum vom Kaffee und kostete, sogar die Bewegung ihrer Hand war sinnlich. Sie saß aufrecht, ihre Brüste kamen unglaublich zur Geltung, kein Schönheitschirurg konnte eine Brust so perfekt modellieren. Dann sah sie auf die Uhr, ihr

Gesichtsausdruck war fast verzweifelt als sie zur Tür blickte. Sie konnte mich nicht sehen hinter der Garderobe. Plötzlich stand sie auf und ging zum Zeitungsständer, suchte sich eine Tageszeitung aus und ging zurück an ihren Tisch. Ihre Brüste wippten leicht bei jedem Schritt, ihre Hüften schwangen sanft im Takt und ihre schmale Taille wirkte noch schmäler. Sie sah unglaublich sexy aus.

Ich ließ meine Augen über die anderen Gäste schweifen, zwei Frauen saßen an einem Tisch und redeten, ihre Oberkörper waren nach vorne gebeugt, ihr Gesichtsausdruck war verbittert.
Man sah nichts von ihren weiblichen Reizen und ihre Körperhaltung war ausdruckslos und nicht anziehend. Obwohl sie hübsch waren, machten sie einen unscheinbaren Eindruck. Silvia hingegen sah man ihre sexuelle Kraft an, die Männer blickten verstohlen hinter ihren Zeitungen zu ihr hinüber.

Ich ging auf Silvia zu, als sie mich sah lächelte sie, stand auf und küsste mich. Sie schien erleichtert dass ich bei ihr war und flüsterte.
„Ich habe dich vermisst."
„Aber wir waren doch nur wenige Stunden getrennt."
Ich sah sie irritiert an.
„Trotzdem hast du mir gefehlt, ich mag nicht alleine hier sein unter diesen Fremden, ich bin so froh dass du da bist."
Sie sah mich unsicher an, ich liebte ihre kindliche Art und freute mich über ihren Wunsch mich bei sich zu haben. Ich nahm ihre Hand und hielt sie bis die Kellnerin kam. Wir bestellten ein ausgiebiges Frühstück und redeten. Sie erzählte mir humorvoll die Handlung ihres Buches das sie gerade las, ich hörte ihr zu und war einfach nur glücklich. Ich war glücklich

weil ich mit ihr mein Leben verbringen durfte, ich war stolz eine so umwerfende Frau zu haben. Ich liebte alles an ihr! Sie beugte sich vor und sah mir tief in die Augen.
„Christian ich habe dich sehr lieb."
Ich war gerührt über ihre Zuneigung, mein Leben war schön geworden durch sie.

Meine fordernde Arbeit erschöpfte mich zunehmend. Ich war meistens fünfzig Stunden in der Woche im Büro oder unterwegs. Ich nahm mir vor, Rudolf um mehr Personal zu ersuchen, meine Mitarbeiter erstickten in Arbeit. Und ich wollte mehr Zeit mit Silvia verbringen, es war der richtige Zeitpunkt um endlich zurückzuschalten, das Leben intensiver zu genießen. Ich war am Höhepunkt meiner Karriere und mein Privatleben war mir jetzt wesentlich wichtiger geworden als mein Job. Ich musste an die Zukunft denken und Silvia hatte eine absolute Priorität in meiner Lebensplanung. Wir lebten in einem Gleichklang der Liebe und Lust, der gegenseitigen Achtung und der Vertrautheit.

Oft war ich in Gedanken versunken, ich hörte ihr zu wie sie den Tag verbracht hatte, redete wenig, ich fühlte mich müde und hatte Gewicht verloren. Ständig plagten mich starke Rückenschmerzen und ich litt unter Appetitlosigkeit. Ich war nicht mehr der Jüngste, ich schob meine Gewichtsabnahme auf den Arbeitsstress und meine Rückenschmerzen auf das ständige Sitzen vor dem Computer. Ich hatte schon länger keinen Urlaub mehr, für unseren nächsten Urlaub waren vier Wochen eingeplant und ich wollte vorher keine freien Tage mehr in Anspruch nehmen. Rudolf gewährte mir diese vier Wochen, normalerweise wurden in der Firma höchstens zwei

Wochen durchgehend genehmigt. Ich war eine absolute Ausnahme dieser Regel.

Als ich immer erschöpfter wurde, drängte mich Silvia zum Arzt zu gehen. Ich ließ ein Blutbild machen, in einigen Tagen würde ich Bescheid bekommen.

Silvia fuhr mich in die Praxis von Thomas, einen befreundeten Arzt, sie machte noch Erledigungen für den bevorstehenden Urlaub und mich nachher abzuholen. Ich war nicht nervös als ich im Wartezimmer saß und auf den Befund wartete. Ich nutzte das Nichtstun zur Entspannung. Thomas begrüßte mich, ich maß seinem ernsten Gesicht keine Bedeutung zu.
„Christian", er begann zögernd, „dein Blutbild gefällt mir gar nicht, ich möchte dich ins Krankenhaus einweisen."
Ich war überrascht über seine Worte.
„Muss das sein? Ich habe viel Arbeit, und wir möchten jetzt länger verreisen", lächelnd fügte ich hinzu, „ich werde nach dem Urlaub ins Krankenhaus gehen wenn es dich beruhigt!"
Er sah mich so ernst an, dass ich plötzlich unruhig wurde.
„Nein, du musst sofort ins Spital, heute noch, ich kann es nicht verantworten wenn du es aufschiebst."
Ich starrte ihn an, sah ihm zu als er die Überweisung für das Krankenhaus schrieb, ich stammelte.
„Hast du einen Verdacht, kannst du mir keine Diagnose stellen?"
Er schüttelte den Kopf, reichte mir wortlos die Überweisung.
Ich ging und als ich die Tür schloss, rief mir Thomas nach.
"Alles Gute, Christian!"

Silvia kam mir entgegen, als ich mühsam die Stufen hinunterstolperte. Sie lächelte, legte den Arm um meine Taille und küsste mich.
„Ich freue mich schon auf den Urlaub, nur wir beide, ganz alleine, ich habe alles erledigt für die Reise."
„Silvia, ich muss ins Krankenhaus!"
„Was?" Sie sah mich verständnislos an.
„Mein Blutbild ist nicht in Ordnung, das muss abgeklärt werden, reine Routine, ich werde bald wieder zu Hause sein."
Ich bemühte mich Gelassenheit vorzutäuschen.

Schweigend fuhren wir nach Hause, als wir ausstiegen sah ich Tränen in ihren Augen. Sie machte es mir schwer, ich konnte sie nicht weinen sehen, schon gar nicht in meiner jetzigen Situation. Silvia packte die wichtigsten Sachen für mich und fuhr mich ins Krankenhaus. Sie war merkwürdig ruhig, als wäre sie erstarrt, leise fragte sie.
„Unser Urlaub, wir werden doch verreisen können?"
„Natürlich, mach dir keine Sorgen."
Ich machte mir Sorgen, große Sorgen.

Am nächsten Tag begannen die Untersuchungen, Silvia besuchte mich bereits am Vormittag. Bei jeder Untersuchung war sie dabei oder wartete vor der Tür auf mich, sie bestand darauf mich nicht alleine zu lassen.

Tags darauf, am frühen Morgen kam der Arzt zu mir, setzte sich ans Bett und sagte.
„Herr Brantter, ich habe leider keine guten Nachrichten! Wir tun alles um ihnen Schmerzen zu ersparen, ich will nicht lange herumreden. Sie haben Bauchspeicheldrüsenkrebs, er ist schon sehr

fortgeschritten, es tut mir leid, wir können nichts mehr für sie tun."
Der Arzt sah betreten auf die Krankenakte, mir zog es den Boden unter den Füßen weg. Krebs! Ich hatte Krebs! Fortgeschrittenes Stadium! Keine Chance auf Heilung! Wenn ich doch früher gegangen wäre! Vielleicht wäre noch eine Behandlung möglich gewesen. Ich lehnte mich erschöpft im Bett zurück. Ich konnte nichts sagen, es war alles gesagt, die Diagnose war gestellt!

Plötzlich öffnete sich die Tür, Silvia lächelte als sie rein kam. Ich konnte ihr nicht in die Augen sehen, meine Augen hatten sich mit Tränen gefüllt, ich wollte nicht dass sie mich so sah. Sie setzte sich zu mir.
„Was ist los? Christian, was hast du?
Ihre Stimme versagte fast. Ich sah sie an, mühsam brachte ich nur ein Wort hervor.
„Krebs!"
Silvia starrte mich unverständlich an, wandte sich hilfesuchend zum Arzt.
Er zuckt mit den Schultern und sprach leise.
„Es tut mir leid, es ist zu spät."
Silvia weinte und fiel mir in die Arme, legte schluchzend ihren Kopf an meine Brust.
„Du wirst wieder gesund, wir werden zu Spezialisten fahren! Christian! Sag etwas! Es gibt sicher eine Therapie!"
Sie schrie fast hysterisch. Ich hatte mich wieder einigermaßen gefangen und war plötzlich ganz ruhig.
„Es ist Bauchspeicheldrüsenkrebs, es gibt keine Behandlung mehr."
Sie sah mich schockiert an, hörte zu weinen auf und schüttelte heftig den Kopf.
„Nein! Das glaube ich nicht!"

Sie blickte verzweifelt den Arzt an, er war aufgestanden, wendete sich ab und ging zur Tür.
„Tun sie doch etwas! Die besten Medikamente bitte, Geld spielt keine Rolle, bitte!"
Sie flehte ihn an, ihre Verzweiflung erschütterte mich.

Es war eigenartig, in diesen Moment akzeptierte ich die Aussichtslosigkeit, ich hatte mich damit abgefunden dass mein Leben endlich geworden war.
Ich machte mir mehr Sorgen um Silvia. Was würde aus ihr werden ohne mich. Sie war dieser grausamen Welt nicht gewachsen, ich hatte sie immer beschützt, aber lange würde ich es nicht mehr tun können. Der Arzt stand immer noch bei der Tür und sagte leise.
„Es tut mir leid."

Er schloss die Tür und ließ uns alleine.
Wir schwiegen und hielten uns in den Armen, endlos lange um jede Sekunde, Minute, Stunde auszukosten. Wir wussten nicht wie lange der Krebs uns noch Zeit gab. Es war ein stilles, schweigendes Berühren, ein inniges Gefühl der Liebe. Ich liebte sie mehr als mein Leben!

Ich war wie zerschmettert, als wir wieder zu Hause waren, das Bewusstsein das ich nicht mehr lange zu leben hatte wurde immer schmerzhafter.
Wie ferngesteuert schob Silvia eine Pizza in den Ofen, ich hatte das Gefühl sie tat es nur weil sie sich irgendwie beschäftigen musste um sich abzulenken. Ich versuchte zu essen, ich hatte keinen Appetit aber ich musste etwas essen und probierte ein Stück davon. Mein Hals war zugeschnürt und mir war immer übel. Wir schwiegen beim Essen und irgendwie würgte ich ein kleines Stück hinunter auch sie aß wenig davon.

Mühsam ging ich ins Bad und weinte, ich durfte mir dieses hilflose Weinen nicht erlauben, ich musste wegen Silvia stark sein. Ich bemerkte nicht wie sie ins Bad kam. Sie stand plötzlich vor mir und weinte ebenfalls, ich stieg aus der Dusche, wieder umarmten wir uns. Als wir im Bett lagen konnte ich meine Tränen zurückhalten, ich wollte keine Schwäche zeigen, nicht vor ihr, sie lag still in meinen Armen, plötzlich spürte ich ihre Tränen an meiner Brust, sie weinte lautlos und sie tat mir unendlich leid.

Ich schwitzte in der Nacht, am Morgen stellte ich mich unter die Dusche und ließ warmes Wasser über meinen Körper laufen und ich bemerkte wie mager ich war. Nach dem Abtrocknen stellte ich mich auf die Waage und erschrak. Ich hatte wieder vier Kilo abgenommen.

Silvia fuhr mich zu Thomas meinem Arzt, als wir dort ankamen, war mir richtig übel. Ich hatte kaum etwas gegessen und viel zu wenig getrunken. Ich hatte einfach keinen Appetit. Es war sehr stickig im Wartezimmer und es kostete mich enorme Anstrengung um nicht einfach umzufallen so erschöpft war ich. Silvia hielt meine Hand, immer wieder spürte ich wie sie meine Hand drückte, sie wusste nicht dass mich ihr Beisein plötzlich beruhigte. Sie war bei mir und stand mir bei, ohne sie hätte ich den Gang zum Arzt nicht geschafft.

Thomas war schweigsam, er gab mir wortlos das Rezept für die Schmerzmittel. Silvia ergriff plötzlich das Wort.
„Schreiben sie uns bitte Beruhigungsmittel auf, wir wollen die Zeit die uns noch bleibt so angenehm wie möglich verbringen."

Sie sagte es mit fester Stimme dass ich erstaunt aufsah, ich hatte sie unterschätzt.
„Wir sollten so bald wie möglich mit der Chemo beginnen", sagte Thomas.
„Ist sie sinnvoll diese Chemotherapie?" fragte ich mühsam, Thomas zuckte mit den Schultern.
„Wir können es vielleicht hinauszögern, aber dieser Krebs spricht nicht besonders gut auf eine Therapie an."
„Können wir vor der Chemo in den Urlaub fahren, Herr Doktor?"
Silvias Stimme klang verzweifelt.
„Ja, aber bleiben sie im Land falls sie ärztliche Hilfe benötigen."
Silvia nickte und nahm mich bei der Hand, ich sagte nichts, ich war überrascht über ihre Initiative, wir durften noch in den Urlaub fahren, es würde vermutlich der letzte gemeinsame Urlaub in unseren Leben werden.

Wir gingen zum Auto plötzlich lief Silvia zurück in die Ordination, sie hätte etwas vergessen, sagte sie. Ich wartete im Auto und als sie kam sah sie bedrückt aus aber sie sagte nichts und ich schwieg auch.
Dann fuhr sie mich in die Firma, ich hatte mich für ein Gespräch mit Rudolf angemeldet. Silvia wartete vor dem Büro auf mich.
Rudolf und ich waren enge Freunde geworden, dementsprechend emotional verlief unsere Unterredung. Ich war krank gemeldet, rechtlich durfte ich nicht auf Urlaub fahren, aber ich wollte die wenige Zeit die mir noch blieb, mit Silvia in einer schönen Umgebung verbringen, zumindest die nächsten zwei Wochen. Rudolf hatte volles Verständnis für meine Bitte und er bot mir seine Hilfe an, falls ich sie benötigte.

Ich war ihm dankbar, wir fielen uns in die Arme, Rudolf und ich, zwei erwachsene Männer, beide hatten wir Tränen in den Augen.

Zuhause legte ich mich erschöpft auf die Couch, der Tag war anstrengend und aufwühlend gewesen, Silvia holte die Medikamente aus der Apotheke und als sie zurückkam setzte sie sich zu mir, sie streichelte zärtlich mein Gesicht, ich bemühte mich ruhig zu bleiben und fragte sie.
„Was hast du vergessen beim Arzt?"
Sie sah mich lange an, schüttelte den Kopf, hastig stand sie auf und lief ins Schlafzimmer.
Ich folgte ihr und wollte wissen was los sei, sie saß auf dem Bett und weinte, ich stand hilflos vor ihr.
Dann richtete sie sich auf und sah mir fest in die Augen.
„Höchstens sechs Monate noch, nur noch sechs Monate, wir sollten diese Zeit nutzen, sagte der Arzt."
Ich musste mich setzen, mein Leben hatte plötzlich ein Ablaufdatum bekommen, sechs Monate, höchstens ein halbes Jahr, mein Leben war jetzt begrenzt.

Es war eigenartig, jetzt wo uns beiden bewusst war dass wir nicht mehr lange unser Leben gemeinsam verbringen durften, kehrte plötzlich wieder Normalität ein. Ich schlief viel und fühlte mich nicht mehr so erschöpft. Die Tabletten wirkten und meine Schmerzen waren kaum mehr vorhanden. Wir nahmen beide Beruhigungstropfen, die uns leichter durch den Tag halfen.

Silvia buchte für zwei Wochen ein Hotel in Tirol, wir wollten noch schöne Tage verbringen, so gut es mit meiner Krankheit möglich war.

Bei der Anreise nach Tirol konnte ich mich am Beifahrersitz entspannen sie nahm mir jede Belastung ab und steuerte das Auto.

Im Hotel fühlte ich mich sofort entspannt die Landschaft war schön. Das Wetter lud zu kurzen Ausflügen ein, und es ging mir richtig gut, so gut dass ich den Krebs phasenweise vergessen konnte. Wir machten kleine Ausflüge und lagen am Pool, Silvia schwamm und ich schlief.
Nur beim Essen hatte ich Probleme, ich hatte keinen Appetit und musste mich zwingen, etwas zu essen.
Auch hier fand Silvia eine Lösung.
Immer wieder brachte sie mir ganz kleine Portionen zu essen, sie sorgte für mich wie für ein Kind.

Doch das schönste waren die Nächte, sie war zärtlich, massierte mich jeden Tag vor dem Einschlafen, es tat mir gut und ihre warmen Hände beruhigten mich. Nach wenigen Tagen war bei mir die Lust wieder erwacht, sie hatte mich nie bedrängt mit ihr zu schlafen, sie nahm immer Rücksicht auf mich. Beim massieren spürte ich meine Erregung und zog sie zu mir, küsste sie und dann liebten wir uns leidenschaftlich. Ich bemerkte wie ihr die körperliche Liebe gefehlt hatte, sie bot sich mir regelrecht an, drängte sich an mich, ich spürte ein Verlangen nach ihr, ein starkes Verlangen nach Sex. Wir liebten uns noch einmal in dieser Nacht, es war schön, genauso wie vorher, vor dem Krebs.

Wir sprachen nicht über den Krebs, niemals, wir genossen den Urlaub, wir liebten uns wieder, jeden Tag gaben wir uns der Lust hin, es waren intensive, zärtliche Liebesspiele. Ich vermied es über die Krankheit zu reden und ich schöpfte Hoffnung, es ging mir besser, jetzt wo der Stress der Arbeit langsam von mir abfiel. Wir bemühten uns beide fröhlich zu wirken, aber ich hörte sie manchmal in der Nacht leise schluchzen, wenn sie glaubte ich schliefe bereits. Ich fühlte mich schuldig weil sie unter meiner Krankheit so litt. Der Krebs hatte sich in unser Leben gedrängt.

Nach dem Urlaub musste ich mich einer Chemotherapie unterziehen. Silvia fuhr mich ins Spital und hielt meine Hände solange diese verdammte Flüssigkeit in meine Adern gepumpt wurde. Mir war übel, es ging mir elend, manchmal musste ich mich schon während der Heimfahrt vom Krankenhaus übergeben. Sie umsorgte mich wie eine Krankenschwester, putzte das Erbrochenes weg, es war mir unangenehm es nicht kontrollieren zu können, es würgte und brach sofort aus mir raus.

Ich war nicht mehr arbeitsfähig und lag nur noch zu Hause. Silvia tat alles um mich abzulenken. Wir spielten Brettspiele, so lange bis ich erschöpft aufgab und die Augen schloss. Dann setzte sie sich neben mich und las mir vor. Zeitungen oder spannende Bücher, die mich vergessen ließen wie der Krebs mich eisern umklammerte. In der Nacht war sie zärtlich zu mir und streichelte mich und manchmal wenn die Schmerzen erträglich waren, schaffte sie es, dass ich Verlangen nach Sex verspürte. Sie wählte immer die Stellung aus, die für mich angenehm war, sie war unglaublich rücksichtsvoll bei der körperlichen Liebe.

Dann begannen die gefürchteten Nebenwirkungen!
Ich verlor alle Haare, magerte immer mehr ab, hatte ständig Durchfall, ich sah entsetzlich aus. Ich fand

mich abstoßend, aber sie schien mein Aussehen nicht im geringsten zu stören, sie streichelte mein Gesicht, meinen kahlen Kopf, küsste meine eingefallenen Augen, sie war so zärtlich und sanft wie immer. Ich sprach sie direkt auf meine Hässlichkeit an.

„Silvia, du musst mich nicht küssen, ich bin abstoßend, ich verstehe es wenn du mich nicht mehr küssen oder streicheln willst in meiner Hässlichkeit."

Sie schwieg, sah mich lange an, stand auf und holte den Fotoapparat.

„Christian, ich werde dich fotografieren, du bist mein Mann und du bist schön für mich, auch wenn sich dein Äußeres verändert hat, bist du immer noch anziehend für mich. Ich liebe dich weil du dich nicht verändert hast in deinem Wesen, dein Gesicht ist nicht wichtig für mich, auch ich würde so aussehen wenn ich krank wäre."

Sie fotografierte mich und machte Fotos von uns, ich lächelte, schon lange hatte ich nicht mehr gelächelt.

Und dann küsste sie mich vorsichtig, jeder Zentimeter meines Kopfes wurde geküsst, bis sich unsere Lippen berührten. Wir küssten uns lange, fast endlos lange, ich spürte keine Schmerzen mehr, nur noch dieses berauschende Gefühl unserer tiefen Liebe.

In dieser Nacht kroch sie unter meine Decke und fing an mich mit dem Mund zu befriedigen, ich schob sie weg von mir, mein kräftiger, trainierter Körper war ausgemergelt, haarlos und faltig, ich schämte mich für diesen Körper. Sie wehrte mich sanft ab und deckte mich völlig ab.

„Ich begehre dich, lass mich doch lieb zu dir sein."

Ich schwieg, sie kniete sich zwischen meine Beine und brachte mich zum Orgasmus, dann schmiegte sie sich in meine Arme. Ich weinte weil mich ihre Liebe zutiefst berührte.

Immer wieder musste ich ins Krankenhaus und sie war ständig bei mir. Schon vor dem Frühstück kam sie an mein Spitalsbett, erst spät abends fuhr sie nach Hause. Sie wendete viel Energie auf um die Ärzte zu überzeugen dass ich zwischendurch immer wieder nach Hause durfte. Natürlich fühlte ich mich in unserer Wohnung wohler, es war schöner bei ihr zu sein in dieser vertrauten Umgebung, aber immer öfter wollte ich ihr diese Strapazen meiner Pflege nicht mehr zumuten. Es fiel mir schwer alleine zu duschen und mich anzuziehen. Ich musste mitansehen wie Silvia immer blasser und kraftloser wurde und als sie sich im Bett nackt an mich drängte bemerkte ich wie entsetzlich mager sie geworden war. Ich machte mir Vorwürfe weil sie sich so bedingungslos und aufopfernd um mich sorgte.

Vor vier Monaten hatte ich diese schreckliche Diagnose bekommen, ich machte mir immer mehr Gedanken um ihre Zukunft.
Ich entschloss mich die Erbschaft zu regeln. Silvia war meine Frau sie war die Alleinerbin, aber ich wollte sie zusätzlich absichern.
Ich ließ einen Rechtsanwalt aus Wien kommen, Rudolf hatte ihn mir empfohlen, er war spezialisiert auf Erbschaftsrecht. Als er aufstand um zu gehen, erbrach ich vor ihm, es war mir so peinlich.

Der Krebs nahm meinen Körper immer mehr in seinen Besitz. Unser Sexualleben war völlig zum erliegen gekommen. Silvia bemühte sich, ich war erregt aber mein Penis wurde nicht mehr steif, ich konnte einfach nicht mehr.

In meiner Verzweiflung bot ich ihr an mit anderen Männern zu schlafen, sie lehnte meinen Vorschlag entrüstete ab, sie würde warten bis ich wieder gesund wäre, sagte sie. Sie wollte es nicht wahrhaben dass ich den Tod ins Auge sah und klammerte sich an die Hoffnung, an ein Wunder. Wir küssten und streichelten uns, das war alles zu dem ich noch fähig war. Ich hatte die Chemo beendet, ich sah keinen Sinn mehr darin, mich weiter zu quälen.

Ich schlug Silvia vor, ins Krankenhaus auf eine Sterbestation zu gehen ich wollte ihr nicht mehr zumuten mich weiter zu pflegen. Sie lehnte empört ab, eisern umsorgte sie mich, täglich kam Thomas um mir Morphium zu geben, auch er wollte mich ins Krankenhaus einweisen lassen, Silvia weigerte sich standhaft, sie wollte mich zu Hause haben, bei ihr, dort wo ich hingehörte, sage sie. Es ging zu Ende mit mir, ich spürte es.
„Silvia, du musst dir wieder eine Mann suchen, ich werde bald sterben, du brauchst jemanden an deiner Seite", nur mühsam brachte ich die Worte heraus.
Ich sehnte mich nach dem Tod, der Erlösung von den unerträglichen Schmerzen, ich lebte nicht mehr, ich vegetierte.
Weit weg hörte ich sie schluchzen.
„Christian, verlass mich nicht, ich brauche dich, bitte, bleib bei mir!"

Ich hatte nicht mehr die Kraft sie in die Arme zu nehmen, ich war nicht mehr fähig sie zu trösten ...

Roman

Jahr 1994 in Wien

Werner kam alle ein bis zwei Wochen zu mir ins Büro um mich über die neuesten dienstlichen Geschehnisse und Fälle und um private, teils pikante Geschichten aus unseren Freundeskreis zu berichten.
Werner war vierunddreißig, Juniorpartner einer alteingesessenen Rechtsanwaltskanzlei und extrem ehrgeizig. Vor drei Jahren hatte er sich sehr um eine Freundschaft mit mir bemüht, er wollte einfach dazu gehören, aufgenommen werden in meine Kreise. Ich lernte ihn kennen als er als Rechtsanwalt im Gericht zu tun hatte. Es gefiel mir, wie er seinen Mandanten vor Gericht, also vor mir, vertrat, er hatte Charisma und gute Manieren. Ich mochte ihn, er war zurückhaltend, höflich, er kroch nicht vor mir und er erwies mir gute Dienste mit seinen exzellenten Kontakten in der Rechtsanwaltskammer. Wir wurden Freunde, spielten ab und zu Tennis und trafen uns auch im Club in dem ich ihn eingeführt hatte. Er war mir dankbar für das was ich für ihn tat und unsere Freundschaft beruhte auf gegenseitiges Vertrauen.

„Und mit welchem Fall bist du gerade beschäftigt?" Ich fragte ihn aus Höflichkeit, meine Zeit war heute begrenzt und ich lehnte mich müde in meinen Sessel zurück.

„Ich habe jetzt eine Verlassenschaft abgeschlossen, tragische Geschichte, wie ich hörte hatte er die Software fürs Gericht entwickelt."
Abrupt richtete ich mich auf.
„Von wem sprichst du?"
„Christian Brantter, kennst du ihn?"
„Ja, was ist mit ihm?" Mein Interesse war so groß, das ich plötzlich hellwach war.
„Er ist verstorben mit zweiundvierzig Jahren, er hatte Krebs, es ging ziemlich schnell bei ihm,
du kanntest ihn gut?"
„Ja, ich hatte damals mit ihm zu tun, erzähl weiter."
Ich bemühte mich meine Aufregung zu verbergen.
„Nun er hat ein Vermögen hinterlassen. Als er noch lebte habe ich mit einem Freund den Verkauf einer alten Villa mit einem riesigen, parkähnlichen Garten abgewickelt. Und dann hat er noch ein Penthouse, beste Lage mitten in der Stadt Salzburg, auch ein Vermögen wert, kriegt alles die Kleine von ihm, er hat ihr alles noch zu Lebzeiten vermacht."
„Die Kleine?"
Ich keuchte, Werner schien es nicht zu bemerken.
„Ja, ich dachte immer, was sie an ihm anziehend findet, das muss wohl an seinem Geld und seiner beruflichen Stellung gelegen sein, die ist finanziell versorgt für ihr ganzes Leben. Ich habe sie unterschätzt, sie hat ihn gepflegt bis zu seinem Ende und hat sich geweigert ihn in ein Heim zu geben. Der Mann hat ja nichts mehr bei sich halten können, es war grauenhaft wie der zu Grunde gegangen ist. Er ist in ihren Armen gestorben."
„Wann war das?"
Nervös trank ich ein Glas Wasser.
„Vor vier Monaten!"
„Erzähl weiter, es interessiert mich."

„Die Kleine will auch das Penthouse verkaufen, ich war vorige Woche bei ihr und brachte ihr Unterlagen. Die Geilheit steht ihr in den Augen geschrieben, ich hätte sie sofort flachgelegt, als ob ich es nicht versucht hätte, aber das kleine Luder hat mich der Tür verwiesen!"

Ich fuhr so heftig hoch, dass mein Sessel umfiel, fassungslos starrte ich ihn an.
„Du hast sie bedrängt? In ihrer Trauer?"
Werner hob abwehrend die Hände und ließ sie gleich wieder sinken.
Ich kehrte ihm den Rücken zu, griff instinktiv auf die Ablage nach meinen Zigaretten, verdammt, ich hatte mir vor einem Jahr das Rauchen abgewöhnt, immer wenn ich aufgeregt war, hatte ich danach Verlangen. Werner redet unbeirrt weiter. Ich steckte meine Hände in die Hosentaschen, zu Fäusten geballt.
„Roman du müsstest sie sehen! Du würdest keine Sekunde zögern sie nicht rumzukriegen, die Frau ist das Sinnlichste das ich je getroffen habe, sie weckt in jeden Mann ein unbeschreibliches Verlangen!"
Ich atmete so schwer, dass mich Werner irritiert ansah, meine Stimme klang aggressiv.
„Du hast meine Zeit lange genug in Anspruch genommen, geh jetzt!"
„Roman, ich schwöre dir...," heftig unterbrach ich ihn.
„Geh!"

Werner erhob sich und ging zur Tür, noch nie hatte er mich so aufgebracht gesehen.
„Roman es tut mir leid." Ich sagte kein Wort, sah ihn nur verachtend an, er verstand meinen Blick und als sich die Tür hinter ihm schloss, betätigte ich die Telefonanlage.

„Ich will die nächste Stunde von niemand gestört werden!"
„Ihr Termin, Herr Doktor..."
„Sagen sie den Termin ab, ich habe eine dringende Angelegenheit zu erledigen."
Wie ein Löwe im Käfig ging ich in meinem Büro auf und ab. Silvia war wieder frei, ich konnte es nicht glauben, sie war wieder frei! Entbunden von der Verlobung durch seinen Tod! Ich konnte sie wieder zurück gewinnen, Christian würde mir nicht mehr im Wege stehen!

Damals!
Bereits nach unserer ersten Nacht im Hotel hatte ich Silvias Daten ausheben lassen. Adresse, Geburtsdatum, Arbeitsstellen, alles was von ihr auflag, es war kein Problem für mich an diese Daten zu kommen, sogar ihre Krankenakte sah ich ein. Es war nicht legal was ich tat, aber ich ging über Leichen wenn ich etwas herausfinden wollte und ihr Leben interessierte mich brennend. Es war mein Geld, dass sie so lange bei mir ausharren ließ, jetzt war sie vermögend.

Ich riss die Tür auf.
„Rufen sie Werner an, er soll mit den Unterlagen der Verlassenschaft zu mir kommen, jetzt gleich!"
„Wann war ich zuletzt in der Oper?"
„Ich weiß nicht, ich muss noch schnell etwas erledigen."
„Lassen sie das liegen, ich will wissen wann ich in der Oper war, sofort!"
„Ja, Herr Doktor."
Kurz darauf klopfte es, wütend riss ich die Tür auf, vor mir stand meine Sekretärin, scharf fuhr ich sie an.

„Ich sagte doch ich will nicht gestört werden! Haben sie das nicht kapiert?"
„Die Oper, Herr Doktor!" Sie war wieder einmal den Tränen nahe.
„Ja?"
„Vor fast zwei Jahren waren sie zuletzt dort."
Sie hielt die Kartenreservierung in den Händen, ich nahm ihr den Zettel ab und schloss die Tür.

Werner war zehn Minuten später wieder bei mir, er war verlegen als er zögernd in mein Büro trat, ich sagte.
„Werner, danke das du so schnell gekommen bist, es tut mir leid, ich habe überreagiert, Christian war in meinem Alter und ein Freund, sein Tod hat mich schockiert! Und die Kleine, ich verstehe dich, aber warte wenigstens das Trauerjahr ab, seinetwegen, Christian war ein Ehrenmann."
Werner war so erleichtert dass ich ihm verziehen hatte, in diesem Moment hätte er sich vermutlich sogar eine Hand abgehackt, wenn ich es von ihm verlangt hätte, er flüsterte fast.
„Ja, du hast recht, es war dumm von mir sie in dieser Situation zu bedrängen, es tut mir leid."
Wir schwiegen beide, bis Werner mich fragte.
„Du kennst sie?"
„Ja, ich habe sie kennengelernt, Christian hat sie mir vor längerer Zeit vorgestellt, sie ist wirklich bemerkenswert betörend."
Werner nickte, reichte mir die Unterlagen, ich nahm sie dankend an.
„Ich würde sie mir gerne ansehen, ich weiß es ist gegen den Datenschutz, aber ich habe Interesse an dem Penthouse."
„Natürlich, behalte sie solange du willst!"
„Ich werde sie dir morgen in die Kanzlei bringen."

Werner hatte so viel Anstand sich gleich zu verabschieden um mich alleine zu lassen.

Ich stürzte mich sofort auf die Akte, las sie durch und kopierte mir alle Unterlagen. Werner hatte recht, das Vermögen war beträchtlich, Silvia war jetzt reich, sie würde nie wieder arbeiten müssen, schmerzlich dachte ich daran, dass es keinen Grund gab, dass sie je wieder zu mir zurückkehren würde.

Ich dachte zurück an den Samstag als sie einfach nicht kam. Ich erinnerte mich ganz genau an diesen verhängnisvollen Tag, ich erwartete sie sehnsüchtig, aber sie traf nicht bei mir ein.
Ich war wütend, weil sie nicht angerufen hatte und fuhr zu ihrer Wohnung. Silvia hatte mich nie in ihre Wohnung eingeladen, aber natürlich wusste ich wo sie wohnte. Ich hatte sie damals nach Hause gefahren, nachdem ich sie endlich von den Handschellen befreit hatte und sie bewusstlos wurde, ich konnte sie nicht mehr fahren lassen, in ihrem Zustand.
An diesem Samstag klingelte ich bei den Nachbarn. Eine Frau gab mir willig Auskunft, Silvia war ausgezogen vor einigen Tagen mitten in der Nacht.
Wütend fuhr ich zu Harald. Er war so entsetzt über mein Erscheinen dass er vor mir zurückwich.
„Wo ist sie? ich schrie ihn an.
„Silvia?"
„Natürlich Silvia! Reiz mich nicht Harald, was weißt du von ihrem Umzug!"
„Nichts!" sagte er zögernd.
Ich verlor die Beherrschung, packte Harald am Hemd und schob ihn ins Wohnzimmer wo ich ihn auf einen Sessel zwang.
„Roman ich bitte dich, beruhige dich."

Ich nickte, sah ihm prüfend in die Augen, Harald fuhr fort.
„Du hast sie gefesselt, sie wollte weg von dir! Sie ist geflüchtet von deiner Herrschsucht und Brutalität!"
Wütend sah ich ihn an.
„Du lügst, sie hat mich geliebt!"
Harald schüttelte den Kopf und saß zusammen gesunken im Sessel.
„Bei den Jungen hat es keine Probleme gegeben, es lag an dir."
„Welcher Junge?" Ich rüttelte an seinen Schultern.
Harald biss sich auf die Lippen, unsicher blickte er mich an und bereute, dass er von diesen Jungen gesprochen hatte.
„Silvia hatte ein Verhältnis mit einem jungen Mann."
„ Was? Wie lange? Wie alt war er?"
„Sie trafen sich einige Wochen, er war neunzehn Jahre alt."
Harald blickte mich verzweifelt an.
„Roman, sie hatte Angst vor dir!"

Ich ließ seine Schultern los, ich bebte am ganzen Körper und dann ging ich. Ich war tief verletzt, Silvia hatte mich belogen und betrogen und Harald wusste darüber Bescheid. Mein Stolz und meine gekränkte Eitelkeit hinderten mich daran sie zu suchen und wieder zurück zu gewinnen. Erst als sie mich verlassen hatte, wusste ich wie sehr ich sie liebte, aber es war zu spät. Kurze Zeit später bekam ich den Ring zurück, das Kuvert war in München abgestempelt.
Ich stürzte mich in meine Arbeit, war ständig schlechter Laune, ließ es an meiner Sekretärin aus, die ersten zwei Jahre nach Silvias Verschwinden, hatten sich drei meiner Sekretärinnen versetzen lassen, sie hielten meine Launen und Aggressionen

nicht mehr aus. Ich fing wieder eine Fortbildung an und betrieb exzessiv Sport um mich von meiner unerträglichen Situation abzulenken.

Ich vermisste Silvia mit allen Fasern meines Körpers, ich vermisste den Sex mit ihr, ihren Körper, ihr Gesicht mit den dunkelgrünen Augen, ihr exzentrisches Wesen, ihre oft eigenartigen Ansichten, ihre Launen, ihren Humor, ihre Gesellschaft. Ich war kaum mehr zu Hause, ich ertrug die Wochenenden ohne sie nicht mehr, sie fehlte mir in jeder Hinsicht. Ich lebte damals nur noch für unsere Wochenenden!

Ich hatte die ganze Woche Zeit mir zu überlegen was ich mit ihr anstellen würde, nie verweigerte sie mir einen Wunsch, sie tat alles was ich vor ihr verlangte und war er noch so vulgär. Ich war süchtig nach ihren Körper! Dieser zarte Körper, die weiche Haut, diese Spannkraft wenn sie sich aufbäumte vor Lust, diese sinnlichen Bewegungen und ihre makellosen Brüste. Und das Gesicht eines unschuldigen Kindes. Wenn wir nicht miteinander schliefen, stellte ich ihr Fragen, ich wusste dass sie diese Fragen hasste, aber ich wollte alles von ihr erfahren, sie hingegen schien kein Interesse an meiner Person zu haben.

Als sie anfing mit ihren Geschichten meine Freunde auszutricksen und mich mit ihre Klugheit beeindruckte, verliebte ich mich in sie. Je größer meine Liebe zu ihr wurde, je mehr wuchs auch meine Eifersucht.

Ich wollte nicht mehr dass Harald sie anfasste, keiner durfte sie anfassen, sie war meine Frau! Harald wollte sich daran halten als ich es von ihm einforderte, Silvia hingegen wollte Harald nicht aufgeben! Und sie tat es auch nicht, es war ein Kampf den ich verloren hatte.

Erst als sie mich verließ, wurde mit bewusst dass sie immer noch mit ihm ins Bett gestiegen war. Neben unserer Beziehung!
Ich versuchte sie ständig zu unterdrücken. Ich war es gewohnt meinen Willen durchzusetzen, immer und bei jedem, aber Silvia war eine echte Herausforderung. Manchmal flehte sie mich an, sie nicht zu fesseln, aber ich schmetterte ihren Wunsch gnadenlos ab. Sie sollte mir meine Wünsche erfüllen und nicht ich die ihren. Ich fesselte sie, um ihren Willen zu brechen, aber es war seltsam, sobald sie gefesselte war fiel sie in eine Art Starre, obwohl nur ihre Hände gebunden waren, war ihr ganzer Körper bewegungslos. Sie war völlig passiv, ließ alles über sich ergehen. Sie hasste es wenn ich sie fesselte, aber ich konnte mich nicht beherrschen, sie war mir ausgeliefert und diese Momente genoss ich. Sie bestrafte mich dafür dass sie nie einen Orgasmus hatte, ich hatte das Gefühl sie konnte es bewusst steuern.
Wenn ich sie verbal oder körperlich erniedrigte, sie vor meinen Freunden demütigte, wusste ich nie wie sie darauf reagierte. Sie war unberechenbar! Ich besaß ein gutes Menschenkenntnis, berufsbedingt konnte ich die Spezies Mensch bestens einschätzen. Aber Silvia konnte ich nicht einordnen.
Sie reagierte immer unterschiedlich. Manchmal wurde sie wütend, manchmal fing sie zu weinen an und manchmal und das hasste ich am meisten, begegnete sie meiner Herrschsucht mit einer gelassenen Gleichgültigkeit. Meine Grausamkeiten prallten an ihr ab als hätte sie diese nicht wahrgenommen. Sie brachte mich zur Weißglut mit ihrer Gelassenheit. Oft dachte ich daran, was wäre wenn sie mich verlassen würde, ich würde ohne sie nicht leben können, ich tat alles um sie an mich zu

binden, mit Geld, Geschenken, Einladungen. Und immer wieder demütigte ich sie, ich glaubte sie so gefügig machen zu können.
Rückblickend war dies der größte Fehler, wie sollte unsere Beziehung je funktionieren, wenn sie vor mir Angst hatte? Es war mir nicht bewusst, wie sehr sie darunter litt, dass ich sie immer wieder mir unterwarf. Aber die Furcht sie zu verlieren zwangen mich mit einer solchen Aggression zu agieren, immer wieder musste sie sexuelle Spielchen mitmachen die an Perversität nicht mehr zu überbieten waren. Mir gefiel es, ich glaube Silvia gefiel es auch, aber sobald ich anfing sie bei diesen Spielchen zu fesseln bemerkte ich ihren Widerwillen und ihre Abwehr.
Meine Eifersucht zwang mich sie zu überwachen, ständig rief ich sie an, wollte dass sie zu mir kam. Ich konnte es nicht zulassen dass sie mit einem anderen Mann Kontakt hatte, einer der ihr möglicherweise auch etwas bieten konnte und genau so scharf war auf sie wie ich.
Ich drängte sie zu mir zu ziehen. Als ich sie dann diese sieben Stunden ans Bett fesselte und sie nachher immer noch zu mir kam, glaubte ich, dass ich jede Grenze überschreiten konnte, und trotzdem würde sie immer wieder zu mir zurückkehren. Welch fataler Irrtum!
Ich setzte auf ihre Naivität, ihr junges Alter. Ich rechnete nicht mit ihren unbeugsamen, starken Willen, ich hatte sie unterschätzt, völlig unterschätzt. München! Sie floh vor mir ins Ausland! Nicht weit weg, gerade einmal vierhundert Kilometer, aber sie gab mir zu verstehen dass sie keinen Kontakt mehr wollte, der zurückgesendete Ring war der endgültige Abschied.

Ich dachte an Christian.

Ich kannte ihn bereits von der Uni als wir noch Studenten waren. Er studierte Informatik, damals ein aufstrebender Zweig und als ich ihn Jahre später wieder sah, hatte er eine beachtliche Karriere gemacht. Wir bekamen neue Programme am Gericht und ich war in diesem zweijährigen Projekt involviert. Alle zwei Wochen trafen wir uns dienstlich und Christian wurde mir fast ein guter Freund. Aber nur fast. Wir waren beide ehrgeizig und zielstrebig, das wichtigste war unsere Arbeit, aber sonst waren wir grundverschieden. Wenn ich Vorschläge machtet die an der Grenze der Legalität waren, lehnte er sofort ab, Roman du musst verstehen das ich das nicht tun werde. Er war einer der wenigen Menschen denen ich auf Augenhöhe begegnete, mit absoluten Respekt für seine Arbeit. Er war genial in seinem Job, eine Kore Fee auf seinem Gebiet.
Ich konnte mir beim besten Willen nicht vorstellen wie er und Silvia sich kennen lernten. Christian war konservativ, er behandelte Frauen mit ausgesuchter Höflichkeit, wahrte immer eine gewisse Distanz und er kam mir gehemmt und prüde vor. Mit dreißig war er schon wie ein älterer Herr und Silvia war so offen für alles, so exzentrisch und so unersättlich im Bett, wie die beiden zusammen gefunden hatten war mir unerklärlich.

Nachdenklich betrachtete ich die Kartenreservierung der Oper, es war ein Schock für mich als ich Silvia und Christian vor der Oper traf.

Ich konnte mich noch genau daran erinnern, als wäre es gestern gewesen, ich rauchte noch eine Zigarette vor der Aufführung als ich im Augenwinkel jemanden sah. Christian rief meinen Namen, die Stimme kam mir bekannt vor, ich freute mich als ich ihn wieder

sah. Erst als er nur noch einige Meter von mir entfernt war, sah ich die Frau neben ihm. Sie ging fast hinter ihm, verbarg sich vor mir und als Christian sie mir vorstellte, gab sie ihre versteckte Position auf, reichte mir die Hand und sah sofort zu Boden.
Es war Silvia!
Nie hatte ich damit gerechnet sie wieder zu sehen, auf keinen Fall in Christians Begleitung. Er stellte sie mir als seine Verlobte vor und sie schmiegte sich so eng an ihn als suche sie Schutz bei ihm, vor mir! Es war als rammte sie mir mit dieser Geste einen Dolch ins Herz, es tat weh sie mit einem anderen Mann zu sehen. Mit einem Mann wie Christian, einen mir ebenbürtigen Mann. In diesen Moment wurde mir bewusst dass ich sie für immer verloren hatte, gegen Christan hatte ich keine Chance.
Gegen Harald, das war ein Kinderspiel, Harald war leicht zu manipulieren, er stand in meiner Schuld, es war kein Problem, Silvia zu bekommen. Er machte mir nur anfangs Schwierigkeiten. Als ich sie zum ersten Mal mit Harald sah, gab sie mir zögernd die Hand und dann ignorierte sie mich. Ihre Gleichgültigkeit mir gegenüber reizte mich, sie gefiel mir und ich war scharf auf sie. Ohne Umschweife forderte ich sie von Harald. Er sträubte sich, du kannst alles von mir haben, aber nicht Silvia, sagte er. Ich drohte ihm und beschwichtigte ihn sogleich. Ich will sie nur einmal vögeln, mehr nicht, er solle es für mich arrangieren. Silvia würde sich nicht mit mir einlassen, sagte Harald, sie würde ihn nicht betrügen.
Ich gab nicht nach. Sag ihr dass ich Richter bin, das zieht immer bei den Frauen, Harald forderte mich heraus. Es ist ihr gleichgültig wer du bist, sagte er, wenn du sie willst musst du sie schon bezahlen! Ich wurde wütend, ich sollte sie bezahlen! Ich! Ich bekam

immer was ich wollte und ich wollte Silvia. Schließlich willigte ich ein, aber sie lehnte ab! Erst nach einiger Zeit nahm sie mein Angebot plötzlich an.
In dieser ersten Nacht im Hotel bot ich ihr an zu gehen oder zu bleiben und rechnete damit dass sie sich für mich entscheiden würde. Ich war wütend als ich aus dem Bad kam und sie war verschwunden. Aber ihre Abgebrühtheit reizte mich, ich wollte sie wiedersehen, unbedingt! Als ich Silvia für die Wochenenden von Harald forderte, gab er meinen Wunsch zu meinem Erstaunen sofort nach, er war sich sicher, Silvia würde diese Stunden nie zustimmen. Aber er irrte sich.
Ich dachte wieder an die Begegnung mit Christian bei der Oper. Silvia hatte sich kaum verändert, sie trug ein rotes Kleid, nicht unser rotes Kleid, ein anderes enges, rotes Kleid, ihre Figur war wie damals, ich rechnete nach, sie müsste etwa dreißig Jahre alt sein, ihr Gesicht war kantiger geworden, jedoch genauso hübsch wie damals, ihre hüftlangen schwarzen Haare waren jetzt braun und ein wenig kürzer. Ihre dunkelgrünen Augen in die ich nur kurz sehen konnte, elektrisierten mich wie früher. Ich sah die Angst in ihren Blick, die Angst vor mir. Als sie dann noch beide Arme um Christians Hüften schlang, rammte sie mir den Dolch zum zweiten Mal in mein Herz. Ich ging damals sofort nach Hause, als ich mich von den beiden verabschiedete, ich konnte mich nicht nochmals einer weiteren Begegnung mit ihr stellen, es war zu viel für mich sie wieder zu sehen.
Zuhause holte ich aus der untersten Schublade meines Schreibtisches das große Kuvert mit den Fotos von ihr, die ich ohne ihr Wissen heimlich gemacht hatte. Ich bat sie einmal um ein Foto, sie brachte mir widerwillig ein Passfoto von sich, ich

wollte jedoch ein Ganzkörperfoto, noch lieber wäre mir ein Nacktfoto gewesen. Sie lehnte empört ab, einer der wenigen Wünsche die sie mir nicht erfüllte. Aber ich war einfallsreich, ich nahm diese Ablehnung nicht hin.
Ich ging immer nach ihr zu Bett, weckte sie unsanft auf, wenn ich Verlangen nach ihr hatte. Silvia schlief tief und fest und wenn sie in der Tiefschlafphase war, musste ich fast Gewalt anwenden um sie wach zu kriegen. Manchmal drehte ich das Licht auf, zog ihr die Decke weg, sie lag nackt vor mir und ich betrachtete sie, ich war besessen von ihr. Ich streichelte sie, fasste sie überall an, im Unterbewusstsein spürte sie mich, drehte sich um, zog ein Bein hinauf zu ihren Oberkörper, ihr Knie berührte fast das Kinn, das andere Bein hatte sie ausgestreckt. Sie schlief oft in eigenartigen Positionen und im Schlaf gab sie mir Einblicke preis die ich sonst kaum sah.
Ich fing an sie zu fotografieren, immer wieder, fast jedes Wochenende, hunderte Fotos schoss ich von ihr im Schlaf. Ein Freund von mir entwickelte die Bilder, sein Blick war anerkennend als er mir die Fotos aushändigte, sogar im Schlaf sah sie bemerkenswert sinnlich aus. Immer wieder sah ich mir die Bilder an, ich war verrückt nach ihr und ihren Körper, das Gesicht, ihr Wesen, ich wollte sie ständig bei mir haben.
Ich entschloss mich unsere Beziehung zu vertiefen, sie sollte zu mir ziehen, es kam nicht mehr dazu und ich hatte es selbst verschuldet dass sie mich verließ. Nach ihrer Flucht vor mir, sah ich mir täglich ihre Fotos an, nie wieder würde ich sie so sehen können. Und immer wieder hatte ich das Bild vor Augen, als ich sie gefesselt liegen ließ, stundenlang!

Ihre Angst, ihre Verzweiflung und schließlich ihre Kapitulation. Ich wusste mir nicht mehr anders zu helfen, als ich hörte, dass sie mit Harald schlafen wollte, ich musste sie bestrafen, sonst würde sie mir völlig entgleiten, dachte ich.

Nach Silvias Verschwinden hatte ich selten ein sexuelles Abenteuer. Manchmal ging ich aus, ich stand in der Öffentlichkeit, mein Gesicht war bekannt. Ich konnte mir nicht erlauben mich sexuellen Ausschweifungen hinzugeben oder in ein Bordell zu gehen. Meine Affären lernte ich alle am Gericht kennen. Es waren junge, angehende Anwältinnen, es war ein flüchtiger, bedeutungsloser Sex. Sie waren leicht zu haben, verehrten mich und sie langweilten mich.
Vor drei Jahren kam Sandra zu uns, als Schreibkraft. Ich war angetan von ihr, sie erinnerte mich an Silvia. Sie war hübsch, sexy, jung, suchte meine Nähe und schmeichelte mir weil sie mich attraktiv fand. Mich oder meine berufliche Stellung. Ich lud sie zum Essen ein. Sie war naiv, schüchtern und sehr verliebt in mich. Sie zog mich körperlich an, ich hatte Verlangen nach ihr und ich wollte wissen wie sie im Bett sein würde. Nach Silvia hatte keine Frau mehr meine Wohnung betreten, Sandra war die erste die ich mit nach Hause nahm.
Es endete in ein Fiasko!
Sie bat mich darum, das Licht abzudrehen als ich begann sie auszuziehen. Als ich ihre Brüste berührte, wich sie mir aus, als ich versuchte in sie einzudringen, fing sie zu zittern an. Sie war nicht feucht, aber ich war gierig und ausgehungert nach körperlicher Liebe, ich nahm sie mir einfach. Ich vögelte sie und sie weinte. Ich kam schnell, sie lag weinend in meinem Bett, ich forderte sie auf sich

anzuziehen und dann machte ich mir noch die Mühe sie nach Hause zu fahren. Ich wurde wütend über ihr Benehmen, warum war sie nur mit mir in meine Wohnung gegangen, glaubte sie, ich würde mit ihr Schach spielen? Ich war für mein ganzes Leben von Silvias Sexualität geprägt, ich hoffte nicht mehr auf eine Frau, die ihr in jeder Hinsicht gleichte.

Ich ging noch immer in meinem Büro auf und ab, dann hatte ich einen Plan.

Ich zog mich an, nahm die Kopien der Verlassenschaft mit und fuhr nach Hause.
Im Gästezimmer meiner Wohnung befanden sich noch immer ihre Sachen. Ich benötigte den Platz nicht und betrat das Zimmer kaum, zu viel erinnerte mich an Silvia, aber ich schaffte es auch nicht die Dinge zu entsorgen. Ich suchte den Ring, wurde wütend weil ich ihn nicht gleich fand.
Ich rannte in mein Arbeitszimmer, kramte das Kuvert mit den Fotos heraus, schüttete den Inhalt auf den Boden. Dann das leise Klirren als der Ring mit den Bildern zu Boden fiel. Jedes einzelne Bild nahm ich in die Hand und betrachtete es. Ich hatte Sehnsucht nach ihr, eine unbeschreibliche, tiefe Sehnsucht, ich wollte sie in den Armen halten, sie küssen, sie spüren, sie um Verzeihung bitten.
Ich betrachtete den Ring und das Datum der Gravur, zehn Jahre waren seit unserer ersten Begegnung vergangen.
Ich steckte den Ring in ein Kuvert und suchte mir aus der Verlassenschaft die Adresse von Silvia heraus. Eine Salzburger Anschrift. Fein säuberlich beschriftete ich das Kuvert und gab den Brief auf. Falls sie mich sehen wollte, würde sie meine Geste verstehen, wenn sie sich nicht melden würde, musste

ich alle Hoffnungen sie wieder zu gewinnen endgültig begraben. Ich musste warten und hoffen dass sie sich melden würde und ich war nicht der geduldigste Mensch.

Jeden Tag dachte ich an Silvia. Sie ging mir nicht mehr aus dem Kopf, ich war sehnsuchtskrank nach ihr. Täglich fragte ich meine Sekretärin ob ein privater Anruf für mich gekommen war, täglich hörte ich abends meinen Anrufbeantworter ab. Ich wurde zunehmend unruhig und launisch, ich litt darunter weil sie sich nicht meldete.

Nach sechs Wochen, an einen Samstag, läutet das Telefon.
„Roman? Ich habe den Ring bekommen!"
Ich war sprachlos, es war Silvia, ihre vertraute Stimme!
Meine Gefühle schwankten zwischen Freude und Hoffnung, sie sprach weiter.
„Warum hast du mir den Ring geschickt?"
Ich wurde plötzlich nervös, mit meinen vierundvierzig Jahren wurde ich nervös, ich durfte mir keinen Fehler erlauben und sie nicht verärgern, denn ich hatte Angst sie wieder zu verlieren, jetzt wo ich endlich wieder Kontakt hatte.
„Ich wollte dich um Verzeihung bitten."
Meine Stimme klang heiser, sie schwieg lange, dann flüsterte sie.
„Nach acht Jahren? Nach acht langen Jahren?"
„Ja, ich wollte ich könnte es ungeschehen machen, was ich dir angetan habe, verzeih mir bitte."
Sie sagte lange nichts, dann fing sie wieder zu reden an.
„Christian ist tot!"

„Ich weiß, es tut mir leid, ich möchte dir mein Beileid aussprechen."
Ich hatte nicht damit gerechnet dass sie mir das erzählen würde, empört antwortet sie mir.
„Du weißt es? Darum hast du mir den Ring gesendet! Was willst du?
Willst du unsere Vereinbarung wieder aufleben lassen?
Hast du noch einen sexuellen Wunsch den ich dir noch nicht erfüllt habe?"
Sie war wütend, richtig aggressiv, es war schwer für mich die richten Worte zu finden.
„Ich wollte dir meine Hilfe anbieten."
„Deine Hilfe? Ich kann auf deine Hilfe verzichten, ich bin immer gut alleine zurechtgekommen, ich benötige deine Hilfe nicht! Leb wohl Roman!" Sie legte den Hörer auf.
Fassungslos starrte ich auf das Telefon, sie hatte sich verändert, sie war selbstbewusst geworden, eine junge reife Frau. Aber warum hatte sie mich angerufen? Wenn sie nichts mehr mit mir zu tun haben wollte, hätte sie mich nicht angerufen und den Ring vielleicht wieder zurückgesendet. Ich hatte noch Hoffnung und ich würde sie diesmal nicht kampflos aufgeben, jetzt wo sie wieder frei war! Ich musste überlegen, einen Plan schmieden um sie zur Rückkehr zu bewegen. Ich wollte sie wieder, ich würde alles versuchen sie wieder zu bekommen, mit allen mir zur Verfügung stehenden Mitteln!

Nach zwei Wochen war meine Stimmung auf dem Tiefpunkt, ich war unausstehlich. Ich litt unter Liebeskummer, aber ich wagte nicht Silvia anzurufen. Ich zog mich nach einem langen Verhandlungstag in mein Büro zurück und wollte nicht gestört werden.

Als meine Sekretärin an die Tür klopfte, reagierte ich sofort aufbrausend.
„Ich will meine Ruhe! Haben sie das nicht kapiert?"
„Ein Gespräch für sie Herr Doktor, es wäre dringend, darf ich durchstellen?"
„Ich will nicht gestört werden! Es ist Freitag, am Montag bin ich wieder zu erreichen!"
Sie schloss ängstlich die Tür, dann läutete das Telefon, sie hatte sich die Frechheit erlaubt mir das Gespräch weiter zu verbinden.
Wütend hob ich ab.
„Roman, hier ist Silvia!" Ich musste mich setzen, meine Stimmung schlug sofort um.
„Es ist schön dich zu hören."
„Ich bin in Wien, kann ich bei dir im Büro vorbei kommen?" Ich log sie an.
„Ich bin schon auf den Weg nach Hause, wir könnten uns dort treffen."
„In deiner Wohnung? Ich weiß nicht", sie zögerte, „ich melde mich nochmal."

Sie legte so schnell auf, dass ich nichts erwidern konnte, meine bereits aufkeimende Hoffnung auf ein Wiedersehen wurde jäh zerstört. Warum verweigerte ich ihr den Empfang in meinem Büro, ich ärgerte mich über meinen Fehler, wusste nicht wo sie war, vermutlich in einen Hotel, ich musste warten bis sie sich wieder melden würde. Es war die längste Nacht meines Lebens, und die längsten Stunden bis zu ihren erlösenden Anruf am nächsten Nachmittag.

„Roman, ich habe noch Termine, aber kann ich um neunzehn Uhr kommen?"
Ich stimmte sofort zu, heute war Samstag, sie würde um neunzehn Uhr kommen, wie damals, es war unsere Zeit!

Ich hatte keine Ahnung warum sie mich besuchen wollte und sah daher ihrem Besuch mit gemischten Gefühlen entgegen. Ich hatte mich verändert, meine Haare wurden grau, ich sah wesentlich älter aus als vor acht Jahren. Ich hoffte einen guten Eindruck auf sie zu machen und dass sie sich nicht wieder von mir abwenden würde. Ich war aufgeregt und fieberte unserer Verabredung entgegen. Ich zählte die Stunden, die Minuten, ich wurde unruhig, fast unsicher vor der Begegnung mit ihr.

Mein Herz pochte als es läutete. Sie stand vor mir, unsicher gab sie mir die Hand und begrüßte mich. Sie zog mich immer noch unwiderstehlich an. Ich hätte sie am liebsten in die Arme genommen und geküsst aber ich hielt mich zurück, sie sprach leise.
„Roman, du hast mir deine Hilfe angeboten, ich brauche einen juristischen Rat von dir!"
Ich nickte und wies mit der Hand ins Wohnzimmer.
„Bitte, nimm Platz."
Sie ging bei mir vorbei, würdigte mich keines Blickes, setzte sich auf die Couch.
Dann sah sie mich abwartend an, ich fragte höflich.
„Darf ich dir etwas zu trinken anbieten?"
„Ja, bitte, irgendetwas."

Als ich aus der Küche zurückkam öffnete sie ein Kuvert, ich betrachtete sie kurz, sie war ganz schwarz gekleidet, ich fand es übertrieben, noch schwarz zu tragen, sie war ja nicht einmal mit ihm verheiratet gewesen, aber die Farbe stand ihr gut. Ich reichte ihr ein Glas Orangensaft, sie lächelte mich an.
„Du weißt noch was ich trinke?"
Ich war erleichtert, sie schien nicht verärgert zu sein.

„Ja, ich habe es nicht vergessen, Orangensaft, wie immer", ich korrigierte mich sofort, „ich meine, wie damals." Sie erwiderte nichts.

„Ich brauche deinen Rat, ich will dass du dir die Unterlagen ansiehst, ich will wissen ob damit alles in Ordnung ist oder ob ich schlecht beraten worden bin."

Sie schüttete die Akte aus dem Kuvert, ich erkannte sie sofort, es war die Verlassenschaft von Christian. Ich rückte näher zu ihr, sie wich sofort zurück.

„Untersteh dich mich anzufassen! Ich werde dich anzeigen wenn du das tust!"

Ich hob abwehrend die Hände, zeigte ihr meine Handflächen.

„Nein, bitte, ich wollte mir die Unterlagen nur genauer ansehen, ich sehe schon ein wenig schlecht, meine Brille ist im Arbeitszimmer."

Sie hatte mir gedroht und ich wollte sie beruhigen, plötzlich lächelte sie.

„Du auch?"

Sie tippte sich mit dem Zeigefinger auf ihre Brille. Ich hatte nicht bemerkt dass sie eine Brille trug, sie war so unauffällig, dafür fiel mir der Ring an ihren rechten Ringfinger auf, er sah aus wie ein Ehering, aber sie war nur verlobt.

Dann sah sie mich herausfordernd an.

„Wenn du mir zu nahe kommst, stampfe ich dich in Grund und Boden, das verspreche ich dir, Roman, ich kann mir die besten Anwälte leisten!"

Sie beugte sich zu mir, sah mich ernst an, ihre schnellen Stimmungsschwankungen nervten mich, trotzdem bewunderte ich ihren Mut, sie hatte sich gegen mich gestellt.

„Ich sehe mir die Unterlagen im Arbeitszimmer an wenn du erlaubst, ich bin nicht so bewandert im

Erbschaftsrecht, ich habe dort die Literatur zum nachlesen."
Sie nickte, ich ging hinüber, setzte mich in den Sessel, ich kannte die Unterlagen auswendig, ich wusste nicht wie oft ich sie mir durchgelesen hatte, ich brauchte sie mir nicht mehr anzusehen.
Nach einiger Zeit ging ich wieder ins Wohnzimmer, sie stand vor dem Bücherregal und betrachtete die Lexika die ich ihr damals schenkte.
Musternd sah sie mich an und fragte.
„Du hast die Bücher aufgehoben?"
„Ja, sie gehören dir, du kannst sie gerne wieder mitnehmen."
Ich drückte ihr die Akte in die Hand, setzte mich auf die Couch, sie nahm ebenfalls Platz, rutsche nahe zu mir, ich sagte.
„Die Papiere sind in Ordnung, ich hätte es nicht besser machen können."
Sie nickte, bedankte sich und packte schweigend alles wieder in das Kuvert, plötzlich schluchzte sie.
„Entschuldige bitte", sie wischte sich die Tränen weg, „ich vermisse Christian."
Sie hatte den Kopf gesenkt und kippte langsam nach vor, sie schien es nicht zu bemerken als ihr Kopf meine Brust berührte. Sie weinte, vorsichtig legte ich den Arm um sie, lange lehnte sie sich an mich an, es war ein schönes Gefühl sie zu spüren, plötzlich richtete sich abrupt auf.
„Kennst du einen Makler? Vielleicht verkaufe ich das Penthouse!"
„Aber du kannst deinen Anwalt vertrauen, die Unterlagen sind in Ordnung."
„Ich habe meine Gründe, dass ich einen anderen will!"

Sie klang aufgebracht, sie hatte nicht vergessen dass Werner sie bedrängte, sie entzog ihm das Vertrauen und ich war erleichtert darüber.
Werner war ein Charmeur, gutaussehend und in ihrem Alter, irgendwann hätte er es geschafft sie rumzukriegen, da war ich sicher, aber jetzt stand er mir nicht mehr im Weg.
„Ja, ich werde mich umsehen, wie erreiche ich dich?" sagte ich.
Ich konnte nicht zugeben dass ich ihre Telefonnummer hatte, stand alles in der Akte, die ich in Kopie besaß.
Sie stand auf, ging in den Flur und schrieb auf einen Zettel den Namen Brantter Silvia und die Telefonnummer. Verwirrt sah ich den Namen an, sie bemerkte mein Erstaunen.
„Ich bin Witwe Roman, ich dachte du hast dir die Unterlagen durchgelesen?"
„Ja, natürlich, ich melde mich bei dir."
Sie gab mir die Hand, bedankte sich und sah mir lange in die Augen. Ich wollte sie umarmen, aber ich wagte nicht ihr nahe zu kommen, ich fürchtete die Konsequenz sie dann nie wieder zu sehen.

Sie ging, ich eilte sofort in mein Arbeitszimmer, sah mir die Unterlagen durch, ich hatte übersehen das sie Brantter hieß, nicht mehr Brinder, wie konnte mir nur so ein Fehler unterlaufen, ich war über die Ähnlichkeit der Namen gestolpert. Christian und sie waren verheiratet, ich musste mich setzen, sie musste ihn unglaublich geliebt haben, er war ihr Ehemann und diese Erkenntnis tat weh. Sie hätte mich nie geheiratete, sie liebte mich nicht und wollte nie diesen Ring tragen, den ich ihr gab.
Christians Ring trug sie immer noch, ihren Ehering.

Ich war eifersüchtig auf ihn, eifersüchtig auf einen Toten! Ihm gab sie die Liebe die sie mir immer vorenthielt, er gab ihr vermutlich das was sie brauchte und wollte. Ich wusste nur nicht, was er mir voraus hatte, abgesehen davon das ich sie unterdrückte. Wie brachte er es nur zustande, dass sie mit ihm sogar eine Ehe einging. Ich war nicht fähig sie bei mir zu halten, bitter dachte ich daran dass sie schon lange meine Frau sein könnte, wenn nicht alles aus dem Ruder gelaufen wäre.

Ich hatte sofort einen Makler, Günther war ein Freund von mir, er hatte ein eigenes Immobilienbüro und war auf hochpreisige Objekte in Wien spezialisiert. Ich ließ mir Zeit sie anzurufen, ich wollte nicht aufdringlich erscheinen und vor allem wollte ich vermeiden dass sie meine Sehnsucht nach ihr bemerkte. Es war verrückt, ich liebte sie aber ich hatte nicht den Mut es ihr zu gestehen. Sie war der einzige Mensch der es schaffte in mir eine Unsicherheit auszulösen.

Eine Woche später rief ich sie an.
„Ich habe einen Makler, wann kann er sich deine Wohnung ansehen?"
Wir vereinbarten einen Termin in einer Woche an einem Freitag.
„Silvia, ich komme auch mit, möglicherweise habe ich Interesse an der Wohnung."
„Ja, wie du willst", sagte sie zögernd.

Ich beschloss, mir ein Hotelzimmer in Salzburg zu buchen, ich wollte mit ihr das Wochenende verbringen. Täglich dachte ich an sie, ich sah sie vor mir wie sie damals in meinem Bett lag, ihre sexuelle Tabulosigkeit, ihr Körper, ihr Gesicht, ich spürte einen tiefen Schmerz in mir weil ich sie nicht haben konnte und weil sie mich ablehnte. Die Woche bis zum Freitag kam mir wie eine Ewigkeit vor.

Günther und ich fuhren mit seinem Auto nach Salzburg, ich wollte am Sonntag mit dem Taxi nach Wien zurückfahren. Ich erzählte ihm, dass Christian ein alter Freund von mir war, mein Verhältnis mit Silvia erwähnte ich nicht.

Wir fuhren von der Tiefgarage direkt mit dem Aufzug in Silvias Wohnung. Ich war beeindruckt, noch mehr beeindruckt war ich von dem Penthouse. Es war keine Wohnung, es war ein Glaspalast, hoch über den Dächern von Salzburg. Feinster weißer Marmorboden, überaus geschmackvoll eingerichtet, überall Pflanzen, die Wohnung erinnerte mich an das Palmenhaus in Wien! Es war ein einziger, riesiger Raum, man verlor sich fast in dieser Weite, trotzdem fühlte ich mich sofort wohl, das Ambiente strahlte eine Behaglichkeit aus. Das Schlafzimmer mit dem riesigen Bett in der Mitte des Raumes, fast eine Spielwiese, der Gedanke daran, dass sie hier mit Christian gelegen ist, schmerzte mich. Darüber eine Glaskuppel, die den Raum hell und großzügig machte. Dahinter ein begehbarer Schrank mit Unmengen von Silvias Kleidung, Christian musste sie maßlos verwöhnt haben. Ich war begeistert von diesem Objekt. Über eine Stunde lang fotografierte Günther die Wohnung und ließ sich alles erklären, fragte nach Details und machte sich Notizen. Dann setzten wir uns und tranken Kaffee.
Günther erledigte die Formalitäten und fragte Silvia.
„Sie wollen ein solches Prachtstück wirklich verkaufen?"

„Es sind so viele Erinnerungen an meinen verstorbenen Mann, es ist schwierig Abstand zu gewinnen in dieser Wohnung."
Sie hatte Tränen in den Augen, sie tat mir leid.
„Nun, die Wohnung würde in zehn Jahren fast das Doppelte wert sein, normalerweise sage ich das meinen Kunden nicht, aber ich will ehrlich zu ihnen sein, weil mich mit Roman einen langjährige Freundschaft verbindet. Überlegen sie sich das noch einmal, ich lasse ihnen vorab den Schätzwert zukommen, dann können sie sich immer noch entscheiden, ob sie verkaufen wollen."
Silvia nickte.
Günther stand auf und verabschiedete sich von mir.
Irritiert sah Silvia mich an, ich machte keine Anstalten auch zu gehen.
Sie brachte ihn zur Tür, kam zurück und stellte sich vor mich.
„Ich wünsche dass du auch gehst, sofort!"
„Ja, ich trinke meinen Kaffee noch aus."
Ich nippte am Kaffee, trank aber nicht aus, sie setzte sich mir gegenüber und sah mich abwartend an.
„Ich liebe dich immer noch Silvia", sagte ich zärtlich, ihre Augen verengten sich plötzlich sie sah wütend aus.
„Nein, Roman! Du liebst mich nicht, du liebst nur dich selbst, du bist nicht fähig einen anderen Menschen zu lieben. Ich war nur ein Schmuckstück für dich, ein Schmuck den man benutzen und herzeigen konnte, wie einen Diamantring, mehr nicht."

Sie stand hastig auf, holte ein Foto aus einer Lade und hielt es mir vor das Gesicht.
„Sie dir das Foto an, Roman, sieh genau hin!
Würdest du mich noch lieben wenn ich so aussehen würde?"

Schockiert starrte ich auf das Foto, es zeigte ein hässliches, altes Gesicht, ich wusste nicht ob es ein Mann oder eine Frau war, völlig haarlos, keine Kopfhaare, keine Augenbrauen, keine Wimpern, ein ausgemergeltes, abstoßendes Gesicht.
„Das ist Christian, kurz vor seinen Tod, sogar auf diesem Foto ist er schön für mich, weil ich ihn liebe, nur ihn und nicht sein Aussehen!"
Sie sprach langsam, betonte jedes Wort, redete in der Gegenwart, als ob er noch leben würde.
„Er ist ein so wertvoller Mensch!"
Sie schluchzte plötzlich, ließ das Foto sinken, setzte sich neben mich und weinte. Ich hatte ihn nicht erkannt auf diesem Bild trotz meines fotografischen Gedächtnis, er war so entstellt, ich war fassungslos über das Foto und schwieg.
Sie richtete sich abrupt auf und sah mich hasserfüllt an, ihre Stimmung kippte.
„Also, hör auf von Liebe zu sprechen, du hast keine Ahnung davon! Was ist wenn aus deinen schönen Diamantring der Stein herausfallen würde, nur noch die Ruine der Fassung übrig blieb, würdest du den Ring immer noch tragen? Stolz tragen, weil er immer schon an deinem Finger war? Oder würdest du ihn entsorgen, weil er hässlich geworden wäre? Verstehst du das, Roman? Liebe ist etwas anderes als Begehren, du weißt es nur nicht!"
Ich antwortete nicht, musste ihre Worte erst setzten lassen, sie sprach weiter.
„Ich will das du mir meine Würde wieder gibst, sieh mich an!"
Sie hielt mir ihre Handgelenke vor meine Augen, ich sah die Narben, die ich ihr zugefügt hatte.
„Sieben Stunden, sieben endlose Stunden hast du mich angekettet wie einen räudigen Hund, du hast

mir meine Würde genommen! Ich will dass du dich vor mich hinkniest und mich um Verzeihung bittest!"
Sie sah mich wütend an, ich wollte sie um Verzeihung bitten aber ich würde sicher nicht vor ihr auf die Knie fallen. Die Worte kosteten mich Überwindung aber ich wollte sie wieder, unbedingt!

„Es tut mir leid was ich dir angetan habe, es war ein unverzeihlicher Fehler, ich würde mein Tun rückgängig machen, wenn ich könnte, ich bitte dich um Verzeihung, ich bereue zutiefst dass ich dich verletzt habe."
„Knie ... vor ... mir ... nieder!"
Sie sprach langsam, betonte jedes Wort.
„Ich will, dass du spürst, wenn man seine Würde verliert, ich will dass du fühlst wenn man gedemütigt wird, ich will dass du Erniedrigung dabei empfindest."
Ich stand auf und sah auf sie herab.
„Es ist besser wenn ich jetzt gehe, ich habe dich um Verzeihung gebeten, werde aber deine weitere Forderung nicht erfüllen, ich rufe dich morgen an, vielleicht hast du dich dann beruhigt."
Ich ging zur Tür und drehte mich nach ihr um.
„Vielleicht können wir morgen ein konstruktives Gespräch als Freunde führen und nicht als Feinde."
Sie sah mich erstaunt an, dann wich ihr Erstaunen einer Unterwürfigkeit, ich hatte sie wieder dort wo ich sie haben wollte.

Ich ging zu Fuß zum Hotel. Ich brauchte Abstand, es war kalt und es fing zu schneien an. Silvia war eine selbstsichere Frau geworden, sie hatte sich in den letzten Jahren völlig verändert, sie war in ihrer geistigen Entwicklung gewachsen, Christian hat diese Weiterentwicklung zugelassen, vermutlich sogar gefördert. Ich hatte sie immer unterdrückt, sie

behindert in ihrem Streben nach Selbstständigkeit, sie bewusst klein gehalten, ich hatte Angst dass sie mir ebenbürtig geworden wäre, sie war klug und wissbegierig. Irgendwann hätte sie meine Schwäche erkannt, meine Unfähigkeit, ihr meine Liebe auszudrücken, sie schleuderte mir die Wahrheit heute entgegen. Ich lernte nie Zuneigung kennen, ich wollte Respekt von den Frauen, sobald sie anfingen mir ihre Zuneigung zu zeigen, ertrug ich ihre Nähe nicht mehr. Auch das hatte Silvia mir voraus, sie wusste, wie es ist, wenn man jemanden aufrichtig und kompromisslos liebt. Ich beneidete Christian um die Liebe von Silvia, sogar sein Tod hatte nichts daran geändert.
Und jetzt sah ich wieder diese Unterwürfigkeit als ich ihre Wohnung verließ. Ich strebte sie auch an, wollte sie abermals meinen Willen unterwerfen, aber ich war mir nicht mehr sicher ob das der richtige Weg war. Ich wollte dass sie mich liebt und nicht fürchtet. Das Foto von Christian hatte mich aufgerüttelt. Ich musste meinen Machtanspruch ablegen und eine gleichberechtigte Beziehung führen, ansonsten wäre es ein ewiger Kampf zwischen uns um die Vorherrschaft.

Ich war im Hotel angelangt, sehnsüchtig dachte ich an sie. Ich wusste nicht was mich so fest an sie band, warum nahm ich mir nicht eine unkomplizierte Frau, eine Frau die nicht eine solche Herausforderung darstellte, warum hatte ich sie nie vergessen. Es gab viele hübsche Frauen, es wäre kein Problem für mich eine Beziehung anzustreben mit einer Frau die meinen Vorstellungen entsprach und Silvia im Aussehen ähnlich war. Aber ihr Wesen, ihr Charakter!

Wo fand ich jemanden, der ihren Wesen entsprach, diese Exzentrik, diese Stimmungsschwankungen, diese sexuelle Spannung zwischen uns. Es war ihre einzigartige Persönlichkeit die mich so anzog und natürlich die enorme Sinnlichkeit und dieser schrankenlose Sex.
Ich würde sie auch lieben wenn sie so aussah wie Christian vor seinem Tod, natürlich liebte ich ihr Aussehen, ich war ein Mann. Aber wenn sie durch einen Unfall entstellt wäre, ich glaube dass ich sie immer noch lieben würde, nein, ich war mir sicher. Ich musste versuchen unsere Beziehung anders anzufangen, gleich morgen.

Als ich sie am nächsten Tag anrief erwähnte ich ihren gestrigen Ausrutscher mit keinem Wort.
„Ich bin noch zwei Tage in Salzburg, würdest du mir die Stadt zeigen?"
Sie stimmte zögernd zu, ich holte sie von ihrer Wohnung ab und wir bummelten nebeneinander gehend durch die Gassen, sie zeigte mir die wichtigsten Sehenswürdigkeiten, freundlich aber distanziert. Ich war zurückhaltend, nur bei der Begrüßung und der Verabschiedung gab ich ihr die Hand, das war die einzige Berührung zwischen uns. Ich hoffte sie würde mich in ihre Wohnung einladen, aber sie tat es nicht.
Wir verabredeten uns für Sonntagnachmittag zu einem Kaffeebesuch unter Freunden, wie ich ihr versicherte. Im Hotel verzehrte ich mich nach ihr und konnte nicht schlafen. Ich sehnte den nächsten Tag herbei um endlich wieder in ihrer Nähe zu sein.

Beim Frühstück hatte ich keinen Appetit, ich versuchte die Zeitung zu lesen, konnte mich jedoch nicht konzentrieren. Ich wollte mich abzulenken, ging

spazieren und schlug die Richtung zu Silvias Wohnung ein.
Hilflos stand ich vor dem Haus, sah hinauf zu ihrer Terrasse und hoffte sie zu sehen. Ich wagte nicht zu läuten, es war erst Mittag, ich musste mich noch zwei Stunden gedulden.
Ich lief zum Hotel zurück und wechselte die Kleidung damit die Zeit verging. Ich war angespannt als ich wieder zu ihrer Wohnung ging, ich kam mir vor wie ein verliebter Jüngling.
Nervös betätigte ich die Klingel, kurz darauf kam sie und gab mir zur Begrüßung die Hand.

Wir gingen nebeneinander ohne jegliche Berührung. Ich war es immer gewohnt sie zu beherrschen, doch jetzt beherrschte sie mich, sie bestimmte die Distanz zwischen uns und ließ keine Nähe zu. Ich bedrängte sie nicht, ich musste mich fügen um sie nicht wieder zu verlieren. Ich hasste es dass ich keinen Einfluss und keine Macht mehr über sie hatte, ich war gezwungen ihr Spiel mitzuspielen.

Das erste Café war völlig überfüllt, auch im zweiten bekamen wir keinen Sitzplatz. Silvia jammerte über die bittere Kälte, ich brachte sie nach Hause und war überrascht dass sie mich noch einlud.

In ihrer Wohnung war es behaglich warm und trotz der starken Präsenz von Christian, überall hingen Fotos von ihm, fühlte ich mich wohl bei ihr. Sie legte Holz im Kamin nach, bereitete Kaffee zu, ich stand beim Kamin und betrachtete die unzähligen Fotos von ihr und Christian, die dort standen. Hochzeitsfotos, Urlaubsfotos, Portraitfotos und ein Foto eines sehr gutaussehenden, jungen Mannes.

Ich setzte meine Brille auf um ihn besser sehen zu können. Silvia kam mit zwei Kaffeetassen, nahm mir das Bild aus der Hand und stellte es wieder hin.
„Er ist ein Freund von euch?"
„Nein, er ist mein Freund, wir haben zusammengelebt, bevor ich Christian kennen gelernt habe, Alexander war nach Christians Tod einige Tage bei mir und hat mir geholfen das Begräbnis zu organisieren, ich war so froh über seinen Beistand."
Sie nahm das Foto nochmals in die Hand, betrachtete es zärtlich, ich spürte wie ich eifersüchtig wurde.
„Er hat bei dir geschlafen?
„Natürlich, nie würde ich ihn in einem Hotel übernachten lassen, ohne seine Hilfe und seinen Trost wäre ich verrückt geworden vor Trauer."
Ich sah sie erstaunt an, fand es äußerst pietätlos, gleich nach Christians Tod mit einem Exfreund ins Bett zu hüpfen, ja ich war schockiert darüber.
„Du hast ihn wegen Christian verlassen?"
„Nein, er hat mich verlassen und ist zu seiner großen Liebe gezogen, aber wir sind gute Freunde geblieben, trotz der Ferne."
Wieder verblüffte sie mich mit ihren sonderbaren Ansichten, bitter dachte ich daran, dass sie auch von mir Hilfe bekam, aber ihre Gastfreundschaft gegenüber mir war begrenzt. Ich setzte mich, sie schenkte Kaffee ein, stellte Kuchen auf den Tisch, ich wusste nicht wann ich sie wiedersehen würde, ich musste handeln.
„Silvia, ich werde dich immer lieben, auch wenn du dein hübsches Aussehen verlieren würdest, ich habe mich geändert, ich möchte dass du mir noch eine Chance gibst."

Sie sah mich merkwürdig an und rückte näher zu mir, legte eine Hand auf meinen Oberschenkel und flüsterte.

„Ich habe seit Christian mit keinem Mann geschlafen, ich habe Lust es jetzt zu tun."

Ihre Worte irritierten mich, gerade vorhin gestand sie mir, dass Alexander bei ihr übernachtete hatte, ich war sicher, sein Trost bestand nicht nur aus Worten. Ich sah ihr in die Augen, es waren traurige Augen, kein Glanz war darin zu sehen, der sichere Beweis für ihre Erregtheit war nicht vorhanden, ich rückte von ihr ab.

„Ich werde nicht mit dir schlafen, erst wenn du mich liebst, gehe ich mit dir ins Bett."

„Du hast dich wirklich geändert", sagte sie lächelnd, „wenn du deinen Verlangen nachgegeben hättest, wäre dies unser letzter Kontakt gewesen!"

Dann sah sie zu Boden und fing plötzlich zu weinen an, dann lehnte sie sich an mich.

„Ich wünschte Christian wäre hier, er fehlt mir so."

Ich umarmte sie, vorsichtig streichelte ich ihren Rücken, sie schluchzte und schmiegte sich tiefer in meine Arme, ich strich über ihre Haare, es war ein schönes Gefühl diese Umarmung, sie nur zu halten und zu berühren. Nach Minuten löste sie sich von mir und erzählte von Christian und seinen schrecklichen Tod. Ich hörte ihr zu, immer wieder weinte sie, sie musste ihn unglaublich geliebt haben.

Erst am späten Abend verabschiedete ich mich und wir reichten uns nur die Hände obwohl ich sie gerne geküsst hätte. Aber sie versprach mich anzurufen.

Zwei Wochen später lud sie mich wieder zu sich ein und bot mir an, auf auf der Couch im Wohnzimmer zu übernachten."

Ich sehnte mich nach ihr und konnte es kaum erwarten sie am Freitag wieder zu sehen.

Ich kam Stunden vorher in Salzburg an und musste die Zeit in einem Café abwarten, ich wagte nicht sie früher zu stören.

Silvia gab mir zur Begrüßung die Hand, ich hätte sie am liebsten in die Arme genommen, aber ich tat es nicht, wir setzten uns ins Wohnzimmer und unterhielten uns und sie erzählte mir von ihren Urlaubsreisen mit Christian. Immer wieder schluchzte sie, ich hörte ihr zu und sagte kein Wort. Ich hatte das Gefühl es tat ihr gut über Christian zu sprechen.
Dann schwieg sie und ich fragte.
„Warum hast du mich eingeladen?"
Sie neigte leicht den Kopf und zuckte mit den Schultern.
„Ich bin so alleine, Christian war immer bei mir, es fehlt ein Teil von mir."
„Ich kann dir Christian nicht ersetzen."
„Warum nicht?"
Ihre Frage verwirrte mich, sie suchte einen Ersatz für ihn und hatte offensichtlich mich dafür erwählt.
„Du bist mit ihm eine Ehe eingegangen, ich kann dir diese Vertrautheit nicht bieten, wenn du mich nicht liebst."
„Ach Roman", sie seufzte hörbar, „warum hast du mich bei unserer ersten Begegnung nicht einfach erobert?"
„Du und Harald, ihr seid ein schönes Paar gewesen, ich wäre chancenlos gegen ihn gewesen."
„Du, Roman, du mit deinen ausgeprägten Selbstbewusstsein, hast es nicht gewagt mich zu erobern? Ausgerechnet du?"

„Harald sagte zu mir, ich muss dich schon bezahlen wenn ich dich will."
Ich war gereizt, sie seufzte wieder. „Wir haben unsere Beziehung falsch angefangen, es konnte nicht gut gehen!"
Erstmalig sagte sie Beziehung und nicht Vereinbarung, wir sahen uns in die Augen und ich spürte deutlich wie es zwischen uns knisterte. Aber ich war sicher es war nur ihre Einsamkeit die sie dazu bewog mich einzuladen und ich wollte keine Notlösung sein.

Sie ging spät zu Bett, ich lag auf der Couch und konnte nicht schlafen. Ich sehnte mich nach ihr, die Gedanken dass sie nur wenige Meter von mir entfernt im Bett lag und dieses helle Licht durch die Glaswände der Wohnung hielten mich wach. Stunden später hörte ich Schritte von nackten Füßen auf dem Steinboden, sah sie völlig nackt bei mir vorbeigehen, sie blieb stehen, drehte sich um und kam auf mich zu.
„Du schläfst nicht?"
„Nein, das Licht ist so hell."
Sie zögerte und flüsterte.
„Komm zu mir ins Bett."
Sie nahm mich bei der Hand, im Bett kuschelte sie sich an mich. Eng umschlungen lagen wir unter ihrer Decke. Ich roch den Duft ihrer Haare, spürte ihren warmen Atem an meinem Hals, ihre festen Brüste an meiner Brust und dann spürte ich meinen Penis wachsen. Er lag hart an ihren Bauch, sie drückte sich eng an mich, ich war sicher dass sie ihn fühlte, aber sie reagierte nicht, ich konnte mich kaum beherrschen, sie nicht zu vögeln. Ich fing an sie zu streicheln, wollte sie scharf machen, aber sie schlief plötzlich ein. Langsam löste ich mich aus ihrer

Umarmung und ging ins Bad. Ich musste den unerträglichen Druck in meinen Lenden loswerden, mit der Hand verschaffte ich mir Erleichterung. Ich war froh dass ich meiner Lust nicht nachgab, ich wollte sie nicht wieder verlieren, ich wollte sie behalten, für immer. Ich schlich wieder zu ihr ins Bett, ganz vorsichtig zog ich sie zu mir, ich war glücklich bei ihr zu sein.

Wir frühstückten spät, dann gingen wir am Fluss entlang und sie erzählte mir von Christians Geschäftsreisen, immer wieder nur Christian, ich hörte zu und schwieg.

Am Abend saßen wir vor dem Kamin sie lehnte ihren Kopf an meine Schulter, wir sprachen nicht, starrten nur in das flackernde Feuer, sie war in ihren Gedanken versunken und ich in meinen.
„Komm wir gehen schlafen," sagte sie plötzlich und nahm meine Hand, ich ging noch ins Bad und als ich zu ihr ins Bett stieg rutsche sie sofort zu mir und schmiegte sich eng an mich.
„Mit Christian bin ich immer so eingeschlafen", sagte sie und sah mich unglücklich an.
Ihr nackter Körper erregte mich, ich spürte einen unbändigen Drang sie zu küssen und zu vögeln, aber ich gab meiner Begierde nicht nach. Sie machte keine Versuche mir näher zu kommen. Ich gab ihr nur den Trost den sie von mir verlangte, schmerzlich war mir bewusst dass sie nur der Verlust von Christian in meine Arme trieb. Es dauerte lange bis sich meine Erektion abbaute, sie war eingeschlafen und ich sah sie durch das Mondlicht das durch die Kuppel schien, an.

Nach dem Frühstück wollte Silvia wieder spazieren gehen, ich lehnte ab, wollte mich nicht mehr in ihrer Gesellschaft weiter quälen.

„Du weißt dass ich dich liebe und es macht mich wahnsinnig neben dir zu liegen ohne dich zu küssen und ohne Sex, ich kann nicht mehr bei dir übernachten. Irgendwann verliere ich meine Beherrschung, ich will mit dir eine Beziehung und körperliche Liebe, deine Freundschaft ist mir zu wenig."

„Aber warum hast du mich nicht genommen, dir geholt was du wolltest", sagte sie sanft und lächelte mich an, ich war sprachlos über ihre Worte.

Ich verstand sie nicht, ich konnte nicht einschätzen was sie wirklich wollte, ich antwortete.

„Du hast mir gedroht, ich würde dich nie wiedersehen, wenn ich damals meiner Lust nachgegeben hätte!"

„Das war doch vor zwei Wochen, ich habe meine Meinung geändert."

Ich starrte sie an, sie sah abwartend zu mir hoch, ich rang nach Worten, sie brachte mich zur Weißglut mit ihrer Meinungsänderung und trotzdem reizten mich ihre Launen.

„Silvia, du musst eine Entscheidung treffen, ich will wissen wie du dir die Zukunft mit mir vorstellst und ich schlafe nicht mit dir, solange du mich nicht liebst!"

Nach langer Pause, indem wir beide schwiegen, sagte ich.

„Oder liebst du mich jetzt?"

„Ich weiß es nicht, ich liebe Christian noch immer, ich kann keine Entscheidung treffen, es ist zu schwierig", sie sah mich verzweifelt an, fing wieder zu weinen an, ich legte meine Arme um sie und dann küsste sie mich. Es war kein zärtlicher Kuss, kein leidenschaftlicher Kuss, es war ein unsicherer,

verzweifelter Kuss, vermischt mit ihren Tränen, die ihr von den Wangen liefen, sie wollte mich nicht verlieren, sie brauchte meinen Trost und meinen Beistand in ihrer Trauer. Sie war zurückgefallen ins Kindesalter, unfähig das richtige zu tun, sie war schon immer entscheidungsschwach und offensichtlich hatte sich das nicht geändert, ich war gezwungen ihr die Entscheidung abzunehmen.
„Lass es uns miteinander versuchen, wenn du dich nicht in mich verliebst und mich verlässt, werde ich das akzeptieren."
Sie sah mich prüfend an und ich fuhr fort.
„Und Fesselspiele sind tabu."

Ich war sicher, sobald sie sich in mich verlieben würde, wäre es wieder einfach sie wieder zu fesseln, ich war scharf auf sie, und ich wurde noch schärfer wenn sie wehrlos war. Doch ich musste warten, bis sich die Gelegenheit bieten würde.
„Ich habe nichts dagegen, wenn du die Fesseln benützt."
„Was?"
„Ich sagte, es stört mich nicht, wenn du sie benutzt."
Ich sah sie entgeistert an, glaubte nicht richtig zu hören.
„Aber du hast mich angefleht, dich nicht zu fesseln, ist dir bewusst was du jetzt sagst!"
„Christian hat es auch immer getan."
Ich musste mich setzen, jetzt plötzlich wollte sie es, ich wurde fast wütend über ihre wechselnden Ansichten. Ausgerechnet Christian, dieser solide, höfliche Mann hat sie gefügig gemacht, ich konnte es nicht glauben, vielleicht drehte sie durch in ihrer Trauer.
„Das glaube ich nicht, Christian ist nicht der Typ der das tut."

„Doch er hat es jede Woche getan, ich habe es von ihm verlangt und dann hat er Gefallen daran gefunden, er war süchtig danach mich zu fesseln."
Sie grinste mich unverschämt an.
Meine Zweifel warum sie ihn geheiratet hatte, waren ausgeräumt, ihr Sexleben musste aufregend und erfüllend gewesen sein und diese Vorstellung daran störte mich gewaltig.
„Du willst es auch von mir?"
„Ich hatte zu Christian Vertrauen, erst wenn ich diese Vertrautheit bei dir finde, werde ich es zulassen."
Und wieder änderte sie ihre Meinung, sie machte mich wütend, zuerst lehnte sie eine Fesselung ab, dann revidierte sie, jetzt wollte sie den richtigen Zeitpunkt bestimmen, sie nervte mich mit ihrer Wankelmütigkeit.
„Entscheide dich endlich was du willst, in zwei Wochen will ich eine Antwort von dir, ich werde jetzt fahren."

Sie sah mich unglücklich an, ich gab ihr die Hand und ging.
Ich konnte dieses Wechselspiel der Gefühle nicht mehr ertragen, sie ließ mich bei ihr schlafen aber ich durfte sie nicht vögeln. Sie bot mir an sie zu fesseln um es gleich wieder zu verbieten weil sie mir nicht vertraute. Sie hatte sich verändert und diese Veränderung verwirrte mich zunehmend, ich wollte wissen wie es mit uns weiterging, die letzten acht Jahre konnte ich auch ohne sie leben, ich würde es in Zukunft auch schaffen. Aber kaum saß ich ihm Auto sehnte ich mich nach ihrer Gesellschaft, ich kam nicht los von ihr und ich wusste nicht warum.

Erst als ich in Wien ankam hatte sich mein Verlangen nach ihr ein wenig gelegt, ich war wütend über mich selbst, weil ich in ihren Bann gefesselt war.

Einige Tage später rief sie mich an und lud mich für das Wochenende ein, aber ich lehnte ab und schob einen Termin als Begründung vor, in Wahrheit wollte ich sie warten lassen. Ich verzehrte mich nach ihr, aber ich wollte sie wieder unter mir haben, es war einfacher für mich mit ihr umzugehen. Sie sollte darum betteln dass ich kam, ich war sicher dass sie die Einsamkeit nicht lange aushielt und ich schlug ihr vor, uns das darauffolgende Wochenende zu sehen, da erwartete ich auch ihre Entscheidung.
„Nein, Roman, da habe ich keine Zeit, ich fahre einige Tage zu Alexander, er ist nächste Woche alleine und hat mich eingeladen."
„Zu Alexander, deinen früheren Freund?"
„Ja, ich will mit ihm über dich und unsere mögliche Beziehung reden, ich lege Wert auf seine Meinung, er hat mich immer gut beraten in meinen Entscheidungen."
Wieder glaubte ich nicht richtig zu hören, sie fuhr zu ihren Exfreund und fragte ihn um Rat, sie hatte anscheinend den Verstand verloren, ich wurde wütend.
„Bist du verrückt! Das ist unsere Sache, ich will keine Einmischung von Fremden, ich dulde es nicht dass du ihn um Rat fragst."
„Du wirst es nicht verhindern können, ich fahre und du wirst es akzeptieren!"
Sie reagierte auf meinen Wutausbruch kühl und gelassen, wieder hatte ich mich in ihr getäuscht, sie benahm sich wie eine Frau die genau wusste was sie wollte. Ich musste die Hoffnung dass sie sich unterordnet wieder begraben, ihre Stimme klang fest

und bestimmt, dann legte sie den Hörer auf. Ich fühlte schmerzlich meine Eifersucht, ich musste einen Weg finden sie umzustimmen, ich wollte sie nicht an Alexander verlieren.

Ich setzte mich sofort ins Auto und fuhr zu ihr. Erst am späten Abend kam ich in Salzburg an und meine Wut war erloschen aber die Eifersucht gewachsen. Ich überlegte wie sie auf mein unerwartetes Kommen reagieren würde, wahrscheinlich würde sie mich nicht in die Wohnung lassen, ungeduldig läutete ich, sie öffnete mir im Bademantel und sah mich erstaunt an.
„Du bist doch gekommen, ich freue mich dich zu sehen", sagte sie und dann küsste sie mich, leidenschaftliche Küsse, ich genoss ihre Küsse, aber ich verstand sie nicht. Sie sah mich strahlend an, meine Gefühle fuhren Achterbahn, aber ich hatte mich bald unter Kontrolle und herrschte sie an.
„Ich möchte nicht dass du zu Alexander fährst, ich finde es unpassend wenn du deinen früheren Lebensgefährten besuchst. Oder wägst du ab, wen du von uns beiden den Vorzug gibst?"
„Für Christian war es nie ein Problem wenn ich zu Alexander fuhr, er hat mich sogar darin bestärkt ihn zu besuchen."
„Was?"
„Wir schrieben und telefonierten und manchmal trafen wir uns. Wenn Christian auf Dienstreise war durfte ich Alexander einladen. "
„Er hat es toleriert dass du ihn betrogen hast?", ich starrte sie an, ihre Augen verengten sich, zornig fuhr sie mich an.
„Ich habe ihn nicht betrogen, ich liebe Christian, solange er lebte war ich ihm treu, was denkst du von mir!"

„Aber mich hast du auch betrogen, mit Harald und einen jungen Mann, ich weiß alles!"
Sie schrie mich an.
„Warum hast du mich zu dieser Abmachung gezwungen!"
„Aber du hast der Abmachung zugestimmt, du hättest ablehnen können!"
„Ich wusste nicht was ich tat, ich war fast noch ein Kind, du hast eine Liebesdienerin aus mir gemacht! Warum hast du nicht versucht mich zu erobern!"
Ich drehte mich um, konnte ihr nicht mehr in die Augen sehen, unser Gespräch verlief nicht so wie ich es geplant hatte und sie warf mir vergangene Dinge an den Kopf. Sie brachte mich ständig aus dem Konzept, ich überlegte warum ich gekommen war, ich hatte ein Blackout.
„Alexander ist mein Freund und er wird es immer bleiben, auch neben dir."
Dank ihrer Worte fand ich den Grund wieder, warum ich über dreihundert Kilometer zu ihr gefahren war.
„Es tut mir leid, ich bin eifersüchtig auf Alexander, ich kann dein Leben nicht bestimmen und es war ein Fehler zu kommen. Ich will dich nicht länger stören."

Ich ging zur Tür, Silvia lachte, abrupt drehte ich mich um, ich fand es keineswegs lustig, sie hatte mich verletzt, plötzlich sprach sie besänftigend.
„Roman, komm zu mir."
Zögernd ging ich auf sie zu, sie schmiegte sich in meine Arme und dann flüsterte sie.
„Ich werde nicht mit Alexander schlafen, er will mich nicht, er ist schwul."
„Er ist schwul? Aber du hast mit ihm gelebt."
Hastig schob ich sie weg, ich glaubte ihr kein Wort.
„Ja, er ist schwul, ich hatte meine Männer und er seine, wir liebten uns, aber ohne Sex!"

Dann grinste sie mich an und sprach weiter, „ich mag es wenn du eifersüchtig bist."

Und dann verführte sie mich, sie fing an mich zu küssen, ihr Bademantel rutschte zu Boden, sie berührte mich an einer delikaten Stelle und zog mich hastig aus, fordernd drängte sie sich an mich und dann liebten wir uns leidenschaftlich. Ich fasste ihr sofort auf die Brüste, sie hatten immer noch diese Festigkeit und die makellose Form behalten, sie sahen aus wie damals, das sinnlichste an ihr waren diese Brüste und ihr Gang. Es war ein schneller Sex, sie bot sich mir förmlich an, ich kannte ihre Beweggründe nicht, aber das war in diesen Moment unwichtig.
Ich blieb die ganze Nacht bei ihr, wir waren beide ausgehungert nach körperlicher Liebe, wir redeten nicht, wir vögelten nur. Dieser einfache, normale Sex ohne außergewöhnliche Spielchen, er reichte vollkommen, wir wollten beide nur unsere Bedürfnisse befriedigen.

Erst in den Morgenstunden fuhr ich wieder nach Wien, ich musste meine Termine einhalten und ich versprach am Abend wieder zu kommen.

Spät abends traf ich übermüdet bei ihr ein, sie empfing mich in Dessous, natürlich wurde ich gleich wieder scharf, meine Müdigkeit war verflogen. Sie rieb ihren Körper an meinen, ihre Augen glänzten, ein sicheres Zeichen das sie Sex wollte. Sie griff mir so grob zwischen die Beine das es unangenehm war, ich schob sie weg, sie klammerte sich wieder an mich, schob ihre Hand in meine Jeans, alleine der Griff ihrer zarten Hand in meiner Hose ließ mich aufstöhnen. Ich befasste mich mit ihren Brüsten, sie

entledigte sich ihren Höschen, dann zog sie mich aus. Ich zerrte sie ins Schlafzimmer, kaum lag ich auf dem Bett, setzte sie sich auf mich, sie war extrem feucht, ich kannte niemanden, der so schnell feucht wurde wie sie. Ich drehte sie um, drang von hinten in sie ein, sie stöhnte so laut dass ich immer schärfer wurde, ich vögelte sie fast brutal, hielt sie fest und sie bäumte sich auf, ich liebte es wenn sie so explodierte. Nachher kuschelte sie sich an mich, kurze Zeit später lag ihre Hand wieder auf meinem Penis.
Langsam tasteten wir uns vorsichtig aneinander an, streichelten uns, acht Jahre waren eine lange Zeit, ich kannte nicht einmal ihre Vorlieben, in meinem Egoismus hatte ich nie Rücksicht auf ihre Bedürfnisse genommen. Ich würde dieses Wochenende nur genießen und sie nicht vorzeitig zu einer Entscheidung drängen, ich wollte sie spüren und mit ihr schlafen, so oft ich dazu fähig wäre.

Wir pendelten zwischen Bad und Bett, wir liebten uns, schliefen engumschlungen, liebten uns wieder, wir aßen im Bett und liebten uns wieder, erst in der dritten Nacht rückte sie von mir ab. Ich wollte sie wieder zu mir ziehen, damit sie in meinen Armen einschlief, aber sie wehrte ab.
„Lass mich in Ruhe, ich bin müde und will schlafen."
Ich akzeptierte es, ich war auch erschöpft.

Am Morgen lag sie nicht neben mir, ich hörte sie in der Küche, sie war bereits angezogen und als ich hinter ihr stand und sie umarmen wollte, stieß sie mich weg.
„Wann fährst du nach Wien zurück?"
„Am Abend, ich will noch den Tag mit dir verbringen."

Ich zog sie wieder zu mir, ich war nackt, ich wollte sie spüren, sie befreite sich aus meiner Umarmung.

„Ich will dass du jetzt fährst."

„Nein, ich bleibe noch hier."

„Ich gehe zu Christian! Es ist unverzeihlich dass ich ihn drei Tage nicht besuchte, ich muss mich mit ihm unterhalten."

„Hast du den Verstand verloren? Christian ist tot, er wird dir keine Antwort geben."

„Ich rede immer mit ihm, er wartet auf mich."

„Aber er braucht dich nicht, komm gehen wir wieder ins Bett ich bin scharf auf dich."

Ich hielt sie am Gürtel ihrer Hose fest, aber sie drehte sich von mir weg, ich wurde ungeduldig über ihr Verhalten.

„Stell dich nicht so an, Christian ist morgen auch noch da, aber mich wirst du erst nächste Woche wiedersehen."

„Nächste Woche bin ich bei Alexander!"

Sie sah an mir hinunter, bemerkte meinen fast steifen Penis und schüttelte zornig den Kopf.

„Hör auf, Roman, ich konnte meinen Trieb nicht mehr zügeln, darum habe ich mit dir geschlafen, mein Verlangen ist gestillt, ich brauche dich nicht mehr und ich will alleine sein."

Ich packte sie an den Handgelenken drängte sie ins Schlafzimmer, ich war aufgebracht über ihre Worte.

„So kannst du mit mir nicht umgehen, wo hättest du deinen Trieb abreagiert ohne mich! Bei Christian?

Er ist tot, kapier das endlich!"

„Lass mich los!"

In ihren Augen sah ich den Hass, die Situation schien zu eskalieren, ich öffnete meine Hände, sie rieb sich die Handgelenke.

Wieder trennten wir uns im Streit, mein Stresspegel stieg, ich musste mich abreagieren, fuhr viel zu schnell auf der Autobahn, ich machte einige riskante Überholmanöver, sie war schwierig geworden im Umgang, ich konnte mit ihrer Selbstsicherheit nicht umgehen. Ich stieg auf die Bremse, beschleunigte wieder, ich fuhr wie ein Besessener, sie hatte mich benutzt für ihre Befriedigung, natürlich hatte ich auch meinen Spaß, aber diese drei Nächte mit mir, hatten ihr nichts bedeutet. Jeder Mann wäre ihr gelegen gekommen, sie wollte nur ihren Trieb abbauen, mehr nicht. Ich stieg aufs Gas und fuhr als gäbe es keine Verkehrsregeln. Sie hatte mir mein Spiegelbild vorgehalten, sie war so geworden wie ich, sie war wie ich! Ich musste sie vergessen, denn ich würde damit nicht klar kommen dass sie sich nicht mehr unterordnet. Ich war zu alt dafür mich anzupassen, ich konnte mich nicht mehr ändern und wollte es auch nicht.
Und plötzlich empfand ich Achtung vor ihr, ich achtete sie für ihren unbeugsamen Willen und das Aufbegehren gegen mich.

Ich war zu stolz um sie anzurufen und sie meldete sich auch nicht. Silvia hatte meine Lust wieder entfacht, ich versuchte mich abzulenken, nach drei Wochen Funkstille war ich so scharf auf eine Frau, dass ich anfing mit Susanne zu flirten. Sie arbeitet am Gericht und war frisch geschieden, als wir ihren vierzigsten Geburtstag im Amt feierten, lud sie mich danach zu sich auf einen Kaffee ein, sie war attraktiv und ich nahm ihre Einladung an.

Wir waren erwachsene Leute, wir wussten beide dass wir im Bett landen würden. Noch während ich mit ihr schlief, fing ich an sie mit Silvia zu vergleichen.

Susanne war unsicher als wir uns küssten, Silvia war zärtlich oder leidenschaftlich. Ich fand Susannes Brust nicht schön und sie hatte einen kleinen Bauch, Silvias Bauch war flach und ich fand es abstoßend weil Susanne rassig war. Ich wollte sie umdrehen, ich konnte sie nicht mehr ansehen, aber sie zog mich zu sich und wollte mich küssen. Ich drehte meinen Kopf weg, erhöhte das Tempo, ich wollte schnell fertig werden. Sie wollte nachher noch kuscheln, ich schob einen Termin als Ausrede vor und ging.

Immer wieder dachte ich an Silvia und wollte einen Ersatz für sie, einen gleichwertigen Ersatz, ich musste mir eingestehen dass ich ihr verfallen war!

Susanne kam immer wieder zu mir ins Büro und erzählte mir den neuesten Tratsch, brachte mir Kaffee, oder erfand einen anderen Vorwand um mich zu sehen. Ich war kurz angebunden, sie versuchte mich zu küssen, ich entzog mich ihren Annäherungen. Einige Tage später ging ich mit Kollegen nach Dienstschluss in ein Lokal, Susanne war auch dabei, sie wollte mich nach Hause fahren und machte vorher einen Abstecher in ihre Wohnung, wir landeten wieder im Bett. Ich hoffte diesmal auf eine Steigerung meines Verlangens aber sie war noch unsicherer als beim ersten Mal. Sie erregte mich nicht, ich küsste sie nicht und sie wagte nicht es zu versuchen, zaghaft nahm sie meinen Penis in die Hand, ihre Berührungen waren unangenehm und erst als ich die Augen schloss und mir Silvia vorstellte, bekam ich einen hoch. Ich schlief mit ihr, sie war genauso steif wie bei unserem ersten Date, ich hatte Mühe einen Orgasmus zu kriegen. Bei ihr war ich nicht sicher ob sie einen hatte, sie stöhnte nicht, sie bewegte sich nicht, sie bebte nicht.

Bei Silvia wusste ich es immer, ich spürte es wenn sich ihre Scheidenmuskulatur zusammenzog, ihr Rücken bog sich, sie krallte sich an mir fest, wenn sie nicht gerade gefesselt war und sie stöhnte immer wenn sie kam.

Ich streifte mein Kondom ab und zog mich an, bei Silvia hatte ich nie ein Kondom benutzt, Susanne sah mich traurig an als ich ging. Ich ärgerte mich dass ich nochmals mit ihr geschlafen hatte, sie war anhänglich, es war jetzt noch schwerer sie loszuwerden.
Ich ignorierte sie wenn sie um mich herumschlich wie ein geschlagener Hund, sie nervte mich mit ihrer unterwürfigen Haltung.

Ich fing an mit Andrea zu flirten, eine hübsche Kollegin die mich immer anlächelte wenn wir uns am Gang begegneten. Angeblich hatte sie einen Freund, aber das störte mich nicht im geringsten, ich wollte nur mit ihr schlafen um Silvia endlich vergessen zu können. Sie lud mich in ihre Wohnung ein, wir redeten, sie erzählte mir, dass sie vierunddreißig war, nur zwei Jahre älter als Silvia, wieder suchte ich nach Ähnlichkeiten zwischen den beiden, Silvia schnitt immer besser ab. Erst als ich mit ihr ins Bett stieg und sie nackt vor mir lag, fand ich sie doch sehr anziehend. Sie hatte eine tolle Figur, feste, kleine Brüste und sie war zärtlich. Ich war scharf auf sie, drängte mich zwischen ihre Beine und bemerkte dass sie nicht feucht war, ich versuchte sie mit den Fingern zu stimulieren, sie lag still da, es war mühsam, sie wurde einfach nicht feucht. Ich fragte was mit ihr los sei, ob sie nicht erregt wäre, sie gestand mir beschämend, dass sie nie feucht wurde, sie mache sich nichts aus Sex, sie wollte nur mit mir kuscheln.

Ich war wütend über sie, wie konnte sie nur glauben ich würde mich nur mit Zärtlichkeiten zufrieden geben. Das ist mir zu wenig, sagte ich zu ihr, sie wollte mich zurückhalten, ich könnte es nochmal versuchen, sie hätte Gleitgel da, mir war die Lust vergangen und ich verließ ihre Wohnung.

Einige Tage später besuchte mich Werner, er kam immer noch regelmäßig, wir redeten und ich fragte ihn nach den neuesten, pikantesten Geschichten. Werner wusste einfach alles vom Gericht aber er zögerte vorerst mit der Antwort, ich ermutigte ihn mir alles zu erzählen.
„Es gehen Gerüchte um, dass du dich durchs Gericht schläfst."
Schockiert sah ich ihn an, ich hatte nicht damit gerechnet, dass ich diesmal das Gesprächsthema war.
„Woher hast du diese Informationen?"
„Roman, die Leute reden, ich habe dem natürlich keinen Glauben geschenkt."
Werner bemerkte mein betretenes Schweigen und hatte es plötzlich eilig zu gehen, er grinste verlegen.
„Roman, entschuldige mich bitte, ich muss noch Blumen kaufen, ich hatte mit meiner Freundin Streit."
Ich nickte abwesend und ärgerte mich über die Dummheit der Frauen, aber er brachte mich mit den Blumen auf eine Idee.

Ich zitierte Susanne in mein Büro und stellte sie wütend zur Rede. Sie gab sofort zu dass sie es ihrer Bürokollegin erzählt hatte, weinend verließ sie mein Büro. Dann ließ ich Andrea zu mir kommen, sie stritt es vorerst ab, aber dann brach sie zusammen und gestand, dass auch sie unsere Bettgeschichte bekannt gab, aber sie entschuldigte sich bei mir. Ich war aufgewühlt, ich hatte schon öfter mit Kolleginnen geschlafen aber nie war es öffentlich geworden, zumindest erfuhr ich es nie.

Wenn ich daran dachte was ich mit Silvia getrieben hatte, wenn das publik geworden wäre. Aber sie war verschwiegen wie ein Grab, sie hätte mich anzeigen können als ich sie solange gefesselt hielt, aber sie tat es nicht, sie floh vor mir ohne mich zu schädigen. Sie war anders als diese Frauen am Gericht, sie war eine Ausnahme unter den Frauen, in jeder Hinsicht.

Ich ging in den Blumenladen um die Ecke, bestellte ein dutzend Blumensträuße und ließ jeden Tag einen anderen Strauß an Silvias Anschrift liefern nur mit meiner Visitenkarte versehen, auch rote Rosen sollten einmal dabei sein. Ich wusste dass sie Blumen liebte, ihre Wohnung war ein Pflanzenparadies. Ich hoffte dass sie sich melden würde, sie fehlte mir jeden Tag.

Mehr als eine Woche später läutete das Telefon, ich war verstimmt über die späte Störung, ich lag schon im Bett und wollte nicht abheben, aber dann raffte ich mich doch auf.
„Hallo Roman, hier ist Silvia." Ich war erleichtert ihre Stimme zu hören.
„Silvia, wie geht es dir?"
„Ich ersticke in einen Blumenmeer."
„Sie sind eine Entschuldigung, ich hätte nicht so heftig reagieren dürfen."
„Nein, ich war nicht fair zu dir, es tut mir leid."
„Wir haben uns lange nicht gehört."
„Ja, ich war länger als geplant bei Alexander, ich sehe die Dinge jetzt anders, wir haben viel geredet, Alexander sagte, ich muss anfangen Christian

loszulassen. Ich werde nächste Woche in Wien sein, ich möchte gerne mit dir reden."
„Ja, jederzeit, wann wirst du kommen?"
„Wann hast du Zeit für mich?"
„Ich habe immer Zeit für dich, nach Dienstschluss."
„Kann ich bei dir schlafen? Nein, ich buche mir ein Hotel, ich will dir keine Umstände machen."
„Du machst mir keine Umstände, du kannst im Gästezimmer schlafen."
„Danke für deine Gastfreundschaft, ich komme am Donnerstag in dein Büro."
Ich setzte mich auf den Sessel im Flur. Ich konnte es kaum erwarten, sie wiederzusehen, ich war besessen von ihr. Ich wusste nicht ob es die Blumensträuße bewirkten oder ob es der Einfluss von Alexander war, dass sie wieder Kontakt zu mir suchte. Es war unwichtig und Alexander wurde mir plötzlich sympathisch.

Die Tage vergingen bis zu Silvias Besuch schleppend, ich kam unverhofft früher von einer Verhandlung zurück, meine Sekretärin war nicht im Vorzimmer meines Büros, ich lehnte die Tür an damit ich hören konnte wann sie wieder an ihren Platz war, ich wollte ihr meinen Gast ankündigen. Kurz darauf hörte ich ihre Stimme, sie sprach mit einer Frau, ich konnte die andere Stimme nicht zuordnen. Sie redeten über mich, empörten sich über meine Affären mit Susanne und Andrea. Sie waren sich sicher dass ich nicht im Büro war und ich wollte den Treiben ein Ende setzen, als ich plötzlich Silvias Stimme hörte.
„Ich möchte zu Herrn Mender, ist er in seinen Büro?"
„Nein, er ist noch in einer Verhandlung, warten sie bitte draußen auf ihn."

Ich hatte bereits die Türschnalle in der Hand um die Tür zu öffnen, als ich die andere, unbekannte Stimme hörte.
„Wieder eine von seinen Betthäschen."
Ich hielt inne und dann hörte ich Silvias Stimme.
„Was haben sie gesagt?"
„Nichts."
„Sie haben gesagt, wieder eine von seinen Betthäschen."
Silvias Stimme klang fest, ich lauschte dem Gespräch, ich konnte jetzt nicht eingreifen, es interessiert mich wie es weiterging. Sie hatten keine Ahnung dass ich hinter der Tür stand, ich hörte die Stimme meiner Sekretärin.
„Sie sind nicht die einzige mit der er ins Bett steigt."
Ich hielt den Atem an, war nahe daran dir Tür aufzureißen, aber ich tat es nicht, wieder hörte ich Silvias Stimme.
„Ich weiß und ich gönne ihm diesen Spaß und jetzt entschuldigen sie mich bitte, ich warte in seinem Büro auf ihn."
Ich öffnete die Tür, Silvia stand mit den Rücken zu mir und bemerkte mich nicht, meine Sekretärin und die andere, eine aus der Rechtsabteilung zuckten zusammen als sie mich sahen, Silvia redete weiter.
„Vielleicht sollten sie sich auch einmal der Liebe widmen, dann wären sie nicht so frustriert."
Sie drehte sich um, erschrak weil ich dicht vor ihr stand, dann grinste sie mich an und ging an mir vorbei ins Büro. Ich fixierte die beiden Damen ernst, sie sahen errötend zu Boden, ich würde sie mir morgen vornehmen, dann schloss ich die Tür. Silvia grinste noch immer, ich wollte mich rechtfertigen.
„Ich habe einen Fehler begangen, ich wollte", sie unterbrach mich, indem sie mir ihren Finger auf meine Lippen legte.

„Es interessiert mich nicht, was vor uns war, das ist deine Sache."

„Vor uns?"

„Ja, vor dem heutigen Tag, ich habe lange nachgedacht, Alexander hat mich dazu ermutigt es mit dir zu versuchen, wir müssen beide an uns arbeiten, vielleicht gelingt es uns. Wir müssen ganz von vorne anfangen und vergessen was vorher war."

„Du gibst uns eine Chance, ist das auch deine Entscheidung?"

„Ja, ich weiß jetzt was ich will, Christian hat gesagt ich soll mir wieder einen Mann suchen wenn er nicht mehr da ist."

Ihre Stimme versagte, sie schluchzte, dann liefen ihr die Tränen über die Wangen. Ich nahm sie in meine Arme, sie klammerte sich fest an mich. Es war schmerzvoll, dass sie Christian immer noch liebte, ich flüsterte.

„Du wirst mich lieben lernen, irgendwann, ich werde mich bemühen deine Liebe zu gewinnen."

Sie sah zu mir hoch, wischte sich die letzten Tränen aus dem Gesicht und küsste mich, es war ein inniger, langer Kuss, es fühlte sich an als würde sie mich zumindest begehren.

Als wir aus dem Büro traten, legte sie vor meiner Sekretärin demonstrativ ihren Arm um mich.

In meiner Wohnung trug ich ihre Tasche ins Gästezimmer und stellte sie auf den Eisessel, sie sah sich verwundert um.

„Du hast meine Sachen aufbewahrt, nach so langer Zeit."

„Ja, ich habe immer gehofft dass du zu mir zurückkehren wirst."

Sie schwieg und packte ihre Tasche aus, ich stand bei der Tür und beobachtete sie, als sie ihre Dessous

auf das Bett legte, Jeans, Shirt und ihre Beautybox, sogar ein Buch hatte sie mit, ich überlegte wie lange sie bleiben würde. Ich konnte meine Freude über ihren Besuch verbergen, ich war so glücklich dass sie wieder bei mir war, jedoch sollte sie nicht wissen dass ich ihr völlig verfallen war. Ich konnte sie nur von hinten betrachten, aber das reicht aus um scharf zu werden. Ich musste mich beherrschen sie nicht zu überwältigen, sie würde es vermutlich nicht zulassen wenn ich sie gleich im Gästezimmer nehmen würde.
Damals, als ich ihr noch monatlich Geld überwiesen hatte, war es wesentlich leichter für mich, oft hatte ich sie schon im Flur bedrängt, ich musste ihr zeigen dass sie nur mir gehörte. Und jetzt war ich gezwungen zu warten bis sie bereit war, ich musste Rücksicht nehmen und Geduld war nicht meine Stärke.
Sie nahm ihre Beautybox und wandte sich zu mir.
„Ich werde sie in dein Bad bringen, ich muss mich daran gewöhnen meine Sachen neben deine zu stellen."
„Aber ich habe dich nie daran gehindert, warum hast du deine Zahnbürste immer weggeräumt?"
„Es war mir zu intim."
„Zu intim?"
„Ich wollte es nicht, es hätte ausgesehen als wären wir in einer Beziehung."
„Aber wir hatten einen Beziehung, verleugnest du unsere zwei Jahre die wir miteinander verbrachten!"
„Nein Roman, du irrst dich, ich war deine Hure, du hast mich für deine sexuellen Wünsche bezahlt."
„Du hättest jederzeit gehen können."
„Du hättest mich nie gehen lassen, du hast mich beherrscht, ich hatte Angst vor dir, was wäre mit mir passiert wenn ich dich verlassen hätte und in Wien geblieben wäre?

Sag es mir, Roman, was wäre mit mir geschehen?"
„Du wolltest mich betrügen."
„Ich habe dich nicht betrogen, wir lebten nicht in einer Partnerschaft, wir waren kein Liebespaar.
Wir hatten eine Abmachung!"
Sie klang gereizt, ich spürte wie ich wütend wurde, sie redete unbeirrt weiter.
„Ich hatte solche Angst vor dir, ich habe meinen Körper verkauft, ich habe einen jungen Mann in die Liebe eingeführt, nur um Geld zu verdienen um vor dir zu fliehen!"
Sie schrie mich an, ich beherrschte mich, sagte kein Wort, sie fing wieder an mir Vorwürfe zu machen.
„Was habe ich dir getan das du mich so gedemütigt hast!"
Ich sah sie ernst an und schwieg, dann ging ich ins Wohnzimmer, ich ertrug ihre Worte nicht und ich würde mich nicht länger zurückhalten können, wenn sie wieder anfing, mir meine Fehler vorzuwerfen. Ich hoffte dass sie sich beruhigen würde wenn sie alleine war, wir waren wieder mitten in einem Streit.
Ich schaltete den Fernseher ein und wollte mich ablenken, sie hatte es geschafft dass ich unruhig geworden bin.
Ich hörte sie kommen, sie stellte sich vor mich, sah mich herausfordernd an.
„Du weichst mir aus, ist es dir unangenehm, wenn du die Wahrheit erfährst? Erträgst du es nicht?"

Ich sprang auf, sie hatte meine Geduld ausgereizt, ich packte sie, bog ihr die Arme zurück und presste sie an meinen Körper.
Sie rührte sich nicht, sah verzweifelt zu mir hoch, ich hielt sie einige Minuten fest, dann lockerte ich meinen Griff und sprach leise.

„Wir müssen ganz von vorne anfangen und vergessen was vorher war! Das waren deine Worte, du wolltest uns eine Chance geben, du hast sie bereits jetzt verspielt, es hat keinen Sinn, wenn du mir immer wieder Vorwürfe machst."

Ich ließ sie los, ging ins Schlafzimmer und setzte mich aufs Bett, sie machte mich wütend und trotzdem war ich verrückt nach ihr, ich hatte meinen Meister gefunden, einen sehr attraktiven Meister, aber meine Selbstachtung war mir wichtiger. Wenn sie nicht einlenken würde, musste ich sie aufgeben, sie würde mich zum Gespött machen wenn ich ihr alles durchgehen ließ. Sie stand plötzlich vor mir, ich hatte sie nicht gehört auf diesem weichen Teppich, sie strich mir über meine Haare, kniete sich vor mich auf den Boden und legte ihren Kopf auf meine Knie.
„Verzeih mir, es war dumm von mir in der Vergangenheit zu wühlen, ich werde versuchen sie ruhen zu lassen."
Ich war glücklich über ihre Einsicht, ich wollte sie nicht schon wieder verlieren, diesmal wäre es endgültig und sehr schmerzhaft gewesen, ich streichelte ihren Kopf, dann zog ich sie zu mir aufs Bett, sie schmiegte sich an mich, das Wechselspiel ihrer Gefühle strapazierte meine Nerven.

Ich lud sie zum Essen ein und wir speisten in einer kleinen Pizzeria in der wir schon damals öfter waren. Silvia trank immer noch Orangensaft, sie erzählte mir von Alexander ihren schwulen Freund, ich fand es abstoßend wenn zwei Männer miteinander schliefen, sie fand diese Beziehung zwischen ihm und Carlo völlig normal. Dann erfuhr ich dass sie mit Alexander das Bett teilte. Es überraschte mich nicht, bei ihr überraschte mich nichts mehr, sie war immer schon

anders, sie war eine exzentrische Persönlichkeit und darum zog sie mich unwiderstehlich an. Sie erwähnte wie glücklich sie mit Christian war und wie sie ihn auf Dienstreisen begleitet hatte, damit sie ständig bei ihm sein konnte und ihre Augen füllten sich wieder mit Tränen.
„Er fehlt mir, ich wünschte er würde noch leben."
Ich schluckte, sie verletzte mich mit diesen Worten, aber sie sagte was sie dachte und zeigte mir unbekannte Emotionen. Ich hatte keine Ahnung dass sie so feinfühlig war und sie wirkte so zerbrechlich und hilflos.

Am Heimweg fragte ich sie.
„Silvia, wie stellst du dir unser zukünftiges Zusammenleben vor? Ich in Wien und du in Salzburg? Wolltest du nicht mit mir darüber reden?"
„Morgen habe ich einen wichtigen Termin, dann können wir reden."
Ihre Geheimnistuerei zerrte an meinen Nerven, aber ich versuchte ruhig zu bleiben, sie sprach weiter.
„Ich hole dich nachher vom Büro ab."
„Nein, treffen wir uns in der Wohnung."
Ich spürte wieder diese Nervosität die ich nicht kannte, seit sie wieder in mein Leben getreten war verlief alles so kompliziert.
In der Wohnung gab ich ihr einen Wohnungsschlüssel, ich wollte nicht dass sie mich vom Büro abholte weil ich einiges regeln musste, da käme mir ihr Erscheinen nicht gelegen. Sie ging ins Gästezimmer und ich wollte sie nicht stören aber ich hoffte dass sie in der Nacht zu mir ins Bett kommen würde. Ich blieb die Nacht alleine, auch am Morgen sah ich sie nicht als ich die Wohnung verließ um zum Dienst zu gehen.

Am Abend kam ich später als geplant vom Amt nach Hause, es roch nach Essen, ich ging ich in die Küche und blieb verwundert stehen. Der Tisch war festlich gedeckt, Kerzen brannten, sie stand in der Küche und lächelte mich an und mir fiel auf das sie nicht mehr schwarz trug.
„Du kommst spät, das Essen ist schon lange fertig."
„Du kannst kochen?"
„Natürlich, traust du mir das nicht zu."
Ich konnte mir nicht vorstellen dass sie das konnte, damals gingen wir immer essen, sie hatte nie für mich gekocht. Ich setzte mich zu Tisch, das Essen sah sehr gut aus und es schmeckte auch so. Ich war überrascht, sie war nicht der Typ für die Küche, wieder wurde mir bewusst dass ich sie kaum kannte. Als ich aus dem Bad kam, war alles wieder sauber und aufgeräumt, sie saß im Wohnzimmer und wartete auf mich.

„Roman, ich war heute bei einen Vorstellungstermin, ich werde wieder zu arbeiten beginnen, hier in Wien, nur drei Tage in der Woche, aber ich werde beschäftigt sein. Ich werde in dieser Zeit bei dir wohnen, die übrige Zeit verbringe ich in Salzburg, du kannst am Wochenende zu mir fahren, wenn du willst."
„Das hört sich gut an! Du wirst wieder als Masseurin arbeiten?"
„Nein, ich werde in einer Buchhandlung arbeiten, ich verdiene nicht viel aber es macht mir Spaß, ich muss nicht wegen des Geldes arbeiten, Christian hat für meine Zukunft vorgesorgt."
Ich freute mich über ihren Vorschlag, sie wollte bei mir leben, freiwillig und ohne mein Drängen, ich hoffte es würde funktionieren obwohl ich ein ungutes

Gefühl hatte, sie war schwierig geworden und ich war es gewohnt meinen Willen durchzusetzen.

Am Abend benutzte sie mein Bad, nicht das Bad neben dem Gästezimmer und dann ging sie ins Schlafzimmer und legte sich in mein Bett. Sie hatte den Grundstein für unsere Beziehung gelegt, es würde nicht einfach werden ganz von vorne anzufangen und ich musste meine Dominanz im Bett ablegen. Ich durfte ihr nicht mehr vorschreiben was sie für mich tun sollte, ich hatte Zweifel ob sie mich dann noch reizen würde, ohne die perversen Spielchen die ich so liebte und ohne die Handschellen die mich so scharf machten. Normaler Sex war kaum vorstellbar mit ihr, man musste mit ihr einfach Dinge treiben die abnormal waren, sie strahlte diese Geilheit aus, man sah sie in ihren Augen und in ihren Lächeln, ich gierte danach mit ihr Grenzen zu überschreiten, perverse Grenzen.

Ich legte mich zu ihr, sie deckte sich ab, lag nackt vor mir und flüsterte.
„Heute tust du was ich von dir verlange!"
„Was?"
„Tu was ich sage, sieh mich nur an."
Wieder spürte ich wie ich unruhig wurde, ihre Worte widerstrebten mir, gestern verbrachte sie die Nacht im Gästezimmer, heute durfte ich sie nur ansehen, als hätten wir noch nie miteinander gevögelt, ich wusste nicht was sie damit bezwecken wollte. Ich betrachtete sie, ihr Gesicht, die geschlossenen Augen, ihre Brüste und die überkreuzten Beine die ihren Schambereich bedeckt hielten, sie lag da wie eine zierliche, sehr wohlgeformte Statue, sie sah schön aus. Ihre Hände glitten langsam vom Nabel aufwärts zu ihren Brüsten, sie streichelte ihre

Brustwarzen, dieser verdammte Ehering an ihrem Finger störte das Gesamtbild, ich verabscheute diesen Ring. Sie fuhr hinunter, legte ihre Hand auf ihren glatten Venushügel, sie zog die Beine zu sich und legte sie seitlich, ihr Oberkörper war gebogen, sie sah gut aus in dieser Position. Ihre Taille schien noch schmäler, dann glitt ihre Hand tiefer zwischen ihre Beine, man sah nichts obwohl sie jetzt die Beine weit spreizte, ihre Hand schützend vor ihren Eingang. Ihr Anblick reizte mich, er erregte mich und dann flüsterte sie, dass ich sie streicheln sollte. Ich berührte sie sanft, sie hatte ihre Hände unter ihren Rücken geschoben, ihre Beine wieder überkreuzt, ich tastete jeden Zentimeter ihres Köpers ab, nur ihren unteren Bereich ließ ich aus, ich wurde richtig scharf auf sie, es war ein langsames Vorspiel, sie lag regungslos und tief atmend vor mir und mein Penis stand wie eine Kerze zwischen meinen Beinen, ihre Stimme klang rau.
„Ich will dich spüren."
Ich führte mein Glied in sie ein, sie stöhnte, gleichzeitig umklammerte sie mein Becken mit ihren Beinen, ich konnte mich nicht bewegen, ich war so scharf dass ich es kaum mehr zurück halten konnte. Endlich lockerte sie die Umklammerung und flüsterte.
„Nimm ihn raus." Ich tat es, sie hielt mich am Gesäß und genau vor ihren Eingang stoppten ihre Hände meinen Penis, er berührte mit der Spitze ihre nasse Scheide, es war ein schönes Gefühl, sie flüsterte.
„Nimm mich."
Ich brauchte keine fünf Stöße zum Orgasmus, sie wusste genau auf was ich stand und was sie tun musste um mich zum Höhepunkt zu bringen, nur dieses langsame Herantasten an ihren Körper war neu für mich. Ich war immer fordernd, aber sie hatte

dieses Spiel nur für mich gemacht, denn sie war weit entfernt von ihrer eigenen Befriedigung.
Ich lag lange wach, sie schlief in meinen Armen ein, wie ein kleines Kind das nach Nähe und Wärme sucht, ich konnte es noch nicht glauben dass sie sich endlich für unser Zusammenleben entschlossen hatte.

Wir frühstückten am späten Vormittag, sie war schweigsam, ich las meine Zeitung, ich wollte ihr Fragen stellen, hielt mich jedoch zurück, nach einiger Zeit fing sie zu reden an.
„Du musst mir die Adresse von Harald geben, ich erreiche ihn telefonisch nicht mehr."
„Wie bitte?"
„Harald! Ich brauche seine Anschrift, ich will mich mit ihm treffen."
Ich sprang entrüstete auf, schlug mit der Faust auf den Küchentisch, sie sah mich erschrocken an.
„Bist du nicht bei Sinnen? Fängst du schon wieder an mich zu reizen? Ich werde es nicht zulassen dass du dich mit ihm triffst!"
„Ich werde zu ihm gehen, auch wenn du etwas dagegen hast, du wirst mich nicht in einen goldenen Käfig sperren können."
Ich wandte ihr den Rücken zu, stellte mich zum Fenster, sie war so kaltblütig geworden, ich würde meine Selbstachtung verlieren wenn ich ihr nicht Paroli bot, ich musste handeln, ich drehte mich zu ihr, sah sie ernst an.
„Wenn du je versuchst mit ihm Kontakt aufzunehmen ist das unser Ende! Hast du mich verstanden?"
„Du würdest einen Schlussstrich ziehen?"
„Ja!"
Ich bemerkte wie sie nervös wurde.

Sie fing an ihre Fingerkuppen fest aneinander zu drücken, dann malte sie mit dem Finger ein unsichtbares Strichmännchen auf ihren Teller. Ihr Zeigefinger bewegte sich so langsam, das man erkennen konnte wie ein Männchen entstand, sie drückte unsichtbare Augen auf das Gesicht am Teller, dann lehnte sie sich seufzend im Sessel zurück.
„Also gut, ich werde mich nicht mit ihm treffen."
Ich war erleichtert, wenn sie darauf bestanden hätte ihn zu sehen, wäre es schmerzhaft gewesen, sie endgültig zu verlieren, ich hatte hoch gepokert und gewonnen, ich verschränkte die Arme und sah sie prüfend an.
„Warum hast du mich damals angerufen und wieder mit mir Kontakt aufgenommen?"
„Du hast mir den Ring geschickt."
„Aber du hättest nicht darauf reagieren müssen, warum bist du zu mir gekommen?"
„Ich wollte mich an dir rächen!"
„Du willst mit mir zusammenleben um dich an mir zu rächen?"
„Ja, ich will, dass du am eigenen Leib spürst wenn man verletzt und gedemütigt wird."
Ich war wütend über ihre schonungslose Ehrlichkeit, aber sie war vorwiegend aus einem anderen Grund zu mir gekommen, sie schob diese fadenscheinige Ausrede vor, ich herrschte sie an.
„Du bist gekommen, weil Christan eine Lücke in deinen Leben hinterlassen hat und du willst diese Lücke wieder schließen. Du erträgst die Einsamkeit nicht und du hast mich ausgewählt weil ich zur Verfügung stand! Wenn Harald meinen Platz eingenommen hätte, wäre ich für dich unbrauchbar geworden! Und du hast dich bereits an mir gerächt, bitter gerächt! Nie konnte ich dich vergessen, seit du

mich verlassen hast, habe ich mich verzehrt nach dir, jeden Tag habe ich dafür gebüßt, ich war krank vor Sehnsucht! Und jetzt wo ich glaubte dich wieder gewonnen zu haben, willst du dich an mir rächen, mich benützen bis du etwas Besseres gefunden hast!"

Mit großen Schritten ging ich auf sie zu, packte sie beim Oberarm und riss sie aus ihrem Sessel hoch.
„Geh mir aus den Augen, sonst verliere ich meine Beherrschung!"
Ich ließ sie los, sie sank auf den Sessel zurück, vergrub ihr Gesicht in ihre Hände und schluchzte. Seit Christians Tod weinte sie oft, ihre Heulerei nervte mich zunehmend, schluchzend und stockend sagte sie.
„Weißt du dass ich mich manchmal in dich verliebt habe? Wenn wir uns unterhielten, wenn du zu mir zärtlich warst, wenn du mich liebevoll behandelst hast, wenn wir uns körperlich liebten ohne Fesseln und ich in deinen Armen einschlafen durfte, ich war nahe daran dich zu lieben! Aber du hast diese aufkeimenden Gefühle immer wieder erstickt! Mit deiner Herrschsucht und mit deinen Demütigungen, du hast alles zunichte gemacht, du hast mich zermürbt mit deinen Zuckerbrot und Peitschenspiel! Du hast mich gebrochen, du hast mir Angst gemacht! Ich wollte doch nur dass du mich lieb hast! Ich wollte doch nur deine Liebe!"

Ihr verzweifelter Blick und ihre Worte rührten mich zutiefst, mir verschlug es die Sprache. Ich wusste nicht dass sie nach Liebe gierte, ich hatte sie sehr gern, aber immer wieder unterdrückte ich sie, ich hatte keine Ahnung wie sensibel sie war, wie sie sich nach Liebe sehnte. Sie vermittelte mir einen völlig

falschen Eindruck, ich fand sie abgebrüht und glaubte es würde alles an ihr abprallen. Wie ich mich doch täuschte! Ich hob sie hoch und trug sie ins Schlafzimmer, sie schmiegte sich an mich, endlos lange blieben wir in dieser Umarmung. Wir hatten nie über unsere Gefühle gesprochen, wir waren uns fremd geblieben, es war so vieles unausgesprochen, ich befahl, sie musste gehorchen, unsere Beziehung war vom Anfang an zum Scheitern verurteilt. Auch jetzt herrschte Schweigen.
Es dauerte lange bis sie sich beruhigt hatte, ich war aufgewühlt und ihre Worte beschäftigten mich, ich war sicher bei Christian hatte sie das gefunden was ich ihr nie gab, ihr nie geben konnte, ich war blind ihr gegenüber. Ich verlangte ihre bedingungslose Liebe, sie war bereit sie mir zu geben und ich zerstörte sie mit meinem Machtanspruch und den Fesselspielen.

Wortlos ging ich in meinen Fitnessraum um mich abzureagieren, als ich zurückkam und duschen wollte, stand sie mit ihrer Reisetasche im Flur, ihre Hand lag auf der Türschnalle, meine verwirrenden Gefühle schlugen in Wut um.
„Was hast du vor?"
„Ich fahre nach Hause, ich muss nachdenken, ich will jetzt alleine sein."
„Du bleibst hier! Ich lasse mich nicht mehr von dir hinhalten, wir werden eine Beziehung führen! Habe ich mich deutlich genug ausgedrückt?"
„Nein, ich fahre!"
„Du wirst mich ins Bad begleiten, hast du mich verstanden! Ich will nicht dass du weg bist wenn ich geduscht habe."
Ich packte sie beim Arm und zerrte sie ins Bad, sie sträubte sich heftig, sie macht mich noch wütender, ich schloss die Tür ab und steckte den Schlüssel in

meine Hosentasche. Ich war plötzlich scharf auf sie, ihre Gegenwehr hatte mich erregt und es war mir in diesen Moment egal ob sie mich nachher verlassen würde, ich konnte mich nicht aufgeben für sie.
„Zieh dich aus!"
Sie reagierte nicht, sie war vor mir an die Wand zurückgewichen, sah mich erschrocken an, ich wollte sie unbedingt vögeln, jetzt sofort.
„Zieh dich aus!"
Langsam fing sie an ihre Hose aufzuknöpfen, ich war richtig scharf und riss ihr die Hose hinunter, grob zog ich ihr das Shirt über den Kopf und hastig entledigte ich mich meiner Kleidung. Ohne den Blick von mir abzuwenden schlüpfte sie aus ihrem Höschen.

Ich drängte sie unter die Dusche, drehte das Wasser auf und bog ihre Hände auf den Rücken, hielt sie mit einer Hand fest, mit der anderen Hand streichelte ich ihre Brüste. Ihr Körper war angespannt, sie versuchte ihre Hände frei zu kriegen, ich hatte Mühe sie zu halten, drückte sie mit meinen Körper an die Fliesen und ließ ihre Hände los. Sie war eingeklemmt zwischen mir und der Wand, sie versuchte mich wegzuschieben, ich ließ sie nicht los bis sie sich hingab, ihr Körper wurde weich und biegsam und dann stöhnte sie. Es war jetzt leicht sie nach unten zu drücken bis sie vor mir kniete, ich drang von hinten in sie ein, das Wasser lief stetig über unsere Körper, ich vögelte sie, ich wollte nur meinen Trieb befriedigen.
Ich ließ von ihr ab, sie saß am Boden in der Dusche, ich stieg aus der Dusche trocknete mich ab und ging hinaus.
Erst nach längerer Zeit kam sie ins Wohnzimmer. Sie trug ihren Bademantel und setzte sich schweigend neben mich, ich legte meinen Arm um sie und zog sie

zu mir, sie schmiegte sich an mich, es war eigenartig wie sie auf meine Unterdrückung reagiert hatte, es schien als wüsste sie wieder wo ihr Platz war. Wir redeten nicht, wir saßen nur so da und starrten auf den Fernseher. Es war soviel unausgesprochen, wir konnten nicht normal miteinander umgehen. Ich war ein Alphatier und gewohnt den Ton anzugeben, sie wehrte sich dagegen. Sie stand auf und ging ins Gästezimmer, als sie wieder kam war sie angezogen, sie sprach leise.
„Ich werde jetzt nach Salzburg fahren."
Ich nickte, als sie sich umdrehte und zur Tür ging stand ich auf und folgte ihr. Im Flur holte ich sie ein, ich drehte sie zu mir und sah dass sie weinte. Ich schloss sie fest in meine Arme, sie ließ es zu, in meiner Herrschsucht hatte ich sie wieder verletzt, ich flüsterte.
„Ich wollte dir nicht weh tun, es tut mir so leid, bitte verzeih mir." Sie blickte mich an, dann sagte sie.
„Wenn du dein Verhalten nicht änderst, wird unsere Liebe nie wachsen." Ich nickte und versprach.
„Ja, ich werde versuchen mich zu ändern."
Sie sagte nichts und ging.
Ich ärgerte mich über meine Unbeherrschtheit. Ich nahm mir vor mich in Zukunft zurückzuhalten, ich wollte sie nicht verlieren.

Unsere Beziehung fing an gut zu laufen. Wir bemühten uns beide Kompromisse einzugehen. Wir pendelten zwischen Wien und Salzburg, sie jobbte von Montag bis Mittwoch in dem Buchladen, in dieser Zeit wohnte sie bei mir, Mittwochabend fuhr sie nach Salzburg, ich folgte ihr am Freitag nach. Bis Sonntag verbrachten wir die Tage in Salzburg, wir waren nur zwei Nächte in der Woche getrennt. Ich versuchte ihr

Regeln aufzustellen, doch sie widersetzte sich meinen Anweisungen.

Einer unserer ersten Kämpfe war ihre Kleidung, damals wollte ich dass sie auffallende Sachen trug, auch Christian hatte anscheinend daran Gefallen gefunden, aber heute widerstrebte mir ihre aufreizende Aufmachung. Mir war mehr denn je bewusst, dass auch andere Männer auf sie aufmerksam wurden. Aber sie sah in ihren engen Jeans nicht minder erotisch aus, es war nur nicht auf den ersten Blick erkennbar, so wie mit ihren gewagten Designerstücken.

Das zweite Thema war ihre Abneigung einen BH zu tragen. Sie weigerte sich standhaft einen zu kaufen, sie fühle sich eingeengt sagte sie, es fiel auf dass sie keinen BH trug, man sah ständig ihre Brustwarzen durch das Shirt durchscheinen, ich konnte mich in dieser Angelegenheit nicht durchsetzen.

Aber mit der Zeit veränderte sie sich, wurde anhänglich und suchte ständig meine Nähe wenn wir unterwegs waren. Sie griff immer nach meiner Hand, zu Hause schmiegte sie sich beim Fernsehen in meine Arme und oft schlief sie dabei völlig übermüdet ein. Ich musste sie oft ins Bett tragen. Sie war so liebesbedürftig geworden und ich fand es schön wenn sie sich an mich lehnte. Auch ich bemühte mich, ich ging nicht mehr nach ihr ins Bett um sie aufzuwecken wenn ich Lust hatte, ich versuchte mit ihr zu schlafen wenn sie noch wach war, es gelang mir nicht immer, mein Verlangen war groß und ich spürte es oft mitten in der Nacht. Wann ich wollte war sie immer bereit, nie lehnte sie mich ab. Unser Sexleben war schön aber normal, wir schliefen fast täglich miteinander, manchmal fehlten mir diese

Fesselspiele aber ich konnte mich beherrschen, auch wenn es mir schwerfiel.

Es war Sommer geworden, wir fingen an unseren Urlaub zu planen, die erste Woche würden wir getrennt verbringen, wie jedes Jahr fuhr ich mit meinen Freunden eine Woche nach Kroatien segeln, ein reiner Männerurlaub, Silvia wollte nach Italien zu Alexander. Nachher würden wir ans Meer fahren um dort noch eine Woche gemeinsam zu verbringen, die dritte Woche wollten wir in Salzburg in ihren Penthouse bleiben, ich freute mich auf unseren ersten gemeinsamen Urlaub.
Silvia sah sich Urlaubsprospekte durch, immer wieder machte sie sich Notizen, schrieb eine Liste mit Hotels auf, die sie in Betracht zog. Ich las meine Zeitung, sie fragte mich nach einer Italienkarte, ich schickte sie in mein Arbeitszimmer, irgendwo in meinen Schreibtisch müsste ein Atlas liegen, sagte ich. Sie kam lange nicht zurück, ich fragte mich was sie die ganze Zeit in meinem Arbeitszimmer tat.

Die Tür stand offen, ich blieb im Türrahmen stehen und erstarrte.
Der Schreibtisch war übersät mit Silvias Aktfotos, sie hatte das Kuvert gefunden! Es war dumm von mir, die Bilder nicht an einen sicheren Ort zu versperren, jetzt wo sie bei mir wohnte. Sie saß auf meinen Drehsessel und bemerkte mich nicht, ich beobachtete wie sie ein Foto lange betrachtete, dann legte sie es auf den Tisch, nahm das nächste zur Hand, schüttelte den Kopf, fast in Zeitlupe nahm sie das nächste Foto. Ich musste in die Offensive gehen, ich wollte nicht mir ihr streiten, aber ich musste ihr den Wind aus den Segeln nehmen.

„Was fällt dir ein, meinen Schreibtisch zu durchsuchen! Das sind private Fotos!"
Sie zuckte zusammen, dann drehte sie sich mit dem Stuhl zu mir und wütend sah sie mich an.
„Private Fotos? Mein Name steht groß auf dem Kuvert und die Frau auf den Bildern, das bin wohl eindeutig ich!"
Sie nahm eine Handvoll der Bilder und warf sie nach mir, sie fielen auf den Boden, Silvia in nackten Posen mit geschlossenen Augen.
„Du hast mich im Schlaf fotografiert! Hunderte Fotos! Was hast du dir dabei gedacht? Wie konntest du mir das nur antun!"
Sie vergrub ihr Gesicht in ihre Hände, stützte sich mit den Ellbogen am Schreibtisch ab dann sah sie wieder zu mir.
„Wer hat diese Fotos gesehen?"
„Niemand, nur ich und ein Freund der sie entwickelt hat, du musst mir glauben sie waren nur für mich."
„Warum hast du das getan? Warum hast du mich nicht um ein Foto gebeten?"
„Ich habe dich darum gebeten, du hast meinen Wunsch abgelehnt."
„Aber so viele, warum Roman, warum?"
„Du bist nur am Wochenende bei mir gewesen und ich wollte dich immer ansehen weil du unglaublich reizvoll bist, ich konnte mich nicht sattsehen an dir."
Silvia grinste plötzlich.
„Ja, sie sind schön geworden, ich wusste nicht dass ich im Schlaf so gut aussehe."
„Du siehst immer gut aus, besonders wenn du nackt bist."
Sie steckte die Fotos wieder in das Kuvert, ich sammelte den Rest vom Boden auf und legte das Kuvert wieder in die Lade zurück, sie sagte.

„Versprich mir dass du sie niemanden zeigst, diese Bilder sind doch sehr intim."
Ich nickte, ich hatte damit gerechnet dass sie wegen der Fotos den Urlaub absagen würde, aber ich hatte Glück, sie hatte verzieh mir. Silvia erwähnte die Fotos nicht mehr und ich sperrte die Bilder in den Safe.

Zwei Wochen später packten wir beide unsere Koffer, beim Abschied unserer getrennten Reise fing sie zu weinen an sie würde mich sicher vermissen, sagte sie. Ich war gerührt und hatte das Gefühl sie mag mich, aber noch nie sagte sie mir was sie für mich empfand und ich wagte nicht, sie danach zu fragen.

Der Segelurlaub war traumhaft, ich hatte den Kontakt mit meinen Freunden ein wenig reduziert, um mehr Zeit mit Silvia zu verbringen. Alte Freundschaften lebten wieder auf, ich war gerne mit ihnen zusammen und die Woche unter Männern war ganz nach meinen Geschmack. Aber sie konnten mir Silvia nicht ersetzen, ihre Gesellschaft war mir wichtiger geworden, ich vermisste sie bereits nach dem zweiten Tag. Jeden Abend lag ich lange in der Kajüte wach und dachte an sie. Mir fehlte ihr Lachen, unsere Gespräche, ihr warmer Körper, die weiche Haut. Ich sah sie vor meinen Augen, hörte ihre Stimme, roch ihren Duft, in meinen Gedanken küssten und liebten wir uns. Sehnsüchtig zählte ich die Nächte bis ich sie wieder in meine Arme schließen konnte.

Das Wiedersehen in ihrer Wohnung war überwältigend. Wir fielen uns in die Arme, rissen uns gegenseitig die Kleider vom Leib, wir liebten uns leidenschaftlich, wir waren gierig nach unseren Körpern, die Nacht war aufregend und wild, wir redeten kaum, wir vögelten nur.

Am Morgen bemerkte ich dass sie ihren Ehering jetzt an der linken Hand trug und ich sprach sie darauf an.
„Du hast die Seite gewechselt?"
„Nein, ich habe meinen Ehering abgelegt, es ist dein Ring den ich trage."
„Du brauchst ihn nicht zu tragen nur weil ich dir den Urlaub bezahle."
Sie sah zu Boden.
„Aber das ist nicht der Grund, ich trage ihn weil ich mit dir in einer Beziehung bin."
Ich war so überrascht von ihren Worten dass ich schwieg, sie kam näher zu mir, presste sich an mich, ich war glücklich endlich hatte ich erreicht dass sie unsere Partnerschaft goutierte.

Noch am gleichen Tag fuhren wir an die Adria, sie hatte während der Autofahrt ständig ihre Hand auf meinen Oberschenkel, manchmal kam sie nahe an meine Genitalien, ich schob sie weg, sie lenkte mich ab, ich musste mich konzentrieren, es war viel Verkehr auf der Autobahn. Die ganze Fahrt war ich scharf auf sie und je länger wir fuhren umso erregter wurde ich. Mir fielen abnorme Sachen ein die ich im Hotel mit ihr machen wollte, schließlich bezahlte ich den Urlaub da konnte sie mir doch einige ausgefallene Wünsche erfüllen.

Wir checkten im Hotel ein, unsere Suite lag im obersten Stockwerk, im Aufzug stand sie mit dem Rücken zu mir, wir waren alleine und ich konnte mich nicht beherrschen. Mit einer Hand presste ich sie an meinen Körper mit der anderen Hand umschloss ich ihren Hals, wollte sie so unterwerfen. Sie riss sich heftig los, drehte sich zu mir, in ihren Augen sah ich panische Angst, sie wich so weit zurück bis sie an der

Rückwand stand, zwei Meter von mir entfernt, ihre Hände hielt sie schützend vor ihren Hals und schrie.
„Ich bringe dich um!"
Die Aufzugstür öffnete sich, sie stürmte hinaus und rempelte die wartenden Leute an, ich entschuldigte mich bei ihnen für Silvias Unart, natürlich lief sie in die falsche Richtung, ich folgte ihr und erst am Ende des Ganges holte ich sie ein.
Ich hatte keine Ahnung was mit ihr los war, sie stand an der Wand und rutschte plötzlich zu Boden, zusammengekauert hockte sie dort von Weinkrämpfen geschüttelt, ihre Hände vor ihren Hals gepresst. Ich griff vorsichtig nach ihr, behutsam zog ich sie hoch, sie hatte den Kopf gesenkt und weinte unaufhörlich.
Ich legte meinen Arm um ihre Schultern und führte sie in unser Zimmer auf die andere Seite des Ganges. Dort setzte ich sie auf das Bett, sie zog ihre Beine eng an sich, wie ein Kleinkind lag sie dort und zitterte, ich wusste nicht was ich tun sollte, so schockiert war ich. Ich hatte sie doch nur am Hals gehalten und zu mir gedrückt, ich fasste sie oft grob im Nacken, aber noch nie hatte sie so reagiert. Ich streichelte sie, dann nahm ich sie sehr vorsichtig in meine Arme, sie gab ihre zusammengerollte Haltung nicht auf, es dauerte lange bis sie sich beruhigte und entspannte. Ich flüsterte.
„Es tut mir leid, ich wusste nicht dass du Platzangst hast."
„Ich habe keine Platzangst, ich hatte ein Erlebnis dass wieder hochkam, es war so real, es war so schlimm."
Ihr Körper zitterte wieder und dann erzählte sie mir eine Geschichte die mich völlig aus der Fassung brachte.

Sie war zwölf und sie fuhr mit ihren Vater im Auto, sie hatte eine Wasserflasche in der Hand und trank während der Fahrt, er bremste plötzlich, sie verschüttete Wasser auf den Beifahrersitz und auf ihre Kleidung. Er sagte kein Wort und bog in einen Waldweg ein, befahl ihr auszusteigen, er blieb sitzen und kurbelte das Autofenster hinunter, er sagte sie dürfte auf keinen Fall Wasser verschütten.
Er zwang sie ihren Kopf von außen durch das geöffnete Fenster zu stecken. Vor lauter Angst tat sie es, dann kurbelte er das Autofenster hoch, ihr Hals klemmte zwischen Scheibe und Rahmen, sie konnte nicht mehr zurück, sie steckte fest. Ihr Kopf war im Auto, ihr Körper war draußen.
Er stieg aus, stellte sich hinter sie, sie hörte wie er seinen Gürtel öffnete, sie bekam Panik, mit einer Hand hielt sie die Wasserflasche, mit der anderen schlug sie verzweifelt gegen die Scheibe, versuchte sie hinunterzudrücken, sie konnte nicht schreien.
Er riss die Tür auf, ihre Beine knickten ein, sie hängte in der Scheibe. Er kurbelte die Scheibe noch weiter nach oben, sie bekam keine Luft mehr, drohte zu ersticken und dann konnte sie sich an nichts mehr erinnern.
Als sie wieder zu sich kam lag sie am Boden neben dem Auto, ihr Vater stand über ihr und trat ihr mit dem Fuß in die Rippen. Er sagte zu ihr, du bist zu nichts zu gebrauchen, kippst einfach um, steig sofort ins Auto, du hässliches Ding. Sie sah die leere Wasserflasche liegen, das Wasser war im Waldboden versickert, sie hatte entsetzliche Angst vor ihm, sie setzte sich ins Auto, instinktiv schützte sie ihren Hals mit der Hand.

Ich hatte wochenlang Schmerzen sagte sie weinend.

Ich konnte nichts sagen, ihre Erzählung klang so unglaublich, aber ich war sicher dass diese Geschichte stimmte, ihre Reaktion war extrem panisch, ich flüsterte.
„Du wolltest mich umbringen."
„Was?"
„Du sagtest, du bringst mich um!"
„Nein, das habe ich nicht gesagt, du musst dich irren, das würde ich nie zu dir sagen."
Ich schwieg, sie konnte sich nicht mehr daran erinnern, sie war offensichtlich in einen Ausnahmezustand gewesen. Sie tat mir leid, ich hatte keine Ahnung was sie schon alles durchmachen musste, in mir erwachte plötzlich ein Drang sie zu beschützen, sie schien so hilflos und kindlich.

Der Urlaub war schön, die meiste Zeit verbrachten wir am Strand.
Am Abend bummelten wir durch die Märkte, redeten viel und lernten uns endlich ein wenig besser kennen.
Ich versuchte nicht sie mit außergewöhnlichen Wünschen zu bedrängen, ich wollte nicht wieder einen solchen Zustand wie im Aufzug herbeiführen, jetzt wo sie anfing mir zu vertrauen.
Wir schliefen täglich miteinander, einfacher, normaler Sex wie es jeder tat, aber zunehmend fehlten mir diese Dinge die ich damals mit ihr machte und sie hatte mich schon lange nicht mehr mit dem Mund befriedigt.

Bei der Heimreise von Italien wurde sie unruhig, spielte ständig mit ihren Fingern, ich beobachtete sie von der Seite, sie sah unglücklich aus.

Auch als wir in ihrer Wohnung ankamen wurde es nicht besser, sie schien nervös, als ich mit ihr schlief war sie nicht bei der Sache, sie gab sich mir nicht hin, sie war mit den Gedanken woanders, erst nach dem Frühstück erfuhr ich warum sie so unruhig war.
„Ich muss zu Christian fahren, er hat mich sicher vermisst."
„Ich kann dich begleiten, wenn du willst."
Sie stimmte zu, ich war neugierig wie das Grab aussah, wo er lag, es interessierte mich brennend wie sie sich an seinem Grab verhalten würde.
Am Friedhof kaufte sie rote Rosen und dann eilte sie voraus. Bei einem sehr gepflegten Grab blieb sie stehen und dann ignorierte sie mich völlig. Ein weißer Grabstein mit seiner Inschrift, das Grab war symmetrisch bepflanzt und mit weißen Kieselsteinen umrandete. Sie wechselte die Blumen in der Vase, ich dachte warum musste sie ausgerechnet rote Rosen kaufen, dann zündete sie eine Kerze an.
Ich sah wie ihr die Tränen über das Gesicht liefen, sie schluchzte nicht, lautlos weinte sie, er nahm immer noch die erste Stelle in ihren Herzen ein, obwohl sie meinen Ring trug. Zärtlich strich sie über seinen Namen, sein Geburtsdatum und seinen Todestag, dann drehte sie sich abrupt zu mir.
„Wann bist du geboren?"
„Am zehnten November."
Sie nahm mich bei der Hand und flüsterte.
„Komm, wir gehen, Christian mochte dich nicht."
Ich schüttelte den Kopf, sie redete Unsinn, wir hatten uns immer gut verstanden als wir zusammen gearbeitet hatten.
„Wir haben uns respektiert und bei der Oper war er erfreut mich zu sehen."
„Aber da wusste er noch nicht, was du mir angetan hast."

„Du hast es ihm erzählt? Geht es dir noch gut? Das geht niemanden etwas an, das war unsere Angelegenheit!"
„Ich habe mit Christian über alles gesprochen, wir hatten keine Geheimnisse voreinander, Christian war alles für mich, er war mein bester Freund, mein Beschützer, mein Partner, mein Geliebter, mein Ehemann, verstehst du, er war perfekt für mich! Wir waren füreinander bestimmt!"
Ich starrte sie ungläubig an, fand aber sofort wieder meine Fassung.
„Es ist gut zu wissen, dass ich nicht perfekt bin für dich, ich decke deine Ansprüche sicher nicht ab, ich bin nicht wie er und werde es auch nie sein. Such dir jemanden anderen, wenn ich dir nicht genüge."
Ich ging schneller, sie lief mir nach, schweigend fuhren wir in ihre Wohnung, ich packte meine Sachen, ich war immer noch zweite Wahl, ich wollte in ihren Leben den ersten Platz einnehmen, ich würde mich nicht mit dem zweiten zufrieden geben.
„Roman, bitte bleib bei mir."
„Er ist tot, akzeptiere es endlich, er wird nicht mehr zu dir zurückkehren, nie mehr! Ich werde jetzt fahren."
„Bitte, bleib hier, ich brauche dich."
Sie bettelte förmlich, klammerte sich an mich, sie ertrug das Alleinsein nicht, ich wollte ihre Verzweiflung ausnutzen, wieder pokerte ich hoch.
„Ich bleibe nur wenn du mir entgegenkommst."
„Was meinst du damit?"
„Unser Sexleben ist eingeschlafen."
„Aber du schläfst jeden Tag mit mir."
„Ich langweile mich, ich will wieder solche Spielchen treiben, wie damals, mir fehlt der Reiz."
Sie sah mich fast verzweifelt an, meine Worte zeigten Wirkung, falls sie nicht einwilligen würde, musste ich nach Wien fahren, obwohl es mir schwer fallen

würde, aber ich war scharf auf sie und ich wollte wieder diesen Kick verspüren, schließlich nickte sie zustimmend.

Wir setzten uns auf die Terrasse und planten den heutigen Nachmittag, es war heiß, sie wollte mit der Seilbahn auf einen Berg fahren, ich ließ mich dazu überreden.

Wir saßen alleine in einer Gondel, sie saß mir gegenüber, als sich die Gondel in Bewegung setzte, rutschte sie von ihren Sitz auf den Gondelboden, zwängte sich zwischen meine Beine und begann meinen Gürtel zu öffnen, ich wollte sie wegschieben.
„Was soll das, hör auf damit."
„Du wolltest ein Spielchen, die Gondel fährt zwölf Minuten."
Silvia lächelte und sah auf ihre Armbanduhr.
Sie holte mein Glied aus der Hose und nahm ihn sanft in den Mund, saugte zärtlich daran, in Minutentakt fuhren die Gondeln vom Berg kommend nur wenige Meter an uns vorbei, durch die Scheibe sah man nur mich, niemand ahnte dass vor mir eine Frau kniete mit meinem Penis im Mund. Ich wurde scharf, die Gondel schwankte, ich stöhnte, sie unterbrach ihre Liebkosungen nur kurz, ihre Hände umklammerten meinen Gürtel und sie blickte auf ihre Uhr. Dann umschloss sie mein Glied fest mit ihren Lippen und erhöhte das Tempo, sie war unglaublich gut mit dem Mund, erst als die Bergstation in Sichtweite war, kam ich.
Silvia wischte sich das Sperma vom Mund und setzte sich wieder auf ihren Sitz, ich schloss mir schnell die Hose, wenige Meter bevor wir in die Station fuhren.

Wir stiegen aus, kein Mensch wusste was gerade in dieser Gondel passiert war, dieses Geheimnis war ein erhebendes Gefühl. Wir spazierten auf dem Berg, hielten uns an den Händen, sie grinste mich an, sie wusste wie sie mich behandeln musste. Ich war verrückt nach ihr!

Am Abend saßen wir lange auf der Terrasse ihrer Wohnung, es war noch sehr warm und bereits finster, ich zündete eine Kerze an, Silvia ging hinein und wollte noch Getränke holen. Ich schluckte als sie mit zwei Sektgläsern und nackt wieder zurückkam. Sie setzte sich auf meine Oberschenkel, gab mir ein Glas in die Hand und dann ließ sie ihren Sekt langsam über ihre Brüste laufen. Im Kerzenschein starrte ich auf die kleinen Sektbläschen auf ihrer Haut, es sah erotisch aus, dann beugte sie sich zu mir bis ihre Brustwarze meinen Mund berührte. Ich leckte ihr den Sekt ab, es prickelte auf meiner Zunge, sie goss Sekt nach, er rann über ihre Haut, in meinen Mund und tropfte auf mein Hemd. Sie küsste mich, gleichzeitig öffnete sie mir die Hose. Sie löschte das Kerzenlicht und glitt auf die große, weiche Doppelliege, ich legte mich neben sie und wollte sie vögeln. Sie stoppte mich mit der Hand, ich spürte wie der Sekt über meinen steifen Penis floss, spürte wie sie mit ihrer Zunge alles aufsaugte, erst dann ließ sie mich ran. Wir vögelten unter freien Himmel auf einen Bürogebäude mitten in der Stadt, in diesen Moment liebte und begehrte ich sie noch mehr.

Am nächsten Tag fuhren wir in den Supermarkt einkaufen. Silvia stand gedankenverloren vor einem Regal, ich stand wenige Meter neben ihr, als sie unseren Einkaufswagen weiterschob, streifte sie unabsichtlich eine ältere Dame. Silvia entschuldigte

sich sofort, aber die Frau beschimpfte sie und nannte sie ein dummes Ding. Ich schritt ein, wies die Dame mit aller Schärfe zurecht, Silvia sah mich dankbar an und drängte sich Schutz suchend an mich, sie ließ meine Hand nicht mehr los bis wir das Geschäft verließen.
Es kam mir vor wie damals bei der Oper, als sie bei Christian vor mir Schutz suchte, es war eine vertrauliche, zärtliche Geste die mich berührte.

Der gestrige Tag verlief ganz nach meinen Geschmack, zuerst das Spiel in der Gondel, dann verführte sie mich hoch über den Dächern von Salzburg. Aber heute war ihre Stimmung einer Sensibilität gewichen, heute war sie fast schüchtern und liebesbedürftig. Ich würde mich mit normaler, körperlicher Liebe begnügen müssen und heute würde es mir auch reichen.

Am Abend lud ich sie zum Dinner ein und wir fuhren zu einen Restaurant außerhalb der Stadt. Ich wollte unsere letzte Urlaubswoche noch genießen, sie benahm sich vorbildlich, seit ich ihr gedroht hatte nach Wien abzureisen. Während der Fahrt rutschte sie auf ihren Sitz mehrmals nach vor und wieder zurück, sie wirkte abwesend in ihrem Tun, ich sagte nichts, obwohl es mir auf die Nerven ging.
Wir bestellten unser Essen, sie erzählte mir vom Urlaub mit Alexander und ich beschrieb ihr das Segelboot meines Männerurlaubes. Während des Gesprächs fing sie wieder an auf ihrem Sessel herum zu rutschen, es irritierte mich. Sie sah an mir vorbei, fixierte einen Punkt auf der Wand und grinste, sie nervte mich mit dieser Eigenart. Es dauerte nur einige Sekunden, dann saß sie wieder still.

Wir waren beim Hauptgang und ihr Becken bewegte sich wieder nach vor, ich herrschte sie an.
„Hör auf damit, was soll das?"
Sie grinste mich an.
„Ich habe einen kleinen Penis in mir."
„Was?"
Ich legte mein Besteck zu Seite, starrte sie an, ich hatte mich wohl verhört, sie flüsterte.
„Ich sagte, in mir steckt ein kleiner Gummipenis."
Ich glaubte ihr kein Wort, wir waren vor mehr als zwei Stunden von zu Hause weggefahren, sie konnte doch kaum so lange einen Dildo in ihr haben.
„Und warum rutscht du immer herum?"
„Ich stimuliere mich, es tut gut und es erregt mich, er hat deinen Platz eingenommen, mein kleiner Freund da drinnen."
„Ich glaube dir nicht", sagte ich, aber eigentlich war ich mir nicht mehr sicher, ob sie nicht doch die Wahrheit sagte, sie sah mich unverschämt grinsend an und ihre Augen begannen zu glänzen.
„Willst du nicht mit ihm tauschen? Komm fühl ihn."
Sie nahm meine Hand, schob sie unter der Tischdecke zwischen ihre Beine, ich spürte ein kleines, hartes Ding durch ihre Jeans und wurde erregt bei der Vorstellung dass irgendetwas in ihrer Scheide steckte. Natürlich wollte ich mit ihm tauschen, es war mein Platz, sie gehörte mir, aber derzeit gab sie einen Dildo den Vorzug, noch dazu beim Dinner, sie war pervers und ich war scharf.
Ich hatte es eilig nach Hause zu kommen, drängte sie zum Aufbruch, aber sie bestellte sich noch ein Dessert, genüsslich und langsam aß sie Vanilleeis mit heiße Himbeeren und sah mich unentwegt grinsend an, sie wusste dass ich scharf war und sie folterte mich in dem sie sich Zeit ließ und ihr Becken sekundenlang bewegte.

Ich fuhr nicht nach Hause, ich bog in einem Waldweg ab, ich hielt es nicht mehr aus bis zu ihrer Wohnung. Ich knöpfte ihre Jeans auf und zog ihr den Gummipenis heraus, es war ein kleiner rosafarbener Dildo. Ich fiel regelrecht über sie her, schon lange war ich nicht mehr so erregt, es dauerte nur kurz bis ich kam. Sie schlüpfte in ihre Hose, leise sagte sie.
„Nun Roman, ist der Reiz wieder zurück? Oder findest du unser Sexleben immer noch langweilig?"
„Ich liebe deine Fantasie und ich liebe dich", sagte ich anerkennend, in der Dunkelheit sah man ihre Zähne blitzen als sie lächelte und dann küsste sie mich zärtlich.
Sie lehnte sich an mich, es war unbequem auf den Autositzen, ich wollte den Wagen starten, sie hinderte mich daran, indem sie ihre Hand auf die Schaltung legte und dann flüsterte sie.
„Ich habe dich sehr lieb, Roman."
Ihre Worte elektrisierten mich, wie oft habe ich mir sehnlichst gewünscht diese Worte von ihr zu hören, freiwillig zu hören nicht unter dem Zwang der damaligen Fesselung, mein Herz klopfte plötzlich und ich spürte Tränen in meinen Augen, noch nie war ich so berührt wie in diesem Moment, sie sprach weiter.
„Bitte verletz mich nicht, nütze meine Verliebtheit nicht aus, du würdest mir sehr weh tun wenn du mein Vertrauen wieder zerstörst."
Sie zeigte mir ihre Empfindsamkeit, sie öffnete sich mir und ich konnte endlich meine Gefühle zulassen. Es war ein schönes Gefühl diese Vertrautheit, der Zenit unserer Liebe war erreicht, ich liebte sie unendlich.

Unsere Beziehung veränderte sich, es war eine zärtliche, liebevolle Beziehung, ich nahm Rücksicht auf sie und sie zeigte mir dass ich der einzige Mann in ihrem Leben war. Sie besuchte regelmäßig das Grab von Christian, ich hatte mich damit abgefunden, dass er immer einen Platz in ihren Leben einnahm, aber sie stellte meine Fotos neben Christians Bilder auf den Kamin. Ich brachte einige meiner Sachen in ihre Wohnung und sie verwöhnte mich in jeder Hinsicht. Sie bekochte mich, massierte mich, liebkoste mich und ich scheute mich davor von ihr perverse Dinge einzufordern. Wir schliefen fast täglich miteinander, es war ein sanfter, zärtlicher Sex. Wir waren gleichberechtigt und es störte mich auch nicht dass ich meine Macht nicht mehr ausleben konnte.

Zu meinen Geburtstag feierten wir mit einigen Freunden, ich legte Wert darauf dass meine Freunde Silvia Achtung entgegenbrachten und sie taten es auch. Jeder wusste von unserer früheren Beziehung und dass damals unsere Rollen klar verteilt waren, aber sie akzeptierten unsere neue, veränderte Partnerschaft, Silvia war meine Frau und mir völlig gleichgestellt. Ich trank nie über den Durst, wir hatten nur mit Sekt angestoßen, wir unterhielten uns über alte Zeiten, es war eine angenehme und kurzweilige Feier.

Wir kamen spät nach Hause, Silvia gratulierte mir nochmals zum Geburtstag und drückte mir verschämt ein Päckchen in die Hand. Ich wollte nicht dass sie mir etwas kaufte, ich hatte alles. Ich öffnete das Päckchen, in dem eine Karte beigelegt war:

Zwei Stunden lang erfülle ich dir deine sexuellen Träume in Liebe Silvia

Ich betrachtete das Geschenk, ich hatte mit allen gerechnet, nur nicht mit diesen weichen, schwarzen Lederfesseln und dieser schwarzen Augenbinde. Ich schüttelte den Kopf, ich würde sie nicht mehr fesseln, sie hatte mich verlassen wegen diesem gewalttätigen Spiel, auch wenn diese breiten Lederfesseln sie kaum verletzen konnten.
„Ich werde sie nicht benützen, ich würde es nicht ertragen wenn du mich wieder verlässt", sagte ich zu ihr.
„Ich vertraue dir, ich bin sicher dass du mir nicht mehr weh tust, ich will dass du sie verwendest, es ist dein Geburtstagsgeschenk."

Ich räumte sie weg, ich konnte es nicht, auf keinen Fall heute, nicht zu meinem Geburtstag und zu dieser nächtlichen Stunde. Später würde es mir sicher leichter fallen, nach wie vor war ich scharf darauf sie zu fesseln, bis jetzt fehlte mir der Mut dazu es zu tun. Aber wenn sie es mir schon anbot, es mir schenkte, würde ich es ohne Zweifel annehmen. Ich musste vorher einen Zeitplan aufstellen für zwei Stunden, ich würde mit ihr Dinge tun, die sie sonst möglicherweise ablehnen würde. Aber diese Stunden würden mir gehören und ich wollte sie nutzen, jede Minute davon. Morgen war Samstag, wir würden nach Salzburg fahren und am Sonntag wollte ich sie mir wieder völlig unterwerfen wie damals als ich sie noch bezahlt hatte am Sonntag würde ich mein Geschenk verlangen.
Vorrangig für diese zwei Stunden nahm ich mir jedoch ein anderes Ziel vor. Ich wollte sie so oft wie möglich zum Orgasmus bringen trotz der Fessel die ich ihr anlegen würde. Damals kam sie nie zum Höhepunkt wenn sie gefesselt war ich wusste bis heute nicht wie sie es anstellte den Orgasmus zu

unterdrücken. Wenn ich es schaffen würde sie mehrmals mit gebundenen Händen zum Höhepunkt zu treiben wäre es möglich die Fesseln auch in Zukunft anzuwenden. Bei Christian hatte es anscheinend auch funktioniert, es war die Herausforderung die mich reizte.

Wir schliefen lange und als wir frühstückten betrachtete ich sie eingehend, sie wirkte lieb und unschuldig, ich konnte mir in diesen Moment nicht vorstellen mit ihr wieder so obszöne Dinge zu tun.
„Morgen will ich mein Geburtstagsgeschenk einlösen, morgen von eins bis drei Uhr, in deiner Wohnung."
„Ja, wie du willst."
Sie sah mich ernst an, dann neigte sie leicht den Kopf zur Seite und grinste mich unverschämt wissend an und ihre Augen fingen an zu glänzen. Das liebe, unschuldige, zarte Wesen war einer sinnlichen Frau gewichen, ich hatte keine Skrupel mehr, sie mir untertan zu machen. Ich schlief in dieser Nacht nicht mit ihr, ich war scharf, aber ich wollte mein Verlangen für morgen aufheben, je länger ich sie nicht haben konnte, je schärfer wurde ich, ich beherrschte mich obwohl es mir schwer fiel.

Bereits am Sonntagmorgen war ich erregt, es war die Vorfreude auf diese zwei Stunden die sie mir schenken würde, am liebsten hätte ich sie sofort in Anspruch genommen aber ich wollte warten, wollte es rauszögern. Um zwölf Uhr zog sich Silvia ins Bad zurück, erst kurz vor ein Uhr kam sie ins Wohnzimmer. Sie sah atemberaubend aus, sie trug wie immer Jeans und einen hautengen hellblauen Pullover, der Ausschnitt war sehr gewagt, man sah nichts, aber man ahnte was sich darunter verbarg, sie hatte sich leicht geschminkt, ihr Augen strahlten

tiefgrün, sie wusste genau was ihr stand. Sie setzte sich neben mich, sah mich ernst und abwartend an und als ich näher zu ihr rückte und sie am Hals küsste roch ich ihr Rosenshampoo. Dann sah ich auf meine Armbanduhr, strich ihre Haare hinters Ohr und flüsterte.
„Zieh dich aus!"
Silvia sah mich von der Seite an, lächelte und dann begann sie sich langsam auszuziehen. Sie sah mich dabei unentwegt an, ihre Bewegungen waren so sinnlich und reizvoll dass ich sofort scharf wurde, sie trug schwarze Dessous, ich befahl ihr sie anzubehalten und die langen schwarzen Lederstiefel anzuziehen, sie gingen ihr bis über das Knie, es sah unglaublich erotisch aus. Dann verband ich ihr die Augen mit der schwarzen Augenbinde und wies sie an.
„Ich will das du nicht sprichst, hast du mich verstanden?"
Sie nickte, sie befolgte sofort meine Anweisung, ich wollte keine Unterhaltung während ich mich mit ihr beschäftigte und ich wollte keine Fragen beantworten. Aber vor allem ersparte ich mir ein schlechtes Gewissen, falls sie etwas als unangenehm empfinden würde und sie mich darauf hinweisen wollte. Also räumte ich dieses Hindernis gleich aus dem Weg, in dem ich sie zum Schweigen brachte.

Ich nahm sie bei der Hand, führte sie in den Aufzug und fuhr mit ihr in die Tiefgarage, ich bemerkte ihre Unsicherheit, sie hatte die Beine eng geschlossen und die Arme vor ihren Brüsten verschränkt. Es war der Reiz der Entdeckung, der mich bewog in die Tiefgarage zu fahren. Die Büros waren geschlossen, bis auf meinen Mercedes und ihren Auto stand die

Garage leer, aber jederzeit konnte das elektrische Garagentor hochfahren, falls ein Büromitarbeiter am Sonntag in die Firma kam.

Ich stellte Silvia mitten in die große Garage, es war kühl, ich hatte einen Wollpullover an, aber sie stand nur mit ihren Dessous und ihren Stiefeln da. Ich zog ihr das Höschen hinunter, sie klammerte sich an mich als ich sie aus den Höschen steigen ließ. Dann machte ich ihren BH auf, streichelte sie an den Brüsten, sie stand still da, ich streifte ihr den BH ab, ging zum Auto und legte die Dessous auf das Autodach. Sie hatte keine Ahnung wo sie stand, ich betrachtete sie lange aus einiger Entfernung.

Das Licht war gedämpft und es erregte mich sie nackt, nur mit den Stiefeln bekleidet zu sehen, mitten in einer Tiefgarage. Ich ging lautlos zu ihr, sie zuckte zusammen als ich sie um die Taille nahm und sie zu meinen Wagen führte. Ich hob sie hoch und legte sie quer über die Motorhaube, wieder zuckte sie, das Blech war kalt, aber sie würde es aushalten müssen. Ihr nackter Körper auf meiner Motorhaube geilte mich auf, ich zog sie zum Rand auf den Kotflügel, öffnete meine Hose, ich spürte ihre Lederstiefel an meine Hüften als ich in sie eindrang. Ich vögelte sie, wuchtig schob ich sie auf den kalten Blech nach hinten, zerrte sie wieder zu mir, ich hielt sie fest an ihren Hüften, ständig horchte ich ob das Garagentor aufging. Es war aufregend, mein Stresspegel stieg, wenn es sich öffnen würde, hatte ich gerade genug Zeit meine Hose zu schließen, aber jeder würde sehen dass sie nackt auf meinen Wagen lag. Ich musste sie herunterheben und in den Aufzug schaffen, es würde Zeit kosten, viel Zeit. Dieses Wissen erregte mich enorm, ich beeilte mich, schnell zum Orgasmus zu kommen.

Ich hob sie runter und nahm ihr die Augenbinde ab, dann gingen wir zum Aufzug. Sie stand an der Wand des Aufzugs und zitterte am ganzen Körper, ich sah wie ihr mein Sperma an der Innenseite der Beine hinunterlief, ich fasste sie an, sie war eiskalt.
„Frierst du?"
Sie nickte, in der Wohnung schickte ich sie ins Bad unter die heiße Dusche, ich war schließlich kein Unmensch.
Ich fuhr nochmals hinunter in die Garage, ich hatte die Dessous am Autodach vergessen, als ich wieder zum Aufzug ging, fuhr das Tor hoch, zwei Minuten früher und wir wären überrascht worden oder mehr noch der Büromitarbeiter. Ich atmete tief durch, der Reiz dieses Spiels hatte meine Nerven strapaziert und doch war es ein weiterer Erregungsfaktor. In der Wohnung wies ich sie an ins Schlafzimmer zu gehen, verband ihr die Augen und setzte sie auf das Bett.
„Hast du einen Vibrator?"
Sie nickte.
„Wo?"
Sie deutete in eine mit Sicherheit verkehrte Richtung, sie konnte sich nicht orientieren mit den verbundenen Augen.
„Sag es mir."
„In meinem Schrank, rechts in der unteren Lade."
Ich öffnete die untere Schublade und war überrascht von dieser Menge an Sexspielzeug. Ein ganzes Arsenal von Vibratoren, in allen Größen und Farben, Liebeskugeln, verschiedene Fesseln, alle in weichen Leder und unterschiedlichen Farben, keine von diesen Stahlhandschellen die ich immer benutzt hatte und die sie verletzten, Pornofilme und durchsichtige Kleidung. Und noch einige Dinge die ich nicht kannte, es hatte sich viel verändert in den letzten Jahren, die Sexutensilien wurden immer umfangreicher.

Ich überlegte welchen Vibrator ich nehmen sollte, ich entschied mich für einen mittelgroßen und dann nahm ich noch sämtliche Fesseln heraus.
„Hast du das alles benutzt?"
Sie nickte wieder.
„Mit Christian?"
Wieder nickte sie und dann biss sie sich auf die Lippen, ich ärgerte mich weil ich Christian erwähnt hatte, sie dachte jetzt an ihn, es war dumm von mir, ich musste endlich meine Eifersucht in den Griff bekommen.
Ich konnte mir nicht vorstellen dass er Sexspielzeug verwendete, mit ihr solche schmutzigen Sachen trieb, nicht der biedere Christian, es störte mich, dass sie auch mit jemanden anderen als mit mir solche Spielchen machte.
Ich legte die schwarzen Handfesseln, die sie mir zum Geburtstag geschenkt hatte um ihre Handgelenke. Sie waren nicht verbunden, aber man konnte sie miteinander verschließen. Dann nahm ich die weiteren Fesseln und legte sie um ihre Fußgelenke, ich hatte nicht damit gerechnet so viele Fesseln zur Verfügung zu haben und ich musste umdisponieren. Ich verschloss die rechte Fußfessel mit der rechten Handfessel, mit der linken Seite tat ich das gleiche. Sie hing eng mit ihren Händen an den Füßen fest.
Dann schob ich ihr den Vibrator hinein. Der Anblick erregte mich unglaublich, ich schaltete den Vibrator ein und beobachtete sie. Silvia saß zuerst bewegungslos da, ihr Oberkörper war angespannt, sie wartete darauf was noch kommen würde, dann ließ ihre Spannung nach, sie atmete tief, ihr Mund war leicht geöffnet, man sah dass der Vibrator seine Wirkung zeigte, sie stöhnte leise. Ich kniete mich zwischen ihre Beine und streichelte ihre Brüste.

Ihre Erregung wurde zunehmend mehr, sie atmete heftig, ich wurde fester mit meinen Berührungen, rieb ihre Brustwarzen mit einer Hand, mit der anderen bearbeitete ich sie mit dem Vibrator. Sie stöhnte laut auf, sie stand kurz vor dem Orgasmus und wollte sich bewegen, sich aufbäumen, die Fesseln hinderten sie daran. Ich schob ihr meinen Penis in den Mund, sie versuchte mit ihrer Zunge meinen Penis rauszuschieben, aber ich hielt sie am Nacken fest und schränkte sie damit in ihrer Bewegungsfreiheit ein. Und dann kam sie, Ihr Rücken bog sich, die Fesseln spannten sich und dann biss sie mich in mein Glied. Vor Schmerz zog ich ihn heraus, ich war wütend über ihr Tun und riss sie von mir weg, sie bebte am ganzen Körper und atmete schwer, lag völlig verdreht am Bett, ein Fuß hatte sich in der Fessel des anderen verhakt.
„Bist du wahnsinnig, warum hast du das getan!"
ich schrie sie an, sie keuchte immer noch.
„Antworte mir!"
„Ich weiß nicht was ich getan habe."
„Du hat mich gebissen!"
„Ich habe es nicht bemerkt, ich war so erregt, es tut mir leid", sie klang verzweifelt und ich glaubte ihr.
Ich hakte die Fesseln auseinander und befreite sie aus ihrer misslichen Lage.
Sie hatte nur ein Stückchen Haut erwischt und es tat nicht mehr weh, es war mehr der Schock über den Biss, der mich wütend gemacht hatte.
Ich öffnete nochmals die untere Schublade, betrachtete ihr Sexspielzeug.
„Welcher ist dein Lieblingsdildo? Sag es mir!"
„Der naturfarbene, der große."
Ich fand ihn gleich, er war einen echten Penis täuschend ähnlich und er hatte eine beachtliche Größe. Es war kein Vibrator, nur ein Latexpenis, ich

hatte noch nie so etwas in der Hand. Ich kniete mich zwischen ihre Beine, fühlte ob sie noch feucht genug war ihn aufzunehmen, natürlich war sie es, langsam schob ich ihn hinein, sie stöhnte auf. Ich vögelte sie mit dem Dildo, wieder kam sie kurz darauf. Ich war unglaublich scharf, ich musste es mir einteilen, in zwei Stunden würde ich vielleicht zweimal können, möglicherweise noch ein drittes Mal, ich war nicht mehr dreißig, aber bei ihr war ich sicher dass sie es auf mehrere Orgasmen bringen konnte.

Ich sah auf die Uhr, es war Halbzeit, ich wollte sie jetzt endlich vögeln, der Latexphallus musste weichen. Ich legte mich auf sie und stieß so kraftvoll wie möglich zu, sie sollte einen Unterschied kennen, zwischen mir und dem Dildo, er sollte mich keinesfalls ersetzen.

Sie kam wieder zum Orgasmus, sie hob mich mit ihrem Becken nach oben, ich staunte immer wieder über ihre Kraft beim Liebesspiel und dann folgte ich ihr laut stöhnend. Ich lag auf ihr, fühlte ihren warmen Körper, ihre festen Brüste, ich war glücklich, ich war richtig glücklich. Sie umschlang meinen Körper, schmiegte sich an mich, sie war immer liebesbedürftig wenn sie befriedigt war, es war ein schönes Gefühl, diese innige Umarmung.

Ich gönnte ihr eine Pause, wir lagen nur so da, ihr Kopf auf meiner Brust, ich streichelte sie und wurde wieder scharf, ich drehte sie auf den Bauch und verband die Handfesseln miteinander auf ihren Rücken.

Ich legte sie seitlich, von hinten führte ich ihr wieder das Lieblingsspielzeug ein, der Dildo lag gut in meiner Hand und hatte ausreichend Stabilität um sie damit zu vögeln. Sie kam schnell und heftig, sie nutzte die Bewegungsfreiheit indem sie ihre Beine schloss und sich rasch umdrehte, der Gummipenis

rutschte heraus, ich hatte keine Zeit zu reagieren und ihn wieder hineinzuschieben. Ich musste fast Gewalt anwenden um sie wieder in Position zu bringen, ich drückte sie an mich, presste ihr meine Hand gegen den Bauch um ihr den Dildo wieder reinzuschieben. Sie atmete heftig, stemmte sich mit den Beinen gegen mich, sie wollte sich bewegen um die Erregung abzubauen, aber ich ließ es nicht zu. Es war anstrengend sie mit einer Hand zu halten und mit der anderen zu befriedigen. Sie keuchte und dann schaffte sie es mich weg zuschieben, der Dildo rutschte raus und ich traute meinen Augen nicht. Stoßweise spritzte es aus ihr raus, wie eine Wasserpistole, ruckartig zwei oder dreimal, ich war so überrascht über diese Darbietung dass ich den Dildo vergaß. Es war wie eine Ejakulation bei einem Mann, noch nie hatte ich so etwas gesehen. Ich kniete neben ihr, sah sie unentwegt an, sie hatte die Augen geschlossen, ihr Körper bebte und war angespannt, man sah die Muskeln ihrer Arme hervortreten und sie schien sich kaum zu beruhigen. Sie öffnete langsam die Augen, dann grinste sie mich an, atmete tief ein und dann entspannte sich ihr Körper langsam. Sie nahm eine Embryohaltung ein und blickte mich an.
„Roman, es ist genug, ich bin völlig befriedigt."
Sie lächelte, es war ein entzücktes Lächeln, als wäre sie überrascht worden.
„Es hat rausgespritzt, ich habe es gesehen, wie ist das möglich?"
„Ich weiß, es war gut, aber es ist genug für heute."
Ich war fassungslos, sie hatte es vermutlich schon öfter erlebt, aber nicht bei mir, ich konnte mich nicht erinnern, es je gesehen zu haben.

Sie rollte sich zusammen, zog sich die Decke über ihren Körper und schlief ein. Ich musste lächeln, es war genauso wie ich es mir vorgestellt hatte und ich empfand Genugtuung dass die Fesselspiele so reibungslos funktioniert hatten. Es war keine Angst an ihr zu erkennen und es spornte mich an die Fesselspiele irgendwann wieder zu versuchen, ich war süchtig danach es zu tun.

Silvia schlief sehr tief, wir fuhren heute noch nach Wien zurück, ich hatte morgen um acht Uhr die erste Verhandlung und sie musste in den Buchladen. Ich packte unsere Sachen, räumte alles ins Auto, zum Schluss zog ich sie vorsichtig an, dann trug ich sie immer noch schlafend in den Aufzug, erst als ich sie auf den Rücksitz meines Wagens legte, erwachte sie. Ich deckte sie zu, sie sah mich verwirrt und schlaftrunken an und schlief wieder ein.
Erst als wir in Wien ankamen, wachte sie auf. Sie ging gleich zu Bett, ich setzte mich noch in mein Arbeitszimmer um die Akten einzulesen, ich konnte mich kaum konzentrieren, immer wieder dachte ich an die zwei Stunden die sie mir schenkte. Ich spürte plötzlich eine unermessliche Eifersucht hochsteigen, ich dachte an die Zukunft, wie lange würde sie bei mir bleiben, wie lange brauchte sie mich um Christians Tod endgültig überwunden zu haben. Sie war nur bei mir um ihrer Einsamkeit zu entfliehen und was wäre wenn sie sich in einen Jüngeren verlieben würde. Ich ging hinüber ins Schlafzimmer setzte mich ans Bett und sah sie lange an. Noch nie hatte ich einen Menschen so geliebt wie Silvia, sie würde mich sehr verletzen wenn sie mich verlassen würde, aber ein zweites Mal würde ich sie nicht gehen lassen, niemals.

Silvia schlief noch als ich zeitig am Morgen die Wohnung verließ. Ich nahm mir vor sie am Abend von ihrer Arbeitsstelle abzuholen, noch nie war ich in dieser Buchhandlung.

Ich fuhr gleich nach dem Dienst in den Laden. Es war ein großes Geschäft, erst in der zweiten Etage fand ich sie in einem anregenden Gespräch mit einem Mann. Ich stand abseits, sie sah mich nicht, ich konnte sie heimlich beobachten wie sie mit dem Mann redete. Er flirtete mit ihr, sie lächelte und überreichte ihm ein Buch, ich konnte nicht verstehen was sie sprachen, es war viel Betrieb. Dann sah ich wie er ihr ein Kärtchen gab und etwas sagte, sie schüttelte den Kopf, aber sie lächelte immer noch, es sah aus wie eine Visitenkarte, ich wurde wütend, über diesen Konkurrenten. Dann nickte er ihr zu und ging, Silvia blickte auf die Karte und ich bemerkte wie er sich nochmals nach ihr umdrehte, sie begehrlich ansah, ich kannte diesen Blick des Verlangens. Ich spürte einen schmerzhaften Stich in meiner Brust, wollte zu ihr gehen und sie zur Rede stellen, eine Kundin kam mir zuvor, verwickelte sie in eine Gespräch. Silvia schob das Kärtchen in ihre Hosentasche und bediente die Kundin. Als die Frau sich entfernte, sah ich wie Silvia hinkte als sie vom Bücherregal zu einem Mülleimer ging und erleichtert nahm ich wahr dass sie die Visitenkarte entsorgte.

Ich stand bereits vor ihr als sie mich bemerkte, sie schien freudig überrascht zu sein.
„Roman, was machst du hier?"
„Ich wollte dich abholen."
Sie zog mich hinter ein Regal und küsste mich stürmisch.

„Ich hole noch meine Jacke." Sie kam hinkend zurück, sie schien es nicht zu bemerken und wir gingen zum Auto.
„Bist du am Fuß verletzt?"
Sie grinste mich unverschämt an und flüsterte.
„Nein, aber ich habe das Gefühl als stecke immer noch eine Penis in mir, du hast es mir gestern ordentlich besorgt, es ist ein komisches Gefühl beim gehen".
„Rede nicht so vulgär, ich habe es dir nicht besorgt, es war ein Liebesspiel."
„Ja, das war es!"
Sie legte den Arm um mich, ich war beruhigt, meine Wut hatte sich gelegt, ich musste mich damit abfinden dass sie im Buchladen laufend mit Männern zu tun hatte, ich musste endlich lernen ihr zu vertrauen. In dieser Nacht forderte ich nichts von ihr, obwohl ich Lust hatte, aber sie tat mir leid weil sie hinkte, ich hatte es gestern übertrieben in meinem Ehrgeiz.

Tage später wollte ich in den Club gehen, bis jetzt hatte ich ihn immer alleine aufgesucht, heute sollte Silvia mich begleiten, ich wollte sie unter Kontrolle haben. Ich ging ins Wohnzimmer und herrschte sie an.
„Zieh dich an, wir gehen in den Club."
„Nein, ich bleibe hier, ich werde mein Buch zu Ende lesen, ich will nicht mehr aus dem Haus gehen."
Sie wandte sich von mir ab und las ihr Buch weiter.
Ich wurde wütend, sie war so selbstbewusst, immer wieder verweigerte sie mir einen Wunsch, immer wieder stellte sie sich gegen mich, ich packte sie am Arm und wollte sie hochziehen.
„Ich möchte dass du mitgehst!"
Sie wehrte sich, kratzte mich an der Hand.

„Lass mich los, du gehst mir auf die Nerven mit deinem gebieterischen Gehabe, ich habe es satt wenn du mir ständig deinen Willen aufzwingen willst, ich bleibe hier!"
„Und wenn ich dich darum bitte, mich zu begleiten?"
„Mich darum bitten? Kannst du das in deiner Eitelkeit?"
Sie sah mich herausfordernd an, ich wollte mein Ziel erreichen, ich musste mich überwinden es zu sagen.
„Würdest du bitte mit mir den Club besuchen?"
Langsam erhob sie sich und grinste weil sie mich dazu gebracht hatte sie um etwas zu bitten.
Ich sah diese Genugtuung in ihren Augen und trotzdem war ich der Sieger, sie tat schließlich was ich von ihr verlangte, sie zog sich an um mich in den Club zu begleiten.

Ich steuerte unseren Tisch an, Silvia kam mir bei der Bestellung zuvor, orderte für sich Orangensaft, ich hasste es wenn sie im Club so etwas unpassendes trank, wieder grinste sie mich an, sie wusste das ich es nicht mochte.
Als ich unseren Tisch verließ, um mich mit meinen Freunden zu unterhalten sah sie mich böse an. Ich behielt sie im Auge, ihre Finger trommelten unaufhörlich auf die Tischplatte, so wütend war sie, ich hatte sie dazu gebracht mich zu begleiten und ließ sie dennoch alleine sitzen, es war meine Genugtuung die ich auskostete. Ich wandte ihr den Rücken zu, strafte sie mit Nichtbeachtung, als ich mich nach einiger Zeit wieder umdrehte, war unser Tisch leer, sogar ihr Getränk war weg.
Mit meinen Augen suchte ich sie und fand sie einige Tische weiter, sie saß bei Oliver und unterhielt sich mit ihm. Oliver war der Sohn einer meiner besten Freunde, ich kannte ihn seit er ein Baby war, ich

zählte auf Olivers Respekt vor mir, ich war sicher dass er ihr nicht zu nahe kam. Ich führte meine Gespräche weiter, aber ich beobachtete sie im Augenwinkel.
Oliver war ein stattlicher, großer Mann geworden, er musste Ende zwanzig sein. Oliver schloss sein Studium der Rechtswissenschaft ab und arbeitet bei der Kripo in gehobener Position, sein Vater hatte ihm diese Stelle verschafft. Oliver war gut in seinem Job, ich hatte sporadisch mit ihm zu tun, ich mochte ihn, er war ein zurückhaltender, junger Mann mit ausgezeichneten Manieren und einen guten Charakter, was man von seinen Vater nicht behaupten konnte. Aber jetzt war er gerade in einem Gespräch mit meiner Freundin vertieft, was mich sehr störte, aber ich konnte ihm keinen Vorwurf machen, Silvia saß an seinem Tisch und nicht er an unseren. Es war eigenartig, er flirtete nicht mit ihr, sein Gesicht war ernst, fast maskenhaft starr, er beugte sich nach vor, legte seine Hand auf ihre Hand, ich wurde eifersüchtig, er redete auf sie ein, Silvia schüttelte den Kopf, dann zog sie langsam ihre Hand weg. Sie sprach auf ihn ein, sah ihn zärtlich dabei an, ihr Ausdruck widerstrebte mir, ich musste handeln und ging zu ihnen.

Oliver erhob sich sofort als ich an seinen Tisch trat, er begrüßte mich ernst, Silvia blieb sitzen und machte keine Anstalten aufzustehen, ich sagte zu ihr.
„Du bist mit mir hier, daher wäre es angebracht wenn du wieder an unseren Tisch Platz nimmst!"
„Nein ich unterhalte mich, du bist ein schlechter Gesellschafter, ich werde hier sitzen bleiben."
Oliver sah sie schockiert an, er hatte Respekt vor mir, noch nie hatte jemand mit mir so gesprochen, ich war unglaublich wütend auf sie, er sah mir in die Augen

und senkte sofort seinen Blick, hastig verabschiedete er sich.
„Ich wollte gerade gehen, ich habe morgen einen wichtigen Termin, es hat mich gefreut dich zusehen."
Er gab mir die Hand, Silvia ignorierte er, aber sie gab nicht auf.
„Nein, bleib doch noch, Roman hat sicher noch mit seinen Freunden zu reden."
Oliver nickte mir kurz zu, verbeugte sich förmlich vor Silvia und ging, ich packte sie am Arm.
„Komm, wir gehen zu unseren Tisch und versuche keinen Aufstand zu machen, ich schwöre dir, du wirst es bereuen!"
Sie sah mich erstaunt an und wusste genau dass sie zu weit gegangen war, sie erhob sich und folgte mir willig, aber sie drehte sich noch einmal nach Oliver um. Er stand noch beim Ausgang und sprach mit seinem Vater. Sie setzte sich an unseren Tisch und wagte nicht mir in die Augen zu sehen. Ich sagte nichts, ich war zu aufgebracht, ich würde sie mir zu Hause vornehmen und sie wusste es, nervös spielte sie mit ihren Fingern.

Wir gingen zu Fuß nach Hause, schon einmal brachte sie mich in eine solche Situation als sie mit einem jungen Mann flirtete und mich damit vor meinen Freunden blamierte. Zumindest diesen Part hatte sie unterlassen und nicht mit Oliver geflirtet. In der Wohnung herrschte ich sie an.
„Was denkst du dir dabei, unseren Tisch zu verlassen? Gefällt es dir mich ständig zu provozieren?"
„Ich wollte Unterhaltung und dann habe ich Oliver gesehen, ich wollte Gesellschaft."
„Und du wirfst dich gleich einen fremden Mann an den Hals? Bist du noch bei Sinnen!"

„Er ist kein Fremder, ich hatte mit ihm eine Affäre, ich habe ihm die körperliche Liebe gelehrt, ja ich kenne ihn sogar nackt!"
„Du hast mit ihm geschlafen?"
„Ja, und ich fand es schön."

Ich verlor die Kontrolle, zerrte sie ins Wohnzimmer, setzte sie auf die Couch und versuchte ihr das Shirt auszuziehen. Sie wehrte sich heftig, ich sah in ihr Gesicht und bereute mein Tun zutiefst. Sie weinte, sah mich verzweifelt an, sie schluchzte so herzzerreißend dass ich sie in meine Arme nahm, kraftlos lag sie an mich gelehnt. Sie machte keine Anstalten sich aus meiner Umarmung zu befreien. In keiner Weise war ihre Reaktion vorhersehbar gewesen. Doch statt Angst in ihren Augen, sah ich nur tiefe Verzweiflung. Sie zeigte mir ein ganzes Repertoire ihrer Gefühlswelt, ich flüsterte.
„Es tut mir so leid, verzeih mir bitte was ich getan habe."
Sie sagte nichts, sah mich nur anklagend an, sie schien sich kaum zu beruhigen, normalerweise ging mir ihre Heulerei auf die Nerven, aber heute versuchte ich sie zu trösten, mir war bewusst dass ich sie sehr verletzt hatte und ich wusste nicht wie ich es wieder gut machen konnte. Es dauerte lange bis sie sich aufrichtete und mich anblickte.
„Warum gibst du unserer Liebe keine Chance zu wachsen, warum zerstörst du sie immer wieder mit deiner gnadenlosen Brutalität, warum verletzt du mich so! Es wird auf Dauer nicht funktionieren, wenn du dich nicht änderst, werde ich dich verlassen müssen! Sonst gehe ich zu Grunde in deiner Umklammerung und deinen Besitzdenken."
Sie schluchzte immer noch, ich verteidigte mich.

„Aber du hast Oliver den Vorzug gegeben, du wärst lieber in seiner Gesellschaft geblieben statt in meiner, glaubst du das hat mich nicht verletzt? Ich war eifersüchtig auf ihn, weil ich dich sehr mag, ich will dich nicht an ihn verlieren!"
Es kostete mich Überwindung ihr meine Eifersucht zu gestehen, ihr zu sagen was ich fühlte, ich öffnete ihr mein Innerstes. Sie streichelte plötzlich mein Gesicht, sah mich liebevoll an und sagte leise.
„Du wirst mich nicht an ihn verlieren, er war mir dankbar für das was ich für ihn tat, es war nur eine Unterhaltung unter Freunden, mehr nicht, er weiß dass ich zu dir gehöre. Aber du bist der einzige, der nicht daran glaubt! Roman, ich mag dich, aber du musst mir vertrauen, du wirst es nicht verhindern können, dass ich mit anderen Männern Kontakt habe. Christian vertraute mir immer und ich habe ihn nie enttäuscht."
Ihre Worte berührten mich, ich war den Tränen nahe und stand auf, ich wollte nicht dass sie meine feuchten Augen sah. Ich konnte mit solchen Gefühlen nicht umgehen, ich hatte es nie gelernt, meinen Freunden vertraute ich, aber diese begehrte ich auch nicht. Es war ihre anziehende Wirkung auf Männer die wie ein Stachel in meiner Brust saß und mich rasend vor Eifersucht machte und dann sagte sie etwas zu mir das mich nachdenklich machte.
„Roman ich habe dich nicht wegen einem anderen Mann verlassen, ich bin gegangen weil ich Angst vor dir hatte, Angst vor deinen Wutausbrüchen und deinen Gewaltanwendungen. Wenn dir etwas an mir liegt, musst du das in den Griff bekommen, ich lasse mich nicht mehr von dir verletzten, weder physisch noch psychisch. Auch wenn ich damit einen Menschen verliere, der mir sehr viel bedeutet."

Ich gab ihr keine Antwort und bemerkte wie angespannt und gestresst ich war, ein emotionales Krüppel unfähig sie bedingungslos zu lieben und ihr zu vertrauen. Aber ich würde an mir arbeiten, es zumindest versuchen, ich wollte sie nicht verlieren, nicht durch meine Unbeherrschtheit.

Sie ging zu Bett, ich begab mich viel später ins Schlafzimmer. Mir fehlte der Mut mich nochmals einer möglichen Auseinandersetzung zu stellen und ich wagte nicht sie in meine Arme zu nehmen. Ich brauchte die Berührung ihres Körpers beim einschlafen und die Geborgenheit die sie mir täglich gab. Ich konnte nicht einschlafen ohne ihre Wärme, wälzte mich unruhig im Bett und dann spürte ich, wie sie unter meine Decke kroch, sich in meine Arme schmiegte, ich war glücklich, sie hatte mir verziehen, sie besaß mehr Größe als ich.

Nächsten Tag erwähnten wir beide den gestrigen Streit nicht, wir bemühten uns zärtlich miteinander umzugehen. Doch es lag eine Spannung in der Luft, es war vieles nicht ausgesprochen und ich war ihr noch eine Antwort schuldig.
„Silvia, ich werde versuchen mich zu mäßigen, ich hoffe es ist noch nicht zu spät."
„Nein, es ist nicht zu spät."
Sie küsste mich, es war ein inniges Verstehen zwischen uns und ich würde anfangen ihr zu vertrauen.

Die Geschichte mit Oliver beschäftigte mich, warum hatte sie sich mit einen Anfänger abgegeben, ausgerechnet sie, die nach Befriedigung lechzte, warum nahm sie sich einen Amateur der sicher nicht ihren Bedürfnissen entsprach.

Beim Frühstück sprach ich sie darauf an.
„Du und Oliver wann war das, vor meiner Zeit?"
„Nein."
„War es nach mir?"
„Nein."
„Du hast mit ihm geschlafen während wir zusammen waren?"
„Ja."
„Mit Harald und Oliver, mit zwei Männern, neben unserer Beziehung?"
„Ja."
Ich wurde wütend über ihre knappen Antworten, wenn sie keine Lust hatte meine Fragen zu beantworten wich sie mir ständig mit diesem ja und nein Spiel aus, manchmal zuckte sie auch nur mit den Schultern. Dann fiel mir ein dass Harald einen Jungen erwähnt hatte, es war Oliver! Ich schlug mit der Faust auf den Tisch.
„Ich warne dich, gib mir eine ordentliche Antwort, ich will Details wissen, reiz mich nicht schon wieder!"
Sie sah mich schockiert an und dann wurde sie nervös. Sie nahm das Honigglas und schraubte den Deckel hinunter und wieder hinauf, immer wieder, sie beschäftigte sich mit ihren Händen um den Stress abzubauen.
„Wie lange lief das mit Oliver?"
„Zehn Wochen."
„Warum weißt du das so genau?"
„Wir hatten zehn Wochen vereinbart, die Ausbildung war abgeschlossen, er konnte alles was ich ihn lehrte."
„Wie bitte? Welche Ausbildung? Was ist da gelaufen zwischen euch?"
„Sein Vater wollte dass aus ihm ein guter Liebhaber wird, er sollte seine Hemmungen ablegen und ich sollte ihn in die Liebe einführen."

„Er war noch Jungfrau?"
„Ja."
„Andreas ist an dich herangetreten und hat dich darum gebeten?"
„Nein, Harald."
„Harald? Das hat ein Nachspiel, den werde ich ausfindig machen. Erzähl mir alles, hast du mich verstanden, alles!"
Ich ballte meine Hände zu Fäusten, dann nahm ich ihr das Honigglas weg, sie verschränkte die Finger bis ihre Knöchel weiß wurden, zornig blickte sie mich an und dann fing sie zu reden an, schonungslos berichtete sie mir den ganzen Ablauf, von Anfang bis zum Ende. Ich war fassungslos über diese Geschichte.
„Und Andreas weiß nichts davon, er hat nur bezahlt?"
„Ja, Oliver hat mir im Club versichert das er geschwiegen hat, du kannst beruhigt sein".
„Du verlangst von mir dass ich dir vertrauen soll und damals hast du mich betrogen. Warum solltest du es nicht wieder tun? Oder hindert dich jetzt unsere Partnerschaft daran mit anderen Männern zu schlafen? Wo ist der Unterschied zwischen damals und heute?"
Ich fixierte sie prüfend, ich würde es bemerken wenn sie mich belog, sie sah mich ernst an.
„Du kennst den Unterschied nicht, Roman? Heute liebe ich dich! Das ist der Unterschied! Lass endlich die Vergangenheit ruhen, ich werde mich keinen Anderen hingeben!"
Ich war aufgewühlt, immer wieder kamen Dinge aus der Vergangenheit hoch, ich kam damit nicht zurecht und ich bereute wieder meinen damaligen Fehler. Diese verdammte Fesselung! Wenn ich sie vor fast neun Jahren nicht so lange in Fesseln gelegt hätte, dann wäre das alles nicht passiert, dann gäbe es

kein dazwischen, vielleicht wären wir schon verheiratet. Seit ich sie kannte weckte sie in mir Gefühle die mir vorher unbekannt waren, ein ganzes Spektrum an Emotionen und viele davon waren schmerzhaft. So wie die Liebe zu ihr, ich konnte sie nicht genießen, sie war gepaart mit Eifersucht und Misstrauen.
Silvia bemerkte meine Zweifel, sie stand auf und setzte sich auf meine Oberschenkel.
„Roman, glaub mir, du kannst mir vertrauen!"
Dann küsste sie mich und wir landeten im Bett.
Ganz gleich welche Gefühle ich empfand, immer lebte ich sie aus, indem ich mit ihr schlief. Wenn ich ihr meine Zuneigung zeigen wollte, war ich sanft und zärtlich und befriedigte sie. Wenn ich wütend oder eifersüchtig war nahm ich sie fast brutal, um ihr zu zeigen dass sie mir gehörte. Der Sex war der Ausdruck meiner Gefühle.

Die Wochen danach bemühte ich mich eine normale Beziehung zu führen. Ich versuchte es zumindest. Wir redeten, wir schliefen miteinander, wir lebten unseren Alltag wie andere Paare auch. Vermeintlich führten wir eine normale Partnerschaft. Aber ich bekam meine Kontrollsucht nicht in den Griff und tat alles um ihr Leben akribisch zu analysieren. Sie war Montag bis Mittwoch in der Buchhandlung, wenn ich Abendtermine hatte versuchte ich sie unter Vorwände in der Wohnung zu halten. Falls sie ausging wollte ich wissen mit wem sie sich traf und wo sie war, sie gab nach einiger Zeit entnervt auf und blieb zu Hause, nur um meine Fragen nicht mehr beantworten zu müssen. Am Mittwochabend fuhr sie nach Salzburg am Donnerstagvormittag machte sie Erledigungen und kaufte für das Wochenende ein. Am Nachmittag ging sie immer schwimmen, ich wusste nicht wie sie den Abend verbrachte und das stellte mich vor eine echte Geduldsprobe. Ich fing an sie anzurufen, sobald sie vom Hallenbad in ihre Wohnung zurückkehrte. Ich telefonierte oft zwei Stunden mit ihr, nur damit sie nicht mehr außer Haus gehen konnte. Den Freitag verbrachte sie auf den Friedhof bei Christian, die Grabpflege nahm viel Zeit in Anspruch und am Abend war ich wieder bei ihr.

Sogar ihren Zyklus hatte ich im Kopf, ich konnte mir genau ausrechnen wann sie ihre Tage bekam, einundzwanzig Tage Pilleneinnahme, am zweiten Tag danach immer Montagabend bis Freitagmittag hatte sie ihre Tage, ihr Zyklus war präzise wie ein Schweizer Uhrwerk. Mit dieser Berechnung wurde mir bewusst dass sie damals nie ein Wochenende bei mir unpässlich war, es ging sich immer genau aus, damit ich mit ihr schlafen konnte. Ich ging sogar so weit dass ich versuchte meine Abendtermine so zu koordinieren, wenn sie ihre Tage hatte, so war ich sicher dass sie mich nicht betrügen konnte. Meine Eifersucht war grenzenlos und zwanghaft und der Drang sie zu beherrschen wurde immer größer. Ich misstraute ihr immer noch, vor allem traute ich den Männern nicht mit denen sie Kontakt hatte, ihre erotische Ausstrahlung war ungebrochen und sie wusste wie sie auf andere wirkte. Sie spielte damit um mich eifersüchtig zu machen, es war ein ewiger Machtkampf zwischen uns. Zugegeben unsere Beziehung war dadurch aufregend und explosiv, die anschließende Versöhnung im Bett leidenschaftlich aber die Partnerschaft war dadurch auch anstrengend und zermürbend.

Als ich das Inserat in der Zeitung las, überlegte ich nicht lange dort anzurufen, es war perfekt um endlich Klarheit zu schaffen.

Es war eine Seitensprungagentur die mein Interesse erweckte, man bezahlte für jemanden, der versuchte den Partner zu erobern und zum Seitensprung zu bewegen. Ich war begeistert davon ihre Treue auf den Prüfstand zu stellen.

Einige Tage später hatte ich einen Termin bei der Agentur, ich suchte lange aus einer Auswahl der Männer den für Silvia passenden Mann nach einem Portraitfoto heraus. Ich wollte ihn persönlich kennenlernen den Gigolo, der Silvia erobern und verführen sollte, jedoch vor dem Beischlaf einen Rückzieher machen musste.

Wir trafen uns in einen Lokal, ich wartete bereits, er war nicht zu übersehen als er kam. Groß, schlank, dunkelhaarig, ein muskulöser sportlicher Körper, ein kantiges, sympathisches Gesicht, ein fester Händedruck und ein unwiderstehliches Lächeln. Ein äußerst attraktiver Mann!
Er hieß Georg, war dreißig, Sportstudent, es störte mich dass er sein Studium nicht schon längst abgeschlossen hatte, nebenbei jobbte er bei der Agentur um Geld zu verdienen, er mache das gerne, erzählte er mir, es war der Reiz des Unbekannten. Er war ein Luftikus, einer der das Leben leicht nahm. Er rühmte sich damit bis jetzt jede Frau rumgekriegt zu haben, es wäre kein Problem für ihn sie zu erobern, ich würde mit dem Ergebnis zufrieden sein, sagte er. Seine Freundin ist nicht begeistert von seinem Job, erzählte er freimütig, aber er brauche die Selbstbestätigung und er schlafe gerne mit fremden Frauen. Sein Charme hat ihn noch nie im Stich gelassen, er grinste mich vielsagend an. Auf meinen Einwand, dass er auf keinen Fall mit ihr schlafen durfte und es vorher beenden müsste, reagierte er

freundlich. Er versicherte mir dass er ganz auf die Kundenwünsche eingehen würde.
Sein ausgeprägtes Selbstbewusstsein machte mich wütend, ich war wahnsinnig ihn auf Silvia anzusetzen, aber ich wollte Gewissheit ob sie mir treu war, auch bei einer solchen Versuchung. Ich händigte ihm ein Foto von Silvia aus, damit er sie erkennen konnte und er betrachtete das Bild lange, ich bemerkte dass sie ihm gefiel. Er verlor jedoch kein Wort darüber, er agierte absolut professionell. Ich sah ihm nach als er ging und schmerzlich wurde mir bewusst, was passieren würde wenn er sie zum Seitensprung bewegen konnte. Ich war gezwungen einen Schlussstrich zu ziehen, es würde die schmerzhafteste Erfahrung meines Lebens werden, schlimmer als der Tod meiner Eltern, die mir immer fremd geblieben waren.
Silvia war mein Leben, aber meine Eifersucht machte mich zunehmend krank. Ich musste noch den richtigen Zeitpunkt abwarten und ihren Zyklus ausrechnen, ich wollte jedes Hindernis aus dem Weg räumen und den Seitensprung so leicht wie möglich gestalten.
Der Gedanke daran war unglaublich schmerzvoll.

Je mehr ich über Georg nachdachte, je mehr traute ich ihm nicht. Was ist wenn er doch mit ihr ins Bett steigen würde, sein Blick als er ihr Foto sah war eindeutig. Wie sollte ich je erfahren, wie weit er wirklich gegangen war. Und Silvia war ein Meister der Verstellung, nie gab sie mir einen Grund zur Annahme dass sie mich betrog, aber sie tat es damals, immer wieder und mit zwei Männern, ohne dass ich es bemerkt hatte.

Ich beauftragte eine Detektei, sie sollte Georg überwachen wenn er meinen Auftrag durchführte und Silvia verführte, ich wollte Fotos über ihren Flirt.

Als ich für einige Tage dienstlich zu einer Richtertagung verreisen musste, schien der Zeitpunkt perfekt. Ich erklärte Silvia dass ich auf eine Dienstreise fahren musste, von Montag bis Freitag, ich bat sie bis dahin in Wien zu bleiben, damit ich sie bei meiner Rückkehr sehen konnte.
Ich hatte nicht mit ihrer heftigen Reaktion gerechnet. Sie bettelte, damit ich sie mitnahm, sie weinte, weil sie mich vermissen würde, sie versuchte alles um mich zu begleiten und um meine Zustimmung zu bekommen. Es brach mir das Herz, weil ich ihr den Wunsch abschlug. Mein schlechtes Gewissen plagte mich, weil ich sie in dieser Zeit von einem Gigolo verführen und zusätzlich überwachen ließ. Ich war nahe daran alles abzusagen, aber dann tat ich es doch nicht. Ich sagte ihr, sie sollte am Donnerstag ins Hallenbad schwimmen gehen und sich entspannen.
Sie stimmte resignierend zu.

Es war perfekt geplant, ich gab der Detektei und der Seitensprungagentur alle Daten, wann und wo sich Silvia aufhalten würde. Georg sollte versuchen in der Buchhandlung an sie ranzukommen, wenn ihm das nicht gelingen würde, sollte er es im Hallenbad versuchen. Sie würde einen Bikini tragen und ich war sicher er würde ihr nicht widerstehen können, wenn er sie halbnackt sah.
Es hatte schon masochistische Züge was ich mir antat.
Aber ich konnte mich kaum mehr bei meiner Arbeit konzentrieren, verlor bei Gerichtsverhandlungen oft die Zusammenhänge, ich litt unter meiner Eifersucht,

ich dachte ständig daran mit welchen Mann sie sprach oder flirtete und ich wollte Gewissheit über ihre Treue oder noch schlimmer über ihre Untreue. Ich war sicher dass ich mit diesem Auftrag meine Zukunft mit Silvia zerstören würde. Und ich war sicher dass sie seinem Werben erlag und mich damit unbewusst zwang die Beziehung zu beenden.

Ich schlief am Wochenende nicht mit ihr, ich schob Zeitmangel wegen diverser Vorbereitungen der Tagung als Grund vor, sie war enttäuscht, ich wollte dass sie abstinent war um ihr Verlangen zu steigern, Georg würde es leichter haben, wenn sie ihre Lust nicht zügeln konnte.

Ich verabschiedete mich am Montagmorgen von ihr, sie schmiegte sich in meine Arme und weinte plötzlich. Es war schwer für mich zur Tagung zu fahren und mit dem Wissen sie bald in den Armen eines Anderen zu sehen wurde es unerträglich. Ich wandte mich von ihr ab, sie sah mir traurig nach.

Bei der Tagung war ich abgelenkt, aber die Nächte zerrten an meinen Nerven und ich verzehrte mich nach Silvia. Die fünf Tage wurden zur psychischen Folter und ich bereute diesen Auftrag aber es war zu spät.

Nach meiner Rückkehr von der Tagung ging ich nicht nach Hause sondern sofort zur Agentur. Ich war nervös als ich die Seitensprungagentur ansteuerte, Georg wartete bereits auf mich und auf sein beachtliches Honorar.
Er wirkte ernst, fast unsicher, sein Selbstbewusstsein war verschwunden, sein Gesichtsausdruck irritierte mich. Er gab mir die Hand und wir setzten uns

gegenüber, er senkte den Kopf als er zu sprechen begann.
„Herr Mender, es tut mir leid, ich muss ihnen gestehen dass ich keinen Erfolg vorweisen kann."
Ich wusste nicht was er meinte, ich war zu aufgewühlt um die Wahrheit zu erfahren.
„Sie müssen schon konkreter werden", sagte ich mühsam.
„Ihre Frau hat mir einen Abfuhr erteilt, in der Buchhandlung war es noch einfach, sie war freundlich, jedoch zurückhaltend, am zweiten Tag wollte ich sie zum Dinner einladen, sie lehnte höflich aber bestimmt ab. Am dritten Tag versuchte ich es in der Buchhandlung nicht mehr, ich wollte meine Chance im Hallenbad nützen, mit meinen Körper konnte ich immer Eindruck erwecken, ja sogar Bewunderung."
Er sah mich müde an, ich fixierte ihn prüfend, mein Herz klopfte, ich wies ihn an.
„Erzählen sie weiter, was ist im Bad geschehen?"
„Ich legte mich auf die Liege neben sie, ich ließ meinen ganzen Charme spielen, sie sagte sie wünsche keine Unterhaltung, sie ignorierte mich und schloss die Augen. Ich machte ihr Komplimente, sie reagierte nicht darauf und als ich ihr ins Wasser folgen wollte wurde sie richtig aggressiv. Sie sagte zu mir, hören sie, junger Mann, sie bedrängen mich seit vier Tage, lassen sie mich in Ruhe."
Ich sah ihn erstaunt an.
„Sie haben aufgegeben?"
„Nein, ich musste mich noch gegen einen Konkurrenten behaupten."
„Ein anderer Mann?"
„Ja, nachdem ich ihr nicht ins Wasser gefolgt bin und der andere gehört hat wie sie mir einen Abfuhr erteilte, nutzte er seine Chance. Er schwamm neben

ihr und redete auf sie ein, sie antwortete ihm mit kurzen Sätzen, ich beobachtete sie, konnte aber nichts verstehen bei dem Lärmpegel im Hallenbad. Ich dachte vielleicht gefällt ihr dieser Mann besser als ich, er war ihnen ähnlich, er wirkte seriös und war in ihrem Alter. Sie stieg aus dem Wasser, er ebenfalls, dann fasste er sie am Arm. Ich hörte wie sie wütend zu ihm sagte, wenn sie es nochmals wagen mich anzugreifen oder mir folgen, werde ich die Polizei rufen. Ich fühle mich von ihnen bedroht und ich werde sie anzeigen wenn sie mich noch einmal belästigen."

Ich spürte wie mir heiß wurde und fragte Georg mit Nachdruck.

„Das hat sie gesagt?"

„Ja, wortwörtlich, sie nahm wieder auf der Liege Platz und ich versuchte abermals ein Gespräch zu beginnen, ich nannte den anderen Mann unverschämt und hoffte so auf ihre Bereitschaft mit mir zu reden. Sie sah mich zornig an und sagte, ich sei genau so aufdringlich, dann stand sie auf, packte ihre Sachen und ging."

„Sie wechselte den Platz?"

„Nein, sie verließ das Bad. Wissen sie, ihre Frau sendet Signale aus, sie benimmt sich verführerisch, ihr Gang und ihre Bewegungen wirken wie eine Aufforderung an die Männer, aber wenn man ihr zu nahe kommt wird sie zum Eisberg."

„Wie interpretieren sie diese Aufforderung?"

„Nun, sie fordert zum Sex auf."

Er sah mich angespannt an, dann sprach er weiter.

„Es tut mir leid dass ich ihnen kein positives Ergebnis liefern konnte, sie können mein Honorar kürzen, ich weiß nicht wie sie diese Frau geknackt haben, aber mir ist sie eine Nummer zu groß."

„Ich habe sie nicht geknackt, ich habe sie erobert."

Ich stand auf, legte ihm sein volles Honorar auf den Tisch und wandte mich zur Tür er rief mir nach.
„Hören sie, Herr Mender, ich kann ihnen versichern, ihre Frau ist ihnen treu, die sieht keinen anderen an, sie muss sie sehr lieben!"
Ich sagt nichts, ich spürte eine unglaubliche Erleichterung weil Silvia mich nicht betrogen hatte, ich konnte es kaum erwarten sie zu sehen. Morgen würde ich noch in die Detektei fahren und die Fotos holen, ich war gespannt wie dieser andere Mann aussah und ob mir Georg Lügen erzählte, ich misstraute ihm.

In meiner Wohnung fiel mir Silvia um den Hals und küsste mich stürmisch, ich konnte nicht einmal meine Koffer abstellen. Immer wieder beteuerte sie wie sehr sie mich vermisst hatte und ich war glücklich weil ich ihr glauben konnte. Ich war sofort scharf auf Silvia, jetzt wo ich wusste dass sie mir treu war konnte ich meine Gefühle wieder zulassen. Ich begann sie hastig auszuziehen, sie riss mir meine Hose vom Leib wir vögelten gleich im Flur weiter kamen wir nicht in unserer Leidenschaft.

Nachher saßen wir im Wohnzimmer und ich fragte sie wie sie die Tage verbrachte, sie antwortete zögernd.
„In der Buchhandlung war es wie immer, es ist nichts Besonderes vorgefallen."
„Und im Hallenbad?"
Sie zuckte mit den Schultern, ich fragte weiter.
„Bist du lange geblieben?"
„Nein."
„Warum nicht?"
„Das Publikum dort ist anders als in Salzburg."
„Wie anders?"
„Zu viele Leute."

Sie antwortete wieder mit kurzen Sätzen, es war ihr unangenehm darüber zu reden, sie kannte meine unbeherrschte Eifersucht, ich bohrte weiter.
„Welche Leute? Viele Männer?"
„Hör auf mir solche Fragen zu stellen, ich fühlte mich dort nicht wohl, ich bin nur kurz schwimmen gewesen, und dann wollte ich nach Hause, du hast mir gefehlt!"

Wir liebten uns in dieser Nacht noch einmal, ich war glücklich, unerwartet glücklich, nachdem sich meine schlimmsten Befürchtungen nicht erfüllt hatten.

Nächsten Tag suchte ich das Detektivbüro auf.
Der Eigentümer bat mich in sein Büro, er lächelte und öffnete das Kuvert mit den Bildern.
„Unser Mitarbeiter hat gut gearbeitet, er konnte sogar einige Tonaufnahmen machen, obwohl es schwierig war bei diesem Lärm in dem Buchgeschäft und im Bad."
Die Tonaufnahmen und die Fotos bestätigten die Ausführungen von Georg, man sah ihn bei seinen Bemühungen und Silvia wirkte genervt. Auf den Bildern im Hallenbad konnte man seinen tollen Körper sehen, Georg hatte nicht übertrieben mit der Beschreibung seines athletischen Körperbaus. Auf einen Foto erhob sich Silvia von der Liege, Georg erhob sich auch, ihre Körperhaltung signalisierte Abwehr, dann sah man wie sie ins Wasser stieg. Die weiteren Fotos zeigten den Konkurrenten von dem Georg gesprochen hatte, er hatte ihn genau beschrieben, er war mir wirklich ähnlich. In meinem Alter, meine Größe und seine Körperhaltung war äußerst dominant. Auf einem Bild hielt er sie am Arm, ihr Gesichtsausdruck schien wütend.

Georg hatte die volle Wahrheit gesagt. Ich bezahlte den Auftrag, es hatte mich eine Menge Geld gekostete, aber meine Eifersucht war reduziert, alleine dieses schmerzhafte Gefühl nicht mehr zu spüren waren die Kosten wert.

Als ich zurück in die Wohnung fuhr, kaufte ich für Silvia einen Blumenstrauß, ich spürte ein Glücksgefühl weil sie der Verlockung von Georg widerstanden hatte. Wie immer begrüßte sie mich zärtlich, ich gab ihr die Blumen, sie sah mich ernst an.
„Du schenkst mir Blumen? Was hat du angestellt?"
„Nichts, ich wollte dir eine Freude machen."
„Als du mir zuletzt Blumen geschickt hast, war es eine Wiedergutmachung für deine Unbeherrschtheit, was ist es diesmal?"
„Es ist nichts, ich sagte doch, ich wollte dir eine Freude machen."
„Du machst nie etwas ohne Grund, was willst du erreichen, für welchen Zweck sind die Blumen gedacht?"
„Silvia, ich weiß dass du Blumen magst, darum habe ich sie gekauft."
„Hast du mich betrogen?"
„Nein, natürlich nicht."
Sie sah mich eigenartig an, sie glaubte mir nicht, es stimmte, grundlos tat ich nie etwas derartiges, ich war nicht romantisch und Blumen waren geeignete Mittel sie zu besänftigen, ich fragte sie neugierig.
„Wenn ich mit einer anderen Frau schlafen würde, wie würdest du reagieren?"
„Ich würde es dir gleichtun und mit einen Mann ins Bett gehen."
„Es würde dich nicht stören?"
„Es würde mich verletzen."

Sie sah mich ernst an, ich bohrte weiter.
„Aber du würdest mich nicht verlassen?"
„Sicher würde ich dich verlassen, aber erst wenn ich dich genauso gedemütigt habe wie du mich."
„Aber damals hättest du es toleriert, ja, es wäre dir gleichgültig gewesen."
„Damals habe ich dich nicht geliebt. Wenn du mich betrügen willst dann tu es, ich kann dich nicht daran hindern, aber du musst mit den Konsequenzen leben, unsere Beziehung würde in die Brüche gehen."
„Ich werde dich nicht betrügen", sagte ich sanft, sie herrschte mich an.
„Warum quälst du mich dann mit solchen Fragen? Kannst du mir nicht einfach bedingungslos Blumen schenken? Von Christian bekam ich oft Blumen, einfach so, weil er mich liebte."
„Ich sagte doch, ich wollte dir eine Freude bereiten, du hast wieder einen Streit angefangen und mir nicht geglaubt!"
Sie ging in die Küche, holte eine Vase und stellte die Blumen ins Wasser. Sie sagte kein Wort und ich schwieg auch. Die Stille war bedrückend, wir litten beide darunter, aber keiner von uns beiden gab nach, keiner machte den ersten Schritt zur Versöhnung.

Ich setzte mich ins Arbeitszimmer und sie ging ins Wohnzimmer. Ständig machten wir uns das Leben schwer, wir waren gleich starke Persönlichkeiten geworden. Nach Minuten stand ich auf, ich wollte mich entschuldigen, sie kam mir im Flur entgegen, unsicher blieb sie stehen, als ich weiter auf sie zuging drängte sie sich in meine Arme, unsere Versöhnung fand wieder im Bett statt. Es war verrückt, es war eine körperliche Entschuldigung von beiden Seiten, immer noch herrschte diese Sprachlosigkeit, nur im Bett konnten wir uns gegenseitig verzeihen. Und trotzdem fand ich diese Entschuldigung schön, noch intimer konnten wir uns nicht verzeihen als miteinander zu schlafen und den Streit vergessen.

Unsere Beziehung war geprägt von der Sexualität, sie war darauf aufgebaut, sie war die Säule und das Fundament unserer Partnerschaft. Nur, wie lange würde sie Bestand haben, was wäre wenn die körperliche Liebe nachlassen würde, wenn unsere Lust abflaute, unser Verlangen geringer würde?
Wie würden wir dann mit Streit und verschiedenen Meinungen umgehen? Würden wir fähig sein uns mit Worten zu versöhnen? Die Fragen machten mich nachdenklich, ich musste es herausfinden, die nächste große Hürde die ich mir auferlegte, denn ich war süchtig nach Herausforderungen und nach Erfolgserlebnissen.
Silvia brachte Abwechslung und Aufregung in mein Leben, schmerzhafte und schöne Emotionen, ohne sie hatte ich nicht gelebt, nicht mit einer solchen Intensivität. Mein Leben vor ihr bestand aus Arbeit, Sport und Gesprächen mit meinen Freunden. Aber nie waren so starke Gefühle im Spiel, Gefühle in allen Variationen und unbekannten Höhen und Tiefen, ich lebte mit jeder Faser meines Körpers. Ich wollte versuchen einen normalen Alltag mir ihr zu leben und meine Kontrollsucht und meine Eifersucht in Grenzen halten.

Ich bemühte mich und es gelang mir einigermaßen und so verging das folgenden Jahr unspektakulär und friedlich.
Christian war seit zwei Jahren tot, Silvia ging immer noch jede Woche zum Grab, aber ihre Trauer war fast erloschen, einer Akzeptanz gewichen, sein Tod

hatte sie geprägt, sie war ernster und reifer geworden. Meine Befürchtungen sie nach einiger Zeit nicht mehr so stark zu begehren, waren unbegründet, Silvia gestaltete unsere Liebesleben einfallsreich und sie sah immer noch sehr reizvoll aus.

Es war Winter geworden, wir fuhren nur noch alle zwei Wochen nach Salzburg, es war zeitaufwändig jedes Wochenende so weit zu fahren, nur die schönen Jahreszeiten wollte sie unbedingt in Salzburg verbringen. Die Umgebung war wesentlich schöner als in Wien und sie hasste Wien immer noch. Wir gingen sporadisch am Abend eislaufen, in meiner Zeit im Internat spielte ich in einem Eishockeyteam und war daher standfest auf dem Eis, sie klammerte sich an mich weil sie unsicher auf den Kufen war. Wir fuhren Hand in Hand, bevor sie fiel fing ich sie auf, es machte ihr Spaß und sie lachte wieder öfter.
Je mehr Christian aus ihren Leben wich, je kindischer und ausgelassener wurde sie. Ich hatte keine Ahnung welch amüsanten, ja satirischen Humor sie besaß. Sie brachte mich ständig zum Lachen mit ihren lustigen Anekdoten und ihrer Schlagfertigkeit. Damals unterdrückte ich zwei lange Jahre ihre Persönlichkeit und versuchte sie nach meinen Vorstellungen zu formen. Ich lernte Seiten an ihr kennen die mir fremd waren, sie war witzig und unterhaltsam, intelligent und belesen, ich begegnete ihr jetzt auch auf geistiger Ebene in Augenhöhe. Unsere Freizeitgestaltung hatte den gleichen Stellenwert wie unser Sexleben, bei Streit wurden Lösungen gefunden, ich verlor meine Härte und meine Unbeherrschtheit, behielt mir jedoch meine Dominanz. Vor allem im Bett war ich nach wie vor tonangebend und sie mochte es wenn ich sie führte.

In Gesellschaft war ich im Mittelpunkt. Sie war zurückhaltend und ließ mir immer den Vortritt, unsere Zusammenleben funktionierte perfekt. Sie wusste wie sie mich behandeln musste, ich bot ihr dafür Geborgenheit und sie konnte sich auf mich verlassen. Wir lebten in einer Symbiose, es war ein Geben und Nehmen von beiden Seiten mit gleicher Intensivität.

Eines Tages wollte ich mit ihr den Club besuchen, sie lehnte ab, bevorzugte einen gemütlichen Abend zu Hause. Ich ging alleine und kam nach Mitternacht ins Bett. Selten bekam sie Lust mich zu beherrschen, doch heute war ihr Verlangen groß und ich bestrafte sie, indem ich mich verweigerte, weil sie mich nicht in den Club begleitet hatte. Sie kroch sofort unter meine Decke, presste ihren Körper an meinen Rücken und wollte nach meinen Penis greifen, ich schob sie weg und herrschte sie an.
„Hör auf, ich bin nicht in Stimmung!"
„Aber ich will, Roman bitte, ich will mit dir schlafen."
„Nein, mach was du willst, aber ohne mich."
„Darf ich dich ein wenig streicheln?"
Ich nickte.
Morgen würde ich von ihr alles bekommen, ihr Trieb war zu groß um mir einen Wunsch abzuschlagen. Sie schmiegte sich an meinen Rücken, streichelte meine Arme und dann spürte ich plötzlich eine Schlinge um mein Handgelenk, ich wollte sie mit der anderen Hand abstreifen, aber sie war schneller, auch mein zweites Handgelenk war gefesselt, sie zog die Schlinge rasch zu. Ich konnte mich nicht mehr befreien, wies sie wütend an.
„Mach die Schnur auf, es interessiert mich heute nicht."

„Nein, ich will und du wirst es tun, vorher werde ich dich nicht losbinden."
Sie verband meine Augen, ich musste es zulassen, sie war erregt und mir waren die Hände gebunden.
Und ich fing an das Spielchen interessant zu finden.

Ich hörte wie sie im Bad das Wasser aufdrehte, dann spürte ich etwas warmes, nasses mit dem sie meinen Penis abrieb. Es fühlte sich an wie ein Waschlappen, der weiche Stoff an meinem Glied war angenehm. Ich roch den Zitronenduft ihres Körperöls, dann massierte sie meinen Penis mit ihren zarten Händen. Er wurde steif, lange streichelte sie ihn, sehr lange. Es war ein Hauch einer Berührung, genug um meine Steifheit und meine Erregung aufrecht zu erhalten, zu wenig um zum Orgasmus zu gelangen. Ich entspannte mich, kostete das schöne Gefühl dass sie mir mit ihren Händen bereitete aus, und ich wurde scharf.
„Mach mich los, ich will dich vögeln."
„Nein, ich bestimme wann du es tust."
Abrupt ließ sie mein Glied los, dann spürte ich wie mein Penis zwischen ihren Brüsten lag, sie klemmte ihn ein, schob ihn zwischen ihren Brüsten auf und ab. Ich wollte es sehen, meine Stimme klang heiser.
„Ich will zusehen, nimm mir die Augenbinde ab."
„Wenn du etwas von mir willst, musst du mich darum bitten."
Ich war enorm scharf, es fiel mir leicht das zu sagen.
„Lass mich bitte zusehen."
„Das ist mir zu wenig, sag mir was du noch willst."
„Ich möchte dich vögeln und dich dabei ansehen, ich will dich, bitte."
Sie befreite mich von dem Tuch, ich sah ihre glänzenden Augen und die Spitze meines Penis

zwischen ihren Brüsten, ich wollte sie anfassen, die Fesseln hinderten mich daran.
„Mach mir bitte die Schnur auf, ich werde dich so vögeln wie du willst."
„Ich will es langsam und sanft", sagte sie leise und knüpfte die Schnur auf, ich befreite mich hastig, drückte ihren Oberkörper auf das Bett und legte mich mit meinem ganzen Gewicht auf ihren Rücken. Sie wehrte sich, ich drang sofort in sie ein, nicht langsam und sanft, sondern leidenschaftlich, ich vögelte sie wie es mir gut tat und nicht wie sie es wünschte. Sie war so erregt dass sie noch vor mir kam. Sie hatte ihren Willen durchgesetzt, aber das Ende des Liebesspiels hatte ich bestimmt, wieder einmal hatten wir eine Pattstellung in unserer Sexualität. Es war immer noch schön und reizvoll mit ihr zu schlafen und unsere Liebe wuchs zunehmend.

Groteskerweise zerbrachen rings um uns Beziehungen, teils langjährige Ehen aus meinen Freundeskreis.
Meine Freunde waren alle zwischen vierzig und fünfzig Jahre alt, irgendjemand hatte immer eine Lebenskrise. Gernot trennte sich nach zwanzig Jahren von seiner Frau um für seine sehr junge Freundin frei zu sein. Robert löste seine ewige Verlobung auf um noch einmal richtig Gas zu geben, wie er mir erklärte. Und Andreas Frau hatte seine Eskapaden endgültig satt, sie zog aus der gemeinsamen Wohnung aus. Andreas war am Boden zerstört und obwohl er sie immer betrogen hatte war er sich ihrer sicher gewesen. Ständig rief er mich an und klagte mir sein Leid, ich wollte ihm helfen, kauf ihr Blumen, bitte sie um Verzeihung, sagte ich, aber er hörte nicht auf mich.

Er besuchte mich im Büro und wir plauderten über belanglose Dinge aber er schweifte immer wieder ab, er fühlte sich als Opfer.
„Du hast deine Freundin auch gedemütigt und sie ist wieder zu dir zurückgekehrt", sagte er hilflos.
„Ich habe Silvia nie betrogen."
„Aber du hast sie gefügig gemacht."
„Nur wenn sie mir einen Grund gab, wenn sie mich wütend machte."
„Ja, aber Doris hat mich auch aus diesem Grund verlassen."
„Wie meinst du das?"
„Ich habe sie geschlagen." Er sah mich unsicher an, ich fragte.
„Du hast sie geschlagen? Wie kannst du nur eine Frau schlagen, das ist unentschuldbar!"
„Aber deiner Freundin war es gleichgültig."
„Bist du verrückt, ich habe sie nie geschlagen, ich habe sie nur am Arm gepackt und verbal gedemütigt, aber nie gezüchtigt."
Ich war fassungslos über sein Geständnis, nie wäre mir in den Sinn gekommen dass er seine Frau körperlich angriff. Und ich konnte ihm nicht gestehen dass ich Silvia dafür bezahlte damit sie ihre Zeit mit mir verbrachte. Ich nahm mir das Recht heraus, sie dementsprechend zurechtzuweisen, auch wenn ich dabei grob wurde.
„Hast du sie verletzt?", fragte ich aufgewühlt.
„Ich denke schon."
„Du weißt es nicht? Andreas ich erkenne dich nicht wieder, was hast du ihr angetan, sie kann dich anzeigen!"
"Sie hat mich vorher noch nie angezeigt, sie wird es nicht versuchen den Polizeichef vor Gericht zu laden. Roman du musst mir helfen, wenn sie mich doch anzeigt."

„Du wendest schon länger häusliche Gewalt an?"
„Ja."
„Wie lange?
Andreas sah zu Boden und schwieg, ich war hartnäckig.
„Ich habe dich etwas gefragt Andreas! Wie lange geht das schon?"
„Seit Beginn unserer Ehe."
Ich starrte ihn schockiert an, Doris und er waren dreißig Jahre verheiratet, Andreas wurde mit neunzehn Jahren Vater, ein ungewolltes Kind, wie er immer sagte, Doris war achtzehn als Oliver zur Welt kam. Sie heirateten, weil die Eltern darauf bestanden, Andreas musste sich fügen, er war finanziell von ihnen abhängig und sie ermöglichten ihren einzigen Sohn das Studium.
Es war keine Liebesheirat die sie verband, es war das Kind und mit der Zeit die Gewohnheit. Seinen Frust baute er damit ab dass er sie betrog und schlug. Doris war hübsch gewesen, doch die ständigen Demütigungen die sie ertragen musste zeichneten ihr Gesicht, sie wirkte herb und wesentlich älter als sie war. Sie war eine sympathische und zurückhaltende Frau, ich mochte sie und sie tat mir leid, jetzt wo ich wusste wie sie in Andreas Knechtschaft leben musste.
Ich schüttelte den Kopf, mühsam wandte ich mich von Andreas ab und sagte.
„Warum hast du nie die Scheidung eingereicht, wenn du ihr überdrüssig geworden bist. Warum hast du sie nicht einfach gehen lassen! Warum hast du ihr das Recht genommen, ein eigenes selbstbestimmtes Leben zu führen?"
Andreas reagierte aufgebracht.

„Das sagst du mir? Silvia ergeht es bei dir nicht besser, du beherrscht sie, du lässt ihr keinen Freiraum, du bringst sie um ihre besten Jahre!"
Wütend drehte ich mich zu ihm um.
„Verlass auf der Stelle mein Büro und lass dich nie wieder hier blicken! Auf solche Freunde kann ich verzichten!"
Andreas sah mich erschrocken an, er blieb bewegungslos sitzen und schwieg. Ich ging zur Tür, Andreas stand auf und folgte mir langsam, ich riss die Tür auf und sah ihn verachtend an als er sich verabschiedete, ich sagte nichts, es gab nichts mehr zu sagen.
Ich hatte meinen besten, langjährigen Freund die Freundschaft aufgekündigt

Ich versperrte die Tür hinter mir, setzte mich auf den Sessel, nahm das Foto von Silvia zur Hand und betrachtete es lange. Früher hätte ich über seine Worte gelacht, wenn ich einer Frau die besten Jahre gestohlen hätte, ich wäre darüber amüsiert gewesen, es war nur eine Frau, nicht der Rede wert. Aber bei Silvia war alles anders geworden, ich liebte sie und wollte die Zukunft mit ihr verbringen, Andreas Aussage verletzte mich zutiefst.

Die nächsten zwei Wochen hörte ich nichts von ihm, aber Werner erzählte mir dass er nicht im Dienst war, krankgeschrieben auf unbestimmte Zeit, aber er konnte mir nicht sagen aus welchen Grund er arbeitsunfähig war. Meine Wut über ihn war verraucht, ich hoffte dass unsere Freundschaft stark genug war diese Krise zu überwinden, ich nahm mir vor ihn anzurufen, um diese unglückliche Angelegenheit aus der Welt zu schaffen.

Ich erzählte Silvia kein Wort davon, diese Geschichte betraf nur mich und Andreas.

Nach einigen Tagen kam ich spät nach Hause, ich war müde von einem langen Verhandlungstag. Ich schloss die Wohnungstür auf, Silvia kam mir nicht wie gewohnt entgegen, vermutlich war sie schon zu Bett gegangen. Aber im Wohnzimmer brannte noch Licht anscheinend hatte sie mein Kommen nicht gehört. Ich blieb wie versteinert im Türrahmen stehen als ich das Bild vor mir sah.
Sie saß engumschlungen mit einem Mann auf der Couch, streichelte seinen Rücken, er hatte sein Gesicht in ihren Hals vergraben, klammerte sich an sie, ich konnte nicht erkennen wer es war.
Ich stürzte auf sie zu und wütend riss ich die beiden auseinander, erst jetzt sah ich ihn von der Seite. Es war Oliver!
In einer Affekthandlung erhob ich meine Hand, Silvia warf sich vor Oliver, diese Geste machte mich noch rasender. Er hielt seinen Arm schützend vors Gesicht und sie stemmte ihr Hände gegen meine Brust, stand zwischen uns und schrie.
„Nicht, Roman bitte nicht, nein!"
Ich stieß sie zur Seite, sie fiel zu Boden, ich packte ihn am Hemd und zog ihn zu mir, ich war außer mir vor Wut. Er machte sich an meine Freundin ran, während ich im Dienst war und Geld verdiente um sie zu verwöhnen. In diesen Moment hasste ich beide.
Ich drückte seinen Arm nach unten, ich wollte sein Gesicht sehen, dann ließ ich langsam meinen Arm sinken. Oliver weinte und sah mich verzweifelt an, Silvia hatte sich aufgerafft, stellte sich wieder zwischen uns, fasste mich an den Unterarmen um einen möglichen, weiteren Angriff abzuwehren und sah mir fest in die Augen, sie wirkte traurig.

Oliver senkte den Blick und flüsterte kaum hörbar.
„Papa ist tot."
Ich begriff nicht, regungslos stand ich da und sagte nichts, es dauert eine Weile bis ich mich sammelte.
„Was hast du gesagt?"
Oliver weinte lautlos, sein Körper zitterte, er stand vor mir und ging keinen Schritt zurück. Silvia zog mich sanft auf die Couch, setzte sich neben mich, dann drehte sie sich zu Oliver.
„Komm setz dich wieder", dann wandte sie sich wieder zu mir.
„Andreas ist tot, er hat sich umgebracht."
„Was redest du da?"
Ich sah sie an, dann Oliver, er war zusammengesunken und schluchzte jetzt hörbar.
„Papa hat sich erschossen, mit seiner Dienstpistole, ich wollte es dir persönlich mitteilen und dir diesen Brief geben."
Ich lehnte mich zurück und konnte es nicht glauben, Andreas war tot, ich war nicht fähig zu begreifen, richtete mich wieder auf.
„Wann ist das passiert?"
„Vor einigen Stunden, ich habe ihn gefunden, der Brief ist an dich adressiert.
Oliver zitterte stärker, der Junge war völlig fertig. Ich bemerkte wie Silvia meinen Arm streichelte und mich traurig ansah.
„Roman, ich habe Oliver nur getröstet, ich wollte ihm beistehen in seinem Schock."
„Ja, entschuldige meine Reaktion", ich wandte mich zu Oliver, „es tut mir leid dass ich so impulsiv war."
Er nickte mühsam, wir schwiegen, Silvia stand auf und holte Getränke und Taschentücher, Oliver nahm sie dankbar an.
Wir redeten, ich sprach ihm mein Beileid aus und bot ihm Hilfe an. Silvia fragte ihn ob er bei uns im

Gästezimmer übernachten wollte. Er lehnte höflich ab, hilflos lächelnd verabschiedete er sich, er würde zu seiner Mutter fahren.

Ich musste das Geschehene erst realisieren, Andreas war tot, ich wollte mich mit ihm aussöhnen, aber es war zu spät, unwiderruflich zu spät. Ich öffnete den Brief, ich fühlte mich kraftlos, hatte kaum die Energie das Schreiben zu lesen, aber ich musste es tun. Es war ein kurzer Brief, unverkennbar seine Handschrift.

Lieber Roman,
wenn du diesen Brief liest, werde ich bereits freiwillig aus dem Leben geschieden sein, ein Selbstmord mit meiner Dienstpistole.
Du wirst dich nach meinen Beweggründen fragen, ich habe mich nach reiflicher Überlegung für den Tod entschieden. Meine Frau hat die Scheidung eingereicht, ich werde damit nicht fertig, obwohl ich sie schlecht behandelt habe ist mir erst jetzt bewusst wie sehr ich sie liebe und brauche. Ich habe versucht sie zur Rückkehr zu bewegen, aber sie hat mir nur die Scheidungspapiere überreicht und gesagt dass sie mich hasst. Ich bitte dich, dass du Doris und Oliver beistehst. Du bist mir in meinem Leben sehr nahe gestanden, deine Freundschaft war für mich sehr wertvoll, leider haben wir uns nicht mehr aussöhnen können nach dieser unbedachten Äußerung von mir.
Ich hoffe du verzeihst mir. Andreas

Ich weinte, Silvia nahm mich in die Arme, nie im Leben hatte ich mich so hilflos gefühlt, der Verlust von Andreas hat mein Leben an einen Abgrund gedrängt, nur sie war fähig mich noch zu halten, ich brauchte sie, ohne Silvia würde meine Verzweiflung ins Unendliche wachsen. Ich klammerte mich an sie wie ein Ertrinkender, wir hielten uns fest, ich liebte sie mit einer mir unbekannten Intensivität in dieser schrecklichen Stunde meiner Unbedeutsamkeit.

Tage später wurde Andreas zu Grabe getragen.
Der Trauerzug glich einem Staatsbegräbnis. Es waren hunderte Menschen gekommen um sich von Andreas zu verabschieden. Hinter dem Sarg gingen seine Ehefrau und sein Sohn. Doris zeigte keine Gefühlsregungen, ihr Gesicht war wie eine Maske, Oliver schien gefasst, Silvia und ich schritten dicht hinter ihnen, alles was Rang und Namen hat war gekommen, die Polizeikapelle spielte.
Es wühlte mich auf, einen meiner besten Freunde verloren zu haben und ich war erleichtert, dass Silvia mich auf diesen Weg begleitete, jetzt erst wurde mir bewusst was sie bei Christians Tod empfunden hatte.
Es musste furchtbar sein, den geliebten Partner zu verlieren, ich zeigte damals kein Verständnis für ihre Trauer, wir konnte ich nur so gefühllos sein. Ich spürte durch Andreas tragischen Tod dieses Ausmaß von Trauer und Verzweiflung, wie eine Faust umklammerte es mein Herz.

Das Leben ging weiter, ohne Andreas, ich erfüllte ihm seinen letzten Wunsch und ließ seiner Witwe jede erdenkliche und in meiner Macht stehende Hilfe zukommen. Auch Oliver unterstützte ich nach meinen Möglichkeiten.

Durch den Tod von Andreas wurde mir die Endlichkeit meines eigenen Lebens bewusst, andere Dinge als der Job wurden wichtiger. Dazu gehörte ein Partner, der einem in schlechten Zeiten beistand, ich wollte unserer Beziehung einen Level höher heben, ich wollte Silvia bitten mich zu heiraten.

Der Antrag sollte etwas besonderes sein, wir waren seit über zwei Jahren zusammen, wenn man die damalige Zeit dazurechnete, bereits seit vier Jahren.

Ich wurde nicht jünger und keinesfalls attraktiver, Silvia würde in ihrem Alter bald anfangen die Weichen für eine Zukunft zu stellen, ich musste ihr zuvorkommen. In einer Ehe wäre eine Trennung nicht mehr so einfach. Sie müsste es sich mehrfach überlegen eine Scheidung einzureichen, wir Richter kannten uns untereinander, sie würde dabei nicht gut aussteigen. Ich war berechnend bei diesen Überlegungen, aber ich war in allen Dingen berechnend, sonst hätte ich es in meinem Leben nie so weit gebracht. Ich bekam alles was ich mir wünschte, auch wenn es Umwege kostete, ich erreichte immer meine Ziele.

Ich wusste noch nicht den passenden Zeitpunkt, vor dem Sex könnte sie irritiert sein, möglicherweise ablehnen, nach dem Sex wäre sie noch erregt und liebesbedürftig, die Wahl fiel auf nachher, ich wollte auf der sicheren Seite sein und mein Antrag sollte erfolgreich verlaufen.

Am Abend lagen wir zusammen im Bett ich zog sie zu mir, immer wenn sie ihre Tage bekam war sie launenhaft und heute war wieder so ein Tag. Ich brauchte nicht nachzurechnen, ab morgen würde ich wieder für vier Tage pausieren müssen, wenn sie nicht konnte, durfte ich sie nicht einmal anfassen, ihr Zyklus tötete ihr Verlangen. Ich fing an sie zu streicheln, vor meiner Zwangspause wollte ich immer, trotz ihres monatlichen Stimmungstief ließ sie es zu, ich würde heute noch mein Verlangen stillen können.

Ich versuchte ihren Kopf zu meinen Penis hinunter zu drücken, sie sollte das Vorspiel mit dem Mund beginnen, aber sie wehrte mich plötzlich ab.
„Lass mich, ich will das heute nicht tun."
„Komm, sei ein wenig lieb zu mir."
„Ich sagte nein!"
Ich gab nicht auf, die vier kommenden Tage abstinent zu sein war immer eine Strafe für mich, ich wollte sie überreden.
„Ich kaufe dir morgen was Schönes."
„Was denn?"
„Was du willst."
Meistens schaffte ich es, mit Geschenken meinen Willen durchzusetzen und es kam mir gelegen ihre Neugier zu nutzen, sie fragte weiter.
„Was bekomme ich?"
„Was willst du?"
„Ich kann mir alles selber kaufen, ich will heute nicht, ich habe keine Lust."
Ich war scharf, mein Penis steif und sie lehnte mich überraschenderweise ab, ich befand mich in einer misslichen Situation, ich hasste es wenn ich unbefriedigt bleiben sollte und sie nervte mich mit ihren Launen. Ich konnte sie nicht zwingen und wenn ich sie weiter bedrängte, würde sie das Bett verlassen und im Gästezimmer schlafen, ich flüsterte.
„Stell dich nicht so an, ich werde dich lange streicheln, das magst du doch so."
Sie rammte mir plötzlich ihren Ellbogen schmerzhaft in meinen Magen und rückte von mir ab, ich schwieg, sonst würde ich heute nicht mehr zum Zug kommen. Wieder griff ich nach ihr.
„Silvia, willst du meine Frau werden?"
Ruckartig setzte sie sich auf, sah mich böse an.
„Ich finde das nicht lustig, ein Eheversprechen ist eine ernste Angelegenheit."

„Ich meine es ernst, willst du mich heiraten?"
Sie schüttelte den Kopf, zog ihre Decke eng um sich und drehte mir den Rücken zu. Ich wusste nicht was in mich gefahren war, der Zeitpunkt sie zu fragen war äußerst ungünstig. Sie würde heute nicht mit mir schlafen und meine Frage hatte sie wütend gemacht, aber ich wollte unbedingt.
Ich rückte vorsichtig zu ihr und fing an sie sanft zu streicheln, dann küsste ich ihren Hals, langsam zog ich die Decke von ihren Schultern, sie lag bewegungslos auf der Seite, ich hörte nicht auf sie zu streicheln. Ich drehte sie zu mir und dann sah ich dass sie weinte, es war kompliziert mit ihr an diesen bestimmten Tagen, ich bemühte mich Geduld aufzubringen.
„Was ist los, fühlst du dich nicht gut?"
„Du spielst mit meinen Gefühlen! Du denkst immer nur an Sex, sogar vor einem Heiratsversprechen schreckst du nicht zurück, nur damit ich mit dir schlafe! Die Ehe ist etwas Wertvolles und du benützt sie um deine Bedürfnisse zu befriedigen. Du hast mich verletzt!"
Ich richtete mich auf und sah sie lange an, bis sie unsicher wurde.
„Ich will dich wirklich heiraten, ich möchte dass du auch vor dem Gesetz meine Frau wirst."
„Warum?" Silvia sah mich ernst an.
„Was für eine Frage? Wenn sich zwei Menschen lieben, wollen sie meistens heiraten, ich will es amtlich machen, ich will dass du meinen Namen trägst! Aus welchen Grund hast du Christian geheiratet?"
„Wir gehörten zusammen, wir liebten uns, es sprach nichts gegen eine Hochzeit."
Ich starrte sie an, ich glaubte nicht richtig zu hören, ich war wütend und verletzt über ihre Worte.

„Wenn ich dich richtig verstehe, gehören wir nicht zusammen und wir lieben uns auch nicht, dass schließt also eine Ehe zwischen uns aus."

Ich stand auf, sie sah mich erschrocken an, ich ging hinüber ins Wohnzimmer. Ich ertrug ihre Anwesenheit in diesem Moment nicht. Sie liebte mich nicht, das war ihre Aussage, warum war alles so kompliziert und aufreibend mit ihr. Früher war ich begeistert von ihrer Exzentrik, ihren eigenartigen Ansichten, ihrer Wankelmütigkeit, diese Eigenschaften waren das Salz in unserer Beziehung, aber jetzt wurden sie zunehmend zur Last, früher hatte ich sie nur begehrt, ihre unvorhersehbaren Reaktionen waren reizvoll und herausfordernd. Aber jetzt wo die Liebe dazukam, war ich verletzbar geworden, jetzt war es schwierig mit ihr umzugehen und ich war zu sicher dass sie einer Ehe zustimmen würde.

Ich schlief im Wohnzimmer und hoffte sie würde zu mir kommen, aber sie blieb im Schlafzimmer, am nächsten Tag ging ich sehr früh zum Dienst, ohne mich zu verabschieden.
Ich kaufte Verlobungsringe, ich würde es nochmals versuchen, wenn sie meinen Heiratsantrag nicht zustimmen würde, wäre ich gezwungen meine Taktik zu ändern. Ich würde wieder ein Leben als Junggeselle führen, trotz unserer weiterbestehenden Partnerschaft, ich würde Prioritäten setzten, für meine Freunde, meine Arbeit und meine Hobbys, sie würde nicht in diese erste Wahl kommen, ich würde mich nicht mehr von ihr verletzten lassen.

Ich schloss die Wohnungstür auf, sie kam mir nicht wie üblich entgegen, ich hörte sie in der Küche.

Ich begrüßte sie ohne einen Kuss, setzte mich zu Tisch und nahm die Zeitung zur Hand. Sie stellte mir schweigend das Essen auf den Tisch und setzte sich auch, wir sprachen nicht beim Abendessen. Sie wollte das Geschirr wegräumen und stand auf, ich sprach laut.
„Setz dich."
Ich war nicht darauf vorbereitet dass sie sich ohne Widerrede wieder auf den Sessel niederließ und mich fragend ansah, ich kramte in meiner Jacke und schob ihr die Schachtel mit den Ringen über den Tisch.
„Mach sie auf!"
Silvia nahm zögernd die Schachtel und öffnete sie, ihr Gesicht wurde blass, sie legte die Schachtel wieder auf den Tisch zurück und fing an mit ihren Händen zu spielen, sie war extrem nervös, ich beugte mich zu ihr.
„Ich werde dich noch einmal fragen, wenn du ablehnst werde ich es akzeptieren, aber dann werde dich nie wieder fragen."
Ich lehnte mich zurück und schwieg lange, ihre Augen waren auf den Tisch gerichtet und fixierten die Ringe, ich sprach leise.
„Willst du meine Frau werden?"
Sie hob den Kopf, Tränen standen in ihren Augen und dann lächelte sie plötzlich.
„Ja."
Ich war überrascht über die kurze, prägnante Antwort, aber sie sagte alles, sie wollte mich heiraten! Ich hatte ein „vielleicht" oder ein „ich muss erst überlegen" oder „lass mir noch Zeit" erwartet, ihre Entscheidungen wurden nie schnell gefällt, noch dazu bei einer derartig einschneidende Lebensveränderung.
Sie nahm zitternd die Ringe, kam zu mir und setzte sich auf meine Oberschenkel, sie streifte mir den

Ring über den Finger, dann reichte sie mir ihren Ring, ich nahm ihr den alten Ring den sie damals nie tragen wollte ab, steckte ihr den Verlobungsring an den Finger. Sie hatte mir ihr Heiratsversprechen gegeben, ich würde es einfordern, falls sie einen Rückzieher erwägen würde.
„Es ist schön dass du deine Meinung geändert hast", sagte ich sanft.
„Ich habe sie nicht geändert, du hast mich nie gefragt ob ich deine Frau werden will."
„Natürlich habe ich dich gefragt, ich habe es sogar wiederholt."
„Aber zum falschen Zeitpunkt und ohne Ringe, wie sollte ich dir glauben? Ich habe deine Absichten nicht ernst genommen, ich dachte du missbrauchst sie für deine sexuellen Zwecke!"
Ich sah sie ernst an.
„Willst du wieder streiten?"
Sie schüttelte den Kopf und lehnte sich an mich, ich nahm sie zärtlich in die Arme. Ich schwieg, sie war zur Vernunft gekommen und ich hatte erreicht was ich wollte, wieder war ich meinem Ziel näher gekommen, die Chance das sie mich je verlassen würde war auf ein Minimum geschrumpft. Unserer Hochzeit war nur noch eine Frage der Zeit und ich wollte sie so bald wie möglich gesetzlich an mich binden.

Seit unserer Verlobung war sie wie ausgewechselt, sie war liebevoll und ihre Stimmungsschwankungen waren erträglich. Unserer Beziehung machte mich glücklich und ich wollte endlich den Bund der Ehe eingehen, aber sie machte keinerlei Anstalten über die Hochzeit zu reden.
„Silvia, wann gehen wir aufs Standesamt um das Aufgebot zu bestellen?"

„Wann du willst."

„Wann willst du? Hast du es bei Christian auch so hinausgezögert?"

„Bei Christian war es von Anfang an klar dass wir zusammenbleiben, bei dir bin ich mir immer noch nicht sicher."

„Aber ich will dich heiraten, welchen Liebesbeweis willst du noch von mir?"

„Roman, wirst du mich noch lieben wenn ich nicht mehr vorzeigbar bin, wenn dein Verlangen nach mir nicht mehr so groß ist? Unserer Beziehung wird sich verändern, kannst du damit umgehen wenn ich nicht mehr anziehend bin? Christian konnte es, er liebte meinen Charakter mehr als meinen Körper."

Ihre Zweifel nervten mich, was wollte sie jetzt wieder erreichen.

„Du willst die Hochzeit platzen lassen?"

„Nein, aber du musst dir absolut sicher sein dass du es auch willst! Ich will nicht noch einen Ehemann verlieren, auch wenn es durch eine Scheidung wäre, ich will nicht enttäuscht werden, ich würde es nicht verkraften noch von einen Menschen Abschied zu nehmen den ich liebe und vertraue."

Ich war gerührt über ihr Geständnis und ihre Ehrlichkeit, sie offenbarte mir ihre Gefühle, zärtlich nahm ich sie in meine Arme.

„Ich werde dich nicht enttäuschen, ich verspreche es dir."

„Gut dann bestellen wir das Aufgebot noch diese Woche."

Ich war der glücklichste Mensch als wir den Schriftverkehr für die Heirat erledigten.

In fünf Monaten würde sie meine Ehefrau sein, wir mussten noch Vorbereitungen treffen, es sollte eine kleine Hochzeit werden, nur vor dem Standesamt.

Silvia schloss eine kirchliche Hochzeit kategorisch aus, sie glaube nicht an die Kirche sagte sie, weil diese Schwule stigmatisiert. Was ist der Unterschied ob sich zwei Männer oder Mann und Frau lieben, es sind doch alle Menschen gleich. Die Kirche tut ihnen unrecht und das werde ich nicht tolerieren, sagte sie entschieden, ich brauche diesen scheinheiligen, kirchlichen Segen nicht. Für mich war ihre Einstellung in Ordnung, ich war nicht romantisch und der Kirche nicht verbunden, dieser Segen war mir auch gleichgültig.
Sie nahm die Planung der Hochzeit in die Hand, ich wollte mich nicht damit beschäftigen, ich wollte es nur reibungslos über die Bühne bringen und Silvia hatte schon Erfahrung damit. Sie war beschäftigt und kam nicht auf dumme Gedanken so kurz vor meinem Ziel.

Einige Tage später saßen wir im Wohnzimmer und sie legte mir einige Hotels zur Auswahl für die Flitterwochen in Spanien vor. Ich überließ ihr die Entscheidung, buche was du willst, sagte ich, sie sah mich plötzlich unverschämt grinsend an.
„Roman, ich möchte dir einen Wunsch erfüllen, den ich dir bisher immer verwehrt habe, es ist meine vorzeitige Hochzeitsgabe an dich."
Sie sah mich verlegen an, ich dachte nach, mir fiel nichts ein was ich mir noch wünschen konnte und sie mir noch nicht gab, sie erkannte meine Unwissenheit.
„Du kannst mich nackt fotografieren, wenn du willst."
Ich sah sie erstaunt an, dachte an die heimlich geknipsten Fotos die ich von ihr im Schlaf machte.
„Auch in perversen Posen?", frage ich abwartend, sie nickte.
„Auch wenn du in Fesseln liegst?"
Wieder nickte sie und lächelte. Ich wurde scharf bei unserem Gespräch und wollte morgen eine von den

neuartigen Digitalkameras kaufen, mit denen man die Bilder auf den Computer laden konnte.
„Ich werde dich am Samstag fotografieren."
Sie nickte zustimmend, ich hatte noch zwei Tage Zeit mir auszudenken in welchen Stellungen ich sie haben wollte, ich fand ihre Hochzeitsgabe einfallsreich und es erregte mich wenn ich daran dachte.

Samstag begann ich alles vorzubereiten. Zuerst legte ich die weiße Decke über das Bett sie würde gut aussehen in ihren roten Dessous auf der weißen Unterlage, dann baute ich das Stativ auf. Silvia kam im Bademantel herein und sah mir interessiert zu wie ich die Kamera befestigte.
Ich befahl ihr Dessous anzuziehen, dann verlangte ich verschiedene Posen und fotografierte sie dabei. Lustlos legte und setzte sie sich in Position, sie war nicht bei der Sache und ich bemerkte ihren Widerwillen.
Nach zwanzig Minuten sah ich mir die Bilder am Display an und war in keiner Weise damit zufrieden. Ihr Körper sah gut aus, aber es fehlte der Ausdruck in ihrem Gesicht, der Glanz in ihren Augen war nicht vorhanden und ihr Lächeln war gekünstelt.
„Silvia so geht das nicht, macht es dir keinen Spaß?"
„Nein."
„Warum nicht?"
„Ich weiß nicht."
„Du siehst nicht gut aus auf den Bildern, ich will dich lustvoll sehen."
„Aber ich bin nicht erregt!"
„Du hast mir die Fotos als Hochzeitsgabe geschenkt, also bemühe dich ein wenig."
„Ja, ich werde es versuchen."

Ich warf ihr die Stiefel zu, sie lag nackt mit den Lederstiefeln vor mir, ich wurde scharf, aber sie sah mich nur gelangweilt an. Mir blieb nichts anderes übrig als sie zu erregen, ich setzte mich zu ihr aufs Bett und stimulierte sie mit den Fingern, die Wirkung setzte schnell ein, bald war sie feucht und stöhnte, aber ich ließ sie nicht zum Höhepunkt kommen und hörte vorher auf. Ihre Augen waren suchend auf meinen Schritt gerichtet, meine Ausbuchtung war unübersehbar, sie wartete darauf dass ich mich auszog, sie war erregt und sie wollte. Ich hatte mich unter Kontrolle, ich würde mich jetzt nicht hinreißen lassen, ich wollte Fotos, sinnliche Fotos.

Ich gab ihr den Vibrator, forderte sie auf damit zu spielen. Und dann ging alles wie von selbst. Sie rekelte sich am Bett und schob sich den Vibrator hinein, sie befasste sich mit ihren Körper als wäre ich nicht vorhanden. Sie befriedigte sich mit dem Sexspielzeug, ihr Körper sah aufreizend gut aus und ich knipste sie ununterbrochen.

Sie zog andere Dessous an, schob das Bändchen des Tanga auffordernd zur Seite, streichelte ihre Brüste, sie spielte mit ihren Reizen, ich brauchte ihr keine Anweisungen mehr geben, sie tat es, um mich scharf zu machen, sie wollte mit mir schlafen und ich nützte ihr Verlangen aus um schöne, erotische Fotos zu bekommen.

Je mehr sich ihre Lust steigerte, je schärfer wurde ich, ihre Posen wurden immer auffordernder, ich stand auf den Bett über ihr, fotografierte sie von oben, von der Seite, von unten, sie zog mich zu sich, fing an mich zu küssen und mich auszuziehen, bis ich nachgab. Sie nahm meinen steifen Penis in den Mund, ich knipste sie von oben. Ich musste meine gesamte Selbstkontrolle aufwenden um beim Liebesspiel weiter zu fotografieren und es gelang mir.

Ich drehte sie um, vögelte sie von hinten und schoss dabei Fotos, bevor ich kam, zog ich mein Glied heraus, spritze auf ihren Rücken und machte Bilder von meinem Sperma auf ihr. Ich war sicher, die Fotos waren an Perversität nicht mehr zu übertreffen. Ich betrieb das fotografieren so intensiv, dass ich fast vergaß sie zu fesseln, die Speicherkarte der Kamera war voll, in Voraussicht hatte ich mehrere Karten gekauft, ich musste sie auswechseln.
Silvia wollte sich schon anziehen und zeigte bereits Ermüdungserscheinungen, ich befahl ihr noch nackt zu bleiben, seufzend fügte sie sich. Ich band ihr die Hände am Rücken zusammen, knipste sie in verschiedenen Stellungen, willig befolgte sie meine Anweisungen und nahm die von mir geforderten Positionen ein, erst als ich versuchte sie an das Bett zu binden, sträubte sie sich heftig, sie wehrte sich trotz der Fesseln, stieß mir ihre Füße gegen meine Beine, ich konnte sie kaum bändigen, laut wollte ich sie zur Vernunft bringen.
„Hör auf damit, ich will noch Fotos machen."
„Nein, ich will nicht, lass mich, hör auf!"
Sie sah mich plötzlich so ängstlich an, dass ich einlenkte und die Fesseln öffnete.
Ich machte noch so viele Fotos wie möglich, dann befreite ich sie. Silvia rieb sich die Handgelenke, ihre Narben waren immer noch unübersehbar.
Fast vier Stunden dauerte die gesamte Fotosession.
Ich war zufrieden mit dem was sich am Display meinen Augen bot und ich war gespannt wie die Bilder am Computer aussehen würden.

Silvia war müde, sie ging bald zu Bett, ich saß die ganze Nacht vor dem Computer und betrachtete lange jedes einzelne Foto, ich sortierte aus, vergrößerte Ausschnitte und war mit dem Ergebnis mehr als zufrieden. Sie sah sehr sinnlich aus, sogar die perversen Fotos wirkten durch ihren straffen Körper ästhetisch und künstlerisch. Auf den Bildern sah man nur sie, von mir sah man nur meinen Penis, ich war auf keinem einzigen Foto abgebildet. Mit den Bildern hatte ich das perfekte Druckmittel gegen sie, mit solchen Abzügen konnte ich sie erpressen falls sie vor hatte mir Schwierigkeiten zu machen. Ich konnte mir damit möglicherweise Probleme aus dem Weg schaffen wenn sie die Scheidung einreichen würde. Je öfter ich mir die Bilder ansah je mehr wuchs meine Eifersucht wieder. Ich alterte, aber Silvia sah immer gleich aus, sie schien die Jugend gepachtet zu haben, es war eine bittere Feststellung, unser Altersunterschied machte mir zunehmend zu schaffen. Ich hatte meine besten Jahre hinter mir, sie stand in der Blüte ihres Lebens, die Bilder waren der Beweis dafür.

Mehrere etwas vulgäre Fotos speicherte ich auf eine CD, Silvia sollte sie nie zu Gesicht bekommen, sie waren meine Versicherung dass sie bei mir blieb, ich sperrte die CD in meinen Safe.

Nächsten Tag sahen wir uns gemeinsam die Fotos durch, ich fand sie erregend, sie betrachtete sie mit ernstem Blick, sie hatte noch nie ihr Gesicht gesehen wenn sie erregt war. Trotz der kindlichen Züge wirkte ihr Gesicht auffordernd, es war ein Angebot sexuelle Sachen mit ihr zu tun.

Ich machte mir darüber Gedanken welche Hochzeitsgabe ich ihr kaufen sollte. Es musste etwas Besonderes sein, ich machte ihr ständig Geschenke, es müsste alles in den Schatten stellen, was sie bis jetzt von mir bekam. Nur mir fiel nichts ein.

Sie besaß alles und konnte sich jeden finanziellen Wunsch auch selbst erfüllen.
Ich wollte sie behutsam fragen, was sie sich von mir wünschte, doch Silvia kam mir zuvor.

Wir lagen im Bett und planten das Wochenende als sie mir ihren Wunsch äußerte.
„Nachdem die Fotos deinen Gefallen gefunden haben, möchte ich dass du uns beim Sex filmst. Ich will das von dir als Hochzeitsgeschenk."
Ich war verblüfft, ich dachte die Fotos hätten sie eher von weiteren Aktivitäten in diese Richtung abgehalten, ich war scharf darauf sie zu filmen, selbstverständlich würde ich ihr diesen Wunsch erfüllen, auch wenn man mich darauf sehen würde. Ich beschloss ihr den Film einmal zu zeigen und dann sicher verwahrt in meinem Safe verschließen. Ich stimmte ihrem Wunsch zu.

Ich kaufte eine Filmkamera, befestigte sie auf ein Stativ, das gesamte Bett war im Fokus und wir hatten sechzig Minuten Spielzeit. Ich musste mir einteilen, was ich mit ihr machen wollte. Einen eigenen Pornofilm zu drehen war eine Herausforderung, es sollte nicht nur beim normalen Liebesspiel bleiben, ich wollte einen leidenschaftlichen und aufregenden Film und ich liebte das Extreme, deshalb stellte ich die Regie unter meine Führung.

Silvia legte sich mit Dessous auf das Bett, mein Penis war schon steif als ich die Filmkamera einschaltete, so erregt war ich. Ich kam gleich zur Sache und zog Silvia aus, man sollte ja auch etwas sehen von ihr. Ich war noch bekleidet, sie sollte mich vor laufender Kamera ausziehen und mich dann mit dem Mund bedienen, dann würde ich sie vögeln und

wenn noch Zeit blieb, wollte ich sie noch fesseln, zumindest war das mein Plan. Aber nachdem es ihr Geschenk war, wusste ich nicht ob sie mitspielen würde und alles andere würde sich ergeben und ich konnte den Film nachher schneiden und bearbeiten. Nach wenigen Minuten vergaß ich dass die Kamera lief, ich agierte wie immer wenn ich mit Silvia schlief und es ging sich knapp aus mit der Spieldauer des Films. Ich erklärte ihr, dass ich den Film erst überspielen müsste und es würde die ganze Nacht dauern. Ich log sie an, ich wollte den Film vor ihr sehen, um Zeit zu haben den Film zu bearbeiten und nötige Retuschen vorzunehmen. Sie hatte keine Ahnung von Computern und sie glaubte mir aufs Wort.
Ich brauchte nicht lange zu warten bis sie zu Bett ging und ich konnte mich endlich ins Arbeitszimmer zurückziehen um den Film zu starten.

Bereits am Anfang des Films zeigte sich meine unübersehbare Dominanz, ich zog sie nicht aus, ich riss ihr die Dessous vom Körper, sie knöpfte meine Hose auf und ich schob ihr mein Glied in den Mund. Man sah wie sie mich mit den Mund zum Stöhnen brachte, ich hielt sie fest im Nacken und ließ ihr keinen Freiraum. Ich drehte sie um und sah wie meine Hände ihre Hüften umklammerten, so derb dass ihre Haut darunter weiß wurde. Dann vögelte ich sie, nein, es war mehr ein hineinrammen meines Penis, ihr zarter Körper musste die Stöße abfangen, ohne sich abfedern zu können, weil ich sie so brutal niederdrückte. Unser Sex glich eher der einer Vergewaltigung, als das Spiel zwischen zwei Liebenden. Mir war nie bewusst dass ich so aggressiv an die Sache ran ging. Ich dominierte das ganze Geschehen und sie zeigte eine geradezu

sklavische Ergebenheit. Ich fesselte sie und in ihrer Wehrlosigkeit trieb ich es noch exzessiver, ich war schockiert mit welcher Kraft ich sie in meiner Erregung nahm. Und sie musste es zulassen, ihr waren die Hände gebunden, sie hatte die Augen geschlossen und lag da wie ein Opfer, mir ausgeliefert, erst als sie zu stöhnen anfing und zum Höhepunkt kam, sah man das ihr mein Tun Lust bereitete.
Nur eine einzige Szene, als ich sie küsste, hatte einen liebevollen Aspekt. Der Film zeigte schonungslos meine Herrschsucht und ihre erzwungene Unterwerfung, ich ließ ihr keine Chance die Initiative zu ergreifen. Ich hielt sie ständig mit meinen Händen in einem eisernen Griff, ohne auf sie Rücksicht zu nehmen. Vom Anfang bis zum Ende des Films hielt ich die Zügel fest in der Hand, auch wenn ich vorübergehend von ihr abließ versuchte sie nicht mich abzuwehren, es wäre sinnlos gewesen, ich hätte sie nachher nur noch straffer angezogen. Ich entdeckte eine grobe, fast sadistische Ader an mir.
Als der Film zu Ende war, bemerkte ich wie angespannt und aufrecht ich im Sessel saß, dann lehnte mich nachdenklich zurück. Ich sah mir den Film noch zweimal an und überlegte welche Frau dass jeden Tag mitmachen und auch aushalten würde, fast jeden Tag schlief ich mit ihr und war dabei nicht zimperlich im Umgang mit ihrem zierlichen Körper. Nie war mir bewusst dass ich so fordernd war, der Film war realistisch und zeigte mir die ganze Wahrheit.

Am nächsten Tag fragte mich Silvia ob ich den Film schon überspielt hätte, ich nickte, ich war mir nicht sicher, ob sie nicht schockiert war über meine

Aggressionen. Aber ich konnte ihr nicht verweigern den Film zu sehen, es war ihr Geschenk.

Wir sahen uns den Film am großen Fernseher im Wohnzimmer an, erst in dieser Größe fiel mir auf dass die Spiegelwände des Schlafzimmers das Bild zurückwarfen, man sah unser Treiben von allen Seiten. Es sah professionell aus.
Silvia saß bewegungslos und mit verschränkten Armen auf der Couch, nachdem ich den Ablauf schon dreimal gesehen hatte, konnte ich aus dem Augenwinkel ihre Reaktion beobachten. Ihr Gesicht blieb reglos, nur einmal, als ich sie im Film küsste, lächelte sie kurz um dann wieder ernst auf den Fernseher zu starren. Ich hasste es wenn ich nicht wusste was sie dachte und als der Film zu Ende war, ging sie ohne Kommentar hinaus und holte sich Orangensaft. Sie reagierte emotionslos, ich musste wissen was sie darüber dachte.
„Was sagst du dazu?"
„Es ist ein Pornofilm der Extraklasse und wir beide sind die Darsteller."
„Aber wie findest du ihn?
„Ganz okay."
„Ich meine, findest du mich zu stürmisch?"
„Nein."
„Aber war ich diesmal nicht zu wild?"
„Nein."
„Meine Grobheit stört dich nicht?"
„Du bist doch immer so."
„Nein, das stimmt nicht, in dem Film war ich besonders dominant."
„Nein, nicht anders als sonst."
Sie nervte mich mit ihrer kurzen Antworten, ich wollte ihr nicht glauben dass ich immer so agierte, ich konnte es mir einfach nicht vorstellen.

„Aber vor der Kamera war mein Handeln doch sehr extrem."
„Nein Roman, du bist im Bett immer unbeherrscht."
Ich schwieg und nahm die Cassette aus dem Recorder, sie sah mich böse an.
„Was tust du damit?"
„Ich lege sie in meinen Safe."
„Aber es ist mein Geschenk, ich will dass du mir die Cassette gibst, sie gehört mir."
„Ich bin auch auf den Film und ich will nicht dass sie in falsche Hände gerät!"
„Es ist meine Hochzeitsgabe!"
Sie fing an hysterisch zu werden und ich wurde wütend weil sie mir widersprach.
„Er kommt in meinen Safe und ich will nicht mehr darüber diskutieren!"
Sie sah mich zornig an und stürmte ins Gästezimmer, mit einen lauten Knall fiel die Tür ins Schloss, was mich noch wütender machte, ich folgte ihr nachdem ich den Film in den Safe gesperrt hatte, aber die Tür war verriegelt. Ich klopfte mehrmals und verlangte Einlass, aber sie ignorierte mich, ich gab auf, sie würde sich wieder beruhigen. Ich hörte Stunden nichts von ihr, ich klopfte nochmals, besänftigend redete ich auf sie ein.
„Mach die Tür auf, die Cassette ist dort sicher verwahrt, ich will nicht dass sie jemand Unbefugter sieht und ich gebe sie dir, wann immer du sie ansehen willst."
Ich hörte sie leise aus dem Zimmer antworten.
„Ich will einen Schlüssel zum Safe."
„Nein, es ist besser wenn es nur einen gibt, öffne endlich die Tür, ich zeige dir wo der Schlüssel ist."
Ich hörte sie aufsperren, langsam ging die Tür auf, ich stellte sofort einen Fuß dazwischen, zeigte ihr meinen Schlüsselbund.

„Hier ist der Schlüssel zum Safe, ich habe ihn immer bei mir, er ist gut aufgehoben."
Sie sah mich an und ich bemerkte dass sie weinte, ich wollte sie in die Arme nehmen und trösten weil sie mir leid tat, dabei trat einen Schritt zurück. Sie nutzte es aus, schlug wieder die Tür zu und versperrte sie so schnell dass ich nicht reagieren konnte.
Sie blieb die ganze Nacht im Gästezimmer.
Ich hasste es einzuschlafen ohne ihren Körper zu spüren aber ich war zu stolz um mich für mein Unrecht zu entschuldigen.
Ich entzog ihr das Hochzeitsgeschenk, ich wollte nicht dass sie den Film gegen mich verwenden konnte. Ich war nicht so dumm ihr ein derart brisantes Material zur Verfügung zu stellen.

Am nächsten Tag kam sie spät zum Frühstück und setzte sich schweigend an den Tisch. Ich schenkte ihr Kaffee ein und wollte mich versöhnen.
„Silvia, es ist besser wenn der Film nicht irgendwo offen herumliegt, du wohnst hier und kannst ihn jederzeit sehen, du kannst mir vertrauen."
„Ja, okay", sagte sie plötzlich.
Dann widmete sie sich dem Frühstück.
Ich war froh dass sie vernünftig reagierte, die Auseinandersetzungen mit ihr zerrten an meinen Nerven und ich wollte nicht nachgeben. Ich las meine Zeitung und beobachtete sie, aber sie schien es zu akzeptieren dass sie den Film nicht bekam. Jeder würde ihr glauben dass sie nicht freiwillig mitmachte, es war zu offensichtlich dass sie keine Chance einer Gegenwehr hatte. Laut ihrer Aussage lief unser Sexleben immer so ab, aber nur wir beide wussten dass sie es genoss, sonst würde sie wohl nicht zum Höhepunkt kommen. Die fehlenden Zärtlichkeiten

holte sie sich beim einschlafen und forderte von mir Streicheleinheiten. Aber das sah man im Film nicht.

Beim Sex wollte ich nur zum Ziel kommen und mich nicht mit Liebkosungen aufhalten und wenn Silvia erregt war konnte es ihr nicht wild genug sein. Sie verlangte förmlich dass ich es ihr besorgte und da war es eben nicht möglich sanft zu agieren.

Sie schien sich beruhigt zu haben, zumindest erwähnte sie den Film nicht mehr und wir verbrachten einen ruhigen Sonntag. Die folgenden Wochen würden für mich anstrengend werden. Ich musste einen heiklen, langwierigen Fall abwickeln, die Verhandlungen würden sich in die Länge ziehen und ich wollte mich noch vorbereiten.

Morgen nahm ich mir vor mit dem den Akt anzufangen, sie war im Buchladen, ich konnte mich ganz auf meine Arbeit konzentrieren, ich las mir jeden Akt nur einmal durch, erkannte die Zusammenhänge schnell und merkte mir jede Einzelheit und jedes kleinste Detail. Ich machte mir nur kurze Notizen am Rande der Aktenschrift um mir die Verhandlung zu erleichtern und so schnell zu einen Ergebnis zu kommen. Bei langen Verfahren war der Schuldspruch meine bevorzugte Arbeit, er kündigte das Ende der Verhandlung an und ich konnte mich wieder mehr meinen Privatleben widmen.

Am nächsten Tag als sie in die Buchhandlung fuhr begann ich sofort mit meiner Arbeit. Silvia wusste dass meine Zeit in den nächsten drei Wochen sehr begrenzt war und daher fuhr sie am Mittwochabend nach Salzburg, am Sonntag erwartete ich sie wieder in Wien. Obwohl wir beide sehr beschäftigt waren, sie wollte den Grabschmuck von Christian erneuern und die Wohnung umgestalten, telefonierten wir täglich.

Silvia fehlte mir und sie versicherte mir glaubhaft wie sehr sie mich vermissen würde.

Um die Sehnsucht nach ihr zu überbrücken wollte ich mir unseren Film abspielen, es würde mich zwar maßlos erregen, aber ich konnte sie zumindest sehen. Ich sperrte den Safe auf, aber ich konnte die Cassette nicht finden, ich räumte ihn komplett aus, die Aktien, die Wertpapiere, das Bargeld, der Schmuck, alles war da nur der Film fehlte. Der Safe war ordnungsgemäß verschlossen gewesen und der Schlüssel war auf meinem Schlüsselbund den ich immer bei mir hatte, der verschwundene Film war mir schleierhaft. Als ich alles wieder verstaute, bemerkte ich die fehlende CD mit den gespeicherten Fotos von Silvia. Ich überlegte, wir hatten keine Gäste und außer uns beiden war niemand in der Wohnung gewesen. Fieberhaft suchte ich im Arbeitszimmer, ich war diese Woche sehr gestresst, vielleicht hatte ich den Film und die CD schon aus dem Safe genommen, aber sie blieben unauffindbar. Ich ärgerte mich über meine Vergesslichkeit, niemand außer mir hatte Zugang zum Safe aber noch mehr bereiteten mir die verlorenen Aufnahmen Sorge. Wenn sie übermorgen kommen würde, musste ich ihr gestehen dass ich die Dinge verlegt hatte aber ich hoffte, sie noch vor ihr zu finden.

Silvia kam Sonntagabend, sie war ausgehungert nach Liebe und ich war scharf auf sie. Ich konnte es ihr unmöglich beichten, sonst musste ich auf den heutigen Sex verzichten, sie würde zornig werden wenn sie erfuhr dass ihr Film unauffindbar war. Wir liebten uns heftig, ich verschob die Beichte auf morgen, denn ich wollte nicht, dass sie wieder im Gästezimmer schlief.

Am nächsten Tag kam ich sehr spät nach Hause sie schlief schon, ich hatte wieder in Aktien investiert und wollte die Unterlagen in den Safe legen. Ich zuckte förmlich zusammen als ich die Cassette und die CD im Safe direkt vor mir sah. Es war eigenartig Silvia war hier und mit ihr die verlorenen Dinge, ich hatte sie in Verdacht, ich war ja nicht blind um sie damals zu übersehen.
Ich weckte sie unsanft auf, stellte sie wütend zur Rede.
„Ich verbiete dir meinen Safe zu öffnen und Dinge zu entwenden, hast du mich verstanden! Ich weiß das du die Fotos und den Film an dich genommen hast!"
Sie versuchte erst gar nicht zu leugnen.
„Na und? Der Film gehört mir und die Fotos hast du mir unterschlagen, was ist deine Entschuldigung?"
Ich war zu perplex um gleich zu antworten, sie hatte es geschafft mich aus der Fassung zu bringen, ich musste mich beherrschen sie nicht anzuschreien.
„Was zum Teufel hast du damit getan?"
„Ich habe mir eine Kopie gezogen, nachdem du mir mein Eigentum verweigert hast!"
Sie sah mich herausfordernd auf, dann legte sie nach.
„Du brauchst dich nicht aufzuregen, sie sind wieder an ihren Platz, also schone deinen Blutdruck."
Ich schrie sie an.
„Wer war dir behilflich, verdammt wer hat den Film gesehen?"
Ich war so wütend dass ich sie an den Handgelenken fasste und festhielt, aber sie sah mir so ruhig und gelassen in die Augen dass ich von ihr abließ, sie schüttelte den Kopf.
„Verabschiede dich endlich von der Illusion, ich wäre immer noch das naive, einundzwanzigjährige Mädchen von damals, ich bin eine erwachsene Frau

und ich bin nicht mehr so dumm dir alles zu glauben. Du änderst dich nie, du wirst immer versuchen mich zu beherrschen und zu kontrollieren, glaubst du ich würde warten bis du mir Zugang zum Safe gewährst? Was würdest du verlangen damit ich mir meinen Besitz ansehen darf?"
Ich schwieg und sie fuhr fort.
„Ich liebe dich, aber ich weiß nicht in welche Richtung sich unserer Partnerschaft entwickelt. Wenn ich dich nicht mehr liebe, nehme ich mir das Recht dich zu verlassen, auch als Ehefrau, und du wirst es zulassen! Ich werde nicht mehr vor dir flüchten. Wenn du deine Herrschsucht übertreibst, werde ich die Konsequenzen ziehen. Ich gehe als freier Mensch, der Film ist mein Schutz, denn du kannst dir nicht leisten in den Medien als Vergewaltiger dazustehen, ich könnte deinen Ruf ruinieren wenn ich wollte. Und übrigens, mir hat niemand geholfen, ich bin dir am Computer meilenweit voraus. Mein Privatunterricht bei einem der besten Programmierer hat sich bezahlt gemacht! Christian hat mir viel beigebracht, glaubst du ich weiß nicht wie man einen Film überspielt und wie lange das dauert? Du hast mich angelogen, wie soll ich je lernen dir zu vertrauen? Eine Kopie des Films liegt gut gesichert in Salzburg. Und versuche nicht mich zu vereinnahmen und mich zu bevormunden. Sonst bin ich weg!"

Verblüfft und schockiert starrte ich sie an, sie war mir überlegen, zumindest gleichgestellt, ich hatte sie wieder unterschätzt in ihrer Unberechenbarkeit, nie hatte sie ihre Computerkenntnisse zur Schau gestellt und ich dachte sie hat keine Ahnung davon. Insgeheim bewunderte ich ihren Mut und ich schwieg weil ich die Geschichte erst verarbeiten musste, sie setzte wieder nach.

„Und den Schlüssel zum Safe habe ich mir schon vor einem Jahr nachmachen lassen! Ich denke wir sind quitt!"
Sie grinste mich an, trotz ihres Aufstandes liebte ich sie, sie war einzigartig, sie spielte mit mir und ich hatte es nicht bemerkt. Wir waren jetzt in einer Pattstellung, ich hatte die Fotos und sie den Film.

Einige Tage später beobachtete ich Silvia wie sie unsere Pflanzen goss. Sie machte das so zärtlich als wären die Blumen Lebewesen, sie strich liebevoll über die Blätter, zupfte eine verwelkte Blüte heraus und schien völlig versunken in ihrem Tun. Sie war in einem Alter in dem bei anderen Frauen die biologische Uhr tickte. Ich wollte unter keinen Umständen Nachwuchs haben schon alleine der Gedanke daran regte mich auf. Ich ging auf die fünfzig zu, ich konnte mir nicht vorstellen schreiende Kinder in meiner Wohnung zu haben, außerdem würde mir Silvia bei einer Schwangerschaft einige Monate nicht zur Verfügung stehen. Vor allem wollte ich sie nicht mit jemanden teilen müssen. Falls sie daran dachte, müsste ich die Hochzeit nochmals überdenken. Ich sprach sie direkt darauf an.
„Silvia möchtest du Kinder haben?"
„Nein."
Ihre Antwort kam so schnell dass ich sie erstaunt ansah, sie blickte nicht einmal hoch und widmete sich weiter ihren Pflanzen.
„Bist du sicher?", fragte ich angespannt.
„Ja.
„Aber hat nicht jede Frau einen Kinderwunsch?"
Sie sah mich wütend an.
„Was willst du von mir hören, dass ich ein Baby will? Du hast mich damals vor Jahren schon einmal gefragt, ich habe meine Meinung nicht geändert!"

Ich war so irritiert über ihre Entschlossenheit dass ich nachbohrte.

„Aber warum nicht? Gehört zu einer Familie nicht auch ein Kind?"

„Willst du mich mit einen Kind an dich binden? Roman, falls du von mir einen Erben verlangst, werde ich dich nicht heiraten. Wenn ich eine Familie gründen wollte, hätte ich das bereits mit Christian getan, er hat es akzeptiert dass wir kinderlos blieben. Ich will eine Ehe, aber keine Familie."

Sie drehte mir den Rücken zu und beschäftigte sich weiter mit ihren Blumen. Ich war erleichtert, dass sie so dachte wie ich. Ich stand auf, küsste sanft ihren Nacken und bemerkte dass sie weinte. Ich drehte sie zu mir und schloss sie in die Arme.

„Es tut mir leid."

„Nein, es war nicht deine Frage, es war", sie stockte und schüttelte den Kopf, dann flüsterte sie.

„Ich weiß nicht was eine Kindheit ist, ich weiß nicht wie das ist ein Kind zu sein."

Sie sah mich verzweifelt an, ich sagte nichts, ich war zu aufgewühlt um gleich zu antworten und hielt sie fest an mich gedrückt.

„Bitte weine nicht, ich will kein Kind!"

Dankbar blickte sie mir in die Augen und schluchzte wieder.

„Ich hätte es nicht verkraftet wenn du mich verlassen hättest, nur weil ich dir ein Kind verweigere."

Wir schwiegen beide und ich überlegte was sie in ihrer Kindheit, in der sie nie Kind sein durfte, alles erdulden musste. Warum hatte ich ihre Antwort nicht einfach hingenommen. Ich quälte sie weiter mit Fragen und stieß sie dabei zurück in ihr Kindheitstrauma, ich bereute es, aber es war zu spät, sie weinte still in meinen Armen und schien sich

kaum zu beruhigen. Erst als ich sie lange gestreichelt hatte, stand sie auf.
„Ich muss mich um meine Blumen kümmern. Gut dass wir bei diesen Thema einer Meinung sind."
Sie nahm die Gießkanne und tat als wäre nichts vorgefallen, sie war perfekt im Verdrängen.
Obwohl wir schon länger zusammenlebten, konnte ich sie immer noch nicht einschätzen. Immer wieder überraschte sie mich mit ihren unvorhersehbaren Reaktionen. Ich beobachtete sie, wie sie von Pflanze zu Pflanze ging und liebte sie in diesem Augenblick mit einer unglaublichen Intensivität.
Jede Schwäche die sie mir zeigte, bestärkte mich in meinen Wunsch mit ihr mein Leben zu verbringen. Sie löste in mir Gefühle aus die mich berührten. Ich sehnte das Datum unserer Heirat heran, ich wollte sie nie mehr verlieren.

Es waren nur noch wenige Wochen bis zu unserer Hochzeit, wir wollten still und heimlich heiraten und unsere Ehe erst nach unseren Flitterwochen publik machen. Wir luden niemanden ein, es war nur eine Sache zwischen uns, als Trauzeugen hatten wir zwei Standesbeamte vorgesehen, wir würden nur die Unterschriften benötigen, mehr nicht.
Die Vorbereitung unserer Heirat war nicht aufwändig, Kleidung, ein Fotograf, die Buchung des Urlaubs und der ganze Papierkram. Wir ließen uns in die Verlobungsringe das Hochzeitsdatum und unsere Namen gravieren, es war alles erledigt für den großen Tag.

Die Zeit verging schnell und meine Arbeit war anstrengend. Oft war ich müde von den langen Verhandlungen und ich freute mich immer wenn ich zu Silvia nach Hause fuhr. Bei ihr fand ich den

Ausgleich und die Entspannung vom Berufsleben. Ohne sie wäre mein Leben sinnlos und einsam.

Endlich konnte ich den langwierigen Gerichtsfall beenden, meine Kollegen beglückwünschten mich zum gelungenen Abschluss, der Fall war in den Medien breitgetreten und hatte viel Aufmerksamkeit erregt.
Doch das war für mich nicht mehr wichtig. Morgen war für mich ein besonderer Tag, ab morgen würde meine Zukunft in ewiger Zweisamkeit beginnen.

Ich war aufgeregt als ich nach der Arbeit nach Hause fuhr. Silvia würde endlich vor dem Gesetz meine Frau werden, ich liebte sie und ich begehrte sie, mehr Lebensglück war kaum vorstellbar. Nie zuvor waren meine Gefühle für Silvia so intensiv, ich liebte sie unendlich.
Ich fuhr schnell im Stadtverkehr nur noch wenige Kilometer trennten mich von Silvia. Ich war euphorisch, dachte an sie, an ihr Lächeln, ...

Wiener Presse, 17. Juni 1998

Tödlicher Verkehrsunfall in Wien:

Der bekannte Richter Dr. Roman Mender verunglückte gestern Abend bei einem Verkehrsunfall in der Nähe des Wiener Amtsgerichtes. Der Achtundvierzigjährige kam mit seinem Wagen auf die Gegenfahrbahn und kollidierte mit einem LKW. Mender hatte den Ruf eines strengen aber fairen Richters und wurde mit spektakulären Fällen bekannt.
Mender war unverheiratet und kinderlos.